Die russische Herzogin

Petra Durst-Benning

Die russische Herzogin

Historischer Roman

Weltbild

Besuchen Sie uns im Internet:
www.weltbild.de

Genehmigte Lizenzausgabe für Verlagsgruppe Weltbild GmbH,
Steinerne Furt, 86167 Augsburg

List ist ein Verlag der Ullstein Buchverlage GmbH, Berlin
Umschlaggestaltung: Zeichenpool, München
Umschlagmotiv: Getty Images, München
Gesamtherstellung: GGP Media GmbH, Pößneck
Printed in the EU
ISBN 978-3-86800-825-8

2014 2013 2012 2011
Die letzte Jahreszahl gibt die aktuelle Lizenzausgabe an.

Auch aus Steinen,
die in den Weg gelegt werden,
kann man Schönes bauen.

Johann Wolfgang von Goethe

TEIL I

Es tönen meine Lieder
Gar traurig durch die Nacht,
Die ich am Meeresufer
So einsam durchgewacht.

Ich blicke auf die Welle,
Die still der Mond bescheint
Und die mit meinem Liede
Sanft murmelnd sich vereint.

Weshalb sind meine Lieder
So trüb und kummervoll?
Wie kommt's, dass selbst der Mondschein
Mich nicht ergötzen soll?

Und dass der Wellen Tosen
Mich nicht erquicken kann?
Das kommt, weil alles Schöne
Zu früh für mich verrann!

Weil ich auf dieser Erde
Muss leben ganz allein …
Was soll mich noch erfreuen?
Wie kann ich glücklich sein?

Aus: »Liederblüthen«, Gedichte von
Wera, Herzogin von Württemberg

Prolog

St. Petersburg, Sommer 1863

Wie so oft, wenn sie böse gewesen war, hatte sich Wera in eines ihrer Lieblingsverstecke verkrochen, eine kleine Kammer, die zwischen dem Blauen Salon und dem Musikzimmer lag. Außer defekten Musikinstrumenten, zerfledderten Notenblättern und Stapeln ausrangierter Bücher wurden hier noch die schweren Samtvorhänge aufbewahrt, die man im Winter vor die Fenster der oberen Etage hängte, um die Kälte draußen zu halten. Wera liebte diese Kammer, die nach Mottenkugeln und altem Papier roch.

Sie drückte ihr rechtes Auge an die Ritze in der Wand zum Blauen Salon. Sie wollte nicht nur hören, was ihre Eltern redeten. Sie wollte sie auch sehen!

Eigentlich hatte sie erwartet, dass ihre Mutter dem Vater wieder einmal ihr Leid klagen würde, ein so böses Kind wie Wera zu haben. Doch bisher war ihr Name nicht gefallen. Vielmehr schien es um ihre ältere Schwester zu gehen. Das war ungewöhnlich! Voller Neugier rutschte Wera noch näher an den Sehschlitz heran.

»Unsere Olgata und der König von Griechenland. Liebe auf den ersten Blick. So viele Parallelen zu unserer eigenen Geschichte – Kosty, das muss doch etwas Gutes bedeuten!« Noch während sie sprach, schlang die Mutter ihre Arme um Vaters Hals. »Auch bei uns erwachte einst die Liebe im Kinderzimmer. Auch bei uns war es Liebe auf den ersten Blick. Und nun scheint der griechische König ebenso zu fühlen – ist das nicht romantisch? Wir müssen alles tun, um unserer Olgata die Chance auf die große Liebe zu ermöglichen!«

Parallelen? Romantisch? Warum wurde Mutters Stimme immer so heiser, wenn sie von Liebesdingen sprach?

Eine Woge Sehnsucht durchflutete Wera, als sie die zärtliche Umarmung ihrer Eltern sah. Wie schön musste es sein, Mutters Arme so um sich zu spüren! Aber als sie, Wera, am frühen Abend wegen der kaputten Vase bei ihr um Entschuldigung bitten wollte, hatte ihre Mutter sie von sich gestoßen und gezischt: »Du bist und bleibst ein böses Kind!«

Böse. Immer war sie böse. Wera nahm einen der ausgemusterten Notenbögen und begann, ihn in kleine Schnipsel zu rupfen.

Böse. Böse. Böse.

Als die Stimme ihres Vaters erneut ertönte, hielt sie inne und legte ihr Auge wieder an die Ritze in der Wand.

»Was heute Nachmittag geschah, ist unentschuldbar. Die Gouvernante kann ihre Sachen packen. Gleich morgen früh!«, sagte ihr Vater, und seine Augen glänzten eisig.

Die Mutter winkte ab. »Es ist nicht die Gouvernante, die unsere Olgata verdirbt. Du weißt ganz genau, dass unser Problem woanders liegt.«

Der abgrundtiefe Seufzer ihrer Mutter ließ Wera zusammenzucken. Ein Gefühl von Panik durchströmte sie. Wenn ihre Mutter so seufzte, ging es meistens um sie!

»Ich frage mich wirklich, wie aus Olgata jemals eine feine junge Dame werden soll. Dass sie die Nichte des Zaren ist, reicht als Garant für eine gute Partie allein nicht aus. Aber all unsere Bemühungen in puncto Erziehung, Bildung und Manieren werden doch zunichtegemacht, solange sie mit … ihrer Schwester zusammen ist. Kosty, so kann es einfach nicht weitergehen!«

»Und was erwartest du von mir? Soll ich mich jetzt auch noch um die Kindererziehung kümmern? Habe ich nicht genug um die Ohren?«

»Wie du das sagst! Als ob ich nicht mein Bestes gegeben hätte. Als ob wir nicht *alle* unser Bestes gegeben hätten. Aber was Wera angeht, sind wir mit unserem Latein am Ende, verstehst du das denn nicht?«

Ihre Mutter war wütend. Erst sorgte sie sich, dass aus Olgata keine feine Dame werden würde, und gleich darauf sprach sie wieder von ihr.

Der Vater nickte. »Die ganze Angelegenheit wird langsam peinlich. Ich möchte mir nicht vorstellen, was geschieht, wenn die heutige Szene zu Sascha durchdringt. Familiäre Probleme sind meinem Bruderherz ein Gräuel, das weißt du so gut wie ich. Nicht, dass ich ihm das verübeln würde! Als russischer Kaiser hat er weiß Gott genügend andere Probleme, da müssen wir ihm das Leben nicht noch unnötig schwermachen. Sanny, meine Liebe, allmählich glaube ich auch, dass wir handeln müssen.«

Das ungute Gefühl in Weras Bauch verstärkte sich. Bedeutete das etwa noch mehr ärztliche Untersuchungen für sie? Natürlich wollte auch sie gern wissen, warum sie immer so böse war. Unwillkürlich tastete Wera ihren Kopf ab. Eigentlich fühlte er sich ganz normal an, aber das konnte nicht sein, denn alle behaupteten das Gegenteil.

»Das Kind muss fort!«

»Du meinst ... in eine Anstalt?«

»Nicht zwingend. Aber fort von hier, vielleicht sogar fort aus Russland.«

»Und wohin um alles in der Welt willst du sie geben? Wer würde sie nehmen?«

»Das ist in der Tat ein Problem ...«

Atemlos folgte Wera dem Wortwechsel. Die Kammer war auf einmal zu eng, die Wände kamen auf sie zu, wollten sie erdrücken. Taumelnd wich Wera von der Wandritze zurück, fächelte sich Luft zu. Vielleicht – wenn sie nichts hörte, würden sich die Worte in nichts auflösen.

»Es ist ja nicht so, als ob mir dieser Gedanke nicht auch schon gekommen wäre«, sagte ihre Mutter. »Ich habe deswegen längst an Marie geschrieben. Aber meine liebe Schwester meinte, es sei ihr unmöglich, das Kind aufzunehmen. Dabei besäße sie als Königin von Hannover wirklich alle Mittel, um uns zu helfen!«

»Und wenn schon. Warum sollte sie sich das Leben unnötig schwermachen?« Weras Vater lachte bitter.

»Wenn Marie nicht will, müssen wir nach jemand anderem Ausschau halten, der Wera in seine Obhut nimmt. Sie in eine Anstalt zu geben wäre das letzte Mittel der Wahl. Stell dir vor, welches Gerede dies aufwirbeln würde! Wir würden uns zum Gespött von ganz Petersburg machen. Am Ende hieße es noch, unter den Romanows grassiere eine Geisteskrankheit.«

Wie verschüttete Tinte einen Stoff durchdrang, so durchdrangen die Worte ihrer Eltern allmählich Weras Bewusstsein. Sie sollte fort. Warum? In eine Anstalt? Fort aus Russland? Wohin?

»Ich hab's!« Die zwei Worte, so triumphierend von ihrer Mutter ausgerufen, versetzten Wera erneut in Panik. Sie zog die Knie an, legte den Kopf darauf und wiegte sich hin und her. Alles würde gut werden. Gut. Nicht böse.

»Kosty, ich habe die Lösung für all unsere Probleme: Wir geben Wera zu Olly nach Stuttgart! Schließlich ist sie ihre Patentante, da kann sie schlecht nein sagen, wenn wir sie um diesen Gefallen bitten, oder?«

1. KAPITEL

Stuttgart, Herbst 1863

Während draußen auf den Straßen der Stadt das Leben in vollem Gange war, herrschte im Frühstückssalon des Kronprinzenpalais noch morgendlicher Müßiggang. Wie so oft war Thronfolger Karl auch am Vorabend erst sehr spät nach Hause gekommen und saß nun blass und in sich gekehrt am Frühstückstisch. Obwohl er nach seinem nächtlichen Ausgang die Kleidung gewechselt hatte und einen Morgenrock trug, roch er aus allen Poren nach Zigarettenrauch und Wein.

Was für ein schrecklicher Mann!, dachte Baronin Evelyn von Massenbach nicht zum ersten Mal bei sich, während sie ihm und seiner Gattin, der Kronprinzessin Olga, aus diversen Zeitungen vorlas. Karls Leib und sein Gesicht waren infolge seiner Lebensweise von Jahr zu Jahr aufgedunsener und schwammiger geworden, und seine Augen wirkten kleiner. Lag das nur daran, dass der Thronfolger regelmäßig mit befreundeten Herren durch sämtliche obskure Stuttgarter Gasthäuser zog und die Nacht zum Tage machte? Gott sei Dank wusste Evelyn nicht, mit wem er unterwegs gewesen war und zu welchem Zweck. So brauchte sie, wenn seine Gattin sie fragte, nicht zu lügen. Je weniger sie wusste, desto besser! Andere hielten sich mit ihrer Neugier nicht derart zurück, und so wurde in den Salons der Stadt heftig über das »unziemliche« Verhalten des Kronprinzen getratscht. Wie gut, dass seine Gattin davon nichts mitbekam!

Im Gegensatz zum derangierten Kronprinzen wirkte Olly, wie Kronprinzessin Olga von allen genannt wurde, an diesem Herbstmorgen frisch und ausgeschlafen. Das grün-silbern karierte Kleid, das sie erst kürzlich gemeinsam im feinsten Modehaus der Stadt ausgesucht hatten, stand ihr ausnehmend gut, befand Evelyn zufrieden. Der Blick, den sie Olly zuwarf, war voller Bewunderung, Zuneigung und Hingabe. Mit ihren einundvierzig Jahren war die Zarentochter noch immer schlank wie eine russische Birke, ihr Blick war klar, und keinerlei Fältchen oder Linien krochen über ihr edles Antlitz. Für die dreiunddreißigjährige Evelyn, die ebenfalls als äußerst attraktiv galt, stand fest, dass ihre Herrin eine sehr schöne Frau war. Und dieser Meinung schlossen sich die meisten an. Sogar der berühmte Maler Franz Xaver Winterhalter hatte bei seinem letzten Besuch verlauten lassen, dass er an sämtlichen europäischen Höfen lange suchen musste, um eine Schönheit wie Olly zu erblicken.

Schönheit ... Nun, sie war allerdings kein Garant für ein glückliches Leben.

Eine Welle von Unmut schwappte über Evelyn, während sie versuchte, den Geruch nach Zigarettenrauch, der von dem Prinzen ausströmte, zu ignorieren. Der elegante Salon, von Olly mit feinsten Möbeln, Bildern und Accessoires eingerichtet, kam ihr auf einmal stickig vor. Am liebsten hätte sie eigenhändig die schweren Samtvorhänge aufgezogen, um Licht und frische Luft in den Raum zu lassen.

In neutraler Stimmlage fuhr sie fort, den Zeitungsartikel über den Frankfurter Fürstentag vorzulesen, und zumindest Olly schien er sehr zu interessieren. Karl widmete sich derweil eingehend seinem üppigen Morgenmahl. Dass Preußens König Wilhelm I. dem Treffen in Frankfurt ferngeblieben war, welches daraufhin ohne Ergebnis zu Ende ging, schien den Kronprinzen weniger zu interessieren als die gebundene Rinderconsommé, von der er sich nun schon zum zweiten Mal auftragen ließ. Die vergangene Nacht musste anstrengend gewesen sein, wenn der Herr einen solchen Hunger verspürte. Der Anblick, wie er tief über den Teller gebeugt seine Suppe verschlang, ließ Evelyns Ärger erneut aufwallen. Wer würde denn in absehbarer Zeit König von Württemberg werden und große Politik machen? Doch nicht Olly! Trotzdem war es die russische Zarentochter, die sich – im Gegensatz zu ihrem Mann – regelmäßig über die Weltpolitik informierte.

Es war Evelyns Aufgabe, aus dem dicken Stapel deutscher und französischer Tageszeitungen, der täglich angeliefert wurde, wichtige Berichte herauszupicken und beim Frühstück vorzulesen. Anschließend saß die Kronprinzessin dann meist stundenlang an ihrem Schreibtisch und schrieb Briefe an ihr vertraute Herren aus Politik, Wissenschaft und Kultur, in denen sie deren politische Einschätzungen erfragte oder selbst ihre Meinung äußerte. Vor allem der Briefwechsel mit dem russischen Staatskanzler Gortschakow, den Olly aus seiner Zeit als Gesandter in Stuttgart sehr gut kannte, war ihr wichtig. Was würde eine so kluge Prinzessin alles ausrichten können, wenn man sie nur ließe! Evelyn war es rätselhaft, wie die Schwester des russischen Zaren es aushielt, seit Jahren zu politischer Untätigkeit verdammt zu sein. Eine Untätigkeit, unter der sie unbestritten litt, die aber ihrem Mann Karl nichts auszumachen schien …

Was für ein seltsames Paar. In den zwölf Jahren, in denen sie nun schon als Hofdame und engste Freundin an Ollys Seite war, war es ihr nicht gelungen, das Geheimnis dieser Ehe zu lüften.

Ein Seufzen unterdrückend, nahm Evelyn die nächste Zeitung zur Hand und begann zu lesen:

»Die Hamburger St.-Nikolai-Kirche wurde im laufenden Jahr so weit fertiggestellt, dass sie am 27. September eingeweiht werden konnte. Obwohl die Bauarbeiten des Turms, der einmal hundertfünfzig Meter hoch werden soll, noch andauern, gilt sie schon heute als bisher höchstes Gebäude der Welt.« Evelyn, die wusste, wie abgöttisch Olly ihren Vater, den Zaren Nikolaus, über dessen Tod hinaus verehrte, hatte diese eher zweitrangige Nachricht aufgrund der Namensgleichheit bewusst ausgewählt.

Wie erwartet erschien auf Olgas vornehmer Miene ein zartes Lächeln. »Was für ein schöner Name! Ich nehme trotzdem nicht an, dass es in irgendeiner Form mit meinem Vater zu tun hat. Wahrscheinlich ist die Kirche vielmehr dem heiligen Nikolaus gewidmet.«

Evelyn bejahte dies und blätterte eine Seite weiter. Dort hatte sie einen Bericht über die erste Hundeausstellung Österreichs eingerahmt. Immerhin war Olly eine große Hundeliebhaberin, wovon ihr Windspiel zeugte, das ihr nie von der Seite wich.

»Es ist übrigens ein Brief aus St. Petersburg angekommen. Sascha hat mir geschrieben …«, kam es unvermittelt von Olly, bevor Evelyn zu lesen beginnen konnte.

Zum ersten Mal an diesem Morgen horchte der Kronprinz auf. »Der Zar hat geschrieben? Kommt Sascha uns etwa besuchen?« Ein Leuchten zog über sein Gesicht, das Evelyn trotz allem berührte.

Es war wirklich ein Jammer: Einzig bei Olly und ihrer Familie fand Karl die Zuneigung, die ihm sein eigener Vater und seine Schwestern seit jeher versagten. In den Augen König Wilhelms war Karl nur ein dummer, nichtsnutziger Faulpelz. Anstatt seinen einzigen Sohn an die zukünftige Aufgabe als Regent von Württemberg heranzuführen, hielt er ihn seit Jahren von jeglichen Regierungsgeschäften fern. Ihn – und Olly gleich mit dazu. Karls Schwestern, die nichts unversucht ließen, um sich beim König einzuschmeicheln, war das nur recht. Königin Pauline versuchte vergeblich, die Animositäten zu beseitigen – eine Hilfe war sie ihrem Sohn jedoch nicht. Was für eine Familie!

»Ein Besuch steht nicht an«, sagte Olly mit Bedauern in der Stimme. »Sascha hat vielmehr vor, seinen Sohn in Nizza zu besuchen. Nikolajs Tuberkulose schreitet voran, er sei nur noch Haut und Knochen, schreibt er.«

Karl runzelte die Stirn. »Schlägt die Behandlung in Nizza auch nicht an? Armer Sascha, da hat er einen Thronfolger und nichts als Sorgen mit ihm!«

»Noch ist Nikolaj nicht gestorben«, erwiderte Olly rau. »Aber lassen wir das, Saschas Brief handelt eigentlich von etwas anderem: Es geht um Wera, mein Patenkind …«

»Na dann … Evelyn, die Zeitung bitte.« Karls Interesse an der Depesche des Zaren hatte offensichtlich rapide nachgelassen.

Dennoch faltete Olly den Brief, den sie in ihrer Rocktasche getragen haben musste, auseinander, um daraus vorzulesen. Evelyn nutzte den Moment, um die erste Tasse Kaffee des Morgens zu genießen.

»*Liebste Olly, ich hoffe, mein Brief erreicht Euch bei bester Gesundheit. Hier kommt der Winter dieses Jahr mit Siebenmeilenstiefeln daher und –*« Irritiert durch Karls Zeitungsrascheln, hielt Olly inne. »Am besten komme ich gleich zum Wesentlichen: *Liebstes Schwesterherz, heute möchte ich Dich um einen Gefallen bitten. Wie Du weißt, hat der König von Griechenland ein Auge auf Kostys und Sannys älteste Tochter Olgata geworfen. Ich muss Dir nicht erklären, dass solch eine gute Partie auch eine Stärkung der russisch-griechischen Beziehungen bedeuten würde. Sanny ist seit König Georgs Besuch völlig überdreht. Romantisch, wie sie ist, sieht sie darin eine Wiederholung ihrer eigenen Geschichte.*« Olly schaute auf, suchte Evelyns Blick. »Mein Bruder Kosty hat sehr jung geheiratet. Er und Sanny haben sich sozusagen im Kinderzimmer kennengelernt. Beide behaupten nach wie vor, es wäre gleich die große Liebe gewesen, aber meiner Ansicht nach war es vor allem Kostys große Sehnsucht, endlich der Knute seiner schrecklich strengen Erzieher entfliehen zu können.« Sie zuckte in einer für sie typischen Geste mit den Schultern. Dann las sie weiter.

»*Nun setzen Kosty und Sanny alles daran, Olgatas Erziehung in den nächsten zwei, drei Jahren zu vollenden. Sich gleichzeitig um Weras Erziehung zu kümmern überfordert die beiden allerdings sehr, vor allem, da Wera derzeit in einer schwierigen Phase ist …*« Olly stockte, ihr Blick flog über das Blatt, erst dann las sie weiter.

»*Olly, Du kennst unseren Bruder und unsere liebe Schwägerin selbst gut genug, um zu wissen, dass es angeraten ist, ihnen in solch einer Situation helfend zur Seite zu stehen. Geliebte Schwester, wäre es nicht schön, wenn Du als Patentante die kleine Wera für eine gewisse Zeit aufnehmen würdest? Bei Dir und Karl wüsste ich unsere Nichte bestens versorgt.*« Olly ließ den Briefbogen sinken.

»Sascha fügt noch an, ich würde Russland einen großen Dienst erweisen. Das hätte er nun wirklich nicht extra sagen müssen. Ich helfe doch immer, wo es geht.«

Evelyn runzelte die Stirn. Was war denn am Besuch eines Kindes derart staatstragend, dass sich der Zar höchstpersönlich darum kümmerte?

»Wera hat eine schwierige Phase, aha. Und da sollst ausgerechnet du sie aufnehmen?«, fragte Karl.

»Traust du mir das etwa nicht zu?«, fuhr Olly auf. »Nur weil wir keine eigenen Kinder haben, heißt das noch lange nicht, dass ich unfähig bin, solch ein kleines Wesen liebzuhaben und zu betreuen.« Wie immer, wenn es um das Thema Kinder ging, begannen Ollys Augen verdächtig zu glänzen. Wut, Trauer, ein Hauch von Resignation – selten hatte Evelyn eine Frau mit so viel Tiefe im Blick gesehen wie Olga. Es schien, als würden ihr noch viele weitere Worte auf den Lippen liegen, aber wie so oft schluckte sie diese hinunter.

War so viel Contenance nicht zu viel des Guten?, fragte sich Evelyn. Vielleicht wäre es wirklich besser, die Prinzessin würde ihrem Mann einmal gehörig die Meinung sagen! Oder tat sie dies, heimlich, hinter verschlossenen Türen? Es konnte doch nicht immer nur eitel Sonnenschein zwischen den beiden herrschen, oder?

»Aber warum gibt Ihr Bruder Konstantin seine Tochter nicht zu jemandem in Obhut, der in der Nähe wohnt? Russland und Württemberg liegen ja nicht gerade nur einen Katzensprung voneinander entfernt«, fragte sie vorsichtig.

»Und wenn schon!«, sagte Olly leichtherzig. »Wir Geschwister sind uns im Herzen nahe. Davon abgesehen, bin ich Weras Patentante. Also ist es selbstverständlich, dass meine Familie *mich* um Hilfe bittet.« Olly langte über den Tisch, ergriff die Hand ihres Mannes.

»Karl, stell dir vor: wir zwei und ein kleines Mädchen! Du könntest Wera bei deinen Spaziergängen mitnehmen, ihr Stuttgart zeigen. Wir könnten zusammen mit ihr in der Bibel lesen. Und zu dritt musizieren. Mit ihren neun Jahren ist sie bestimmt schon sehr klug und verständig, aber dennoch kindlich genug für Späße wie eine Schlittenfahrt im Winter!«

»Die Hügel direkt von der Villa hinab, das wäre was! Und die Stuttgarter Seen sind ideal zum Eislaufen. Ein Besuch in der Wilhelma würde der Kleinen sicher ebenfalls gefallen, meinst du nicht auch?« Bereitwillig spielte Karl mit.

»Ach Karl, wir wären endlich eine richtige Familie …«

Für einen langen Moment schauten sich die beiden Eheleute in die Augen. Und wieder spürte Evelyn das unerklärlich starke, unsichtbare Band, das dieses ungleiche Paar zusammenschweißte. War es wirklich Liebe? Abrupt stand sie auf, um endlich die Vorhänge aufzuziehen. Sogleich tauchten die einfallenden Sonnenstrahlen den Salon in ein goldenes Licht.

Karl blinzelte heftig. »Aber wie würde ich mich mit unserem Kind unterhalten? Deutsch wird die kleine Wera ja nicht können, spricht sie denn wenigstens Französisch? Du weißt ja, wie schlecht mein Russisch ist.«

»*Unser* Kind – wie schön sich das anhört!« Olly strahlte ihren Mann an.

»Ich habe noch nicht ja gesagt. Solch ein Schritt will wohlüberlegt sein. Was wird mein Vater dazu sagen, dass wir uns mit dem Gedanken tragen, ein fremdes Kind an den Hof zu holen? Wäre das in seinem Zustand nicht zu anstrengend für ihn?« Karl warf einen fast angstvollen Blick in Richtung Schloss.

Sein Vater. Das hatte ja kommen müssen, schoss es Evelyn durch den Kopf.

»Deinen Vater wollen wir mit dieser Entscheidung nicht belästigen, sie ist allein unsere Angelegenheit. Schließlich benötigt der König seine ganze Kraft, um zu genesen«, sagte Olly und tätschelte Karls Hand in mütterlicher Manier. »Außerdem ist Weras Aufenthalt ja nur für eine gewisse Dauer.« Der gütige Tonfall verschwand, Ollys sanfte Miene wurde plötzlich eisern. »Das Kind kommt. Daran gibt es nichts zu diskutieren!«

*

Mit zusammengekniffenen Augen schaute sich Olly in ihrem Schlafzimmer um. Wie Karls und ihr gemeinsamer Schlafraum war auch dieser in dunklen Farben gehalten: Nachtblau, Weinrot, Tannengrün. Die Möbel waren schwer und ausladend, teilweise mit Gold verziert, die Vorhänge aus weinrotem Samt. Als sie vor knapp neun Jahren das Kronprinzenpalais bezogen hatten, hatte sich Olly bewusst für diese schwermütig anmutende Farbgebung entschieden. Sie fühlte sich dadurch an die Salons des Winterpalastes in St. Petersburg erinnert, in denen gegen die Eiseskälte des Winters stets ein Feuer prasselte. Das Schwelgen in satten Farben sollte außerdem einen Gegenpol zu dem ansonsten sehr spröden, geradlinigen Bau der Kronprinzenresidenz bilden.

Auf dem Boden sitzend, betrachtete Olly skeptisch ihre Tischgruppe am Fenster. Wirkten die Möbel nicht zu düster? Es fiel ihr schwer, sich vorzustellen, wie sie mit Wera auf dem Schoß in einem der dunkelblauen Sessel saß, um ihr vorzulesen. Mochten kleine Mädchen nicht lieber zarte Pastellfarben? Rosa, Hellgrün, Himmelblau? Eine Gruppe von weißen Korbmöbeln, dazu himmelblaue Kissen, golden bestickt – das würde Wera bestimmt gefallen!

Gleich morgen wollte sie sich auf die Suche nach geeignetem Interieur machen, beschloss Olga, als ihr ein weiterer Gedanke durch den Kopf schoss: Welchen Raum würde sie eigentlich als Kinderzimmer umgestalten?

»Eure Hoheit, sind Sie hier? Ich habe neuen Wein mitgebracht, er schmeckt herrlich nach Herbst und Erntezeit!« Mit einem Tablett, auf dem eine Karaffe und zwei Gläser standen, betrat Evelyn von Massenbach das Schlafzimmer.

»Wollen Sie etwa verreisen?« Sie nickte mit ihrem Kinn in Richtung des großen Reisekoffers, den Olly unter Aufbietung sämtlicher Kräfte in die Mitte des Raums bugsiert hatte.

»Warum sollte ich?« Schmunzelnd zog Olly aus den Tiefen des Koffers eine Puppe, ein hölzernes Pferd und eine Spieluhr hervor. »Das ist mein altes Spielzeug. Ich habe den Koffer vorhin von der Bühne bringen lassen.«

Evelyn stellte das Tablett auf dem Tisch am Fenster ab, kniete sich neben Olly nieder und strich andächtig über das Holzpferd. »Man sieht jeden Muskel und jedes Haar der Mähne. Das ist aus wahrer Künstlerhand.« Beschützend legte sie ihren Arm um das Pferd. »Für ein Kind ist es viel zu schade!«

Olly lachte. »Von wegen. Ich kann es kaum erwarten, all das hier gemeinsam mit Wera anzuschauen. Was meinst du, Eve, ob kleine Mädchen Gefallen hieran finden?« Sie hielt eine filigrane Spieluhr, die wie ein Karussell gearbeitet war, in die Höhe. »Meine Schwestern und ich – wir liebten dieses Stück, nie wurden wir müde zuzusehen, wie sich die Pferde zur Musik drehten.«

Vorsichtig nahm Evelyn die Spieluhr an sich. »Doch nicht so etwas Schönes! Jetzt haben diese herrlichen Spielsachen so lange gehalten, da wäre es doch schade, wenn sie durch grobe Kinderhände kaputtgingen.«

»Du und deine schwäbische Sparsamkeit«, rügte Olly ihre Hofdame, die viel eher eine Freundin war, lachend. »Wera ist doch kein wilder Lausejunge, sie wird schon sorgsam und liebevoll mit den Dingen umgehen.«

Eine Zeitlang waren sie einträchtig damit beschäftigt, den Koffer zu leeren. Puppen, Kreisel, eine hölzerne Kutsche, noch mehr Pferde kamen zum Vorschein. Alles war etwas verstaubt, aber in bester Verfassung.

Glücklich schaute Olly auf den mit Spielzeug übersäten Teppich.

»Dass meine Kindersachen nach siebzehn Jahren Ehe doch noch zum Einsatz kommen würden, daran habe ich nicht mehr geglaubt.« Noch während sie sprach, spürte sie den altbekannten Schmerz in sich aufwallen. Es tat noch immer so weh.

Ein eigener Herd. Eine große Kinderschar. Und sie mittendrin. Das hatte sie sich mehr als alles andere gewünscht. Und geglaubt, dass diese Wünsche für eine russische Zarentochter ziemlich schlicht gewesen waren. Der liebe Gott hatte sie ihr dennoch nicht erfüllt.

Alle um sie herum hatten Kinder bekommen: ihre Schwester Mary als Erste, dann Cerise, ihre Schwägerin. Kostys Frau Sanny.

Und Karls Schwestern. Auguste, die jüngste, hatte sechs Kinder! Vier Buben und zwei Mädchen. Aber nicht *sie* war es, die Olly spüren ließ, dass sie den Anforderungen an eine Kronprinzessin nicht entsprach. Dass sie minderwertig war. Diese Aufgabe hatte sich Karls ältere Schwester Katharina zu eigen gemacht. Sie ließ keine Gelegenheit aus, mit ihrem Sohn Wily zu prahlen. *Sie* hatte den erforderlichen männlichen Nachfolger geboren, wohingegen Olly an dieser einen, dieser einzig wichtigen Aufgabe kläglich gescheitert war. Dass dieses Scheitern womöglich nicht allein mit ihr zu tun hatte, interessierte niemanden. Wenn ihr alle nur wüsstet!, dachte Olly wieder einmal bitter.

Sie nahm eine in Lumpen gekleidete Puppe in die Hand, deren Haare völlig verfilzt waren. Der Anblick ließ sie den Schmerz der vergangenen Jahre vergessen. Sie konnte sich gar nicht daran erinnern, dass sie ihre Lieblingspuppe einst mit nach Stuttgart genommen hatte.

»Dieses ramponierte Etwas heißt Luisa. Die Arme hat bei mir ziemlich viel aushalten müssen. Was meinst du, Eve, soll ich sie gleich aussortieren? Bestimmt ist Wera Besseres gewohnt.«

Evelyn, die zum Tisch gegangen war und zwei Gläser neuen Wein einschenkte, sagte: »Sie freuen sich sehr auf Ihre Patentochter …«

»Ich kann es kaum erwarten, sie in meine Arme zu schließen.« Olly nahm Evelyn ein Glas ab und prostete ihr damit zu. »Ich habe meinen Brief an Sascha vorhin aufgegeben. Und Kosty und Sanny habe ich auch geschrieben, sie sollen wissen, dass Wera bei uns herzlich willkommen ist. Jahrelang habe ich bedauert, mein Patenkind so selten sehen zu können. Ich weiß nicht einmal, wie groß sie inzwischen ist und wie sie aussieht.« Liebevoll strich sie Luisa die krausen Haare aus der Stirn. »Wera ist ein ganz besonderes Mädchen, aufgeweckt, flink und lebhaft. Wenn ich nur an ihre Taufe denke! Geschrien hat sie auf meinem Arm wie am Spieß, ihr kleines Gesicht ist feuerrot angelaufen. Natürlich dachte ich, *ich* sei schuld, würde das Kind nicht richtig halten. Der Bischof war von Weras Geschrei derart irritiert, dass er seinen Taufspruch so schnell heruntergerasselt hat, wie ich es noch nie erlebt hatte.«

Evelyn stimmte in Ollys Lachen ein, dann sagte sie: »Ich möchte Ihre Freude nicht dämpfen, ganz im Gegenteil, ich freue mich sehr mit Ihnen. Aber was ist, wenn das Kind gar nicht von seinen Geschwistern und Eltern fortwill?«

Olly runzelte die Stirn. »Kosty und Sanny haben für Wera doch eh keine Zeit, jetzt, wo sie sich so intensiv um Olgatas Bräutigamschau kümmern. Ich kann mich noch gut daran erinnern, wie es war, als Mutter mit Mary unterwegs war. Während die beiden einen Ball und Empfang nach dem anderen besuchten, saß ich eifersüchtig zu Hause und fühlte mich wie das fünfte Rad am Wagen. Aber so ist das nun einmal, eine Tochter nach der anderen! In ein paar Jahren kommt auch Wera an die Reihe.«

Evelyn nickte, schien aber nicht überzeugt. »Und wenn –«

Olly unterbrach ihre Hofdame lachend. »Genug davon. Wir werden Wera eine so schöne Zeit bereiten, dass sie St. Petersburg keine Minute vermisst. Als Erstes kaufen wir ihr schöne Kleider, so etwas mögen kleine Mädchen immer. Und ihren ersten Fächer soll sie auch von mir bekommen. Und dann besuchen wir eines unserer schönen Kaffeehäuser. Kinder laden wir auch ein, Wera soll viele Spielkameraden bekommen. Ich lasse Kakao servieren und Kekse, und dann können die Kleinen nach Herzenslust spielen, so wird sie ihre Geschwister gewiss nicht vermissen. Cäsar Graf von Beroldingen werde ich beauftragen, für Wera das schönste Pony weit und breit zu besorgen – wozu habe ich einen fähigen Stallmeister? Ach Eve, es wird einfach herrlich werden!«

2. KAPITEL

Nach tausend Jahren und tausend Tagen fuhr die Kutsche am zweiten Dezember endlich in Stuttgart ein. Es war ein trüber, nichtssagender Tag, grau in grau. Genauso nichtssagend waren die Straßennamen: Schillerstraße, Königstraße, Kriegsbergstraße.

Warum liegt hier kein Schnee?, fragte sich Wera. Es ist doch Winter. Und warum hießen die Straßen nicht Newski-Prospekt oder Kasaner Straße? Auch Paläste sah sie nicht, dafür weiß gestrichene Bürgerhäuser, in deren Erdgeschossen Läden untergebracht waren. Wera konnte zwar die Ladenschilder nicht lesen, erkannte aber an den Schaufensterauslagen, um welche Art von Geschäft es sich handelte: Bäcker, Schlachter, Schuhmacher, und in einem Schaufenster hingen Tausende von Schlüsseln jeglicher Art, sehr seltsam. In den Läden und ringsherum herrschte ein reges Treiben. Frauen mit Kindern an der Hand, die an etwas Seltsamem kauten, Dienstmägde mit schweren Körben über dem Arm, die Einkäufe für die Herrschaften erledigten. Die Menschen lachten und schienen froher Stimmung zu sein.

Wera wandte sich angewidert ab.

Außer ihr saß nur noch Dr. Haurowitz in der Kutsche. Er war der Leibarzt ihres Vaters und war von ihm mit der Aufgabe betraut worden, sie nach Stuttgart zu begleiten. Ihre Mutter hätte eine Gouvernante als weitere Reisebegleitung für ihre Tochter gern gesehen, aber Weras Erzieherin hatte kurz zuvor gekündigt. Und eine neue war nicht aufzutreiben gewesen. Also hatten der alte Mann und das Kind den langen Weg von St. Petersburg nach Württemberg allein zurückgelegt.

»Jetzt sind wir gleich da. Bestimmt werden wir im Schloss schon sehnsüchtig erwartet! Schauen Sie nur, wie hübsch Stuttgart ist«, sagte der Arzt und zeigte auf einen großen Bau aus braunem Gestein, dessen Türme Wera an die uralte Ritterburg erinnerte, die sie in einem deutschen Kinderbuch einmal gesehen hatte.

Wera schwieg. Als ob Ritterburgen sie interessierten. Die ganze Fahrt über hatte das linke Hinterrad ihrer Kutsche seltsame Geräusche gemacht. Und von oben war unentwegt der Regen auf das Kutschendach gefallen. Pling. Pling. Pling. Wera war es so vorgekommen, als regnete es ihr direkt in den Kopf. Das war nicht schlimm gewesen. Der Regen hatte die vielen Fragen ausgelöscht, die in ihrem Schädel umherschwirrten.

Warum? Warum musste *sie* nach Stuttgart? Wo doch die Weihnachtszeit vor der Tür stand und sie mit ihrem Bruder Nikolai ein Singspiel hatte vorbereiten wollen. Warum hatten die Eltern nicht *ihn* geschickt?

Warum? Warum? Warum?

Weil es nun mal so ist, hatte ihre Mutter gesagt. Und dass sich Wera auf die liebe Tante Olga freuen solle.

Wera schüttelte es am ganzen Leib, was ihr einen schrägen Blick von Dr. Haurowitz eintrug. Sie wusste schon jetzt, dass sie »die liebe Tante Olga« hassen würde. Genau wie ihre Schwester, um die so viel Aufhebens gemacht wurde. Die nicht fortmusste zu irgendeiner Patentante, sondern die tanzen lernen durfte und schöne Bälle besuchte. Aus der einmal die Königin von Griechenland werden sollte.

Olga, Olga, Olga ... Weras linke Hand hatte sich in die Ritze zwischen Sitz- und Rückpolster geschoben. Wenn sie sich anstrengte, konnte sie mit dem Fingernagel kleine Teile der Füllung herauskratzen.

»Fangen Sie schon wieder mit diesem Unsinn an?«, kam es sogleich von Dr. Haurowitz. »Muss ich Sie etwa auf dem letzten Wegstück erneut festbinden?«

Wera warf ihm einen Blick zu. Die linke Hand legte sie sittsam auf den Schoß. Kaum dass der Arzt aus dem Fenster schaute, begann sie mit ihrer rechten Hand in der Ritze zu pulen.

»Vater und ich kommen, so schnell es geht, auch nach Stuttgart«, hatte die Mutter zum Abschied gesagt. Ein kleiner Trost zumindest. Wann war »so schnell es geht«?

»Sehen Sie den großen Platz und das langgezogene Gebäude dahinter? Das ist das Stuttgarter Schloss«, sagte Dr. Haurowitz.

»*Das* soll ein Schloss sein? Wie klobig das aussieht. Und so schlicht!«, entfuhr es Wera. »Vaters Schwester muss eine sehr arme Frau sein ...« Während sie noch rätselte, wie es sein konnte, dass eine russische Großfürstin arm war, kam ihr ein erhebender Gedanke: Womöglich hatte die Patentante nicht einmal genügend Geld, um sie, Wera, satt zu bekommen? Das wäre ja ... Das wäre großartig! Wera nahm sich vor, besonders viel zu essen. Dann würde die Tante sagen, sie wäre zu teuer und müsse wieder nach Hause. Was für eine hervorragende Idee – ihre Eltern würden Augen machen, wenn sie plötzlich wieder in Petersburg auftauchte.

»Die Tante kann bestimmt nichts dafür, dass sie so arm ist«, sagte sie versöhnlich. »Sie ist ja keine Königin, sondern nur eine Prinzessin.«

»Die Württemberger arm – Sie kommen auf Ideen! Wehe, Sie geben nachher solch eine despektierliche Bemerkung von sich«, sagte Dr. Haurowitz, während er angestrengt aus dem Kutschenfenster schaute. Dabei gab es hier im Gegensatz zu den belebten Straßen von zuvor gar nichts zu sehen, der Platz vor dem Schloss war menschenleer. Nur ein paar Tauben stoben vor der heranfahrenden Kutsche davon.

Wera frohlockte. Von wegen: Sie wurden sehnsüchtig erwartet! Womöglich war die Tante verreist? Manchmal gingen Briefe verloren, oder? Vielleicht wusste die Tante gar nicht, dass sie anreiste? Dann konnten sie auf der Stelle kehrtmachen und heimfahren. Wera lächelte wie eine Katze in einem Mäusetraum.

»Und bei der Begrüßung wird auch nicht gesungen. Und nicht getanzt. Überhaupt: Wagen Sie es nicht, herumzuzappeln! Wenn die Kutsche hält und wir aussteigen, sind Sie still und warten, bis Sie von den Erwachsenen angesprochen werden. Dann machen Sie einen Knicks, wie es Ihre zahlreichen Gouvernanten Ihnen beizubringen versuchten. Haben Sie mich verstanden, Wera Konstantinowa?«

Wera nickte pflichtschuldig. Wie immer, wenn der Arzt besonders streng sein wollte, bewegten sich seine buschigen Augenbrauen wie kleine Tierchen auf und ab. Gustl und Moritz hatte Wera die beiden genannt. So hießen die zwei Eichhörnchen in dem deutschen Kinderbuch, das Tante Olga ihr einst als Weihnachtsgeschenk geschickt hatte. Gustl hatte mehr Haare als Moritz und saß ein Stück weiter oben.

Der Doktor tat zwar streng, war aber ein netter Mann. Viel netter als der schreckliche Arzt, der daheim so oft ihren Kopf untersucht hatte. Dr. Haurowitz hatte sie kein einziges Mal untersucht und ihr auch nicht weh getan. Stattdessen hatte er ihr spannende Geschichten erzählt. Von seiner Jugendzeit in Kopenhagen. Und einer Reise nach Indien, als er noch jung und Schiffsarzt gewesen war. Indien sei viel weiter entfernt als Württemberg, hatte er angefügt. Und dass sie froh sein könne, dass ihre Eltern sie nicht dorthin geschickt hatten. Dort würde nämlich der Pfeffer wachsen. Wera hatte diese Bemerkung nicht verstanden, aber dennoch in sein Lachen eingestimmt. Manchmal wäre es ihr allerdings lieber gewesen, der Arzt hätte geschwiegen, denn er hatte schrecklichen Mundgeruch. Moderigen Mundgeruch. Sie kicherte.

Der Arzt warf ihr einen wohlwollenden Blick zu. »Nun freuen Sie sich doch auf Ihre Patentante, nicht wahr?«

Die Kronprinzessin wohnte gar nicht im Schloss, erfuhr Dr. Haurowitz von den Wachen, die vor dem großen Portal postiert waren, sondern im Kronprinzenbau, und der lag dem Schloss direkt gegenüber.

Diese unerwartete Information brachte Wera durcheinander.

Unruhig wippte sie mit beiden Füßen auf und ab. Was hatte das zu bedeuten? Sie sollte doch ins Schloss kommen, von einem Kronenbau war nie die Rede gewesen! Ob es ihren Eltern recht war, dass sie nun woandershin fuhren? Sie wollte gerade anfangen, darüber mit Dr. Haurowitz zu diskutieren, als die Kutsche hielt. Der Verschlag wurde aufgerissen und die kleine Treppe heruntergeklappt.

Dr. Haurowitz holte tief Luft, dann setzte er einen Fuß auf die Treppe. »Da wären wir.«

Wera lugte aus dem Fenster, während ihr Herz mit ihrem Magen Fangen spielte. Die vielen fremden Menschen. Württemberger.

Ganz vorn stand eine Frau, so schön, wie Wera noch keine gesehen hatte. Sie trug ein glänzendes Seidenkleid und einen kleinen Hund auf dem Arm. Ihre Haut war makellos, ihre Augen ausdrucksvoll und voller Tiefe. Aber es war etwas Unsichtbares, was Wera am meisten faszinierte. Diese Frau schien eine innere Leuchtkraft zu besitzen, und alle anderen Menschen, die ebenfalls auf dem Trottoir standen, schienen sich an ihr auszurichten. Wie Motten, die um ein Licht flatterten. War *das* ihre Patentante Olga?

Daneben stand eine zweite Frau, ebenfalls sehr hübsch. Sie hatte ihre rechte Schulter in einer beschützenden Weise vor die schöne Frau geschoben, als wollte sie diese vor jeglicher Unbill abschirmen. Ihr Blick war offen und freundlich, um ihren Mund lag jedoch ein energischer Zug, den Wera allzu gut kannte. Mit dieser Frau war nicht gut Kirschen essen!

Die Schöne und die Hübsche hatten sich beide schwarze Blumen ans Revers gesteckt.

Noch mehr Damen, wahrscheinlich Angehörige des Hofes, standen hinter ihnen. Auf den ersten Blick konnte Wera nichts Besonderes an ihnen erkennen. Viel interessanter waren die drei Herren, die ein wenig abseits standen. Jeder war auf eine besondere Art gutaussehend. Der Mann links, der mit der schneidigen Uniform, gefiel Wera am besten. Sie runzelte die Stirn. Warum waren alle Menschen in Württemberg so hübsch? Und warum trugen die Damen schwarze Blüten am Revers und die Herren schwarze Bänder um den Arm, das klassische Zeichen für Trauer an einem königlichen Hof?

»Wera Konstantinowa! Wo bleiben Sie denn?« Mit Dr. Haurowitz' Frage schwappte ein Schwall Mundgeruch in die Kutsche.

Also gut! Wera holte tief Luft und stürzte an ihrem Reisebegleiter vorbei ins Unvermeidliche. Da Dr. Haurowitz' rechter Fuß noch den Tritt okkupierte, blieb ihr nichts anderes übrig, als direkt aufs Trottoir zu springen. Sie stolperte und landete in den ausgebreiteten Armen der viel zu schönen Frau.

»Mein liebes Kind …« Die Frau lächelte. Und sie roch gut. Einen Wimpernschlag lang atmete Wera den feinen Duft ein, dann riss sie sich los.

»Ich bin nicht Ihr liebes Kind!« Wie ein angriffslustiger Stier stampfte sie mit dem rechten Fuß auf den Boden auf und schaute in die Menge, deren Blicke ihrerseits auf Wera gerichtet waren. Die Leute *schauten* nicht, sie *starrten* sie in einer Weise an, die sie gut kannte. Hierin waren sich die Menschen in Stuttgart und Petersburg also gleich.

Es war schließlich Dr. Haurowitz, der die Initiative ergriff, indem er sich als Leibarzt des Großfürsten Konstantin vorstellte.

»Bestimmt möchte Fräulein Wera Konstantinowa nun ordentlich guten Tag sagen.« Er warf ihr einen seiner strengen Blicke zu, bei dem Gustl und Moritz wild auf und ab hüpften.

»Wera, liebes Kind, erkennst du mich nicht mehr? Ich bin deine Patentante Olly«, sagte die schöne Dame lächelnd. »Und schau, dies ist Baronin Evelyn von Massenbach. Meine liebe Hofdame wird dir auf allen Wegen zur Seite stehen. Und das hier ist dein lieber Onkel Karl.« Sie zeigte auf einen der drei Herren, der sie anblickte, als habe er noch nie ein neunjähriges Mädchen gesehen. Wera hätte ihm am liebsten die Zunge herausgestreckt.

»Freiherr Wilhelm von Spitzemberg ist Karls Generaladjutant. Und der Herr zu meiner Linken ist Cäsar Graf von Beroldingen, unser aller Stallmeister. Er hat letzte Woche ein wunderschönes Pony für dich besorgt, nicht wahr, mein lieber Graf?«

Der Mann in der schneidigen Uniform nickte. Wie alle Herren trug er ein schwarzes Band um den rechten Arm. Der Stuttgarter Hof trug Trauer.

Wera presste die Lippen zusammen. Sie brauchte kein Pony. Zu Hause im Stall wartete Kalinka auf sie.

»Tragen Sie Trauerflor, weil ich gekommen bin? Ich kann auch wieder gehen!«, sagte sie bissig, während sie auf die schwarzen Blüten wies. Sogleich bekam sie von Dr. Haurowitz einen kleinen Stoß in den Rücken.

Ihre Patentante und die Hofdame wechselten einen entsetzten Blick.

»Aber Kind, wie kommst du auf solch eine Idee? Wir trauern, weil unser geschätzter Minister und Hofmarschall Friedrich Graf von Zeppelin heute früh gestorben ist.«

»Können Sie nicht *einmal* Ihren Mund halten?«, zischte Dr. Haurowitz in Weras Ohr. »Was haben Sie nun schon wieder angerichtet ...«

Sie hatte schon wieder alles falsch gemacht. Wie immer. Wera drückte ihre geballte rechte Hand auf ihren Mund, um einen Aufschrei zu unterdrücken.

»Das ... wollte ich nicht«, nuschelte sie. »Sie müssen mir glauben, bitte! Ich wollte nicht, dass der Mann stirbt. Hätten Sie ihm bloß nicht erzählt, dass ich komme.«

Ihre Patentante runzelte die Stirn. »Graf Zeppelin starb am Typhus, das hat doch mit dir nichts zu tun.«

»Machen Sie sich nichts daraus, Eure Hoheit«, sagte Dr. Haurowitz eilig. »Die kleine Dame ist nun einmal sehr ... originell. Aber sie meint es nicht böse.«

»Was für ein trüber Tag, um Sie hier in Stuttgart in Empfang zu nehmen! Es wird höchste Zeit, dass wir ihm ein wenig Wärme verleihen. Wollen wir nicht endlich hineingehen?«, übernahm die Hofdame das Wort.

In einer freundschaftlichen Geste legte sie einen Arm um Wera, die sich sofort versteifte, woraufhin der Griff der Hofdame noch fester wurde.

»Nach der langen Reise bist du bestimmt hungrig und durstig. Es gibt Schokoladenkuchen und süßen, warmen Kakao!«

Wera blieb nichts anderes übrig, als Evelyn von Massenbach zu folgen. Wenn es sein musste, würde sie halt ein Stück Schokoladenkuchen essen. Oder zwei. Eines für sich und eines für den toten Grafen von Zeppelin. Zur Wiedergutmachung sozusagen. Ihre verkrampften Schultern entspannten sich ein wenig.

Ihre Tante schloss zu ihnen auf und sagte:

»Du bist müde und überreizt von der langen Reise, das ist normal. Deshalb bleiben wir heute *entre nous*, damit dir noch mehr Aufregung und Neues erspart bleiben. Morgen wirst du dann dem König und der Königin vorgestellt. Und danach habe ich ein paar Spielkameraden für dich eingeladen. Alle können es kaum erwarten, dich kennenzulernen.« Im Gehen legte Olly ihr von der anderen Seite her ebenfalls einen Arm um die Schulter.

Was redete die Tante da? Und warum taten alle so vertraulich mit ihr? Abrupt blieb Wera stehen, wand sich aus der Umklammerung der beiden Frauen.

»Ich brauche keine Spielkameraden. Ich will nach Hause zu meinen Geschwistern!« Bevor jemand etwas tun oder sagen konnte, drehte sie sich um und rannte die Treppe hinab. Ihre Augen rasten wild über den Schlossplatz, doch dann entschied sie sich anders, machte eine scharfe Kehre nach links und verschwand im engen Gewirr der Stuttgarter Straßen.

*

Karls Adjutant Wilhelm von Spitzemberg, Stallmeister von Beroldingen sowie ein halbes Dutzend weitere Bedienstete waren sofort losgestürzt, um das Kind einzufangen.

Händeringend saß Olly im Salon, ihr Blick starr auf den Eingang gerichtet. Wo blieben die Männer nur? Warum war Wera fortgelaufen? Die Vorstellung, wie das Kind orientierungslos durch die Stadt irrte, war zu schrecklich! Olly schluchzte auf.

»Jetzt weine doch nicht. Alles wird gut werden«, murmelte Karl und tätschelte hilflos ihre Hand. »Ehrlich gesagt habe ich mir das alles ein wenig anders vorgestellt. Das Kind *selbst* habe ich mir anders vorgestellt.«

Ollys Schluchzen hörte schlagartig auf. »Was willst du damit sagen?« Sie funkelte ihn angriffslustig an. Wehe, er wagte es, etwas gegen Wera zu sagen!

Karl hob abwehrend die Hände.

»Ich bin wirklich untröstlich, Eure Hoheit«, sagte Dr. Haurowitz. »Eine solche Aufregung hätte ich Ihnen gern erspart.« Er seufzte. »Allerdings kam diese Szene nicht unerwartet für mich. Genau aus dem Grund habe ich beim Großfürsten so beharrlich auf eine Alternativlösung gepocht.«

»Was soll das heißen? Dass Sie mit Weras Verschwinden gerechnet haben?«, fuhr Evelyn ihn scharf an. »Sie sind ja ein fabelhafter Aufpasser.«

»Eve, bitte. Dr. Haurowitz kann doch nichts dafür. Wahrscheinlich war die kleine Wera einfach überwältigt von unserem Wiedersehen«, sagte Olly. Sie schaute fragend von einem zum anderen. »Aber sie muss doch wissen, dass sie vor uns keine Angst zu haben braucht! Warum läuft sie fort?« Aus dem Augenwinkel heraus entdeckte sie einen Schatten an der Tür.

»Wera, endlich!«

Doch es war nur das Kammermädchen, das auf Karls Geheiß Weinbrand und Gläser brachte.

»Was meinten Sie mit *Alternativlösung*?«, sagte Karl und beäugte den Arzt eindringlich. »Sprechen Sie, Mann! Was hat das alles zu bedeuten?«

Der Leibarzt des Großfürsten Konstantin schaute betreten in die Runde, hüstelte verlegen.

»Sind Ihnen die näheren Umstände Weras Reise betreffend tatsächlich nicht bekannt?«

Olly, die gerade ihre Nase putzte, hielt inne. »Welche Umstände?«

»Vielleicht hätten Sie endlich die Freundlichkeit, uns reinen Wein einzuschenken?«, sagte Evelyn.

Mit einem gütigen Lächeln neigte sich der Arzt Olly entgegen. Eine Woge Mundgeruch traf sie, und sie presste ihr Taschentuch fester auf die Nase.

»Dass Sie Ihr Patenkind aufnehmen wollen, ist wirklich löblich«, sagte er. »Dennoch bin ich mir nicht sicher, ob Liebe allein ausreicht, um Wera zu helfen. Verzeihen Sie meine Offenheit, aber meiner Ansicht nach wäre das Kind in einer Anstalt mit ausgebildeten Ärzten und kräftigen Betreuern besser aufgehoben.« Er schüttelte betrübt den Kopf. »Diese ewigen Anfälle. Die Wutausbrüche. An manchen Tagen ist kein Durchdringen zu ihr möglich. Glauben Sie mir, nach dieser Reise weiß ich, wovon ich spreche.«

»Eine Anstalt? Kräftige Betreuer?« Konsterniert schaute Karl zwischen Olly und dem Arzt hin und her. »Wovon sprechen Sie, Mann? Olly, weißt du etwa mehr?«

»Was für eine Anstalt?«, fragte Olly mit hohler Stimme.

Der Arzt rieb über seinen Bart. »Nun ja ... Sie wissen schon.« Er zuckte mit den Schultern. »Eine Anstalt für ... spezielle Kinder.«

»Ein Irrenhaus?« Olly sprang so ruckartig auf, dass sie mit dem rechten Knie beinahe das Tablett mit dem Weinbrand umstieß. »Sie halten Wera für schwachsinnig? Wie können Sie es wagen, so von meinem Patenkind zu sprechen!«

»Ich weiß, allein der Gedanke an eine Unterbringung in solch einem Heim ist peinlich. Und dann auch noch die Nichte des Zaren ...«, antwortete Dr. Haurowitz. Als Leibarzt des Großfürsten hatte er seit jeher auch unbequeme Wahrheiten von sich geben müssen. Er hatte sich längst abgewöhnt, sich von jedem bösen Blick, der ihn traf, einschüchtern zu lassen.

»Glauben Sie mir: Weras Eltern haben im letzten Jahr wirklich alles versucht. Ein halbes Dutzend meiner Kollegen wurden konsultiert, zahlreiche Untersuchungen mit dem Kind angestellt. Doch alle kamen sie zum selben Schluss. Deshalb war ich erstaunt, als ich hörte, dass die Kleine dennoch zu ihrer Tante nach Hannover sollte. Wie kann eine Frau, die einen blinden Ehemann zu versorgen hat, sich auch noch um ein geisteskrankes Kind kümmern?, wollte ich von Großfürst Konstantin wissen. Dann kam die Absage aus Hannover, und ich versuchte erneut, auf eine Einweisung in ein Heim hinzuwirken. Doch da war schon der Gedanke geboren, sie hierher zu schicken.« Er machte mit seiner rechten Hand eine ausholende Bewegung, die den Kronprinzenpalast einschloss. »Als Ihr Bruder mich bat, Wera auf dieser Reise zu begleiten, willigte ich ein, denn auch mir war klar, dass nach dem Vorfall während König Georgs Besuch in St. Petersburg etwas geschehen musste. Aber kaum sind wir angekommen, geht der Ärger schon weiter! Was meine Ansichten nur bestätigt.« Er nahm sein Glas Weinbrand und leerte es in einem Zug.

»Kosty wollte Wera zu Marie nach Hannover geben? Davon stand nichts in Saschas Brief ...« Olly blinzelte verständnislos. Ihr Bruder hatte sie angelogen. Zumindest hatte er ihr nicht alles gesagt. Sie wusste nicht, ob sie traurig oder wütend sein sollte. Ein Umstand, der nicht neu war – ihre Gefühle für Sascha waren seit langer Zeit gemischter Art. Bilder, wie Sascha gemeinsam mit seiner blutjungen Geliebten Katharina Dolguruki und seiner lungenkranken Frau Cerise unter einem Dach hauste, schlichen sich in Ollys Kopf. In St. Petersburg und am Hof sprach man von einem Skandal. Olly nannte es schlicht eine Tragödie. Sie verstand einfach nicht, wie Sascha Cerise das antun konnte. Glaubte er, nur weil er Zar war, sich alles erlauben zu können? Hatte er ihr auch deswegen nicht die ganze Wahrheit Wera betreffend gesagt? Was war eigentlich die *Wahrheit*? Bisher kannten sie nichts als das Gerede eines alten Mannes.

Dieselbe Frage schienen sich auch Karl und Evelyn zu stellen, denn im selben Atemzug hoben sie zu sprechen an.

»Was war denn eigentlich los, während –«

»Was hat Wera angestellt, als König Georg –«

Dr. Haurowitz' Auflachen entbehrte jeglicher Fröhlichkeit. »Sie wollen es wirklich wissen?« Mit hochgezogenen Brauen schaute er in die Runde. »Es war schauerlich. Als die Eltern mit König Georg das Kinderzimmer aufsuchten, um Olgata vorzustellen, fanden sie ihre Tochter nackt an einen Stuhl gefesselt. Ihr Körper war über und über mit Erdbeermarmelade beschmiert, diese sollte Blut darstellen. Wera und ihr Bruder Nikolai tanzten mit hölzernen Schwertern in der Hand um die weinende Gefangene herum. Während die Großfürstin mit einer Ohnmacht kämpfte, erbat der Großfürst eine Erklärung. Lachend erklärte Wera, sie seien Attentäter und Olga ihr Opfer. Je mehr Blut flösse, desto besser wäre es.« Der Arzt schaute in die Runde. »Sie müssen mir zustimmen: Solch ein Spiel kann doch nur einem kranken Hirn entspringen!«

»Die Kinder spielten ein Attentat nach?«, fragte Karl mit weit aufgerissenen Augen.

Ihr liebes kleines Patenkind und solch ein gemeines Spiel? Das ging so schlecht zusammen wie Öl und Wasser! Olly schüttelte den Kopf. »Bestimmt war Nikolai der Anstifter. Karl, erinnerst du dich – in fast jedem seiner Briefe beschwert sich Kosty über die Frechheiten seines Sohnes. Nikolai hat Wera zu diesem Spiel verführt, so war es!«

Dr. Haurowitz seufzte. »Ich befürchte, in diesem Fall war wirklich Wera die treibende Kraft. Es war nicht das erste Mal, dass man sie bei diesem ... Spiel erwischt hat.«

»Kein Wunder, dass sich die Königin von Hannover weigerte, das Kind aufzunehmen«, sagte Evelyn von Massenbach. Sie ergriff Ollys rechte Hand, drückte sie und sagte leise, aber bestimmt: »Ihnen ist doch klar, dass es nicht dienlich wäre, Wera unter diesen Umständen hierzubehalten? Niemand von uns wäre in der Lage –« Sie brach ab, weil plötzlich neben ihr Lachen ertönte.

Beide Frauen schauten Karl entsetzt an.

»Verzeihung«, sagte der Kronprinz. »Aber die Vorstellung ist einfach zu komisch. Wäre ich an der Stelle des Griechen gewesen, so hätte ich auf dem Absatz kehrtgemacht.« Er hob sein Glas und prostete dem Arzt zu.

Olly schaute ihren Mann traurig an. »Es gab Zeiten, da bist du nicht vor jeder Herausforderung gleich zurückgeschreckt«, flüsterte sie ihm so leise zu, dass nur er es hören konnte. Dann wandte sie sich an den Arzt.

»Weiß Wera, dass man in Russland erwog, sie in ein Heim zu stecken?« War sie deswegen angsterfüllt fortgerannt? Weil sie geglaubt hatte, dasselbe Schicksal würde ihr hier in Stuttgart drohen?

Doch Dr. Haurowitz verneinte. »Wo denken Sie hin! Die Eltern haben mit Wera nicht darüber gesprochen.« Die Missbilligung in seiner Stimme war nicht zu überhören.

Olly atmete auf. »Dabei soll es auch bleiben. Und Wera darf niemals die wahren Gründe für ihr Exil erfahren, hört ihr? Wehe, es fällt auch nur eine Bemerkung dieser Art! Wera ist nicht geisteskrank, da können Sie sagen, was Sie wollen. Und in eine Anstalt kommt sie nur über meine Leiche. Ich weiß, wie es in solchen Heimen zugeht, schließlich stehe ich der Heil- und Pflegeanstalt Mariaberg vor. Das Personal gibt sich alle Mühe, davon kann ich mich bei jedem meiner Besuche überzeugen, aber sie sind mit der großen Zahl ihrer Pfleglinge überfordert. Karl, du kannst dir nicht vorstellen, wie laut es dort ist! Die armen Irren schreien unentwegt, andere toben und sind eine Gefahr für sich und andere. Den Pflegern bleibt nichts übrig, als sie zu fesseln. Etliche sind nicht nur krank im Geiste, sondern leiden auch unter Knochendeformierungen oder anderen körperlichen Behinderungen. Die Kinder in solchen Institutionen sind besonders arm dran. Wenn ich an ihre Blicke denke, leer und irr …« Ein Frösteln kroch über Ollys Rücken. Auch wenn sie es ungern zugab – von allen wohltätigen Verpflichtungen, denen sie sich verschrieben hatte, fielen ihr die Besuche in der Irrenanstalt in der Nähe von Reutlingen am schwersten.

»Ich pflichte Ihnen bei. Selbst nach dem Auftritt von vorhin glaube ich nicht, dass die kleine Wera ein Fall für Mariaberg oder sonst eine Anstalt wäre«, sagte Evelyn, die Olly bei ihren Besuchen stets begleiten musste. »Die Frage, ob *wir* in der Lage sind, ihr zu helfen, bleibt dennoch bestehen …«

Liebevoll schaute Olly ihre Hofdame an. So zaghaft kannte sie ihre beste Freundin gar nicht. Eigentlich ließ sich Eve von nichts und niemandem Bange machen.

Ollys Schultern strafften sich. Bangemachen galt auch jetzt nicht!

»Gewiss können wir das. Mit Liebe und Geduld lässt sich viel erreichen. Ich gebe zu, was Dr. Haurowitz erzählte, hat auch mich überrascht. Dass meine Familie so ratlos ist, wusste ich nicht, sonst hätte ich meine Hilfe schon viel früher angeboten. Doch der Zar hat sich nicht umsonst explizit an *mich* gewandt. *Ich* werde sein Vertrauen nicht enttäuschen. Andere mögen vor einer solchen Aufgabe zurückschrecken – ich jedoch werde daran wachsen.«

»Olly«, sagte Karl in seltsamem Ton. »Willst du etwa wirklich –«

Sie fixierte ihn mit einem Blick, der ausdrückte: Wage es, mich aufzuhalten!

»Wera bleibt.«

Wie aufs Stichwort ging die Tür auf, und Cäsar Graf von Beroldingen erschien mit Wera an der Hand.

»Eure Hoheit – hier haben Sie die kleine Ausreißerin wohlbehalten wieder!«

»Wir haben sie auf dem brachliegenden Areal zwei Straßen weiter gefunden. Sie spielte dort.«

Als wäre nichts gewesen, kam Wera auf Olly zugerannt.

»Schau nur, was ich entdeckt habe: eine Schnecke in ihrem Haus. Ist die nicht furchtbar schleimig?«

3. KAPITEL

Zwei Scheiben Braten, Kartoffeln, Gemüse, etwas Fisch und Sülze und zum Nachtisch ein Stück Schokoladenkuchen – Karl und Olly staunten nicht schlecht, wie viel ein kleines Mädchen essen konnte. Ihr guter Appetit hielt sie nicht davon ab, ausführlich und laut die Eindrücke ihres »Ausflugs« wiederzugeben: Die Häuser in Stuttgart seien doch recht ärmlich im Vergleich zu den Petersburger Prachtbauten. Und Flüsse gäbe es wohl auch nicht, und warum trugen die Menschen keine Pelze, jetzt, im Winter? Rentiere habe sie auch keine gesehen, fügte sie enttäuscht hinzu. Ob die Samojeden denn hier in der Stadt kein Winterlager unterhielten?

Rentiere in Stuttgart? Bei ihnen gäbe es höchstens eine Menge Rindviecher!, antwortete Karl lachend.

Satt und müde ließ sich Wera nach dem Essen anstandslos von Evelyn ins Bett bringen. Olly und Karl schauten den beiden erleichtert nach. Bei einem Glas Wein kamen sie zu dem Ergebnis, dass alles nur halb so schlimm gewesen war. Dr. Haurowitz konnte so bald wie möglich seine Sachen packen und abreisen. Dass er sie so unnötig erschreckt hatte!

Am nächsten Morgen erwachte Olly voller Zuversicht und gut gelaunt. Ihr Blick fiel aus dem Fenster, wo Stuttgart im Glanz der Wintersonne so appetitlich wirkte wie ein frisch geschälter Apfel. Sonnenschein – ein gutes Omen für Weras ersten Tag in Stuttgart.

Am liebsten wäre Olly noch im Nachthemd zu Wera ins Nebenzimmer gegangen, doch Evelyn hatte angeboten, sich um das Kind zu kümmern. Olly solle wie jeden Morgen bei einer ersten Tasse Tee in Ruhe zu sich kommen, hatte sie gemeint.

Olly streckte ihre Arme in die Höhe und dehnte sich wie eine Katze. Während sie das belebende Aroma ihres Morgentees genoss, ging sie in Gedanken die Pläne für den Tag durch: Zuerst würden sie hinüber ins Schloss gehen, um Wera dem König vorzustellen. Olly graute vor diesem Besuch, aber er war unvermeidlich. Sie würde ihn so kurz wie möglich halten. Als Nächstes war ein kleiner Empfang im Kronprinzenbau geplant, bei dem Wera Karls Schwestern und deren Kinder kennenlernen sollte. Olly hatte den Koch angewiesen, hierfür schwäbische und russische Spezialitäten zuzubereiten. Bei Blinis und Maultaschen würden die anfänglichen Hemmungen sicher bald verlorengehen. Hoffentlich machten es Marie und Katharina der Kleinen nicht allzu schwer. Und hoffentlich bekam Wera nicht ausgerechnet bei diesem ersten Treffen einen »Anfall«. Olly hatte zwar noch immer keine Ahnung, was Dr. Haurowitz damit meinte, aber sie wollte es auch nicht unbedingt heute herausfinden.

Ihr Tee war nur noch lauwarm, und auf seiner Oberfläche hatte sich eine Haut gebildet. Olly stellte die Tasse fort. Wenn nur Fürst Gortschakow noch hier wäre!, dachte sie nicht zum ersten Mal. Obwohl Sascha den ehemaligen russischen Gesandten schon vor Jahren nach Russland zurückbeordert hatte – Fürst Gortschakow war inzwischen zum Außenminister und Kanzler von Russland aufgestiegen –, vermisste Olly ihren alten Freund und Ratgeber noch immer. Er war es gewesen, der ihr in ihrer Anfangszeit in Stuttgart geholfen hatte, so manche diplomatische Hürde zu nehmen. Wann immer die Lasten auf ihren Schultern sie zu erdrücken drohten, hatte er ihr neuen Mut zugesprochen. Er und Eve.

Was hätte der alte Fürst ihr für den heutigen Tag geraten? Hätte er lachend gemeint, sie würde sich unnötige Sorgen machen? Hätte er seinen Lieblingsspruch, *»Vergessen Sie nicht, dass Sie eine russische Großfürstin sind«*, wiederholt? Seit jeher war Gortschakow nämlich der Ansicht gewesen, dass sich sämtliche Probleme in Luft auflösten, solange Olly nur recht herrschaftlich auftrat. Kopf hoch, Kinn nach vorn, der Blick geradeaus. Dass ihr dieses Auftreten den Ruf eingebracht hatte, unnahbar und arrogant zu sein, hatte Fürst Gortschakow nicht bedacht.

Unnahbar und arrogant! Olly lächelte traurig. Was wussten die Menschen schon? Manchmal half es eben, sich die eigene Angst und Unsicherheit nicht anmerken zu lassen, sondern so zu tun, als wäre man über alles erhaben. Mit Schwung setzte Olly beide Beine auf den Boden. Sie würde sich auch heute zu schützen wissen. Und wehe, jemand wagte es, *ihrem* Kind gegenüber unfreundlich zu sein!

»Du bist also Ollys Patenkind.« Obwohl der König bis zum Kinn zugedeckt im Bett lag, gelang es ihm, Wera von oben bis unten zu mustern, was diese stocksteif und mit hocherhobenem Kopf über sich ergehen ließ. Olly applaudierte ihr im Stillen. Nur nicht Bange machen lassen.

»So ein hässliches Kind wie dich habe ich noch selten gesehen«, sagte der König missmutig und spuckte eine Portion blutigen Schleim in die dafür bereitgestellte Schüssel.

»Wilhelm!« Königin Pauline, die neben dem Bett stand, sah empört aus.

»Vater!« Auch Karl war entsetzt. Hilfesuchend drehte er sich zu Olly um, doch ihr hatte es die Sprache verschlagen. Wie konnte Wilhelm nur? Es hätte nicht viel gefehlt und sie hätte dem alten Mann für seine Gemeinheit eine Ohrfeige verpasst. Stattdessen nahm sie Weras Hand und wollte auf dem Absatz kehrtmachen, aber das Mädchen hatte etwas anderes im Sinn.

Stirnrunzelnd beobachtete Olly, wie Wera näher ans Bett herantrat. Nun war sie es, die den König einer eingehenden Begutachtung unterzog. Ihr Gesicht war dabei höchstens zwei Handbreit von dem des alten Mannes entfernt. Schließlich schaute sie dem König trotzig in die Augen.

»Besonders hübsch sind Sie mit Ihrem grauen Bart und den aus der Nase wachsenden Haaren aber auch nicht!«, sagte sie und zog eine Grimasse.

Pauline gab einen langen Zischlaut von sich.

Karl hielt sich eine Hand auf den Magen, als würde er von schrecklichen Schmerzen geplagt.

Olly hingegen hatte Mühe, ein Schmunzeln zu unterdrücken. Nie, niemals hätte sie ein solches Auftreten dem König gegenüber gewagt. Alle waren derart vom Donner gerührt, dass sie im ersten Moment gar nicht auf den kranken Mann in seinem Bett achteten.

König Wilhelm lachte und lachte und hörte gar nicht mehr auf. »Du bist mir vielleicht ein Lumpentier!«, sagte er, während ihm Tränen über die Wangen liefen. »Schneid hat die Kleine jedenfalls, das gefällt mir. Aber werde bloß nicht allzu frech!«, sagte er zu Wera und hob drohend den Zeigefinger. Dann brach er erneut in Gelächter aus.

»Dein Vater ist wirklich sehr lustig«, sagte Wera kurze Zeit später zu Karl, während sie das Kopfsteinpflaster des Schlossplatzes in einem nur ihr bekannten Muster hüpfend überwand.

»Wenn die Kleine meinen Vater für lustig hält, wird sie alle anderen, die sie heute noch kennenlernt, wahrscheinlich heiraten wollen«, murmelte Karl Olly ins Ohr. Lachend betraten sie das Kronprinzenpalais, wo sich im großen Saal schon die ersten Gäste eingefunden hatten.

*

Eigentlich hatte der Tag ganz gut begonnen: Evelyn war mit einer großen Tasse Kakao ins Zimmer gekommen und hatte ihr beim Trinken zugeschaut. Danach hatte sie lediglich darauf bestanden, dass sich Wera den Mund abwusch. Erleichtert darüber, sich vor der fremden Frau nicht ausziehen zu müssen, hatte sich Wera klaglos in ein Kleid stecken lassen, das ihre Tante für sie besorgt hatte: hellblau mit viel Spitze, Rüschen und kleinen Perlmuttknöpfen. Wera fand das Kleid wunderschön. Was für ein Jammer, dass ihre Schwester Olgata es nicht sehen konnte, sie wäre bestimmt vor Neid erblasst!

Leider hatte sie während des Frisierens mit der Bürste zwei Knöpfe abgerissen. Sie wollte sie noch auffangen, doch zu spät: Das feine Perlmutt zersplitterte auf dem Marmorboden. Evelyn hatte säuerlich dreingeschaut, aber nichts gesagt. Immerhin.

Das Frühstück war fein gewesen, es gab ein geschlungenes Gebäck, das Olly »Brezel« nannte. Wera nahm sich vor, ihren Eltern davon zu berichten. Bestimmt würde der Hofbäcker in Petersburg so etwas auch hinbekommen.

Auch der Besuch bei Karls Vater war in Ordnung gewesen. Im Krankenzimmer waren ihr alle schrecklich nervös vorgekommen. Als Olly ihren Schwiegervater begrüßte und Wera vorstellte, hatte sogar ihre Stimme anders geklungen: quietschend und künstlich. Und Karl hatte ständig seine Zunge von innen gegen die rechte Wange gedrückt, als habe er Zahnweh. Als Wera ihn danach fragte, hatte er nur abwesend den Kopf geschüttelt. Nur der König war die Ruhe selbst. Und er hatte ein Lachen wie Jurij, der stets gutgelaunte Leibkutscher ihres Vaters. Laut und aus voller Brust. Hohoho!

All das würde sie ihren Eltern erzählen. Hoffentlich kamen sie bald, denn sich so viel zu merken war ziemlich anstrengend. Eigentlich wäre ich jetzt lieber ein wenig allein, anstatt noch mehr Leute zu treffen, dachte Wera bei sich, während sie ihrer Tante und dem Onkel in den großen Salon folgte.

Karl hatte vier Schwestern, und drei davon waren gekommen, um sie, Wera, zu begrüßen. Die vierte war Königin der Niederlande und hatte keine Zeit für Wera. Was ihr nur recht war, denn die Begrüßungszeremonie dauerte so schon eine halbe Ewigkeit! Mit jeder Hand, die sie schüttelte, mit jedem Knicks, den sie sich abrang, wurde Wera müder und unruhiger.

Prinzessin Katharina war ungefähr in Ollys Alter und fand sich sehr wichtig. Ständig fiel sie allen anderen ins Wort, ständig hieß es: Wily hier und Wily da.

Wera fand Katharina gar nicht nett und ihren Sohn Wily auch nicht. Wie er sie anstarrte! Wera hasste es, wenn Menschen sie so anschauten. Mit seinen fünfzehn Jahren tat Wily schrecklich erwachsen, dabei hatte er ein Bilderbuch unter den Arm geklemmt, in dem eine Geschichte von Hasen und Rehen erzählt wurde. Wera fand das ziemlich kindisch. Und das würde sie ihm später auch sagen.

Karls Schwester Marie war uralt und hatte ein verbissenes Gesicht. Sie sprach nicht viel, sondern schaute nur mürrisch drein. Kinder hatte sie nicht. Die Hand, die sie Wera reichte, war kalt und feucht wie ein Fisch.

Am besten gefiel Wera Karls jüngste Schwester. Sie hieß Auguste und war dick. Ihre Kinder, zwei Mädchen und vier Jungen, waren wohl auch ganz in Ordnung.

Außer Karls Verwandten befanden sich auch Evelyn und dieser Cäsar Graf von Beroldingen, der sie am gestrigen Tag aufgestöbert hatte, bei der Gesellschaft. Wera wusste noch nicht, was sie von ihm halten sollte.

Außerdem hatte Olly die russische Familie Pontiatin eingeladen, die sich derzeit wie sie in Stuttgart zu Besuch aufhielt. Die Söhne von Admiral Pontiatin seien in Weras Alter, mit ihnen könne sie sich auch auf Russisch unterhalten, flüsterte Olly Wera zu.

»Ich will mich aber nicht unterhalten«, sagte Wera. Ihre Zehen juckten, am liebsten hätte sie die Schuhe ausgezogen und sich ordentlich gekratzt. Um sich abzulenken, wippte sie mit den Füßen. Warum konnte sie nicht einfach ein bisschen nach draußen und das brachliegende Gelände weiter erforschen, das sie gestern entdeckt hatte?

»Was willst du denn?«, fragte Olly.

»Essen!«, antwortete Wera, als ihr der Duft ofenfrischer Blinis um die Nase wehte.

»Keine Sorge, gleich wird serviert«, sagte Olly. »Setz dich ruhig schon an den Kindertisch.«

Wera machte sich bereits auf den Weg, als sie sah, dass sich Wily samt Bilderbuch am Erwachsenentisch niederließ, von wo aus er ihr einen herablassenden Blick zuwarf.

»Ich will auch bei den Erwachsenen sitzen!«, sagte Wera bestimmt. Dem würde sie es schon zeigen.

Einen Moment lang zauderte Olly. »Also gut. Weil heute dein erster Tag ist.«

Wera streckte Wily in einem unbeobachteten Moment die Zunge heraus. Als sie sich am Tisch umschaute und nur Erwachsene sah, war sie sehr mit sich zufrieden. Wie hieß noch mal Karls älteste Schwester? Und wer war der Mann an ihrer rechten Seite?

So viele neue Gesichter. So viele Namen. Sich alle zu merken lohnte nicht, wo sie doch bald wieder abreiste. Da tat sie besser daran, das Kronprinzenpalais zu inspizieren, damit sie ihren Eltern bei deren Ankunft alles zeigen konnte. Was für eine gute Idee!

Vergessen waren die duftenden Speisen, vergessen auch ihr knurrender Magen. Hastig sprang Wera von der Tafel auf.

»Kind«, sagte ihre Tante in mahnendem Ton.

»Aber –«

»Kein Aber!« Schon packte Evelyn sie am Handgelenk. »Setz dich hin und iss deine Maultaschen.«

Maultaschen? Kritisch beäugte Wera ihren Teller. Die zwei weißen Teile, die in der duftenden Fleischbrühe schwammen, sahen gar nicht aus wie Mäuler oder Taschen, sondern wie glitschige Meerestiere. Als Weras Löffel sich ihnen näherte, tauchten sie eilig weg. Sie lachte. Einen Finger zu Hilfe nehmend, hielt sie eine der Teigtaschen am Tellerrand fest, was ihr sogleich einen scharfen Blick von Eve eintrug. Immerhin konnte sie mit ihrem Löffel nun ein Stück der Teigtasche abtrennen. Hungrig schob sie den Bissen in den Mund. Er ließ sich mit der Zunge zerdrücken und schmeckte würzig. Von der Speise mit dem seltsamen Namen würde sie ihren Eltern auch berichten. Schon wollte Wera mit ihrem Löffel einen zweiten Bissen abstechen, als ihre Augen an der Füllung der Teigtaschen hängenblieben: Diese bestand aus grauen und rosafarbenen Brocken, vermengt mit schleimigen –

»Da sind ja Würmer drin!«, kreischte Wera schrill. Karls Schwester Katharina, die ihr gegenübersaß, erschrak so sehr, dass sie ihren Teller reflexartig von sich stieß. Heiße Fleischbrühe ergoss sich über feines Leinen und Katharinas cremefarbene Bluse, Maultaschen hüpften über Ollys edles Porzellan, eine davon landete in Karls Weinglas.

Wera schaute fassungslos zu, wie einem Erwachsenen ein Missgeschick widerfuhr, das eigentlich für sie typisch gewesen wäre.

»Bist du von Sinnen, mich so zu erschrecken?«, fuhr Katharina sie an. »Ihr entschuldigt mich«, sagte sie dann mit gepresster Stimme in die Runde und stakste aus dem Raum, beide Arme auf ihre befleckte Brust gepresst.

Wily konnte ein Kichern nur mit Mühe unterdrücken, drüben am Kindertisch wurde laut gelacht.

»Olly?« Karls Ton war fragend.

»Vielleicht ist es doch besser, du setzt dich zu den anderen Kindern«, sagte Olly zu Wera, dann wandte sie sich mit hoheitsvollem Lächeln an die Tischrunde. »Bis frisch eingedeckt ist, verkürzen wir uns die Wartezeit mit einem Glas Champagner.«

Aufgebracht tippte Wera mit ihrem Zeigefinger ins Essen. »Aber da sind wirklich Würmer drin! Schau, hier und hier und –« Schon nahm ihre Stimme wieder einen hysterischen Klang an.

»Wera! Man spielt nicht mit dem Essen. Und fasst es erst recht nicht mit den Händen an. Komm jetzt.«

Wera spürte Evelyns Hand auf ihrem Arm. Verzweifelt schaute sie ihre Tante an.

»Aber warum muss ich gehen? Das ist ungerecht! Karls Schwester hat doch die Suppe umgestoßen, nicht ich …«

Mit gesenktem Kopf setzte sich Wera an den Kindertisch. In ihrem Inneren fühlte sie einen altbekannten Verdruss hochsteigen. Warum waren die Erwachsenen so ungerecht? Sie traf doch wirklich keine Schuld!

»Mach dir nichts draus, dass die Füllung aus Fleisch und Wurststückchen besteht, konntest du nicht wissen. Die Bröckchen sehen wirklich ein bisschen nach Würmern aus«, sagte die ältere von Augustes Töchtern in breitestem Schwäbisch und nahm tröstend Weras Hand.

Wera, die kein Wort verstand, nickte vage.

»Du bist doch die Tochter von Großfürst Konstantin?«, fragte einer der Pontiatin-Jungen sogleich.

Beim Namen ihres Vaters hellte sich Weras Miene auf. Doch schon im nächsten Moment galt ihre Aufmerksamkeit nicht mehr ihrem Tischnachbarn, sondern dem jungen Mann, der gerade durch das Eingangsportal trat. Wie er sich umschaute! So erhaben wie ein Adler. Und mit welchem stolzen Schritt er den Raum durchmaß! Für einen kurzen Moment hoffte Wera, er möge an den Kindertisch kommen, doch natürlich steuerte der junge Herr auf die Erwachsenen zu.

»Wer ist denn das?«, fragte sie ein wenig atemlos.

Augustes älteste Tochter, die ein wenig kurzsichtig war, kniff die Augen zusammen. »Ist das nicht Eugen?«

»Wer denn sonst?«, erwiderte ihre jüngere Schwester. »Das ist Herzog Wilhelm Eugen von Württemberg«, klärte sie Wera auf. »Gell, der schaut gut aus?« Sie seufzte auf.

Wie ihre Schwester Olgata, wenn vom griechischen König die Rede war. Wera verzog angewidert das Gesicht. Der Ehrlichkeit halber musste sie jedoch zugeben, dass auch sie von dem jungen Herzog beeindruckt war.

Zackig schlug er die Hacken zusammen. Und wie freundlich sein Lächeln war, mit dem er die Tischrunde bedachte. Alle schienen sich über seine Ankunft zu freuen, sogar die verkniffene Miene von Prinzessin Marie erhellte sich. Wily stand auf und schlug dem jungen Herzog kameradschaftlich auf die Schulter.

Nur einmal, ein einziges Mal wollte Wera mit derselben Selbstverständlichkeit einen Raum betreten und freudig von allen begrüßt werden …

Auf einmal konnte sie sich nicht mehr halten. Sie stieß ihren Stuhl nach hinten. Ihren Fauxpas von vorhin vergessend, sprang sie auf und rannte hinüber zum Erwachsenentisch, wo sie sich Herzog Eugen an die Brust warf. Stürmisch küsste sie ihn auf beide Wangen, dann umklammerte sie ihn fest und rief voller Inbrunst: »Sie sind ein wundervoller Mann!«

Die Tischrunde versteinerte ein zweites Mal. Herzog Eugen

schaute hilflos an sich hinab. Wer ist das Kind, das wie eine Klette an mir hängt?, schien sein Blick zu fragen.

»Darf ich vorstellen – Großfürstin Wera«, antwortete Wily und sah aus, als würde er sich vor lauter Lachen fast verschlucken. Hingegen war weder Karl noch den anderen zum Lachen zumute. Erneut war es Olly, die sich als Erste fasste.

»Eine sehr russische Art der Begrüßung, in Petersburg durchaus üblich«, sagte sie mit aufgesetztem Lächeln.

»Für mich sah das eher nach einer sehr unartigen Begrüßung aus«, hörte Wera einen der Erwachsenen missbilligend sagen, während sie von Evelyn weggeführt wurde. Am Kindertisch angekommen, beugte sich die Hofdame zu ihr hinunter.

»Die Gäste gehen bald. Glaubst du, du schaffst es, bis dahin brav zu sein, ohne deine Tante ein drittes Mal zu blamieren?«

Wera, der das schadenfrohe Grinsen nicht gefiel, das die Jungen der Familie Pontiatin ihr zuwarfen, riss ihre Hand aus Evelyns Umklammerung los. Mit verschränkten Armen setzte sie sich wieder an den Tisch und schaute stur geradeaus.

Kurz darauf spielten die Kinder einträchtig miteinander. Augustes Töchter erklärten Wera ein Würfelspiel, in dem es darum ging, eine bestimmte Anzahl von Punkten zu erreichen. Da Wera eine glückliche Hand beim Werfen hatte, kam ihr Punktestand dem Sieg bald sehr nahe. Im Gegensatz dazu würfelte der ältere der Pontiatin-Jungen fast nur Einsen und Zweien. Nach einem neuerlichen misslungenen Wurf schnaubte er verächtlich.

»Würfelspiele! Das ist doch nur für kleine Kinder.«

Weras Wangen waren fiebrig gerötet, sie konnte es kaum erwarten, endlich wieder an die Reihe zu kommen.

»Das sagst du nur, weil du so abgrundtief schlecht spielst«, sagte sie und wollte ihm die Würfel fortnehmen. Doch der Junge zog seine Hand nach hinten.

»Bist du jetzt die Tochter von Großfürst Konstantin oder nicht?«, wollte er von ihr wissen.

»Und wenn's so wäre?«, sagte Wera und versuchte, dem Jungen

unter dem Tisch einen Tritt gegen das Schienbein zu verpassen. Warum gab er ihr nicht endlich die Würfel?

»Habe ich's mir doch gedacht!« Die Augen ihres Widersachers glitzerten arglistig. »Wladimir, erzähl der jungen Dame doch bitte, wer *unser* Vater ist.«

Sofort legte sein Bruder mit geblähter Brust und Stolz in der Stimme los: »Unser Vater ist Anführer der riesengroßen russischen Flotte. Er befehligt Millionen von Matrosen! Er hat für Russland schon in Indien und Australien gekämpft, und in Hongkong war er auch und hat die Engländer verjagt!«

»Na und? Wen interessiert das schon?«, sagte Wera und schüttelte eifrig den Würfelbecher, den sie dem Burschen endlich abgenommen hatte.

»Oh, ich finde diesen Umstand äußerst interessant. Unser Vater hat immerhin in der ganzen Welt den Ruhm Russlands gemehrt. Dein Vater hingegen hat es nicht einmal in Polen zu etwas gebracht. Hätte er dort nicht Aufstände niederschlagen sollen? Stattdessen ist er Opfer eines Attentats geworden. Unser Papa meinte, damit habe dein Vater Schande über Russland gebracht.«

Wera blinzelte. Für einen langen Moment versteifte sich ihr Körper, um dann zu explodieren. Nie, niemals würde sie es zulassen, dass jemand so über ihren Vater sprach!

Der Würfelbecher samt Inhalt fiel auf den Boden. Zum dritten Mal in kürzester Zeit schrammten die Beine ihres Stuhls über den blankpolierten Boden. Bevor der ältere der Jungen wusste, wie ihm geschah, schlug Wera auf ihn ein. Im nächsten Moment lagen die Kinder halb unter dem Tisch. Weder Augustes Söhne noch der zweite Sohn der Pontiatins ließen es sich nehmen, an der Rauferei teilzuhaben.

Eigentlich war ihr erster Tag in Stuttgart auch nicht anders verlaufen als die meisten Tage zu Hause, dachte Wera, als sie sich müde und unruhig zugleich in dem ihr fremden Bett hin und her wälzte. Sie hatte mal wieder alles verdorben. Sie war an allem schuld.

4. KAPITEL

Über die Dokumente, Listen und Ausgabenbücher auf ihrem Schreibtisch hinweg warf Olly einen gedankenverlorenen Blick in ihren Kalender. Der fünfte Januar. Während sich die Württemberger voller Tatendrang ins neue Jahr stürzten, würden sie im Kronprinzenpalais am morgigen Tag russische Weihnachten feiern. Erst danach würde das Leben auch für sie wieder seinen gewohnten Gang gehen. Und da Olly es seit fast zwanzig Jahren gewohnt war, nach zwei Kalendern zu leben – nach dem julianischen ihrer Heimat und dem gregorianischen, der in Württemberg galt –, fühlte sie am heutigen Tag einen gewissen Unwillen gegen ihre Schreibtischarbeit. Wie viel lieber hätte sie den Tag mit Festvorbereitungen verbracht! Hätte Geschenke in buntes Seidenpapier gewickelt. Mit der Obersthofmeisterin letzte Details für das aufwendige Menü durchgesprochen. Und mit Wera ein paar russische Weihnachtslieder eingeübt, schließlich sollte es dem Kind bei seinem ersten großen Fest in der Fremde an nichts fehlen.

Stattdessen saß sie seit Stunden über ihren Büchern und studierte ihre Finanzen. So wenig Geld und so viele Löcher, die es zu stopfen galt …

Im Jahr 1846 war sie als junge Braut nach Stuttgart gekommen und hatte eine Million Silberrubel im Gepäck gehabt, natürlich nur im übertragenen Sinne. Denn die Hälfte des Geldes war in der Kaiserlichen Bank in St. Petersburg für sie angelegt worden, die andere Hälfte in Stuttgart, wo der König das Geld für sie verwalten sollte. Außerdem hatte sie über ein Vermögen von fünfhunderttausend Silberrubel verfügt. Und darüber hinaus hatte ihr Vater ihr noch dreißigtausend Silberrubel geschenkt. Wozu noch ein Geldgeschenk?, hatte sie ihn lachend gefragt. Sie war doch schon mehr als reich! Wo sie so hübsche Dinge wie den übergroßen silbernen Samowar und die Malachitvase zur Hochzeit geschenkt bekommen hatte. Eigentlich hatte sie das Geld von ihrem Vater gar nicht annehmen wollen.

»Du sollst unabhängig von deinem Mann agieren können«, hatte der Vater geantwortet und sie gedrängt, das Geld zu nehmen.

Unabhängig agieren? Karl und sie hatten doch dieselben Ziele, gemeinsam wollten sie Gutes tun.

Geld ... Erst in Stuttgart hatte sie seinen Wert verstanden. In St. Petersburg hatte es keinerlei Bedeutung für sie gehabt. Geld hatte sie nur in Form von Taschengeld gekannt, welches sie dafür verwandte, kleine Geschenke für ihre Geschwister zu kaufen oder etwas Zucker zum Naschen oder eine nach Rosen duftende Seife. Wenn es um andere, größere Dinge ging, war ihr, der Zarentochter, jeder Wunsch von den Lippen abgelesen worden.

So kurios es sich auch anhörte: Dass Geld lebensnotwendig war, hatte sie erst in Stuttgart gelernt, und bald darauf auch, sparsam zu leben.

Oh, wie gut erinnerte sie sich noch an den Tag, an dem Karls Sekretär Friedrich Hackländer sie in seine Schreibstube einlud, um ihr die »finanzielle Situation ihres Haushalts« darzulegen! Ganze achttausend Gulden stünden ihr pro Jahr zu, diese würden ihr vierteljährlich in vier Raten ausgezahlt werden, erklärte Hackländer. Von diesem Geld musste sie nicht nur ihre Angestellten bezahlen, sondern auch noch ihre Kleidung und Dinge des täglichen Lebens. Jedes Fest, jedes Bankett, das sie und Karl ausrichteten, musste ebenfalls aus dieser Schatulle bezahlt werden, hatte er geradezu genüsslich angefügt.

Olly hatte seine Ausführungen schweigend und mit einer gewissen Fassungslosigkeit quittiert.

»Nun schauen Sie nicht so betrübt. An die schwäbische Sparsamkeit wird sich Eure Hoheit bald gewöhnen. Außerdem haben Sie ja noch die vier Prozent Zinsen Ihrer in Petersburg und Stuttgart angelegten Gelder. Mit ein bisschen Geschick lässt sich daraus etwas machen.« Karls Sekretär hatte ihr wie einem begriffsstutzigen Kind aufmunternd zugenickt. Dann hatte er ihr noch angeboten, auch ihre Gelder zu verwalten, so wie er dies mit Karls Apanage tat. Olly hatte dankend abgelehnt. Wie hatte ihr Vater es genannt? Sie solle »unabhängig agieren«.

Die kommenden Jahre lehrten sie, wie mühsam es war, eine gewisse Ausgewogenheit zwischen Einnahmen und Ausgaben zu erzielen. Wenn sie allein daran dachte, welche Unsummen der Bau ihrer Villa auf dem Berg verschlungen hatte!

Als sie damals in Palermo, kurz nach ihrer ersten Begegnung, mit Karl Pläne für eine italienische Villa mitten in Stuttgart schmiedete, hätte sie nie im Leben daran gedacht, dass *sie* einmal für die Kosten würde aufkommen müssen. Aber genau so war es gewesen. Hackländer hatte ihr fast fröhlich verkündet, dass man ohne ihre finanzielle Beteiligung den Bau gar nicht erst zu beginnen brauche, denn aus eigener Tasche würde sich Karl den Luxus eines solchen Domizils nie leisten können. Also hatte Olly für jede römische Säule, für jede Bodenfliese aus Carrara-Marmor und für jedes Zitronenbäumchen gezahlt.

Geld – für Karl war dies bis zum heutigen Tag etwas, worüber man nicht sprach. Ihm war es lästig, sich mit solchem »Kleinkram« abzugeben, gern überließ er die Finanzen seinem Adjutanten. Dafür, dass sie sich ständig des Geldes wegen den Kopf zerbrach, musste sich Olly anhören, eine »Pfennigfuchserin« zu sein. Als ob ich mir das ausgesucht habe, dachte Olly bitter, während sie eine weitere Zahlenreihe addierte.

Bis zum heutigen Tag wusste in St. Petersburg niemand, wie knapp sie wirtschaften musste. Ausgelacht hätte man sie, die reiche Zarentochter! Dass sie die meisten ihrer Wohltätigkeiten fast ausschließlich aus ihrer Privatschatulle bezahlte, wusste ebenfalls niemand. Die Waisenheime, die Heil- und Pflegeanstalten für

Schwachsinnige, die Blindenanstalt, das Krankenhaus, das die Stuttgarter liebevoll »Olgäle« nannten – allein der Unterhalt der Gebäude fraß alljährlich Unsummen an Geld, ganz zu schweigen von den Gehältern der Angestellten und den Lebenshaltungskosten der Insassen.

»Du lässt dir das Geld viel zu leicht aus der Tasche ziehen«, rügte Karl sie immer wieder. »Es muss nur einer daherkommen und ordentlich jammern, und schon zückst du den Geldbeutel!« Olly hatte für solche Reden wenig übrig. Man musste doch nur offenen Auges durch die Stadt und durchs Land fahren, um zu sehen, wo Mangel herrschte. Karl, der die meiste Zeit in irgendwelchen verrauchten Salons verbrachte, bekam davon natürlich nichts mit. Er *wollte* gar nichts mitbekommen!

Ohne die gewieften Hauswirtschafterinnen in den einzelnen Heimen und ohne die klugen Berater, die ihr selbst- und kostenlos zur Seite standen, wären all ihre Unterfangen gar nicht machbar, das wusste Olly nur zu gut. Und sie war den Damen und Herren überaus dankbar für ihre Anstrengungen. Dass es dennoch an allen Ecken und Enden fehlte, davon hatte sie sich zwei Wochen zuvor überzeugen können, als sie bei der sogenannten »Armenweihnacht« einen Großteil der Stuttgarter Institutionen besuchte, um kleine Geschenke und Almosen zu verteilen.

Angewidert legte Olly ihre Feder beiseite. Und wenn sie noch so viel hin und her rechnete – irgendwo fehlte es immer. Verflixt, wenn sie nur an ihre festgelegten Gelder käme! Mit fünfzehn-, zwanzigtausend Gulden würde sie derzeit sehr weit kommen. Damit würde sie nicht nur das Dach der Nikolauspflege richten lassen können, sondern vieles mehr. Vielleicht reichte das Geld sogar, um ein geeignetes Gebäude zur Errichtung einer weiteren Kinderkrippe –

Olly zuckte zusammen, als sie plötzlich zwei Hände auf ihren Schultern spürte. »Spielst du wieder die Buchhalterin, meine Liebe?«

»Karl! Ich habe dich gar nicht kommen hören!« Sie drehte sich zu ihm um und stellte fest, dass er seinen voluminösen dicken Pelzmantel trug, in dem er Olly stets ein wenig an einen ausgestopften Bären erinnerte. Ein Geschenk ihres Vaters.

»Du willst ausgehen?«

»Ein kleiner Spaziergang, bis zur Lotterie am Abend bin ich zurück. Aber Liebes, wolltest du nicht mit Wera Goldsterne basteln?«

»Ein Goldesel wäre mir lieber«, antwortete sie sarkastisch. »Karl, Liebster, ich weiß, dass dir dieses Thema zuwider ist, aber kannst du nicht doch noch einmal mit deinem Vater sprechen? Wenn ich über meine fest angelegte Mitgift verfügen könnte, wären all meine Probleme gelöst.« Sie machte eine Handbewegung, mit der sie die Unterlagenberge auf ihrem Schreibtisch einschloss.

»Mit Vater reden – jetzt in seinem Zustand –, du weißt so gut wie ich, dass das vergebliche Liebesmüh ist. Ehrlich gesagt weiß ich nicht, warum du überhaupt noch einmal damit anfängst.« Karl zupfte sich ein Haar von der Schulter und ließ es auf Ollys Teppich fallen.

»*Gerade* jetzt in seinem Zustand!«, entgegnete sie heftig. »Er ist doch längst nicht mehr in der Lage, dafür zu sorgen, dass mein Geld bestmöglich angelegt wird. Warum überlässt er dies irgendwelchen Bankangestellten und nicht uns? Ich möchte selbst kontrollieren, was mit meinem Geld geschieht!«

»Geld, Geld – musst du mir ständig vor Augen führen, welch erbärmliches Leben du an meiner Seite führst? Ich bin halt ein armer Schlucker ...« Karl bedachte sie mit einem seiner verletzten Blicke.

Doch anstatt ihn tröstend in den Arm zu nehmen und ihm beizupflichten, wie geizig der König seinem einzigen Sohn gegenüber war, sagte Olly barsch:

»Du bist mir eine große Hilfe! Geh spazieren, dann bist du mir wenigstens nicht im Weg. Während du dich vom Nichtstun erholst, darf ich wieder einmal betteln gehen, wie es sich für die Frau des Thronfolgers gehört.« Sie straffte ihre Schultern, raffte die Unterlagen zusammen und ging ohne ein weiteres Wort an ihrem Mann vorbei aus dem Raum.

Wie so oft war Olly auch dieses Mal die einzige Frau. Das halbe Dutzend Herren, das sie in ihren Blauen Salon zu Tee und russischen Süßigkeiten eingeladen hatte, saß schon erwartungsvoll um den ovalen Tisch, als sie eintrat.

»Kommen wir gleich zur Sache«, sagte sie und räusperte sich, als sie merkte, dass sie noch immer den ungehaltenen Ton an sich hatte, in dem sie gerade zu Karl gesprochen hatte. Wie so oft in letzter Zeit. Auf einmal tat es ihr leid, dass sie ihn angeraunzt hatte. Karl war nun einmal so, schon immer. Warum machte sie ihm ausgerechnet jetzt einen Vorwurf daraus? Konzentrier dich, bei Karl kannst du dich später entschuldigen!, mahnte sie sich und sagte in freundlicherem Ton:

»Ich freue mich, dass Sie meiner Einladung gefolgt sind.« Lächelnd schaute sie ihre Gäste an, zwei Bankdirektoren, der Besitzer einer Möbelfabrik, der Leiter der Garten- und Baudirektion und zwei hohe Verwaltungsbeamte.

»Hoheit weiß, dass wir einer Einladung ins Kronprinzenpalais stets gern folgen, auch wenn solche Zusammentreffen nicht immer von einem fruchtbaren Ausgang gekrönt werden«, erwiderte Friedrich Hackländer ebenfalls lächelnd.

»Was in den seltensten Fällen an mir liegt, Herr Hackländer«, erwiderte Olly schärfer, als sie wollte. Hatte sie sich nicht vorgenommen, sich nicht von ihm provozieren zu lassen? Dass ausgerechnet Karls ausrangierter Sekretär von König Wilhelm vor ein paar Jahren zum Leiter der Bau- und Gartendirektion berufen worden war, ärgerte sie maßlos. Ändern konnte sie daran nichts, vielmehr galt es, sich so gut wie möglich mit dem Mann zu arrangieren. Aber genau das wollte ihr einfach nicht gelingen.

Sie begann den anwesenden Herren von ihrem Vorhaben zu berichten, in einem verwaisten Gebäudekomplex am Rande des Bahnhofs ein neues Kinderheim einzurichten. Mit ein wenig Unterstützung finanzieller und praktischer Art – an dieser Stelle warf sie dem Möbelfabrikanten einen langen Blick zu – würde das Unternehmen kostengünstig zu meistern sein.

Natürlich gab es Einwände und Fragen, doch auf fast alle hatte

Olly eine Antwort. Erstaunlicherweise blieb Friedrich Hackländer stumm.

Ich habe sie!, frohlockte Olly bereits angesichts der wohlwollenden Mienen der Herren, als ihr alter Widersacher das Wort ergriff.

»Liebe Kronprinzessin, verstehen Sie mich nicht falsch, wir alle wissen Ihren Eifer und Ihr Engagement für Kinder sehr zu schätzen. Aber letztlich ist es doch der König, der entscheidet, was mit dem von Ihnen angeführten Gebäudekomplex geschehen soll. Und wenn ich mich recht erinnere, sprach unser Regent davon, die drei Häuser abreißen zu lassen. Für eine aufwendige Renovierung haben wir kein Geld. Außerdem – heute ist es ein Kinderheim. Morgen eine Kinderrettungsanstalt. Und übermorgen dann eine Waisenschule oder sonst etwas.« Mit einem fast unmerklichen Heben der Augenbrauen schaute er in die Runde. »Die Kronprinzessin hat so viele Ideen ...«

Noch während Hackländer sprach, spürte Olly, wie die Stimmung am Tisch umschlug. Der Bankdirektor, der schon seinen Federhalter gezückt hatte, steckte diesen wieder fort. Einer der hochrangigen Beamten nestelte seinen Schal aus der Jackentasche, als wollte er gehen. Und der Möbelfabrikant, der sich in der Rolle eines Wohltäters recht gut gefallen hatte, schaute verunsichert von einem zum anderen.

Hackländer lächelte weise. »Am besten lassen wir uns alle diese ... *Idee* noch einmal in Ruhe durch den Kopf gehen, nicht wahr? Wenn Sie mögen, lege ich beim König auch gern ein gutes Wort für Sie ein, Kronprinzessin.«

Mit steifem Nacken drehte sich Olly zu ihm um. »Das ist nicht nötig, Herr Hackländer. Ich sehe meinen Schwiegervater heute Abend, da werde ich selbst mit ihm sprechen.« Mit einem eisigen Lächeln verabschiedete sie die Runde und rauschte davon.

»Lächeln, um nicht weinen zu müssen«, hieß es nicht so?

*

»Noch eine Schreibstube, o nein!« Die Klinke in der Hand, schaute Wera in den verwaisten Raum, dann zog sie die Tür rasch wieder zu.

Eigentlich war für diesen Nachmittag Deutschunterricht angesagt. Doch statt mit dem eigens dafür einbestellten Lehrer im eigens dafür vorgesehenen Salon brav am Tisch zu sitzen, erkundete Wera lieber das Kronprinzenpalais. Welchen Sinn hatte es, Deutsch zu lernen? Sie würde mit ihren Eltern doch bald wieder nach Russland reisen. In Russland war Deutsch so unnütz wie ... Wera suchte vergeblich nach einem passenden Vergleich.

Außerdem war der Deutschlehrer öde. Er sprach so leise, dass sie sich anstrengen musste, um ihn überhaupt hören zu können. Und er hüstelte nach jedem dritten Wort. Beides machte Wera nervös. In den wenigen Stunden, die sie seinem Unterricht beigewohnt hatte, hatte sie schließlich selbst zu hüsteln begonnen, woraufhin der Mann glaubte, dass sie ihn nachäffte, und ihr Schläge androhte. Da war es doch besser, sie ging erst gar nicht mehr zu seinem Unterricht.

Mit schlurfenden Schritten folgte sie dem Gang, stieß Tür für Tür auf.

Aus einem der größeren Salons drang Ollys laute Stimme – wahrscheinlich wieder eine ihrer »Besprechungen«. Wera fragte sich, was die Tante die ganze Zeit zu besprechen hatte. Überhaupt hatte Olly ständig irgendetwas zu erledigen, wenn man sie suchte, schaute man am besten im Geschäftszimmer oder dem Kontor nach. Dort schrieb sie ellenlange Briefe an alle möglichen Leute. Und erstellte Listen mit vielen Spalten und Zahlen. Falls sie nicht gerade außer Haus war, was ziemlich oft vorkam. Als Wera sie einmal fragte, wohin sie andauernd mit ihrem Privatkutscher fuhr, hatte Olga nur knapp geantwortet: »Ich gehe arbeiten.«

Arbeiten – was die Tante damit wohl meinte? Wera fand ihr Gebaren sehr seltsam. Der Onkel schien im Übrigen von Arbeit nicht sonderlich viel zu halten. Lieber ging er mit seinem Adjutanten Wilhelm von Spitzemberg spazieren. Die beiden Männer hatten sie schon mehrmals gefragt, ob sie nicht mitkommen wolle zu einem

Gang durch die Stadt. Aber das ging nicht. Ihre Eltern wollten sie doch abholen, da konnte sie nicht durch Stuttgart spazieren, am Ende würde sie deshalb noch ihre Ankunft verpassen! Außerdem – Olly gefiel es sowieso nicht, dass Karl und sein Adjutant so viel Zeit miteinander verbrachten. Die Tante tat zwar immer gleichmütig, wenn die Männer wieder einmal loszogen, aber Wera spürte, dass dies nur gespielt war.

Wera rückte ein Ölgemälde zurecht, das danach noch schräger an der Wand hing als zuvor. Warum bat Olly ihren Karl nicht einfach, mehr Zeit mit ihr zu verbringen?

Vor der letzten Tür machte Wera kehrt. Den kleinen Saal, der sich dahinter verbarg, hatte sie schon bei einer ihrer früheren Erkundungstouren inspiziert. Er wurde von der Tante für kleinere Empfänge und Konzertabende genutzt und war langweilig. Nur ein paar Stühle und Landschaftsbilder an den Wänden. Lustlos stapfte Wera die Treppe ins nächsthöhere Stockwerk hinauf.

Schlafzimmer. Ankleidezimmer. Zwei kleine Salons. Alles schrecklich öde.

Einzig Evelyns Räume waren nicht langweilig. Evelyn besaß nämlich ein Pärchen blaue Wellensittiche. Sie kreischten schrill und laut, was Wera an die Sängerin Pauline Viardot erinnerte. Diese hatte letzte Woche ein Konzert im Kronprinzenpalais gegeben. Sie war extra dafür aus Baden-Baden angereist.

Probeweise versuchte sich Wera an einem ähnlichen Gesang. Ihre Stimme hallte schrill von den engen Wänden des Ganges zurück.

Inzwischen war sie bei Karls Räumen angelangt. Von drinnen hörte man leises Rumoren und Männerstimmen. Es war Wera verboten, diese Räume zu betreten, dabei gab es hier prächtige Landkarten zu bestaunen. Zudem einen ausgestopften Tigerkopf, der riesige Zähne hatte.

Und wenn schon! Wera machte ein abfälliges Geräusch. Zu Hause in Petersburg gab es unzählige Jagdtrophäen. Und riesige Tierfiguren aus Porzellan.

Wera warf einen letzten Blick den langen Gang entlang. Wie trist hier alles wirkte! Kein goldener Schein, nirgendwo.

»Arme Tante Olly, kann sich nicht einmal den Vergolder leisten«, murmelte sie.

Kräftig rüttelte sie an einer Holztür, die sie erst vor kurzem entdeckt hatte, weil sie in einer Nische lag. Sie führte hinauf auf den Dachboden, wo Wera laut Evelyn nichts zu suchen hatte.

»Ich suche ja nichts, ich will nur wieder schauen«, murmelte Wera, während sie die schmale Treppe hinaufstieg, bis sie erneut vor einer Tür stand.

Sie öffnete sich mit einem Knarren, und sogleich schlug Wera der staubige Geruch von Spinnweben, altem Holz und Taubenkot entgegen. Warum rochen Dachböden eigentlich überall gleich? Sie ging auf die enge Fenstergaube zu, von der aus man den Schlossplatz besonders gut im Blick hatte. Doch gleich darauf blieb sie abrupt stehen.

»Wer bist du denn?« Erschrocken schaute sie auf das fremde Mädchen, das in »ihrer« Fenstergaube saß. Weder hier oben noch anderswo im Schloss war sie je einem Kind begegnet, von den »Spielkamerädchen«, die ihre Tante regelmäßig für sie einlud, einmal abgesehen. Aber mit denen wollte sie nichts zu tun haben. Die waren gemein zu ihr und lachten über ihren Akzent. Außerdem – in St. Petersburg hatte sie Spielkameraden genug! Höchstens Wilys Freund, den schönen Herrn Eugen, hätte sie gern wiedergesehen.

Ohne ein Wort zu sagen, huschte das Mädchen, das ein wenig größer als Wera war, an ihr vorbei, ein Buch dabei eng an die Brust gedrückt.

»Bleib doch!«, sagte Wera und hielt das Mädchen am Arm fest. »Ich tu dir nichts.«

Unruhig schaute es zwischen Wera und der Tür hin und her. »Ich verrate auch nicht, dass ich dich hier oben gesehen habe«, sagte Wera. Stumm zeigte sie dann auf die Fenstergaube.

Halb neugierig, halb misstrauisch hockte sich das Mädchen wieder dort hin. Wera quetschte sich daneben. Die Fenstergaube war so eng, dass sich ihre Schenkel berührten. Wera hielt dem Mädchen die Hand hin.

»Mein Name ist Wera«, sagte sie im besten Deutsch, das sie zustande brachte. »Und wer bist du?«

»Margitta«, sagte das Mädchen mit fester Stimme. »Meine Mutter arbeitet unten in der Waschküche.«

Margittas Hand fühlte sich klebrig, warm und zutraulich an. Wie die Hand von Weras Schwester Olgata, als die noch nicht so dumm gewesen war. Wera hätte sie gern noch für ein Weilchen gehalten, doch dabei wäre sie sich komisch vorgekommen. Also begnügte sie sich damit, die andere mehr oder weniger auffällig zu mustern.

Ihre Haare waren wie Weras blond und lockig. Sie war nicht so schön wie Olgata oder Tante Olly, aber sie hatte ebenmäßige Züge, einen wachen Blick und einen großen, wohlgeformten Mund. Eine Gänsehaut überzog ihre mageren Arme. Wera wunderte dies nicht weiter – sie fröstelte schon beim Anblick des dünnen, formlosen Kittels, den Margitta als einziges Kleidungsstück trug. Ihre Füße steckten in klobigen Schuhen, Strümpfe trug sie nicht.

»Frierst du nicht? Hast du etwas ausgefressen und musst dich hier oben verstecken?«, fragte Wera neugierig.

Margitta grinste. »Etwas ausgefressen? So wie du es ständig tust? Von deinen Schandtaten erzählt man sich im ganzen Schloss.«

Wera war sprachlos. Nie hätte sich ein Bediensteter in St. Petersburg solch eine freche Bemerkung erlaubt! Wusste das Mädchen nicht, dass ein einziges Wort von ihr, Wera, reichen würde, um Margitta und ihre Mutter vom Hof zu jagen? Nicht, dass sie auch nur im Traum daran dachte, so etwas zu tun – dazu war sie viel zu neugierig auf ihre »Entdeckung«. Sie zeigte aus dem Fenster.

»Die Kirche da hinten – ist sie gefährlich?«

»Wieso sollte sie? Du bist vielleicht komisch. Aber du kommst ja auch aus Russland.«

»Von wegen komisch! Anderswo sind Kirchen ziemlich gefährlich, das kann ich dir sagen«, erwiderte Wera, während sie krampfhaft versuchte, das böse Gefühl der Angst, das sich in ihrer Brust breitmachte, niederzukämpfen. Jetzt bloß nicht an so etwas denken.

Margitta blätterte indessen intensiv in ihrem Buch.

»Stuttgart ist eine seltsame Stadt, nirgendwo gibt es Kanäle oder goldene Kuppeldächer, und die Häuser wirken klein wie Kinderspielzeug. Und bei euch gibt's auch keinen richtigen Schnee. Das hier«, sie machte eine weit ausholende Handbewegung in Richtung der Häuserfluchten, »sieht aus wie Staubzucker. Staubzuckerschnee.«

Beide Mädchen kicherten.

»Wie kann man sich nur Schnee herbeiwünschen? Meine Mutter ist froh, dass der Winter so mild ist. Wir haben nämlich kein Geld für Brennholz. Den anderen im Haus geht's nicht anders.«

Wera runzelte die Stirn. Sie hatte keine Ahnung, wovon Margitta sprach.

»Hast du etwas zu essen dabei?«

Wera wollte schon verneinen, als ihr die Brezel einfiel, die sie zu Beginn ihres Streifzugs in der Küche hatte mitgehen lassen. Einfach so. Ein paar Salzkrümel rieselten herab, als sie das verformte, weich gewordene Gebäckstück aus ihrer Rocktasche zog. Um etwas zu tun zu haben, während Margitta die Brezel gierig verschlang, feuchtete Wera ihren rechten Zeigefinger an, nahm damit die Salzkörner auf und schob sie sich in den Mund. Salz – in Russland gab es etliche Märchen darüber, aber Wera wollte keines einfallen. War sie etwa schon dabei, ihre Heimat zu vergessen?

Über dem Schloss ging gerade der Mond auf. Ringsherum war ein blasser Ring zu sehen. Ob in dieser Richtung Russland lag? Vor ein paar Tagen hatte sich Wera von Onkel Karl auf der Weltkugel den Weg von Stuttgart nach St. Petersburg zeigen lassen. Aber ob der Weg über jenen Berg dort hinten führte, hatte der Onkel nicht gesagt. Wera seufzte sehnsuchtsvoll.

»In Russland ist der Mond viel strahlender als hier.«

»Und warum bist du dann nicht in deinem wunderbaren Russland?«, sagte Margitta unfreundlich.

»Das wäre ich sehr gern, schließlich ist bei uns morgen Weihnachten! Bestimmt dürfen meine Geschwister heute schon einen Blick auf ihre Geschenke werfen. So wie ich meinen Bruder Nikolai kenne, stiehlt er wieder die Hälfte der Süßigkeiten vom Weihnachtsbaum, und für die anderen bleibt kaum was übrig.« Wera musste schlucken. Eine große Welle Heimweh überrollte sie. Wo würde ihre Familie überhaupt feiern? Zusammen mit Onkel Sascha und Tante Cerise im Winterpalast? Oder im Palais Anitschkow, das ihr Vater vorzog?

Ein Taubenpaar ließ sich auf dem Sims vor dem Dachfenster nieder. Mit ihm kam ihr ein neuer, aufregender Gedanke: Womöglich waren ihre Eltern schon in der Stadt und wollten mit ihr Weihnachten feiern, bevor sie sie nach Hause holten. Eine Überraschung, nur für sie allein! Wie es sich für Weihnachten gehörte. Wera drückte ihre Stirn an die kalte Glasscheibe und schaute angestrengt auf den Schlossplatz.

Ganze vier Wochen wartete sie nun schon auf ihre Eltern. Außer einem Brief in der vergangenen Woche, in dem ihr Vater sie bat, sie möge lieb zu Tante und Onkel sein, hatte sie nichts von zu Hause gehört. Auch von seinem Kommen »so bald wie möglich« war nicht die Rede gewesen. »Bestimmt holen mich meine Eltern heute noch ab!«, sagte sie trotzig und tippte an die Scheibe. Die Tauben flogen davon. Eine Träne rann über Weras Wange.

»Kannst du lesen?«, sagte Margitta in die Stille hinein. Ihre Hand tastete nach Weras, drückte sie kurz. »Nicht weinen, das hilft eh nichts.«

Nur mit Mühe wandte Wera ihren Blick von den davonfliegenden Tauben ab.

»Ich und weinen? Pah! Außerdem – jedes Kind kann lesen, ich beherrsche außer der französischen Sprache auch noch die deutsche, die polnische und ein wenig Russisch kann ich auch. Warum fragst du?«

Margitta schüttelte den Kopf.

»Was ist das überhaupt für ein Buch? Darf ich es sehen?« Fordernd streckte Wera die Hand aus. »Eine Abhandlung über einheimische Gemüsesorten, Obstbäume und Staudenpflanzen?« Fragend schaute sie auf. »Hast du nicht gesagt, deine Mutter ist Wäscherin? Was interessieren dich da Apfel- und Birnbäume?«

»Ich habe es zu Weihnachten bekommen. Von deiner Tante, der Kronprinzessin. Sie hatte eine ganze Kiste Bücher dabei und hat alle unter uns Kindern verteilt. Mein Buch hat schöne Bilder«, sagte sie eine Spur herablassend.

Wera stutzte. Tante Olly schenkte fremden Kindern Bücher?

»Hast du sonst noch etwas von meiner Tante bekommen?«, fragte sie neugierig.

Margitta nickte stolz. »Einen runden Keks mit einer Walnuss obendrauf. Und eine Tasse mit heißem Kakao hat es auch gegeben, der war köstlich! Ich freue mich schon auf den nächsten Heiligen Abend, das kannst du mir glauben.«

Wera nickte beklommen. *Das* verstand man also unter der sogenannten »Armenweihnacht«. Als Evelyn ihr erklärt hatte, dass man in Deutschland am 24. Dezember Weihnachten feierte, hatte Wera es gar nicht glauben wollen.

»Aber heute ist ein Tag wie jeder andere!«, hatte sie entsetzt gerufen. »Tante Olly geht arbeiten, kommt erst spät wieder, ich muss lernen ...«

»So ist das nun einmal. Deine Tante besucht am vierundzwanzigsten Dezember arme Kinder in ganz Stuttgart und bringt ihnen kleine Geschenke und Süßigkeiten. Das eigentliche, große Fest findet bei uns im Schloss erst am sechsten Januar statt«, hatte Evelyn ihr erklärt und dabei seltsam geseufzt.

Armenweihnacht ... Dann war Margitta also auch arm. Gedankenverloren blätterte Wera das Buch durch. Viele Seiten waren vergilbt, manche sogar angefressen. Hätte die Tante nicht wenigstens ein hübsches Buch verschenken können?, fragte sie sich. Mit spitzen Fingern gab sie Margitta das Buch zurück.

»Ich finde Bücher langweilig!«

»Aber ... interessiert dich denn nicht, was da steht?« Andächtig, als halte sie einen Schatz in den Händen, strich Margitta über den rissigen Einband.

Wera hatte schon eine freche Bemerkung auf der Zunge, doch dann schluckte sie sie hinunter.

»Sag bloß, du kannst nicht lesen.«

Margitta schaute auf, dann nickte sie stumm.

»Ich hab mal angefangen, es zu lernen, aber immer wenn ich in die Schule wollte, musste ich auf die Kleinen aufpassen. Unser Samuel ist erst ein halbes Jahr alt, Klaus ist zwei, Anne ist fünf, Martin sechs, ich bin die Älteste.«

»Habt ihr denn keine Gouvernante? Oder wenigstens ein Kindermädchen?« Verwundert schaute Wera Margitta an. Wie konnte man in die Schule »wollen«? Und wie konnte es einem nicht gefallen, auf kleinere Geschwister aufzupassen? Sie hätte das nur zu gern getan, aber ihre Mutter hatte nicht gewollt, dass Wera auch nur in deren Nähe kam.

Margitta lachte lauthals los. »Ein Kindermädchen! Du bist ja verrückt.«

»Und wer passt jetzt auf deine Geschwister auf?«, fragte Wera, die sich auf das Ganze keinen Reim machen konnte.

»Niemand!«, zischte Margitta, und ihre Augen wurden klein und kalt. »Wehe, du verrätst einer Menschenseele, dass ich hier bin. Eigentlich sollte ich daheim sein, aber dort ist es kalt und dunkel, und die Kleinen schreien die ganze Zeit, und ich weiß nicht, wie ich sie still kriegen soll, und –«

»Ist ja gut!« Beschwichtigend hob Wera beide Hände. »Ich bin froh, dass du hier bist. Dann bin ich wenigstens nicht so allein.«

Margitta schaute sie mit gerunzelter Stirn an. »Ich wäre gern öfter einmal allein. Aber entweder ich muss Mutter in der Wäscherei helfen oder daheim die Wäsche machen. Und putzen. Die Öfen auskehren. Auf die Kleinen aufpassen.« Sie winkte ab. »Aber von so etwas hast du ja keine Ahnung.« Die letzten Worte klangen verächtlich.

»Von wegen, das kenne ich nur zu gut«, antwortete Wera voller Inbrunst. »Mir befehlen sie auch von früh bis spät, was ich zu tun und zu lassen habe. Bestimmt suchen sie schon längst nach mir, ich darf nämlich nicht allein ›herumstreunen‹. Und dann das große Diner heute Abend – du glaubst nicht, wie mir davor graut. Wenn der König und die Königin da sind, heißt es ewig still sitzen und den Mund halten, und wehe, mir fällt eine Gabel vom Tisch!«

Die beiden Mädchen kicherten abermals.

Wera rutschte auf dem Boden herum, so dass ihr Bein noch enger an das von Margitta gepresst wurde. So hatte sie sich einst auch mit Olgata verkrochen. Damals, als die Schwester ihren Griechenkönig noch nicht kannte.

Eine Spinne seilte sich direkt vor Weras Augen ab. Sie war braun, und eines ihrer Beine war nur halb so lang wie die anderen. »Spinnen bringen Glück« – hieß es nicht so? Und es war tatsächlich Glück, dass sie Margitta getroffen hatte. Eine Freundin. Sie hatte endlich eine Freundin.

»Wenn du willst, kann ich dir das Lesen beibringen«, sagte sie leise. »Ich frage mich zwar, wozu du so etwas Langweiliges lernen willst, aber von mir aus!« Sie zuckte mit den Schultern. »Bücher habe ich genug, vielleicht interessieren dich Märchen und Tiergeschichten mehr als alte Zwetschgenbäume.«

»Märchen?« Margittas Augen leuchteten auf, und einen Moment lang sah sie selbst wie eine Märchenfigur aus.

»Wera? Kind? Bist du da oben? Ich höre dich doch!«

Erschrocken drehten sich beide Mädchen in Richtung Tür um.

»Das ist Evelyn«, flüsterte Wera und sprang auf. »Keine Sorge, ich lenke sie ab! Sehen wir uns wieder?«, fragte sie noch, während sie schon auf die Treppe zulief.

»Nur, wenn du mir das Lesen beibringst«, raunte Margitta, die hinter einem großen Stapel Dachschindeln Deckung suchte.

Wera verzog das Gesicht. »Wenn's sein muss. Ich kann dir auch wieder eine Brezel mitbringen, wenn du magst.«

Margitta nickte heftig.

»Hier hast du dich also verkrochen, habe ich's mir doch gedacht.« Kopfschüttelnd verharrte Evelyn auf der unteren Stufe. »Und wie du aussiehst – voller Staub und Schmutz. Hat Ollys Zofe dich nicht erst heute Mittag gewaschen und hergerichtet?« Mit spitzen Fingern zupfte die Hofdame eine Spinnwebe aus Weras Haar. »Musst du dich immer im letzten Winkel verkriechen?«

»Sind meine Eltern etwa schon da?«, sagte Wera aufgeregt.

»Deine Eltern? Wie kommst du denn darauf? Die Königin ist zu Gast, sonst niemand«, sagte die Hofdame, und ihre Stimme klang etwas weicher als zuvor. »Jetzt schau nicht so trübselig drein, heute ist doch ein ganz besonderer Abend.«

Wera rieb sich den schmerzenden Ellenbogen und sah Evelyn missmutig an. Schon wieder wurde sie angelogen. Wenn ihre Eltern nicht kamen, war es ein öder Tag wie jeder andere in Stuttgart! Von Margitta einmal abgesehen.

»Ein besonderer Abend, von wegen! Weihnachten ist doch erst morgen.«

»Aber heute findet die alljährliche Lotterie für alle Angestellten des Hofes statt. Schon Monate vorher macht sich deine Tante auf die Suche nach schönen, originellen oder lustigen Geschenken. Dinge, die du nirgendwo anders zu sehen bekommst. Und jetzt verrate ich dir etwas« – Eve winkte Wera vertraulich zu sich heran – »wenn du beim Essen artig bist, darfst du auch ein Los ziehen. Ist das nicht toll?«

Ein Los ziehen. Das hörte sich nicht schlecht an. Klaglos ließ sich Wera von Evelyn an die Hand nehmen.

»Kommt Pauline Viardot auch? Singt sie wieder für uns? Darf sie auch ein Los ziehen?«, fragte Wera, während sie durch den Flur gingen.

Eve lachte. »Die Viardot hat mit ihren beiden Männern doch längst das große Los gezogen! Auf ihren Gesang werden wir heute leider verzichten müssen.«

Wera witterte ihre Chance. »Dann singe ich für euch. Wenn ich dafür ein zweites Los bekomme …«

»Du wirst dich unterstehen«, antwortete Eve.

*

»Da kommen sie ja endlich«, sagte Karl. »Olly, Liebste, willst du Wera nicht kurz zur Seite nehmen und sie darauf einschwören, beim Abendessen ausnahmsweise einmal brav zu sein?«, fügte er flüsternd hinzu. »Meine Mutter leidet unter Kopfschmerzen, da wäre es nicht dienlich, wenn das Kind ...« Als er Ollys düsteren Blick bemerkte, ließ er seinen Satz unbeendet.

Olly schaute von ihm zu seiner Mutter, die einem ihrer Dienstmädchen gerade wort- und gestenreich erklärte, dass das geschnittene Brot im Korb trocken wäre und man es zukünftig erst kurz vor dem Servieren schneiden möge. Sehr leidend sah die Königin nicht aus.

Verflixt, wenn wenigstens Wilhelm gekommen wäre! Dann hätte sie ihn beiläufig nach den Gebäuden hinter dem Bahnhof fragen können. Wer weiß, vielleicht wäre er guter Laune gewesen und hätte ihrem Vorhaben sogar spontan zugestimmt. Dies war zwar bisher nur allzu selten vorgekommen – vielmehr hatte er meist alles Erdenkliche an ihren Ideen auszusetzen –, aber Olly weigerte sich, die Hoffnung aufzugeben. Nun würde sie sich in den nächsten Tagen eben einen offiziellen Termin bei ihm geben lassen.

»Gar nichts werde ich zu Wera sagen«, erwiderte sie ihrem Mann leise, aber bestimmt. »Wenn ich das Kind unter Druck setze, passiert erst recht ein Missgeschick. Sie soll unverkrampft sein.«

»Das wäre ich auch gern«, murmelte Karl misslaunig.

Olly verzichtete auf eine Antwort. Schon merkte sie, wie sich ihr Nacken verspannte, und auch in ihrer Brust spürte sie einen Druck. Sie versuchte, tief Luft zu holen, um ihn loszuwerden. Es gelang ihr nicht.

»Außerdem – es war deine Idee, deine Eltern für heute Abend einzuladen, nicht meine«, fuhr sie Karl an, fühlte sich danach aber auch nicht besser. Wenn das Diner nur schon vorbei wäre! Inzwischen hatte sie das Gefühl, dass ihr Leben nur noch aus einer Aneinanderreihung von Mahlzeiten bestand, die es ohne größere Schäden zu überstehen galt.

Hätte ihr im Vorfeld von Weras Ankunft jemand erzählt, wie anstrengend es sein würde, Mahlzeiten mit einem Kind am Tisch einzunehmen, hätte sie dies nie geglaubt. Was sollte schon dabei sein? Mit ein bisschen gutem Willen musste ein fast zehnjähriges Mädchen doch in der Lage sein, ein Stück Braten zu schneiden und eine Kartoffel aufzuspießen. Und wenn doch einmal ein Bissen danebenfiel, war dies noch lange kein Grund, ein Kind allein oder lediglich in Gesellschaft einer Gouvernante in seinem Zimmer essen zu lassen. Solche altmodischen Methoden hatte man vielleicht in ihrer Kindheit gepflegt, sie jedoch wollte Wera in ihr Leben mit einbeziehen, hatte sie Karl erst vor ein paar Tagen erklärt. Davon abgesehen: Wera hatte gar keine Gouvernante, mit der sie hätte essen können. Vielleicht ... würde sich Evelyn einmal erbarmen? Der Gedanke, wieder allein und in Ruhe speisen zu können, erschien ihr auf einmal sehr verführerisch.

»Da seid ihr ja endlich«, sagte Olly lächelnd, als ihre Hofdame mit Wera an der Hand an den Tisch trat.

»Ich habe eine Spinne gesehen, die war so groß!« Wera zeigte mit ihren Händen die Ausmaße einer Katze an. »Spinnen bringen Glück, sagt man bei uns in Russland. Guten Tag, Frau Königin. Warum ist der König nicht da?«

Olly und Karl lachten. Weras Sprunghaftigkeit war manchmal wirklich herzerfrischend. Olly spürte, wie sich die Muskeln in ihrem Nacken ein wenig entspannten. Doch ein Blick ins Gesicht ihrer Schwiegermutter reichte, dass es ihr gleich wieder schlechter ging.

»Wie kann ein Kind nur so naseweis sein. Aber wenn du es unbedingt wissen musst: Der König ist anderweitig beschäftigt«, erwiderte Pauline säuerlich. Dann wandte sie sich an ihren Sohn. »Mein armer Karl! Was musst du nur aushalten. Es wird höchste Zeit, dass deine Frau dem Mädchen Anstand und Manieren beibringt ...«

Olly presste die Lippen zusammen, um nicht vor Wut aufzuschreien. Wie sie es hasste, wenn die Königin zu ihrem »armen Karl« sprach, als wäre sie nicht anwesend!

»Wera hat nur eine Frage gestellt. Ich weiß nicht, was daran anstandslos sein soll«, sagte sie spitz. Nur mit Mühe unterdrückte sie eine Bemerkung darüber, dass vielmehr des Königs Verhalten anstandslos war – von wegen »anderweitig beschäftigt«!

Warum sagte Karl nichts? Und warum gab Pauline Wera keine Chance? Alles, was das Kind sagte und tat, war von vornherein falsch. Mit ihren Enkelkindern war die Königin viel nachsichtiger. Fahrig griff Olly nach ihrem Weinglas.

»Freuen Sie sich auch schon auf das Lotteriespiel?«, wandte sich Wera unverdrossen an die Königin.

Pauline verzog den Mund. »Lotteriespiel – so ein Teufelszeug hat es hier früher nicht gegeben.«

»Aber warum –«

»Königin Pauline hat andere Präferenzen«, ging Olly dazwischen. »Sie wird stattdessen für unsere ans Glücksspiel verlorenen Seelen beten, nicht wahr?« Lächelnd hob sie ihr Glas, als wollte sie Pauline zuprosten.

»Der König würde bestimmt gern ein Los ziehen, da bin ich mir sicher. Ist er heute bei seiner Geliebten?«, fragte Wera und zerpflückte eine Scheibe Brot.

Olly hustete ihren Schluck Wein zurück ins Glas. Gleich werde ich ohnmächtig!, schoss es ihr durch den Sinn. Sie klammerte sich an der Tischkante fest und wartete sehnsüchtig auf ein Dahingleiten in die Bewusstlosigkeit. Wie durch einen Nebel nahm sie die Totenstille am Tisch wahr: Die Königin öffnete und schloss ihren Mund wie ein Fisch auf dem Trockenen, Karl saß mit weit aufgerissenen Augen da, und auch Evelyn schien sprachlos.

Mit gerunzelter Stirn schaute Wera in die Runde.

»Was ist? Habe ich etwas Falsches gesagt? Onkel Sascha hat auch eine Geliebte. Mein Vater hat keine. Meine Mutter behauptet, wenn ihm so etwas einfiele, würde sie ihn umbringen. Aber das hat sie sicher nicht so gemeint, denn sie lieben sich sehr, meine Eltern.« Prüfend schaute Wera die Königin an. »Sind Sie krank? Die Frau von Onkel Sascha ist auch schon sehr gebrechlich. Ich habe einmal gehört, wie Onkel Sascha sagte, dass mit seiner Frau nichts mehr anzufangen sei und dass er deshalb eine junge Geliebte habe. Ist das bei Ihnen auch so?«

»Das … Das … muss ich mir nicht bieten lassen.« Pauline faltete ihre Serviette, legte sie neben ihren Teller und stand mit steifen Bewegungen auf. »Karl!«

Der Angesprochene schoss in die Höhe. Sein Gesicht war kreidebleich, und sein Adamsapfel hüpfte auf und ab, als er zu Olly sagte: »Ich begleite Mutter hinüber ins Schloss. Du brauchst heute Abend nicht mehr mit mir zu rechnen.«

Olly, die noch immer auf die erlösende Ohnmacht wartete, nickte.

»Aber warum geht ihr denn schon? Wollt ihr kein Los ziehen?«, rief Wera den beiden nach.

»Das hast du wieder einmal prima hinbekommen«, sagte Evelyn, kaum dass sie zu dritt waren.

»Meinst du?«, fragte Wera ohne den Hauch von Ironie in der Stimme. »Soll ich jetzt für euch singen? Wenn ich viel übe, werde ich vielleicht auch einmal so berühmt wie Pauline Viardot. Ich finde allerdings, dass sie wie ein angestochener Schwan singt.« Schon hob Wera zu einer »Arie« an.

Olly schloss die Augen. Weras Gesang kratzte wie eine Feile an ihren blankliegenden Nerven.

»Sei auf der Stelle still!«, schrie Evelyn. »Olly, nun sagen Sie doch auch einmal etwas! Es ist doch *Ihr* Patenkind.«

Olly winkte ab. An ihrem linken Auge spürte sie ein nervöses Zucken. Auf einmal wünschte sie sich nichts sehnlicher, als in ihrem Bett zu liegen, bei geschlossenen Vorhängen und verschlossener Tür. Nur eine kleine Kerze auf ihrem Nachttisch. Sonst nichts und niemand. Stille. Allein sein. Ruhe haben. Nicht sprechen müssen. Hinter ihrer Stirn begann es zu pochen. Nicht auch noch eine Migräne.

»Was soll Tante Olly denn sagen?«, kam es von Wera. »Sie ist bestimmt froh, dass die Königin gegangen ist. Pauline ist langweilig. Immer will sie nur beten. Euch zwei finde ich viel interessanter!«, fügte sie leidenschaftlich hinzu und streckte Olly und Eve je eine Hand entgegen. »Aber dass ich ständig lernen muss, während andere Kinder ihre Geschwister hüten dürfen, finde ich ungerecht. Da fällt mir etwas ein: Wenn ich eine Freundin hätte, dürfte die meinen Unterrichtsstunden beiwohnen? Dann wäre ich nicht immer so allein …«

Olly schaute Evelyn fragend an. Was quasselte Wera nun schon wieder? Den eisernen Ring um ihre Brust ignorierend, holte sie Luft.

»Du hast aber keine Freundin. Und du wirst auch keine bekommen, wenn du weiterhin so garstig zu allen Kindern bist, die ich einlade.« Olly legte ihre Serviette auf dem Tisch ab.

»Aber es ist doch ungerecht, dass manche Kinder in die Schule *müssen* und andere, die in die Schule *wollen*, nicht dürfen!« Wera stampfte mit dem Fuß auf.

»Was ist denn das schon wieder für eine unsinnige Diskussion? Ich glaube, nach Essen steht niemandem mehr der Sinn. Lasst uns in den Saal hinübergehen und mit der Lotterie beginnen«, sagte Olly gequält, während auch ihr rechtes Auge zu zucken begann.

Einer der Diener trat hinter ihren Stuhl. Beim Aufstehen spürte sie, dass ihr Oberkörper schwankte. Dann gaben ihre Knie nach, und Schwärze breitete sich vor ihren Augen aus. Die Ohnmacht nahm sie endlich gefangen.

»Was ist los? Geht es Olly besser?«, fragte Wera leise, kaum dass Evelyn wieder an den Tisch trat.

Noch immer außer sich vor Angst und Wut und Entsetzen, schaute Evelyn das in sich zusammengesunkene Kind an. »Jetzt bist du kleinlaut. Hättest du nur zuvor den Mund nicht gar so weit aufgerissen! Deine Tante ist gerade erst aus ihrer Ohnmacht erwacht, sie liegt bleich wie der Tod und kraftlos im Bett. Diesmal hast du den Bogen wirklich überspannt, du schreckliches Kind!« Es kostete Evelyn alle Mühe, nicht noch mehr zu sagen. Hätte Olga diesen Satansbraten doch nur nie aufgenommen!

»Dass Olly in Ohnmacht fällt, wollte ich nicht. Ich –«

Unwillig fuhr Eve herum. »Was du willst oder nicht, interessiert mich gerade herzlich wenig. Sei einfach still! Sonst musst du sofort ins Bett.« Sie winkte eines der Dienstmädchen an den Tisch und orderte Kamillentee. Nicht, dass sie glaubte, ein Kräutersud könne ihren überspannten Nerven sonderlich viel Gutes tun. Aber etwas Besseres fiel ihr nicht ein.

»Und was ist mit der Lotterie?«, fragte Wera, während sie die Löcher im Spitzenrand ihrer Serviette vergrößerte.

»Etwas anderes hast du nicht im Sinn? Du verletzt innerhalb eines Gesprächs die Gefühle von mindestens drei Menschen, und dir fällt nichts anderes ein, als nach der Lotterie zu fragen?« Entgeistert schaute Evelyn das Kind an. Wenn Wera wenigstens hübsch wäre, schoss es ihr durch den Sinn. Wäre es dann leichter, ihr Verhalten hinzunehmen? Evelyn schnaubte. Die Frage war rhetorisch: Und wenn sie noch so lange auf das Mädchengesicht starrte – sie würde nichts Attraktives darin entdecken können.

Die blassen, fast durchscheinenden Augen. Der seltsam entrückte Ausdruck, der darin lag. Vermischt mit Trotz und einer Art universellem Unverständnis, so als wolle das Kind mit seiner Art zu schauen sagen: Ich gehöre hier nicht hin. Das ist nicht meine Welt. Der schmallippige Mund, der links schiefer zu sein schien als rechts. Die großen Ohren. Die beiden Zöpfe – Rattenschwänze aus dünnem Haar. Dazu die ganze übertriebene Mimik und Gestik. Da – wie das Kind nun eine Trotzmiene aufsetzte und die Arme vor der Brust verschränkte, nicht im Geringsten mädchenhaft! Kein Wunder, dass in Russland niemand bereit gewesen war, sie aufzunehmen. Wie hatte der Zar seiner Lieblingsschwester diese Last aufbürden können, fragte sich Evelyn nicht zum ersten Mal ärgerlich. Sascha hätte wissen müssen, dass dies für Olly zu viel war!

»Ich weiß immer noch nicht, was ich Schlimmes getan haben soll«, sagte Wera eingeschnappt. »Warum darf ich nicht fragen, ob der König bei seiner Geliebten ist?«

»Weil es sich nicht ziemt«, antwortete Evelyn enerviert. »Es gibt Themen, über die man nicht in der Öffentlichkeit spricht, ja nicht einmal im privaten Kreis. Höchstens vielleicht mit ein, zwei Vertrauten. Aber sicher nicht im Plauderton zwischen Suppe und Hauptgericht.«

»Aber die Stubenmädchen und die Frauen in der Wäscherei plaudern auch darüber. Erst gestern habe ich sie sagen hören, dass diese Amalie von Stubenqualm in ihrer Kutsche durch die Stadt fährt, als sei *sie* die Königin. Dabei sei sie nur das Liebchen vom König.«

»Amalie von Stubenrauch«, verbesserte Evelyn sie automatisch.

Mit verschränkten Armen schaute Wera sie an.

»Warum dürfen also die Stubenmädchen über die Geliebte plaudern und ich darf es nicht?«

»Warum, warum, warum? Darum! Und wenn dir das bisher niemand beigebracht hat, dann ist das ein fürchterliches Versäumnis, unter dem wir alle zu leiden haben, das ich jedoch nicht innerhalb von fünf Minuten wettmachen kann.« Zum wiederholten Male schaute Evelyn zur Tür. Warum kam niemand und rettete sie vor diesem schrecklichen Kind? Wo war eigentlich Wilhelm von Spitzemberg? Oder Cäsar Graf von Beroldingen? Seit Wera am Hof war, machten sich die Herren beim Abendessen rar.

»Ob es der Tante morgen wohl wieder bessergeht?«, fragte Wera mit kleiner Stimme.

Evelyn hatte schon eine scharfe Erwiderung auf den Lippen, verkniff sie sich jedoch. »Bestimmt.«

»Und was ist nun mit der Lotterie?«, kam es sogleich forscher. »Gibt's da auch Bücher? Bei der Armenweihnacht gab es nämlich Bücher, auch über Obstbäume und –«

»Was redest du nun schon wieder? Deine Tante hat mich gebeten, sie bei der Lotterie zu vertreten, aber wenn du jetzt nicht für mindestens zehn Minuten still bist, darfst du nicht mit!«, schnitt Eve Ollys Patenkind das Wort ab.

Während Evelyn ihren Tee in kleinen Schlucken trank und auf seine beruhigende Wirkung wartete, saß Wera mit zusammengepressten Lippen da. Der Anblick des mit Müh und Not schweigenden Kindes, dessen Blick in den folgenden zehn Minuten mindestens hundert Mal zur Standuhr wanderte, war fast komisch. Evelyn spürte, wie sich ihr Groll allmählich legte.

Obwohl die Dienstmädchen, Zofen und Kammerherren wie jedes Jahr erwartungsvoll in den Sektkübel mit den Losen griffen und sich gebührlich über die dazugehörenden Gewinne freuten, war die Stimmung gedämpfter als sonst. Alle hatten mitbekommen, dass ihre geliebte Kronprinzessin beim Abendessen eine Ohnmacht erlitten hatte. Fast alle baten Evelyn, Olly Genesungswünsche auszurichten.

Als eine der Letzten war Wera an der Reihe, ihr Los gegen einen Gewinn einzutauschen. Mit großen Augen schaute sie auf das Leinenbündel, das Evelyn vom Gabentisch nahm und ihr in den Arm legte.

»Das ist mein erster Losgewinn«, sagte Wera atemlos. Glücklich drückte sie das Bündel an sich.

Evelyn hatte sich schon wieder dem Gabentisch zugewandt, als sie in ihrem Rücken einen verdächtigen Knacks hörte. »Schön vorsichtig sein«, sagte sie über ihre Schulter hinweg zu Wera, die mit hastigen Bewegungen ihr Geschenk auspackte.

»Eine Puppe!« Strahlend hielt Wera eine blondgelockte Porzellanpuppe in die Höhe.

»Um Himmels willen, was hast du nun wieder angestellt? Der Arm ist ja ab!« Entsetzt starrte Evelyn auf das an einem Stück Gummifaden baumelnde Körperteil aus Porzellan.

Auch Wera begutachtete den schlaffen Puppenarm für einen kurzen Moment. Dann riss sie ihn resolut ab und warf ihn im hohen Bogen hinter sich. »Eine Kriegsverletzung. Nicht mehr zu heilen. Eugen von Montenegro kann nichts dafür, dass er nur einen Arm hat. Und mir ist es auch egal. Schließlich ist niemand perfekt. Außer Tante Olly vielleicht. Aber ich habe meinen Eugen dafür umso lieber.« Sie hielt die Puppe nahe vor ihr Gesicht und gab ihr einen schmatzenden Kuss.

Evelyn schnaubte. Eine Kriegsverletzung. So konnte man ungeschickte Kinderhände auch nennen. Und dann der Name! In Evelyns Welt hießen Puppen Lotte oder Liesel, aber gewiss nicht »Eugen von Montenegro«. Der einarmige Eugen und Wera – was für ein Paar.

*

Sie hatte sich zu viel zugemutet. Hatte leichtfertig eine Verantwortung übernommen, vor der andere zurückgeschreckt waren. Kostys Schwägerin Marie, die Königin von Hannover, hatte Wera nicht haben wollen. Auch ihre Schwester Mary und ihre Brüder hatten abgelehnt. Sie, Olly, hatte jedoch sofort »Hier« geschrien. Dass Kosty und Sanny nicht sonderlich belastbar waren, wusste in der Familie jeder, da war es doch Ehrensache, dass sie einsprang. Wenn sie ehrlich war, musste sie zugeben, geglaubt zu haben, besser mit Wera umgehen zu können als die Eltern selbst. Wera war doch ihr kleines, süßes Patenkind.

Olly schluchzte auf. Immer noch wollte sie besser und klüger als andere sein. Hatte das Leben ihr nicht oft genug gezeigt, wie töricht sie war? Hatte sie nichts dazugelernt in all den Jahren?

Sie war mit ihrem Latein am Ende. Mit ihren Kräften ebenso. Und das nicht nur in Bezug auf Wera, sondern auf alles andere auch. Die ewigen Sorgen, ob das Geld reichte für die vielen Aufgaben. Der ständige Kampf darum, vom König und seinen treuen Gefolgsleuten ernst genommen zu werden. Sicher, sie war eine Frau, dazu noch Karls Frau. Aber waren ihre Ansichten deshalb schlechter als die eines Herrn Hackländer oder eines Herrn Ministers? Scheinbar ja, denn eines hatten ihre langjährigen Erfahrungen sie gelehrt: Sie war Karl, seinem Vater Wilhelm und all den Herren in ihren Ämtern lästig! Ginge es nach ihnen, würde sie sich vorrangig der Musik, der Malerei oder anderen schönen Künsten widmen, anstatt sich ständig »einzumischen«, wie Karl es ihr vorwarf. Dabei gab es doch Dinge, in die man sich einfach einmischen *musste*!

Sollte sie etwa zusehen, wenn geistig kranke Menschen in kellerartige Verliese gesperrt wurden, nur weil es kein ordentliches Heim für sie gab? Sollte sie es hinnehmen, dass klugen jungen Menschen der Schulbesuch verweigert wurde, nur weil sie dem weiblichen Geschlecht angehörten? Oder weil es schlichtweg zu wenig Schulen gab? Und zu wenig Lehrer obendrein?

Es hatte in ihrem Leben eine Zeit gegeben, in der Karl die Dinge ähnlich sah wie sie. Gemeinsam hatten sie versucht, Gutes zu tun. Aber diese Zeiten waren lange vorbei. Karl … Wie sehr hatte er sich verändert. Oder war sie es, die eine andere geworden war?

Ihr Leben schien ihr immer mehr zu entgleiten, und je verzweifelter sie versuchte, alle Fäden in der Hand zu halten, desto weniger gelang es ihr – gleichgültig, ob es sich um ihre Ehe, um ihre Wohltätigkeiten oder um Wera handelte. Und heute Abend war sie auch noch wie eine ältliche Jungfer in zu eng geschnürtem Kleid bei Tisch in Ohnmacht gefallen! Dabei war sie eigentlich nicht der Typ, der schnell ohnmächtig wurde, ganz im Gegenteil, sie hatte solche Damen immer ein wenig belächelt.

Als sie versuchte, sich im Bett aufzusetzen, gaben ihre Arme nach. Kraftlos ließ sie sich wieder aufs Kissen sinken. Das Zucken an ihren Augen hatte inzwischen nachgelassen, war nur noch schwach wie der Flügelschlag eines winzigen Insekts. Ihr Mund war trocken, aber die Vorstellung, nach der Tasse Tee zu greifen, die auf ihrem Nachttisch stand, überforderte sie. Die kleine Kugeluhr, die Karl ihr letztes Jahr zum Geburtstag geschenkt hatte, zeigte ein Uhr nachts an. So spät schon. Und Karl war noch immer nicht zu Hause. Wo war er?

Nach dem heutigen Abend hatte es sich Wera bestimmt endgültig mit der Königin verscherzt, da konnte sie, Olly, sich in der nächsten Zeit Mühe geben, so viel sie wollte.

Olly schloss die Augen, als könnte sie so der bitteren Erkenntnis entfliehen, die sie am heutigen Abend gewonnen hatte: Sie war nicht fähig, Wera im Zaum zu halten. Und eine gute Ersatzmutter war sie auch nicht. Karl hatte recht gehabt, als er im Vorfeld ihre mütterlichen Fähigkeiten angezweifelt hatte. Wie sich nun herausstellte, reichte ihre Liebe nicht aus, um Wera Geborgenheit und Sicherheit zu vermitteln. Im Gegenteil, das Kind wurde von Tag zu Tag unbändiger und rastloser.

In ganz Russland war es keinem Arzt gelungen, herauszufinden, was mit dem Kind los war. »Geisteskrank« war das Urteil, das am Ende über Wera gefällt wurde. Olly weigerte sich nach wie vor, daran zu glauben. Wera hatte im Gegenteil einen zu wachen Geist, war von zu schneller Auffassungsgabe. Sie hörte, sah und fühlte mehr als andere Menschen in ihrem Umfeld. Wera war anders als die meisten Kinder. Und sie, Olly, hatte sich eingebildet, mit diesem »Anderssein« zurechtzukommen.

Auf dem Gang vor ihrem Schlafzimmer waren leise Schritte zu hören. Einen Moment lang gab sich Olly der Hoffnung hin, es könnte Karl sein, der nach ihr schauen kam. Doch die Schritte verflüchtigten sich.

Er wolle seine Mutter ins Schloss begleiten, hatte Karl gesagt. Doch wo war er nun? In einem Tanzlokal? Bei einer spiritistischen Sitzung? Inkognito, so wie er früher, in seiner Jugend, gern unterwegs gewesen war? War Wilhelm von Spitzemberg an seiner Seite, lachte und feierte mit ihm? Oder besuchte Karl eine heimliche Geliebte, so wie sein Vater es seit Jahr und Tag machte?

Sie konnte ihm nicht einmal verdenken, dass er vorhin davongelaufen war. Karl ging der Trubel um Wera auf die Nerven, immer öfter zog es ihn außer Haus. Dabei hatte sie, Olly, vielmehr gehofft, dass ein Kind – ihr Patenkind – ihre Beziehung stärken würde! Eine neue Gemeinsamkeit, etwas, worüber sie sich austauschen konnten, etwas, woran sie gemeinsam Spaß hatten. Spielstunden, Schlittenfahrten, Theaterbesuche mit einem hübsch gekleideten Mädchen an der Hand – die Erinnerung an die Pläne, die Karl und sie für Weras Ankunft geschmiedet hatten, war nur noch ein dumpfer Nachhall in Ollys Kopf. Du und deine bildschönen Träume, spöttelte eine giftige Stimme in ihrem Hinterkopf.

Das Mädchen wollte keine hübschen Kleider. Als Olly dennoch darauf bestand, dass die Schneiderin bei ihr Maß nahm, hatte sie sämtliche Stoffmuster, das Nadelkissen und andere Utensilien aus dem Besitz der Schneiderin vom Tisch gefegt.

Wera wollte auch nicht mit anderen Kindern spielen. Wann immer Olly die Söhne und Töchter ihrer Angestellten einlud, gab es über kurz oder lang Ärger: Ein Kuchen, der nicht in absolut identisch große Stücke geteilt wurde, reichte aus, um Weras Wut zu entfachen. Oder eine Bemerkung, die ihr aus irgendeinem Grund nicht gefiel, ein verlorenes Spiel. Aus Angst, dass Wera sie schlagen oder nach ihnen treten würde, trauten sich die Kinder inzwischen kaum mehr ins Palais.

Auch die Lehrer, die Olly für Weras Unterricht engagiert hatte, waren alles andere als erbaut von ihrem Schützling. In der letzten

Erdkundestunde hatte Wera die Seiten eines großen Atlas zerrissen, nachdem es ihr nicht auf Anhieb gelungen war, auf den Hunderten von Seiten den Finnischen Meerbusen ausfindig zu machen. Der Lehrer war entsetzt aus dem Palais gestürmt, auf Nimmerwiedersehen, wie Olly befürchtete. Auch der Deutschlehrer war kurz davor aufzugeben. »Diesem Kind Schiller und Goethe vorzubeten bedeutet, Perlen vor die Säue zu werfen«, hatte sich Olly von ihm anhören müssen. Was für ein unverschämter Mensch! Einzig vom Mathematiklehrer kamen keine Klagen, seinen Stunden wohnte Wera interessiert bei. »Die Sprache der Zahlen ist universell«, hatte er vor ein paar Tagen schulterzuckend gesagt, als Olly ihn nach seinem »Geheimnis« fragte.

Spaziergänge, Ausflüge in die Stadt, Schlittenfahren auf einem der vielen Hügel rund um Stuttgart – von alldem wollte Wera nichts wissen. Stattdessen schlich sie wie ein Gespenst stundenlang durch das Palais oder versteckte sich in irgendeiner unzugänglichen Ecke.

Vielleicht war es gut, dass sie, Olly, keine eigenen Kinder bekommen hatte. Sie war unfähig, einem Kind für sein Glück ausreichend Liebe und Geborgenheit zu vermitteln …

Genauso unfähig, wie sie als Ehefrau war.

Olly war derart tief in ihre Gedanken versunken, dass sie nicht merkte, wie sich die Tür zu ihrem Schlafzimmer langsam öffnete.

»Karl, du?« Unwillkürlich fiel ihr Blick erneut auf die Uhr. Es war kurz nach halb drei. Wo kam er jetzt her? Sie versuchte sich aufzurichten, doch er drückte sie sanft in die Kissen zurück.

»Wie blass du bist! Hätte ich gewusst, wie schlecht es dir geht, wäre ich früher gekommen.« Er nahm ihre Hand, und sogleich umhüllte Olly Zigarettenrauch. Kam er von einem Herrenabend?

»Hat sich deine Mutter wieder etwas beruhigt? Es tut mir leid, dass Wera –«

Karl winkte ab. »Du kennst ja Mutter, sie kann niemandem lange böse sein. Gott sei Dank. Die Situation war doch sehr unangenehm.« Er schüttelte den Kopf. »Ich frage mich, woher Wera das mit Vaters Geliebter weiß.«

»Das Kind hat seine Augen und Ohren immer genau dort, wo sie nichts verloren haben«, sagte Olly. »Es würde mich nicht wundern, wenn sie noch ganz andere Dinge erfahren hat«, fügte sie hinzu, ohne etwas Besonderes damit zu meinen. Karls erschrockenen Blick registrierte sie sehr wohl, zog es jedoch vor, ihn zu ignorieren. Verzagt schüttelte sie den Kopf.

»Ich verstehe das Mädchen nicht. Im einen Moment ist sie lieb wie ein Engel, im nächsten der schlimmste Bengel! Einmal redet sie so erwachsen daher wie ein Mensch, der schon viel gesehen und erlebt hat, und im nächsten Augenblick herzt sie ihre Puppe wie ein kleines Kind. Diese Sprunghaftigkeit ist doch nicht normal, oder?«

»Dieses Kind raubt dir noch die letzte Kraft, und mir ebenfalls. Ich denke, für heute ist es genug.« Schon wandte er sich zum Gehen ab.

»Karl!« Olly hielt ihn am Jackenärmel fest. Der Gedanke, mit sich und ihren Gedanken allein bleiben zu müssen, war ihr auf einmal unerträglich. »Warum ... bleibst du nicht bis zum Morgen? So wie früher ...« In einer hilflos anmutenden Geste versuchte sie sich an ihn zu schmiegen. Kleine Küsse landeten auf seiner Wange und an seinem Hals.

»Olly ...«, sagte er gequält.

»Warum kann es nicht wie früher sein?« Sie machte eine unbestimmte Handbewegung. »Wenn du mir sagst, was ich tun soll ... Ich ... weiß, dass Männer manchmal Wünsche haben, die wir Damen nicht immer gleich erahnen. Vielleicht, wenn ich mich anstrenge ... Ich möchte dir alles geben, ich will ganz und gar deine Frau sein. Du musst mir nur sagen, was ich tun soll ...« Sie schlang ihre Arme um ihn.

»Olly, bitte, beruhige dich. Du bist müde und überreizt, und sprunghaft wie Wera ...« Fast gewaltsam schüttelte Karl sie.

Olly fühlte sich wie vor den Kopf geschlagen.

»Müde und überreizt! Ist das denn ein Wunder?« Warum nimmst du mich nicht einfach in den Arm?, wollte sie ihn fragen. Warum hast du mich nicht ein wenig mehr lieb? Liebe ist die beste

Medizin, wohingegen Höflichkeit nur ein Trostpflaster ist. Stattdessen schwieg sie. Wie so oft.

»Was erwartest du von mir?«, fuhr nun auch Karl auf. »Dass ich amouröse Anwandlungen habe, hier, jetzt und heute, bei all dem Ärger?«

Wie er daherredete – als ob die Situation gerade eine große Ausnahme wäre! Als ob ansonsten stets eitel Sonnenschein zwischen ihnen herrschte. Wann waren sie das letzte Mal wie Mann und Frau miteinander umgegangen? Und nicht nur wie gleichgültige Gefährten?

»Du hast recht, ich bin wirklich müde«, sagte sie gepresst.

»Vielleicht wäre es das Beste, wenn wir das Kind nach Russland zurückschickten.«

Olly blinzelte. Hatte er das wirklich gesagt?

»Schau mich nicht an, als wäre ich ein Bösewicht, *du* bist doch diejenige, die dem ganzen Trubel nicht gewachsen ist. Für mich hast du überhaupt keine Zeit mehr, oder kannst du dich daran erinnern, wann du mir und meinen Sorgen das letzte Mal dein Ohr geschenkt hast? Aber kaum gibt Wera einen Ton von sich, springst du auf, als gäbe es nichts Wichtigeres. Und wenn es nicht Wera ist, um die du dich kümmerst, dann sind es irgendwelche Arme und Irre. Ich frage mich wirklich, ob ich dir überhaupt noch etwas bedeute.«

»Bist du etwa eifersüchtig? Auf ein Kind?« Unwillkürlich musste Olly lachen. »Ach Karl …«

Er schaute sie feindselig an. »Ich kann es nur nicht leiden, dass du dich ständig um tausend Dinge kümmerst und mich dabei links liegenlässt.«

»Wer läuft denn die ganze Zeit aus dem Haus? Du merkst gar nicht, wie einsam ich neben dir bin. Im Grunde hast du dich schon vor langer Zeit, lange vor Weras Ankunft, von mir abgewandt.«

»Das stimmt nicht«, sagte er lahm.

»Ach nein? Und was meine Beschäftigungen angeht: Ist dir schon einmal der Gedanke gekommen, dass das Leben, das ich führe, ein ganz normales, gottgefälliges Leben ist? Mit Aufgaben und Pflichten, die ich mit Freude zu erfüllen versuche? Während du immer öfter nur in den Tag hineinlebst. Für nichts zeigst du mehr Interesse, nichts mehr ist dir wichtig, jedenfalls nichts, wovon ich weiß. Eigentlich hätte ich gedacht, dass du mich mit Wera unterstützt, dass du mir hilfst, aus ihr ein gesundes, glückliches Kind zu machen. Aber scheinbar habe ich mich auch hier in dir getäuscht.« Abrupt drehte sie sich um und starrte auf die Wand.

Karl zögerte noch einen Moment lang, dann ging er ohne Abschiedsgruß aus dem Raum.

»Davonlaufen, das kannst du!«, schrie Olly ihm nach. Wütend und enttäuscht zugleich ergriff sie die kleine Kugeluhr vom Nachttisch und schleuderte sie quer durch den Raum. Sie zerschellte an der Tür. Ein leises metallisches Klirren ertönte, Glassplitter und Metallteile regneten auf den Teppich.

Voller Genugtuung schaute Olly auf ihr Werk. Gut so! Sie hatte dieses lieblos ausgesuchte Geschenk noch nie leiden können.

5. KAPITEL

Gespannt blickte Helene Trupow aus dem Fenster der Kutsche. Stuttgart, ihr neuer Wirkungskreis. Ein Wirrwarr von Straßen und Häusern in einem tristen Talkessel. Die Gouvernante verbot sich jeden Vergleich zur Pracht von St. Petersburg. Wirkte nicht jede Stadt an einem verregneten Januartag trist?

Zugegeben, Baden-Baden wäre ihr lieber gewesen. Es hieß schließlich, dieser Ort sei die einzige russische Stadt außerhalb Russlands. Die Gouvernante hatte mehr als eine Adelsdame von Baden-Badens Reizen schwärmen hören. Helene verzog ihr Gesicht zu einer säuerlichen Grimasse. Reichtum und Schönheit – so etwas zog immer auch ganz bestimmte Frauen an: attraktive Schauspielerinnen, Konkubinen, zweitklassige Balletttänzerinnen, alle auf der Suche nach einem Ehemann. Zu dieser Sorte »Dame« zählte sie sich gewiss nicht. Deshalb war es doch gut, dass sie an den Stuttgarter Hof von Kronprinzessin Olga und Kronprinz Karl reiste. Hier würden ihre Chancen, einen geeigneten Ehemann zu finden, besser stehen als in Baden-Baden. Kronprinzessin Olga hatte viele Russen um sich geschart, erzählte man sich. Aus Heimweh? Oder weil sie ihren Landsleuten eher vertraute als den Württembergern? Ausschlaggebend für Helenes Zusage, nach Stuttgart zu wechseln, war tatsächlich die stetig wachsende russische Gemeinde gewesen, die sich hier etablierte. Dass sich in Stuttgart so viele Russen angesiedelt hatten, kam nicht von ungefähr:

Olga Nikolajewna war nicht die erste Zarentochter, die einst an den Stuttgarter Hof gekommen war. Vor ihr hatte schon im Jahr 1814 Katharina Pawlowna diesen Schritt getan, als sie König Wilhelm I. heiratete. Seit dieser Zeit entwickelten sich die politischen, wirtschaftlichen und kulturellen Bande zwischen beiden Ländern immer intensiver. Von Kronprinzessin Olga und ihrem Gatten Karl war bekannt, dass sie den russischen Lebensstil sehr schätzten. Auch aus diesem Grund waren Olgas Landsleute mehr denn je in der Landeshauptstadt willkommen. Helene hoffte, dass sich unter den »Stuttgarter Russen« viele unverheiratete Herren befanden.

Die Gouvernante gestattete sich einen ihrer seltenen Tagträume: ... ein eleganter Herr aus dem Finanzsektor. Oder ein hoher Militär. Vielleicht war ihr Zukünftiger auch ein wohlhabender Geschäftsmann und örtlich unabhängig? Dann würde man sogar über einen Umzug in südlichere Gefilde nachdenken können. Venedig. Oder Triest. Für sie musste es nicht zwingend wieder St. Petersburg sein. Nicht, dass sie schlechte Erinnerungen an ihre Heimatstadt hatte, ganz im Gegenteil. Dort, in all den vergoldeten Palästen, hatte sie schließlich den Ruf erworben, der sie jetzt hierher nach Stuttgart brachte.

Helene Trupow galt als eine der besten Gouvernanten europaweit, durchgreifend, konsequent, streng bis in die Spitzen ihrer feldhasenbraunen Haare. Sie hatte den Kindern des Fürsten Scheremetew ebenso Zucht und Ordnung beigebracht wie dem Gonscharow-Nachwuchs. Hatte im Menschikow-Palast am Universitätskai ebenso gearbeitet wie im Stroganow-Palais am Newski-Prospekt. Nur in den Winterpalast hatte man sie bisher nicht gerufen. Kein einziger Romanow-Zögling war ihr anvertraut worden, was sie fast als Kränkung ihrer Berufsehre ansah. Doch schließlich hatte man ihren Wert auch in den allerhöchsten Kreisen erkannt.

Die Betreuung der russischen Großfürstin Wera würde der krönende Abschluss ihrer Karriere sein.

Bislang waren ungestüme junge Burschen ihre Schützlinge gewesen, zu deren Freizeitbeschäftigung gehörte, in Hinterhöfen kleine Feuer zu legen oder wertvolle Pferde zu stehlen, mit denen sie sich dann Wettrennen lieferten. Sie hatte jeden zur Räson gebracht. Helene wusste, dass man sie hinter ihrem Rücken »die Rangen-Gouvernante« nannte, und sie war stolz darauf.

Und nun Wera Konstantinowa. Eines der wenigen Mädchen, das in ihre Obhut gegeben wurde. Umso besser. Ein Kinderspiel. So würde ihr genügend Zeit bleiben, um sich in der russischen Gemeinde zu etablieren und sich unauffällig nach einem zukünftigen Ehemann umzusehen.

Ihr Blick fiel auf ihre Reisebegleiterin Mathilde Öchsele, die leise schnarchend in einer Ecke der Kutsche lehnte, wie so oft während ihrer langen Reise.

Helene Trupow lächelte spöttisch. Da sehnte sich die alte Kammerfrau nach nichts mehr als nach der Rückkehr in ihre alte Heimat – und nun verschlief sie den feierlichen Moment der Ankunft!

Eines stand für Helene fest: Nie und nimmer wollte sie arbeiten, bis sie grau und ausgelaugt war wie die Kammerfrau. Stuttgart sollte für sie das Sprungbrett in ein neues Leben werden. Von nun an wollte sie sich nicht mehr so plagen müssen, das war ihr fester Wille. Und sollte die kleine Wera dies wider Erwarten anders sehen – als Rangen-Gouvernante hatte sie genügend Mittel zur Hand, um ein Kind gefügig zu machen.

*

Aufgeregt hüpfte Wera von einem Bein aufs andere. Zur Feier des Tages hatte sie Eugen von Montenegro, der in ihrem linken Arm lag, einen dicken Pullover und darüber noch eine Weste angezogen. In Russland war es kalt. Sehr kalt. Womöglich würden sich die Eltern gar nicht lange aufhalten, sondern gleich zurückfahren wollen? Auch Wera trug unter ihrem Kleid ein wollenes Hemdchen. Ein paar Brote hatte sie in die Rocktasche gesteckt. Proviant für die lange Reise, zur Sicherheit. Zu gern hätte sie sich von Margitta verabschiedet, aber als sie auf dem Dachboden nach ihr suchte, war sie nicht da gewesen. Kurz hatte Wera mit dem Gedanken gespielt, zur Wäscherei zu gehen, wo Margittas Mutter arbeitete, aber die labyrinthartigen Gänge im Keller des Schlosses machten ihr Angst. Einmal, als sie dort unten umhergestreift war, hatte sie sich derart verlaufen, dass sie Ewigkeiten nicht mehr zurückgefunden hatte. Statt sich also persönlich von Margitta zu verabschieden, hatte sie auf dem Dachboden in der Fensternische ein Märchenbuch und drei Brezeln deponiert. Ein Abschiedsgeschenk für die einzige Freundin, die sie in Stuttgart besaß und die immer so viel Hunger hatte.

Bei jedem ihrer Treffen hatte sich die Tochter der Wäscherin stets als Erstes auf die Lebensmittel gestürzt, die Wera ihr mitbrachte: ein Stück Brot, ein Wurstzipfel, Kekse oder ein Apfel, je nachdem, was sie ergattern konnte. Danach hatten sie sich unterhalten. Nicht viel und nicht lange, beide Mädchen hatten schnell gemerkt, dass ihre Leben zu unterschiedlich verliefen, um großartige Gemeinsamkeiten zu finden. Dafür hielt Wera Wort und bemühte sich redlich, Margitta das Lesen beizubringen. Und so verbrachten sie die meiste Zeit mit den Büchern, die Wera auf den Dachboden schleppte und die sich Margitta begeistert auslieh. Dass Wera sie danach meist ziemlich lädiert zurückbekam, nahm sie gern in Kauf. Hauptsache, sie hatte eine Freundin.

Bei diesem Gedanken beschlich Wera ein Hauch von Trauer über ihren Abschied aus Stuttgart, doch sie schüttelte ihn eilig ab.

»Wann kommt denn nun die Überraschung aus Russland endlich an?«, fragte sie Evelyn. Wie jedes Mal musste sie bei dem Wort »Überraschung« kichern. Da taten die Erwachsenen schrecklich geheim, dabei hatte sie längst durchschaut, dass es ihre Eltern waren, die man erwartete. Wäre Tante Olly sonst so angespannt? Wie angestrengt sie in Richtung Schlossplatz schaute! Dass sie überhaupt aus dem Palais getreten war, um die Gäste persönlich zu empfangen, sagte doch alles. Wera kicherte noch lauter.

»Wehe, du benimmst dich nicht«, fuhr Evelyn sie sofort an. »Du sagst unseren Gästen artig guten Tag, ohne herumzuhampeln. Dann gehen wir gemeinsam ins Haus. Deine Tante wird sich zuvor verabschieden, sie hat heute den ganzen Tag über wichtige Termine. Aber wenn sie am Abend heimkommt, möchte ich ihr berichten können, dass du ein braves Mädchen warst. Hast du mich verstanden?«

Wera winkte ab. Natürlich!

Evelyns Blick wurde daraufhin noch skeptischer. »Man hätte dem Kind sagen sollen, wer heute kommt«, flüsterte sie der Hofdame zu, die neben ihr stand.

Diese zuckte mit den Schultern und sagte: »Ich hatte den Eindruck, dass die Kronprinzessin über die Ankunft der St. Petersburger Damen nicht sonderlich erfreut ist, was ich durchaus verstehen kann. Eine Gouvernante und eine Kammerfrau aus St. Petersburg – haben wir in Stuttgart etwa keine fähigen Damen für solche Aufgaben?«

Evelyn warf Wera einen prüfenden Blick zu, und als sie sah, dass das Kind eingehend mit seiner Puppe beschäftigt war, sagte sie: »Vielleicht will der russische Hof so Weras Bindung an ihre Heimat stärken? Andererseits – wäre dafür nicht ein Besuch der Eltern besser gewesen?«

Die zweite Hofdame nickte heftig mit dem Kopf.

»Ist es nicht schrecklich, wie die Erwachsenen die ganze Zeit tuscheln?«, flüsterte Wera Eugen von Montenegro zu, der in ihrer Vorstellung daraufhin mit den Schultern zuckte.

Im nächsten Moment trat Olly an ihre Seite und nahm ihre Hand, um sie gleich darauf wieder loszulassen.

»Na, bist du aufgeregt? Herrje, deine Hände sind ja schrecklich fettig! Das kommt davon, dass du den halben Tiegel meiner Handcreme geleert hast. Evelyn, gib Wera bitte ein Tüchlein, damit sie sich die Hände abtupfen kann.«

Stirnrunzelnd nahm Wera das Taschentuch und tat so, als würde sie ihre Hände abreiben. Dafür war die wertvolle Creme doch viel zu schade!

Als sie vorhin ihre Tante abgeholt hatte, war diese noch mit ihrer Toilette beschäftigt gewesen. Fasziniert hatte Wera zugeschaut, wie Olly ohne Hilfe einer Zofe Wangenrouge und Lippenrot auflegte. Danach hatte sie versucht, mit einem weißen Puder die dunklen Schatten unter ihren Augen abzudecken. Müde hatte die Tante ausgesehen, und irgendwie traurig. Dennoch hatte jede ihrer Bewegungen sehr damenhaft gewirkt. Und alles roch so gut! Einen Tupfer Parfüm auf beide Handgelenke und einen ins Dekolleté. Wera mochte den Duft nach Zimt und Gewürznelken sehr. Zu guter Letzt hatte sich Olly die Hände eingecremt. Wera fiel auf, wie zart und glatt Ollys Hände waren. Ihre hingegen waren trocken und hatten rissige Nägel und Hornhaut am Zeigefinger.

»Die Hände sind die Visitenkarte einer Dame. An ihnen sieht man ihren Lebenswandel ebenso wie ihr Alter. Magst du auch?« Lächelnd hatte Olly Wera den Cremetiegel hingehalten, die sogleich ihren rechten Zeigefinger tief in die duftende Creme tauchte.

»Da kommen sie!«, sagte Evelyn und wies zur linken Seite des Schlossplatzes, wo eine erste Kutsche erschien. Davor ritt Cäsar Graf von Beroldingen, Wera erkannte ihn. Er wurde flankiert von zwei jungen Burschen auf kleinen Füchsen, Pferden mit rotem Fell. Vielleicht Wily und sein Freund, der schöne Eugen? Weras Herz machte aus lauter Vorfreude einen Hüpfer. Beide hatte sie schon lange nicht mehr gesehen. Nicht, dass sie auf den großspurigen Wily besonders viel Wert gelegt hätte, aber der schöne Eugen gefiel ihr sehr. Im nächsten Moment bogen die jungen Reiter um die Ecke, und Wera erkannte, dass es sich um gewöhnliche Soldaten handelte. Schade, Wilys und Eugens Anwesenheit hätte ihrem großen Moment der Freude noch eine Zuckerkruste verpasst.

»Seltsam, ich sehe nur die eine Kutsche. Dass Papa mit so kleinem Gefolge reist, ist eigentlich nicht seine Art«, flüsterte Wera Eugen zu.

»Darf ich vorstellen – Mathilde Öchsele und Helene Trupow!« Mit einer ausholenden Handbewegung, die Wera an einen Zirkusdirektor erinnerte, der seine Raubkatzen vorführte, zeigte ihre Tante auf die beiden Damen, die gerade ungelenk aus der Kutsche stiegen.

Weras Blick irrte umher.

»Ich verstehe nicht ...« Wo waren ihre Eltern? Sie drückte Eugen von Montenegro enger an ihre Brust. Ihr Atem raste, als wäre sie die langen Gänge des Kronprinzenpalais entlanggerannt. Die Begrüßungsfloskeln der Umstehenden, Graf Beroldingens Pferd, das wieherte, das Klappern der Schuhe der beiden Damen – die Töne vermengten sich in Weras Kopf zu einem unangenehmen, stetig lauter werdenden Durcheinander. Zu laut. Zu viele Worte. Am liebsten hätte sie sich die Ohren zugehalten. Noch lieber wäre sie fortgerannt – pfeilgeschwind, so dass niemand sie am Ärmel packen konnte! Sie hatte noch nicht zu Ende gedacht, als sie Evelyns Hand in ihrem Rücken spürte. Cäsar Graf von Beroldingen, der inzwischen von seinem Ross abgestiegen war, trat wie auf ein geheimes Stichwort hin an ihre linke Seite. Das Getöse in Weras Kopf wurde noch lauter, ihre Beklemmung wuchs.

Olly lächelte ihr hoheitliches Lächeln.

»Beide Damen sind extra für dich aus St. Petersburg angereist. Nun hast du nicht nur eine eigene Kammerfrau, die dir beim An- und Ausziehen hilft und dir die Haare frisiert, sondern auch noch eine eigene Gouvernante. Na, was sagst du zu der Überraschung?«

Mit aufgerissenen Augen schaute Wera die beiden Frauen an, die gerade einen tiefen Knicks vor Olly machten. Die linke war uralt und dick, die rechte unwesentlich jünger, dafür umso magerer. Ihr Mund hatte die Form eines umgekehrten Hufeisens. Ein Hufeisen so aufzuhängen, dass die Enden nach unten schauten, bringt Unglück, hatte Jurij, der Kutscher ihres Vaters, Wera einst erklärt. Wo waren ihre Eltern? Wem gehörte das viele Gepäck, das ausgeladen wurde?

»Du bist also Wera Konstantinowa.« Bevor Wera reagieren konnte, schnappte die magere Frau nach ihrer Hand. Ihre Umklammerung war eisig. So eisig wie das aufgesetzte Lächeln, mit dem sie Wera bedachte. Ihr Blick war unverhohlen abschätzig, auch ein Hauch Erstaunen lag darin.

»Wir zwei werden ganz wundervoll miteinander auskommen«,

sagte sie und drückte Weras Hand noch fester. Mit Mühe unterdrückte Wera einen Schmerzensschrei.

»Lassen Sie mich los! Sie sind steinalt und haben einen schlechten Lebenswandel, das sieht man an Ihrer runzligen Hand. Mit Ihnen will ich gar nicht auskommen!«, schrie sie stattdessen und duckte sich weg wie ein Tier, das nicht eingefangen werden will. Hilfesuchend schaute sie in die Runde.

»Wo sind meine Eltern? Wann holt Papa mich ab?«

»Wera, was habe ich vorhin zu dir gesagt?« Evelyns Atem zischte heiß in ihrem Ohr.

Olly gab ihrem Leibkutscher, der ein wenig abseits mit dem Coupé wartete, ein Zeichen, woraufhin er die beiden Rappen mit einem Schnalzen in Bewegung brachte.

»Du kannst mich doch jetzt nicht alleinlassen!«, rief Wera entsetzt und klammerte sich an ihre Tante.

»Aber Kind, du bist doch nicht allein«, sagte Olly hilflos lächelnd. »Eve ist bei dir. Und die Damen aus St. Petersburg auch.«

Die Gouvernante aus St. Petersburg schaute stirnrunzelnd zu, wie Olly versuchte, Weras Hand von ihrem Ärmel zu lösen. Der Stoff gab einen leisen ratschenden Laut von sich.

»Ich will mit dir gehen!« Es kam selten vor, dass Wera weinte, aber nun schossen bittere Tränen aus ihren Augen. Wie durch einen Schleier sah sie, dass ihre Tante und Evelyn einen Blick tauschten. Evelyn zuckte mit den Schultern.

»Dann fahr halt mit«, hörte Wera ihre Tante mit resigniertem Unterton sagen.

»Verzeihen Sie, Kronprinzessin, dass ich mich gleich nach meiner Ankunft einbringe, aber Sie wollen dem Kind doch nicht etwa seinen Willen lassen?«, kam es scharf von Helene Trupow.

Alle Köpfe drehten sich zu der Gouvernante um. Dass jemand der Kronprinzessin widersprach, geschah nur selten.

Mit angehaltenem Atem beobachtete Wera ihre Tante.

»Oh, machen Sie sich keine Sorgen, Madame Trupow. Es ist *mein* Wille, dass Wera mich begleitet. Sie dürfen dann gern morgen mit Ihrer Arbeit beginnen«, sagte Olly und lächelte verkrampft.

Wera atmete aus. Es hätte nicht viel gefehlt und sie hätte der mageren Ziege mit den runzligen Händen die Zunge herausgestreckt.

*

»Wohin fahren wir eigentlich?«, fragte Wera und ließ die Füße baumeln. »Gehen wir jetzt *arbeiten*?«

Missvergnügt betrachtete Olly die aufgeplatzte Naht an ihrem rechten Jackenärmel.

»Kind, würdest du deine Füße bitte bei dir behalten? Wenn du weiter gegen meinen Rock trittst, ruinierst du den auch noch. Wir besuchen ein Kinderheim, das habe ich dir doch schon gesagt.«

»Ach ja. Stimmt. Und wann kommt Papa?«

»Das weiß ich nicht«, erwiderte Olly abwesend. Ihre Gedanken waren noch immer bei der Ankunft der Petersburger Gouvernante. Einen schlechteren Start für Wera und Madame Trupow konnte sie sich wirklich nicht vorstellen. Sie seufzte. Hätte sie auf Evelyn und Karl hören und Wera im Vorfeld sagen sollen, dass man nicht etwa ihre Eltern erwartete?

Um ehrlich zu sein: Olly hatte im Stillen ebenfalls gehofft, dass außer den Bediensteten auch Kosty und Sanny aus der Kutsche steigen würden. Das wäre eine Überraschung gewesen! Aber statt selbst zu kommen, schickte Kosty lediglich seine Spione. Von wegen, »die beiden Damen sollen dich bei Weras Pflege entlasten«! Kosty mochte seine Tochter zwar nicht um sich haben, doch die Kontrolle über sie wollte er langfristig nicht aus der Hand geben. Wahrscheinlich würde die Trupow alles, was mit Wera zu tun hatte, haarklein nach St. Petersburg berichten. Ach, sie war so wütend auf ihren Bruder!

»Warum leben die Kinder in diesem Heim?«

Olly war froh darüber, dass Wera sie aus ihren Grübeleien riss.

»Weil ihre Eltern nicht in der Lage sind, sich um sie zu kümmern«, antwortete sie.

»Und warum kümmern sich die Eltern nicht um die Kinder?«

Warum, warum, warum! Wera mitzunehmen war keine gute

Idee gewesen. Aber die selbstgerechte Art der Gouvernante, sich sogleich einzumischen, hatte sie derart erzürnt, dass sie gar nicht anders konnte.

»Sag schon, warum kümmern sich die Eltern nicht? Ist es wie bei Papa und Maman? Müssen die alle zuerst ihre älteren Töchter unter die Haube bringen?«

Unwillkürlich musste Olly lachen. »Du ziehst Schlüsse, auf die kein anderer Mensch kommen würde«, sagte sie und zog liebevoll an Weras Zopf, der ein wenig seltsam roch. Wera hasste das Haarewaschen, machte dabei einen solchen Aufstand, dass beim ersten Mal der halbe Hofstaat herbeigeeilt war, aus lauter Sorge, dem Kind sei etwas zugestoßen. Seitdem nahm man es nicht mehr so genau mit diesen Dingen. Olly schnupperte erneut und rümpfte die Nase. Irgendwie roch das Kind nach ... Käse und Brot. Ein unhaltbarer Zustand! Aber würde die Kammerfrau mit Wera überhaupt zurechtkommen? Die alte Dame, die Kosty aus Tante Helenes Hofstaat übernommen und ihr, Olly, geschickt hatte, wirkte nicht mehr sehr rüstig. Bevor Weras nächstes »Warum« ertönte, sagte Olly: »Manche Kinder haben gar keine Eltern mehr. Oder nur eine Mutter, die –« Sie brach ab, als sie sah, wie sich Weras Miene veränderte. Ihre Lippen verloren von einem Moment zum anderen die Farbe, wurden fast durchscheinend weiß, und die Augen waren ängstlich aufgerissen.

»Was ist denn, was hast du auf einmal?« Stirnrunzelnd schaute Olly ihre Patentochter an.

»Anhalten ... Du musst die Kutsche anhalten«, kam es stockend und so leise, dass Olly kaum etwas verstand.

»Warum das? Wir fahren doch erst seit ein paar Minuten«, sagte Olly.

Weras Finger krallten sich in ihren Arm.

»Da vorn ... Ist das ... eine Kirche?«

»Ja, also eher nein. Die alte Schlosskirche wird nicht mehr –« Olly kam nicht dazu, den Satz zu Ende zu sprechen.

»Nicht vorbeifahren! Das ist viel zu gefährlich. In den Kirchen verstecken sich böse Männer, die Überfalle planen und Attentate!

Die haben Gewehre und andere Waffen. Damit haben sie auch Papa überfallen, damals in Warschau. Tante Olly, bitte lass anhalten!« Noch während sie sprach, rutschte Wera von ihrem Sitz auf den Boden, wo sie sich zusammenkauerte.

Perplex schaute Olly das verstörte Mädchen an, das die Knie an die Brust gezogen und den Kopf daraufgepresst hatte. Mit beiden Händen hielt sie sich die Ohren zu. Ollys Erklärungen, dass die einstige Schlosskirche nicht mehr als solche genutzt wurde und dass eine Apotheke und eine Bibliothek darin untergebracht waren, hörte sie nicht.

Unwillkürlich fühlte Olly auch in sich selbst Panik aufkommen. Während sie sich sehnlichst wünschte, dass Karl oder Eve hier wären, fuhr der Kutscher an den Straßenrand und hielt an. Er drehte sich um und sagte durch das Gitternetz, das das Wageninnere vom Kutschbock trennte: »Als ich Baronin von Massenbach und Ihr Patenkind letzte Woche in die königliche Schneiderwerkstatt kutschiert habe, hat Großfürstin Wera den gleichen Aufstand gemacht, als wir an der Stiftskirche vorbeigekommen sind. In den Kirchen würden sich Attentäter verstecken, hat sie gesagt.«

»Aber warum hat mir das niemand berichtet?« Entsetzt schaute Olly von ihrem Kutscher zu Wera. Angst vor bösen Männern? Vor Attentätern, die sich in Kirchen versteckten? Was hatte das zu bedeuten?

Der Mann zuckte mit den Schultern. »Wir dachten, die Großfürstin macht einen ihrer Scherze. Also haben wir einfach einen anderen Weg genommen.«

»Sind wir schon vorbei? Ist die Gefahr vorüber?«, rief das zusammengekauerte Bündel zu Ollys Füßen.

Während sie noch nach einer Erklärung suchte, kniete sich Olly ohne Rücksicht auf ihre Garderobe auf den Boden der Kutsche und wiegte Wera wie ein kleines Kind im Arm. Mitleid, vermischt mit einer Woge schlechten Gewissens, ließ ihr Herz fast überlaufen. Da verschwendete sie Gedanken darauf, dass Weras Haare nicht gewaschen waren. Aber die Ängste, die Wera in sich trug, die hatte sie nicht einmal geahnt!

... Angst vor Kirchen ... vor Männern mit Gewehren ... Attentätern ... Attentätern? Dr. Haurowitz hatte bei Weras Ankunft erzählt, sie habe zu Hause mehrmals ein Spiel namens »Attentat« gespielt.

Nur mühsam gelang es Olly, die Gedankenfetzen in ihrem Kopf zusammenzusetzen. Was, wenn es sich bei Weras auffälligem Verhalten nicht um ein Spiel gehandelt hatte? Womöglich ging es um etwas ganz anderes. Und sie alle zusammen waren nicht in der Lage, es richtig zu deuten ...

Plötzlich erschien Olly ein Bild lebendig vor Augen: In der Zeit, als ihr Bruder Konstantin samt Familie als russischer Statthalter in Warschau stationiert war – hatte es damals nicht geheißen, die Aufständischen in Warschau hätten sich in den städtischen Kirchen zusammengerottet? Olly konnte sich noch genau an die schrecklichen Wochen erinnern, in denen Tag für Tag Depeschen zwischen Russland, Warschau und Stuttgart hin und her geschickt worden waren. Jedes bisschen Information über den Verlauf der Unruhen hatte sie gierig in sich aufgesaugt. In Todesängsten hatte sie täglich zum Herrgott gebetet, dass ihrem Bruder und seiner Familie nichts geschehen möge.

Weras Verhalten war kein Spiel, sondern eine Art furchtbare Nachwehe der Warschauer Schrecknisse! Das Attentat in Polen, bei dem Kosty verletzt worden war – seine Kinder hatten alles mitbekommen. So etwas musste bei einem sensiblen Mädchen bleibende Schäden hinterlassen.

Das arme Kind. Alleingelassen mit seiner Angst. Ihr hilflos ausgeliefert.

Während sie Wera stumm im Arm wiegte, rasten ihre Gedanken weiter. War Angst die »Krankheit«, unter der Wera litt? Plötzlich fügten sich weitere Mosaiksteinchen zusammen: Vom ersten Tag an hatte das Kind wie am Spieß geschrien, wenn sie oder Eve abends die Kerze auf seinem Nachttisch löschten. Sie brennen zu lassen sei viel zu gefährlich, hatten sie gesagt. Wera könne beruhigt schlafen, hier im Kronprinzenpalais gebe es keine Schlossgespenster, fügte Evelyn noch scherzhaft hinzu.

Schlossgespenster, ha! Wahrscheinlich vermutete Wera hinter jeder Tür, in jeder dunklen Ecke die »bösen Männer«, die es damals auf Kosty abgesehen hatten.

Und Weras Unwille, das Palais zu verlassen – hatte das auch mit ihrer Angst vor den »bösen Männern« zu tun? Fühlte sie sich in Stuttgart so wenig geborgen?

Warum hatte niemand von ihnen Rückschlüsse gezogen zwischen dem Attentat, das Wera im vergangenen Sommer erleben musste, und ihrem Verhalten? Wie blind waren Karl, Evelyn und sie gewesen …

Olly holte tief Luft. Nun war nicht der Zeitpunkt, sich mit Vorwürfen zu quälen. Vielmehr war es höchste Zeit, sich um Weras »Krankheit« zu kümmern!

»Komm, ich zeig dir was.«

6. KAPITEL

»Ich geh da nicht rein!« Mit verschränkten Armen stand Wera vor der Kirche.

»O doch. Du bist doch kein Feigling, oder?« Herausfordernd schaute Olly ihr Patenkind an.

Stummes Kopfschütteln.

»Dann komm! Und vertrau mir.« Ohne sich auf weitere Auseinandersetzungen einzulassen, zog Olly das widerstrebende Mädchen in Richtung der Kirchentür. Kurz davor stemmte Wera erneut ihre Beine in den Boden.

»Aber du musst zuerst nachschauen, ob ... ob alles in Ordnung ist.«

Olly drückte beruhigend Weras Arm. Sie öffnete die Tür und wurde von hellem Licht überrascht. Das Klopfen von Hämmern auf Stein ertönte, dazu laute Männerstimmen.

»Was ist denn hier los ...?«

»Ich hab's dir doch gesagt, da drin sind böse Männer«, kreischte Wera. »Schnell weg!«

Mit angehobenem Rock rannte Olly hinter ihrer Nichte her. Ausgerechnet in diesem Moment fuhr der Wagen von Hildegard von Varnbüler vorbei. Nicht auch noch das, dachte Olly verzweifelt. Die attraktive Freifrau, deren Vater als Verkehrsminister im Gespräch war, ging in allen Salons von Stuttgart ein und aus. Außerdem wurde ihr derzeit von Carl von Spitzemberg, dem württembergischen Gesandten in St. Petersburg, in vielen Depeschen der Hof gemacht. Nun würde Weras und ihr Auftritt in kürzester Zeit nicht nur die Runde durch die Stuttgarter Salons machen, sondern durch die von St. Petersburg gleich noch dazu.

»Wera, bleib endlich stehen!«, rief Olly, als sie ihre Nichte in Richtung Schillerplatz verschwinden sah. Was mache ich hier eigentlich? Sie hatte doch nur ihr Kinderheim besuchen wollen. Ganz in Ruhe. Ein bisschen Lob und Tadel verteilen, ein wenig mit den Kindern spielen. Ein gewöhnlicher Ausflug. Stattdessen war wieder einmal alles in ein bühnenreifes Drama ausgeartet.

In der Kirche roch es nach altem Stein und den brennenden Öllaternen, die dutzendfach entlang der Seitenwände aufgestellt worden waren. Auch ein paar Tische, übersät mit Zeichnungen und Papieren aller Art, standen herum.

Vom Türrahmen aus betrachtete Olly irritiert den Tross von Männern, der mit Laternen und riesigen Plänen ausgestattet im vorderen Teil des ehemaligen Kirchenschiffs stand und diskutierte.

»Ich habe keine Ahnung, was diese Herren hier vorhaben, aber es sind keine Attentäter. Vielmehr steht da vorn der Stuttgarter Oberbaurat Tritschler. Seltsam ist das schon …« Sie brach ab, als sie außer dem Oberbaurat auch Friedrich Hackländer auf sich zukommen sah. Was machte der Leiter der Bau- und Gartendirektion hier?

»Verehrte Kronprinzessin, wie schön, Sie zu sehen! Hat der König Sie also doch noch in seine Pläne eingeweiht, die Kirche in ihrer alten Pracht wiederherstellen zu lassen. Alles andere hätte mich auch gewundert, wo Ihr Interesse an der Architektur doch bekannt ist. Und Ihre Expertise!« Alexander von Tritschler machte eine tiefe Verbeugung.

Olly runzelte die Stirn. Das durfte doch nicht wahr sein! Wilhelm hatte vor, die alte Kirche zu renovieren – wozu? Der evangelischen Gemeinde Stuttgarts standen doch genügend Gotteshäuser zur Verfügung. Dagegen schmetterte er ihren Wunsch nach dem Bau einer russisch-orthodoxen Kirche seit Jahren mit der üblichen

Begründung ab, das Geld reiche nicht aus. Für die Renovierung einer uralten evangelischen Kirche reichte es offenbar sehr wohl. Oder steckte hinter all dem Pauline, die große Kirchgängerin? Und warum wussten Karl und sie nichts von dem Ganzen?

Olly spürte, wie das leise Pochen in ihrem Hinterkopf, das während der Verfolgungsjagd begonnen hatte, heftiger wurde.

»Die kostbaren Schriften, die hier zwischengelagert sind, werden natürlich vor Baubeginn an sichere Orte gebracht, so dass ihnen nichts geschieht«, sagte Friedrich Hackländer. »Vielleicht darf ich Ihnen und Ihrer Nichte die genauen Schritte erörtern, mit denen unser geliebter König mich betraut hat?«

Wie sehr er »unser geliebter König« betonte! Täuschte sie sich oder hatte Hackländers Lächeln etwas Süffisantes?

»Ihre Erklärungen interessieren mich nicht. Was ich jedoch sehr interessant finde, ist die Tatsache, dass Sie bei unserem letzten Treffen, als es um ein neues Kinderheim ging, Ihre leeren Kassen beklagten. Ganz so leer können sie wohl nicht sein!«, sagte sie barsch und zeigte auf die aufwendigen Renovierungen. Dann wandte sie sich wieder an Oberbaurat Tritschler. »Mein Patenkind und ich wollten uns eigentlich nur ein paar Minuten lang in Ruhe unterhalten. Und da wir gerade hier in der Nähe waren, dachte ich –« Sie machte eine vage Handbewegung.

Der Oberbaurat, dem die Spannungen zwischen Olly und dem ehemaligen Sekretär ihres Mannes nicht entgangen waren, nickte eilfertig. »Auch wenn die Kirche derzeit nicht geweiht ist, so schwingt doch ein besonderer Geist darin. Wenn ich die Empore vorschlagen dürfte? Dort ist es wärmer als hier unten, und Ruhe haben Sie da auch. Ich werde meine Männer anweisen, eine Pause einzulegen.«

Olly stieg die Treppe hoch, und Wera folgte ihr neugierig. Eine Kirche, in der Männer mit Zollstock und Bauplänen zugange waren, schien ihr keine Angst zu machen.

Es war nicht so, dass Wera ihr Herz weit öffnete und eine Flut angestauter Erinnerungen aus ihr herausfloss. Eigentlich könne sie sich an gar nichts mehr erinnern, murmelte sie muffelig, als Olly sie nach ihren Erlebnissen in Warschau fragte. Nur daran, dass es schrecklich heiß gewesen sei. Und an die lauten Stimmen der bösen Männer, an die könne sie sich auch noch erinnern. Von jetzt auf gleich seien sie in den Palast gestürmt. Polnisch hatten sie gesprochen, kein Russisch oder Französisch. Aber eigentlich wollte sie an diesen Tag gar nicht mehr denken.

»Das kann ich gut verstehen«, sagte Olly und erzählte Wera, dass sie einst als dreijähriges Mädchen auch ein Attentat auf ihren Vater, den Zaren Nikolaus, hatte miterleben müssen.

»Seltsam, ich habe Jahrzehnte nicht mehr daran gedacht. Stattdessen habe ich die Erinnerung in die tiefste Ecke meiner Seele verbannt. So wie man etwas, das man nicht mehr vor Augen haben möchte, in den hintersten Keller räumt.«

Mit gerunzelter Stirn schaute Wera ihre Tante an. »Hattest du damals auch Angst?«

»Angst? Und ob. Ich bin fast gestorben vor Angst, sogar in die Hose habe ich mir gemacht! Alexander und Mary haben mich ausgelacht, daran kann ich mich noch gut erinnern. Nein, dein Vater nicht, der war zu diesem Zeitpunkt noch gar nicht auf der Welt. Doch dann hat mein Vater mich auf den Arm genommen und meine Geschwister wegen ihres Spotts gerügt. Wir Romanows müssen in jeder Lebenslage zusammenhalten!, hat er gesagt und gemeint, dass wir unter Gottes besonderem Schutz stünden und uns nichts passieren kann.« Olly lächelte. »Da war meine Angst wie verflogen. Bestimmt hat euer Papa euch auch getröstet, nicht wahr?«

Wera schüttelte den Kopf. »Als die Männer endlich wieder fort waren, sind er und Maman gleich ins Nebenzimmer gegangen. Hinter der Tür habe ich sie streiten hören. Das käme davon, dass sich Papa von seinem Bruder so herumkommandieren ließe, hat Maman geschrien. Und dass sie von Anfang an dagegen gewesen wäre, nach Warschau zu gehen. Sie fand es unmöglich, dass Papa uns solchen Gefahren aussetzte. Er schrie zurück, dass er so etwas nicht habe voraussehen können. Dann kam er wieder heraus, das Blut tropfte noch immer von seinem Arm. Ich wollte ihm helfen, die Wunden zu verbinden. Nikolai auch, aber er hat uns einfach stehenlassen …«

Ach Kosty, dachte Olly traurig. »Diese Zeiten sind ja nun vorüber«, sagte sie betont fröhlich. »Und wie du siehst, sind Stuttgarter Kirchen alles andere als Horte des Aufstands!«

Zum ersten Mal, seit sie die Kirche betreten hatten, schaute sich Wera um. Ihre Augen blieben am gewölbten Kirchenhimmel hängen, der über und über mit Wappen, Stuck und Schmucksteinen verziert war. »Wie der Himmel in einem Zauberland.« Sie blinzelte, schaute sich weiter um. »Hier ist es so schön friedlich«, sagte sie. »Wenn ich daran denke, was für einen Aufstand ich gemacht habe, komme ich mir ziemlich kindisch vor.«

»Blödsinn«, winkte Olly eilig ab. »Erstens bist du ein Kind und darfst ein wenig kindisch sein. Und nach deinen schrecklichen Erlebnissen in Warschau –« Olly wurde durch Weras stürmische Umarmung unterbrochen.

»Danke, liebe Tante, dass du mich hergeführt hast. Eines weiß ich jetzt: Wenn ich einmal heirate, dann hier! Ich werde ein schwanenfedernweißes Kleid tragen, und Eugen von Montenegro wird mein Trauzeuge sein.«

Olly schmunzelte. »Aber dies ist eine evangelische Kirche, keine unseres Glaubens. Außerdem – woher weißt du, ob dein russischer Gemahl gewillt ist, zum Heiraten nach Stuttgart zu kommen?«

Wera zuckte mit den Schultern. »Und wenn ich gar keinen Russen heirate, sondern einen Württemberger?«

»Du kleiner Naseweis! Jetzt fehlt nur noch, dass du schon einen Bestimmten im Sinn hast.«

Wera erwiderte gedehnt: »Wer weiß …?«, und sprang lachend davon.

Olly eilte ihr nach. Danke, lieber Gott, frohlockte sie und hätte vor Freude singen mögen. Zum ersten Mal seit Weras Ankunft hatte sie das Gefühl, dem Kind nähergekommen zu sein. Vielleicht würden sie doch noch wie Mutter und Tochter werden? Oder zumindest so etwas wie Freundinnen.

*

Weras Laune war so gut wie lange nicht mehr. Inzwischen war sie einigermaßen davon überzeugt, dass Stuttgart ein ungefährliches Pflaster war. In anderen Städten mochten die Kirchen voll böser Männer sein, hier jedoch nicht. Hatte Margitta also recht gehabt. Vielleicht würde sie in die Wäscherei gehen und ihr das sagen.

Voller Neugier schaute sie aus dem Kutschenfenster. Eigentlich waren die vielen Plätze und Parkanlagen ganz hübsch, da konnte sie ihren Onkel ruhig einmal auf einen seiner Spaziergänge begleiten.

»Dieses Kinderheim, in das wir fahren – woher kennst du es eigentlich?«

»Das ist ganz einfach – ich habe es ins Leben gerufen«, sagte Olly. »Dieses und etliche andere auch. Dass es im beschaulichen Württemberg viele bedauernswerte Menschen gibt, habe ich bald nach meiner Ankunft hier erfahren müssen. Die wenigsten haben ein so schönes Leben wie wir, viele kämpfen tagtäglich ums bittere Überleben. Sie sind krank, haben keine Arbeit, dafür aber viele Kinder, die sie satt bekommen müssen. Die Wohnsituation ist katastrophal und –« Olly winkte ab. »Lassen wir das, ich will dich nicht mit solchen Trauerreden belasten.«

Wera, der tatsächlich ein wenig flau geworden war, fragte vorsichtig: »Und du machst das Leben für die Armen schöner?«

Olly zuckte mit den Schultern. »Ich versuche es zumindest. Ein Dach über dem Kopf, etwas zu essen, warme Kleidung – für viele ist das schon der Himmel auf Erden. Wenn ich sehe, wie dankbar die Leute sind, entschädigt mich das für alle Mühsal, und mühsam ist das Ganze in der Tat. Immerhin stehe ich inzwischen fünfundzwanzig Institutionen vor. Manchmal kann ich es selbst nicht glauben, aber irgendwie kam eins zum anderen.«

Wera runzelte die Stirn. »Institutionen vorstehen – das verstehe ich nicht.«

»Das heißt, dass ich mich kümmere. Ich sehe nach dem Rechten, ich sorge dafür, dass die Häuser gut geführt werden, dass genügend Geld da ist, um das Personal und die benötigten Waren zu bezahlen.« Sie zuckte mit den Schultern in einer Art, die besagte: Einer muss es ja machen.

»Deshalb bist du ständig unterwegs! Mit all den Kontrollen hast du ziemlich viel Arbeit, nicht wahr?«

»Arbeit, die ich gern mache. Schon als junge Frau war es mein größter Wunsch, etwas für die Armen zu tun. Zum Glück habe ich Karl kennengelernt. Er ist damit einverstanden, dass ich einen Großteil meines Geldes für wohltätige Zwecke ausgebe.« Einen Moment lang wurden Ollys Gesichtszüge weich. »Ja, es ist nicht alles schlecht«, murmelte sie leise vor sich hin.

»Du hast eigenes Geld? Dann bist du ja doch reich!«, platzte Wera heraus.

Olly hob fragend die Brauen. »Nun, als arm würde ich mich auch nicht bezeichnen, aber meine Gelder allein würden bei weitem nicht ausreichen für das, was es in Württemberg zu bewältigen gilt. Von daher gehört es zu meinen wichtigsten Aufgaben, dafür zu sorgen, dass durch Spenden stetig neues Geld nachfließt. Wie ich diese Bettelei hasse! Die Menschen sind so schrecklich kurzsichtig, sie erkennen einfach nicht, dass ihr Geld viel besser in Wohltätigkeiten angelegt wäre als in einem weiteren unnützen Landhaus. Oder im zehnten Paar goldener Kerzenleuchter. Und was den König angeht ... Wenn ich versuche, ihm zu erklären, dass ein Dach überm Kopf für die Armen wichtiger ist als die Renovierung einer Kirche, hört er mir nicht einmal zu. Weil ich bloß eine dumme Frau bin. Ach, manchmal habe ich alles wirklich satt!« Olly klang ungewohnt bitter.

Wera schaute betreten zu Boden. Dass ihr niemand zuhören wollte – diesen Zustand kannte sie aus eigener Erfahrung nur zu gut. Schrecklich war das.

Nun verstand sie auch, warum es so wenig Gold in Tante Ollys Haus gab. Und sie hatte den Lebensstil ihrer Tante für ärmlich gehalten ... Ihre Hand glitt in die Rocktasche, und nach einigem Wühlen zog sie ihr perlenbesticktes kleines Portemonnaie hervor.

»Maman hat mir vor meiner Abreise ein paar Silbermünzen in die Hand gedrückt. Da, für die Kinder! Und falls sie Hunger haben ...« Sie drückte Olly die Münzen und ihre zwei Käsebrote in die Hand. Olly schaute sie gerührt an. »Was bist du nur für ein mitfühlendes Kind.«

Eine Zeitlang herrschte einträchtiges Schweigen. Die Kutsche fuhr nun bergauf, das Schnaufen der Pferde wurde lauter, ihr Atem zog in weißen Schwaden an den Fenstern des Wagens vorbei.

»Eins verstehe ich immer noch nicht«, sagte Wera, während Olly in irgendwelchen Unterlagen blätterte. »Diese armen Leute, von denen du vorhin gesprochen hast – woher kennst du die überhaupt?« Sie selbst kannte außer Margitta keine einzige arme Menschenseele. Wenn man Olly zuhörte, konnte man das Gefühl bekommen, die Welt würde wie ein voller Teller Suppe überschwappen vor lauter Bedürftigen.

Die Kinder lagen still in ihren kleinen leinenweißen Bettchen. Ihre Körper waren straff eingebunden, so dass sie sich nicht drehen konnten. Nur die Köpfe schauten aus all dem Weiß hervor, sie wirkten übergroß. Manche hatten den Mund zu einem stummen Schrei geöffnet.

»Wie still es hier ist«, murmelte Wera, und ein leises Gefühl von Beklemmung beschlich sie. Kein Weinen, keine Spieluhr, kein Kinderlied, nicht mal Streitereien waren in dem großen Haus zu hören.

Die Mutter Oberin – so wurde die Dame von Olly genannt – nickte stolz. »Schon die Kleinsten wissen, dass sie nicht weinen dürfen. Fängt einer damit an, plärrt das ganze Haus. Da ist es besser, solche Regungen gleich im Keim zu ersticken.« Sie nickte einer der jüngeren Schwestern zu, die sogleich auf eines der Bettchen zuging, um ein Kind herauszuheben. Mit einem Knicks hielt sie den Säugling Olly entgegen.

»Möchten Sie das Kleine einmal halten, verehrte Kronprinzessin?«, fragte die Mutter Oberin in aufmunterndem Ton.

Lächelnd nahm Olly den Säugling und wiegte ihn im Arm. »Sie haben so liebe Kinder hier«, sagte sie mit einem Seufzen.

Weras Beklemmung wuchs. Liebe Kinder – ihr kamen die Kleinen wie dressierte Äffchen vor! Oder wie Larven. Sie schüttelte sich unwillkürlich. Als die Mutter Oberin sie ins nächste Zimmer führte, war sie froh.

Bei dem grau angestrichenen schmalen Raum handelte es sich um den Speisesaal. Kinder jeglichen Alters saßen dichtgedrängt an langen Tischreihen, ein jedes hatte eine kleine Schüssel und einen Löffel vor sich. Auch hier sprach niemand, und niemand lachte. Manch ein Kind schaute angstvoll oder vorwitzig zur Tür, andere wiederum hielten ihren Blick streng auf ihre Schüsseln gerichtet. Ein paar der Kleinen starrten mit leerem Blick und einem eintönigen Kopfnicken vor sich hin. Waren das etwa schwachsinnige Kinder? Neugierig reckte Wera ein wenig den Hals. Wie gleich sie alle aussahen! Alle waren in blütenweiße Kittel gekleidet. Am Kopfende einer jeden Tischreihe stand eine Frau in weißer Tracht und wachte mit strengem Blick über ihre Schützlinge. Der Geruch von Gemüsesuppe hing schwer in der Luft.

»Warum essen sie nicht?«, flüsterte Wera ihrer Tante zu. Dabei wusste sie die Antwort längst: In dieser unfrohen Stimmung wäre auch ihr der Appetit vergangen!

»Sie haben auf uns gewartet. Die Mutter Oberin will doch zeigen, wie wohlgesittet es in ihrem Haus zugeht, nicht wahr?« Olly lächelte erst Wera, dann der Heimleiterin freundlich zu. »Nun geben Sie ihnen schon das Zeichen, wegen uns braucht niemand seine Suppe kalt zu essen.«

Im nächsten Moment ertönte dutzendfaches Löffelschlagen – gierig schlangen die Kinder ihr Essen hinunter. Olly, die noch immer den Säugling auf dem Arm trug, sagte zufrieden: »Die Kinder scheinen einen guten Appetit zu haben. Auch sind sie trotz der räumlichen Enge, die leider noch immer hier herrscht, sauber und gut genährt. Ich bin sehr angetan von Ihrer Arbeit, liebe Mutter Oberin.«

Die Frau deutete eine kleine Verbeugung an. »Bei uns herrscht nicht nur Zucht und Ordnung, sondern auch Reinlichkeit. Wenn man bedenkt, woher die armen Würmer teilweise stammen, ist dies von größter Wichtigkeit für ihr weiteres Gedeihen.«

Olly nickte. »Wie viele ... Todesfälle hatten wir letzten Monat?«

»Zwei«, sagte die Mutter Oberin knapp. Erst auf Ollys fragenden Blick hin führte sie ihre Bemerkung weiter aus. »Ein kleiner Bub mit drei Jahren – als er zu uns kam, war es leider schon zu spät. Die Würmer hatten ihn innerlich aufgefressen«, sagte sie und verzog missbilligend das Gesicht. »Und ein Mädchen, kein halbes Jahr alt. Sie kam mit unzähligen blauen Flecken. Wir cremten sie ein, flößten ihr süße Milch und Haferschleim ein, wodurch sie zu Kräften kommen sollte. Der Arzt meinte, mehr könne man nicht tun. Als wir eines Morgens den ersten Kontrollgang machten, fand Schwester Monika sie leblos in ihrem Bett. Es tut mir leid ...«

»Aber woher hatte das Kind die blauen Flecken? Hat es jemand geschlagen? Überhaupt – wo stammen all die Kinder eigentlich her? Das können doch nicht lauter Waisen sein!«, rief Wera fast verzweifelt. Sie vermochte nicht zu glauben, dass Olly das, was sie hier sahen, für gut befand. Konnte sich ihre Tante nicht vorstellen, wie einsam man sich als Kind hier fühlen musste? Wie schrecklich kalt und unfreundlich die ganze Atmosphäre war? So kalt, dass einem der Atem gefror?

»Das habe ich dir doch schon erklärt«, sagte Olly. »Die Mütter sind nicht imstande, für ihren Nachwuchs zu sorgen. Wir haben sie in Beschäftigungsanstalten und Arbeitshäusern gut untergebracht. Dort wird für sie gesorgt, und sie lernen so etwas wie Regelmäßigkeit.« Sie sah Wera an. »Jedenfalls sind die meisten Mütter sehr froh, dass ihre Kleinen es hier so gut haben.«

»Manch eine ist vor allem froh, ihre Brut loszuhaben«, murmelte die Mutter Oberin mit verächtlicher Stimme.

»Das glaube ich nicht«, sagte Wera heftig. »Bestimmt vermissen die Mütter ihre Kinder Tag und Nacht! Du hast hier doch was zu sagen, Tante Olly. Wenn die Mütter auch Hilfe benötigen, warum bestimmst du dann nicht einfach, dass sie hier bei ihren Kindern wohnen dürfen? Dann könnten sie ihren Säuglingen ein Wiegenlied vorsingen. Oder sie füttern. Oder mit ihnen spielen. Reinlichkeit ist doch nicht alles im Leben, ein Kind braucht doch auch Liebe!« Sie warf der Mutter Oberin einen aufgewühlten Blick zu.

»Du Träumerin! So einfach ist das nicht ...« Olly streichelte dem Säugling auf ihrem Arm über die Wange.

»Aber warum?« Wera zeigte auf eine der Frauen, die sich mit Wischlappen und Eimer im Hausflur zu schaffen machte. »Die Mütter könnten sogar hier arbeiten, dann wären sie in der Nähe ihrer Kinder. Sie könnten saubermachen und kochen und –«

Ein Schnauben ertönte. »Das stellt sich die junge Dame leider etwas leicht vor«, sagte die Heimleiterin. »Sollen wir die Mutter, die ihr kleines Mädchen fast totgeschlagen hat, zur Belohnung etwa auch durchfüttern? Sie ist eine elende Trinkerin. Andere Mütter wiederum sind kriminell, verbüßen Gefängnisstrafen. Und wieder andere sind durch ihren liederlichen Lebenswandel krank geworden, husten sich die Lunge aus dem Leib. Alle waren in großer Not, als man ihnen die Kinder wegnahm und –«

»In großer Not! Und anstatt diese Not zu lindern, haben Sie den Frauen das Einzige genommen, was sie besaßen, ihre Kinder«, unterbrach Wera die Litanei der Frau. Der Kloß in ihrem Hals wuchs und wuchs, bestimmt war er schon so riesig wie ein Wollknäuel. Gleichzeitig kämpfte sie mit den Tränen. Sie wusste so gut, wie die Kinder sich fühlten!

»Schaut euch die Kleinen doch an. Wie traurig sie wirken, wie freudlos. Tante Olly, dagegen müssen wir was tun!«

»Es reicht, Wera. Ich habe dich nicht mit hergenommen, damit du die Arbeit der Mutter Oberin und ihrer braven Helferinnen kritisierst. Du entschuldigst dich auf der Stelle bei ihr, sonst –«

»Nein, das werde ich nicht tun!«, kreischte Wera in höchsten Tönen. »Es gibt nichts Schlimmeres, als Kinder von ihren Müttern zu trennen. Wahrscheinlich habt ihr meine Mutter auch dazu gezwungen, mich wegzugeben! Und nun soll ich das Ersatzkind für dich spielen, so wie die Kinder hier. Aber ich bin nicht dein Kind, ich habe schon Eltern. Und ich hasse dich!« Um ihre Worte noch zu verstärken, gab Wera ihrer Tante einen Tritt gegen das Schienbein.

»Von wegen große Not! Eins sage ich dir: Wenn ich einmal groß bin, werde ich dafür sorgen, dass Mütter und ihre Kinder in Not zusammenbleiben dürfen.« Mit diesen Worten stürmte sie aus dem Raum.

*

»Sie sei nicht mein Ersatzkind, hat sie mich angeschrien.« Olly rieb sich den schmerzenden Nacken, danach massierte sie ihre Schläfen. Ein Hauch des Parfüms, das sie sich am Morgen auf den Haaransatz getupft hatte, wehte in ihre Nase. Wann war das gewesen? Vor tausend Stunden?

»Ich trau es mich kaum zu sagen, aber ... sie hat mir tatsächlich gegen das Schienbein getreten!«

»Sie hat dich getreten? Das geht nun wirklich zu weit! Wenn du willst, werde ich sie auf der Stelle aufsuchen und züchtigen.«

Als Olly sah, wie entsetzt Karl reagierte, ärgerte sie sich sogleich, den Tritt erwähnt zu haben.

»Das würde alles nur noch schlimmer machen. Du hättest sehen müssen, wie sie mich angestarrt hat. So hasserfüllt! Ich weiß wirklich nicht mehr weiter ...«

Sofort nach ihrer Rückkehr hatte Olly Wera an Madame Trupow übergeben. Auf dem Weg in ihr Schlafzimmer traf sie Karl. Er trug Ausgehrock und Spazierstock, als wäre er im Aufbruch begriffen. Doch wie seine Pläne auch ausgesehen haben mochten, er hatte Olly unvermittelt in den Arm genommen und ihre Tränen mit seinem Taschentuch getrocknet. Behutsam hatte er sie dann in einen der Salons geführt. Seitdem saßen sie zusammen, Olly mit angewinkelten Beinen, er saß dicht neben ihr. Seine Hand lag beruhigend auf ihrem Arm. Ausführlich hatte Olly erst von dem Vorfall in der Kirche, dann von Weras Ausbruch im Kinderheim erzählt. Und von dem eisigen Schweigen auf der Heimfahrt.

»Dieses Kind hasst mich von ganzem Herzen.« Olly kämpfte erneut mit den Tränen.

»Ach Olly ...« Karl klang hilflos. In dem Moment klopfte es an der Tür. Es war Evelyn. Karl schien bei ihrem Anblick regelrecht erleichtert zu sein. Zugleich zückte er erneut seine goldene Taschenuhr.

Von welchen »wichtigen« Terminen halte ich ihn wohl ab?, fragte sich Olly bitter. *Geh doch! Geh! Ich sehe dir an, dass du in Gedanken längst woanders bist. Du brauchst nicht aus lauter Mitleid meine Hand halten!*, hätte sie am liebsten geschrien.

»Vielleicht hätten wir Wera doch reinen Wein einschenken sollen. Wenn sie wüsste, dass ihr in Russland das Irrenhaus blühte, käme ihr der Aufenthalt bei uns wahrscheinlich nicht mehr wie die größte Strafe vor.« Mit einem leisen Schnappen schloss sich seine Sprungdeckeluhr.

»Wera sagen, dass Kosty sie in eine Anstalt abschieben wollte? Nie und nimmer«, erwiderte Olly mit neu entfachter Kraft. »So hartherzig kann ich nicht sein. Am Ende würde Wera ihre Eltern auch noch hassen. Schau sie dir doch an, sie ist schon durcheinander genug!«

»Aber so denkt Wera ständig, dass sie bald abgeholt wird – wie soll sie sich da je eingewöhnen?«, fragte Evelyn. »Die Wahrheit wäre zwar hart, aber Ihre junge Nichte ist ein Mensch, der mit der Wahrheit sicher besser umgehen könnte als mit dieser Geheimniskrämerei«, sagte die Hofdame, während sie Olly einen wärmenden Schal um die Schultern legte. Karl nickte zustimmend.

Ärgerlich schaute Olly von Eve zu ihrem Mann.

»Ein wenig mehr Unterstützung von euch beiden täte mir gut, stattdessen seid ihr nun auch noch gegen mich.«

»Also wirklich, Evelyn will doch nur dein Bestes. Sie sieht, wie müde und erschöpft du bist, seit das Kind da ist. Und sie macht sich Sorgen um dich, genau wie ich«, sagte Karl.

»Sorgen!« Olly wischte das Wort wie eine lästige Fliege beiseite. Auf einmal spürte sie den Drang, Karl so zu verletzen, wie sie von Wera verletzt worden war.

»Du brauchst gar nicht so besorgt zu tun, ich sehe doch genau, wie du ständig auf deine Uhr schaust! Bin ich dir mit meinem Gejammer wieder einmal lästig? Was hast du denn heute vor? Wieder einen deiner sogenannten ›Spaziergänge‹?«, fragte sie in schrillem Ton. »Wem willst du eigentlich etwas vormachen, Karl? Warum sagst du mir nicht einfach, dass du zu einer anderen gehst? Ich wäre nicht die erste Ehefrau, die damit leben muss, dass ihr Mann eine Geliebte hat. Alles wäre besser als deine ewige Heimlichtuerei.«

»Da ist nichts, wie oft soll ich das noch beteuern!«, rief Karl gequält.

Olly schaute ihn an. Sein teigiges Gesicht. Seine wässrigen Augen, die sie oft so teilnahmslos musterten. Plötzlich war der Wunsch, ihm weh zu tun, übermächtig.

»Weißt du eigentlich, dass dein Vater die alte Schlosskirche renovieren lässt? Und dass er sich darüber mit deinem Herrn Hackländer ausgetauscht hat? Allmählich gewinne ich den Eindruck, dass der König dir gar nichts mehr sagt. Aber ist es denn ein Wunder, wo du für überhaupt nichts Engagement zeigst?«

Karl seufzte laut und tief auf. »Bist du fertig? Dein Engagement reicht doch für zwei, was soll ich mich also groß anstrengen? Und was die Kirchenrenovierung angeht: Darüber weiß ich längst Bescheid, Hackländer hat es sich nicht nehmen lassen, mir brühwarm davon zu berichten.«

Olly blickte auf. »Du hast Hackländer getroffen? Wann und wo? Davon hast du mir gar nichts erzählt.« Ein unwohles Gefühl machte sich in ihrem Magen breit. Noch mehr Geheimnisse?

»Weil es unwichtig ist. Ich bin ihm zufällig über den Weg gelaufen, als er aus dem Schloss kam, mehr nicht«, erwiderte Karl mit gereiztem Unterton. »Am besten reden wir nicht mehr darüber. Es ist ja weiß Gott nichts Neues, dass der König weitreichende Entscheidungen lieber mit Friedrich Hackländer bespricht anstatt mit mir, dem Thronfolger.« Ein gleichgültiges Schulterzucken begleitete seine Worte.

Friedrich Hackländer! Als ob der Tag nicht schon genügend Plagen bereitgehalten hätte, dachte Olly bitter.

»Wehe, er wagt es, sich erneut zwischen uns zu drängen«, murmelte sie so leise, dass Evelyn sie nicht hören konnte.

»Deine Aversion gegen Friedrich ist wirklich kindisch.« Karl nahm seinen Spazierstock, stieß ihn einmal wie zur Bekräftigung auf den Boden, dann verabschiedete er sich.

Kaum war er fort, sprang Olly hektisch auf. Der Mantel, den sie bei ihrer Ausfahrt getragen hatte, lag nachlässig über der Lehne eines Salonstuhls, über einem zweiten hing ihr Schal. Sie schnappte beide Stücke und hielt sie Evelyn hin.

»Zieh dich an, schnell! Du musst Karl nach. Ich will endlich wissen, mit wem er sich trifft. Diese ständigen Spaziergänge, für wie dumm hält er mich eigentlich?«

»Aber Hoheit, ich –«

»Keine Einwände, bitte. Los, beeil dich!«

*

Als Evelyn aus dem Palais trat, hoffte sie sehnsüchtig, den Prinzen nicht mehr zu entdecken. Doch obwohl sie regelrecht getrödelt hatte, entdeckte sie keine fünfzig Meter vor sich den Prinzen und Wilhelm von Spitzemberg. Gemächlich schritten sie dahin, grüßten hier, wechselten da ein paar Worte – einmal ließ sich Karl von seinem Adjutanten ein Taschentuch reichen und schnäuzte sich ausgiebig.

Evelyn verzog angewidert das Gesicht. Wann immer die Männer anhielten, musste auch sie innehalten und so tun, als suchte sie angestrengt in ihrer Manteltasche nach etwas. Welchen Grund für ihre Anwesenheit auf der Straße würde sie anführen, wenn einer der Männer sie entdeckte? Sie kam sich schrecklich schäbig vor, als sie Karl und seinen Adjutanten verfolgte.

Inzwischen hatte es zu schneien begonnen, auch wehte ein bissiger Ostwind durch die Gassen und brannte auf Eves Wangen. Wie tief war sie gesunken, sich für eine solche Geschichte herzugeben, dachte sie bei sich. Aber bei all den Sorgen, die Olga derzeit plagten, hatte Evelyn es einfach nicht übers Herz gebracht, ihr die Bitte abzuschlagen.

Die Männer gingen jetzt schneller. Wohin um alles in der Welt zog es die beiden an diesem unwirtlichen Nachmittag? Es konnte doch unmöglich die gerade in Sichtweite kommende Villa Berg sein, oder? Eve hatte diesen Gedanken noch nicht zu Ende gedacht, als die Männer tatsächlich durch das Parktor des Sommerdomizils schritten. Mit gerunzelter Stirn blieb sie hinter einem Torpfeiler stehen und beobachtete, wie Karl Wilhelm von Spitzemberg einen Kuss gab, den dieser seinerseits mit einem Kuss erwiderte. Dann liefen sie Hand in Hand in Richtung Hauptgebäude. Eve folgte ihnen in sicherem Abstand, indem sie sich immer wieder hinter einem Baumstamm versteckte, was auf dem sich schlängelnden Weg zum Glück einfach war. Wie nahe beieinander sie liefen. Eve hatte der Gewohnheit vieler Männer, Hand in Hand spazieren zu gehen, noch nie viel abgewinnen können, sie fand, dass so etwas Damen vorbehalten sein sollte. Nicht, dass alle Damen solch eine Nähe schätzten – die Kronprinzessin und sie waren noch nie Hand in Hand unterwegs gewesen. Evelyn konzentrierte sich wieder auf die Männer. Erst die Küsse, nun diese Nähe – fast konnte man meinen, ein Liebespaar vor sich zu haben! Evelyn schüttelte sich angewidert. Nein, dieser Gedanke war zu aberwitzig! Dass der Prinz und sein Adjutant gute Freunde waren, wusste schließlich jeder. Auch wenn sie Karl nicht leiden mochte, durfte sie derart schändliche Vermutungen nicht einmal denken!

Evelyn war fast erleichtert, als die beiden Männer durch einen der Seiteneingänge der Villa aus ihrem Blick verschwanden. Sie hatte genug gesehen.

7. KAPITEL

»Ein straffer Zeitplan ist das A und O im Tagesablauf. Am besten hörst du mir genau zu, wenn ich dir erkläre, wie wir fortan unsere Zeit verbringen werden.« Lächelnd schaute Helene Trupow ihren neuen Zögling an, dann ließ sie ihren Blick kurz durch den Salon schweifen, den Kronprinzessin Olga ihnen für den Benimmunterricht zugeteilt hatte. Es war ein klassisch eingerichteter Raum mit steifen Sitzmöbeln, einer Anrichte, mehreren Spiegeln und silbernen Leuchtern, in denen frische Kerzen steckten. In der Luft hing der Geruch von Zimt, er stammte von dem parfümierten Tee, den eines der Dienstmädchen in einer Kanne samt Stövchen gebracht hatte. »Den trinkt das Kind so gern«, hatte sie hinzugefügt, während sie Helene Trupow neugierig beäugt hatte. Parfümierter Tee für ein Kind! Helene schnaubte.

Alles in allem fand sie ihre neue Umgebung ganz hübsch, wenn auch nicht so opulent und verschwenderisch, wie sie es aus den Salons ihrer früheren St. Petersburger Arbeitgeber gewohnt war.

Es war ihr erster Arbeitstag. Und was sie nicht für möglich gehalten hatte, war eingetroffen: Sie freute sich auf ihre neue Aufgabe. Dass sie gestern, am Tag ihrer Ankunft, noch eine Schonfrist erhalten hatte, war ihr gut bekommen. Sie hatte sich in aller Ruhe in ihren zwei Zimmern einrichten können. Dann hatte sie sich aufgemacht, um mit allen möglichen Personen zu sprechen: ein Plausch mit der Köchin und mit einem der Serviermädchen. Ein Schwatz mit Ollys erster Kammerzofe. Sogar der Wäscherin, der sie auf der Treppe begegnet war, hatte sie ein paar Fragen gestellt, sehr dezent natürlich. Dass auch in Stuttgart Französisch als offizielle Hofsprache galt, war eine große Erleichterung. Madame Trupow konnte zwar ein paar Brocken Deutsch, doch für ein längeres Gespräch wären ihre Kenntnisse nicht ausreichend gewesen. Mit Olgas Hofdame Evelyn von Massenbach hatte sie ebenfalls parliert. Die junge Baronin schien der Kronprinzessin besonders nahezustehen, allerdings war sie auch besonders zugeknöpft. Während die anderen Hofbediensteten sich mit Schreckensgeschichten über Wera Konstantinowa gegenseitig überboten, hatte Baronin von Massenbach lediglich gesagt: »Das Kind ist ein wenig ungewöhnlich.«

Ungewöhnlich – so konnte man es nennen. Helene Trupow riss sich aus ihren Gedanken und wandte sich wieder Wera zu.

»Du wirst allmorgendlich um acht Uhr geweckt. Frau Öchsele wird sich um deine Körperpflege und das Ankleiden kümmern, ich werde jedoch in den ersten Wochen anwesend sein und alles kontrollieren.« Mit einem angeekelten Gesichtsausdruck hob sie einen von Weras Zöpfen an. »Wie unregelmäßig sie geflochten sind – hässlich ist das.«

»Aber ich will nicht –«

»Kein Aber!«, unterbrach die Gouvernante ihren Schützling scharf. »Ein Kind hat zu schweigen, bis es von einem Erwachsenen zum Sprechen aufgefordert wird. Hast du das verstanden?« Wie seltsam das Mädchen den Kopf bewegte – war das nun als Nicken oder als verneinendes Kopfschütteln zu verstehen? Helene Trupow beschloss gönnerhaft, Ersteres darin zu sehen.

»Sitz ordentlich!« Mit spitzem Zeigefinger stieß sie Wera in den Rücken. Entlang der Wirbelsäule gab es Punkte, die besonders empfindlich und daher auch besonders geeignet waren, um ein Kind an eine aufrechte Haltung zu erinnern.

»Die Hände auf den Tisch. Flach! Dort bleiben sie, bis ich etwas anderes sage.« Mit einem gewissen Amüsement registrierte Helene Trupow den giftigen Blick, den Wera ihr zuwarf. Dass sich ein

Erwachsener durchsetzte, war für dieses Kind offenbar eine neue Erfahrung. Nun, es würde nicht die einzige bleiben.

»Ich werde dir nun den Tagesplan erörtern, nach dem du dich zukünftig zu richten hast. *Strikt* zu richten hast! Herumstreunen durchs Palais oder Ausflüge mit deiner Tante sind darin nicht vorgesehen. Heute fällt dein Unterricht allerdings erst einmal aus. Ich werde zuerst die sogenannten *Pläne* überarbeiten müssen, nach denen deine Lehrer dich bisher unterrichtet haben.«

»Oh, wie fein.« Wera sprang auf. Sie war mit ihrer Puppe schon halb zur Tür hinaus, als Helene sie grob am Arm packte.

»Hiergeblieben! Dass dein Unterricht ausfällt, heißt nicht, dass du heute nichts lernen wirst, ganz im Gegenteil ...« Bevor Wera wusste, wie ihr geschah, entriss Helene ihr die Puppe und legte sie oben auf den Bücherschrank. »Heute Abend bekommst du deine Puppe zurück, für ein halbes Stündchen, und das auch nur, wenn du bis dahin brav bist.«

»Aber Eugen von Montenegro und ich machen alles gemeinsam!« Schon kletterte das Kind auf einen Stuhl und war im Begriff, die Puppe vom Schrank zu ziehen.

Helene glaubte nicht richtig zu sehen. Während sie das Mädchen von dem Stuhl herunterzog, spürte sie ein altbekanntes Brennen in ihrer Brust, von dem sie geglaubt hatte, es längst vernichtet zu haben. Das Brennen dehnte sich in ihre Arme aus und weiter in ihre Hände, bis sie zu kribbeln begannen. Jetzt ausholen und zuschlagen, mit der flachen Hand, immer abwechselnd rechts und links – die Sehnsucht danach wurde immer stärker. Helene atmete tief durch. Contenance, meine Liebe, Contenance! Hier durften solche Empfindungen keinen Platz haben. Sie waren wie Unkraut, bevor man sichs versah, überwucherten sie alles andere – und dann, plötzlich, schlug man zu.

Die Kronprinzessin würde es gewiss nicht goutieren, wenn ihr Liebling geschlagen wurde, das war Helene bereits klar. Sie würde andere Mittel und Wege zur Zähmung ersinnen müssen.

Sie führte das widerspenstige Kind zurück zum Tisch. Wie gern hätte sie es geschüttelt, bis es sein freches Grinsen verlor! Dieses freche Grinsen, mit dem die Bälger ihr von jeher hatten sagen wollen, dass ihre Familien reich und voller Macht waren, während sie nur die arme »Rangen-Gouvernante« war. Ein Intermezzo in ihrem ach so wichtigen Leben, nicht mehr.

Helene straffte die Schultern. Es stimmte, sie hatte den Platz im Leben ihrer Schützlinge nur für eine gewisse Zeit inne. Aber auf diesem Platz beharrte sie stets bis zum letzten Tag.

Wera zog ihren Arm ruckartig fort, und Helenes Zeigefinger wurde dabei schmerzhaft umgebogen. »Lassen Sie mich los, Sie tun mir weh! Dass Sie mir Eugen weggenommen haben, werde ich meiner Tante sagen.«

Wütend starrte Helene auf den Nagel ihres Zeigefingers. Abgerissen, durch Weras Heftigkeit.

»Mach das«, sagte sie. »Dann sperre ich dein einarmiges Monstrum gleich für eine ganze Woche weg.«

»Aber warum –«

»Warum! Dieses Wort kannst du aus deinem Sprachschatz streichen. Das Warum hat ein Kind niemals zu interessieren, verstehst du? Außerdem: Hast du vergessen, was ich zuvor gesagt habe? Du darfst nur reden, wenn ich es dir erlaube.« Missbilligend schüttelte Helene den Kopf. »Wie kann ein Mädchen nur so ungezogen sein.«

»Böse!« Weras Miene hellte sich kurz auf. »Maman nannte mich immer ein böses Kind.«

Die Gouvernante stutzte. Wollte Wera sie auf den Arm nehmen? Oder hatte die Großfürstin das wirklich über ihre Tochter gesagt? Falls ja, standen die Dinge noch schlechter, als sie dachte …

»Böse, unerzogen – diese Zeiten sind nun vorbei. Ich werde eine kleine Dame mit Anstand aus dir machen. Dein bisheriges Auftreten ist nämlich alles andere als damenhaft. Wie dir deine Gesichtszüge ständig entgleisen! Aufgerissene Augen, dazu diese schrecklichen Grimassen – furchtbar ist das. Eine junge Dame hat sich stets unter Kontrolle. Ein stilles, demütiges Lächeln ist die einzige Regung, die sich zukünftig ungefragt auf deiner Miene zeigen wird. Demut, Zurückhaltung und Anstand – darauf werden wir unser Hauptaugenmerk richten.«

»Aber ich –« Mit verkniffenem Mund senkte Wera den Kopf. »Wie soll man reden, ohne ›aber‹ zu sagen?«

»Das wirst du schon lernen«, sagte Helene Trupow, während ihr Blick auf einem mehrflammigen Kerzenständer fiel. Das war eine Idee! Ruckartig zog sie zwei der Kerzen aus ihren Halterungen, dann legte sie diese in der Mitte des Raumes parallel zueinander zu Boden. Mit einem triumphierenden Lächeln winkte sie Wera zu sich.

»Ich erlaube dir aufzustehen. Nun zeige ich dir eine Übung, die dir hilft, dich besser zu konzentrieren.«

Sie legte beide Hände auf Weras knochige Schultern und drückte das Kind auf den Boden.

»Das linke Knie auf die linke Kerze und das rechte Knie auf die rechte, so ist's brav. Während du dort kniest, kannst du dir in aller Ruhe einschärfen, dass es *absolut verboten* ist, ›aber‹ zu sagen. Und wehe, ich höre es noch ein einziges Mal!« Sie bedachte Wera mit einem strengen Blick.

»Mit hinter den Rücken gebundenen Armen konzentriert man sich noch besser, aber für heute belassen wir es bei der einfachen Übung. Falls du jedoch nicht folgsam bist ...«

Voller Genugtuung beobachtete sie, wie Wera ihren schwankenden Oberkörper ausbalancierte. Jede Bewegung musste in ihrem Knie schmerzen, doch kein Laut kam über Weras zusammengekniffene Lippen, kein Aufseufzen und kein Schmerzensjammer. Die Nichte des Zaren schien über ein hohes Maß an innerer Härte zu verfügen. Helene Trupow lächelte grimmig. Der Krug ging nur so lange zum Brunnen, bis er brach.

Helene Trupow wandte sich von Wera ab und setzte sich wieder an den Tisch. Empört starrte sie auf die Unterlagen, die Evelyn von Massenbach ihr am Vorabend gebracht hatte. Ein bisschen Lesen, Rechnen und Musizieren – das sollten Unterrichtspläne sein? Helene schwebte für die Nichte des Zaren eine wesentlich umfangreichere Geistesbildung vor. Womit, wenn nicht mit einer einigermaßen guten Bildung, sollte das Mädchen später einmal auf dem gesellschaftlichen Parkett glänzen? Wo der liebe Gott bei ihrer Erschaffung nicht die kleinsten Körnchen an Schönheit und Anmut gestreut hatte …

Helene seufzte. Eins war ihr in der kurzen Zeit schon klargeworden: Hier fehlte es einfach an allem. An Attraktivität und Bildung, an Anstand und Benimm – sogar der hygienische Zustand des Mädchens war mangelhaft! Die Kleine roch. Helene fragte sich, wann dem Mädchen das letzte Mal ein Bad bereitet worden war.

Fast hätte man bei Wera Konstantinowa von einem hoffnungslosen Fall sprechen können. Kein Wunder, dass ihre Vorgängerinnen die Flinte ins Korn geworfen hatten. Sie, die Rangen-Gouvernante, sah in dem Mädchen hingegen die größte Herausforderung ihres Lebens. Angesichts dessen würden vielleicht sogar ihre Pläne, sich einen passenden Ehemann zu suchen, ein wenig hintanstehen müssen. Obwohl die Chancen hierfür gut standen, das hatte sie am Vortag schon herausgefunden: Damen waren in der russischen Stuttgarter Gemeinde in der Minderheit, jedes weibliche russische Wesen wurde freudig willkommen geheißen. Doch Helene Trupow wusste, wann es galt, Prioritäten zu setzen

*

Mit skeptischer Miene lauschte Olly den Beteuerungen ihrer Hofdame, dass Karl und sein Adjutant lediglich zur Villa Berg spaziert waren. Wahrscheinlich wollten sie dort nach dem Rechten sehen, fügte Evelyn an.

»Aber dafür haben wir doch Personal! Die Gärtner kontrollieren die Parkanlagen. Und der Obersthofmeister schaut auch regelmäßig nach unserem Sommerdomizil, damit es in der kalten Jahreszeit keinen Schaden erleidet.« Olly war alles andere als überzeugt. »Und es waren wirklich keine Damen in der Nähe? Vielleicht wartete eine schon im Haus?«

Evelyn verneinte. Sie hatte mit eigenen Augen gesehen, wie Wilhelm von Spitzemberg die Villa aufschloss, also konnte niemand zuvor ins Haus gelangt sein. Keine Damen und auch keine spiritistische Sitzung, falls Olly das vermutete. Vielleicht hatte Karl einfach Sehnsucht nach der Villa?, schloss sie ihre Ausführungen. Jeder wusste doch, wie sehr der Prinz an dem Haus hing.

Mit dieser Erklärung hatte sich Olly schließlich zufriedengegeben. Auch sie wünschte sich sehnsüchtig den Tag herbei, an dem sie wieder ihr Sommerdomizil beziehen würden.

Nachdem sie ihre Nichte den ganzen Tag nicht zu Gesicht bekommen hatte, wollte sie Wera wenigstens beim Abendessen um sich haben. Also gab sie Madame Trupow den Abend frei und ließ Wera in den Speisesaal holen – eine Entscheidung, die sie nach wenigen Minuten bereute. Wera schwatzte ohne Unterlass, erzählte ihrer Puppe verworrene Geschichten, sang laute Lieder und hüpfte unentwegt herum. Zwischendurch umklammerte sie immer wieder ihre Knie. Einmal stieß sie dabei einen der Wasserkrüge um. Karls Adjutant, der wie Evelyn von Massenbach mit der Familie speiste, reagierte sehr ungehalten, als sich der kalte nasse Inhalt über seinen Schoß ergoss. Im nächsten Moment rutschte Weras Puppe zu Boden, wo Ollys Hund sie spielerisch am Schopf packte. Wera trat erst den Hund und brach dann in lautes Heulen aus.

Evelyn legte enerviert ihr Besteck weg.

»Wenn das die Auswirkungen von Madame Trupows Erziehungsmaßnahmen sind, stehen uns großartige Zeiten bevor!«

Hilflos versuchte Olly, ihr jaulendes Windspiel und das Kind zu beruhigen. Evelyn warf sie dabei einen unfreundlichen Blick zu, den diese jedoch ignorierte. Als Karl die Tafel aufhob, atmeten alle erleichtert auf. Mit Bedauern trug das Serviermädchen die Teller zurück in die Küche, da der Großteil der zarten Kalbsschnitzel in Weißweinsoße darauf liegengeblieben war.

Die Küchenhilfen waren zu beschäftigt, um Wera zu bemerken, die wie ein Gespenst zum Serviertresen huschte und sich zwei Fleischstücke in die Rocktasche stopfte.

*

»Madame Trupow ist eine alte Hexe. Ich hasse sie«, verkündete Wera voller Inbrunst.

Es war nach zehn Uhr abends, und in den Gängen des Kronprinzenpalais brannten nur noch wenige Lampen, in den herrschaftlichen Zimmern bereiteten sich die Bewohner auf ihre Nachtruhe vor. Auch Wera hätte längst in ihrem Bett liegen sollen, stattdessen saß sie, wie so oft, mit Margitta auf dem Dachboden in ihrer Fensternische. Auf der Straße vor dem Fenster war ein Nachtwächter zu sehen, der Mühe hatte, eine der schmiedeeisernen Straßenlaternen anzuzünden.

Margitta, die das kalte, klebrige Fleisch hastig verschlungen hatte, leckte sich einen letzten Soßenrest von den Fingern.

»Wen hasst du eigentlich nicht? Sei doch froh, dass sich überhaupt jemand um dich kümmert.«

»Kümmern nennst du das? Wenn ich nicht augenblicklich tue, was sie von mir verlangt, lässt sie mich auf Kerzen knien. Da, schau!« Noch während sie sprach, riss Wera ihren Rock hoch und zeigte die wulstartigen Blutergüsse unter ihren Knien.

Margitta pfiff leise durch die Zähne. »Wenn Vater die Knute herausholt, sehen wir danach auch so blaurot verfärbt aus.«

»Du wirst geschlagen?«, fragte Wera schockiert.

»Was denkst du denn, fast jeden Tag und meist wegen nichts«, antwortete Margitta grimmig. Noch während sie sprach, rollte sie den Ärmel ihres groben Kittels nach oben. Drei rote Striemen wurden sichtbar.

»Das war sein Gürtel. Wenn sie ihn im Wirtshaus nicht mehr anschreiben lassen, macht ihn das immer fuchsteufelswild. Wehe, man läuft ihm dann über den Weg.« Sie zuckte mit den Schultern. »Wenn's geht, verschwinde ich immer vorher, so dass ich ihn erst gar nicht zu Gesicht bekomme. Gestern war ich nicht schnell genug …«

»Und deine Mutter?« Beschämt zog Wera ihren Rock wieder über ihre lädierten Knie. Vergessen war Madame Trupow, vergessen auch die dummen Kerzen. Das hier war etwas ganz anderes!

Margitta schnaubte abfällig. »Mutter ist froh, wenn sie selbst nichts abbekommt und wenigstens einen Teil ihres Lohns vor ihm retten kann. Diese Woche ist ihr das leider nicht gelungen. Kein Geld, kein Essen, aber Hauptsache, der Alte hat was zu saufen!«

Die Bitterkeit in Margittas Stimme tat Wera weh. Eilig hielt sie ihrer neuen Freundin die Handvoll Kekse hin, die sie am Nachmittag von der Teetafel in Ollys Salon stibitzt hatte. Es war höchst schwierig gewesen, den Argusaugen von Madame Trupow für einen Moment zu entkommen.

Margitta schaute die Kekse sehnsüchtig an, dann schob sie sie in ihre Tasche.

»Für meine Geschwister. Vielleicht plärren sie dann nicht ganz so laut, und ich kann in Ruhe schlafen.«

Zu gern hätte Wera einmal mit ihrer Tante über Margitta gesprochen. Oder auch mit Evelyn. Eine von beiden hätte schon gewusst, wie man der Wäscherin und ihren Kindern helfen konnte. Aber wann immer sie auch nur eine Andeutung in diese Richtung machte, wehrte Margitta vehement ab.

»Wenn deine Leute erfahren, dass du dich mit einer wie mir abgibst, hätte das böse Folgen. Dich würden sie fortan gar nicht mehr aus den Augen lassen. Und ich käme vielleicht ins Heim oder sonst wohin – vielen Dank!« Sie schüttelte den Kopf. »Ich kann mir selbst helfen, dafür brauche ich dich Russengöre gewiss nicht.«

Wera bewunderte ihre Freundin für so viel Mut und Eigensinn. Ihre frechen Reden nahm sie ihr auch nicht übel, ganz im Gegenteil, es gefiel ihr, dass jemand so sprach, wie sie es gern getan hätte.

Sie nahm Margittas Hand und seufzte inbrünstig.

»Dein Vater schlägt dich und meiner will nichts von mir wissen. Warum können einen die Erwachsenen nicht richtig liebhaben?«

»Liebhaben – ich weiß gar nicht, wie das geht«, erwiderte Margitta, während sie einen der Kekse wieder aus ihrer Tasche holte und aß. Dann nahm sie das Märchenbuch, das Wera ihr geschenkt hatte, und begann hastig darin zu blättern.

Was für ein seltsames Mädchen, dachte Wera bei sich. Nicht zum ersten Mal hatte sie das Gefühl, Margitta in einer Welt versinken zu sehen, zu der sie keinen Zugang hatte. Lange wartete sie darauf, dass die Freundin von dem Buch aufschaute, doch diesen Gefallen tat Margitta ihr nicht.

Auf der Straße war es dem Nachtwächter endlich gelungen, die Lampe zu entzünden. Er versetzte dem Eisenpfosten einen Tritt, dann lief er weiter. Lächelnd verfolgte Wera ihn noch ein Stück mit den Augen, während ihre Gedanken zwei Stockwerke tiefer zu Tante Olly flogen. Bestimmt saß sie gerade an ihrem Toilettentisch und cremte sich mit duftenden Essenzen ein oder kämmte ihre ellenlangen, glänzenden Haare. Wie es sich wohl anfühlte, so schön zu sein?

Eins musste Wera zugeben: Nicht alle Erwachsenen waren gemein und böse. Tante Olly war sogar ziemlich lieb. So kam sie beispielsweise jeden Abend zu ihr ans Bett, um ihr eine gute Nacht zu wünschen. Am heutigen Abend hatte sie von ihrer eigenen, heißgeliebten Gouvernante Anna Alexejewa Okulow erzählt. Sie vermisse Anna, die vor ein paar Jahren gestorben war, immer noch, hatte Olly traurig gesagt, während sie Weras seidene Bettdecke glattstrich.

»Ohne sie wäre ich wohl immer ein schüchterner und in sich gefangener Mensch geblieben.«

»Du und schüchtern?«

»Und nicht nur das«, gab Olly lachend zurück. »Ich war ein richtiger Stockfisch, habe kaum ein Wort herausgebracht. Umso mehr bewunderte ich meine ältere Schwester Mary. Sie war nicht nur schön, sondern auch weltgewandt, *ihr* lagen die jungen Männer zu Füßen. Mich haben sie nicht einmal angesehen. Erst durch Anna lernte ich, dass auch ich etwas wert bin und ich es nicht nötig habe, Mary zu beneiden. Nach und nach taute ich auch in Gesellschaft anderer auf ...« Olly schmunzelte.

Wera hatte Mühe, all das zu glauben. Das hörte sich ja fast an wie bei Olgata und ihr!

»Und hat deine Anna dich etwa auch stundenlang niederknien lassen?«

»Niederknien? Nein.« Olly runzelte die Stirn. »Anna hatte ihre eigenen Methoden. Einmal ist sie mitten im Winter mit mir hinaus aufs Land gefahren, um – nun, genug für heute.«

An dieser Stelle hatte Olly resolut abgewinkt – wie so oft, wenn es spannend wurde. Ein nach Parfüm duftender Gutenachtkuss folgte, und kaum war Olly aus dem Zimmer geschwebt, hatte Wera die Bettdecke weggeschoben und sich in dicken Socken hinauf zum Dachboden geschlichen, wo Margitta schon auf sie wartete.

»Eins versprech ich dir – von Helene Trupow lasse ich mich nicht unterkriegen«, sagte Wera so inbrünstig, dass Margitta endlich von ihrem Buch aufschaute. »Bald holen mich sowieso meine Eltern ab, dann kann die Trupow mir gestohlen bleiben!«

»Ist das nun ein M oder ein N? Und wie heißt dieses Wort da, es ist so schrecklich lang«, sagte Margitta und zeigte auf die Überschrift eines Märchens.

Vergessen waren die Ärgernisse des Tages. Die beiden Mädchen vertieften sich in ihre »Deutschstunde«.

Hätte Olly das Zusammenleben mit Wera in den darauffolgenden Wochen beschreiben müssen, so hätte sie es als ewiges Auf und Ab bezeichnet. Sowohl Karl als auch Evelyn rieten ihr, sich aus Weras Erziehung weitgehend herauszuhalten – und schweren Herzens hielt sie sich daran. Die Gouvernante erschien äußerst ambitioniert und fähig, zumindest bekam Olly von ihr nie Klagen über Wera zu hören. Von daher war es sicher klug, sie erst einmal in Ruhe arbeiten zu lassen und sich nicht ständig einzumischen.

Die alte Kammerfrau Öchsele hingegen klagte Olly bei jeder sich bietenden Gelegenheit ihr Leid.

»Das Kind ist so unachtsam mit seinen Sachen! Erst gestern hat es wieder einen Kamm zerbrochen, bald muss ich sie im Dutzend kaufen. Und ständig verliert Wera ihre Haarbänder. Ihre Rocksäume lösen sich schneller auf, als ich sie umnähen kann. Und als ich sie gestern baden wollte, hat sie nach mir geschlagen! Bei aller Liebe, verehrte Kronprinzessin, das geht über meine Kräfte. Noch nie in meinem Leben litt ich unter Kopfschmerzen, nun werde ich tagtäglich davon geplagt.«

Kopfweh? Davon konnte Olly selbst ein Lied singen. Fahrig rieb sie sich die schmerzende Stirn. Als die Kammerfrau in ihrem Kabinett erschienen war, hatte sie gerade die Feder in die Tinte getaucht, um ihre Korrespondenz auf den neuesten Stand zu bringen – Unterbrechungen dieser Art schätzte sie nicht. Wütend funkelte sie die alte Frau an. Inzwischen wunderte es sie überhaupt nicht mehr, dass sich ihre Tante Helene so *großzügig* von ihrer Bediensteten getrennt hatte. Von wegen »zum Wohle Weras«! Helene war sicher überglücklich, die alte Nörglerin los zu sein.

»Wera ist eben ein lebhaftes Mädchen. Entweder Sie kommen mit ihr zurecht, oder Sie müssen den Hof verlassen«, sagte sie barsch, woraufhin die Kammerfrau schluchzend davonrannte.

*

»Was war das nun wieder?« Verwundert schaute Evelyn Weras Kammerfrau nach.

Olly winkte ab. »Ich habe ihr lediglich gesagt, dass ich ihr ewiges Gejammer nicht mehr hören kann. Im Gegensatz zu Madame Trupow kommt die Öchsele gar nicht gut mit Wera zurecht. Apropos, wolltest du nicht ein paar Unterrichtsstunden beiwohnen? Welchen Eindruck hast du denn von Madame Trupows Erziehungsmethoden?«

Evelyn begann in so neutralem Ton wie möglich von dem Benimm-Unterricht zu erzählen, den sie auf Ollys Geheiß hin beobachtet hatte.

»Zugegeben, Madame Trupow ist sehr streng, aber vielleicht braucht Wera das. Über eine Stunde saß sie ohne ihr übliches Zappeln da und übte das Schönschreiben. Einmal bat sie darum, auf die Toilette gehen zu dürfen. Sie hätten sehen müssen, wie sittsam sie den Raum verlassen hat. Und gleich darauf kam sie zurück, um ihre Schreibarbeit erneut aufzunehmen.«

»Und warum verhält sie sich dann außerhalb der Unterrichtsstunden nicht genauso brav?«, sagte Olly. »Mir kommt das seltsam vor. Vielleicht sollte ich mir Madame Trupows Unterricht selbst einmal genauer anschauen.«

Die Hofdame seufzte. Eigentlich hatte sie mit der Kronprinzessin die Korrespondenz des Tages durchgehen wollen. Stattdessen waren sie wie so oft beim Thema Wera gelandet.

»Da wir gerade davon sprechen – es gibt noch etwas, das Sie über Wera wissen sollten«, sagte sie gequält. Allmählich konnte sie den Namen schon nicht mehr hören! »Als Prinz Wily vor ein paar Tagen zu einer Spielstunde hier war, hat es eine wilde Rauferei gegeben.«

»Wily hat Wera geschlagen? Der brave Wily?«

Evelyn verneinte. Warum musste eigentlich immer sie die schlechten Nachrichten überbringen? Cäsar Graf von Beroldingen hätte diese Aufgabe genauso gut erledigen können, er war schließlich ebenfalls dabei gewesen! Auch die anderen Hofdamen hatten geschwiegen. Aber wurde davon etwas besser?

»Wera war die Angreiferin, Prinz Wily hatte alle Mühe, sich zu wehren. Wera war wie von Sinnen. Mir kam es vor, als wohnte ich einem Vulkanausbruch bei! Eine glückliche Fügung wollte es, dass Graf Cäsar in der Nähe war. Gemeinsam konnten wir Wera zur Räson bringen.«

Olly seufzte. »Warum muss eigentlich auf jede kleine gute Nachricht Wera betreffend eine schlechte folgen?«

»Wer spricht von *einer*?« Evelyn lachte freudlos auf. »Da ist noch etwas: Wera ist gestern wieder *drüben* gewesen.«

»Wera war im Schloss? Aber ich dachte ... Das habe ich ihr doch explizit verboten!« Nun verstand Olly gar nichts mehr – hatte nicht die Gouvernante den ganzen Tag über die Aufsicht zu wahren?

»Madame Trupow speiste gerade zu Mittag«, erklärte Evelyn, die in Ollys Miene wie in einem aufgeschlagenen Buch lesen konnte. »Wera hatte keinen Appetit, sie bat darum, in ihr Zimmer gehen zu dürfen. Doch statt zu ruhen, hat sie unbemerkt das Kronprinzenpalais verlassen und ist hinüber ins Schloss gerannt.« Wenn es nach Evelyn gegangen wäre, hätte Wera für all diese Unfolgsamkeiten längst ein paar Ohrfeigen kassiert, aber die Kronprinzessin stöhnte nur und murmelte: »Sag nicht, sie hat schon wieder meinen Schwiegervater besucht.«

»O doch, und scheinbar haben sie sich blendend unterhalten«, erwiderte Evelyn ironisch.

Olly schüttelte den Kopf. »Ich frage mich wirklich, was sie an dem mürrischen alten Despoten so interessant findet ...«

Das fragte sich Evelyn auch. Tief Luft holend, zeigte sie auf den dicken Stapel Briefe.

»Wenigstens bringt die Post uns heute keine weiteren schlechten Nachrichten. Es ist jedenfalls kein Brief aus St. Petersburg dabei ...«

Sofort entspannten sich Ollys Gesichtszüge ein wenig.

Inzwischen waren Briefe aus St. Petersburg eher gefürchtet als erwünscht. Denn statt ihren Besuch in Stuttgart anzukündigen, schrieben Weras Eltern vor allem sehr ausführlich über die neuesten Veränderungen bei Olgata. Weras ältere Schwester entwickele sich prächtig und glänze außerordentlich – dass sie noch eine zweite Tochter hatten, schienen Kosty und Sanny vergessen zu haben. Wenn ein solcher Brief Stuttgart erreichte, war Wera stets unausstehlich.

»Stattdessen gibt es sogar gute Neuigkeiten, schauen Sie, hier: Die Königin der Niederlande hat sich zu einem Besuch im Frühjahr angemeldet«, fuhr Evelyn fort.

»Sophie kommt? Das ist schön ...« Wie erwartet heiterte die Nachricht vom Besuch von Karls älterer Schwester die Kronprinzessin ein wenig auf. Im Gegensatz zu Marie und Katharina hatte Olly zu Sophie ein warmes, fast inniges Verhältnis – beide Frauen schätzten die wenigen kostbaren Stunden, in denen sie sich gegenseitig ihr Herz ausschütten konnten, sehr.

»Sie sind mit Ihrer Korrespondenz noch nicht fertig?« Stirnrunzelnd wies Evelyn auf Ollys Schreibtisch. Es kam selten vor, dass die Kronprinzessin nachlässig war, ganz im Gegenteil, normalerweise bewältigte Olly ein enormes Arbeitspensum.

»Ich helfe Ihnen gern.« Noch während sie sprach, nahm Evelyn den ersten Brief in die Hand. Eine Anfrage aus Reutlingen, die Kronprinzessin sollte der Eröffnung eines neuen Knabengymnasiums beiwohnen. Als ob wir nicht genug eigenes Programm haben, dachte Evelyn bei sich, während sie eine höfliche Absage formulierte. Kaum hatte sie den Brief adressiert, sagte sie:

»Es gibt noch etwas, das wir besprechen sollten. Morgen hat Madame Trupow doch ihren freien Nachmittag …«

Olly runzelte die Stirn. »Stimmt. Und ausgerechnet morgen um vierzehn Uhr steht die Einweihung des neuen Museumsflügels an. Karl wird nicht begeistert sein, wenn ich Wera mitbringe.« Evelyn konnte Karls Ressentiments nur allzu gut nachempfinden. Auch sie verspürte keine große Lust auf Weras Gesellschaft. Andererseits war es dringend nötig, Olly ein wenig zu entlasten. Also gab sie sich einen Ruck und sagte:

»Wenn Sie es erlauben, würde ich mich morgen um Wera kümmern.«

*

Als sich Olly das seidene Cape umlegte, welches sie für den Nachmittag gewählt hatte, erklang direkt vor ihrem Fenster der Gesang des Frühlingsvogels. Für einen kurzen Moment fühlte sie sich in ihre Kindheit versetzt, genauer gesagt ins Landhaus von Peterhof. Hatte dort, im uralten Apfelbaum vor dem Esszimmer, nicht derselbe Vogel seinen Hochgesang auf das Ende des Winters angestimmt? Der Frühling … Aufbruch und Neuanfang zugleich.

Lächelnd nahm Olly die Gästeliste zur Hand, die anlässlich der Einweihung des neuen Museumsflügels erstellt worden war. Es konnte nicht schaden, vorab zu wissen, wer kommen würde. Zu ihrer Freude entdeckte sie den Namen Eduard Mörike. Der Dichter, der am Königin-Katharina-Stift Literatur unterrichtete, und seine Gattin waren also auch geladen. Erzählte nicht auch eines seiner berühmtesten Gedichte vom Frühling? Bestimmt würde sich die Gelegenheit ergeben, das Paar zu bitten, einmal seine beiden Töchter Fanny und Marie zu Besuch zu schicken. Dass Wera in Stuttgart noch immer keine Freundin gefunden hatte, betrübte Olly sehr, war es doch ein weiteres Zeichen dafür, wie wenig heimisch sich das Kind hier fühlte. Sie machte sich auf den Weg zu Weras Studierzimmer, um sich von ihrem Patenkind zu verabschieden und ihm viel Spaß beim späteren Ausflug mit Evelyn zu wünschen. Vielleicht wurde der Nachmittag doch nicht so langweilig wie befürchtet. Und vielleicht konnte sie Karl dazu überreden, nach dem offiziellen Teil zur Abwechslung einmal *mit ihr* spazieren zu gehen. Oder eines der vielen hübschen Cafés Stuttgarts zu besuchen, so wie sie dies in früheren Jahren gern getan hatten. Es war ein so schöner Tag …

»Wera, Madame Trupow –« Olly hatte die Klinke noch in der Hand, als ihr Lächeln erstarb. Irritiert schaute sie von der russischen Gouvernante zu ihrem Patenkind, das mit gesenktem Kopf und gebeugtem Rücken auf dem Boden kniete.

»Was … soll … das?«, fragte sie mit blecherner Stimme, während ein eisiger Schauer über ihren Rücken kroch.

»Eine kleine Erziehungsmaßnahme, das muss Eure Hoheit verstehen …«, sagte Madame Trupow und zog Wera eilig an einer Hand nach oben. »Und für heute reicht es.«

»Für heute?« Olly glaubte nicht richtig zu hören. »Sie lassen mein Patenkind wie eine gemeine Sünderin auf dem Boden knien? Und damit es richtig weh tut, kommen die Kerzen zum Einsatz?« In einer beschützenden Geste legte sie ihre Arme um Wera. »Ist alles in Ordnung, mein Kind? Warum hast du mir nie erzählt, was hier vor sich geht?« Fragend schaute sie Wera an, bekam jedoch keine Antwort. Hatte die Gouvernante das Kind schon dermaßen eingeschüchtert?

Bebend vor Wut funkelte sie die Gouvernante an, die schutzsuchend hinter den Tisch geflohen war.

»Ist Ihnen eigentlich das Ausmaß Ihres Verhaltens bewusst? Eine Romanow kniet nicht, niemals, unter keinen Umständen! Ich habe größte Lust, Sie für dieses Verhalten auf der Stelle hinauszuwerfen!«

»Aber … Eure Hoheit, ich –«

Mit einer barschen Handbewegung brachte Olly die Gouvernante zum Schweigen.

»Ich will nichts hören. Gehen Sie mir aus den Augen, und zwar sofort! Morgen früh lasse ich Sie wissen, wie ich mit Ihnen zu verfahren gedenke.«

*

»Du hättest hören sollen, wie Olly die Trupow angeschrien hat! Kreidebleich ist die geworden.« Wera kicherte. Ihr Gesicht wies hektische rote Flecken auf, ihre Stimme war noch schriller als sonst. »Ich habe gar nicht gewusst, dass meine Tante so laut werden kann. Die Trupow hat mir fast schon leidgetan. Und das alles nur, weil ich nicht still sitzen kann. Kannst du mir bitte erklären, warum ein Mensch, der still dasitzt, mehr wert sein soll als einer, der sich gern bewegt?«

Evelyn seufzte. Seit sie die Kutsche bestiegen hatten, die sie zum Rosensteinpark bringen sollte, plapperte Wera unaufhörlich.

Es war einer der ersten Märztage. Noch immer streckten die Bäume ihre kahlen Arme aus, und eine dünne Schneeschicht hüllte die Wiesen des Parks wie mit einer weichen Daunendecke ein. Dennoch waren schon die ersten Frühlingsvögel zu hören, und wenn Evelyn die Augen schloss, sah sie im Geiste die ersten Blausternchen aus dem Gras hervorragen. Ach, wie sie sich auf die warme Jahreszeit freute! Sie streifte das Mädchen neben sich mit einem Seitenblick und sagte: »Es gibt eben Momente im Leben, in denen muss man still sitzen. Ob allerdings Madame Trupows Erziehungsmethoden geeignet sind, dir das beizubringen, bezweifle ich ebenso wie deine Tante.«

Völlig aufgelöst, Wera fest an der Hand haltend, war die Kronprinzessin bei ihr erschienen, um alle Termine für den Rest des Tages abzusagen. Nur mit Mühe war es Evelyn gelungen, sie davon zu überzeugen, dass damit niemandem geholfen wäre. Ein bisschen Ablenkung war genau das, was sie alle brauchten. Danach und mit kühlem Kopf würde Olly, was Weras Gouvernante betraf, gewiss die richtige Entscheidung treffen.

»Wir sind da. Zieh dich an, damit wir losgehen können«, sagte Evelyn und reichte Wera Handschuhe und Schal. Beim Anblick des englischen Landschaftsparks rund um das Schloss Rosenstein vollführte ihr Herz einen kleinen Sprung. In dieser grünen Insel mitten in der Stadt gelang es ihr besonders gut, das Gedankenkarussell im Kopf abzuschalten. Durchatmen, spüren, wie sich die kleinen Knötchen im Nacken lockerten, wie die Brust weit wurde und die Sorgen von einem abfielen – um all das noch besser genießen zu können, hatte sie sogar ihr Korsett ein wenig gelockert.

»Und jetzt genug von Madame Trupow und dem Stillsitzen. Auf unserem Spaziergang darfst du nach Herzenslust toben«, sagte Evelyn wohlwollend, fügte aber sogleich hinzu: »Deine Schlittschuhe kannst du allerdings im Wagen lassen, die brauchen wir nicht.«

»Aber du hast gesagt, im Rosensteinpark gäbe es einen großen See.« Resolut hängte sich Wera die Schlittschuhe über die Schulter.

»Aber, aber, aber! Manchmal hörst du dich wie ein dressierter Papagei an. Das Eis auf den Seen ist mittlerweile zu dünn zum Schlittschuhfahren. Und wenn du jetzt nicht brav bist, fahren wir auf der Stelle wieder nach Hause ...«

»Das würde Tante Olly nicht gefallen. Wo sie sich doch so sehr darüber freut, dass du einen Ausflug mit mir unternimmst«, sagte Wera mit der Miene eines Unschuldslamms.

Kleines Biest!, dachte Evelyn bei sich.

»Ausflüge können wir gern weiterhin unternehmen. Ins Museum, in die Oper, auch die Bibliothek können wir besuchen – such dir etwas aus«, sagte sie, wohl wissend, dass all ihre Vorschläge Wera ein Graus waren.

»Du bist gemein«, murmelte Wera und warf ihre Schlittschuhe so heftig auf den Boden der Kutsche, dass die Kufen eine Kerbe ins Holz schlugen.

Der Spaziergang verlief entgegen allen Befürchtungen harmonisch und fröhlich. Wera rannte wie ein Hund, der zu lange an zu kurzer Kette angebunden war, über die Wiesen, schüttelte Schnee von tiefhängenden Tannenzweigen, um dann die auf dem Boden entstandenen Schneehäufchen zu Bällen zusammenzukratzen. Sie brach außerdem von einer Lärche ein kleines Ästchen ab und steckte es sich in den Mund. »Ich rauche Pfeife, wie Papa!«, sagte sie und zeigte auf ihren Atem, der bei jedem Ausatmen kleine weiße Wölkchen bildete.

Evelyn genoss die Märzsonne auf ihrem Gesicht und schaute

Wera lächelnd zu. Pfeife rauchen – noch nie hatte sie ein Kind mit solch einer Phantasie erlebt! Wera schien wirklich einen enormen Bewegungsdrang zu haben. Nur einmal, als sie sich zu nahe an den zugefrorenen See heranwagte, rief sie sie scharf zurück.

»Wage es nicht, auch nur einen Fuß auf das dünne Eis zu setzen!«

Murrend leistete Wera der Aufforderung Folge, doch schon im nächsten Moment richtete sich ihre Aufmerksamkeit auf etwas Neues.

»Dieses große Gebäude mit den vielen Säulen oben auf dem Berg – was ist das?«

»Das ist Schloss Rosenstein. König Wilhelm hat es vor über dreißig Jahren erbauen lassen. Er hat diesen Platz für das Schloss ausgesucht, weil er von dort oben freie Sicht auf die Grabkapelle auf dem Württemberg hat, wo seine erste Gattin Katharina ihre letzte Ruhe fand. Siehst du den gegenüberliegenden Hügel dort? Dort stand einst die Stammburg der Württemberger. Nach Katharinas Tod hat König Wilhelm den letzten Mauerrest schleifen lassen, um seiner Frau mit der Grabkapelle ein ewiges Denkmal zu setzen.«

»Wilhelm muss diese Katharina sehr geliebt haben ...« Weras Augen leuchteten.

Evelyn nickte. »Wahrscheinlich war Katharina von Russland wirklich Wilhelms große Liebe.« Von seiner Geliebten Amalie von Stubenrauch einmal abgesehen, fügte sie im Stillen hinzu. Über drei Jahrzehnte währte die »heimliche« Liaison mit der Hofschauspielerin nun schon – länger als jede von Wilhelms Ehen. Noch heute, da der König alt und krank war, sahen er und die Stubenrauch sich regelmäßig. Es gab Stimmen in Stuttgart, die behaupteten, Amalie wäre Wilhelms einzige Liebe. Aber an solchem Klatsch beteiligte sich Evelyn nicht. Und mit Wera würde sie erst recht nicht darüber reden.

»Da Rosen Katharinas Lieblingsblumen waren, hat der König diesen Berg hier von Kahlenstein in Rosenstein umbenannt. Ein weiterer Liebesbeweis.« Evelyn konnte sich nicht daran erinnern, dass sich der König für seine jetzige Gattin Pauline jemals solch große Gesten ausgedacht hatte. »Die Kronprinzessin fährt sehr häufig hinauf auf den Württemberg. Manchmal steigt sie zu Katharina, die übrigens ihre Tante war, in die Gruft. In der Nähe ihrer Ahnin könne sie sich besonders gut ins Gebet versenken, sagt Olly.«

»Tante Olly steigt in eine Gruft hinab? Findest du das nicht seltsam?« Wera runzelte die Stirn. »Und warum wohnt der König nicht im Schloss Rosenstein? Dann könnte er seiner Katharina jeden Morgen beim Aufstehen zuwinken.«

»Das war sicher seine ursprüngliche Idee. Aber dann …« Obwohl kein Lauscher in der Nähe war, winkte Evelyn das Mädchen näher zu sich heran. »Dann hat eine alte Wahrsagerin dem König prophezeit, dass er, sollte er je eine Nacht im Schloss Rosenstein verbringen, sterben müsse!«

Ehrfurchtsvoll betrachtete Wera das klassizistische Schloss. »Das ist ja spannend …«

Evelyn hob drohend ihren Finger. »Wehe, du verrätst irgendjemandem, dass ich dir dieses abergläubische Zeug erzählt habe!«

Nach zwei Stunden machten sie sich beide durchfroren, aber zufrieden auf den Heimweg. Überschwänglich ergriff Wera Evelyns Hand und sagte: »Tausend Dank für den wunderbaren Ausflug! Das war der schönste Tag seit langem.«

Im Kronprinzenpalais angekommen, schlug Evelyn vor, noch gemeinsam eine Tasse Kakao zu trinken, bevor sie Wera in die Obhut der Kammerfrau Öchsele übergab, doch zu ihrer Überraschung lehnte das Kind ab.

»Wenn du erlaubst, würde ich gern in mein Zimmer gehen und mich ausruhen. Außerdem muss ich Eugen erzählen, wie schön es im Rosensteinpark war.«

Also machte sich Evelyn allein auf den Weg in einen der Salons, in dem – das hatte sie zuvor im Vorbeigehen gesehen – Helene Trupow mit einigen Damen des Hofes saß. Der Zusammenstoß mit ihrer Herrin schien vergessen zu sein, denn es sah so aus, als würde sich die Gouvernante bestens unterhalten.

Trotz ihrer knapp bemessenen Freizeit war es Helene Trupow gelungen, sich mit etlichen Damen anzufreunden. Viele bemitleideten sie wegen der »schweren Aufgabe«, die sie übernommen hatte, andere bewunderten sie regelrecht dafür, wie gut sie Wera, die ihnen allen das Leben schwermachte, im Griff hatte. Zum Erstaunen der Hofdamen hatte Madame Trupow außerdem gleich in den ersten Tagen verkündet, dass sie auf der Suche nach einem Ehemann war. Evelyn war über eine solche Offenheit geradezu schockiert gewesen, inzwischen musste sie der russischen Gouvernante in dieser Hinsicht allerdings viel Klugheit zugestehen. Denn statt den weiblichen Neuankömmling misstrauisch zu beäugen und die eigenen Ehemänner von ihr abzuschirmen, fühlten sich die Damen berufen, Helene Trupow bei ihrem Ansinnen unter die Arme zu greifen. Ein Ehemann ... Hinter der angelehnten Tür hielt Evelyn von Massenbach kurz inne. Es war noch gar nicht so lange her, da hatte *sie* kurz vor dem Traualtar gestanden. Doch dann hatte sie sich gegen den Mann und für die Kronprinzessin entschieden. Olly brauchte sie. Beides unter einen Hut zu bringen war ihr unmöglich erschienen.

Evelyn gab sich einen Ruck und betrat den Raum, in dem gerade schallendes Gelächter ausbrach.

»Frau von Massenbach – Sie sind zurück von Ihrem Ausflug? Darf ich fragen, wo die kleine Großfürstin ist? Und ist die Kronprinzessin etwa auch schon wieder zurück?«

Wie fröhlich Helene Trupow wirkte! Und wie sorglos. Olgas Zurechtweisung am Nachmittag schien sie sich nicht sehr zu Herzen zu nehmen, dachte Eve verwundert.

»Wera ist in ihrem Zimmer und ruht. Wir hatten viel Spaß miteinander, sie kann ein so reizendes, liebes Mädchen sein«, sagte sie und registrierte zufrieden, dass sich Helenes Augenbrauen in einem verwunderten Bogen hoben.

»Wir waren gerade dabei, Madame Trupow ein wenig in die Feinheiten der Stuttgarter ›Diplomatie‹ einzuweisen«, sagte Madame Paschkow, eine Exilrussin unbestimmten Alters, und zeigte auf einen freien Stuhl neben sich. »Vielleicht möchten Sie uns bei einer Tasse Tee Gesellschaft leisten?«

»Madame Paschkow meinte, es sei nicht ratsam, im Haus von

General Pletjew den Namen seines Neffen Grigori zu erwähnen, weil dieser die Familie durch seine Frauengeschichten allzu sehr in Verruf gebracht hat. Was meinen Sie, liebe Baronin, ist dieser Grigori wirklich so gefährlich?«

Evelyn schmunzelte. Männer – kein Wunder, dass das Tischgespräch so angeregt war!

*

Wera fühlte sich so gut wie lange nicht mehr. Kein Kribbeln in den Füßen, kein Surren im Ohr, und ihr Kopf war auch wie von Spinnweben befreit. Die Haut in ihrem Gesicht war noch immer erfrischend kühl, es prickelte angenehm – ach, sie fühlte sich so lebendig! Dagegen war sie sich in den letzten Wochen unter Madame Trupows Regiment wie gefangen vorgekommen.

Umso herrlicher waren die Stunden im Freien gewesen. Evelyn ist wirklich nett, dachte Wera. Sie hatte schon fast vergessen, wie viel Spaß es machte, im Schnee herumzutoben. Dabei waren ihr Bruder Nikolai und sie zu Hause in St. Petersburg auch im Winter oftmals so lange draußen gewesen, bis ihre Lippen blau und ihre Zehen fast erfroren waren. Sie hatten Schneehäuser gebaut und waren in einem der Parks auf Rentieren geritten, mit denen die Samojeden wie jedes Jahr vom Polarkreis angereist waren. Sie hatten sich Schneeballschlachten geliefert und Abreibungen mit Schnee verpasst. Aber Schlittschuhfahren war ihr liebster Zeitvertreib gewesen.

Bedauernd schaute Wera ihre Schlittschuhe an. Das Eis sei zu dünn – bestimmt hatte Evelyn das nur behauptet, weil sie ihre eigenen Schlittschuhe vergessen und keine Lust hatte, ihr, Wera, beim Rundendrehen zuzusehen. Das war wieder einmal typisch! Immer wollten die Erwachsenen bestimmen, was gemacht wurde. In dieser Hinsicht waren alle gleich, Evelyn, Olly und die Trupow.

»Die wissen einfach nicht, was Spaß macht«, sagte Wera, und Eugen nickte wissend. Im nächsten Moment durchfuhr sie ein Geistesblitz: Was hinderte sie eigentlich daran, noch mal allein in den Park zu gehen und wenigstens ein paar Runden auf den Kufen zu drehen? Von den Erwachsenen würde niemand sie vermissen, da alle glaubten, sie würde in ihrem Zimmer ruhen. Ruhen – von wegen, sie war so unternehmungslustig wie lange nicht! Schon wickelte sie sich ihren Schal um den Hals, dann schlüpfte sie in ihre Jacke. Wochenlang hatte sie nach der Pfeife von Madame Trupow getanzt, nun konnte sie wenigstens *ein einziges* Mal selbst bestimmen, was sie tat. Das war wirklich mehr als gerecht.

Großzügig lud sie Eugen zum Mitkommen ein. »Aber wehe, du verrätst mich.«

Aus einem der Salons drang weibliches Gelächter, als Wera und Eugen daran vorbeischlichen. Der Rest des Palais war an diesem Nachmittag wie ausgestorben.

Draußen wurde Wera von einem leichten Regen überrascht, der ihre Haare, die sich längst aus den Zöpfen gelöst hatten, binnen weniger Minuten kräuselte. Tapfer blinzelte sie gegen die Tropfen an – sie würde sich gewiss nicht von ihrem Vorhaben abbringen lassen. Dank ihres guten Orientierungssinns fand sie den Park nach gut zwanzig Minuten wieder. Am See angekommen, zog sie mühevoll die Schlittschuhe an. Seitdem sie sie das letzte Mal getragen hatte, mussten ihre Füße ein gutes Stück gewachsen sein, denn die Zehen drückten schmerzhaft gegen das harte Leder. Und wenn schon! Gleich würde sie übers Eis fliegen.

»Später hole ich dich, und wir drehen gemeinsam ein paar Runden«, vertröstete Wera Eugen von Montenegro und lehnte ihn gegen einen Baumstamm. Dann setzte sie einen Fuß aufs Eis. Ein leises Knacken ertönte. Wera hörte es nicht. Um Balance bemüht, machte sie die ersten Schritte. Das Eis knackte erneut, diesmal lauter. Wera schmetterte ein russisches Volkslied, das Nikolai und sie immer gesungen hatten.

*

»Wenn Sie mögen, sorge ich dafür, dass Sie alsbald dem Minister Noroff vorgestellt werden«, sagte Evelyn in vertraulichem Plauderton.

»Das könnte ich übernehmen, ich bin mit seiner Schwester gut bekannt«, beeilte sich Madame Paschkow zu sagen.

Helene Trupow winkte lachend ab.

»Nach allem, was Sie mir über die russischen Herrschaften in Stuttgart erzählt haben, sollte ich mich wohl eher unter den Württembergern umsehen. Doch nun schaue ich erst einmal nach meinem Zögling.«

»Warten Sie, ich komme mit!« Lächelnd erhob sich auch Evelyn. Es ging doch nichts über einen guten Schwatz unter Damen.

»Wo kann sie nur sein?« Ratlos schaute sich die Gouvernante in Weras Zimmer um.

»Von den Zimmermädchen hat sie auch niemand gesehen«, sagte Evelyn, die jeden Raum nach Wera durchsucht hatte. Ein ungutes Gefühl breitete sich in ihrem Bauch aus, sie hatte Mühe, ihre Stimme zu kontrollieren. Nervös sagte sie: »Vielleicht ist sie bei Frau Öchsele?«

Die Trupow verneinte grimmig. »Bei ihr war ich schon, die Kammerfrau schläft tief und fest.«

Evelyn schluckte. Warum nur hatte sie das Kind sich selbst überlassen? Wo konnte Wera sein? Ihr Blick fiel auf den Boden rechts neben der Tür. Hatte Wera bei ihrer Heimkehr dort nicht mit Gepolter ihre Schlittschuhe hingeworfen? Sie, Evelyn, hatte sie noch gerügt, weil der empfindliche Parkettboden durch die Kufen Schaden nehmen konnte.

Madame Trupow murmelte etwas auf Russisch, was sich wie ein Fluch anhörte, dann fügte sie in Deutsch hinzu: »Neuen Ärger wegen Wera kann ich wirklich nicht gebrauchen.«

»Wenn das Ihre vorrangige Sorge ist …« Evelyn warf der Gouvernante einen unfreundlichen Blick zu, während das Rumoren in ihrem Bauch unerträglich wurde. »Ich glaube, ich weiß, wo sie ist. Kommen Sie, schnell!« Ohne sich noch einmal umzudrehen, rannte sie los.

Schon von weitem sah sie Weras Schopf mit den wirren Haaren. Laut singend und mit ausgebreiteten Armen drehte sie Pirouetten auf dem Eis, das überall Risse aufwies und bei jedem Aufsetzen der Kufen knackte.

»Wera!« Mehr brachte Evelyn nicht heraus, die Angst schnürte ihr die Kehle zu.

»Evelyn!« Freudestrahlend fuhr Wera in einem eleganten Bogen auf sie zu. »Konntest du auch nicht widerstehen? Hast du auch Schlittschuhe dabei –«

Das Eis klirrte. Begleitet von einem saugenden Geräusch brach Wera vor Evelyns Augen ein.

8. KAPITEL

»Und? Hat sie etwa wieder nichts gegessen?«, fragte Helene Trupow leise und sah mit müden Augen auf das Tablett, das neben Weras Bett stand. Ein kleines Schälchen mit Suppe, ein Teller mit frischem Obst, ein Stück Kuchen – alles unberührt. Der Geruch des Essens mischte sich unangenehm mit dem Geruch nach Krankheit, Angst und Kampferöl. Doch weder Olly noch die Gouvernante bemerkten es.

Dankbar nahm Olly die Tasse Tee entgegen, die Helene Trupow mitgebracht hatte. Der Tee schmeckte stark und süß.

»Warum schlafen Sie nicht mehr?«, fragte sie müde.

»Ich kann nicht«, sagte die Gouvernante schlicht, zog einen Stuhl heran und setzte sich zu Olly an Weras Bett.

Es war drei Uhr morgens. Zwei Stunden zuvor hatte Olly die Gouvernante zu Bett geschickt. Den Rest der Nacht wollte sie an Weras Bett wachen, ihr ein paar Schlucke Tee einflößen, kühle Lappen auf ihre Stirn legen, um das hohe Fieber zu senken, ihr Nachtkleid wechseln und die Kissen aufschütteln. So wie jede Nacht.

»Mit welchen Dämonen das Kind wohl kämpft?«, murmelte Helene Trupow, als sich Wera wie so oft unruhig hin und her warf. Ihre Hände krampften sich zu kleinen Fäusten zusammen, ihre Beine zuckten, und sie gab jammernde Laute von sich.

Olly, deren Herz jedes Mal brach, wenn sie Wera im Schlaf so leiden sah, zuckte nur mit den Schultern.

»Das weiß nur der liebe Gott.« Bevor sie sich dagegen wappnen konnte, stiegen ihr die Tränen in die Augen, und sie schlug die Hände vors Gesicht.

»Alles haben wir falsch gemacht, alles!«, schluchzte sie leise. »Keiner von uns ist Wera gerecht geworden. Sie mit all Ihrer erzieherischen Erfahrung nicht. Und ich mit meiner Liebe erst recht nicht. Wenn das Kind stirbt, ist es allein meine Schuld.«

»Papa ... Bist du endlich gekommen!«

Konstantin Nikolajewitsch nahm die Hand seiner Tochter und nickte lächelnd. »Das hatte ich dir doch versprochen, oder?«

»Aber warum hat es so lange gedauert? Ich habe dich und Maman und die anderen so schrecklich vermisst! Gehen wir jetzt?« Wera versuchte sich im Bett aufzurappeln. Sofort traten kleine Schweißperlen der Anstrengung auf ihre blasse Stirn. Ihr Vater drückte sie sanft aufs Kissen zurück.

»Nun werde erst einmal wieder gesund. Dr. Kornbeck, mit dem ich vorhin gesprochen habe, meinte, du hättest eine schwere Lungenentzündung hinter dir, und wir könnten froh sein, dich überhaupt noch am Leben zu sehen.«

Ein schwaches Grinsen huschte über das Gesicht des Kindes. »Unkraut vergeht nicht – so sagt man hier in Württemberg. Das trifft auch auf uns beide zu, nicht wahr, Eugen?« Liebevoll schob sie die Puppe tiefer unter die Decke.

Olly, die die Szene von der Tür aus beobachtet hatte, hätte vor Erleichterung heulen können.

»Ich weiß nicht, wie ich dir danken soll für alles, was du für Wera getan hast«, sagte Kosty, als sie neben einem brodelnden Samowar in Ollys Salon zusammensaßen. Zuvor hatten sie Wera beim Essen Gesellschaft geleistet. Beide hatten das Kind, das nur noch aus Haut und Knochen zu bestehen schien, dafür gelobt, dass es einen ganzen Teller Suppe *und* eine Schale Apfelbrei zu sich genommen hatte.

»Mir danken – wofür? Dass ich deine Tochter fast habe ertrinken lassen?« Olly lachte bitter auf. »Bestimmt hast du es schon hundertmal bereut, sie ausgerechnet in meine Obhut gegeben zu haben …«

»Wie kommst du bloß darauf?«, erwiderte Kosty heftig. »Du bist doch ihre Patentante, hättest du sie nicht aufgenommen – ich weiß nicht, was aus Wera geworden wäre. Dass sie sich heimlich zum Schlittschuhfahren fortgestohlen hat, hätte überall und bei jedem passieren können. Sie ist halt ein wildes Kind.«

Olly lächelte. »Von wem sie das wohl hat? Wenn ich daran denke, welche Lausbubenstreiche du einst angestellt hast! Und davongelaufen bist du auch mehr als einmal …« Während sie das Gesicht ihres Bruders betrachtete, in dem das Leben viele Spuren hinterlassen hatte, sah sie wieder den kleinen mageren Jungen vor sich, der – sich für einen General der russischen Flotte haltend – sich im schlimmsten Sturm aufgemacht hatte, ein Boot zu kapern. Fieberhaft hatte die ganze Hofgesellschaft nach ihm gesucht, Olly und der Sohn eines Bootsmannes hatten ihn schließlich gefunden, mehr tot als lebendig, eingeklemmt zwischen schwankenden Schiffsrümpfen. Auch Kosty hatte damals eine schwere Lungenentzündung davongetragen. Genau wie der Sohn des Bootsmannes. Während dem Zarensohn jedoch die beste Pflege und Medizin zur Verfügung gestanden hatte, war das andere Kind gestorben.

Olly biss sich auf die Lippe. Noch immer fiel es ihr schwer, sich daran zurückzuerinnern. Damals war ihr zum ersten Mal bewusst geworden, wie himmelschreiend ungerecht die Welt sein konnte.

»Ich hatte einst gute Gründe fürs Davonlaufen – wenn ich nur an meinen Erzieher Lüttke denke! Der Mann war ein Sadist, dessen größte Freude darin bestand, mich mit seinen antiquierten Erziehungsmethoden zu foltern. Ich nehme nicht an, dass Weras Lehrer genauso schrecklich sind.«

Olly schluckte. Der Gedanke, Madame Trupows strenges Regiment könnte letztendlich für Weras Weglaufen verantwortlich sein, war ebenso naheliegend wie unerträglich. Hatte es außer dem Knien auf Kerzen noch andere Züchtigungsmaßnahmen gegeben, von denen sie nichts wusste? So misstrauisch Olly Helene Trupows

Erziehungsmaßnahmen nach wie vor gegenüberstand, eines musste sie der Gouvernante lassen: Während Weras Krankheit war sie keinen Tag von ihrem Bett gewichen, sogar nachts hatte sie ihren kranken Zögling bewacht und mindestens so viele Stunden am Krankenbett verbracht wie Olly selbst.

»Du wirst sie doch behalten?«, fragte ihr Bruder nun. Der angstvolle Unterton in seiner Stimme war nicht zu überhören. Seine Beine wippten nervös auf und ab, seine Finger trommelten neben der unberührten Teetasse auf den Tisch, und seine Augen hatten einen fast gehetzten Ausdruck.

»Madame Trupow? Was soll ich mit ihr, wenn –«

»Nicht die Trupow – Wera meine ich!«

»Aber ich dachte ... du bist gekommen, um Wera nach Hause zu holen?« Fahrig ließ Olly ihre Perlenkette durch die Finger gleiten, während sich die Gedanken in ihrem Kopf überschlugen. Wera sollte bleiben?

Als es in der Depesche geheißen hatte, Kosty sei auf dem Weg nach Stuttgart, hätte sie vor Freude losheulen können. Endlich der Besuch, auf den Wera so lange gewartet hatte! Mit dem Vater am Krankenbett würde die Genesung umso rascher vonstattengehen. Auch Karl hatte frohlockt, wahrscheinlich aus der Hoffnung, nach der Abreise von Vater und Tochter sein altes ruhiges Leben wiederzuhaben. Dagegen war mit jedem Tag des Wartens bei Olly die Angst gewachsen. Aufgescheucht wie eine Spatzenmutter, wenn sich der Habicht ihrem Nest nähert, war sie durchs Palais gelaufen, nachts hatte ihr der Gedanke, Wera zu verlieren, den Schlaf geraubt. Natürlich wusste sie, dass sie ihr Patenkind nur auf Zeit bei sich hatte, dennoch knäuelte sich die Angst vor dem drohenden Verlust in ihrem Magen zusammen. Nun aber hörte sie Kosty sagen: »Ich *kann* sie nicht mit nach St. Petersburg nehmen, das musst du verstehen.« Er schaute sie an, als läge die Antwort auf der Hand. »Sag mir, was ich tun muss, um dich davon zu überzeugen, dass Wera hier bei dir am besten aufgehoben ist. Jedem anderen würde ich Geld anbieten dafür, dass er meine Tochter in seine Obhut nimmt, fürstlich bezahlen würde ich für diesen Dienst. Aber ich weiß natürlich, dass du Geld am wenigsten nötig hast …« In seiner Stimme schwang Bedauern und auch ein Hauch Neid mit.

Gar nichts weißt du, dachte Olly bitter bei sich. Nun, da sie den alten Gebäudekomplex hinter dem Bahnhof auch noch aus ihrer Privatschatulle bezahlt hatte, um ihn in ein Waisenheim umbauen zu lassen, waren ihre Gelder wie Eis in der Sonne dahingeschmolzen. Den Plan von einer Mädchenschule im Stuttgarter Westen konnte sie angesichts ihrer Geldnöte jedenfalls erst einmal vergessen.

»Als ob ich für Weras Pflege Geld nehmen würde«, sagte sie laut. Lieber würde sie anderswo betteln gehen. »Aber soll sie wirklich nur hierbleiben, damit sie eure Heiratspläne zwischen Olgata und dem griechischen König nicht stört? Kosty, eure Olgata ist gerade einmal dreizehn Jahre alt – bis sie vor den Traualtar treten wird, können noch Jahre vergehen! Wera ist doch auch eure Tochter. Sie hat dasselbe Recht auf Liebe. Und sie hat so schreckliches Heimweh, da dürft ihr sie doch nicht für Jahre verbannen!« Olly konnte nicht anders, als den Advocatus Diaboli zu spielen. Der Gedanke, dem Kind sagen zu müssen, dass der Vater ohne es abreiste, war fast so schmerzlich wie der Gedanke, beide verabschieden zu müssen.

»Heimweh! Recht auf Liebe! Das sind ziemlich luxuriöse Gefühle, meine Liebe. Als zukünftige Regentin eines so kleinen Landes wie das Königreich Württemberg kannst du dir solche Gefühle leisten, zu dir schaut das ganze Volk wohlwollend auf. Ich habe bei jedem meiner Besuche mit eigenen Augen sehen können, wie sehr die Menschen hier dich lieben. Für dich ist es ein Leichtes, Liebe zu schenken und großzügig zu sein, wo du selbst so viel davon empfängst. Oh, ich will deine Leistungen keinesfalls schmälern, ganz im Gegenteil: Ich habe dich schon immer für dein wohltätiges Engagement bewundert. Du wusstest stets, was du wolltest und was im Leben richtig ist. Im Gegensatz zu dir sind wir anderen lediglich wie Schmetterlinge durch die Salons und über die Tanzfläche geflattert. Unser guter Engel Olly jedoch hat sich stets für die Schwachen und Armen eingesetzt.«

»Wie du das sagst – als ob das etwas wäre, wofür ich mich schämen muss. Meiner Ansicht nach würde es dir und Sanny auch gut zu Gesicht stehen, nicht ständig nur an euer Wohlbefinden zu denken«, entgegnete Olly heftig. »Was bist du nur für ein schrecklicher Egoist! Erst schiebst du Wera einfach ab, und nun belächelst du mich dafür, dass ich sie aufgenommen habe?« Ihre Stimme überschlug sich fast vor Aufregung.

Kosty senkte seinen Kopf. »Entschuldigung, so habe ich das nicht gemeint. Ich ... ich wäre gern wie du! So stark und hingebungsvoll. Kein Wunder, dass du Vaters Lieblingstochter warst. Und Sascha sein Lieblingssohn. Wir anderen liefen einfach so mit.« Mit schräg gelegtem Kopf schaute er sie an. »Weißt du, was ich am meisten an dir bewunderte?«

Olly, die eine rhetorische Frage erkannte, wenn sie eine hörte, schwieg.

»Dass du – unabhängig von Vaters Wünschen und Träumen – immer getan hast, was *du* wolltest. Ich hingegen tanze nach wie vor brav nach der Pfeife anderer.«

Ollys Blick ruhte still auf ihrem Bruder. Kosty hätte auf seine hagere Art noch immer ein sehr attraktiver Mann sein können, wäre da nicht der bittere Zug um seinen Mund gewesen. Es kam selten vor, dass er solche Einblicke in sein Seelenleben gab. Warum gerade jetzt? Neidete er ihr etwa ihr Leben? Ach Kosty, wenn du wüsstest ...

»Du hast doch allen Grund, glücklich und stolz zu sein. Du hast wundervolle Kinder –«

»Mehr fällt dir nicht zu meinen Verdiensten ein?«, spottete er. »Ich bin der Bruder des Zaren, von mir erwartet die Welt ein wenig mehr als die Tatsache, dass ich meine Gattin und ein, zwei andere Weibsbilder schwängere.«

»Kosty!«

»Nun schau nicht so entsetzt, aufgesetzte Prüderie steht dir nicht. Davon abgesehen habe ich sowieso recht: Es gibt keine weiteren Verdienste, auf die ich stolz sein könnte.« Deprimiert starrte er auf den Samowar. »Aber ich will dich nicht länger mit meiner Verachtung vor mir selbst langweilen. Ich bitte dich nur um eines: Behalte

Wera hier! Wenn es mir gelingt, unsere Älteste zur griechischen Königin zu machen, hätte ich zum ersten Mal in meinem Leben etwas wirklich Großes erreicht. Wie hast du es gerade genannt? ›Etwas, worauf Russland stolz sein kann.‹ Ich frage mich wirklich, wie sich das anfühlt ...«

Das Sehnen in seiner Stimme schmerzte Olly.

»Warum bist du so hart zu dir?«, fragte sie und strich ihm zärtlich über die Wange. »Sascha schreibt mir oft, welch wertvolle Stütze du für ihn bist. Du bist die rechte Hand des Zaren, sein engster Vertrauter – ist das etwa nichts? Dass ihr die Verheiratung eurer ältesten Tochter sehr ernst nehmt, leuchtet mir natürlich ein, aber –«

Kosty hob eine Hand. Seine Augen glänzten kalt, sein Blick duldete keinen Widerspruch, als er sagte:

»Dann leuchtet dir gewiss auch ein, dass ein verrücktes Kind das Letzte ist, was ich derzeit gebrauchen kann.«

Konstantin Nikolajewitsch blieb drei Wochen in Stuttgart. Von Tag zu Tag wurde Wera gesunder und kräftiger. Keinesfalls wollte sie, dass sich wegen ihres Gesundheitszustands die Abreise unnötig verzögerte. Mehr als einmal bat Olly ihren Bruder, Wera den Entschluss, dass er ohne sie abzureisen gedachte, schonend beizubringen. Doch Kosty zögerte diese undankbare Aussprache von Tag zu Tag weiter hinaus. Am Abend vor seiner Abreise führte ihn Olly schließlich eigenhändig bis vor Weras Zimmertür. *Bitte, lieber Gott, lass ihn einfühlsame Worte finden*, betete sie, während sie mit bangem Herzen im Salon auf ihren Bruder wartete.

»Es ist alles geklärt, Wera versteht meine Beweggründe«, sagte er, als er sich nach einer halben Stunde zu ihr gesellte. Zufrieden mit sich und seinem Werk machte er sich mit Karl auf den Weg, um ein letztes Mal in den Salons von Stuttgart zu feiern. Olly war alles andere als in Feierlaune und blieb zu Hause.

An diesem Abend zerstörte Wera fast ihr ganzes Zimmer, indem sie mit dem Schemel, auf den sie sich sonst zum Schuheanziehen setzte, auf alles eindrosch. Als Olly, von den aufgeregten Zimmermädchen alarmiert, hereingestürmt kam, fand sie inmitten von zerschlagenem Spielzeug und umgestürzten Möbeln ein verschwitztes, fiebriges und in Tränen aufgelöstes Kind vor.

»Warum?«, fragte Wera schluchzend. Mit ihrer Aggression schienen sich auch sämtliche Gefühle der Trauer und Verzweiflung entladen zu haben.

Olly ignorierte das Chaos um sie herum und setzte sich zu ihrer Nichte auf den Boden.

»Warum sind die Menschen, wie sie sind? Warum kann man den Lauf der Dinge nicht aufhalten oder ihm eine andere Richtung geben?« Seufzend nahm sie Weras Hand. »Es gibt wohl keine quälendere Frage als die nach dem *Warum*. In all den Jahren habe ich gelernt, dass es oft besser ist, nicht nach Gründen zu fragen, sondern zu versuchen, die Dinge zu akzeptieren.« Obwohl sie mit bemüht leichter Stimme sprach, spürte sie, wie sich ihr Innerstes bei diesen Worten sträubte. »Die Dinge akzeptieren« – manchmal hatte sie das Gefühl, an dieser Haltung zu ersticken! Wer war sie, Wera solche Ratschläge zu geben?

Wera zog geräuschvoll die Nase hoch. »Akzeptieren, hinnehmen – und wenn man das nicht kann? Und auch nicht will?«

Schweigend stand Olly auf und ging in ihr Zimmer zwei Türen weiter. Mit der Bibel in der Hand kam sie gleich darauf zurück.

»Als ich ein junges Mädchen war, gab es Momente, in denen ich mindestens so verzweifelt war wie du jetzt. Meine erste Gouvernante Charlotte gab mir den Rat, in einer solchen Situation blind in der Bibel zu blättern. Sie gestaltete das Ganze wie eine Art Spiel und sagte: ›Gott weiß am besten, welche Zeilen für dich hilfreich sind!‹ Gemeinsam versuchten wir dann die jeweilige Stelle zu deuten. Manchmal sagten mir Gottes Worte gar nichts, aber sehr oft fand ich wahren Trost in ihnen.« Die Bibel wog schwer in ihrer Hand. Sie blätterte, bis sie den Römerbrief gefunden hatte, dann begann sie mit fester Stimme vorzutragen:

»*Ist der Geist Gottes in euch, so wird Gott, der Jesus von den Toten auferweckte, auch euren sterblichen Leib durch seinen Geist wieder lebendig machen; er wohnt ja in euch.*

Darum, liebe Brüder, müssen wir nicht länger den Wünschen und dem Verlangen unserer alten menschlichen Natur folgen. Denn wer ihr folgt, ist dem Tode ausgeliefert. Wenn du aber auf die Stimme Gottes hörst und ihr gehorchst, werden die selbstsüchtigen Wünsche in dir getötet, und du wirst leben.

Alle, die sich vom Geist Gottes regieren lassen, sind Kinder Gottes. Denn der Geist Gottes führt euch nicht in eine neue Sklaverei; nein, er macht euch zu Gottes Kindern. Deshalb dürft ihr furchtlos und ohne Angst zu Gott kommen und ihn euern Vater nennen. Gottes Geist selbst gibt uns die innere Gewissheit, dass wir Gottes Kinder sind …«

»Das Neue Testament«, sagte Wera in einem Ton, der besagte: Nicht schon wieder die Bibel! Täglich musste sie unter Madame Trupows Aufsicht stundenlang darin lesen, ellenlange Passagen daraus abschreiben. »Dass wir alle Gottes Kinder sind, ist ja schön und gut, aber was willst du mir damit sagen?«

»Nicht ich, *Gott* will dir damit etwas sagen. Nämlich, dass nichts auf dieser Welt ohne Grund geschieht. Vielleicht verstehen wir nicht immer, was Gott mit uns vorhat, aber je williger wir uns in seine Hände begeben, desto froher wird es uns ums Herz. Du bist nicht nur das Kind deiner Eltern, du bist auch Gottes Kind. *Er* ist immer für dich da, *er* hat immer Zeit für dich – ist dieser Gedanke nicht tröstlich? Mich trägt dieser Text schon viele Jahre durchs Leben, und später soll er einmal mein Sterbetext werden.« Bevor Olly wusste, wie ihr geschah, umarmte Wera sie so heftig, dass ihr die Luft wegblieb.

»Aber liebste Tante, du darfst doch nicht schon jetzt ans Sterben denken! Wenn du hier auch unglücklich bist, dann lass uns fliehen! Wir suchen uns einen Ort, wo uns keiner weh tut. Wo alle Menschen lieb sind. Meinetwegen darf Evelyn auch mitkommen, und Eugen von Montenegro, aber sonst niemand!«

Olga befreite sich lachend aus Weras Umklammerung.

»Das machen wir, Kind. Gleich morgen packen wir unsere Koffer.«

In dieser Nacht lag Wera noch lange wach. Von irgendwoher war das leise Wehklagen eines Streichquartetts zu hören. Oder war es nur das Echo der tausend Gedanken, die in ihrem Kopf umherschwirrten? Würde Gott ihr wirklich dabei helfen können, ihre selbstsüchtigen Wünsche zu töten? War es wirklich egoistisch von ihr, bei ihrer Familie leben zu wollen?

Und meinte Olly es tatsächlich ernst mit ihrer Flucht aus Stuttgart? Würde doch noch alles gut werden?

Ihre Arme waren lahm vor Müdigkeit, als sie im flackernden Kerzenlicht in der Nachttischschublade herumkramte. Endlich holte sie einen zerknitterten Zettel hervor.

»Du kannst so reich sein wie Krösus, so schön wie eine Blume, so weise wie Salomon, so stark wie ein Bär – mangelt es dir jedoch an der Liebe, so bist du ein armer Wicht.«

Das war *ihr* Leitspruch. Iwanka, die polnische Frau von Vaters Leibkutscher, die im Hause ihrer Eltern Mädchen für alles war, hatte ihn einmal gesagt, und Wera hatte ihn sich gleich aufgeschrieben. Als sie nun auf den zerknitterten Zettel mit den krakeligen Buchstaben schaute, fragte sie sich allerdings, welchen Trost sie je darin zu erkennen geglaubt hatte.

9. KAPITEL

Normalerweise packte Olly erst später im Jahr ihre Koffer. Im Frühjahr 1864 verließ sie allerdings schon Ende März das Kronprinzenpalais. Ein Umzug in ihre Villa Berg und die damit verbundenen neuen Eindrücke würden Weras Trennungsschmerz vielleicht ein wenig lindern, hoffte sie. Und so fuhren an einem sonnigen Tag ein halbes Dutzend Fuhrwerke, beladen mit der Garderobe der Familie, Büchern und anderen Lieblingsstücken, in Richtung der Stadtvilla.

Olly, die in ihrem Coupé ganz vorne fuhr, atmete auf. Weg, nichts wie weg vom Schloss und von Wilhelm und all den damit verbundenen Querelen! Endlich wieder durchatmen können. Sich einbilden können, frei zu sein. Und glücklich.

Normalerweise war der Umzug in ihr Sommerquartier außerdem ein jährliches Ritual, das Karl und sie gemeinsam begingen. Doch Karl war im Landtag beschäftigt, wo wieder einmal heftig darüber debattiert wurde, wer nun, da König Wilhelm schwer krank war, die Regierungsgeschäfte führen sollte. Wilhelm traute dies seinem Sohn scheinbar nicht zu, er wollte die Belange seines Landes durch die Ministerriege geregelt wissen. Doch ein solches Vorgehen war in der Landesverfassung nicht vorgesehen, vielmehr musste der in der Erbfolge nächststehende Thronfolger die sogenannte »Landesverwesung« übernehmen, und dies war Karl. Aber war der König überhaupt regierungsunfähig? Oder würde er sich nicht auch dieses Mal wieder erholen? Krampfhaft wurde um eine Lösung gerungen, mit der alle Beteiligten leben konnten.

Armer Karl, dachte Olly betrübt. Wie viel schöner wäre es, wenn er sie begleitet hätte! Oder wenn er endlich auf den Thron gelangen würde, wo er seit langem hingehörte. Dann würden auch endlich die ewigen Affronts gegen ihn aufhören.

Olly nahm sich vor, sein Zimmer mit besonders vielen Blumen zu schmücken.

Seit Evelyn ihre Befürchtungen bezüglich einer Affäre zerstreut hatte, tat sie alles, um ihre Beziehung wieder zu verbessern: Sie unterließ Kritik an Karl ebenso wie ihre ständigen Fragen, wohin er unterwegs war. Sie drängte ihn auch nicht mehr, sich bei seinem Vater besser in Szene zu setzen. Nicht, dass ihre Bemühungen bisher gefruchtet hätten. Vielmehr gab sich Karl ihr gegenüber nach wie vor sehr distanziert. Vielleicht würde es ihnen in der Villa Berg gelingen, die früheren Zeiten der Verliebtheit und Zärtlichkeit wieder aufleben zu lassen?

»Schau, was sich dort unten wie eine träge Schlange durchs Land windet, das ist der Fluss Neckar«, sagte sie zu Wera, die lustlos aus dem Fenster schaute. »Und siehst du den Hügel direkt vor uns? Dort oben liegt unser Zuhause für die kommende warme Jahreszeit. Bei den Städtern hieß der Berg früher die ›Höllische Brühl‹, ob sie ihn heute auch noch so nennen, weiß ich nicht. Für mich ist dieser Hügel himmlisch, ja sogar verzaubert! Ach, ich kann es kaum erwarten, in meinen Feensitz zu kommen.«

»Dein Feensitz?« Wera bedachte ihre Tante mit einem interessierten Blick. So euphorisch hatte sie die Kronprinzessin in all den Wochen noch nicht erlebt. Die Neugier auf das, was das freudige Funkeln in Ollys Augen auslöste, minderte ihre Enttäuschung darüber, dass es sich bei ihrer »Flucht« lediglich um einen Wohnsitzwechsel handelte.

Das Coupé hielt an, und der Fahrer sprang hinaus, um das Tor zum weitläufigen Park der Villa zu öffnen. Narzissen, Traubenhyazinthen und feuerrote Tulpen säumten den Kiesweg, der sich an einem kleinen See vorbei den Berg hinaufschlängelte. Zartes Blütenparfüm erfüllte die Luft, es duftete verheißungsvoll nach Frohsinn und einem leichten Herzen.

Kaum hatte die Kutsche das Tor passiert, ging es bergauf. Als sie auf halber Höhe waren, sagte Olly: »Schau, das hier ist das sogenannte ›Belvedere‹, von diesem Platz aus hat man eine besonders gute Aussicht auf den Stuttgarter Talkessel. Wenn du magst, spazieren wir nachher einmal hierher.«

Wera nickte vage. Sie interessierte vielmehr, wo sie zukünftig wohnen sollte.

Und dann endlich war auch die Villa zu sehen: Rings um einen großen Kubus schmiegten sich Wintergärten, kleine Balkone, Aussichtsterrassen und mit Wein bewachsene Pergolen. Noch waren die Weinranken kahl, aber schon bald würde der Saft in ihnen aufsteigen, und ein dichter Blätterwald würde die marmornen Säulen und hölzernen Balustraden umgeben. Jetzt, so früh im Jahr, wo der Blick noch nicht von der Pflanzenfülle der Gartenanlage abgelenkt wurde, wirkte die Villa noch herrschaftlicher und prächtiger als sonst.

Vor ihrer Abfahrt hatte Olga angeordnet, dass die Kutschen mit dem Personal und ihrem Hab und Gut wie jedes Jahr unten am Berg warten sollten, bis sie das Signal zum Heraufkommen gab. Die erste halbe Stunde sollte die Villa ihr und Wera allein gehören. Ohne die Hilfe ihres Kutschers abzuwarten, sprang Olly leichtfüßig aus dem Wagen und wurde sogleich von einer Woge Glücksgefühle überschwemmt. Hier war sie zu Hause. Hier hatte sie das Sagen. In diesem großen Haus sollte nichts als Freundlichkeit, Frohsinn und Frieden regieren. Verführerisch ließ sie den großen Schlüssel zum Eingangsportal der Villa vor Weras Augen baumeln.

»Komm, ich lade dich ein in meinen Feensitz!«

In den letzten Tagen waren schon etliche Dienstmädchen in der Villa gewesen, hatten Staub gewischt und alles durchgelüftet. Als Olly die Tür öffnete, schlug ihr dennoch eine Wolke Schmierseifengeruch entgegen. Sie rümpfte die Nase. Mit Wera an der Hand ging sie in den Festsaal.

In sämtlichen Kronleuchtern steckten frische Kerzen, die Vasen waren mit Frühlingsblumen gefüllt, auf den Fenstersimsen standen in goldverzierten Töpfen Orchideen aller Art. In den Kaminen aus Carrara-Marmor stapelte sich Feuerholz, die Perserteppiche waren ausgeklopft, die Ölgemälde frei von jeglichem Staub.

»Das ist ja ... wie in St. Petersburg!«, rief Wera und drehte sich zu einer stummen Melodie im Kreis.

Olly lächelte. »Eigentlich soll man sich hier oben wie in Italien fühlen«, sagte sie und begann, die weißen Leinenhussen, mit denen die Stühle entlang der großen Festtafel noch immer abgedeckt waren, abzunehmen. »Ich weilte mit meiner Mutter in Italien, als ich Karl das erste Mal begegnete. Schon bald stellten wir fest, dass die italienische Baukunst eine gemeinsame Leidenschaft von uns war. So oft man uns ließ, besichtigten wir Bauwerke der italienischen Renaissance. Stell dir vor, Karl hat sogar seinen Architekten mit auf die Reise genommen, damit dieser gleich vor Ort so viele Eindrücke wie möglich sammelt und zu Papier bringt. Als dann die Heirat zwischen Karl und mir beschlossene Sache war, stand für uns schnell fest, dass unser zukünftiges Heim einmal so aussehen sollte wie die herrlichen Villen, die wir in Palermo und Venedig gesehen haben. Womit wir nicht gerechnet hatten, war der Widerstand, auf den wir hier trafen: Es gab so manch einen, der gar nicht glücklich war mit unserer Idee, ein Stück Italien nach Stuttgart zu holen.« Olly zog eine Grimasse. Vor allem ihr Schwiegervater hatte alles getan, um die Fertigstellung der Villa immer wieder zu verzögern.

»Hier oben redet Karl und mir niemand hinein, das hier ist *unser* kleines Königreich!« Mit ihrer rechten Hand machte sie eine weit ausholende Bewegung, welche nicht nur den Ballsaal, sondern auch den über vierundzwanzig Hektar großen Park mit einschloss. »Leider ist es noch zu früh im Jahr, um die Palmen und Zitronenbäumchen aus ihren Winterquartieren zu holen. Aber wenn du magst, gehen wir sie gleich morgen früh in der Orangerie besuchen. Vielleicht wird dir dann ein wenig mehr südländisch zumute!«

Wera, die inzwischen wie Olly Stühle von ihren Hussen befreite, sagte: »Chinesische Vasen, korinthische Säulen, vergoldete Kronleuchter – ich bleibe dabei, dieser Saal könnte auch zu Zarskoje Selo gehören. Oder zu Peterhof.« Während sie die russischen Landsitze der Zarenfamilie aufzählte, bekam ihre Stimme einen sehnsüchtigen Klang.

»Ein Zufall ist das nicht«, gestand Olly. »Natürlich habe ich bei der Planung außer italienischen Elementen auch russische einfließen lassen. Was glaubst du, wie sehr ich in meinen ersten Jahren unter Heimweh litt? Solche Gefühle sind nicht allein dir vorbehalten, mein Kind. Manchmal leide ich heute noch daran, aber hier in der Villa weniger als anderswo.«

Weras Blick wanderte einmal durch den ganzen Raum. »Das glaube ich dir. Die Stimmung hier ist so leicht. So hell und so ... froh.« Sie klang fast verwundert, als könne sie nicht glauben, was sie sah und fühlte.

Ein großer Stein fiel von Ollys Herz. So wie es aussah, würde die Villa auch auf Wera ihre heilende Wirkung entfalten können. *Bitte, lieber Gott, mach, dass das Kind sich hier endlich wohl fühlt,* betete sie rasch, dann sagte sie: »Unsere Räume liegen im ersten Stock. Insgesamt zwölf Säle gibt es dort, ich werde dir gleich dein Zimmer zeigen. Warte nur ab, bis du die Aussicht von einem der oberen Balkone siehst! Man ist dem Himmel hier oben ein kleines Stückchen näher«, sagte Olly und warf die letzte Husse zu den anderen auf den Boden.

Wera zeigte auf den riesigen Wäscheberg und sagte: »Wer kümmert sich darum? Und was geschieht überhaupt mit all den Angestellten aus dem Kronprinzenpalais?«

Zärtlich strich Olly ihrem Patenkind über den Kopf. »Wie lieb von dir, dass du an andere Menschen denkst. Natürlich sind alle mit uns hierher übergesiedelt, wir brauchen doch schließlich Hilfe, wenn wir hier leben und rauschende Feste feiern wollen!« Olly lachte fröhlich. »Also sind die Köche und ihre Gehilfen mit uns gekommen, die Zimmermädchen und Mägde, die Wäscherinnen und die Bügelfrauen. Und wir haben noch zusätzliche Gärtner eingestellt, der große Park braucht viel Pflege.«

»Die Wäscherinnen wohnen auch hier?«

»Ja, sie haben ihren eigenen Trakt im hinteren Bereich der Villa.«

»Und gibt es hier auch einen Dachboden?«

Olly runzelte irritiert die Stirn. »Einen Dachboden? Ja schon, aber warum willst du das wissen?«

»Nur so«, antwortete Wera und sah regelrecht erleichtert aus.

*

»Ach Sophie, ich freue mich riesig, dass du da bist!« Über den Rand ihres Champagnerkelches hinweg strahlte Olly ihre Schwägerin an. »Dass du die erste offizielle Besucherin in dieser Saison hier in der Villa bist, betrachte ich als ein gutes Omen.«

Die Königin der Niederlande lachte. »Als ob du so etwas nötig hättest! Du hast dein Leben doch auch ohne gutes Omen bestens im Griff. Auf dich, meine Liebe.« Sie hob ihr Glas.

»Du täuschst dich«, widersprach Olly seufzend. »Dieser Tage habe ich oft das Gefühl, in einem Karussell zu sitzen, das sich immer schneller dreht. Weras Unfall, Konstantins Besuch, der Umzug in die Villa, Weras Kommunion … Und dabei ist das Jahr noch keine vier Monate alt! Ich jedoch fühle mich, als hätte ich schon mindestens die Zeit von Januar bis November auf dem Buckel.« Sie lachte, aber das Lachen erreichte ihre Augen nicht.

»Das kommt davon, weil du dir ständig mehr auflädst«, sagte Sophie. »Nicht genug, dass du von früh bis spät für wohltätige Zwecke unterwegs bist, nun hast du auch noch dieses schwierige Kind aufgenommen. Und mein lieber Bruder Karl macht dir das Leben sicher auch alles andere als leicht, oder täusche ich mich? Irgendwann bricht auch das stärkste Ross zusammen.«

Evelyn, die mit beiden Frauen am Tisch saß, hätte Karls Halbschwester am liebsten applaudiert. Die dunklen Ringe unter Ollys Augen bereiteten ihr schon lange große Sorge. Genauso wie die fast durchscheinende Blässe und das ständige Gähnen, das die Kronprinzessin zu unterdrücken versuchte. Auch wenn ihr Sophies burschikoser Vergleich mit einem Ross nicht gefiel – Olly war tatsächlich am Rande eines Zusammenbruchs. Und es war höchste Zeit, dass dies außer ihr noch jemand anderes aussprach.

Die Königin war am späten Vormittag in der Stadt angekommen und hatte wie immer als Erstes ihren Vater besuchen wollen. Als sie von den Ärzten abgewiesen wurde, war sie in die Villa Berg zu Olly gefahren. Später am Nachmittag wollten sie dann gemeinsam den König besuchen.

»Steht es wirklich so schlecht um Vater?«, sagte Sophie unvermittelt. »Und macht er euch das Leben weiterhin schwer? Papa kann ein Scheusal sein, aber er liebt euch über alles, das musst du mir glauben«, fügte sie fast flehentlich hinzu.

»Wir lieben ihn auch«, sagte Olly gezwungen.

»Kommt Vater inzwischen wenigstens besser mit Pauline zurecht?« Wie immer, wenn Sophie von ihrer Stiefmutter sprach, nahm ihre Stimme einen unfreundlichen Ton an.

Olly verzog den Mund. »Frag lieber nicht. Pauline hat sich jedoch eine große Versöhnung in den Kopf gesetzt, im Kreise der Familie. Deshalb sollen wir heute alle gemeinsam am Krankenbett erscheinen.«

»Ob Vater da mitspielt?«, murmelte Sophie.

Es war schon kurios: Sophie war die Einzige, die den König von ganzem Herzen liebte. Bei ihren häufigen Besuchen in Stuttgart saß sie jedes Mal stundenlang mit ihm zusammen. Sie diskutierten, plauderten und lachten miteinander.

»Vater und Tochter im vertrauten Gespräch – diese idyllische Szene müsste man eigentlich für die Ewigkeit auf die Leinwand bannen«, hatte Franz Xaver Winterhalter, der berühmte Maler, bei seinem letzten Besuch gemurmelt. Sein Auftrag war es gewesen, ein weiteres Porträt von Olly anzufertigen, und auf der Suche nach einem geeigneten Hintergrund waren sie im Schloss in einem der Salons auf Sophie und Wilhelm gestoßen. Evelyn hatte nicht sagen können, ob seine Bemerkung ironisch oder ernst gemeint gewesen war. Ach Xaver, dachte sie plötzlich mit großer Sehnsucht, doch sogleich verbot sie sich jeden weiteren Gedanken an den feinfühligen Maler und wandte sich wieder der Gegenwart zu.

Evelyn glaubte den Grund für Sophies große Vaterliebe zu durchschauen: Sophie war noch nicht einmal ein Jahr alt gewesen, als ihre Mutter Katharina starb. Sie hatte ihre Mutter zwar nie kennengelernt, doch Evelyn bezweifelte, ob es Pauline je gelungen war, die echte Mutter zu ersetzen. Seit sie die Familie kannte, hatte sie vielmehr beobachten können, welch große Unterschiede Pauline in der Behandlung der Königskinder machte: Karl war nach wie vor ihr Liebling, gefolgt von Katharina, die den ach so prächtigen Kronprinzen Wily auf die Welt gebracht hatte.

»Vater hat eine robuste Natur, wahrscheinlich ist alles nur halb so schlimm«, sagte Sophie.

Evelyn setzte sich aufrechter hin. War das der Moment, auf den sie gewartet hatte? Sie schaute Olly mit einem um Verzeihung bittenden Blick an, dann wandte sie sich an den Gast.

»Apropos robuste Natur ... Vergeben Sie mir, wenn ich mich einmische, aber ich mache mir große Sorgen um die Kronprinzessin. Ihre Gesundheit ist angegriffen. Eine Kur wäre dringend angeraten. Auf mich hört sie nicht, können Sie ihr nicht dazu raten?« Die letzten Worte kamen fast flehentlich.

»Evelyn ist schlimmer als eine Henne mit ihren Küken«, sagte Olly mit einer wegwerfenden Geste. »Zugegeben, meine Nerven flattern wirklich ein wenig. Auch mangelt es mir an Schlaf. Ein paar Tage auszuspannen käme mir gelegen, aber diesen Luxus muss ich wohl auf längere Zeit verschieben. Beim derzeitigen Gesundheitszustand deines Vaters kann ich nicht verreisen.«

»Ich verstehe deine Sorge, aber meinem Vater wäre nicht geholfen, wenn du vor Erschöpfung zusammenbrichst«, unterbrach Sophie sie.

Eve nickte zustimmend. »Kissingen soll im Frühjahr wunderschön sein. So schön, dass sogar die Zarenmutter in nächster Zeit dorthin reist. Und täusche ich mich oder will Ihre Schwester Mary auch kommen? Olly, stellen Sie sich das vor – Sie könnten all Ihre Lieben treffen.«

»Die ganze Familie um einen herum – nichts ist wohltuender für eine müde Seele! Olly, du musst Evelyns Rat befolgen«, sagte Sophie prompt. »Auch wenn es nur für ein paar Tage ist.«

»Vielleicht habt ihr recht, ich vermisse Maman und die anderen sehr. Auch Kosty und Sanny wollen nach Kissingen kommen. Bei dieser Gelegenheit könnte Wera ihre Eltern wiedersehen ... Ihr habt mich überzeugt! Evelyn, bringe Papier und Tinte, dann schreibe ich Maman gleich eine entsprechende Nachricht.«

Evelyn glaubte nicht richtig zu hören.

»Sie wollen Wera mitnehmen? Zur Erholungskur?« Das war doch nun wirklich ein Widerspruch in sich.

»Glaubst du etwa, ich lasse Wera allein?«, erwiderte Olly lachend.

Genau das hatte Evelyn geglaubt. Aber scheinbar fruchteten gute Argumente bei Olga nicht mehr. Es schien an der Zeit, andere Mittel zu wählen. Sie räusperte sich und sagte: »Wenn Sie erlauben, Hoheit, werde ich den Brief an Ihre Maman schreiben, dann können Sie und Königin Sophie sich weiter in Ruhe unterhalten ...«

Unsicher schaute Olly von der Hofdame zu ihrer Schwägerin. »Soll ich wirklich?«

»Du fährst zur Kur nach Kissingen und erholst dich endlich einmal richtig!« Sophies Ton erlaubte keine Widerrede.

Ein wenig eifersüchtig beobachtete Evelyn, wie sich die beiden Frauen liebevoll umarmten. So unterschiedlich sie auch waren – Sophie von aufbrausendem, sehr leidenschaftlichem Temperament, Olly beherrscht vom Scheitel bis in die Fußspitzen –, so waren sie sich dennoch innig zugetan.

»Aber nun erzähl, was treibt mein Bruder Tag für Tag? Es würde mich nicht wundern, wenn du auch *seinetwegen* eine Kur benötigen würdest.«

Evelyn schmunzelte in sich hinein. Wenn jemand Karl in- und auswendig kannte, dann war es seine Halbschwester. Sie gehörte auch zu den wenigen Menschen, die es wagten, Karl ihre Meinung zu sagen, statt ihm nur nach dem Mund zu reden. Nicht, dass Karl ihr diese Offenheit dankte! Ganz im Gegenteil, er stand seiner klugen und mutigen Schwester fast feindselig gegenüber. Dass sich Olly mit Sophie so gut vertrug, war ihm ein Dorn im Auge. Evelyn wunderte es jedenfalls nicht, dass Karl lieber in einem der Salons las, anstatt seine Schwester zu empfangen.

Ollys Miene verdunkelte sich wieder. »Karl ist Karl, du kennst ihn doch.«

Sophie warf Evelyn einen kurzen Blick zu, als wäre sie unschlüssig, wie viel sie in ihrer Gegenwart sagen wollte, dann platzte sie heraus: »Du bist viel zu geduldig mit Karl, ich frage mich, womit er das verdient hat. Ach, warum wird von uns Frauen überhaupt erwartet, dass wir heiraten? Von wegen, die Hochzeit ist der schönste Tag im Leben! Ein großer Teil von mir ist an diesem Tag gestorben, das ist die Wahrheit!« Die letzten Worte spuckte sie wie etwas Verdorbenes aus.

Olly schaute ihre Schwägerin entsetzt an, und auch Evelyn war sprachlos ob der Heftigkeit in Sophies Worten. Die Königin lebte seit fast zehn Jahren von ihrem Mann getrennt, wie konnte sie nach all dieser Zeit noch so viel Hass für ihn empfinden?

»Schaut nicht so entgeistert«, sagte Sophie prompt. »Dass ich mich von diesem Scheusal getrennt habe, war die beste Entscheidung meines Lebens. Und wenn sich der Hof tausendmal das Maul zerreißt! Sollen sie hinter meinem Rücken doch klatschen, so viel sie wollen. Seit ich allein lebe, bin ich wenigstens wieder ein Mensch und nicht nur eine Sklavin. Wer weiß, vielleicht wäre das für dich auch der richtige Weg?«, sagte sie herausfordernd an Olly gerichtet.

»Mich von Karl trennen? Welchen Grund sollte ich dafür anführen? Nein, so etwas käme für mich nie in Frage.« Olly schüttelte heftig den Kopf.

»Warum? Weil du eine *Romanow* bist? Weil man das in *unseren Kreisen* nicht tut? Ich bin auch eine Romanow. Aber wenn es ums Überleben geht, traut man sich sehr viel, glaube mir.«

Für einen kurzen Moment sah es so aus, als würde Sophie trotz ihrer barschen Worte in Tränen ausbrechen. Evelyn widerstand nur mit Mühe der Versuchung, sie tröstend in den Arm zu nehmen.

Sie konnte nur ahnen, welchen Leidensweg Sophie an der Seite eines untreuen, grobschlächtigen und intellektuell nicht gerade reich beschenkten Ehemanns hatte ertragen müssen, bevor sie sich zur Trennung entschloss. Aber interessierte dies auch nur eine Menschenseele? In ihren Kreisen ging es nach wie vor nur darum, den Schein zu wahren. Die Kronprinzessin dachte ebenso. Einerseits bewunderte Evelyn sie für ihre Contenance, andererseits fragte sie sich in letzter Zeit immer öfter, wie lange Olly es noch an der Seite des lieblosen Gatten aushielt.

»Männer! Lassen wir das leidige Thema«, sagte Sophie nun und zeigte in Richtung Fenster.

»Ich kann mich einfach nicht sattsehen an eurem schönen Garten. Ein Paradies! Wera wird sicher nicht müde, sich zwischen all den Scherzbrunnen, Pavillons und geheimen Winkeln ständig neue Spiele auszudenken.«

Wie gekonnt Sophie das Thema wechselte! Evelyn atmete auf, als die Kronprinzessin darauf einging.

»Wo denkst du hin? Madame Trupow hält frische Luft für schädlich und Spielen für eine Todsünde.«

Sophie schüttelte missbilligend den Kopf. »Dass du die alte Hexe nicht schon längst vor die Tür gesetzt hast, verstehe ich wirklich nicht. Ihre Erziehungsmethoden sind schrecklich veraltet!«

»Kosty besteht darauf, dass ich sie behalte, ihm ist eine russische Gouvernante immens wichtig. Würde er sich nur anderweitig auch so für seine Tochter einsetzen«, antwortete Olly grimmig.

»Und wo ist die kleine Wilde nun? Es ist so still hier im Haus …« Fragend schaute sich Sophie um.

»Wera ist nebenan, Prinz Wily ist bei ihr. Karl hat ihn gebeten zu kommen. Er hat Wera Bücher von seinen deutschen Lieblingsdichtern geschenkt, und nun soll Wily ihr die Literatur ›von Kind zu Kind‹ nahebringen.« Olly sah irritiert aus. »Eine seltsame Idee, wenn ihr mich fragt. Dafür hat Wera doch ihren Deutschlehrer! Außerdem ist Wily nicht gerade als großer Bücherfreund bekannt.«

»Wirklich sehr seltsam, eine solche Idee kann nur von meinem Bruder kommen«, stellte auch Sophie fest. »Bei dem schönen Wetter sollten Kinder draußen spielen und toben und nicht in der Stube hocken.«

Evelyn und Olly tauschten einen Blick, sagten aber nichts. Es war über die Grenzen der Niederlande hinaus bekannt, dass Willem Alexander, der dreizehnjährige Sohn des Königspaars, in Bezug auf Unerzogenheit und Wildheit seinem inzwischen vierundzwanzigjährigen Bruder Willem Nicolaas in nichts nachstand. Anstatt sich auf künftige Königswürden vorzubereiten, trieb sich der Thronfolger ständig in der Pariser Halbwelt herum, wo ihm Kokotten, Tänzerinnen und halbseidene Schauspielerinnen willig Gesellschaft leisteten.

Wenn das die Auswirkungen einer »unverkrampften« Erziehung waren, hielt Evelyn Madame Trupows strenges Regiment für die bessere Wahl.

»Mit Kindern ist es wie mit jungen Hunden«, fuhr Sophie fort, die den Blick sehr wohl gesehen hatte und auch zu deuten wusste. »Sie brauchen Strenge *und* Auslauf. Nur das eine oder nur das andere funktioniert nicht.«

»Also wirklich, du kannst doch Wera nicht mit einem deiner englischen Setter vergleichen. Sie lebt schließlich nicht in einem Zwinger, sondern unter zivilisierten Menschen«, kam es vorwurfsvoll von Olly. »Madame Trupow hat schon recht, irgendwie muss es uns gelingen, Weras Wildheit zu zähmen. Und solange sie mit Wily zusammen Bücher liest, weiß ich wenigstens, wo sie ist. Oft genug entwischt sie nämlich Madame Trupow, rennt fort und ist dann stundenlang nicht auffindbar. Du glaubst nicht, wie oft wir schon nach ihr suchen mussten. Wenn ich wissen will, wo sie gewesen ist, zuckt sie nur mit den Schultern.«

»Ich bleibe dabei, auch ein Kind braucht gewisse Freiheiten.«

Ollys verzog das Gesicht. »Leider hat Wera, was die Freiheit angeht, höchst seltsame Ansichten. Stell dir vor, gestern hätte sie im Zeichenunterricht ein Blumenstillleben malen sollen, stattdessen hat sie den ganzen Papierbogen mit einer großen, lebensecht wirkenden Ratte gefüllt. Madame Trupow ist vor Schreck kreischend aus dem Raum gerannt.«

Sophie brach in schallendes Lachen aus, Olly stimmte vorsichtig ein. Evelyn hingegen runzelte die Stirn. Das Kind war und blieb ein Teufelsbraten, da gab es nichts schönzureden oder wegzulachen.

»Hier riecht es doch … irgendwie verbrannt, oder?« Die Nase rümpfend, schaute Olly sich um.

Auch Eve hatte den kokeligen Geruch bemerkt, konnte sich jedoch keinen Reim darauf machen. In den Wintermonaten, wenn ständig sämtliche Feuerstellen brannten, waren kleine Feuer mehr oder weniger an der Tagesordnung. Aber nun, mitten im Frühjahr?

Sie stand auf und trat ans Fenster. »Im Küchentrakt scheint alles normal zu sein, da ist kein Rauch zu sehen.«

»Aber warum sollte jemand in einem Salon Feuer gemacht haben? So kalt ist es doch nicht mehr …« Stirnrunzelnd ging Olly zur Tür, Evelyn und Sophie folgten ihr. Auf dem Gang war alles leise, doch aus einem der Salons zwei Türen weiter war lautes Gelächter zu hören.

»Da!« Eve zeigte auf den schmalen Spalt zwischen Tür und Boden. Die Röcke zusammengerafft, rannten alle drei Frauen los. Eve riss die Tür auf.

»Um Himmels willen!« Wie vom Donner gerührt blieb sie im Türrahmen stehen, eine Hand vor den Mund geschlagen.

Mit großen Schritten rannte Olly an ihr vorbei ins Zimmer, wo auf dem grünen Teppich eine riesige silberne Schale stand, in der Flammen fast einen Meter hoch loderten.

»Seid ihr des Wahnsinns?«, schrie sie Wera und Prinz Wily an, die vor der Feuerschüssel knieten. »Hört sofort auf damit!« Olly riss Wera das Buch, mit dessen Seiten sie das Feuer fütterte, aus der Hand.

Während Wily aussah, als wollte er für immer im nächsten Erdloch verschwinden, lachte Wera laut.

»Er hat's gewagt! Er hat's gewagt. Wily ist doch kein solcher Feigling, wie ich dachte.«

Inzwischen hatte sich auch Eve wieder gefasst. Das Feuer! Kein

Wasser, um es zu löschen. Also blieb ihr nichts anderes übrig, als ... Resolut wickelte sie sich je einen Rockzipfel um die Hand und trug die Feuerstelle mit ausgestreckten Armen auf die Veranda. Am ganzen Leib zitternd kam sie in den Raum zurück, wo Olly Wera gepackt hatte und schüttelte.

»Was hast du dir nur dabei gedacht? Das ganze Haus hätte abbrennen können!«, schrie sie hysterisch.

»Was habt ihr da eigentlich verbrannt?« Fragend schaute Sophie ihren Neffen Wily an.

»Hölderlin und Mörike. Und Schubart!«, kam es so leise, dass die Frauen den Jungen im ersten Moment gar nicht verstanden.

»Ihr habt *was*?«, rief Eve, der es als Erste dämmerte. »Sag, dass das nicht wahr ist.« Grimmig schaute sie auf das Buch in ihrer Hand. »Hölderlins gesammelte Werke«, zerfetzt.

»Was ist denn? Ich verstehe nicht ...« Hilflos schaute Sophie in die Runde.

»Die beiden kleinen Teufel haben die Gedichtbände verbrannt, die Prinz Karl Wera in der Hoffnung geschenkt hatte, sie möge darin ihre Liebe zu Württemberg finden.«

Olly schluchzte auf. Im nächsten Moment versetzte sie Wera eine Ohrfeige.

»Du schreckliches Kind!«, kreischte sie, dann klatschte ihre Hand ein zweites Mal auf Weras Wange. »Ab in dein Zimmer. Ich will dich nicht mehr sehen. Und du machst auch, dass du davonkommst«, herrschte sie Wily an, der sich das kein zweites Mal sagen ließ.

Evelyn war auf einmal ganz schwindelig vor Schreck. Dabei wusste sie nicht einmal, was sie mehr erschreckte: Weras unendlicher Vorrat an Lausbubenstreichen oder die Tatsache, dass Olly ihr Patenkind geschlagen hatte. Noch nie hatte sie erlebt, dass die Zarentochter derart ihre Contenance verlor.

In der schockierten Stille war plötzlich Sophies Kichern zu hören. Sowohl Eve als auch Olly warfen ihr einen ärgerlichen, verständnislosen Blick zu.

»Verzeiht mir, aber ... das Ganze ist wirklich zu komisch. Von wegen ›mit Büchern kann Wera nichts anstellen‹!«, sagte sie noch immer lachend. »Die Nichte des russischen Zaren verbrennt Hölderlin – wenn das nach außen dringt, habt ihr eine mittlere Staatskrise!«

*

Das Zimmer des Königs lag im Halbdunkel, links und rechts vom Kopfende des Bettes hatte Pauline riesige Bodenkerzen aufstellen lassen, deren flackerndes Licht gelbe Streifen auf das Gesicht des Kranken zeichnete. Er hatte seine Augen geschlossen, ein dünner Schweißfilm lag auf seinem Antlitz.

Rund um das Bett waren in einem Halbkreis Stühle aufgestellt worden, nur am Fußende war noch etwas Platz. Dort sollte der Pfarrer stehen, der gleich erwartet wurde.

Ob es hier beim Abendmahl auch so leckeres Weißbrot wie in Russland gab, fragte sich Wera, die mit den Beinen baumelnd zwischen Karl und Olly saß. Karls Geschwister Marie, Katharina und Sophie waren ebenfalls anwesend. Dazu Pauline und Wily, der aussah, als fühlte er sich gar nicht wohl in seiner Haut. Wera hingegen war sehr zufrieden damit, hier zu sein. Alles war besser, als unter Madame Trupows Aufsicht das Nadelkissen zu besticken, dessen Fertigstellung sich ewig hinzog. Wozu musste man den Stoff mit gelben Tulpen verzieren, wenn das Kissen später brutal von Nadeln durchstochen wurde? Für Wera war dies nur ein weiterer Beweis dafür, wie nutzlos die Lehrstunden der Trupow waren.

Margitta sah das anders. »Es ist doch gut, wenn du nähen lernst«, hatte die Freundin am Vortag gesagt. »Ich bin recht geschickt mit Nadel und Faden. Wenn ich einmal groß bin, werde ich mit meinen Näharbeiten viel Geld verdienen. Und dann kann Vater mir nichts mehr anhaben.«

»Ich muss aber kein Geld verdienen, und mit Nähen schon gar nicht«, hatte Wera gemurrt. Dass Margitta bereits genau wusste, was sie mit ihrem Leben vorhatte, ärgerte sie. Doch im nächsten Moment verflog die schlechte Laune wieder. Margitta sagte nämlich: »Wenn du magst, erledige ich die Stickarbeit für dich, Blumen und Ranken sind kein Problem für mich.« Dann biss sie in den Apfel, den Wera ihr mitgebracht hatte.

Glückselig hatte Wera die Freundin umarmt. Doch als sie vorhin das vermaledeite Kissen mit auf den Dachboden hatte schmuggeln wollen, war von Margitta keine Spur zu sehen gewesen. Dabei waren sie doch verabredet! Wera zog eine Grimasse. Verlass war auf Margitta weiß Gott nicht …

Wie seltsam die Erwachsenen Wilhelm anstarrten. Pauline hatte die Hände wie zum Gebet gefaltet und schaute engelsgleich drein. Dabei seufzte sie immer wieder tief auf.

Die Kerzen, das Halbdunkel, der Geruch von Weihrauch, der in der Luft hing – war Wilhelm etwa schon tot? Oje, hatte sie etwas verpasst? Aufgeregt beugte sich Wera nach vorn.

Just in dem Moment schlug Wilhelm die Augen auf und blinzelte Sophie an.

»Amalie? Warum … trägst du deine Haare so streng, du weißt doch, dass ich deine wilden Locken liebe –« Die nächsten Worte des Königs verschluckte sein Husten.

»Vater, ich bin's! Sophie, deine Tochter«, versuchte Sophie sowohl den Hustenanfall ihres Vaters als auch Paulines entsetztes Zischen zu übertönen.

Der König holte indessen einen zerknitterten Briefumschlag unter seiner Bettdecke hervor.

»Für dich, mein Liebling, deine monatliche Pension.«

»Aber Vater, ich bin's doch …«

Wera hörte dem Wortwechsel atemlos zu.

»Was hat das zu bedeuten?«, flüsterte sie Olly zu, bekam jedoch keine Antwort, da ihre Tante lieber angestrengt ihre Fingernägel begutachtete und derweil versuchte, das Zucken um ihren Mund unter Kontrolle zu bekommen. Und warum schaute Karl so verschämt zur Seite, das hier war doch hochinteressant! Ratlos und neugierig zugleich wanderte Weras Blick weiter. Oje, die Königin sah aus, als würde sie gleich vor Wut platzen, von engelhafter Miene keine Spur mehr.

»Das elende Bayernweib! Selbst in diesem Augenblick kann er nicht von der Teufelin lassen!«

Jetzt erst verstand Wera:

Wilhelm verwechselte die Tochter mit seiner Geliebten Amalie von Stubenrauch! Deshalb sah Pauline aus, als würde sie am liebsten vor Abscheu auf den Boden spucken. Wera kicherte und bekam von Karl einen Stoß in die Rippen.

»Meine liebe Sophie! Die Einzige, die mich noch besucht ...« Wilhelms Augen glitzerten.

»Aber Vater, wir sind doch auch da«, sagte Katharina und machte eine Handbewegung in Richtung ihrer Geschwister. »Und schau, dein Enkel Wily.«

Knurrend winkte Wilhelm ab.

»Wie geht's meiner holländischen Königin?«, fragte er Sophie. Während Tochter und Vater zärtliche Worte austauschten, saßen die anderen wie begossene Pudel daneben. Wie aufschlussreich – Sophie war also Wilhelms Lieblingstochter. Wera betrachtete Karls Halbschwester mit neuem Interesse.

Irgendwann begann Wilhelms unsteter Blick durch die Runde zu wandern. »Die Wera – bisch du au gekommen ...«

Wera war immer sehr beeindruckt, wenn der König Dialekt sprach. So beeindruckt, dass sie heimlich die Mundart geübt hatte. Nun sagte sie in breitestem Schwäbisch:

»Grüß Gott, Herr König, i bin au da!«

Wilhelms Lachen war nur von kurzer Dauer.

»Und da sitzt mein nichtsnutziger Herr Sohn. Dass du dich hier herumdrückst, anstatt dich um die Belange des Landes zu kümmern, hätte ich mir denken können. Und die Russin, vornehm wie immer.« Unwirsch fuchtelte er mit seiner rechten Hand in Ollys Richtung. »Nichtsnutze – alle miteinander!«

Wera gefiel es, wenn der König so frech war. Was ihr jedoch gar nicht gefiel, war, dass sich Olly und Karl nicht wehrten. *Sie* hätte solche Beschimpfungen nicht geschluckt!

»Vater, du bist ungerecht«, wies hingegen Sophie ihn zurück. »Wie soll sich Karl um die Belange des Landes kümmern, wo du ihm ständig Steine in den Weg legst? Noch eine solche Bemerkung, und ich gehe.«

Ein Räuspern am Fußende des Bettes ließ alle aufschauen.

»Vielleicht sollten wir mit dem Abendmahl beginnen? Lasst uns alle um Vergebung beten. Lasst uns Dank sagen und Gott preisen, damit er das Geschenk der Versöhnung in dieses Haus bringt.«

Pauline blickte den Pfarrer erleichtert an. »Gott preisen, jawohl. Und auf seine selig machende Gnade hoffen.«

Wera konnte ein neues Kichern nicht unterdrücken. Die Königin tat wieder sehr beseelt. Wenn nur endlich der Pfarrer Brot und Wein auspacken würde!

»Nichts da. An meinem Bette gibt es kein Abendmahl«, würgte der König zwischen Hustern hervor. »Den Gefallen zu sterben tu ich euch noch lange nicht! Und eine Pietistenkomödie führe ich hier auch nicht auf. Und was dich betrifft ...«, herrschte er Pauline an. »Deine ewigen Zischlaute kann ich schon lange nicht mehr hören. Wehe, mir kommt noch ein einziger Satz zu Ohren, in dem ein S, Sch oder Z vorkommt!«

Wera lachte lauthals los. »Dann werden wir fortan Wort für Wort recht mühevoll wählen«, sagte sie in das schockierte Schweigen der anderen hinein. Ihre Brust blähte sich voller Stolz.

»Habt ihr's gemerkt? Ich habe kein einziges S, Sch oder Z verwendet!«

Der Pfarrer packte Brot und Wein wieder ein. Der völlig aufgelösten Pauline versprach er, eine Predigt zu entwerfen, die den Wünschen des Königs entsprach.

Am nächsten Morgen hatte Olly Migräne. Karl verzog sich sofort nach dem Frühstück mit seinem Adjutanten auf einen seiner Spaziergänge, Evelyn hatte Dringendes zu erledigen.

Bevor ihr die bedrückte Stimmung in der Villa aufs Gemüt schlagen konnte, entführte Sophie Wera kurzerhand aus dem Deutschunterricht. Madame Trupows heftige Einwände ignorierte sie einfach. Ein Ausflug war genau das, was sie beide jetzt nötig brauchten!

»Warum lässt sich Karl vom König alles gefallen? Er ist so ein Feigling«, sagte Wera, während sie und Sophie in einer Kutsche saßen und gen Ludwigsburg fuhren. Sie konnte ihr Glück immer noch nicht fassen. Die Königin von Holland machte einen Ausflug mit ihr!

»Um sich zu wehren, muss man Mut haben, mein liebes Kind. Du und ich – wir haben beide Romanow-Blut. Wir lassen uns nichts gefallen. Meine Mutter war auch eine Zarentochter. Sie war übrigens die Schwester deines verstorbenen Großvaters Nikolaus, wusstest du das?«

Wera verneinte. Wen interessierten die verwirrenden Verwandtschaftsbeziehungen? Aber dass jemand sie »liebes Kind« nannte, wärmte ihr Herz.

»In Tante Ollys Adern fließt doch auch Romanow-Blut. Und trotzdem erduldet sie immer alles ganz brav.«

Sophie hob die Brauen. »Und was war gestern, als sie dir eine Ohrfeige verpasst hat? Olly ist nicht duldsam, sie ist lediglich klug genug, um zu wissen, wo sich Widerstand lohnt. Scheinbar ist sie der Ansicht, dass bei meinem Vater Hopfen und Malz verloren ist.«

10. KAPITEL

Als die Familie am nächsten Morgen beim Frühstück saß, fehlten sowohl Sophie als auch Wera – sie waren spazieren.

Um die verärgerte Gouvernante, die nicht um Erlaubnis gefragt worden war, versöhnlich zu stimmen, lud Olly sie zu sich an die Frühstückstafel ein, wo sie sich nun an Karls Lieblingskäse gütlich tat.

»Da frage ich Wera Woche für Woche, ob sie mit mir spazieren gehen will, und bekomme nur Abfuhren. Sophie hingegen muss nur einmal mit dem Finger schnippen, und schon folgt Wera ihr willig«, sagte Karl und beobachtete mit säuerlicher Miene, wie die Trupow ein weiteres Stück des kräftig duftenden Käses auf ihren Teller hievte.

Wäre Wera anwesend, hätte er bestimmt auch etwas an ihr auszusetzen gehabt! Olly seufzte.

»Aber hast du gesehen, wie glücklich die Kleine wirkte, als sie mit Sophie aufgebrochen ist? Deine Schwester hat ein gutes Händchen für Kinder ...«

»Ein gutes Händchen? Meiner Ansicht nach verzieht sie die Göre unnötig. Wenn ich nur an gestern denke ... Die schönen Bücher, wertvolle Erstausgaben, ledergebundene teure Exemplare – ein Haufen Asche. Dafür hätte sie eine Woche Stubenarrest verdient, stattdessen unternimmt Sophie Ausflüge und Spaziergänge mit ihr. Ich sage dir, was Wera angeht, ist bald alles zu spät!«

»Aber sie hat sich doch entschuldigt und –«

»Für solch barbarisches Tun gibt es keine Entschuldigung!«, schnitt Karl Olly barsch das Wort ab. »Ich lasse mir nicht auch noch von einem Kind auf dem Kopf herumtanzen. Wera macht uns allerorts zum Gespött, falls du das nicht gemerkt hast. Wenn's nach mir ginge, würde ich sie lieber heute als morgen zurück nach Petersburg schicken. Soll sich dein lieber Bruder doch selbst mit seinem Kind herumärgern.« Er schüttelte den Kopf.

»Dann verbanne Wily auch gleich nach Russland, er hat schließlich die Dummheit mitgemacht. Zumindest er mit seinen sechzehn Jahren hätte es besser wissen müssen!«

Bevor der Streit der Eheleute ausartete, räusperte sich Evelyn und sagte: »Vielleicht sieht die Königin diesen Spaziergang nicht als Belohnung, sondern als eine Art Erziehungsmethode? Wissen Sie, was mir seit gestern nicht mehr aus dem Kopf geht? Immer wenn jemand mit Wera spazieren geht, ist sie danach zufrieden und ausgeglichen. Womöglich ist Bewegung doch besser für das Kind als das ewige Stillsitzen?«

»Aber Stillsitzen ist für junge Damen das Normalste der Welt«, sagte Olly irritiert. »Ich weiß nicht, worauf du hinauswillst.«

»Ich finde den Gedanken auch sehr befremdlich«, bestätigte Karl. »Niemand hat freiwillig den Wunsch, sich zu bewegen. Wir sind doch keine Bauern.«

»Was ein Kind *will*, ist sowieso von nachrangiger Natur«, warf Madame Trupow ein und schenkte Karl dabei einen beifälligen Blick. »Wir alle wünschen uns von Wera damenhaftes Verhalten. Sticken soll das Kind lernen. Und musizieren und erbauliche Literatur lesen.«

Stirnrunzelnd schaute Olly ihre Tischnachbarn an.

»Ich gebe Ihnen gern recht, Madame Trupow. Aber vielleicht muss Wera zwischen all diesen Pflichten auch einmal toben dürfen?«

Die Trupow schnaubte. »Wie stellen Sie sich das vor? Soll ich zukünftig Wera allmorgendlich vor dem Unterricht zuerst den Berg hinab- und wieder hinaufscheuchen? Soll ich Gewaltmärsche mit dem Kind machen, bis es müde genug ist, um freiwillig still zu sitzen?«

Karl schaute die drei Frauen voller Abscheu an. »Was für eine unsägliche Diskussion! Mir ist es völlig gleich, ob ihr Wera wie einen Soldaten marschieren lasst, ob ihr sie in den Kohlenkeller sperrt oder mit Schlägen züchtigt. Noch ein Vorfall wie der gestrige, und sie kann gehen.«

Wie auf ein geheimes Stichwort hin tauschten Olly und Evelyn einen Blick. Auf ihren Mienen zeichnete sich ein feines Lächeln ab.

»Wie ein Soldat marschieren ...«, sagte Evelyn.

»Gewaltmärsche.« Olly ließ sich das Wort wie ein Stück Konfekt auf der Zunge zergehen. »Davon wird man sicher ruhig und müde ...«

»Das könnte eine Möglichkeit sein«, flüsterte Evelyn.

Olly nickte.

Der junge Unteroffizier stand stirnrunzelnd vor Ollys Schreibtisch.

»Ich soll mit Großfürstin Wera wandern gehen. In den Weinbergen rund um Stuttgart.«

Olly nickte eilfertig. »Ich möchte herausfinden, ob an der Theorie, dass meinem Patenkind Bewegung fehlt, etwas dran ist.«

Falls der blonde, fast zwei Meter große Mann den Vorschlag der Kronprinzessin für abwegig hielt, so zeigte sich nichts davon in seiner Miene. Mit einer Grazilität, die man bei einem Hünen wie ihm nicht erwartet hätte, ließ er sich auf dem Stuhl, den Olly ihm anbot, nieder.

»Und Eure Hoheit spricht tatsächlich von einer Wanderung, nicht nur von einem Spaziergang?«

Olly wechselte einen unsicheren Blick mit Cäsar Graf von Beroldingen, ihrem Stallmeister. Er hatte ihr den jungen Unteroffizier empfohlen. Der zweiundzwanzigjährige Lutz von Basten, dessen Ulanenregiment in Weil bei Stuttgart ansässig war, war selbst mit sieben Geschwistern aufgewachsen. Er und drei seiner Brüder waren leidenschaftliche Wanderburschen, die zwischen den Weinbergen Stuttgarts und der Schwäbischen Alb wohl jeden Weg in- und auswendig kannten. Sogar den Bodensee hatten Lutz und sein Bruder Markus schon umrundet. Inzwischen trugen sie sich mit dem Gedanken, einen Wanderverein für Gleichgesinnte zu gründen.

Ein Wanderverein und sieben Geschwister – das sei ja alles schön und gut, hatte Olly dem Grafen erwidert. Aber reichten diese Attribute aus, um dem jungen Mann ihre Wera anzuvertrauen?

Dem Mann würde er jederzeit auch seine eigenen Neffen und Nichten anvertrauen, hatte Cäsar von Beroldingen Olly versichert.

»Ein Spaziergang, eine Wanderung – so groß kann der Unterschied nicht sein, oder? Hauptsache, Wera kommt an die frische Luft und ist dabei unter Aufsicht«, sagte sie lächelnd, während sie den jungen Unteroffizier weiter in Augenschein nahm. Wieder einmal hatte sich gezeigt, dass sie der Einschätzung ihres Stallmeisters vertrauen konnte, dachte sie zufrieden. Auch ihr erschien Lutz von Basten mit seinen lapislazuliblauen Augen, dem exakten Scheitel und den Grübchen auf beiden Wangen als vertrauenswürdig. Sein Blick war warm, dennoch fest und hatte nichts Verschlagenes. Der junge Mann wirkte anständig und souverän zugleich, er hatte aber auch eine Spur Weichheit an sich – etwas, was Olly nicht nur an ihrem Karl sehr schätzte.

»Und ob es Unterschiede gibt! Für eine Wanderung würde Ihr Patenkind ordentliche Schuhe benötigen, Wanderstiefel wären noch besser. Eine Wanderung geht über Stock und Stein, man marschiert dabei Berge hinauf und wieder hinab. Eine Wanderung zieht sich über Stunden hin, ja sie kann sogar einen ganzen Tag dauern. Ein Spaziergang im Park hingegen dauert höchstens eine Stunde. Spazieren gehen kann jeder Greis.« Der verächtliche Unterton in seiner Stimme war nicht zu überhören. »Wandern wiederum ist nur etwas für körperlich tüchtige Menschen. Dafür bedarf es einer guten Gesundheit, Ausdauer …« Mit großer Ernsthaftigkeit fuhr der junge Mann fort, Wandertugenden aufzuzählen.

Halt! Aufhören!, hätte Olly am liebsten gerufen. Das ist alles völlig übertrieben. Wera ist ein Kind, ein Mädchen noch dazu.

Stattdessen sagte sie, als der Mann mit seiner imposanten Litanei zu Ende war: »Genau das schwebt mir für Wera vor. Ich werde für Sie beide eine Brotzeit einpacken lassen, so nennt man die Wegzehrung bei einer Wanderung doch, oder?« Sie schluckte tapfer. Niemand sollte ihr nachsagen können, sie hätte nicht alles Menschenmögliche für Wera versucht.

*

»Schon wieder Treppen?« Wera schnaubte unwillig. »Allmählich habe ich das Gefühl, Stuttgart besteht aus nichts anderem.«

Lutz von Basten lachte. »Ihr Gefühl trügt Sie nicht. Stäffele gibt's in Stuttgart wirklich mehr als genug. Das liegt daran, dass die Stadt unten im Kessel liegt. Ich warne Sie besser schon jetzt, Großfürstin – wir wollen bis nach ganz oben!« Er zeigte auf einen hohen, im Schatten liegenden Berg vor ihnen. »Falls Sie das Gefühl haben, dieser Steigung nicht gewachsen zu sein, sagen Sie es besser gleich. Als meine Brüder in Ihrem Alter waren, waren sie durchaus fähig, solche Anstrengungen zu meistern, aber ob Sie …« Mit einem skeptischen Schulterzucken ließ er den Satz ausklingen. »Vielleicht sind Sie für eine Wanderung doch noch zu klein?«

Zu klein – das hatte sie sich in St. Petersburg von ihrem Bruder Nikolai und Olgata auch immer anhören müssen!

»Oh, keinesfalls«, beeilte sich Wera zu sagen und nahm zwei Stufen auf einmal. Mit der Hand schob sie den Rucksack zurecht, in dem Eugen von Montenegro mit angezogenen Beinen saß. Die Lederriemen des Rucksacks drückten auf ihren Schultern, der Rock und die dazu passende Strickjacke aus grobem Wollstoff – von Frau Öchsele speziell für ihre Wanderung ausgesucht – juckten fürchterlich. Durst hatte sie auch. Aber Wera hütete sich, einen Ton zu sagen.

Eine Wanderung! Ein Ausflug! Mit einem jungen Unteroffizier, der eine richtige Uniform trug, so wie ihr Papa. Noch immer konnte sie ihr Glück nicht fassen, das sie mir nichts, dir nichts aus den Fängen der Trupow befreit und auf Stuttgarts Straßen – oder besser gesagt Stäffele – katapultiert hatte.

Der Weg führte sie treppauf, dann ein Stück über Kopfsteinpflaster, immer vorbei an idyllischen Bürgerhäusern, herrschaftlichen Villen und kleinen Hanggärten, die von Trockenmauern gehalten wurden. Überall schwirrten Schmetterlinge herum. Einmal sah Wera eine kleine Eidechse, doch als sie nach ihr fassen wollte, verschwand sie flugs in einer Mauerritze.

Lutz von Basten lachte. »Die fangen Sie nie! Der Weg, den wir gerade nehmen, heißt übrigens Schimmelhüttenweg. Stellen Sie sich vor, es gibt ihn schon seit über drei Jahrhunderten. In früheren Zeiten war dies ein wichtiger Fahrweg, daher nehme ich an, dass sein Name von den weißen Pferden, also den Schimmeln herrührt. Heute wird er allerdings nur noch von Schusters Rappen benutzt, für die Fuhrleute gibt es besser ausgebaute Straßen.«

Ein dreihundert Jahre alter Weg – und sie durfte darauf laufen! Wera ging in die Hocke und versuchte, mit ihrer Hand einen der Kopfsteine abzudecken. Wie blankgewetzt er war durch Abertausende von Fußtritten. Wer mochte schon alles über diese Steine gegangen sein? Welche Last trugen die Leute dabei auf dem Rücken? Als sie weitermarschierten, kam sich Wera vor wie die Pilger, von denen in der Bibel immer wieder die Rede war.

Irgendwann lichteten sich die Häuser, und immer mehr Weinstöcke säumten ihren Weg. In einer Kurve nach einem besonders steilen Wegstück blieb Lutz von Basten stehen. »Darf ich vorstellen – unser schönes Stuttgart!«

Fast ehrfurchtsvoll schaute Wera auf die Stadt, die eingebettet wie die Perle in einer Muschel unter ihnen lag. In der Mitte war groß das Schloss zu sehen, und davor der Schlossplatz. Und lag dort hinten nicht der Rosensteinpark, in dem Evelyn und sie einst spazieren gegangen waren? Und da – die Villa Berg!

»So schön habe ich Stuttgart bisher gar nicht empfunden«, gab Wera leise zu. Ollys Zuhause besaß zwar nicht so viele Kanäle und Flüsse wie St. Petersburg, auf seine Art war es aber auch sehr hübsch.

Lutz von Basten lachte. »Ja, manchmal muss man erst einen Schritt zurücktreten, etwas Abstand haben sozusagen, um die

Schönheit von etwas zu erkennen. Wenn Sie einverstanden sind, führe ich Sie in die Degerlocher Weinberge. Ich kenne ein lauschiges Plätzchen, das wunderbar für eine Brotzeit geeignet wäre.«

Weras Augen glänzten. Eine »Brotzeit« – wie urtümlich sich das anhörte! Dabei würde sie das Essen in die Hände nehmen dürfen, Messer und Gabel wären unnötig, hatte Frau Öchsele ihr am Morgen erklärt. Sie konnte es kaum erwarten, endlich auch einmal mit den Händen zu essen, so, wie Margitta es immer tat, wenn sie ihr etwas brachte. Dennoch sagte sie:

»Von mir aus können wir gern ein Stück weiterlaufen, ich bin noch gar nicht müde.«

Der Unteroffizier warf ihr einen anerkennenden Blick zu.

»Mir scheint, Sie sind aus kräftigem Holz geschnitzt. Nun wundert es mich nicht mehr, dass unsere hochverehrte Kronprinzessin Ihnen eine Wanderung ohne weiteres zutraute. Wenn Sie mögen, marschieren wir noch eine Schleife weiter. Aber ich warne Sie, von nun an geht's über Stock und Stein. Andererseits …« Lutz von Basten grinste. »So geschwind, wie Sie die unebenen Stäffele genommen haben, sind Sie anscheinend gut zu Fuß.«

Wera glaubte vor Stolz und Glückseligkeit zu platzen.

Sie waren ein paar hundert Meter gelaufen, als Lutz von Basten erneut stehen blieb. »Sehen Sie das gelbe viereckige Gebäude hinter der Platanenallee? Das ist das Gymnasium, das Gustav Schwab einst besucht hat.«

Wera nickte, als sei ihr völlig klar, von wem ihr Begleiter sprach. Ein Freund vielleicht, dachte sie.

»Sagen Sie bloß, Sie haben noch nie von diesem berühmten Heimatdichter gehört?«, sagte der junge Unteroffizier, der ihren skeptischen Blick zu deuten wusste. »Wie lange, sagten Sie, sind Sie schon in Württemberg?«

»Was ist denn so Besonderes an diesem Gustav Schwab, dass man ihn unbedingt kennen muss?«, fragte sie, während sie über eine ausgetrocknete Pfütze sprang.

»Nun, zum einen war er auch ein begeisterter Wanderer, allein das macht ihn schon bemerkenswert. Er hat viele wunderbare Gedichte über seine Wandererlebnisse geschrieben. Naturbeobachtungen, Momente der inneren Einkehr, Begegnungen mit Menschen.« Lutz von Basten schob Weras Rucksack, der auf ihre rechte Seite verrutscht war, wieder zurecht. »Zum anderen hat Gustav Schwab viele griechische und römische Sagen ins Deutsche übersetzt. Als Kind konnte ich von seinen spannenden Geschichten nicht genug bekommen.«

Wera seufzte. Anscheinend gab es vor Büchern in ihrem Leben kein Entrinnen. Nicht genug, dass Margitta immer nur lesen wollte. Nun entpuppte sich auch noch Lutz von Basten als Bücherliebhaber. Wie begeistert er davon sprach – womöglich verpasste sie doch etwas? Sie räusperte sich.

»Die Bücher, von diesem Gustav Schwab, ob Sie mir davon mal eins ausleihen könnten?«

Lutz nickte. »Natürlich. Wenn Sie mir versprechen, es mir heil und wohlbehalten wieder zurückzugeben.«

Wera, die daran denken musste, wie Wily und sie aus den Gedichtbänden, die Karl ihr geschenkt hatte, ein loderndes Lagerfeuer gemacht hatten, bejahte dies überschwänglich.

»Das längliche Gebäude dort unten rechts ist übrigens die Stadtbücherei, sehen Sie sie? Und das dreieckige Gebäude gleich hinter dem Karlsplatz ist das Waisenhaus. Wenn ich mich nicht täusche, steht Ihre Tante, unsere verehrte Kronprinzessin, diesem Haus vor.«

Weras Blick verdüsterte sich. Noch so ein Heim, in dem Kinder ein armseliges Leben ohne ihre Eltern fristen mussten. Davon wollte sie nichts wissen. Und sie wollte ihre Tante auch nicht mehr in solche Häuser begleiten, ihr hatte das eine Mal gereicht! Sie tippte dem Unteroffizier, der immer noch versonnen auf die Stadt starrte, auf den Ärmel.

»Gehen wir weiter oder schlagen wir hier Wurzeln?«

Noch nie hatte ein Stück Brot so köstlich geschmeckt, noch nie war ein Apfel so saftig gewesen. Als Lutz von Basten Wera sein

Taschenmesser lieh, damit sie den Apfel in Schnitze teilen konnte, griff sie mit zittrigen Fingern danach. Ein echtes Taschenmesser, wie Nikolai eins besaß! Doch schon im nächsten Moment nahm Lutz es ihr wieder ab.

»Halt! Sie schneiden ja außer dem Kerngehäuse den halben Apfel weg. So müssen Sie das machen …«

Mit großen Augen schaute Wera ihm zu.

»Jetzt Sie.« Er reichte ihr das Messer erneut.

Und Wera, der bei Tisch ständig Messer oder Gabel aus der Hand fielen, Wera, die Mühe hatte, eine Schale Kompott zu essen, ohne dabei Erdbeerbäche und Blaubeerseen entstehen zu lassen, teilte den zweiten Apfel in perfekte Schnitze. Das Kerngehäuse legte sie fein säuberlich daneben.

»Die Birne auch?«

Der junge Unteroffizier nickte. »Wir futtern jetzt alles weg, was die königliche Hofküche uns eingepackt hat, es wäre ja schade um die guten Sachen. Übrigens, wenn Sie mögen, dürfen Sie mich Lutz nennen.«

Wera blinzelte. »Und ich bin die Wera«, hauchte sie. Wenn sie das Sophie nach Holland schrieb!

Feierlich gaben sie sich die Hand.

»Aber das bleibt unter uns, nicht wahr?«, sagte der Ulanenunteroffizier. »Ich will keinen Ärger mit der Kronprinzessin oder sonst jemandem, nur weil ich dir das Du erlaube. Aber Wanderbrüder siezen sich nun mal nicht.«

Wera konnte sich nicht erinnern, wann sie das letzte Mal so glücklich gewesen war. Die Klinke fast noch in der Hand, fiel sie ihrer Tante um den Hals, und die Erlebnisse des Tages sprudelten aus ihr heraus.

»Ach Tante Olly, euer Württemberg ist wirklich wunderschön!«, endete sie ihren enthusiastischen Bericht. »Kein Wunder, dass die Heimatdichter nicht müde werden, darüber Geschichten und Gedichte zu schreiben.«

»Die Heimatdichter?« Olly wirkte irritiert.

»Ich rede von Gustav Schwab«, sagte Wera in leicht ungeduldigem Ton. »Er war begeisterter Wanderer.«

»Wirklich? Dein Onkel hat Gustav Schwabs vollständige Werke in seiner Bibliothek.«

Wera strahlte. »Umso besser, dann muss ich mir die Bücher nicht von Lutz, äh, Herrn von Basten ausleihen.« Sie konnte das Gähnen gerade noch hinter ihrer Hand verstecken.

Beim Abendessen saß Wera gesittet am Tisch, ohne auch nur einmal mit dem Stuhl zu ruckeln. Sie löffelte ihre Suppe, aß den Fisch und beteiligte sich am Tischgespräch, alles ebenfalls gesittet und manierlich. Für andere Aktivitäten war sie schlicht zu müde.

Evelyn und Olly schauten sich triumphierend an. War es also doch richtig gewesen, Sophies Anregung aufzugreifen! Selbst Karl, der noch immer einen Groll gegen Wera hegte, musste zugeben, dass sie wie ausgewechselt war. Ein Eindruck, den auch Madame Trupow am nächsten Tag zähneknirschend bestätigte. Wera habe ihr mitgeteilt, dass sie am Vorabend noch ein paar von Gustav Schwabs Gedichten gelesen habe. Diese hätten ihr so gut gefallen, dass sie nun in Erwägung ziehe, selbst auch einmal zur Feder zu greifen. »Die Eidechse« sollte ihr erstes Gedicht heißen. Von Madame Trupow wollte sie lediglich wissen, wie man das »Dichten« anstelle, woraufhin die Gouvernante Wera an ihren Deutschlehrer verwiesen hatte. Dass der Wildfang dichten wollte, war Madame Trupow – wie die ganze Angelegenheit – äußerst suspekt, dennoch blieb ihr nichts anderes übrig, als sich den Wünschen ihrer Arbeitgeber zu beugen, so wie sie es schon immer getan hatte.

Von dem Tag an war es beschlossene Sache: Lutz von Basten wurde ein- bis zweimal wöchentlich von seinen Regimentspflichten freigestellt, um mit Wera wandern zu gehen.

11. KAPITEL

Missmutig schaute Helene Trupow aus dem Fenster. Regen, nichts als Regen. Und das seit Tagen schon. In kleinen Rinnsalen troff er die beschlagenen Fensterscheiben hinab, in großen Tropfen klatschte er aufs Dach, unaufhörlich rann er glucksend durch die Dachrinnen, die in Stuttgart nicht wie in St. Petersburg auf den Gehsteigen endeten und Fußgänger nass spritzten. In Stuttgart wurde das Regenwasser entweder in Eimern gesammelt oder direkt in die Kanalisation geführt.

Als ob das die Sache besser machte, dachte die Gouvernante mürrisch und schaute sich in der Düsternis ihrer Wohnung um. Wie gern wäre sie jetzt in St. Petersburg, wo in diesen Junitagen die Zeit der weißen Nächte begann! Wo die Tage von goldenem Sonnenlicht bestrahlt wurden, wo die Nächte hell waren und silbriges Licht die Stadt verzauberte. Und dann die vielen Feste, die es überall gab! Man feierte das Leben und sich selbst.

Auch in Stuttgart wurde viel gefeiert, das hatte Helene inzwischen mitbekommen. Vor allem in der Villa Berg jagte eine Veranstaltung die nächste: Gartenfeste, kleine Kostümfeiern, große Diners, Musikabende und mehr. Die Kronprinzessin war eine versierte Gastgeberin, der kein Aufwand zu groß erschien, um ihre Gäste zu verwöhnen. Dementsprechend gern kamen die Menschen zu ihr.

Was heute wohl gefeiert wurde? Fünf Tage Regenwetter? Mit

einer Spur Neid betrachtete Helene Trupow von ihrem Fenster aus die buntgemischte Gruppe aus Aristokraten, Künstlern, Unternehmern und Gott weiß wem noch, die nach und nach in Kutschen oder sogar zu Fuß vor der Villa eintrafen. Jung und Alt kam zusammen, alle vereinte die frohe Stimmung, die durch den Park und die Villa wehte, als herrschte eitel Sonnenschein. Sie, Helene, hätte auch gern mitgefeiert. Ein Glas Sekt oder zwei, ein bisschen parlieren und schäkern ... Sie wäre zufrieden gewesen, einen Platz am Rande des Saales einzunehmen, am hinteren Ausgang zur Küche, dort, wo es zog und die Diener ständig an einem vorbeiwuselten. Zur Not hätte sie es sogar in Kauf genommen, Wera an ihrem Tisch zu beaufsichtigen. Aber das Kind war wie sie an diesen Abenden nicht erwünscht.

Das Kind ... Helenes Miene verfinsterte sich noch mehr. Weras Disziplinierung lief keineswegs so ab, wie sie es sich vorgestellt hatte. Aber war es denn ein Wunder? Statt dass man ihr vertraute, wurde ihr Zögling regelmäßig in die Obhut eines Unteroffiziers gegeben. Ein Unteroffizier ... Wenn sie das Weras Eltern schrieb – Großfürst Konstantin wäre entsetzt!

Abrupt wandte sich Helene vom Fenster ab. Welchen Illusionen gab sie sich bloß hin. Als ob sich Weras Eltern auch nur einen Deut für ihre Tochter interessierten. Das Kronprinzenpaar, Weras Eltern, Olgas rechte Hand Evelyn von Massenbach – *niemand* scherte sich um das Mädchen! Alle waren froh, die Hauptarbeit auf sie, Helene Trupow, abwälzen zu können. Erst gestern wieder hatte Helene die Kronprinzessin darauf angesprochen, dass sich Wera oft heimlich davonstahl und dann stundenlang unauffindbar war. Aber hatte das auch nur eine Menschenseele interessiert?

»Das Kind wird wohl im Park spielen«, hatte Olga leichthin abgewinkt. »Seien Sie doch um Himmels willen nicht so streng mit ihr.«

Von wegen streng! Helene schnaubte. Wenn sie so weitermachte, würde ihr mühsam errungener Ruf als beste Gouvernante aller Zeiten bald ruiniert sein. Vorhin, als sie Wera in ihrem Zimmer hatte besuchen wollen, fand sie wieder einmal nur ein leeres Bett vor. Von der russischen Großfürstin keine Spur.

Vom Eingangsbereich her erklang hysterisches Lachen – die Herrschaften schienen sich wieder einmal bestens zu amüsieren. Und wenn schon, dachte Helene bei sich. Eigentlich hatte sie gar keine Zeit, Olgas Fest zu besuchen. Viel zu lange hatte sie die Zügel schleifen lassen, nun war es höchste Zeit, neue Saiten anzuschlagen. Sie band sich ein Kopftuch um, dann machte sie sich auf den Weg, um ihren herumstreunenden Zögling zu suchen.

*

»Dass du einmal freiwillig deine Nase in ein Buch stecken würdest, hätte ich nicht gedacht. Was liest du da?«, sagte Margitta, als Wera mit einem Buch unter dem Arm auf dem Dachboden erschien.

Wera grinste. »Brauchst nicht zu glauben, dass alle Bücher dieser Welt nur für dich da sind. Eigentlich wollte ich einfach nur mal schauen, was am Lesen so großartig sein soll. Aber inzwischen verstehe ich, was ihr, du und Lutz, daran findet – man taucht in eine ganz andere Welt ein.«

»Und kann die Welt um einen herum vergessen«, fügte Margitta hinzu.

Obwohl es in der Villa Berg viele Schlupfwinkel als Treffpunkt für die Mädchen gegeben hätte – die Pavillons im Garten, die Vorratslager und Gerätehäuser hinter dem Hauptgebäude –, hatten sie sich instinktiv wieder eine kleine Kammer unterm Dach für ihre heimlichen Zusammenkünfte ausgesucht. Eine karierte Decke, ein paar abgebrannte Kerzen, eine Flasche mit Beerensaft, der so süß war, dass man nur einen kleinen Schluck davon trinken konnte, eine Dose, in der man Kekse mäusesicher aufbewahrte – wann immer es ihr gelang, schleppte Wera etwas nach oben, um die Kammer gemütlicher zu gestalten. Auch Bücher für Margitta brachte sie regelmäßig mit. Und Essen. Das vor allem.

Fröhlich zog sie nun ein Porzellanschälchen aus ihrer Rocktasche. Obwohl sie vorsichtig zu Werke ging, blieb ein Teil des Inhalts – eine sahnige Zitronencreme – an ihrem Rock hängen.

»Essen, Gott sei Dank! Ich habe solchen Hunger …« Noch während sie sprach, tauchte Margitta ihren rechten Zeigefinger in die Creme. »Hast du noch mehr dabei?«

Wera holte zwei Scheiben Brot und etwas Käse aus der anderen Rocktasche. Margitta hätte ruhig sagen können, dass die Creme köstlich schmeckte, immerhin war es ein ziemlicher Aufwand gewesen, sie unbemerkt aus dem Speisesaal zu schmuggeln.

»Das sind übrigens Gedichte von einem Herrn Mörike. Er schreibt sehr schön. Über die Natur und Gott und so«, sagte Wera jetzt als Antwort auf Margittas Frage. »Aber weißt du was? Beim Lesen kam mir der Gedanke, dass ich das auch hinbekommen könnte. Also hab ich's einfach versucht!« Schwungvoll zog sie einen Bogen Papier aus dem Buch.

Margitta leckte weiter Zitronencreme von ihrem Finger.

»Willst du mein Gedicht nun hören oder nicht?« Wera versuchte, wegen Margittas Unaufmerksamkeit ärgerlich zu klingen, aber es gelang ihr nicht – sie brannte so sehr darauf, ihr Gedicht zum Besten zu geben. Also holte sie tief Luft und begann: »Es heißt *Frühlingslied* …

Klingt und tönet, Frühlingslieder,
Hell und fröhlich durch den Wald,
Wo der bunten Vögelscharen
Stimme frisch und klar erschallt.

Frisch und luftig, wie das Frühjahr,
Mög' es dringen durch das Grün
Und von Ast zu Ast sich schwingend
Hoch empor zum Himmel zieh'n.

Na, was sagst du dazu?« Halb euphorisch, halb unsicher schaute Wera von dem Blatt Papier auf und in Margittas erstauntes Gesicht.

»Du nimmst mich auf den Arm, oder? Diese Zeilen stammen doch nie und nimmer von dir, bestimmt hast du sie aus einem der vielen Bücher deines Onkels abgeschrieben.«

Ein weiches, warmes Gefühl, wie sie es noch nie erlebt hatte, erfüllte die Gegend um Weras Herz. War es Stolz? War es Freude über das ausgesprochene Lob? Feierlich legte sie die rechte Hand auf ihre Brust und sagte:

»Ich schwöre dir, dass ich jedes Wort selbst erdichtet habe!«

»Warum schreibst du nicht mal ein Gedicht über diesen elenden Regen? Das hört sich bei dir dann gewiss auch poetisch an«, sagte Margitta, und beide Mädchen kicherten.

»Ehrlich gesagt habe ich tausend Ideen für weitere Gedichte. Ich überlege, ob ich dieses hier meiner Tante schenken soll«, sagte Wera. »Als kleines Dankeschön für alles, was sie für mich tut. Was hältst du davon?«

Margitta rümpfte die Nase. »Ich würde so was für mich behalten. Die Erwachsenen machen sowieso immer alles nieder, was Spaß macht. Und am Ende verbieten sie dir das Schreiben auch noch, wie alles andere.«

Wera schaute ihre Freundin traurig an. Margittas Misstrauen den Erwachsenen gegenüber wurde immer stärker, ebenso wie ihre Verbitterung, was ihre Eltern betraf. Kein Wunder, da die Mutter sich so gut wie gar nicht um ihre Kinder kümmerte und der Vater ein alter Trinker war, der seinen Nachwuchs schlug. Aber es gab immerhin auch ein paar freundliche Erwachsene, so wie Olly und Evelyn. Doch das wollte Margitta nicht glauben.

»Tante Olly ist nicht so wie die anderen«, sagte Wera nun heftig. »Für mich –« Sie brach ab, als abrupt die Tür aufgerissen wurde.

»Hier steckst du also!« Mit in die Hüften gestemmten Händen schaute die Trupow auf die sich bietende Szenerie. »Da suche ich die ganze Villa ab, und du hockst in diesem Loch, das ist doch nicht zu fassen! Und wen haben wir denn hier?« Mit ihrer Fußspitze tippte sie Margitta an. »Mit Gesindel treibst du dich herum? Du, eine russische Großfürstin? Warte, wenn das deine Tante erfährt!« Schon packte die Gouvernante beide Mädchen an den

Armen. Ohne sich um Margittas Strampeln und Weras Protestgeschrei zu kümmern, zog sie sie hinter sich her die Treppe hinunter.

*

Schweigend hörte sich Olly Helenes Vortrag an, ebenso schweigend saßen die beiden Mädchen da. Die Tochter der Wäscherin warf Wera immer wieder einen wütenden Blick zu, den Wera mit einem hilflosen Schulterzucken erwiderte. Die Vertrautheit, die in diesen kleinen Gesten lag, versetzte Olly einen Stich. Die beiden Mädchen kannten sich allem Anschein nach schon länger. Wahrscheinlich erzählte Wera Margitta all das, was ihr auf dem Herzen lag und was sie ihrer Tante gegenüber nicht preisgeben wollte.

»Es liegt ja wohl auf der Hand, dass ich ein solches Fraternisieren mit dem Personal keinesfalls dulde. Sogar Essen hat Wera gestohlen, um es ihrer *kleinen Freundin* zu bringen!« Sie spie die Worte regelrecht aus. »Die Kronprinzessin wird mir sicher darin recht geben, dass für Weras Verhalten Strafmaßnahmen fällig werden.« Wie triumphierend die russische Gouvernante dreinschaute! Freute sie sich wirklich so sehr, ihren Zögling bei einem Fehlverhalten ertappt zu haben? Diese Einsicht machte Olly wütend und traurig zugleich.

»Kronprinzessin, wollten Sie etwas sagen?«, drängte Helene Trupow scharf.

Olly warf erst ihrer Nichte, dann dem fremden Mädchen einen langen Blick zu. Die Tochter der Wäscherin, die schätzungsweise im selben Alter wie Wera war, machte einen ungepflegten, ärmlichen Eindruck. Sie hatte magere Beine und knochige Arme, ihr Blick aus dunklen Augen war zurückhaltend, fast misstrauisch. Angst konnte Olly in der Miene des Mädchens jedoch nicht erkennen, vielmehr strahlte es etwas aus, für das Olly keinen Namen wusste, etwas für ein Kind in ihrem Alter ziemlich Ungewöhnliches. War es die Gabe, sich mit dem Leben zu arrangieren? War es der Mut, dem Leben die Stirn zu bieten, wann immer dies nötig war? Falls ja, wäre die Kleine nicht die schlechteste Gesellschaft für Wera …

Olly straffte die Schultern, dann schaute sie die Trupow mit hochgezogenen Brauen an.

»Sie wollen meine Meinung hören? Aber gern. Dass sie meinem Patenkind nachschleichen, gefällt mir nicht. Kein Wunder, dass Wera glaubt, sich heimlich mit ihren Freunden treffen zu müssen. Aber damit ist nun Schluss.« Sie bedachte die schmallippige Gouvernante mit einem Blick, der keine Widerrede erlaubte, dann wandte sie sich an Wera: »Warum trefft ihr euch nicht einfach in deinem Zimmer? Dann brauchst du die vielen Bücher nicht ständig durchs ganze Haus schleppen.« Weras verdutzten Blick ignorierend, richtete sie ihre nächsten Worte aufmunternd lächelnd an das fremde Mädchen: »Ich freue mich, dass du Weras Freundin geworden bist. Deine Mutter ist eine unserer besten Wäscherinnen, in all den Jahren, die sie schon bei uns ist, war immer Verlass auf sie.«

Das Mädchen schaute sie ungläubig an.

»Heißt das, du erlaubst mir, Margitta ganz offiziell zu treffen? Sie kann wirklich bei uns ein und aus gehen, wie sie will?«, kam es nun ebenfalls fassungslos von Wera.

Einen Moment lang war Olly über Weras Wortwahl irritiert. *Hier ein und aus gehen, wie sie wollte* – war das nicht doch eine Spur zu großzügig? Doch sie überwand ihre Zweifel und sagte: »Pflegt eure Freundschaft, wie es euch beliebt. Ich freue mich sehr, dass du keine Standesdünkel hegst wie gewisse andere Personen.« Sie warf der Trupow einen schrägen Seitenblick zu. »Wo ein Mensch herstammt, ist völlig gleichgültig, wenn man sich schätzt und mag. Manchmal muss man einfach das Herz sprechen lassen …«

»Aber, liebe Kronprinzessin, was reden Sie denn da? Das … das geht doch so nicht!«, prustete die Gouvernante und sah aus, als würde sie im nächsten Moment vor Unwillen platzen.

Olly lächelte süß. »Was in diesem Haus geht und was nicht, bestimme immer noch ich.« Sie strich Wera über den strubbeligen Schopf und sagte: »Warum lauft ihr beiden nicht in die Küche und schaut nach, ob noch etwas von der köstlichen Pastete übrig ist, die ich vorhin meinen Gästen servieren ließ? So viel Aufregung macht doch immer sehr hungrig, nicht wahr?«

12. KAPITEL

17. Juni 1864

»Kosty und Sanny sind wirklich Rabeneltern! Wie können sie bloß so hartherzig gegenüber Wera sein?« Nur mit Mühe vermochte Olly ihre Tränen zurückzuhalten. Sie sah aus, als hätte sie jedes Gepäckstück, das für ihre Reise auf die Kutschen gepackt wurde, am liebsten eigenhändig wieder abgeladen.

Es war der Tag der Abreise nach Bad Kissingen. Hilflos versuchte Evelyn, Olly zu trösten, während sich Karl innig von seinem persönlichen Adjutanten Wilhelm von Spitzemberg verabschiedete, der in Stuttgart bleiben würde, um Karl sofort zu informieren, sollte sich der gesundheitliche Zustand seines Vaters weiter verschlechtern.

»Es geht doch nur um ein paar Wochen«, sagte Evelyn lahm.

»Eben«, antwortete Olly hart. »Diese kurze Zeit hätte Kosty seine Tochter wohl ertragen können. Aber nein, wieder einmal nichts als Ausreden. Karl – bist du so weit?« Abrupt rauschte sie auf die beiden Männer zu, die daraufhin hastig und eine Spur schuldbewusst auseinanderstieben.

Evelyn schluckte. Auch sie hatte den Brief, der kurz vor ihrer Abreise in Stuttgart eingetroffen war, gelesen und musste zugeben, dass die Begründung von Weras Eltern mehr als fadenscheinig klang.

»*... und so bitten wir darum, dass Wera in Stuttgart bleiben möge. Das mondäne Flair Kissingens würde ihr nur unnötig Flau-*

sen in den Kopf setzen«, hatte Ollys Bruder in steifen Lettern verkündet. Mit jedem Satz, den sie las, war Evelyns Gewissen rabenschwärzer geworden. Auch jetzt, als Olly mit Karl am Arm zurückkam, konnte sie ihr kaum in die Augen schauen.

»Warum schreibt Kosty nicht einfach, dass er keine Lust hat, Wera zu sehen? Alles wäre besser statt dieser lächerlichen Ausflüchte. Was ist mein Bruder nur für ein Egoist!« Der bittere Klang von Ollys Stimme stand in einem seltsamen Kontrast zu der Süße des Rosenduftes, den die voll in Blüte stehenden Sträucher auf der oberen Terrasse der Villa Berg ausströmten.

Als Evelyn Ollys vor Wut funkelnde Augen sah, schwappte eine Welle Panik über sie. Was, wenn Olly je erfuhr, dass *sie* es gewesen war, die für Weras Verbleib in Stuttgart gesorgt hatte? Dann wäre es nicht nur aus und vorbei mit ihrer anstehenden Ernennung zur Ehrendame, dann würde auch ihre innige Freundschaft mit Olly einen Riss bekommen, der wahrscheinlich nicht so leicht zu flicken wäre.

Wie mit Olly besprochen hatte sie der Zarenmutter einen Brief geschrieben, allerdings ohne ihn ihr noch einmal zu zeigen, bevor sie ihn abschickte. Offen und ehrlich hatte sie geschildert, wie anstrengend die Situation mit Wera für Olly war und dass die Kronprinzessin dringend Erholung nötig hätte. Dass sie jedoch weder auf den Rat ihrer Hofdame noch auf den ihres Mannes hören wollte. Selbst die mahnenden Worte ihres persönlichen Arztes Dr. Kornbeck ignorierte Olly stur: Entweder sie würde mit Wera in die Kur fahren oder gar nicht! Evelyn hatte ihren Brief mit der Frage geschlossen, ob Alexandra eventuell ein Weg einfiele, der geliebten Tochter doch noch zu einer Erholungsphase zu verhelfen?

Offenbar war der Zarenmutter tatsächlich etwas eingefallen …

Während die letzten Koffer auf die Wagen geladen wurden, tauchte an einem der Fenster Weras Strubbelkopf auf.

»Tante Olly, Onkel Karl, Evelyn – wartet auf mich, ich komme!« Mit einem lauten Knall fiel das Fenster zu.

»Da kommt er, unser Quälgeist. Ich bin ehrlich gesagt froh, für eine Weile meine Ruhe vor Wera zu haben«, sagte Karl.

»Wie kannst du so gemein sein!« Mit einem Schluchzer wandte Olly sich ab.

Evelyn schluckte angesichts von Ollys Trennungsschmerz. Nur noch ein paar unangenehme Minuten, und danach würden Wochen himmlischer Ruhe auf sie warten …

»Tante, warum weinst du denn? Bin ich schuld? Habe ich etwas getan? War ich wieder ein böses Mädchen?« Ungelenk streichelte Wera Ollys Arm.

»Gar nichts hast du falsch gemacht. Du bist das liebste Kind der Welt«, schluchzte Olly und umarmte Wera so heftig, dass diese eine Grimasse zog.

»Machen Sie sich keine Sorgen, verehrte Kronprinzessin, noch nie ist einem meiner Schützlinge unter meiner Aufsicht Unheil geschehen, das kann ich Ihnen versichern. Und ich werde auch gewiss nicht zu streng mit Wera sein, dieses Thema haben wir ja ein für alle Mal geklärt«, sagte die Gouvernante mit einem kleinen Zwinkern, woraufhin Olly tatsächlich eine Spur ruhiger wirkte.

Unter niedergeschlagenen Lidern musterte Evelyn Helene genauer. Täuschte sie sich oder leuchteten Madame Trupows Augen heute tatsächlich auf eine ungewohnte Art? Ihre Wangen waren rosig rot. Und war der Zug um ihren Mund nicht weniger verkniffen als sonst?

Evelyn konnte sich nur mit Mühe ein Lächeln verkneifen. Anscheinend waren die Gerüchte, die besagten, die Gouvernante hätte einen russischen Galan gefunden, nicht ganz aus der Luft gegriffen …

Unglaublich, in welch kurzer Zeit dies der Russin gelungen war! Urplötzlich verspürte Evelyn einen Anflug von Eifersucht, doch genauso rasch kämpfte sie ihn nieder. Es gab Wichtigeres als Liebesgeschichten.

»Ihr kommt ja bald wieder«, sagte Wera, als wollte sie Olly über die anstehende Trennung hinwegtrösten. »Ich bin jedenfalls wirklich froh, dass ich nicht mitmuss«, verkündete sie fröhlich.

»Du bist … was?« Ollys Augen weiteten sich verwundert.

Wera nickte heftig. »Ein Mensch muss … Prioritäten setzen können, sagt Unteroffizier von Basten. Jemand muss schließlich bei Großvater Wilhelm bleiben, wenn ihr alle fort seid. Ich verspreche dir hoch und heilig, ich werde deinen Vater, so oft es geht, besuchen.« Sie gab Karl die Hand wie bei einem Treueschwur.

»Aber hast du in den letzten Wochen nicht ständig wiederholt, dass du deine Eltern treffen willst?«, hakte Olly überrascht nach.

Wera winkte ab. »Wahrscheinlich hätten die gar keine Zeit für mich. Außerdem wusste ich vor ein paar Wochen noch nicht, wie schön es im Juni in den Stuttgarter Weinbergen ist. Dieser Duft – wie Honig und Nektar und Süßholz. Und dazwischen flattern die jungen Spatzen so lustig durch die Luft. Lutz ... von Basten sagt, der Juni sei nach dem September für Wanderleute der schönste Monat. Oh, da ist er ja endlich! Und Margitta ist auch dabei, hurra!« Schon schnappte Wera ihren Rucksack, der fertig gepackt an der kleinen Mauer lehnte, während der junge Unteroffizier in weit ausgreifenden Schritten den Berg heraufkam.

Auf Karls Zeichen hin begannen Lakaien, die Kutschverschläge zu öffnen. »Prioritäten setzen«, murmelte Karl kopfschüttelnd vor sich hin, dann nahm er seinen persönlichen Adjutanten zum wiederholten Male in den Arm.

Evelyn hüstelte – mussten die beiden Herren wirklich so innig Abschied nehmen? Schon verdüsterte sich Ollys Miene erneut.

Im nächsten Moment drückte Wera ihrer Tante einen impulsiven Kuss auf die Wange.

»Nun fahrt schon, dann können wir auch endlich losgehen. Unteroffizier von Basten will Margitta und mir heute nämlich ein paar Soldatenlieder beibringen!«

*

Das sommerliche Zusammentreffen der vielen gekrönten Häupter im Sommer 1864 etablierte sich unter den Bürgern von Bad Kissingen schnell als »Kaiserkur«. Stolz brachten die Zeitungen tagtäglich auf der ersten Seite eine Auflistung aller neu angereisten Gäste, die von allererstem Rang waren: Im Kurgarten, der Wandelhalle und rund um den Regentenbau promenierte das württembergische Kronprinzenpaar zusammen mit dem jungen Bayernkönig Ludwig II. und Kaiserin Elisabeth von Österreich-Ungarn. Der russische Zar Alexander II., der besonders gern entlang der Fränkischen Saale spazierte, gehörte zu den herausragenden Kurgästen, genau wie seine Frau Maria Alexandrowa und die Zarenmutter. Dass Sascha seine Geliebte Katharina Dolguruki ebenfalls in Bad Kissingen einquartiert hatte, sorgte für einigen Klatsch und weckte den Unmut seiner Familie. Vor allem Olly hätte ihren Bruder dafür ohrfeigen können. Umso mehr freute man sich hingegen über den Zarewitsch Nikolaj, der gesund genug war, seine Schwestern und Eltern in den Kurort zu begleiten.

Kein Krieg war in Sicht, das politische Klima war so heiter wie das Wetter. Einzig der starke Wind war ein Störenfried, er lüpfte die Strohhüte der Frauen ebenso wie die goldbefransten Epauletten der Ausgehuniformen, mit denen sich die meisten Herren wie stolze Pfaue schmückten, so dass die Zofen und Kammerdiener nach jedem Spaziergang Mühe hatten, ihre derangierten Herrschaften wieder salonfein herzurichten.

»Sisi sagte heute Mittag, sie habe eine spezielle Überraschung nur für mich vorbereitet. Hast du eine Ahnung, was sie vorhat?« Im Spiegel suchte Olly Karls Blick.

Die zweite Woche ihres Aufenthalts in Bad Kissingen war gerade angebrochen, und wie jeden Abend konnten sie aus einer Fülle von Einladungen die interessanteste herauspicken. Olly hatte Karl, der lieber ins Theater gegangen wäre, überredet, der Einladung der österreichischen Kaiserin zu folgen, die nicht in einem der Hotels, sondern in einer eleganten privaten Villa residierte. Obwohl sie die Siebenundzwanzigjährige erst seit ein paar Tagen besser kannte, hatte sie bereits großen Gefallen an der lebhaften, ungewöhnlichen Frau gefunden. In Sisis Auftreten erkannte sich Olly selbst wieder, zumindest in ihren Jugendjahren. Wo immer Sisi auftauchte, stand sie mit ihrem Charme und ihrer Schönheit im Mittelpunkt. Nicht anders war es bei ihr, Olly, und ihren beiden schönen Schwestern gewesen. Olly machte sich keine Illusionen darüber, dass an der Seite ihres Ehemannes ein großer Teil ihres einstigen Glanzes erloschen war, erdrückt von zu vielen Regeln und einem freudlosen Alltag. Der österreichischen Kaiserin hingegen war es anscheinend gelungen, ihr Temperament und ihre Lebensfreude auch als Ehefrau beizubehalten. In ihrer Nähe verspürte Olly wieder eine Art jugendlichen Leichtsinn, den sie längst erloschen wähnte. Sie war zwar nicht mehr ganz jung, aber eine Nacht durchtanzen konnte sie immer noch. Und feiern! Und fröhlich sein.

Leider war ihr Übermut nicht ansteckend.

»Keine Ahnung«, sagte Karl mürrisch. »Vielleicht hat sie Sascha samt seiner Geliebten eingeladen. Und einen russischen Tanzbären noch dazu. Franz Josephs Frau traue ich alles zu. Das ist mal wieder typisch für dich, dass du dich ausgerechnet an sie hängen musst«, ergänzte er feindselig.

Olly seufzte. »Sisi ist eine fröhliche junge Frau, ich weiß nicht, was daran verkehrt sein soll. Hilfst du mir bitte?« Fragend hielt sie ihm ihr Rubincollier entgegen. Hätte sie bloß nicht ihrer Zofe und Evelyn freigegeben, dachte sie bei sich, als sie Karls unfreundlichen Blick sah. Wie abweisend er die Juwelen ergriff! Und wie grob er sie ihr um den Hals legte, kaum dass sie ihre Haare angehoben hatte. Als wäre ihm die kleinste Berührung unangenehm. Kein hingehauchter Kuss. Kein Streicheln über zarte Härchen. Kein »Wie schön du bist!«.

Mit einer Zigarette in der Hand schaute er auf sie herab. »War's das?«

Wie ungeduldig er von einem Bein aufs andere trat. Als könne er es nicht erwarten, von ihr fortzukommen.

»Liebst du mich eigentlich noch?« Die Frage stand so plötzlich im Raum, dass Olly einen Moment lang nicht wusste, ob sie sie laut ausgesprochen oder sie nur gedacht hatte.

Er runzelte die Stirn. »Beeil dich! Je früher wir bei Sisis Fest auftauchen, desto früher können wir auch wieder gehen. Ich warte im Rauchersalon auf dich.«

Niedergeschlagen schaute Olly ihrem Ehemann nach. Ach Karl,

was habe ich dir nur getan?, dachte sie traurig, während sie sich ohne seine Hilfe die tropfenförmigen Rubinohrgehänge anlegte.

Es war nicht so, dass Karls Distanziertheit ihr gegenüber etwas Neues für sie wäre. Oder seine Ungehaltenheit. Seine schlechte Laune. All das war ihr aus Stuttgart nur allzu bekannt. Karl ärgerte sich gern. Wegen Wera, wegen ihres seiner Ansicht nach zu großen Engagements in wohltätigen Dingen, wegen tausend anderer Dinge, die sie ihm nicht recht machen konnte. Am liebsten hätte er wahrscheinlich gehabt, dass sie wie seine Mutter wäre: still, brav und bescheiden.

Hier in Bad Kissingen, in fremder Umgebung, weit entfernt von den Alltagssorgen und ihrem anstrengenden Patenkind, hatte sie gehofft, ihrem Mann wieder näherkommen zu können. Eine vergebliche Hoffnung, dachte sie bitter, während sie Parfüm auf die Handgelenke und den Hals tupfte. Doch anstatt sie zu erfreuen, verursachte der Duft nach Rosen und Sandelholz einen Kloß in ihrem Hals. Sie rümpfte die Nase.

Sicher, nach außen hin gaben sie nach wie vor ein attraktives Paar ab. Im Kreise anderer war Karl ihr gegenüber aufmerksam und liebenswert.

»Du hast wahrhaft Glück gehabt mit deinem Mann, Karl ist dir nach fast zwanzig Ehejahren noch immer zugetan wie am ersten Tag«, hatte ihre Schwägerin Cerise, Saschas Frau, erst gestern neidvoll gesagt.

Wenn ihr wüsstet, hatte Olly in diesem Moment resigniert gedacht. Denn kaum waren sie zu zweit, starrte Karl dumpf vor sich hin oder brütete stundenlang über dieser oder jener Bemerkung, die in ihrem Kreis gefallen und seiner Ansicht nach gegen ihn gerichtet gewesen war. Sie, Olly, ließ er die meiste Zeit einfach links liegen.

Die Rubine funkelten blutrot an ihren Ohren und zauberten einen rosigen Schimmer auf ihre Wangen.

»Schön siehst du aus«, flüsterte sie ihrem Spiegelbild zu. Bevor sie in Tränen ausbrechen konnte, setzte sie ein tapferes Lächeln auf.

Lachen, um nicht zu weinen – hieß es nicht so?

In der Villa wimmelte es nur so von Gästen, in allen Salons, auf der großen Terrasse mit Blick auf die Fränkische Saale, ja selbst durch den Rosengarten strömten Sisis und Franz' Gäste. Mehrere kleine Orchester spielten an verschiedenen Stellen auf. Nur mit Mühe drängten sich Karl und Olly durch die Menschenmassen.

»Was für ein Trubel«, schrie Karl ihr ins Ohr. »Eins sage ich dir, lange bleibe ich hier nicht. Wir machen dem Kaiserpaar unsere Aufwartung und gehen wieder.«

Olly nickte beiläufig, während ihre Augen mal hierhin, mal dahin huschten. Alles war so herrlich geschmückt! Die Gäste strahlten mit den Hunderten von Kerzen um die Wette. Und dann die Musik …

»Lass uns tanzen.« Abrupt wandte sie sich Karl zu, zupfte ein wenig an seinem Ärmel. »Die ganze Nacht hindurch, wie früher, ja?« Schon begann sie sich zum Klang eines Walzers hin und her zu bewegen.

Er schüttelte sie ab. »Bist du verrückt geworden? Es reicht, wenn wir uns in einem Affenstall befinden, da brauchen wir uns nicht auch noch zum Affen zu machen.«

Sie waren noch nicht ganz bei ihren Gastgebern angekommen, als jemand Olly auf die Schulter tippte. Verflixt, gerade eben war man ihr auf den Rocksaum getreten, wer stieß nun gegen sie? Irritiert wandte sie sich um und fand sich nur eine Handbreit von einem attraktiven schwarzhaarigen Herrn entfernt wieder.

»Iwan?!«

»Dobre den«, erwiderte er auf Russisch. Sein spitzbübisches Lächeln vertiefte die Grübchen um seinen Mund noch mehr.

Vor Ollys Augen verschwamm alles zu einem wilden Kaleidoskop. Die Menschen, die Musik, ihre Gastgeberin, die strahlend auf sie zukam …

Mit allem hatte sie gerechnet, nur nicht damit.

Iwan Bariatinski … Ihre erste große Liebe. Der Bruder ihrer verstorbenen Freundin Maria. Saschas bester Freund. Ihm hatte sie ihr Herz geschenkt, doch der Krieg und andere Umstände hatten nicht gewollt, dass sie zusammenkamen. Seit jener Zeit wusste sie, dass Liebe weh tun konnte.

Iwan Bariatinski bedachte Karl mit einem knappen Nicken, welches dieser noch reservierter erwiderte. Dann nahm Iwan Ollys rechte Hand und küsste sie.

»Du bist noch schöner geworden«, murmelte er.

Dort, wo seine Lippen auf ihre Hand trafen, fühlte sich ihre Haut heiß und fiebrig an. Unwillkürlich machte Olly einen Schritt zurück, als habe sie Angst, sich an einem lodernden Feuer zu verbrennen.

»So viele Jahre haben wir uns nicht gesehen«, sagte er, noch immer ihre Hand haltend. »Aber durch Sascha wusste ich immer, wo du bist, wie es dir geht. Olly ...«

Wie er sie anschaute! Wie ein Verdurstender, der an einer erfrischenden Quelle stand. Ein Schauer rann prickelnd über Ollys Rücken. Iwan strahlte noch mehr Charme aus als in früheren Zeiten.

Wo kommst du her? Seit wann bist du hier? Weiß Sascha, dass du hier bist? Wie lange bleibst du? Tausend Fragen schwirrten ihr durch den Kopf, aber sie war nicht in der Lage, auch nur eine einzige zu stellen. Als die österreichische Kaiserin zwischen sie trat, war sie beinahe erleichtert.

»Liebe Kronprinzessin, ist meine Überraschung gelungen?« Elisabeth strahlte Olly an. »Als Fürst Bariatinski mir gestern erzählte, dass er ein alter Jugendfreund des Zaren sei, kamen wir auch auf Sie zu sprechen, liebe Olly. Da dachte ich mir, dass solch ein spontanes Wiedersehen zwischen alten ... Freunden sehr charmant sein könnte. Hatte ich recht?«

»Sie sind wirklich immer für eine Überraschung gut«, Olly umarmte die Kaiserin, ließ sie jedoch wieder los, als sie über deren Schulter hinweg Karls missmutigen Blick bemerkte. Er räusperte sich und legte besitzergreifend eine Hand auf Ollys Arm.

»Verzeihen Sie, Eure Hoheit, aber meine Frau und ich müssen Ihr schönes Fest leider schon wieder verlassen. Termine, Sie verstehen?« Bevor Olly wusste, wie ihr geschah, zog Karl sie hinter sich her.

»Wir sehen uns, gleich morgen, ja?«, rief Iwan ihr nach.

In dieser Nacht lag Olly lange wach. Iwan Bariatinksi auf dem Fest der Kaiserin ... Wie er allein durch seine Präsenz aus der Menge hervorstach!

Bilder, die tief in ihrem Inneren verschüttet gewesen waren, huschten wie Gespenster durch ihren Kopf und raubten ihr den Schlaf.

Ihr erster Ball im Palast ihrer Tante Helene. Sie war so jung gewesen. Und so schüchtern. Hatte kaum zu atmen gewagt vor lauter Schüchternheit. Sie hatte Maria Bariatinski mit den wunderschönen blonden Haaren schon von weitem gesehen. Ohne Scheu hatte diese die Zarentochter angesprochen, und nach wenigen Sätzen wussten sie beide, dass sie Freundinnen werden würden.

Später dann, auf der vom Regen glänzenden Terrasse des Michaelpalastes, die mit unzähligen Kerzen beleuchtet worden war, war Marias Bruder zu ihnen gestoßen. Fürst Iwan Bariatinski. Er hatte Gedichte für sie zitiert. Eines war von Wassili Schukowski gewesen. Olly konnte sich nicht mehr an den genauen Wortlaut erinnern, wusste aber noch, dass es um das Betreten eines neuen, fremden Landes ging.

Iwan – dass sie ihn ausgerechnet hier und heute wiedergetroffen hatte ... Er sah noch besser aus als früher. Iwan ... Wie es in ihrem Bauch kribbelte, kaum dass sie seinen Namen dachte! Olly runzelte die Stirn. War sie etwa so töricht zu glauben, dass man eine alte Liebe auffrischen konnte? Und selbst falls das möglich wäre, zu welchem Ergebnis würde es führen?

Am besten war es, sie ging Iwan Bariatinski für den restlichen Kuraufenthalt aus dem Weg.

*

»König Ludwig I. hat Bad Kissingen wirklich zu einer luxuriösen Oase der Erholung ausbauen lassen. Man kann förmlich sehen, wie mit jedem Tag die Sorgen weiter von den Gästen abfallen.«

Evelyn seufzte wohlig auf, während sie am Arm von Fürst Gortschakow unter den Arkaden promenierte. Ein Stück weiter vorn spazierten Olly und Karl in angeregter Unterhaltung mit Kosty und Sanny. Zu dem von Olly angekündigten Eklat zwischen den Geschwistern war es zum Glück nicht gekommen, stattdessen unternahmen das Kronprinzenpaar und die Zarenfamilie viele Dinge gemeinsam. Fürst Iwan Bariatinski war ebenfalls sehr oft mit von der Partie. Dabei schien es fröhlich zuzugehen, denn Ollys perlendes Gelächter verzauberte die Anwesenden immer wieder. Im Kreis ihrer Lieben langte die Kronprinzessin beim Essen herzhafter zu als sonst, nach zwei oder drei Gläsern Rotwein am Abend schlief sie tiefer als sonst, und sie wirkte schon nach knapp zwei Wochen so frisch und erholt wie lange nicht mehr. Und aufgekratzt war sie, wie ein junges Mädchen! Vergessen war der Ärger um Wera, vergessen auch die Gemeinheiten des Königs, selbst die Differenzen unter den Eheleuten schienen hier geringer zu wiegen. Eve konnte sich nicht erinnern, wann sie Olly das letzte Mal so fröhlich gesehen hatte.

»Es war die richtige Entscheidung gewesen, hierherzukommen.« Und das Kind zu Hause zu lassen, fügte sie im Stillen hinzu.

»Es freut mich, liebe Evelyn, dass Sie ein so sorgenfreies Leben führen. Leider kann ich diesen Zustand nicht teilen und das gleich aus mehreren Gründen. Mir gefällt überhaupt nicht, wie Fürst Bariatinski um die Kronprinzessin herumscharwenzelt. Ständig sieht man ihn und Olly zusammen.«

Evelyn lachte. »Lieber Fürst, Sie klingen wie ein eifersüchtiger Vater. Die beiden kennen sich seit Jugendzeiten, da ist es doch verständlich, wenn sie sich nach all den Jahren viel zu sagen haben.«

»Jugendzeiten, pah! Iwan ist ein alter Verehrer von Olly.«

Und selbst wenn, dachte Eve. Was war schon dabei, dass sich die Kronprinzessin ein wenig umschwärmen ließ? Iwan Bariatinski war attraktiv und stets gut gelaunt – das war mehr, als man über Karl sagen konnte. Außerdem durfte man davon ausgehen, dass die Kronprinzessin in allem, was sie tat, diskret sein würde. Sollte sie sich doch ein paar schöne Stunden machen.

»Die schwerwiegenderen Gründe für meinen Unmut liegen jedoch in Stuttgart«, sagte der Fürst jetzt.

»Ich verstehe nicht …?« Die Ahnung, dass sich der sonnige Tag gleich deutlich verfinstern würde, ließ Evelyn die Stirn runzeln.

Gortschakow schaute von oben auf sie herab. »Oh, ich denke, Sie verstehen sehr wohl. Ich rede von den Verhältnissen, die bei Ihnen herrschen, *tout le monde* redet schon darüber, dass sich Großfürstin Olga derart narren lässt. Aber wann immer ich einen Anlauf mache, mit ihr zu sprechen, weicht sie mir aus. Sie habe keine Lust, ›Problemgespräche‹ zu führen – mit diesen Worten hat sie mich erst gestern stehenlassen.« Fürst Gortschakow, einer der mächtigsten Männer der Welt, klang ehrlich entrüstet.

Während sie weiterschlenderten, arbeitete Evelyns Verstand fieberhaft. Stuttgarter Verhältnisse? Problemgespräche? Davon hatte Olly ihr gar nichts erzählt. Ging es um den Gesundheitszustand des Königs? Um Wera? Um Karls schwache Position im politischen Gefüge? Oder missfielen Gortschakow die spiritistischen Sitzungen, denen Karl so begeistert beiwohnte?

»Ihr Schweigen zeigt, dass auch Sie mit Ihrem Rat am Ende sind, verehrte Baronin«, sagte Gortschakow. »Ich verstehe Olga allmählich wirklich nicht mehr. Wie kann sich die Zarentochter gefallen lassen, dass Karl hinter ihrem Rücken … krankhafte Beziehungen unterhält, die –« Angewidert winkte der alte Mann ab.

Krankhafte Beziehungen! Hier ging es nicht ums Tischerücken! Evelyn wurde schwindlig. Mit unsicheren Schritten steuerte sie eine der vielen Sitzbänke an, die den Flanierweg säumten, und ließ sich nieder. Wahrheiten, vor denen sie sich bisher verschlossen hatte, erschienen vor ihrem inneren Auge, blendeten sie und machten sie sehend zugleich.

Krankhafte Beziehungen. Stuttgarter Verhältnisse. Krankhafte Beziehungen …

»Ich … weiß nicht, was ich sagen soll«, krächzte sie heiser, während der Wind ein paar unreife Kapseln aus der dichten Blätterkrone des Kastanienbaumes auf sie niederprasseln ließ. »Vielleicht sollte man auf lächerlichen Klatsch einfach nicht so viel geben. Wenn es um gemeine Lügen geht, sind die Leute immer schnell dabei.«

»Sie wissen genau, dass ich Lügen problemlos enttarne und auf Klatsch allein nichts geben würde«, erwiderte der russische Fürst barsch. »Obwohl auch das Gerede inzwischen besorgniserregende Ausmaße angenommen hat: Ollys Familie, die Gäste, ja sogar in den Petersburger Salons wird neuerdings über Karl und Olly getuschelt.«

»Aber ... das ist ja schrecklich! Was tuscheln die Leute denn?«, rief Evelyn verzweifelt. »Ich lebe Tag für Tag mit dem Kronprinzenpaar zusammen, doch mehr als eine Beobachtung hier, eine Vermutung da könnte ich nicht zum Besten geben. Niemals würde ich es wagen, daraus voreilige Schlüsse zu ziehen.«

»Vielleicht haben Sie einfach zu lange den Kopf in den Sand gesteckt, meine Liebe. Sie wollten aus Liebe zu Olga die Wahrheit nicht erkennen. Denn im Gegensatz zu Ihnen haben meine Leute in Stuttgart ganz andere, sehr viel ernstere Erkenntnisse gewonnen. Das Ansehen einer Romanow ist den Russen nach wie vor heilig, Gottes Gnade sei mit uns, wenn die Leute herausfinden, mit was für einer Art ... Mann die Zarentochter in Wahrheit verheiratet ist.«

Meine Leute – wie er das sagte! Wer waren diese Leute? Und was berichteten sie dem Fürsten? Evelyn fröstelte es. O Gott, mach, dass das nur ein böser Traum ist, betete sie stumm. Ich will das nicht hören. Alles soll wieder gut sein, so wie früher. Abrupt wandte sie sich dem Fürsten zu.

»Ich flehe Sie an, kein Wort davon zur Kronprinzessin! Sie ist, was Karls Umtriebe angeht, völlig ahnungslos. Vor einiger Zeit hat sie die Vermutung geäußert, er habe eine Geliebte, aber selbst diesen Gedanken hat sie bald wieder verworfen.«

»Eine Geliebte! Von mir aus könnte er fünf an jeder Hand haben«, seufzte der Fürst. »Sie wollen Olga tatsächlich weiter anlügen? Sind Sie Ihrer Herrin nicht die Wahrheit über ihren Mann schuldig?«

Evelyn zuckte zusammen. »Für wie herzlos und gemein halten Sie mich eigentlich? Ich würde mein Leben für Olga geben! Mir bricht es fast das Herz, sie anzulügen. Aber sollte sie je die Wahrheit über Karl erfahren, würde es *ihr* das Herz brechen.«

»Ihre Skrupel in Ehren, aber irgendwann erfährt Olga die Wahrheit sowieso, für immer und ewig lassen sich solche Umtriebe nicht unter dem Mantel der Verschwiegenheit halten. Wäre es nicht besser, Olga die Angelegenheit kontrolliert beizubringen? Sie ist bestimmt nicht so ahnungslos, wie Sie glauben«, sagte Gortschakow.

Evelyn zuckte unglücklich mit den Schultern. Ahnte Olly wirklich etwas? Und waren diese Ahnungen der Grund dafür, dass die Kronprinzessin vor nicht allzu langer Zeit eine weitere Hofdame eingestellt hatte? Versprach sie sich von Gräfin Taube, so hieß die Dame, mehr Offenheit als von ihr? Andererseits: Woher sollte die Gräfin mehr über Karls Verhalten wissen, als sie es tat? Oder ... war Gräfin Taube womöglich eine Spionin von Gortschakow? Auf einmal erschien Evelyn nichts mehr unmöglich.

Einen Moment lang saßen beide vertieft in ihre Gedanken da, dann brach Evelyn das Schweigen.

»Warum reden Sie dem Prinzen eigentlich nicht ins Gewissen? Es geht doch um *seinen* Lebenswandel!«

Die Sorgenfalten auf der Stirn des Fürsten vertieften sich.

»Glauben Sie etwa, solche Gespräche hätte es in der Vergangenheit nicht gegeben? Unter Aufbietung sämtlicher diplomatischer und menschlicher Fähigkeiten habe ich dies mehr als einmal versucht. Gleich nach der Hochzeit habe ich im Guten auf den Kronprinzen eingeredet, habe versucht, ihm vor Augen zu führen, wie sehr er sich selbst mit seinem Verhalten schadet, und dass sein internationaler Ruf darunter leidet. Ich wollte ihm erklären, dass Olga die größte Chance seines Lebens sei, ein Geschenk des Himmels. Karl war sehr verständig, hat mir in allen Punkten recht gegeben. Eine Zeitlang schien er wirklich zur Besinnung gekommen zu sein, jedenfalls kam mir nichts anderes zu Ohren. Aber dann fingen die Herrenabende an, und damit auch wieder das alte Elend.« Der Russe zuckte schicksalsergeben mit den Schultern. »All die Jahre bin ich bei ihm geblieben, habe ihn gehätschelt, ihm gedroht und ihn verflucht, alles unter höchster Geheimhaltung. Für Großfürstin Olga hätte ich noch viel mehr getan, das dürfen Sie mir glauben.«

Evelyn schluckte, als sie die bewegte Miene des alten Fürsten sah. Sie war nicht allein in ihrer Liebe zu Olly. Auch er wollte sie beschützen, vor jeglichem Unheil bewahren. Aber wenn dies nicht einmal einem der mächtigsten Männer Russlands gelang, wie sollte dann sie etwas ausrichten?

»Glauben Sie mir: Mit Karl reden zu wollen ist genauso, als wollte ich meinen Jagdhunden zu Hause erklären, dass die Fährte des Hasen sie fortan nicht mehr zu interessieren hat.« Als wollte die Natur die erbarmungslosen Worte des Fürsten unterstreichen, prasselte ein neuerlicher Schwall unreifer Kastanien auf sie herab.

»Kommen Sie, lassen Sie uns gehen.« Beinahe unwirsch bot der Fürst Evelyn seinen Arm.

»Ich möchte mir nicht vorstellen, was geschieht, wenn der alte König stirbt. Bisher hat Karls Angst vor dem Vater ihn vor noch schlimmeren Exzessen bewahrt. Aber sitzt Karl erst einmal selbst auf dem Königsthron, hat er endgültig freie Hand.« Der Fürst schaute Evelyn an, und in seinen Augen spiegelte sich nichts als blanke Sorge um die geliebte Zarentochter. »Es liegt an uns beiden, aufzupassen, dass Olly dann nicht die schlimmste Enttäuschung ihres Lebens erfährt.«

13. KAPITEL

Als Karl und Olly sich am nächsten Tag aufmachten, um Sascha und den Rest der Familie zu einem Ausflug zu treffen, sah sie Iwan schon von weitem. An Saschas Seite, wie einst.

Olly war über den Hüpfer, den ihr Herz bei seinem Anblick machte, verärgert und erstaunt zugleich. War sie wirklich so bedürftig? Sehnte sich ihr Herz so sehr nach Zuwendung? Was sollte diese Gefühlswallung sonst bedeuten? Sie war froh, dass die anderen um sie herum waren, so fiel es ihr leichter, den innerlichen Aufruhr unter Kontrolle zu halten. Außerdem hatte sie sich doch vorgenommen, zu ihm auf Distanz zu gehen.

Doch Iwan suchte ihre Nähe, und das auf sehr geschickte Art: Immer wieder fachte er ein Gespräch zwischen ihrer Mutter, Sascha und Karl an, um dann, wenn die drei sich lebhaft unterhielten, zu Olly zu treten.

Und so kamen sie, während sie die Kieswege zwischen duftenden Rosenbüschen entlangflanierten, ins Gespräch. Nach den ersten stockenden Anfängen stellten sie fest, dass sie sich heute mehr zu sagen hatten als früher. Olly erzählte ihm von Wera und ihren Streichen. Bei der Episode mit den verbrannten Büchern lachte er laut los. Und natürlich erzählte sie ihm von ihren vielen Aufgaben in Stuttgart, wo es fast genauso viele Arme gab wie in St. Petersburg.

»Du bist eine gute Frau«, sagte er, und in der Schlichtheit seiner Worte lag für Olly das größte Lob.

Ein paar Schritte lang gesellte sich Karl zu ihnen. Als er hörte, wie angeregt sie sich über die Nikolaus-Heilanstalt für Blinde unterhielten, verlor er jedoch rasch das Interesse.

»Sascha will Boule spielen, er hat seinen Pagen losgeschickt, um einen Satz Kugeln zu holen – da kommt er schon!« Mit diesen Worten eilte er in Richtung seines Schwagers davon. Olly und Iwan folgten ihm mit ihren Blicken.

»Nein, ich will nicht über ihn sprechen«, sagte Olly leise.

Also sprachen sie über vergangene Zeiten. Über Iwans so jung verstorbene Schwester Maria, die sie beide bis zum heutigen Tag vermissten. Schöne, blonde Maria! Während die anderen auf einer schattigen Wiese ein Boulespiel begannen, setzten sie sich ein wenig abseits auf eine Bank. Obwohl eine Handbreit Luft zwischen ihnen war, vermochte Olly Iwans Körperwärme zu spüren. Irgendwann kam die Sprache auf ihre frühere Freundschaft und deren abruptes Ende, als Iwan über Nacht in den Kaukasus beordert worden war, um dort für seinen Zaren gegen aufständische Völker zu kämpfen. Wahrscheinlich waren Ollys Vater und auch Sascha damals der Ansicht gewesen, dass damit auch die nicht passende Liebschaft bekämpft wurde.

»Zwei Fliegen mit einer Klappe schlagen«, nannte Iwan es, und obwohl er lachte, überwog die Bitterkeit in seiner Stimme.

»Ich habe dich geliebt«, sagte er dann, ernster, als es Olly lieb war. Sanft strich er ein paar weiße Blüten, die von einem Strauch herabgerieselt waren, aus Ollys Haar. »Zugegeben, ich war ein Frauenheld. Das hatten dein Bruder und ich gemeinsam. Aber all meine Eroberungen waren nichtig, als ich dich kennenlernte.«

Stumm schaute Olly ihn an. Hatte sie ihn auch geliebt? Sie wusste es nicht mehr. Sie waren so jung gewesen! Zu jung für ein Gespräch der Art, wie sie es nun führten. Anstatt die Tiefe seiner Gefühle zu erkennen, hatte sie damals eitel, wie sie war, lediglich die Aufmerksamkeit des gutaussehenden Feldmarschalls genossen. Natürlich hatte sie ihn nach ihrer unfreiwilligen Trennung vermisst. Aber dann waren seine Briefe aus dem Krieg rarer geworden. Und plötzlich hieß es, Iwan würde für lange Zeit als russischer Statthalter im Kaukasus bleiben. Zu jener Zeit hatte sie Alexander von Hessen kennengelernt. Den Mann, der ihr das Herz brach. Den Mann, der heute Alexander von Battenberg hieß.

»Was ist, habe ich etwas Falsches gesagt?«

Sie schüttelte den Kopf. Als er unvermittelt sagte: »Hast du in letzter Zeit eigentlich wieder einmal etwas von Alexander gehört?«, glaubte sie für einen Moment, er könne Gedanken lesen.

»Was soll ich schon von ihm gehört haben?«, antwortete sie mit beherrschter Stimme. »Er und Julia leben glücklich und zufrieden bis ans Ende ihrer Tage. Und sie setzen alles daran, ihre Kinder, so gut es geht, zu verheiraten. Nur die höchsten Adelsränge, nur die besten Titel sind ihm gut genug.« Olly schüttelte den Kopf. »Mir kommt es vor, als wolle er für seine Töchter und Söhne erreichen, was er selbst nie bekommen hat – Anerkennung von ganz oben.« Nun war es ihre Stimme, die einen Hauch Bitterkeit in sich trug.

»Bereust du, dass aus euch beiden nichts geworden ist? Die Zarentochter und der mittellose Bruder der heutigen Zarin vor dem Traualtar – das wäre ein fast noch schlimmerer Skandal gewesen, als wenn du mich genommen hättest. Geredet wurde damals auch so schon genug«, sagte Iwan spöttisch. »So gesehen war es gut, dass er sich der hübschen Hofdame deiner Mutter zugewandt hat. Wenn du mich fragst, Alexander war von uns dreien – Sascha, er und ich – der schlimmste Frauenheld!«

»Und ausgerechnet in ihn musste ich mich verlieben.« Die Bemerkung sollte scherzhaft klingen, was sie jedoch nicht tat. Urplötzlich stand das Bild, wie sie Alexander von Hessen und die junge Baroness Julia von Haucke in inniger Umarmung vorgefunden hatte, mit einer solchen Schärfe vor Ollys innerem Auge, als wäre es erst gestern gewesen.

Dass sie sich später für Karl entschieden hatte, hing auch mit dieser Erfahrung zusammen. Karl würde niemals die Macht haben, ihr Herz zu brechen. Davon war sie fest überzeugt gewesen. Heute wusste sie, dass es mehrere Arten gab, einer Frau seelisches Leid zuzufügen.

»Alex hat damals behauptet, man hätte alles darangesetzt, um ihn in diese missverständliche Lage zu bringen. Ich *sollte* ihn und Julie ertappen, verstehst du? Dadurch wollten sie uns trennen, so wie sie zuvor schon dich und mich getrennt haben. Nichts und niemand durfte die ›Diplomatenware Zarentochter‹ beschädigen.« Olly warf ihrem Bruder, der sich gerade über einen gelungenen Wurf beim Boule freute, einen feindseligen Blick zu. Welche Rolle hatte er, der damalige Zarewitsch, gespielt?

»Aber dagegen spricht, dass Alex Julia ein paar Jahre später geheiratet hat. Das hätte er nicht getan, wenn er nichts für sie empfunden hätte. Bedenke, welch riesigen Skandal es gab, als er, der Schwager des Zaren, mit einer mittellosen Hofdame durchbrannte. Sämtliche Titel haben sie ihm fortgenommen. Erst Jahre später hat sich sein Bruder erbarmt und ihm einen neuen Titel verliehen. Man kann über Alexander und Julia sagen, was man will, aber einfach hatten die beiden es nicht.«

Olly nickte. »Alexander von Battenberg – dass er heute so heißt, daran werde ich mich nie gewöhnen.« Ihre Hand flatterte durch die Luft, als wollte sie den Namen ausradieren.

»Und wie ist es dir ergangen? Bist du verheiratet? Eigentlich weiß ich noch gar nichts von dir ...« Sie gab Iwan einen scherzhaften Knuff in die Seite. Kaum berührten ihre Fingerspitzen den Männerkörper, war es wieder da, das nervöse Kribbeln in ihrer Bauchgegend. Was, wenn er jetzt von einer Ehefrau und sieben Kindern erzählte? Wie würde sie sich dann fühlen?

Noch gestern Nacht im Bett hatte sie sich vorgenommen, Sascha heute beiläufig über Iwan auszufragen, aber dazu war es nicht gekommen. Es stimmte, sie wusste nichts über den Mann, und dabei war sie im Begriff, sich neu in ihn zu verlieben.

»Es gibt nicht viel zu sagen, die langen Jahre im Kaukasus haben mich nicht gerade zu einer begehrenswerten Partie gemacht«, antwortete Iwan ironisch. »Natürlich bin ich während meiner Heimaturlaube der einen oder anderen Einladung in einen der Petersburger Salons gefolgt. Du hättest mal sehen müssen, wie misstrauisch die Damen mich musterten! Als wäre ich genau solch ein Wilder wie die eingeborenen Stammeskrieger, die ich zu bekämpfen hatte.« Sein Schulterzucken drückte Resignation und Bedauern zugleich aus. »In Georgien, da gab es eine, die mir gefiel, aber daraus wurde nichts.«

»Und wer war diese Frau?«, fragte Olly mit einer Spur von Eifersucht.

Iwan, der den Unterton in ihrer Stimme gehört hatte, lächelte.

»Sie heißt Ekaterina und war eine georgische Prinzessin, bevor Russland ihrer Familie Rang und Titel abgenommen hat. Als ich sie kennenlernte, war sie jung und wunderschön, und schon Witwe. Ihrer Familie gehörte ein riesiger Palast in Mingrelien, einer der größten Provinzen Georgiens. Sie –«

»Meinst du etwa Ekaterina Chavchavadze?«, unterbrach Olly ihn. »Sie ist eine Bekannte von Sascha, ich habe sie bei einem meiner Russlandbesuche in Zarskoje Selo kennengelernt.« Eifersucht wallte in Olly auf wie überkochende Milch. Auch Sascha hatte des Öfteren von der hübschen Georgierin geschwärmt. Und hatte er nach dem Tod ihres Mannes nicht sogar die Schulkosten für ihre Kinder übernommen?

»Hat Sascha ihr nicht den Palast, in dem sie in Zarskoje Selo wohnt, geschenkt?« Aufgrund dieser Tatsache war Olly davon ausgegangen, die etwas hochmütig wirkende georgische Prinzessin sei eine weitere Geliebte des Zaren. Nun erfuhr sie, dass auch Iwan sie anziehend fand.

Iwan nickte. »Aber nicht aus den Gründen, die du vielleicht annimmst. Vielmehr war es so, dass Sascha –«

Iwan brach ab, als Karl auf sie zukam. Er trug eine Boulekugel in der Hand. Unter seinen Achseln waren dunkle Schweißränder zu sehen.

Ausgerechnet jetzt musste er kommen, ärgerte sich Olly.

»Wir müssen uns wiedersehen, allein! Am Ufer unten am Fluss sind meistens nur wenige Spaziergänger unterwegs«, raunte Iwan ihr zu.

Olly nickte. »Morgen Mittag, wenn Karl Mittagsruhe hält.«

Im nächsten Moment stand Karl mit hochrotem Kopf und düsterer Miene vor ihnen.

»Ich möchte mal wissen, was ihr so lange zu bereden habt. Wir anderen sind jedenfalls müde und durstig von unserem Spiel. Falls ihr euch also aufraffen könntet, wäre uns sehr daran gelegen, ins Kurcafé zu gelangen.«

Auch der nächste Tag war ein strahlender, heißer Sommertag. Den ganzen Vormittag über war Olly nervös und gereizt, einmal fuhr sie Evelyn an, ein anderes Mal Karl. »Ich habe Migräne«, entschuldigte sie sich und zog sich in ihr Zimmer zurück, wo sie zwei Stunden damit verbrachte, zu überlegen, was sie zu ihrem Stelldichein mit Iwan anziehen sollte. Kaum hatte sich Karl zu seinem Mittagsschlaf zurückgezogen, schlich sie sich in einem unauffälligen geblümten Baumwollkleid davon.

Du bist verrückt! Wenn dich jemand sieht, ist dein Ruf ein für alle Mal ruiniert!, rügte eine mahnende Stimme in ihrem Kopf, als sie, einen Sonnenschirm tief vor dem Gesicht, quer durch den Kurpark in Richtung Fluss eilte.

Und wenn schon! Pfeif doch einmal auf deinen Ruf!, forderte eine andere, lautere Stimme.

Und was ist mit Karl? Du bist eine verheiratete Frau! Nur weil deine Ehe in einer Krise steckt, kannst du dich doch nicht einfach einem anderen zuwenden, ertönte die erste Stimme erneut.

Eine Krise? Dass ich nicht lache, spottete die zweite Stimme. *Deine Ehe ist tot. Deine Liebe gestorben wie eine Pflanze, die nicht gegossen wurde. Doch während du für Karl immerhin noch etwas wie schwesterliche Zuneigung empfindest, scheinst du ihm gar nichts mehr zu bedeuten.*

Unter einem Kastanienbaum blieb Olly stehen. Warum musste immer alles so kompliziert sein? Sie war auf dem Weg zu einem alten Freund, mehr nicht.

Mach dir nichts vor, Olga Nikolajewna! Du bist auf dem Weg zu deinem Geliebten, so sieht es aus.

In einer sanften Biegung des Flusses wartete Iwan mit einem hölzernen Ruderboot auf sie. Ein wenig unsicher stieg Olly hinein, dann ließen sie sich ein kleines Stück treiben. Eine angespannte Stille breitete sich zwischen ihnen aus, während die Sonnenstrahlen glitzernde Muster aufs Wasser zauberten. Olly war die Erste, die das Schweigen brach.

»Es ist nicht gut, dass wir uns treffen.« Unruhig rutschte sie auf der schmalen Holzbank hin und her, und sogleich begann das Boot heftig zu schwanken. Wenn jemand sie sehen würde!

»Wir sind zwei erwachsene Menschen. Nur wir allein bestimmen, was gut für uns ist und was nicht«, sagte Iwan und klang sehr bestimmt dabei. »Ist etwa dein jetziges Leben gut? Ich sehe dir doch an, wie unglücklich du bist. Karl, Stuttgart, der württembergische Hof – Olly, dieses Leben ist doch nicht deine Welt.« Noch während er sprach, navigierte er das Boot ans Ufer, wo er es im Schutz von dichtgewachsenen Trauerweiden festband.

»Du bist unverschämt. Wie kannst du dir anmaßen, meine Welt zu beurteilen?«, fuhr sie ihn an. Sie wollte wütend auf ihn sein. Ihn anschreien und ihm sagen, dass er auf der Stelle, sofort zurückrudern solle. Was machte sie hier überhaupt? Es war ein Fehler, sich mit ihm zu treffen. Ein Fehler! Stattdessen geschah ein noch viel größeres Unglück: Sie brach in Tränen aus.

»Ach Iwan, ich habe alles falsch gemacht …«

Mit großer Zärtlichkeit nahm er sie in den Arm, wiegte sie wie ein Kind, während ihr Körper von Schluchzern geschüttelt wurde. Seine Wärme, seine beruhigenden Worte, der männliche Geruch … Auf einmal war es ganz natürlich, dass ihre Münder sich fanden. Seine Lippen waren fest, seine Zunge fordernd. Längst waren Ollys Tränen versiegt, immer enger drängten sich ihre Körper aneinander. Aus Trost wurde etwas anderes, Erregenderes.

Im sanften Schaukeln des Bootes fanden nicht nur ihre Körper zusammen, sondern auch ihre Seelen. Und alles war gut.

»Hör auf, das kitzelt!« Kichernd schob Olly den Grashalm fort, mit dem Iwan über ihre Wangen strich. Ach, sie fühlte sich so warm und so selig!

»Das soll es ja«, erwiderte er. »Ich kann mich nicht satthören an deinem Lachen. Es ist mir so viel lieber als deine Tränen. Weißt du nicht, dass nichts Männer so hilflos macht wie eine weinende Frau?«

»Das habe ich vorhin aber nicht bemerkt«, murmelte sie und schmiegte sich noch enger in die Beuge seines Armes. Er roch noch genau wie früher. Aber wie viel besser er sich anfühlte!

Iwan hangelte im Wasser nach der mitgebrachten Champagnerflasche und begann sie zu öffnen.

Lächelnd beobachtete Olly ihn. Sie konnte sich an seinen Bewegungen nicht sattsehen.

Dann hielt er ihr eines der Gläser entgegen. Die kühle Flüssigkeit prickelte auf ihrer Zunge. Sie vermochte sich nicht daran zu erinnern, wann sie sich das letzte Mal so wach, so lebendig und sinnenfroh gefühlt hatte. Ihr war, als sei sie in einen anderen Körper geschlüpft. Oder nein, vielmehr kam sie sich vor wie die Prinzessin in einem der Märchen, die sie Wera so gern vorlas. Diese Prinzessin war nach tausend Jahren Schlaf von einem schönen Prinzen wachgeküsst worden. Iwan, er war ihr Prinz ...

Ein lauter russischer Fluch riss Olly abrupt aus ihren schönen Gedanken. Entsetzt starrte sie auf Iwan, der die halbgefüllte Champagnerflasche ins Wasser schleuderte.

»Verflixt noch mal, ich kann den Gedanken nicht ertragen, dass das hier nur eine Episode sein soll. Olly! Sollten wir nicht vielmehr dem gütigen Schicksal danken, dass es uns erneut zusammengeführt hat, und entsprechend handeln?« Flehentlich griff er nach ihren Händen. »Dass wir uns wiedergesehen haben, kann kein Zufall sein. Es war unsere Bestimmung, wieder zueinanderzufinden.«

Wie vom Donner gerührt befreite sich Olly aus seinem Griff.

»Unsere Bestimmung? Aber – wie sollte die aussehen? Iwan, ich weiß gar nicht, was ich sagen soll. Wir haben uns doch gerade erst aufs Neue kennengelernt ... »

»Als ob das eine Rolle spielt. Wir haben schon genug Zeit vertan. Jahre, Jahrzehnte! Ich weiß längst, wie viel du mir bedeutest. Und dass du genauso empfindest, sehe ich in deinen Augen. Nutzen wir heute die Chance, die uns früher verwehrt wurde. Oder hast du etwa Angst vor dem Gerede? Du wärst nicht die erste Frau, die sich von ihrem Ehemann trennt, denke doch nur an deine Schwägerin.«

Olly sah ihn stumm an. Wie vehement hatte sie Sophies Bemerkung, dass eine Trennung als letzter Ausweg aus einer lieblosen Ehe auch für sie möglich wäre, noch vor ein paar Wochen von sich gewiesen. Und nun …

»Sollen sie sich doch die Mäuler zerreißen! Du brauchst vor nichts und niemandem Angst zu haben, Olly. Ich werde jeden, der etwas Schlechtes über dich zu sagen wagt, herausfordern.« Er küsste sie, als wollte er seine Worte damit besiegeln.

Iwan, der Krieger! Ein Leben an Iwans Seite, in seinen Armen, umhüllt von seiner Wärme, seiner unglaublichen Zärtlichkeit, Geborgenheit für immer. Einen Moment lang schloss Olly die Augen und gab sich dieser Illusion hin. Alles hinter sich lassen. Noch einmal neu anfangen. Doch dann riss sie sich zusammen und sagte:

»Aber es geht doch nicht allein um uns. Ich bin eine verheiratete Frau, und dann ist da auch noch Wera …«

»Wera ist das Kind deines Bruders. Was, wenn er sich entschließt, sie nach der Kur zu sich zu nehmen? Dann stehst du mit Karl wieder allein da. Olly, soll es das wirklich für uns zwei gewesen sein – ein bisschen Liebe und dann adieu, mon amour? Das kannst du uns nicht antun, ich flehe dich an, gib unserer Liebe eine Chance!«

14. KAPITEL

Zum wiederholten Male schaute Helene Trupow auf die Standuhr, die an der Längsseite des großen Saales von Schloss Rosenstein stand. Obwohl es draußen gerade erst dämmerte, war es fast halb zehn am Abend. Der vierundzwanzigste Juni – in St. Petersburg feierte man die weißen Nächte, aber auch in Stuttgart waren die Nächte inzwischen wie verzaubert: der Duft der Rosen, der sich im Stadtkessel besonders lange hielt, die Straßenmusikanten mit ihren romantischen Geigenklängen, die vielen Blumenrabatten entlang der Straßen. Baden-Baden konnte keinesfalls schöner sein! Wie viel anders als noch vor ein paar Wochen sah die Welt nun aus …

Umso ärgerlicher war es, dass sie hier, in diesem kalten Kasten, festsaß, ärgerte sich Helene. Wenn es ihr jetzt nicht bald gelang, Wera vom Bett ihres kranken Großvaters loszueisen, würde sie nicht da sein, wenn Igor Titow, seines Zeichens königlicher Hoflieferant von Möbeln aller Art, sie um zehn Uhr vor der Tür des Kronprinzenpalais abholen wollte.

Igor … Ein glückliches Lächeln umspielte Helenes Mund. Dass es so schnell gehen würde, einen potentiellen Bräutigam zu finden, hätte sie nie im Leben gedacht. Welch gnädiges Schicksal hatte sie nach Stuttgart verschlagen!

Es wäre zwar vermessen gewesen, bei einer Größe von geschätzten ein Meter sechzig bei Igor Titow von »einem Bild von Mann«

zu sprechen. Aber was ihm an Höhe fehlte, machten sein enormer Bauchumfang und sein Auftreten wett, das dem eines reichen Landfürsten ähnelte. Nun, adelig war Igor zwar nicht, dafür umso reicher. Außerdem besaß er die schönsten Augen, die Helene je bei einem Mann gesehen hatte. Und wie er sie stets daraus anstrahlte! Anfangs war sie unruhig von einem Bein aufs andere getreten, wann immer sein Blick auf ihr ruhen blieb. War etwas an ihrer Garderobe auszusetzen? Hatte sie Flecken auf dem Kragen, so wie Frau Öchsele des Öfteren? Oder fand Igor ihre Nase zu lang? Bemängelte er die vielen kleinen Falten rund um ihre Augenpartie? Wie eine Schildkröte sah sie aus, stellte Helene ungnädig bei jedem Blick im Spiegel fest.

Igor Titow sah jedoch weder ihre Falten noch ihre Hakennase. Und wenn er sie sah, fand er sie wohl hübsch, jedenfalls wurde er nicht müde, ihr dies immer wieder zu bestätigen. Noch nie hatte sie sich so begehrt, ja geradezu schön gefühlt wie bei Igor. Was er sich wohl für den heutigen herrlichen Sommerabend ausgedacht hatte? Ein Ausflug in den Schlosspark? Oder –

Ein lautes, hartes Husten riss sie aus ihren schönen Gedanken. Der König war wieder einmal aus seinem unruhigen Schlaf erwacht. Missmutig beobachtete sie, wie Wera dem Kranken eilfertig eine Porzellanschale hinhielt. Sogleich landete blutdurchzogener Schleim darin. Angeekelt wandte sich die Gouvernante ab. Kein Wunder, dass die anderen längst gegangen waren!

Im Laufe des Abends hatten sich alle in Stuttgart weilenden Kinder des Königs am Krankenbett versammelt. Auch ein paar Enkel waren gekommen. Allem Anschein nach hatten die Ärzte ihnen verkündet, des Königs letzte Stunde habe geschlagen. Doch nach spätestens einer halben Stunde waren sie wieder gegangen, eifrig Pläne für den Abend schmiedend. Der König und sterben? Daran glaubte niemand. Lediglich Pauline hatte bleiben wollen, doch wieder einmal war es zu einem höchst unerfreulichen Wortwechsel zwischen dem König und ihr gekommen, woraufhin sie beleidigt abgerauscht war. Hätte er nicht auch Wera fortschicken können?, fragte sich Helene Trupow missmutig.

Eine »alte Zosse« hatte der König seine Gattin genannt – unglaublich. Aber hatte sie es nicht schon immer gesagt? Wenn man genau hinschaute, waren die feinen Herrschaften nicht besser als der Ofenheizer und sein Weib. Mit geschürzten Lippen gab Helene ein Geräusch von sich, woraufhin sich Wera zu ihr umdrehte.

»Wir sollten gehen«, mahnte Helene. »Es wird höchste Zeit, dass du ins Bett kommst. Gegessen hast du auch noch nichts. Hast du keinen Hunger?«

Wera schüttelte den Kopf. »Ich kann Wilhelm nicht alleinlassen. Nicht heute Nacht, nicht hier. Madame Trupow, verstehen Sie denn nicht: Wenn der König hierbleibt, wird er sterben!«

»Du und deine blühende Phantasie. Von einem Umzug stirbt man doch nicht«, sagte die Gouvernante und zog ihren sich widerstrebenden Zögling vom Bett fort, damit der Kammerdiener des Königs unter den wachsamen Augen des Leibarztes einen frischen Wickel auf Wilhelms Brust legen konnte.

Dass sich der König von einem Tag auf den anderen dazu entschlossen hatte, aus der Stadt hinaus ins unbewohnte, kalte und unwirtliche Schloss Rosenstein zu ziehen, war in Helenes Augen nur eine weitere königliche Verrücktheit. Sie konnte sich die Eile, mit der Bedienstete diesen Saal hier bewohnbar gemacht hatten, nur allzu gut vorstellen. Die weißen Stofftücher, mit denen die wenigen vorhandenen Möbel abgedeckt gewesen waren, lagen noch zusammengeknüllt in einer Ecke. In der Nähe der drei schmalen, hohen Fenster, wo des Königs Bett stand, zeugten Striemen auf dem Parkettboden von hektischem Möbelrücken. Es war kalt und roch nach Staub, in den Kronleuchtern prangten keine Kerzen, einzig auf die Fenstersimse hatte man eilig ein paar dicke Stumpen auf groben Untertassen gestellt, gerade so, als wären Kerzenleuchter hier Mangelware. Bestimmt konnte auch die Speisekammer außer ein paar verhungerten Mäusen nichts vorweisen – wozu auch? Hier lebte ja niemand. Weder Dr. Elsässer noch der Kammerdiener des Königs, der als einziger Bediensteter aus dem Stuttgarter Schloss mitgekommen war, sahen sehr glücklich aus. Aber warum hatte niemand den alten König von diesem Umzug abgehalten? Helene konnte sich auf die ganze Situation keinen Reim machen.

Igor Titow wartete. Auf sie.

Die Gouvernante beäugte ihren Schützling, der erneut auf der Bettkante des Kranken saß, für einen langen Augenblick. Dass Wera ausreichend Ausdauer hatte, um hier zu verweilen, wäre vor ein paar Monaten auch noch nicht möglich gewesen. Doch inzwischen war Wera auf dem Weg der Besserung: Sie las Bücher, anstatt sie zu zerfetzen. Sie schrieb Gedichte, anstatt Ratten zu zeichnen, und letzte Woche hatte sie gefragt, wann denn ihre Tanzstunden beginnen würden. Tanzstunden? Helene hatte geglaubt, nicht richtig zu hören. Fruchteten ihre Bemühungen also doch? Ihr Zögling wurde damenhaft, und das trotz dieser lächerlichen Spaziergänge mit dem hünenhaften Soldaten. Noch immer hielt sie das für eine Schnapsidee.

»Also gut, falls Dr. Elsässer nichts dagegen hat, darfst du dem König heute Nacht Gesellschaft leisten. Wenn du müde wirst, kannst du dich auf die Chaiselongue legen. Und falls du Hunger bekommst, hier hast du etwas!« Mit einem Hauch Bedauern zog sie die Schachtel Kekse, die Igor ihr am Vortag aus der feinsten Konditorei der Stadt mitgebracht hatte, aus ihrer Tasche und drückte sie der verwunderten Wera in die Hand. »Ich hole dich morgen früh um Punkt acht Uhr wieder ab!«

Bevor Dr. Elsässer etwas gegen dieses Arrangement einwenden konnte, rauschte Helene Trupow ab. Wenn sie sich beeilte, würde sie es doch noch bis zehn Uhr schaffen.

*

»Stirbt er jetzt?«, flüsterte Wera dem Arzt aufgeregt zu, nachdem dieser Wilhelm mühselig ein paar Schlucke Wasser eingeflößt hatte.

Der Arzt schaute ungeduldig auf sie herab. »Unser König ist sehr krank. Er hat Schleim in der Brust, sein Steinleiden quält ihn sehr, und wenn es mit diesen Anfällen so weitergeht –« Elsässer zuckte mit den Schultern. »Andererseits hat unser König schon viele solche Nächte überlebt, wir sollten die Hoffnung daher nicht zu früh aufgeben.«

Während der Arzt auf der Schlossterrasse eine Pfeife rauchte, ging der Kammerdiener in die Küche, um warmes Wasser für eine Waschung des Kranken zu erbitten.

Wera blieb allein am Bett des Kranken zurück. Dieses Keuchen! Jeder Atemzug schien Wilhelm schwerzufallen. Was, wenn er plötzlich damit aufhörte? Unruhig schaute sie aus dem Fenster. Gott sei Dank, der Arzt war noch da!

»Keine Angst, du bist nicht allein«, sagte sie zu Wilhelm. Als er nicht reagierte, kramte sie in ihrer Tasche und zog ein kleines in Leder gebundenes Buch hervor. Mit gezücktem Stift schaute sie den Bettlägerigen an. Ob ihr ein Gedicht über das Sterben gelingen würde? *Engel* müssten darin vorkommen, *Totenglocke*n und vielleicht auch der *Teufel.*

Wie es wohl war, zu sterben? Ob Wilhelm hinter seinen geschlossenen Augen schon den Gevatter Tod vor sich sah? Würde er sich an sie, Wera, klammern und sie mitnehmen wollen? Würde er vor Schmerzen laut schreien, so dass es ihr in den Ohren weh tat? Oder würde alles so schnell gehen, dass sie gar nichts mitbekam? Ein leises Schauern rann Weras Rücken hinab, und einen Moment lang wünschte sie sich, bei Eugen von Montenegro in ihrem Zimmer in der Villa Berg zu sein. Sie war schon fast im Begriff zu gehen, als Wilhelm plötzlich die Augen aufschlug.

»Wera! Dass ausgerechnet du heute Nacht bei mir bist, passt gut«, sagte er und klang dabei fast vergnüglich. »Ein alter Griesgram wie ich und ein hässliches Kind …« Sein Lachen ging in einem Röcheln unter.

Wera schaute ihn stirnrunzelnd an. Hatte Wilhelm den Verstand völlig verloren? Im nächsten Moment spürte sie seine verschwitzte Hand auf ihrer Rechten.

»Brauchst nicht so besorgt dreinzuschauen, mein liebes Kind. Ich bin froh, wenn's vorbei ist. Lange habe ich mich gesträubt, aber nun habe ich all die Speichellecker, Feiglinge und Nichtsnutze so satt, dass ich es kaum erwarten kann, heimzugehen zu meiner stolzen, klugen und aufrechten Katharina. Sie war die wahre Liebe meines Lebens …« Die lange Rede hatte den alten Mann so sehr angestrengt, dass ein weiterer Hustenanfall folgte.

»Aber … heißt das, du hast dich bewusst hierher ins Schloss Rosenstein zurückgezogen, damit die Prophezeiung der Wahrsagerin in Erfüllung geht?«, fragte Wera erschrocken.

Wilhelm zog lautstark Rotz nach oben. »Es war nicht *irgendeine* Wahrsagerin, die mir den Tod hier oben vorhergesagt hat. Es war die berühmte Madame Lenormand. Ich bin bereit …«

Die Tür ging auf, und zu Weras Unmut kam Dr. Elsässer zurück. Zu gern hätte sie noch einen Moment mit Wilhelm allein verbracht, hätte mit ihm über die Wahrsagerei und die große Liebe gesprochen. Sie räusperte sich.

»Ich habe ein Gedicht geschrieben, es heißt ›Der Wanderer‹ und ist für dich und Katharina. Willst du es hören?«

Der König grummelte etwas, was Wera als Zustimmung auslegte.

»Es steht der Mond am Himmel
Und alles schläft in Ruh –
Du armer müder Wand'rer,
Weshalb schläfst nicht auch Du?

Ich blicke zu den Sternen
Mit Wehmuth still empor,
Und aus dem Auge brechen
Die Thränen mir hervor …

Ich denke an die Theure,
Die mir vom Himmel winkt,
Aus diesem gold'nen Sterne,
Der mir entgegen blinkt …«

Ein wenig verlegen legte Wera ihr Notizbuch weg.

Der König hatte Tränen in den Augen. »Das ist von dir? Du bist ein kluges Mädchen. Ja, meine Katharina ist wirklich wie ein gold'ner Stern. Sie winkt mir zu, sie ruft nach mir ...«

Wachzustände wechselten mit Phasen unruhigen Schlafs ab. Wera teilte ihre Kekse mit Dr. Elsässer, der inzwischen zu der Überzeugung gekommen war, dass es sich doch um die letzte Nacht des Königs handelte.

»Unser geliebter König hat seinem Schicksal lange genug getrotzt, vielleicht ist es nun tatsächlich an der Zeit für ihn heimzukehren.« Elsässer sah sorgenvoll drein. »Eigentlich müsste ich jetzt erneut die Verwandten rufen lassen«, sagte er, beließ es aber dabei, statt seinen Worten Taten folgen zu lassen.

Ungewöhnlich in sich gekehrt saß Wera da. Wenn Wilhelm jetzt starb, würde man ihr einen Vorwurf machen können? Würde es wieder einmal heißen »Du bist schuld, du böses Kind«? Wie oft hatte sie diesen Satz zu Hause in St. Petersburg zu hören bekommen. Und auch hier, in Stuttgart, leierte die Trupow ihn ständig herunter. Einzig Olly hatte noch nie behauptet, sie sei an etwas schuld.

Olly ... Wenn der König starb, würde sie Königin werden.

Was hatte das nun wieder zu bedeuten?

Mit geschlossenen Augen versuchte Wera, sich Olly auf dem Königsthron vorzustellen. Das Bild gelang ihr vorzüglich. Die schöne, stolze Zarentochter! Karl, den sie an Ollys rechte Seite platzierte, erschien hingegen verschwommen und vage.

Tapfer hielt Wera Wilhelms Hand, während tausend Gedanken durch ihren Kopf tosten.

Einmal noch öffnete Wilhelm seine Augen. Mit erstaunlich klarem Blick schaute er Wera an.

»Du bist ein feiner Mensch, kleine Wera. Deshalb gebe ich dir einen guten Rat: Wenn ich tot bin, wird's ein Hauen und Stechen sondergleichen geben. Pass auf, Kind, dass du dabei nicht unter die Räder kommst ...«

Es war morgens um fünf, als König Wilhelm I. von Württemberg starb. Während Dr. Elsässer den genauen Todeszeitpunkt in seinen

Unterlagen festhielt, wurden eilig Boten losgeschickt, um die Familie zu informieren. Auch nach Bad Kissingen, wo Olly und Karl ahnungslos weilten, entsandte man einen Kurier.

Der König war tot. Hoch lebe der König.

Aus übermüdeten, vor Schreck geweiteten Augen schaute Wera Wilhelm an. Es war vorbei. So sah also ein Toter aus. Eigentlich hatte sie sich das Sterben dramatischer vorgestellt.

Nun würden Onkel und Tante wirklich und wahrhaftig das Zepter übernehmen. Dabei hatte Olly mit ihren Wohltätigkeiten schon jetzt so viel zu tun. Und Karl ging doch lieber spazieren, anstatt etwas *Sinnvolles* zu tun, wie ihre Tante zu sagen pflegte. Leicht würde das neue Amt für beide nicht werden ... Da konnten sie doch ein Kind gar nicht mehr gebrauchen, oder? Bestimmt wäre sie, Wera, erst recht eine Last für die beiden. Das bedeutete, dass sie endlich nach Russland zurückkehren konnte.

Wera drückte dem toten König freudestrahlend einen dicken Kuss auf die kalte Wange.

15. KAPITEL

Eve spürte die Wandlung ihrer Herrin sofort, auch wenn sie sich nicht gleich einen Reim darauf machen konnte.

Der Glanz in Ollys Blick. Die leicht gehobenen Mundwinkel, als schmunzele sie unentwegt über etwas. Selbst ihr Porzellanteint schimmerte rosiger als sonst, dazu die Lippen, die an manchen Stellen leicht wund schienen ... Eve war zwar keinesfalls eine Expertin, was die geschlechtlichen Belange zwischen Mann und Frau anging, aber dass man nach dem Küssen eines bärtigen Herrn ein wenig derangiert aussah, wusste sie aus eigener Erfahrung.

»Ach Eve, mein Spaziergang war einfach wunderbar«, sagte Olly und umarmte sie überschwänglich.

Ein Spaziergang. In der Mittagshitze. Eve lächelte in sich hinein.

»Allerdings fühle ich mich nun sehr erhitzt.« Eine Spur zu theatralisch fächelte sich Olly Luft zu.

»Wenn Hoheit wünscht, lasse ich Wasser für ein Bad kommen. Lauwarm, mit ein bisschen Lavendelessenz. Genau das Richtige in dieser Hitze.« Evelyn zeigte in Richtung des kleinen Erkers, wo zwischen zwei Fenstern und hinter einem Paravent eine große, bequeme Badewanne stand.

»Du bist ein Schatz!« Schon umarmte Olly sie erneut, diesmal drückte sie ihr sogar einen Kuss auf die Stirn.

Eve hob unmerklich die Brauen. So aufgekratzt kannte sie die

Kronprinzessin nun wirklich nicht. Sie griff nach dem Klingelzug, um nach den mürrischen Hotelangestellten zu läuten.

»Soll ich Ihre Haare waschen?«, fragte Evelyn, als Olly kurze Zeit später wohlig seufzend in der Wanne lag.

»Nein danke. Eigentlich möchte ich gern ein wenig allein sein«, erwiderte die Kronprinzessin.

Auch gut, dachte Evelyn und begann, einen Stapel gebügelte Wäsche in die diversen Schränke und Kommoden zu räumen.

Eine Zeitlang war hinter dem Paravent nur Wasserplätschern und ab und an ein leises Seufzen zu hören. Die Kronprinzessin war glücklich. Irgendetwas war geschehen. Etwas Gutes, Schönes.

»Eve?«

»Ja, Hoheit?«

»Hast du jemals darüber nachgedacht, dein bisheriges Leben völlig umzukrempeln? Von einem Tag auf den anderen etwas ganz Neues zu beginnen? Alles hinter dir zu lassen, ganz gleich, welche Konsequenzen dies mit sich brächte?« Das Plätschern hinter dem Paravent hatte aufgehört, und Evelyn hatte das Gefühl, als warte die Kronprinzessin angespannt auf ihre Antwort.

»Vielleicht hat es solch einen Zeitpunkt tatsächlich schon einmal gegeben«, sagte sie gedehnt.

»Evelyn, wollen Sie meine Frau werden?« – Wie oft träumte sie noch heute von diesem Moment! Ihr Verehrer, ein hochgeschätzter Gast des Stuttgarter Hofes, sagte stets Evelyn zu ihr, nie Eve. Mit seinem Antrag hatte er sie überrumpelt, sie waren mitten in den Vorbereitungen gewesen für eine weitere Sitzung …

Eve schüttelte ärgerlich den Kopf. Nicht daran denken! Sonst wurde sie den Hauch Wehmut, der ihr Herz umgab, für den Rest des Tages nicht mehr los.

Niemand hatte damals etwas von ihrer Liaison mitbekommen, sie waren beide klug genug gewesen, sich keinerlei Gerede auszusetzen. Das »Ja« hatte ihr auf der Zunge gelegen. Sie seine Frau – das hätte sie sich schon vorstellen können. Wenn sie ehrlich war, konnte sie es heute noch. Aber die Kronprinzessin verlassen? Den Menschen, der sie am dringendsten benötigte?

»Und? Bist du dem Ruf deines Herzens gefolgt?« Nervöses Kichern begleitete Ollys Frage.

Eve schaute auf den Paravent. Was für eine seltsame Frage.

»Ja, ich bin dem Ruf meines Herzens gefolgt. Ich bin in meinem alten Leben geblieben.« Nun reichte es aber mit Offenbarungen! Mit dem Fläschchen Lavendelessenz trat Evelyn resolut hinter den Paravent.

»Wie wäre es mit ein paar Tropfen mehr? Lavendel hat eine solch beruhigende Wirkung auf den Geist.« Sie hatte den Flakon schon geöffnet, als Olly sie am Handgelenk packte.

»Ich bin nicht aufgeregt, ganz im Gegenteil. Ich kann mich gar nicht erinnern, wann ich das letzte Mal so ruhig war. Setz dich zu mir.« Sie wies auf den kleinen Schemel, der neben der Wanne stand.

Eve tat, wie ihr geheißen. Am liebsten wäre sie jedoch wieder aufgestanden und hätte sich erneut an der Wäsche zu schaffen gemacht. Es hatte sehr wohl Zeiten gegeben, in denen sie sich gewünscht hätte, dass die Kronprinzessin sie stärker ins Vertrauen zöge. *Rede mit mir! Erleichtere dein bedrücktes Herz! Bei mir sind deine Geheimnisse sicher!*, hatte sie ihr oft im Stillen zugerufen. Doch hier und jetzt wollte sie nicht wissen, was Olly umtrieb. Sie hatte sogar Angst davor.

Olly aber schien wild entschlossen, sich ihr anzuvertrauen.

»Eve, könntest du dir vorstellen, also, ich meine das natürlich rein hypothetisch, aber … könntest du dir vorstellen, dass auch *ich* solch ein neues Leben beginne?« Sie setzte sich in der Wanne auf, Wasser schwappte über den Rand auf den Boden.

»Sie, Hoheit? Ich weiß nicht recht. Wie sollte es aussehen, dieses neue Leben?« Noch während Evelyn sprach, glaubte sie zu ahnen, worauf die Zarentochter anspielte. Olly und der russische Fürst? Das konnte doch nicht sein, oder?

»Ich weiß, allein der Gedanke ist verrückt. Dennoch …« Träumerisch ließ Olly ihre rechte Hand durchs Wasser gleiten. »Die Vorstellung ist so süß, so verführerisch.«

Olly und der russische Fürst. Eve musste nur in Ollys verliebte

Augen schauen, und der Gedanke war auf einmal gar nicht mehr so abwegig.

Und was ist dann mit mir?, schoss es ihr durch den Kopf. Würden ihre Dienste noch gebraucht werden in Ollys neuem Leben? Oder würde auch sie die Zelte abbrechen, alles hinter sich lassen und nochmals von vorn beginnen können? Ihre Mutter war alt und konnte Hilfe gut gebrauchen. Vielleicht würde man ihr für ihre treuen Dienste ein kleines Appartement schenken, wo sie ganz für sich allein würde leben können. Oder gab es womöglich noch einen ganz anderen Weg, den sie zu beschreiten vermochte?

»Evelyn, wollen Sie meine Frau werden?« Sie war sich ziemlich sicher, dass ihr Verehrer noch einmal fragen würde. »Ja!« Auch das konnte sie sich vorstellen. Sie würde wollen. Noch immer.

»Solch ein neues Leben würde viel Mut bedürfen«, sagte sie vorsichtig. »Es würde Gerede geben, einen Skandal sogar.«

»Über Skandale wächst irgendwann Gras, n'est-ce pas?« Ein nonchalantes Schulterzucken begleitete Ollys Aussage. Sie sah plötzlich aus wie ein ungestümes junges Mädchen, überzeugt davon, dass ihm die Welt gehöre.

Einen Moment lang waren beide still, gerade so, als wären sie über ihre eigene Kühnheit erschrocken. Dann lachten sie gleichzeitig lauthals los.

»Ach Eve, ich bin so glücklich, dass du mich verstehst!« Tropfnass, wie sie war, ergriff Olly Eves Hand und drückte sie.

Keine von ihnen hörte das Klopfen an der Tür.

Kreideblass stand plötzlich Karl vor ihnen, in seiner linken Hand hielt er einen Briefumschlag.

Rasch hielt Eve Olly ein Handtuch hin, welches diese ebenso hastig entgegennahm.

Karl schien die Nacktheit seiner Frau nicht zu bemerken.

»Eine Depesche vom Hof«, sagte er ohne Begrüßung. »Der König ist tot.« Sein Blick irrte zwischen seiner Frau und ihrer Hofdame hin und her.

»Wir müssen zurück nach Stuttgart!«

Noch am selben Tag, dem 25. Juni, machte die telegraphische Nachricht vom Tod des Königs in Bad Kissingen die Runde. Die Kurgäste reagierten auf ihre Art, nämlich mit einem lauten »Hurra!«. Wo immer Karl und Olly auftauchten, wurden sie zu ihrer neuen Regentschaft beglückwünscht.

Nach dem ersten Schock fasste sich Evelyn schnell. Was blieb ihr auch anderes übrig? So rasch war ihr Traum von einem neuen Leben Wirklichkeit geworden, wenn auch in völlig anderer Art, als sie geglaubt hatten. Nun war sie also die Hofdame der Königin. Olga würde sie fortan dringender denn je an ihrer Seite brauchen.

Olly selbst hatte ihre Gefühle wie immer strikt unter Kontrolle. Bleich, aber gefasst nahm sie die Beileidsbekundungen, aber auch die Glückwünsche ihrer Familie entgegen.

»Olga Nikolajewna, jetzt bist du endlich Königin von Württemberg! Wenn das dein Vater erlebt hätte.« Mit glänzenden Augen hatte die Zarenmutter ihre Tochter auf beide Wangen geküsst.

Einzig Eve ahnte, welch schrecklicher Gefühlswirrwarr in ihrer Herrin toben musste. Ihr war nicht einmal Zeit geblieben, um von Fürst Bariatinski und ihren Träumen von einem neuen Leben Abschied zu nehmen. Lediglich eine eilig hingeworfene Notiz übergab sie Eve, damit diese sie Bariatinski überbrachte.

Mit regloser Miene las der Fürst die wenigen Zeilen, und einzig das Zucken unter seinem rechten Auge verriet Evelyn, dass er nicht so teilnahmslos war, wie es den Anschein hatte.

»Richten Sie der Königin meine besten Wünsche aus«, sagte er steif, dann ließ er sie einfach stehen.

Nachdem die Koffer gepackt waren, reisten Karl und Olly auf dem schnellsten Weg nach Stuttgart zurück.

Evelyn und Gortschakow folgten in einer separaten Kutsche. Sie war sich noch nicht sicher, ob es sie beruhigte oder eher nervös machte, dass der Russe beschlossen hatte, ihnen in den kommenden stürmischen Tagen zur Seite zu stehen. Wenigstens wollte er keine »Problemgespräche« mit ihr führen, und so konnte Eve in

Ruhe ihren Gedanken an verlorene Chancen nachhängen und traurig sein.

Tags darauf leerte sich Bad Kissingen zusehends, und die Hoheiten, die es sich zuvor bei Champagner und Heilwasser hatten gutgehen lassen, reisten ebenfalls nach Stuttgart, um am 27. Juni Karls und Olgas Inthronisierung beizuwohnen. Zu Weras überschwänglicher Freude kamen auch ihre Eltern sowie Sophie, Königin der Niederlande. Sie war eine der wenigen, die wahrhaft um Wilhelm trauerten.

Am Tag der Thronbesteigung war auf den Straßen der Stadt kein Durchkommen mehr, Stuttgart wimmelte vor Zugereisten. Aus den Remstäler Weinbergen, aus Dörfern auf der Schwäbischen Alb, selbst vom Bodensee her waren die Menschen angereist, um Karl und Olly in ihrer offenen Kutsche zu huldigen. Das Volk jubelte seinem schönen, wenn auch nicht mehr ganz jungen Königspaar aus voller Kehle zu, und auch in den Sälen des Schlosses ließ man die neuen Regenten hochleben.

Karl und Olly selbst erlebten den großen Moment wie in einem Trancezustand – für ein tieferes Wahrnehmen, für ein Verständnis ihrer neuen Position gar, blieb ihnen erst einmal keine Zeit.

*

Dass Tante und Onkel so beschäftigt waren, gefiel Wera nicht, ihr wäre es lieber gewesen, noch ein bisschen Zeit mit Olly verbringen zu können. Gerade jetzt, wo ihr Abschied doch unmittelbar bevorstand. Erstaunt stellte sie fest, dass der Gedanke an die Trennung sie schmerzte. Konnte es sein, dass sie Stuttgart und seine Menschen doch liebgewonnen hatte? Nun, für manche Stuttgarter wie Margitta und Lutz traf dies unzweifelhaft zu. Vielleicht war es am besten, sich heimlich und unbemerkt fortzuschleichen? Abschiede waren nichts für sie, so viel hatte sie schon herausgefunden.

Am Tag nach der Inthronisierung fragte sie ihre Eltern nach dem genauen Reisetermin. Kosty und Sanny wanden sich wie Aale in einem Korb. Schließlich eröffneten sie ihr die Wahrheit: An eine Rückkehr Weras nach Russland war gar nicht gedacht worden.

Wera war maßlos enttäuscht. Ihr Schrei gellte minutenlang durchs ganze Schloss, danach verstummte sie für den Rest des Tages. Als Sophies Sohn Willem Alexander eine dumme Bemerkung über Eugen von Montenegro machte, zettelte sie die schlimmste Rauferei an, die es je im Stuttgarter Schloss gegeben hatte. Willem, selbst ein ausgewiesener Rüpel, trug ein blaues Auge davon, seine Prachtuniform – die erste seines Lebens – wies ausgerechnet am Hosenlatz einen langen Riss auf. Weras Arm war gezerrt und ihr Knie aufgeschlagen. Danach herrschte zwischen den Streithähnen feindselige Stille. Die Erwachsenen machten tadelnde Bemerkungen, weitere Strafen blieben jedoch aus, zu sehr war jeder mit sich selbst beschäftigt.

Ihren Eltern begegnete Wera danach mit aufgesetzter Höflichkeit, suchte aber nicht weiter ihre Nähe. Falls Kosty und Sanny die Distanziertheit der Tochter überhaupt wahrnahmen, schienen sie nicht darunter zu leiden.

Die Einzige, die in diesen bewegten Tagen, an denen es vor Fremden und Gästen am Hof nur so wimmelte, Zeit für Wera hatte, war Margitta. Ganze Nachmittage verbrachten sie an Weras Fenster, von jedem, der durchs große Villenportal ein und aus ging, wollte Margitta den genauen Namen und Titel erfahren. Danach übten die Mädchen kichernd den hoheitsvollen Gang der Adelsdamen. Evelyn, die sie dabei überraschte, brachte ihnen daraufhin gutmütig einen ganzen Korb ausrangierter Schals, Spitzenhandschuhe und Ansteckblumen vorbei, damit sie sich »wie feine Damen« ausstaffieren konnten. Dass unten im Korb außerdem noch ein ausgedientes Wollkleid und ein paar solide Halbschuhe lagen, war kein Zufall. Schon mehr als einmal war Eve von Gästen oder Hofleuten auf das seltsame Mädchen an Weras Seite angesprochen worden – dass im Königshaushalt derart schlecht gekleidete Gestalten verkehrten, fanden die meisten mehr als sonderbar. Doch bisher waren weder Olly noch Weras Kammerfrau Öchsele auf die Idee gekommen, dem Kind etwas Anständiges zum Anziehen zu geben. Evelyn war erleichtert, als Margitta bei ihrem nächsten Besuch stolz das Kleid samt Schuhen trug – so konnte sie glatt als ein Botenmädchen durchgehen.

Auch über den Tod hinaus hielt Wilhelm das Zepter weiter in der Hand, zumindest im übertragenen Sinne. Als er nach seiner Aufbahrung im Schloss am 30. Juni 1864 beerdigt wurde, hielt sich Karl Wort für Wort an Wilhelms aus dem Jahr 1844 stammendes Testament. Kaum jemand kannte den genauen Wortlaut, doch schnell sprach sich in Hofkreisen herum, dass der König verfügt hatte, sein Leichnam möge in nächtlicher Stille das Schloss verlassen. In einem Leichenzug durch die ganze Stadt, der nur von wenigen Auserwählten wie dem Hofprediger und dem Hofmarschall begleitet wurde, wollte Wilhelm dann zu seiner letzten Ruhestätte gebracht werden. Seine Schwiegersöhne, sein Enkel Wily, sein Stiefsohn Peter und Karl sollten dem Trauerzug ebenfalls beiwohnen.

Und was war mit Pauline? Und mit Kronprinzessin Olga? Den Töchtern?

Dass die Witwe nicht in Wilhelms Beerdigungsprocedere erwähnt wurde, war der erste Eklat. Der zweite folgte, als bekannt wurde, *wo* der König begraben werden wollte – nämlich in der Grabkapelle auf dem Württemberg, bei Katharina, seiner ersten Frau. Auch in diesem Punkt waren seine Anweisungen mehr als deutlich: Der Leichenzug sollte zeitlich so organisiert werden, dass er mit dem ersten Sonnenstrahl auf dem Württemberg ankam. Nach einer kurzen Predigt wollte der König sein Begräbnis mit einem einzigen Kanonenschuss beendet wissen.

Pauline, die Königswitwe, ertrug jede ihr zugefügte Schmach mit hocherhobenem Kopf und betete in diesen Tagen noch mehr als sonst. Als Karl und Olly ihr das Kronprinzenpalais als Witwensitz anboten – ins Neue Schloss würde ja nun das neue Königspaar selbst einziehen –, nahm sie dankend an. Doch zur selben Zeit schmiedete sie schon Pläne für ihre Abreise nach Friedrichshafen.

Dort hatte sie die letzten vierzig Sommer mehr oder weniger glücklich verbracht, warum sollte sie es ausgerechnet in diesem Jahr anders halten? Hinter vorgehaltener Hand bezeichneten die Stuttgarter es fast als Ironie des Schicksals, dass nur kurze Zeit nach Wilhelms Tod sowohl seine Geliebte als auch seine Gattin die Stadt verließen. Die Damen hätten sich doch gleich eine Kutsche teilen können, lästerten spitze Zungen.

*

Evelyn und Wera standen im Turm der Villa Berg am Fenster, während sich Wilhelms Leichenzug, flankiert von zwei Dutzend Fackelträgern, wie ein gespenstisch leuchtender Wurm durch die Straßen der Stadt schlängelte. Irgendwo dort unten, beim Sarg, war auch Karl. Olly hingegen besuchte zusammen mit Weras Eltern und Fürst Gortschakow einen russischen Gottesdienst. Wenn sie der Beerdigung schon nicht beiwohnen durfte, wollte sie wenigstens für die Seele des Verstorbenen beten. Warum Ollys Bruder, Großfürst Konstantin, Wera nicht hatte mitnehmen wollen zum Gottesdienst, verstand Evelyn nicht. Rabeneltern!

»Wie das glitzert und funkelt!« Wera nickte in Richtung des Leichenzugs. »Da hatte Wilhelm eine gute Idee. Wenn ich einmal sterbe, sollen auch Fackelträger dabei sein.«

»So viel Gefühlvolles hätte ich dem König gar nicht zugetraut, er war doch ein recht nüchterner Mann«, erwiderte Evelyn.

»Was meinst du, ob Amalie von Stubenrauch auch dort unten mitläuft? Vielleicht hat sie ihr Gesicht wie ein Türke unter einem Turban verborgen, oder sie trägt einen Schleier wie eine Haremsdame, so dass keiner von den Sargträgern sie erkennt.« Der Gedanke an Türken und Haremsdamen regte Wera so auf, dass sie wild zu hüpfen begann.

»Wo denkst du hin?« Anstatt das Gespräch sofort zu beenden, wie es sich geziemt hätte, sagte Evelyn: »Die gute Amalie von Stubenrauch ist wahrscheinlich längst beim Kofferpacken. Von deiner Tante weiß ich, dass der König ihr nahegelegt hat, sich ein Domizil außerhalb Württembergs zu suchen. Nach dem Tod seines Vaters sei sie in der Stadt nicht mehr willkommen. Es heißt, sie gehe nach Bayern.«

Wera nickte auf wissende Weise, zu Evelyns Erleichterung machte sie jedoch keine Anstalten, das Thema zu vertiefen. Was hätte sie auch dazu sagen sollen? Etwa, dass die ältliche Hofschauspielerin ihr leidtat? Nach all den Jahren, in denen sie Wilhelms Launen ertragen hatte, wurde sie fortgejagt wie ein Hund, der zu lange ums Haus gestreunt war!

»Irgendwie ist das Leben verrückt. Noch vor einer guten Woche waren deine Tante, dein Onkel und ich in Bad Kissingen, alle waren fröhlich, der König lebte, und jeder glaubte, das würde noch lange so weitergehen. Mir kommt es so vor, als wäre das in einem anderen Leben gewesen. Was gestern galt, gilt heute längst nicht mehr, täglich überschlagen sich die Ereignisse. Irgendwie macht mir das fast ein bisschen Angst.«

Wera legte einen Arm um Evelyns Hüfte und sagte: »Und wenn sich noch so viel ändert, du wirst immer Ollys beste Freundin bleiben.«

Evelyn schwieg verblüfft. Wieder einmal hatte Wera feinfühlig genau den Punkt herausgepickt, der ihr derzeit am meisten zu schaffen machte: die Frage, welchen Platz sie im neuen Hofgefüge einnehmen würde.

Völlig überraschend waren mehrere Hofdamen entlassen worden. Einige davon hatte Evelyn sehr wohl geschätzt. Aber Olly waren sie nun, da sie Königin war, anscheinend nicht mehr gut genug. Oder hatte Fürst Gortschakow ihr diesen Floh ins Ohr gesetzt? Dass es ihm am hiesigen Hof nicht herrschaftlich genug zuging, wusste Eve schon lange. Vor allem die Villa Berg war ihm immer ein Dorn im Auge gewesen. Wie konnte eine russische Großfürstin in einem ärmlichen Landhaus leben? Dass sowohl Olly als auch Karl sich ganz bewusst für einen solch bescheidenen Lebensstil entschieden hatten, verstand er nicht. Er war froh, dass der Umzug ins Neue Schloss kurz bevorstand.

Ob aus eigenem Antrieb oder auf Gortschakows Rat hin – Olly

hatte jedenfalls diverse hochwohlgeborene Adelsfrauen zu ihren neuen Hofdamen ernannt, denen Eve mehr oder weniger misstrauisch gegenüberstand. Was auch an den Erfahrungen lag, die sie mit Gräfin Taube, die seit Februar mit von der Partie war, machen musste: Anstatt sich mit Evelyn abzustimmen, behielt die Gräfin gern Informationen für sich oder gab sie zu spät oder an die falsche Person weiter. So war es mehrmals dazu gekommen, dass Evelyn einen Ausflug oder Termin verpasst hatte, weil ihr die Abfahrtszeit nicht mitgeteilt worden war.

Nun, in der Stunde von Ollys Triumph, spielte sich die Taube aufdringlich in den Vordergrund. *Sie* war es, die die Einteilung der Gästezimmer vornahm. *Sie* war es auch, die Kostys Ehefrau Sanny bei einem Einkaufsbummel begleitete – eine Aufgabe, die Eve ebenfalls gern übernommen hätte.

Dass Olly die Querelen unter den Hofdamen nicht auffielen, ärgerte Eve. Sie fühlte sich im Stich gelassen und ungerecht behandelt. In all den Jahren, in denen Olly zur Untätigkeit verdammt gewesen war, ferngehalten von jeglichen politischen Geschehnissen, hatte sie, Evelyn von Massenbach, ihr zur Seite gestanden. Nun hatte Olly endlich das Sagen. Würde die Macht ihr selbstherrliche Züge verleihen? Würden ihr fortan Menschen, die ihr nach dem Mund redeten, wichtiger erscheinen als treue, ehrliche Weggefährten, so wie sie einer war?

Obwohl sie sich gegen solche Gedanken heftig wehrte, konnte Evelyn nichts gegen die leise Zukunftsangst tun, die wie Morgennebel in ihr aufstieg. Würde am Ende auch *sie* der Königin nicht mehr gut genug sein?

*

»… und so muss ich Ihnen leider verkünden, dass Ihre Dienste als Leiter der Bau- und Gartendirektion nicht mehr gefragt sind. Fortan werden Sie Ihrer Dichtung wieder mehr Zeit widmen können, und wer weiß? Vielleicht müssen Sie dann zukünftig keine solch boshaften Rezensionen mehr über sich ergehen lassen, in denen von ihrer ›wortseligsten Nichtigkeit‹ die Rede ist.« Olly bedachte Friedrich Hackländer über ihren Schreibtisch hinweg mit einem künstlichen Lächeln.

»Aber was ist mit der Renovierung des Schlossplatzes? Und was ist mit der Markthalle? Ich stecke mitten in diversen Projekten! Der König –«

»*Der* König, von dem Sie sprechen, ist tot. Die Projekte, von denen Sie reden, sind es größtenteils auch. Unser König heißt Karl I., und er gewichtet viele Dinge anders als sein Vater. Dass die Armen ein Dach über dem Kopf haben, ist ihm wichtiger als noch ein Prunkbau und noch ein paar Blumenrabatten mehr. Aber das muss Sie wirklich nicht mehr kümmern.« Ihr Lächeln wurde noch künstlicher. »Sie sind entlassen!«

Hackländer funkelte sie an. Seine bösen Gedanken waren für Olly deutlich auf seiner Stirn zu lesen, seine Verwünschungen klangen laut in ihren Ohren. Sie wartete nur auf seine Widerworte. Oh, wie sie darauf wartete! Jede Erwiderung, jedes Wort hatte sie sich zurechtgelegt. Jahrelang hatte sie auf diesen Moment gewartet.

Doch Friedrich Hackländer, Tausendsassa, Dichter, Dramaturg, Friedrich Hackländer, Karls ehemaliger Sekretär und nun auch ehemaliger Leiter der Garten- und Bauamtsdirektion, war ein kluger Kopf und wusste, welche Stunde geschlagen hatte. Flehen? Überredungsversuche? Genauso gut hätte er mit einer der nackten Statuen, die er auf Wunsch von König Wilhelm für die Wilhelma aus Italien importiert hatte, diskutieren können. Stattdessen machte er einen übertrieben tiefen Diener und verabschiedete sich mit einem Nicken.

Olly schaute dem Mann nach. Irgendwie hatte sie sich von diesem letzten Zusammentreffen, dem ersten, das nach *ihren* Vorstellungen ablief, mehr erwartet. Da hielt sie endlich die Fäden in der Hand und –

»Das haben Sie gut gemacht, Eure Hoheit«, sagte Gräfin Taube, die wie Evelyn mit einem Stapel Briefe an einem der Nebensekretäre saß.

Olly runzelte die Stirn. »Bei Ihren Worten komme ich mir vor wie eine gelehrige Schülerin. Apropos, wo ist eigentlich Wera? Ihr Unterricht müsste doch für heute beendet sein. Täusche ich mich oder hat Madame Trupow nicht erneut um einen freien Nachmittag gebeten?«

»Ja, sie hat vorhin das Haus verlassen«, sagte Eve.

Abrupt warf Olly ihren Stift zur Seite.

»Es kann nicht angehen, dass Weras Gouvernante nur noch die Stelldicheins mit ihrem Verehrer im Kopf hat. Dieses verliebte Getue ist ja nicht mit anzusehen!« Herrisch nickte sie in Richtung ihrer zwei Hofdamen. »Und? Ich weiß immer noch nicht, wo das Kind ist.«

»Wera ist mit Lutz von Basten in der Stadtbücherei«, antwortete Evelyn in neutralem Ton. »Sie will sich unbedingt Bücher über die Flora und Fauna Württembergs ausleihen.«

Zum ersten Mal an diesem Tag entspannte sich Ollys Miene, der Anflug eines Lächelns erschien. Vor noch nicht allzu langer Zeit hatte Wera Bücher zum Feuermachen verwandt, nun war sie eine eifrige Leserin. Und sie würde bei ihnen bleiben. Die Gefahr, dass Kosty seine Tochter mitnahm, war wieder einmal vorübergegangen.

»Was gibt's denn noch?«, fragte sie lustlos, als sie Eves Blick auf sich ruhen spürte. Warum konnte man sie nicht einfach eine Weile zur Besinnung kommen lassen?

»Verzeihen Sie, Hoheit, aber war es nicht ein wenig übereilt, Herrn Hackländer zu entlassen? Er hinterlässt mehrere unvollendete Projekte, wovon man sich auf jeder Fahrt durch die Stadt –«

»Und wenn schon«, unterbrach Olly Evelyns Kommentar unwirsch. »Wie wäre es, wenn du mir einen Überblick über die anliegenden Aufgaben gibst, anstatt mich zu kritisieren?«, fuhr sie barscher fort, als sie wollte.

Evelyn hob leicht die Augenbrauen. Nach kurzem Sortieren lieferte sie die gewünschten Informationen in gewohnt versierter Manier.

»Hier ist noch ein Schreiben vom Vorstand des Württembergischen Sanitätsvereins, man bietet Ihnen das Protektorat an.«

»Wie schön! Bitte schreibe zurück, dass ich mich sehr geehrt fühle und dankend annehme«, sagte Olly. Das wohlige Gefühl von Genugtuung, welches ihr zuvor im Gespräch mit Hackländer versagt geblieben war, floss nun endlich durch sie hindurch und wärmte sie von innen. Als Königin würden ihr viel mehr Gelder als bisher zur Verfügung stehen, sie würde ihre Unternehmungen nicht mehr allein aus ihrer Privatschatulle finanzieren müssen. Ein kostspieliges Protektorat? Kein Problem mehr! Ein neues Dach für die Nikolauspflege? Endlich würde es wahr werden. Und als Nächstes würde sie veranlassen, dass die Olga-Heilanstalt endlich ausgebaut wurde, es konnte nicht angehen, dass dort die Krankenbetten wegen Überfüllung auf den Fluren standen. Ja, Württembergs Armen standen gute Zeiten bevor, nun, da sie Königin war.

Mit frischem Elan ging sie mit Eve die Tagesliste weiter durch: Es galt, ein Abschiedsgeschenk für Pauline zu besorgen, Karls und ihr Hochzeitstag am 13. Juli stand zur Planung an, letzte Treffen mit noch in der Stadt weilenden Gästen waren zu organisieren. Olly hörte konzentriert zu, machte hier eine kurze Anmerkung, lehnte da etwas ab – sie und Evelyn waren ein eingespieltes Paar.

»Des Weiteren teilt Ihr Gatte mit, dass er schon jetzt mit Ihrem Geburtstag im September beschäftigt sei. Er hat eine große Feier im Sinn, nun, da Sie Königin sind. Bestimmt darf ich ihm Ihr Einverständnis für seine ›geheimen Pläne‹ mitteilen?«, fragte Eve lächelnd.

Olly lächelte ebenfalls, während ein diffuses Gefühl von Trauer und Resignation sie durchfloss. Ihre Geburtstagsfeier im September. War es nicht typisch für Karl, dass er sich gerade *darum* bemühte? Große, pompöse Auftritte. Menschen, die ihnen, dem schönen Königspaar, zujubelten. Öffentlich zur Schau gestelltes Glück. Wie viel lieber wäre es ihr gewesen, Karl würde sie einmal fragen, wie es ihr ging. Ob sie mit den neuen Anforderungen zurechtkam. Gewiss, sie waren sich wieder nähergekommen nach Wilhelms Tod. So, wie sie all die Jahre versucht hatten, sich zu zweit gegen ihn und seine Allmacht zu stemmen, so versuchten sie nun zu zweit, in seine Fußstapfen zu treten. Oder, besser noch, eigene Wege zu gehen. Der übermächtige König – ihr verbindendes Glied. Liebe? Zärtlichkeit? Beides war nicht vonnöten, um in der Öffentlichkeit und der Politik ein gutes Bild abzugeben.

Gräfin Taube hüstelte. »Da wäre noch etwas, Eure Hoheit. Mich würde interessieren, ob Sie schon eine Entscheidung bezüglich der freien Position des Obersthofmeisters getroffen haben?«

»Warum fragen Sie mich nicht einfach, ob es nun Ihr Gatte oder doch die Gräfin Benckendorff wird? Denn *das* ist es doch, was Sie interessiert«, erwiderte Olly gereizt. »Ich muss Sie enttäuschen, meine Entscheidung ist noch nicht gefallen. Die Ernennung von Baron Maucler zu meinem Oberstkammerherrn ist hingegen beschlossene Sache. Und dass Cäsar Graf von Beroldingen königlicher Oberstallmeister wird, ebenfalls. Und noch etwas habe ich schon heute zu verkünden …« Sie lächelte erst Eve, dann die Gräfin Taube hoheitsvoll an.

»Ich werde euch beide zu Ehrendamen ernennen!«

Während die Gräfin vor Rührung fast die Fassung verlor, Dankesworte stammelte und kurz davor war, Olly zu umarmen, saß Evelyn nur da und starrte schweigend vor sich hin.

Nachdem sie ihre beiden Hofdamen auf Botengänge geschickt hatte, blieb Olly allein in ihrem Salon zurück. Gedankenverloren schenkte sie sich aus einer Karaffe ein Glas Wasser ein und trank es in kleinen Schlucken.

Warum hatte sie ihre Hofdamen so angeraunzt? Kein Wunder, dass sich Eves Begeisterung über die Beförderung in Grenzen hielt. Dabei hatte sie, Olly, sich diesen Moment so feierlich vorgestellt. Eine Flasche Champagner hatte sie öffnen wollen und beiden Damen zusammen mit der guten Nachricht eine goldene Brosche samt Ripsband überreichen. Stattdessen hatte sie die Nachricht lieblos in einem Nebensatz fallengelassen. Und die Schmucketuis lagen vergessen in einer Schreibtischschublade. Sie würde sie morgen übergeben.

Ihr Blick blieb an dem dicken Stapel Korrespondenz haften. Früher hatte sie sich auf die tägliche Post gefreut. Auf die Briefe aus

St. Petersburg, auf Post von Sophie und anderen lieben Menschen. Heutzutage waren unter den Briefeschreibern jedoch die Bittsteller und Speichellecker in der Mehrheit, Olly fand es einfach widerlich, wie schamlos die Leute um Gunst und Gelder buhlten. Ob es Karl genauso ging? Sie wusste es nicht. Im Alltag eines Königspaars waren spontane, offene Unterhaltungen unter den Eheleuten nicht vorgesehen.

»Dir kann man es heute nicht recht machen, Olga Nikolajewna Romanowa, Königin von Württemberg«, murmelte sie vor sich hin.

So viele Jahre hatte sie sich nichts sehnlicher gewünscht, als endlich auf den Thron zu kommen! Nun, da es so weit war, schmeckte der Triumph fahl. Hatte sie zu lange warten müssen? Oder hatte sie die letzten zwanzig Jahre damit vertan, auf etwas zu warten, was es bei näherer Betrachtung gar nicht wert war?

Aufgewühlt lief Olly wie ein eingesperrtes Tier zwischen der Fensterfront ihres Salons und dem Schreibtisch hin und her.

Seit ihrer überstürzten Abreise aus Bad Kissingen hatte sie es sich nicht erlaubt, an Iwan zu denken. Doch als sie sich nun in ihrem neuen Amtszimmer umschaute, das wie fast alle Räume im Neuen Schloss unterkühlt und streng wirkte, hätte sie alles dafür gegeben, Iwans warme, beschützende Umarmung zu fühlen.

Der Königsthron – war er es wirklich wert?

16. KAPITEL

Die nächsten Monate wurden turbulent. Die Eifersüchteleien und Unstimmigkeiten unter Ollys Hofdamen hielten an, was allerdings keine weiteren Kreise zog – am Hof war man viel zu sehr mit der *großen* Politik beschäftigt.

Obwohl Karl zeit seines Lebens von sämtlichen Regierungsgeschäften ferngehalten worden war, gelang es ihm, sich in kurzer Zeit zumindest einen Überblick zu verschaffen. Bestürzt registrierte er, wie umfangreich die Aufgaben waren, die es zu bewältigen galt. Sogleich fasste er einen Entschluss mit weitreichenden Folgen: Wollte er auch nur eine Minute freie Zeit am Tag genießen, galt es, die Verantwortung schnellstens auf mehrere Schultern zu verteilen. Als Olly hörte, dass ihr Mann per Dekret den Ministerrat enorm gestärkt hatte, war sie entsetzt. Wie ein Sturm kam sie in sein Amtszimmer gerauscht.

»Wie konntest du das tun? Weißt du denn nicht, dass dies der Anfang vom Ende ist? Bald tanzen dir die Roten auf der Nase herum, führen dich vor wie einen Tanzbären.« Angewidert schüttelte sie den Kopf. »Wie sagte Vater so trefflich? Die Macht eines Souveräns gründet sich auf Speerspitzen. Daran hättest du dich erinnern sollen! Eine starke Hand, eine schlagkräftige Garde, höchstens einige wenige verlässliche Ratgeber – so agiert ein Souverän von Gottes Gnaden.«

»Wie du daherredest! Du bist wirklich die Tochter deines Vaters.

Aber die Zeiten von Zar Nikolaus sind vorbei, Gott sei Dank, möchte ich hinzufügen. Unser Württemberg ist kein absolutistisch geführtes Land«, erwiderte Karl heftig. »Und ich will ein moderner Landesvater sein. Schau dir den Reformstau doch an, den mein Vater hinterlassen hat. Den gilt es wie einen Berg Schippe für Schippe abzutragen. Dazu braucht es jedoch mehr als einen Mann, es braucht eine ganze Armada Männer!« Angeekelt versetzte er dem Stapel Akten auf seinem Schreibtisch einen Schubs. Die obersten beiden fielen auf den Boden.

»Du hättest mich wenigstens um meine Einschätzung der Dinge fragen können, bevor du solch weitreichende Entscheidungen triffst. Wenn du dich über jemanden beklagen möchtest, bin ich dir ja auch gut genug«, sagte Olly, während sie sich nach den Akten bückte. Sie wollte die Papiere schon auf den Schreibtisch zurücklegen, als ihr Blick auf das obere Blatt fiel.

»Was ist denn das? Da ... da steht, dass du vorhast, Freiherrn Karl von Varnbüler nicht nur die Leitung des Außenministeriums zu übertragen, sondern ihm auch noch das Ministerium des Königlichen Hauses anvertraust!«

Schwungvoll setzte Karl seine Unterschrift unter ein Dokument, dann erst schaute er auf.

»Ja und? Was gefällt dir daran nun wieder nicht?«

Olly war fassungslos. Musste sie ihrem Mann wirklich erklären, dass eine solche Machtkonzentration in einer Hand, wenn es sich nicht um die des Regenten handelte, äußerst schädlich sein konnte?

»Willst du dir wirklich einen schwäbischen Gortschakow heranziehen?«

Karl schaute sie entgeistert an. »Ich frage mich augenblicklich viel eher, was *du* eigentlich willst! Soll ich fortan jeden meiner Schritte zuerst mit dir besprechen? Soll ich mich zum Gespött meiner Männer machen, indem ich dich um Erlaubnis frage, bevor ich einen Minister einstelle oder entlasse?«

»Was wäre so schlimm daran?« Wütend funkelte sie ihn an. »Habe ich nicht immer zu dir gehalten? Habe ich nicht stets Vertrauen in dich gesetzt, mehr, als du selbst in dich setztest? Und nun führst du dich auf wie dein Vater in seinen besten Zeiten. Ist das der Dank? Soll ich als Königin genauso wenig zu sagen haben wie bisher? Wozu habe ich mich jahrzehntelang in Dingen der Politik stets auf dem Laufenden gehalten? Meine Meinung wird in allerhöchsten Kreisen sehr geschätzt, du jedoch lehnst es ab, dich mit mir zu beratschlagen.« Bei den letzten Worten sank Olly zusammen wie ein Blasebalg, der die Luft verlor. Mutlos setzte sie sich auf den nächstbesten Stuhl und verbarg ihr Gesicht hinter beiden Händen.

Streit und Hader. Die ewig alte Leier.

»Ich bin das alles hier so leid«, murmelte sie vor sich hin.

Für einen langen Moment regte sich nichts. Die Wanduhr schlug die volle Stunde, Karls Stuhl schrammte am Boden entlang, die gedämpften Schritte seiner Ledersohlen waren zu hören.

Ist das nicht typisch? Kaum wird ihm eine Unterhaltung unbequem, geht er davon, dachte sie missfällig. Doch schon im nächsten Moment ließ sie die Hände erstaunt sinken: Karl hatte die Arme um sie gelegt. Unbeholfen strich er ihr über den Kopf, sein leicht süßliches Parfüm umwehte ihre Nase.

»Olly, Liebste ... Lass uns nicht streiten. Ich weiß, ich bin unleidlich. Ich hasse mich selbst dafür. Nie, nie im ganzen Leben will ich so werden wie mein Vater, allein die Vorstellung bringt mich um den Verstand.« Er nahm ihre Hände, suchte mit seinen verzweifelten Augen ihren Blick.

»Ich will doch alles richtig machen, verstehst du? Für dich, für uns, für unser Land. Alles richtig machen ...« Abrupt wandte er sich ab und ging zum Fenster. Olly schaute ihm nach, sah seine von einem stummen Weinen zuckenden Schultern. Noch bevor sie etwas Tröstendes hätte sagen können, war er wieder bei ihr, kniete sich vor ihr auf den Boden.

»Olly, ich flehe dich an, verzeih mir! Ich brauche dich mehr, als du denkst. Ich ... ohne dich bin ich doch gar nichts. Ich verspreche dir, zukünftig werde ich dich viel öfter um Rat fragen. Aber bitte, bitte, verlasse mich nicht!«

Der Sommer ging ins Land, der politische Neuanfang war gemacht, das Volk war zufrieden damit. Nun gierte es danach, seinen neuen König samt Gattin kennenzulernen. Karl und Olly brachen – ihren halben Hofstaat samt Wera im Schlepptau – zu einer großen Reise durchs Land auf: Heilbronn, Schwäbisch Hall und Öhringen, Ulm und Ravensburg – überall wurde das hoheitsvoll winkende Königspaar aufs herzlichste empfangen. Mit jedem Tag der Reise verbesserte sich die Stimmung zwischen den Eheleuten mehr. Während der langen Kutschfahrten blieb ihnen endlich ausreichend Zeit für Gespräche. Und wenn sie sich dabei gegenseitig auch nicht völlig ihre Seelen offenlegten, so kamen sie sich doch wieder näher. Dazu trugen auch die gemeinsamen Erlebnisse und Begegnungen bei. Immer wieder stupste Olly Karl in die Seite, um ihn auf einen besonders schönen Landschaftsstrich aufmerksam zu machen. Er überraschte sie mit seinem breiten Wissen über die Landschaften, durch die sie fuhren. Und abends, nach den diversen Empfängen in Rathäusern oder kleinen Landschlössern, ließen sie bei einem letzten Glas Portwein genüsslich den Tag Revue passieren. Ganz allmählich stellte sich das einstige Gefühl der Zweisamkeit, der Zusammengehörigkeit, das Olly längst verloren wähnte, wieder ein: Sie zwei gegen den Rest der Welt! Es war zwar nicht die große, leidenschaftliche Liebe, von der sie einst geträumt hatte, aber es war besser als die einsamen Jahre zuvor.

Als sie im September den südlichsten Zipfel Württembergs erreichten und sich ihre Reise dem Ende zuneigte, wurde Olly melancholisch.

»Wenn ich darüber nachdenke – ich könnte noch ewig mit dir weiterreisen! Eigentlich ist es schade, dass unser Land so klein ist«, sagte sie, während der Bodensee in Sichtweite kam. Ach, warum konnte man schöne Gefühle nicht einfach wie ein Stück Trockenobst konservieren?

»Schau nicht so verdrießlich drein, meine Liebste. Heißt es nicht, das Beste kommt zum Schluss?«, sagte Karl vergnügt und küsste sie auf die Stirn.

*

Die Straßen von Friedrichshafen waren mit Bändern überspannt, an denen bunte Wimpel hingen. Links und rechts standen alle paar Meter Fackelträger, die Wera sehr an König Wilhelms Beerdigung erinnerten. Obwohl – mitten in der rabenschwarzen Nacht hatten die Fackeln noch viel gespenstischer gewirkt als nun im ockerfarbenen Sonnenlicht. Hier, inmitten der vielen Kinder, herausgeputzt in ihren Trachten, war die Stimmung viel fröhlicher. Dazu die Mütter, ebenfalls in Tracht, mit hohem Kopfschmuck. Männer, die Fischernetze hochhielten und große Fahnen schwenkten. Hier wurde gesungen, ein Stück weiter wurde getrommelt, dort gab es einen mit Blumen geschmückten Brunnen, auch die Häuserfronten trugen Blumenschmuck – bald wussten Weras Augen nicht mehr, wo sie sich festhalten sollten. In allen Städten war der Empfang herzlich gewesen, aber sie hatte das Gefühl, dass sich die Friedrichshafener besonders viel Mühe gemacht hatten, dass ihre Gunstbezeugung von mehr Gefühl durchdrungen war. Lutz von Basten hatte ihr erzählt, dass die Bodenseeanrainer ganz besondere Völkchen waren, scheinbar hatte er wieder einmal recht.

Lutz ... was er wohl zu dem ganzen Tamtam sagen würde?, fragte sich Wera, während sie ein riesiges buntes Banner bewunderte, auf dem Karls und Olgas Namen eingestickt waren. Der Unteroffizier fehlte ihr. Tante Olly hatte gemeint, dass auf ihrer Reise für längere Wanderungen wahrscheinlich keine Zeit sein würde. Und falls ihr doch einmal der Sinn nach einem Marsch stünde, könne Cäsar Graf von Beroldingen sie begleiten.

Unwillkürlich drehte sich Wera zur hinter ihnen fahrenden Kutsche um, in der Evelyn, der Oberstallmeister und eine säuerlich dreinschauende Madame Trupow fuhren. Graf Cäsar war zwar auch ganz nett, aber er wollte immer nur über Pferde und das Reiten reden. Mit Lutz hingegen konnte sie über Gott und die Welt sprechen, und das, wie ihr der Schnabel gewachsen war.

Margitta hingegen fehlte ihr nicht, vielmehr war sie wütend auf die Tochter der Wäscherin, die sie in letzter Zeit immer öfter versetzt hatte. Wenn Wera wissen wollte, warum sie nicht gekommen war, zuckte Margitta nur mit den Schultern. Stuttgart sei nun einmal sehr spannend, da gäbe es immer etwas Neues zu entdecken, sagte sie und stachelte damit Weras Neugier nur noch mehr an. Auch sie hätte die Stadt nur allzu gern genauer erforscht, aber sie war ja im Schloss gefangen. Bis auf die Ausflüge mit Lutz. Oder diese lange Reise hier. Ha, wenn Margitta wüsste, was sie schon alles Neues entdeckt hatte!

»Weißt du, woran mich das alles erinnert?«, rief Olly Karl so laut ins Ohr, dass Wera mithören konnte. »An unsere allererste Fahrt nach Stuttgart hinein. Damals war ich eine junge Braut. Und heute ...« Sie brach ab und nahm lächelnd ein Blumenkörbchen entgegen, das ihr ein junges Mädchen entgegenstreckte.

»Heute bist du die Königin von Württemberg, und unser Volk liebt dich mehr denn je. Schau, alles für dich!« Karls Handbewegung schloss die Menschenmengen und das Friedrichshafener Schloss, das gerade in Sichtweite kam, mit ein. Und dahinter lag der Bodensee, auf dem überall in Ufernähe kleine Boote schaukelten.

»Du weißt doch, ich tue alles, um dich glücklich zu machen. Alles, was in meiner Macht steht«, sagte Karl und tätschelte Ollys Hand.

Mürrisch betrachtete Wera das Königspaar. Wie zwei Turteltäubchen führten Onkel und Tante sich auf. Da war es kein Wunder, dass die beiden für sie so gut wie keine Zeit mehr hatten.

»Sei doch froh, dann hast du deine Ruhe und kannst dich den Dingen widmen, die dir wichtig sind«, hatte Lutz gesagt, als sie sich deswegen bei ihm beschwerte.

Inmitten eines gewaltigen Kanonendonners runzelte Wera die Stirn. So genau wusste sie gar nicht, was ihr wichtig war. Obwohl – das Wandern war ihr sehr wichtig. Es war ihr »Steckenpferd«, wie Lutz es nannte. Und Naturbeobachtungen waren ihr ebenfalls wichtig. Inzwischen konnte sie schon ziemlich viele Vögel unterscheiden. Das Sammeln von Schneckenhäusern und schönen Steinen gehörte auch zu ihren Steckenpferden, das hatte sie mit ihrer Tante gemeinsam. Und das Gedichteschreiben, das vor allem! Erst gestern hatte sie wieder eine Strophe verfasst.

Leichte Wolken ziehen leise
Auf der Himmelbläue her,
Blicken auf die Erde nieder,
Auf's bewegte, breite Meer.

Eigentlich hatte sie vor, das Gedicht Olly zum Geburtstag zu schenken, aber bisher wollte ihr der Bogen von den Wolken zum Königinnendasein nicht gelingen.

Eigentlich gab es ziemlich viele Dinge, die ihr wichtig waren, erkannte Wera, während die Kutsche auf ein großes Rondell vor dem Schloss auffuhr. Und eigentlich hatte sie ihre Tante ziemlich lieb. Sie schob unbeholfen ihren Arm unter Ollys.

»Was ist denn das für ein Menschenauflauf?«, wunderte sich Olly, als sie noch näher auf das Schloss zukamen. »Das sind doch nicht die Bediensteten, da stehen doch – ich werd verrückt!«

Unter Weras begeistertem und Karls amüsiertem Blick sprang Olly aus der Kutsche.

»Sascha! Maman! Tante Helene! Und ist das nicht« – sie drehte sich kurz zu Wera um – »deine Schwester Olgata!«

Zögerlich stieg Wera aus dem Wagen, während die Erwachsenen sich vor Rührung schluchzend umarmten. Ihre ältere Schwester war hier? Hatte man Olgata etwa auch verstoßen? Und wo waren ihre Eltern?

Ein wenig fremdelnd reichten sich die Schwestern die Hand. Wera, die krampfhaft nach freundlichen Begrüßungsworten suchte, war fast erleichtert, als Olly neben ihnen zur Salzsäule erstarrte. Jegliche Farbe wich aus ihrem Gesicht, und Wera befürchtete schon, dass ihre Tante vor allen Leuten in Ohnmacht fallen würde. Stattdessen reichte sie einem äußerst attraktiven Mann die Hand.

»Iwan! Du ...«

»Das ist Fürst Iwan Bariatinski. Er ist mit uns aus St. Petersburg angereist«, raunte Olgata. »Seine Schwester und Tante Olly waren in Jugendjahren die besten Freundinnen. Unsere Tante scheint mit dem Herrn aber auch recht vertraut zu sein ...« Stirnrunzelnd betrachtete sie das Paar, das sich nicht voneinander lösen konnte.

Wera fand es auch etwas seltsam, wie anhänglich sich Olly bei dem Fremden gab. Aber was erlaubte die Schwester sich, ihre liebe Tante so kritisch zu beäugen!

»Bei uns in Württemberg wird ein sehr herzlicher Umgang miteinander gepflegt, daran wirst du dich gewöhnen müssen«, sagte sie ein wenig von oben herab.

Bei uns in Württemberg – hatte sie das wirklich gesagt? Und warum hatte sie solch ein seltsames Déjà-vu-Gefühl angesichts dieser Szene? Während Olly und der russische Fürst leise miteinander flüsterten, schaute Karl, der direkt neben den beiden stand, äußerst düster drein.

Plötzlich fiel Wera ein, woran diese Szene sie erinnerte: Sie war gerade frisch in Stuttgart angekommen und es gab ein Diner zu ihren Ehren. Als Wilys Freund Eugen den Saal betrat, hatte sie ihn vor lauter Begeisterung ob seiner eleganten, selbstsicheren Erscheinung heftig umarmt. Und Olly hatte der konsternierten Tischgesellschaft damals nonchalant erklärt, dass es sich dabei um eine »sehr herzliche russische Begrüßungszeremonie« handelte.

Wera lachte aus vollem Herzen, woraufhin Olgata sie verwirrt anschaute.

»Wera!« Jemand tippte ihr auf die Schultern.

»Wily! Wie siehst du denn aus, kommst du von einer Bootsfahrt? Ist Eugen etwa auch da?« Als wollte sie ihre Aussage über herzliche Begrüßungen noch untermauern, umarmte sie Wily, der mit stolz geschwellter Brust in einem Matrosenanzug dastand, temperamentvoll. Gleichzeitig hielt sie hinter seinem Rücken Ausschau nach Herzog Eugen.

»Die beiden Schwestern vereint – war das nun eine gelungene Überraschung oder nicht?« Lächelnd trat Großfürstin Helene, die Großtante der Mädchen, zu der kleinen Gruppe.

»Ich hatte Sehnsucht nach dir«, gestand Olgata. »Also fragte ich Tante Helene, ob ich mitkommen dürfte. Ich will doch sehen, wie du es getroffen hast …« Lächelnd gab Olgata dem sechzehnjährigen Prinzen Wily die Hand, der die junge russische Schönheit fasziniert anstarrte.

Wera stampfte mit dem Fuß auf. So ging das aber nicht! Kaum war Olgata hier, drängelte sie sich in den Mittelpunkt.

»Mich wundert, dass du nicht lieber deinen Verlobten in Griechenland besuchst«, sagte sie spitz. »Wo sind eigentlich unsere Eltern? Sind sie –«

»Bevor du uns mit deinen Fragen löcherst, sage ich es dir gleich«, unterbrach Helene sie. »Deine Eltern sind nicht hier, sie haben andere Verpflichtungen. Deshalb ist Olgata mit mir gereist. Und nein, es gibt *keine* Pläne, dich mit nach Russland zu nehmen.«

»Habe ich etwa danach gefragt?«, gab Wera zurück. Was war die Großtante für ein garstiges altes Weib!

Sie schnappte Wilys Arm und sagte: »Leider habe ich jetzt keine Zeit mehr für euch. Prinz Wily will mir nämlich unbedingt sein Segelboot zeigen, nicht wahr?« Sie zeigte beim Lächeln ihre gebleckten Zähne.

»Aber es gibt doch bald zu essen und –«, hob Wily an, besann sich dann aber eines Besseren. Er kannte Weras Wutausbrüche nur zu gut und wollte nicht ausgerechnet an diesem Abend für einen solchen verantwortlich sein.

»Das Boot, ja. Es liegt unten am Steg. Wenn du willst, können wir gleich eine Runde fahren.« Besonders schwer schien es ihm nicht zu fallen, sich Weras Wunsch zu beugen, und voller Stolz fügte er hinzu: »Es ist übrigens ein ziemlich großes Boot, und es gehört mir ganz allein.«

Wera nickte, als habe sie nichts anderes erwartet.

»Könnte man damit auch bis nach Russland fahren?«

»Natürlich!«, rief Wily selbstbewusst.

Triumphierend schaute Wera ihre Schwester und die alte Tante an. *Falls* sie je nach Russland zurückwollte, brauchte sie die beiden dazu gewiss nicht.

17. KAPITEL

»Ich konnte nicht anders, damals in Bad Kissingen.« Olly schaute Iwan ernst an.

Er nickte. »Ich weiß.«

Schon seit einer Stunde saßen sie zusammen auf dem Holzsteg, von dem kurz zuvor Wera mit Wily in dessen Boot abgelegt hatte. Sowohl Olly als auch Iwan hatten ihre Schuhe und Strümpfe ausgezogen und ließen die Füße im Wasser baumeln.

»Wir warten auf die Kinder«, würde Olly jedem antworten, der wissen wollte, was sie und Iwan hier zu tun hatten. Aber bisher waren sie von neugierigen Spaziergängern verschont geblieben. Zu viel gab es am ersten Tag im Friedrichshafener Schloss zu tun, vor allem, da am Abend das große Fest anlässlich ihres Geburtstags stattfinden sollte.

Draußen auf dem See schipperten mehrere Fischerboote vorbei, die Wellen, die gegen Ollys Schienbeine schwappten, wurden heftiger. Sie zog die Beine an und setzte sie auf den sonnenwarmen Planken des Holzstegs ab.

»Ein Mensch muss tun, wozu er bestimmt ist«, sagte Iwan. Er zückte ein seidenes Taschentuch, hob ihre Füße auf seinen Schoß und begann, sie mit sanfter Zärtlichkeit abzutrocknen.

»Vielleicht haben wir uns beide zu viele Illusionen gemacht?«

Olly schwieg. Und was, wenn nicht? Was, wenn sie sich eines der Boote schnappten und damit auf und davon fuhren? In die Schweiz oder nach Italien, irgendwohin, wo es mehr solcher Momente wie diesen gab. Im Wasser baumelnde Füße, ein Herz, so leicht wie das eines sechzehnjährigen Mädchens, bereit, mit den Möwen durch die Lüfte zu schweben. Nur mit Mühe konnte sie sich davon abhalten, Iwan zu umarmen, sich an ihn zu drängen, sein Gesicht, seinen Hals und seinen Nacken mit ihren Küssen zu bedecken. Die Anziehungskraft, die er auf sie ausübte, war noch immer ungebrochen.

Vorsichtig, aber bestimmt setzte Iwan ihre Füße auf dem Plankenboden ab. Olly kam es so vor, als wollte er damit nicht nur eine räumliche Distanz zwischen ihnen schaffen. *Ach Iwan, du bist so viel klüger als ich ...*

»Als ich vorhin gesehen habe, wie du aus der Kutsche stiegst – da wurde mir fast schwindlig vor Ehrfurcht. Lach nicht, ich meine es ernst! Olly, du bist und bleibst die Tochter deines Vaters, eine Romanow vom Scheitel bis zur Zehenspitze. Was für eine große Königin hat das kleine Württemberg mit dir bekommen! Dein Vater Nikolaus wäre stolz auf dich.« Iwans Blick war warm und voller Bewunderung, aber ohne eine Spur Leidenschaft.

Olly blieb nichts anderes übrig, als seinen Tonfall aufzunehmen. Keine geflüsterten Liebesschwüre, kein sehnsuchtsvolles Seufzen. Nicht hier, nicht heute, vielleicht nie mehr? Sie schnaubte.

»Mein Vater würde sich im Grab umdrehen, wenn er wüsste, dass ich die Königskrone erst jetzt trage. Er sah mich schon in jungen Jahren auf dem Thron.«

»Nur wenigen Menschen ist es bestimmt, Großes im Leben zu leisten. Du bist wie ich dazu gemacht worden, Menschen zu führen, Großes zu tun!« – genau das hatte ihr Vater zu ihr gesagt, kurz nachdem Karl in Palermo seine Aufwartung gemacht hatte. Sie war, was Karl anging, voller Zweifel gewesen. Sicher, er war sympathisch und gebildet. Aber sie hatte kein Flattern in der Magengegend verspürt, ihre Knie waren bei seinem Anblick nicht weich geworden. Spätabends war ihr Vater zu ihr gekommen und auf ihrer Bettkante sitzend hatte er ihr von seiner älteren Schwester erzählt. Katharina Pawlowna, die große Königin, die Württem-

berg durch Jahre größter Not geführt hatte. Seltsam, dass ihr die Worte ihres Vaters gerade jetzt wieder einfielen.

»Vater wollte immer, dass ich so werde wie seine Schwester Katharina.«

Iwan schüttelte den Kopf. »Da täuschst du dich. Dein Vater wollte immer, dass du Olga Nikolajewna Romanowa bleibst. Du warst ihm immer gut genug! Er wollte, dass du deine Pflichten mit frohem Herzen erfüllst, so, wie er es selbst bis zum letzten Atemzug getan hat.«

Irritiert schaute Olly ihn an. »Wie du sprichst ... Als wäre ich einer deiner Soldaten, den es motiviert in den Krieg zu schicken gilt.«

»Ist das Leben nicht ein ewiger Krieg, oder besser gesagt, eine nicht enden wollende Anzahl von Schlachten, die es zu schlagen gilt? Der Allmächtige hat unseren Weg vorgezeichnet, aber einen gemeinsamen Weg für uns zwei hat er dabei nicht vorgesehen. Du und ich, wir werden stark sein müssen. Nein, bitte unterbrich mich nicht«, wehrte er Ollys Einwand ab. »Es ist wichtig, dass ich dir das sage. Olly, Geliebte, ich werde dich immer lieben und immer für dich da sein! Eine einzige Depesche reicht aus, und ich werde dir zu Hilfe eilen, ganz gleich, an welchem Ort der Welt ich mich befinde. Versprich mir, dass du mich rufen wirst, solltest du je in Nöte geraten.«

»Ja, aber ...« Verwirrt schaute Olly ihn an. »Werden wir uns denn zukünftig nicht öfter sehen? Als Königin werde ich reisen, in Kurbäder, ans Meer ...« Sie machte eine vage Handbewegung. Ein kleiner Teil von ihr hatte gehofft, ihre Beziehung zu Iwan aufrechterhalten zu können – als Freunde, als Geliebte ...

»Ich gehe zurück in den Kaukasus, Olly.«

»Du gehst ... was? Aber warum?«

»Der Krieg ist noch lange nicht geschlagen, gerade in letzter Zeit rebellieren wieder die Tscherkessen und Abchasen. Man kann nicht einfach ein Volk zwangsumsiedeln und erwarten, dass es dies ohne Murren hinnimmt. Im Kaukasus geschehen unschöne Dinge. Dinge, von denen du nichts wissen willst, glaub mir. Erst letzte

Woche bat mich dein Bruder zu einer vertraulichen Unterredung. Es gibt nun einmal kaum jemanden, der sich in dieser Ecke so gut auskennt wie ich.« Sein Schulterzucken hatte etwas Schicksalsergebenes.

»Aber ... ich dachte, Sascha habe längst einen anderen russischen Statthalter berufen. Wenn du willst, rede ich mit ihm, gleich nachher! Iwan, sag, dass du nur einen dummen Scherz gemacht hast, bitte. Dieser schreckliche Krieg! Sollen doch andere kämpfen und ihr Leben riskieren. Warum ausgerechnet du?«

»Weil auch ich zum Dienen geboren worden bin, genau wie du. Auch ich habe Pflichten. Ich gebe zu, eine Zeitlang war ich bereit, diese hintanzustellen. Für unser gemeinsames Glück. Doch das war nur eine Illusion.« Mit einem traurigen Lächeln nahm er ihre Hand.

»Spätestens heute ist mir etwas klargeworden: Nie und nimmer möchte ich dafür verantwortlich sein, dass Württemberg seine großartige Königin verliert. Dieses Land braucht dich, umso mehr, weil sein König ...« Er winkte verächtlich ab. »Ohne dich wäre Karl ein Niemand, nur mit dir an seiner Seite hat er eine Chance, das Land zu regieren. Deshalb muss ich gehen, Olly. Ich muss so viele Meilen zwischen uns bringen wie nur möglich. Und niemand wird mich daran hindern.«

Was sollte sie darauf antworten? Dass sie im Stillen wusste, wie recht er hatte? Dass er nur Dinge aussprach, die sie schon tausendmal selbst gedacht hatte, in der schwindenden Hoffnung, Gegenargumente für jeden Punkt zu finden?

»Ach Iwan«, murmelte sie.

»Aber eines sage ich dir ...« Seine Stimme klang so düster und bedrohlich, dass sie stirnrunzelnd aufschaute.

»Wenn dein Karl nicht zu schätzen weiß, was er an dir hat, wenn er dich nicht ehrt und achtet, wie es dir gebührt, dann brech ich ihm alle Knochen!«

Und sie umarmten sich und küssten sich, sie lachten und weinten.

»Wilys Boot ist wirklich großartig. Und der Bodensee ist auch wundervoll, Wily sagt, er wird ›Schwäbisches Meer‹ genannt, stimmt das?«

Geistesabwesend nickte Olly, dann strich sie mit der rechten Hand über den schweren Stoff ihrer silbernen Robe. Für den heutigen Abend war ein großes Festdiner vorgesehen, außerdem hatte Karl gesagt, er habe noch »die eine oder andere Überraschung« für sie vorbereitet.

Und wenn schon, dachte Olly traurig, irgendwie war ihr alles egal …

Sie hielt Wera, die ihrer Puppe gerade mit Ollys goldener Bürste die Haare kämmte, zwei unterschiedliche Ohrgehänge hin.

»Was meinst du? Die Saphire oder der Onyxschmuck?«

»Natürlich die blauen Steine«, sagte Wera prompt. »Oder willst du ausgerechnet heute Trauerschmuck tragen?«

Olly verspürte einen kleinen Stich in ihrer Brust.

»Die Saphire also. Dieses Armband hier ist übrigens von meiner Schwester Adini. Sie schenkte es mir kurz vor ihrem Tod und meinte, so hätte ich immer ein Stück vom Himmel bei mir …« Der Anblick des Armbands machte Olly plötzlich seelenwund. Wann hatte sie eigentlich das letzte Mal an Adini gedacht? Was war sie nur für ein schrecklicher Mensch, zuzulassen, dass die geliebten Verstorbenen vor ihrem inneren Auge verblassten? Ihre Schwester Adini, ihr Vater, ihre Jugendfreundin Maria Bariatinski …

Mit einem leisen Klicken schloss sie das Saphirarmband um ihr Handgelenk.

»… und dann habe ich meine Schwester gefragt, welche Steckenpferde sie denn habe. Es heißt doch immer, ich solle höfliche Konversation betreiben, nichts anderes habe ich getan. Aber du hättest mal ihren entgeisterten Blick sehen sollen! Für solch kindische Dinge habe sie keine Zeit, erklärte sie mir. Was am Wandern und am Segeln kindisch wäre, wollte ich von ihr wissen. *Darauf* wusste Olgata auch keine Antwort! Wily hat später zu mir gesagt, Olgata sei zwar sehr hübsch, aber auch sehr langweilig«, endete Wera voller Genugtuung.

»Das ist ja interessant«, murmelte Olly und begann, Nadeln aus ihrer Hochsteckfrisur zu ziehen. Sofort prickelte ihre Kopfhaut angenehm. Mit einem wohligen Seufzer warf sie ihre langen Haare über den Rücken. Bis die Zofe ihr eine kunstvolle Abendfrisur steckte, blieb ihr noch ein bisschen Zeit.

»Und dann – Tante Olly, du hörst mir ja gar nicht zu!« Mit einem Handstreich fegte Wera die ausgebreiteten Schmuckstücke vom Frisiertisch.

»Bist du wahnsinnig?« Olly bückte sich, die langen Haare fielen ihr vors Gesicht, blind tastete sie nach Ohrgehängen, Ketten und Broschen. »Könntest du mir wenigstens helfen?«

»Tut mir leid, ich ... es ist einfach über mich gekommen«, sagte Wera, als alles wieder wohlbehalten auf der Marmorplatte des Frisiertisches lag. »Ich war nur so wütend wegen Olgata und ihrem *damenhaften* Getue. So wie sie möchte ich nie werden, lieber bleibe ich ein Leben lang eine alte Jungfer!«

»Wie kommst du in deinem jungen Alter denn auf so was?«, fragte Olly lachend.

»Durch Wily«, erwiderte Wera ungerührt. »Er meinte, hübsch sei ich nicht und besonders klug anscheinend auch nicht, sonst würden sich meine Lehrer nicht ständig über mich beschweren. Woher weiß er das, lässt er mich bespitzeln? Und dass ich es einmal schwer haben würde, einen Mann zu bezirzen. Als ob ich das wollte, pah! Ich habe doch meinen Eugen.« Wera gab ihrer Puppe einen stürmischen Kuss, dann zeigte sie auf einen tropfenförmigen Ring.

»Dieser Rubin ist wunderschön. Rot ist die Farbe der Liebe, nicht wahr?«

»Der Rubin selbst gilt als Symbol der Liebe«, entgegnete Olly lächelnd. Vielleicht sollte sie ihn heute tragen? Trotz allem?

»Die Liebe, das ist doch auch nur eine Erfindung der Erwachsenen«, entgegnete Wera verächtlich. »Wer weiß, ob es sie überhaupt gibt. Was, wenn sie einem nie begegnet?«

Ollys Brauen hoben sich deutlich sichtbar. Fühlte sich Wera noch immer ungeliebt? Oder war Wilys wenig feinfühlige Bemerkung verantwortlich für diesen Ausbruch? Einen Moment lang zögerte sie, ob sie die kindlichen Worte nicht einfach wegwischen sollte, wie Wera es gerade mit den Schmuckstücken getan hatte. Dann nahm sie den Rubin und hielt ihn ins Licht. Rotgoldene Prismen tanzten durch den Raum.

»Ich kann mich gut an einen Tag vor langer, langer Zeit erinnern. Damals saßen meine Hofdame Anna Okulow und ich über meine Mineraliensammlung gebeugt, ähnlich wie du und ich über diesen Schmuckstücken hier. Anna wollte von mir wissen, welcher Stein der teuerste und somit der wertvollste sei. Ich habe versucht, ihr zu erklären, dass der Wert eines jeden Steines anders zu bemessen ist, dass es um die Verschiedenheit der Steine geht und darum, dass jeder seinen Platz auf Gottes Erde hat. Dass es auch um die Sinnhaftigkeit geht und man nicht nur nach dem Äußeren urteilen darf. Es gibt viele Edelsteine, die erst auf den zweiten Blick schön sind. Man muss sich Zeit für sie nehmen, sich in sie vertiefen. Dann habe ich meiner Hofdame noch vorgeworfen, dass sie nur den oberflächlichen schönen Schein zu schätzen wisse. Ausgerechnet Anna, die es wie keine andere verstanden hat, Menschen in ihre Seele zu schauen.« Olly lachte, machte eine wegwerfende Handbewegung. »Nun ja, ich war jung und dumm. Seltsam, dass ich ausgerechnet heute ständig ans Gestern denken muss.« Sie wollte die Schmuckstücke forträumen, doch als sie sah, wie angestrengt und interessiert Wera ihr zugehört hatte, sprach sie weiter.

»Erst viel später habe ich verstanden, was Anna mir mit ihren Fragen hat sagen wollen. Denn in Wahrheit haben wir gar nicht über Edelsteine gesprochen, sondern über die Verschiedenartigkeit von uns Menschen. Nicht jeder Mensch glänzt beim ersten Hinsehen, bei manchen muss man einen zweiten und dritten Blick wagen, um seine Schönheit zu erkennen. Wily ist ein dummer Kerl, wenn er behauptet, du seist hässlich. Wunderschön bist du, ehrlich und aufrecht und mutig –«

»Du brauchst mir nicht gut zureden, ich bin nicht traurig wegen Wilys Worten«, unterbrach Wera sie grinsend. »Deine Anna scheint eine kluge Frau gewesen zu sein. Mit Madame Trupow könnte ich ein solches Gespräch nie führen.« Mit schräggelegtem Kopf schaute sie Olly an. »Aber was ist denn nun mit der Liebe? Hat dir deine Anna dazu auch einen guten Rat mit auf den Weg gegeben?«

»Und ob! Aber den wollte ich nicht hören.« Olly lächelte wehmütig.

»Tante Olly, warum siehst du so traurig aus? Bin ich schuld daran?«

Olly schaute ihre Nichte liebevoll an.

»Ich bin höchstens ein bisschen melancholisch. Oh, es hat tatsächlich Zeiten in meinem Leben gegeben, zu denen ich so traurig war, dass ich glaubte, den nächsten Tag nicht überstehen zu können. Aber tief drinnen wusste ich trotz allem, dass irgendwo, irgendwann die Liebe und das Glück auf mich warten würden. Trotz aller Enttäuschungen. Trotz aller Verluste. Manchmal ist die Liebe groß und bunt und leidenschaftlich. Und manchmal ist sie ganz leise und bescheiden. Dann muss man genau hinschauen, um sie erkennen zu können. Vielleicht ist das jedoch die größte Gabe, die Gott einem Menschen schenkt.«

»Ich glaube nicht, dass mir das je gelingen wird.« Weras Stimme war plötzlich klein und mutlos.

Olly lachte. »Aber darin sind wir *beide* wahre Meister! Schau dich doch um, wie viele wundervolle Menschen um uns herum sind, die uns lieben und die sich um uns sorgen: meine wunderbare Evelyn, Karl, meine ganze Familie und deine Schwester, die allesamt den weiten Weg aus Russland angereist sind, genau wie mein lieber Freund Iwan ... Aber das Größte und Schönste, was mir je in meinem Leben widerfahren ist –« Sie machte eine kleine Pause. »Das bist du.«

»Ich? Ich bin doch nur ein böses Kind.«

»Das darfst du nie mehr sagen, hörst du?«, entgegnete Olly schärfer, als sie wollte. »Es stimmt einfach nicht.«

»Aber ... ich bin doch nur ein Ersatzkind für dich und kein echtes, eigenes.«

»Ersatzkind! Dieses Wort hast du erfunden, nicht ich. Natürlich hätte ich gern eigene Kinder gehabt. Als sie nicht kamen, Jahr für Jahr, habe ich viel geweint. Ich fühlte mich so nutzlos! War ich Gott nicht gut genug? Traute er mir nicht über den Weg? Heute weiß ich, dass unser Herr andere Pläne für mich hatte. Er hat mir dich geschenkt ...«

Noch während sie sprach, begannen Weras Augen tränennass zu glänzen.

»Ich hab dich so lieb! Viel mehr, als du denkst.« Sie schlang Olly beide Arme um den Hals, drückte ihre verschmierte Nase an ihre Schulter. Beide genossen stumm den seltenen Moment voller Zärtlichkeit.

Irgendwann war Ollys Kleid durchnässt von Weras Tränen, und sie lösten sich voneinander.

»Genug geweint. Und auch genug vom Gestern, wir leben heute, hier und jetzt. Weißt du eigentlich, was man vom Diamant behauptet? Er verleihe seiner Trägerin göttlichen Glanz«, sagte Olly theatralisch und hielt Wera ein Armband mit Hunderten von kleinen Altschliffdiamanten hin. »Legst du es mir bitte ums linke Handgelenk?«

»Göttlicher Glanz, den besitzt du auch so, dafür brauchst du keine Diamanten. Du bist wunderschön.«

»Keine Sorge, dich machen wir nachher auch noch hübsch. Deine Schwester wird staunen, wenn sie sieht, was für feine Kleider wir für dich in Stuttgart haben anfertigen lassen. Und weißt du was? Zur Feier des Tages bekommst du das hier von mir!« Suchend fuhr sie mit dem Zeigefinger durch die Schmuckstücke, dann überreichte sie Wera eine goldene Kette mit einem kleinen Anhänger.

»Ein Amethyst?« Mit ungewohnter Vorsicht legte Wera die Kette probeweise um. »Hat dieser Stein etwa auch eine Bedeutung?«

Olly nickte. »Das ist der Stein der Phantasie. Wenn er zu einem Menschen passt, dann zu dir.«

Der Rest des Nachmittags verging in froher Stimmung. Der große Saal des Friedrichshafener Schlosses war mit Hunderten von Sonnenblumen geschmückt worden, so dass jeder beim Eintreten das Gefühl hatte, von wohlig warmem Sonnenlicht umhüllt zu werden. Gelbe Bienenwachskerzen steckten in Dutzenden von Leuchtern und erfüllten die Luft mit süßem Honigduft. Das von Karl organisierte Festdiner zu Olgas Ehren vereinigte alles, was es an russischen und schwäbischen Köstlichkeiten gab: in feinster Butter gebratene Bodenseefische, geräucherter Stör aus der Ostsee, Kalbsfilet mit duftenden Pfifferlingen, Blinis, dazu Berge von Kaviar und saurer Sahne. Aus dem königlichen Weinkeller wurden die besten Flaschen geholt, Champagnerkorken knallten, die Tischgespräche wurden immer fröhlicher. Zur Feier des Tages durften Wera, ihre Schwester Olgata und Wily am Tisch der Erwachsenen sitzen, und alle drei benahmen sich vorbildlich.

Es war kurz vor zehn Uhr, als Karl aufstand und mit einer leichten Verbeugung Olly den Arm reichte.

»Wenn ich bitten darf?«

König und Königin führten die Parade an, die auf dem langen Balkon des Schlosses endete.

»Für dich, mein Herz.« Karl zeigte auf den Bodensee, wo Hunderte von kleinen Booten, beleuchtet mit weißen Lampions, wie Glühwürmchen auf dem Wasser schaukelten. Die Kaimauer wurde gesäumt von Fackelträgern, die nun auf ein geheimes Stichwort hin ihre Lichter entzündeten.

»Und hier, auch für dich!«, sagte Karl und deutete lächelnd auf das größte Boot auf dem See, auf dessen Längsseite kunstvoll der Name »Olga« gepinselt war.

»Ein Boot? Ich habe noch nie ein Boot besessen! Damit werden wir herrliche Ausflüge machen, ja?« Mit vor Freude geröteten Wangen schaute Olly Karl und Wera an, die beide begeistert nickten. Für einen kurzen Moment verfing sich ihr Blick in Iwans, der hinter ihnen stand. Olly lächelte ihn an, dann schaute sie wieder nach vorn.

Adieu, mon amour. Auch ich werde dich immer lieben.

Kanonendonner ertönte, dann erschollen mehrere Hörner. Im

nächsten Moment wurde der Himmel über dem See gleißend hell. Das Feuerwerk – Karls größte Überraschung – begann.

Ein Orchester, das bis dahin im Verborgenen gewartet hatte, hob zeitgleich zu Beethovens 9. Sinfonie an. Flötenklänge rankten sich um die schwermütige Oboe, Klarinetten umtanzten spielerisch das Fagott, Hörner ertönten, und kurz darauf setzte der Chor ein.

Freude, schöner Götterfunken
Tochter aus Elysium,
Wir betreten feuertrunken,
Himmlische, dein Heiligthum!
Deine Zauber binden wieder
Was die Mode streng getheilt;
Alle Menschen werden Brüder,
Wo dein sanfter Flügel weilt.

Wem der große Wurf gelungen,
Eines Freundes Freund zu sein;
Wer ein holdes Weib errungen,
Mische seinen Jubel ein!

Mit Tränen in den Augen hielt Olly Wera und Karl an den Händen.

Genau diesen Moment hatte sich ihr Vater immer für sie erträumt. Für sie, die Zarentochter. Für sie, sein Lieblingsmädchen.

»Auch in deiner Straße wird es einmal ein Fest geben«, hatte ihre alte Hofdame und Freundin Anna einst zu ihr gesagt. Es hatte weiß Gott lange genug gedauert, aber Anna – und ihr Vater – hatten recht behalten. Das hier war ihr Fest.

Gedanken und Gefühle brodelten in ihr auf, kühlten wieder ab, um im nächsten Moment zu einem tosenden Crescendo anzuschwellen. Sie war Königin von Württemberg. An ihrer Seite stand der König. Das Volk feierte und liebte sie. Und alles war gut, wie es war.

*

Mit glänzenden Augen schaute Wera auf das Feuerwerk. So etwas Schönes hatte sie noch nie gesehen. Sie warf einen verstohlenen Blick hinüber zu ihrer Schwester, die etwas abseits stand. Bestimmt weilten ihre Gedanken beim Griechenkönig.

Und wenn schon, dachte Wera mit leichtem Herzen. Ich brauche keinen Griechen, um glücklich zu sein.

Froh, wie seine Sonnen fliegen
Durch des Himmels prächt'gen Plan,
Laufet, Brüder, eure Bahn,
Freudig, wie ein Held zum Siegen.

War ihr der große Wurf gelungen, »eines Freundes Freund zu sein«? Sie glaubte schon. Hier und jetzt, auf diesem Balkon, waren alle Menschen Brüder geworden.

Mit ihrer freien Hand kramte sie ein Blatt Papier aus ihrer Tasche. Ihre Finger zitterten ein wenig beim Auseinanderfalten. Im Licht funkelnder Götterstrahlen las sie die Worte, die sie ihre Kindheit lang begleitet hatten, ein letztes Mal: *»Du kannst so reich sein wie Krösus, so schön wie eine Blume, so weise wie Salomon, so stark wie ein Bär – mangelt es dir jedoch an der Liebe, so bist du ein armer Wicht.«* Eigentlich hatte der Spruch keine Bedeutung mehr für sie. Sie war kein ungeliebtes, böses Kind mehr. Und den alten Zettel brauchte sie auch nicht mehr. Sie besaß ihre eigenen Gedichte! Ihr glückseliges Lachen mischte sich mit den letzten Zeilen des Chorgesangs.

Mit beiden Händen zerriss Wera das Papier und warf die Fetzen in die Luft. Sollte der Wind doch damit machen, was er wollte!

TEIL II

Aus deinen blauen Augen strahlt's
Wie Himmelsglanz ins Herze mir –
Sie leuchten wie der Mondenschein
In blauem Silberlichte schier!

Wenn unaussprechlich liebevoll
Auf mich senkt dein milder Blick,
dann quillt aus tiefster Seele mir
des Liedes zaub'rische Musik.

Aus: »Liederblüthen«, Gedichte von
Wera, Herzogin von Württemberg

18. KAPITEL

Stuttgart, 29. Juni 1871

Der blaue Kleiderstoff floss wie ein kühlender Wasserfall über Weras Hand. Der Rockteil wurde von gelben Satinbändern verziert, die in einem fröhlichen Schleifenmuster auf die unzähligen Stoffbahnen genäht worden waren. Was für ein schönes Kleid! Einer schlanken, hübschen jungen Dame würde es gewiss ausgezeichnet stehen.

»Nachtblau ist eine ganz besondere Farbe, sie würde vortrefflich zu den blonden Haaren Ihrer Hoheit passen.«

Zuvorkommend machte Madame Chevalier einen Schritt zur Seite, damit sich Wera mit vorgehaltenem Kleid im Spiegel betrachten konnte.

Direkt vor dem Modeatelier ertönten Fanfaren, lauter Jubel brandete auf, Pferde wieherten. Sogleich wurde Weras Aufmerksamkeit abgelenkt, doch durch die dichten Gardinen des Modeateliers gelang es ihr nicht, auch nur einen Blick auf die Kriegsheimkehrer zu erhaschen. Bestimmt marschierte gerade wieder eine siegreiche Felddivision vorbei. Und das, während sie Kleider aussuchte. Verflixt, wenn sie sich nicht beeilte, würde sie noch den großen Umzug verpassen!

»Das probiere ich an«, sagte sie und zeigte auf das nächstbeste Kleid, woraufhin ein junges Mädchen es ins Nebenzimmer trug. Wera wollte ihr schon folgen, als Olly sie zurückhielt.

»Hiergeblieben, mein Fräulein! Oder glaubst du etwa, dass ich dich begleitet habe, damit du lediglich *ein* Kleid anprobierst? Schau, was hältst du davon?« Sie zeigte auf ein rosafarbenes Kleid mit voluminösen Puffärmeln. »Oder das hier?«

Wera schüttelte den Kopf. Alles, was die Königin ihr zeigte, sah ernsthaft und langweilig aus.

Am Abend sollte im Schloss ein großer Ball stattfinden, zu Ehren der siegreichen deutschen Soldaten. Während Ollys Garderobe seit Tagen feststand, war es Wera erst am Morgen eingefallen, dass sie nichts anzuziehen hatte: Entweder war sie mit ihren siebzehn Jahren aus ihren alten Kleidern herausgewachsen, oder sie waren ihr für diesen großen Anlass einfach nicht gut genug. Sehr zu ihrem eigenen Unmut musste sie daher Olly bitten, ausgerechnet an diesem Tag, der vollgepackt war mit Terminen jeglicher Art, auch noch ein Kleid mit ihr kaufen zu gehen.

»Täusche ich mich oder sind die Schnitte der Kleider insgesamt wieder etwas voluminöser geworden?«, fragte die Königin, während sie mit dem sicheren Blick einer Modekennerin die Auswahl an Gewändern durchforstete, die Stuttgarts berühmteste Modeschneiderin für sie bereitgestellt hatte: Braun, Grün und Violett dominierten bei den Roben, die allesamt opulent verziert waren mit Borten, Posamenten, Fransen und Spitzen. Viele hatten lange Schleppen, dazugehörige Stolen oder einen Schleier.

Die Schneiderin nickte ehrerbietig.

»Nun, da der Krieg mit Frankreich vorbei ist, sind auch die Zeiten der Bescheidenheit vorüber. Gott sei Dank!, möchte ich anfügen, endlich kann ich wieder in Stoffen schwelgen.«

Olly nickte. »Frankreich hat zwar den Krieg verloren, aber was die Mode angeht, wird unser Nachbarland wohl immer wortführend sein!«

Wera runzelte die Stirn. Wenn das so weiterging mit diesen zwei modeverrückten Damen, würde sie heute keinen einzigen Soldaten mehr zu Gesicht bekommen, geschweige denn den Umzug sehen. Sie zeigte auf ein Kleid aus dunkelgrünem Samt. Es erinnerte sie an einen dichten, moosigen Nadelwald.

»Was meinst du, würde mir das stehen?«

»Ist Samt nicht ein wenig zu warm für diese Jahreszeit?« Olly sah skeptisch aus.

»Aber Eure Hoheit, Damen schwitzen doch nicht«, sagte die Schneiderin fast entsetzt. »Wenn ich auf diesen bezaubernden *Cul de Paris* aufmerksam machen darf?« Sie zeigte auf eine Raffung des Stoffes auf der Rückseite. »Dieses Modell ist wahrlich très modern. Meine Kleider sollen verführen und verzaubern!«

Wera nickte heftig. Das konnte keinesfalls schaden.

»Darf ich für Eure Hoheit eine Flasche Champagner öffnen lassen, während sich Mademoiselle der Anprobe widmet?« Die Schneiderin machte eine kleine Verbeugung vor Olly und zeigte auf den eingedeckten Tisch vor dem Fenster, auf dem nicht nur ein Champagnerkübel samt Inhalt und Gläsern stand, sondern auch noch eine Schale mit »Olgabrezeln«, einem süßen Gebäck, welches ein Stuttgarter Zuckerbäcker speziell für die Königin kreiert hatte. Auf einem weiteren silbernen Teller waren zwei Zuckerfiguren drapiert. Von der Machart her erinnerten sie Wera an die innen hohlen Osterhasen aus Zucker oder Schokolade, die man sich hier in Württemberg anstelle von rot gefärbten Eiern zu Ostern schenkte.

Weras Magen begann beim Anblick der süßen Köstlichkeiten vernehmlich zu knurren.

»Sehr gern«, sagte Olly. »Aber, um Himmels willen, was ist das?« Sie zeigte auf die Zuckerfiguren.

Madame Chevalier schmunzelte. »Der Kaiser und sein Reichskanzler aus Zucker, die Confiserie nebenan hat extra Gussformen anfertigen lassen. Was für eine Idee, mon Dieu! Aber es ist solch ein froher Tag ...« Die Schneiderin zwinkerte verschmitzt. »Stellen Sie sich vor, Bismarck kostete 55, der Kaiser hingegen nur 45 Pfennige!«

»Der Reichskanzler ist teurer als mein Onkel, der Kaiser?« Ollys entsetzter Blick wanderte zwischen den Zuckerfiguren und der Schneiderin hin und her.

»Wundert dich das?«, sagte Wera. »An Bismarck ist schließlich wesentlich mehr dran als am Kaiser.« Sie fuhr mit ihrer rechten

Hand großflächig über ihren Bauch, um Bismarcks Fülle nachzuzeichnen, dann brach sie ein Stück Zuckermasse ab und reichte sie Olly, die zögernd zurückwich.

»Bismarcks Kopf, den wolltest du doch schon immer gern haben. Hier hast du ihn. Ich nehme dafür ein Stück seines Arms. Mmh, einfach köstlich!« Fröhlich kauend verschwand Wera im Nebenzimmer.

»Das wäre geschafft! Höchste Zeit, dass wir nach Hause kommen, sonst wird es nichts mehr mit meiner aufwendigen Hochsteckfrisur«, sagte Olly, als sie kurze Zeit später in der Kutsche saßen. Um auf den belebten Straßen unerkannt zu bleiben, hatte die Königin anstelle ihrer Prunkkutsche einen unauffälligen Wagen gewählt. Geschickt fuhr der Kutscher nun durch Seitenstraßen, um den Menschenmassen zu entgehen, die sich rund um den Schlossplatz versammelt hatten.

Schweigsam schaute Wera aus dem Fenster. Ob sich da draußen, unter den Tausenden von Männern, auch ihr zukünftiger Mann befand? Falls ja, wie um alles in der Welt sollte sie ihn finden? War das nicht wie die berühmte Suche nach der Nadel im Heuhaufen?

Unsicher schaute sie auf das waldgrüne Kleid, das in Seidenpapier verpackt schwer und warm quer über ihrem Schoß lag. »Ob das Kleid wirklich das Richtige ist?«

Olly zuckte mit den Schultern. »Es ist in Ordnung.«

»Nur *in Ordnung*, mehr nicht? Warum hast du mich nicht besser beraten?«, entsetzte sich Wera.

»Aber du warst es doch, die keine Lust mehr hatte, noch weitere Roben anzuprobieren«, sagte Olly konsterniert.

»Ja schon, aber dass ich beim großen Ball für die Heimkehrer ein gutes Bild abgebe, ist immens wichtig. Immerhin ist das heute so etwas wie meine inoffizielle Einführung in die Gesellschaft!«

»Du bist eine russische Großfürstin und mein Patenkind, du bist etwas ganz Besonderes. Die Leute sehen dich in deinem schlichten grünen Kleid und halten es für die neueste Mode. Und auf den nächsten Bällen werden dir solche Kleider überall begegnen.«

»So etwas wäre vielleicht bei dir der Fall, aber doch nicht bei mir. Ach Olly, wem willst du etwas vormachen?« Wera konnte nichts gegen den bitteren Unterton in ihrer Stimme tun. »Ein Titel allein macht noch keine Braut. Schau mich an, dann weißt du, wie es um mich steht: Fast alle Mädchen aus meinem Tanzunterricht haben schon einen Verehrer, um Sophie Taubenheim reißen sich sogar gleich drei junge Herren! Ständig gibt sie damit an. Gemein ist das! Sie weiß doch ganz genau, dass an meiner Tür noch kein Einziger angeklopft hat: Kein Prinz, kein Landgraf, nicht einmal ein ältlicher Baron hat sich in mich verguckt. Und aus Russland sind auch noch keine Anfragen gekommen. Manchmal möchte ich wirklich wissen, ob man an den Höfen Europas überhaupt von meiner Existenz weiß. Was ist, warum sagst du nichts?«, fuhr sie Olly wütend an.

»Wenn du wüsstest, wie mir dieses Thema zuwider ist«, seufzte Olly. »Dieses elende Heiratstheater, wo sie dich wie eine Kuh auf dem Viehmarkt anbieten – schrecklich ist das. Glaube mir, ich weiß, wovon ich spreche. Wie haben sie mich zu Hause gedrängt und getriezt …«

»Drängen und Triezen? Ich bin noch nicht einmal auf dem Heiratsmarkt *angekommen*! Dabei bin ich schon siebzehn Jahre alt, ein Alter, in dem meine Schwester Olgata seit über einem Jahr verheiratet war. Wenn ich sehe, wie liebevoll sie mit dem dreijährigen Konstantin und dem kleinen Georgios umgeht, werde ich ganz neidisch. Ich will auch Kinder! Säuglinge, die feine goldene Härchen auf dem Kopf haben und einen anlächeln, wenn man sie auf den Arm nimmt. Aber ohne Ehemann keine Kinder – so einfach ist das. Verflixt, ich weiß noch nicht einmal, wie es sich anfühlt, verliebt zu sein.«

Kopfschüttelnd schaute Olly Wera an.

»Wie du über solche Dinge redest … Wenn ich daran denke, wie verschwiegen meine Schwestern und ich einst waren! Nie hätten wir unsere Gefühle den Erwachsenen gegenüber in dieser Art offenbart. Nicht einmal untereinander waren wir so ehrlich.«

»Soll ich den Kopf in den Sand stecken und so tun, als wäre ich zufrieden? Ich will nicht als alte Jungfer enden, ich will die Liebe erleben, und das so bald wie möglich.« Auf einmal war Wera den Tränen nahe. Sie spürte Ollys Hand auf ihrem Arm und schüttelte sie ab.

»Du könntest mir ruhig einen Rat geben, wie ich es anstellen soll, einen passenden Mann zu finden«, sagte sie mit kratziger Stimme. »Es heißt doch, du hättest besonders viele Verehrer gehabt, also musst du wissen, wie es geht. Bisher warst du mir allerdings keine große Hilfe.« Mit Genugtuung registrierte sie, wie ihre Tante bei dem Vorwurf zusammenzuckte, als hätte ihr jemand einen Schlag versetzt.

»Was hätte ich denn bisher für dich tun sollen? Angesichts des Krieges wäre es unmöglich gewesen, dich mit großem Pomp in die Gesellschaft einzuführen. Du hast selbst gesagt, es sei frevelhaft, Champagner trinkend von einem Tanzball zum anderen zu flattern, während deutsche Soldaten in Mont Mesly, Villiers oder Chevilly um ihr Leben kämpfen. Außerdem – wen hättest du auf den wenigen Tanzbällen, die trotz des Krieges stattfanden, antreffen sollen? Außer alten Männern mit körperlichen Gebrechen war doch fast niemand mehr in der Stadt.« Ollys Rede klang verzweifelt und flehentlich zugleich.

Wera presste die Lippen zusammen. Olly hatte ja mit allem recht. Die Männer, die etwas taugten, waren in den Krieg gezogen, so wie ihr alter Wanderkamerad Lutz von Basten. Oder Wily, der schon im Jahr 1869 ins Heer eingetreten war und mit eigenen Augen hatte mit ansehen müssen, wie zwei seiner Kameraden – die Söhne von Ollys Hofdame Taube – getötet wurden. Einmal sei auch er in unmittelbarer Lebensgefahr gewesen, hatte er in einem seiner zahlreichen Briefe an seine Mutter geschrieben. Doch sein Freund und Cousin, Herzog Eugen, habe ihm das Leben gerettet.

Weras Bewunderung für die tapferen Württemberger war mit jedem seiner Briefe noch gewachsen. Aus dieser Bewunderung heraus hatte sie – im Gegensatz zu ihren Tanzkameradinnen – stoisch die wenigen Bälle, die während des Kriegs stattfanden, ignoriert. Sie konnte doch nicht das Tanzbein schwingen, während württembergische Männer im Schützengraben lagen! Doch dadurch hatte sie viel wertvolle Zeit verloren …

»Weißt du was?«, sagte Olly betont fröhlich. »Ich werde deinen Eltern schreiben. Vielleicht haben sie schon längst einen Ehemann für dich im Kopf.«

»Wer's glaubt, wird selig.« Wera schnaubte. Als ob sie sich in dieser wichtigen Angelegenheit auf ihre Eltern verlassen würde. Nein, sie hatte vor, dies selbst in die Hand zu nehmen. Und zwar am besten gleich heute Abend.

Schwungvoll drehte sich Wera in dem grünen Kleid einmal um die eigene Achse. Obwohl es nach fünf Uhr am Nachmittag war, fiel das Sonnenlicht noch immer so gleißend hell in Weras Schlafzimmer, als sei es Mittag.

»Und – wie findest du es?«, fragte sie Margitta, die, eine Schürze und Holzschuhe tragend, auf dem Sofa Kuchen aß und Wera dabei zuschaute, wie sie sich für den Ball herrichtete.

Trotz aller Unterschiede hatte ihre Freundschaft gehalten. Seit zwei Jahren war Margitta am Hof beschäftigt, allerdings arbeitete sie nicht wie ihre Mutter in der Waschküche, sondern in der Wäschekammer, wo sie Tischdecken mit Lochmustern verzierte, Risse in Gardinen flickte und Küchentücher umsäumte. Schon vor Jahren hatte sich herausgestellt, dass das junge Mädchen ein besonderes Geschick mit Nadel und Faden besaß. Nachdem Wera ihrer Tante diese Information zugetragen hatte, war Margittas Anstellung schnell beschlossen. Wera war überglücklich gewesen: So würde sie Margitta weiterhin sehen können! So oft es ihr straffer Tagesplan zuließ, ging sie auf einen Sprung im Versorgungstrakt vorbei – doch nicht immer traf sie ihre Freundin dort an. Denn im Gegensatz zu ihrer Mutter war Margitta alles andere als zuverlässig. Oft kam sie zu spät, und auch während der Arbeitszeit sah man sie manchmal stundenlang nicht. An manchen Tagen tauchte sie erst gar nicht auf.

»Wo um alles in der Welt treibst du dich herum?«, wollte Wera von ihrer Freundin wissen, wenn sich wieder einmal die Obersthofmeisterin über Margittas Fehlzeiten beklagt hatte. Eine zufriedenstellende Antwort bekam sie nie. Sie habe halt viele Verabredungen, murmelte Margitta lediglich. Bestimmt traf sich die Freundin mit Verehrern, reimte sich Wera daraufhin zusammen. Sie, die Pünktlichkeit und Zuverlässigkeit in Person, konnte nicht verstehen, dass ausgerechnet ihre beste Freundin es anders hielt. Dennoch setzte sie sich immer wieder für Margitta ein – log manchmal sogar für sie –, damit diese Arbeit und Lohn behielt.

»Ganz nett«, sagte Margitta nun schulterzuckend.

»Vielen Dank für dein überschwängliches Lob«, antwortete Wera halb wütend, halb verzweifelt. Margittas Anerkennung war ihr wichtig, denn diese hatte die große Gabe, aus jedem Kleidungsstück das Beste zu machen. Selbst die Schürze, die sie trug, sah auf eine gewisse Art chic aus. Wie sie die Schleife nicht im Rücken, sondern seitlich rechts gebunden trug – auf eine solche Idee wäre Wera nie gekommen. Ihre ältliche Zofe übrigens auch nicht, diese richtete ihr Augenmerk allein auf Weras Unterwäsche: Mindestens zwei Unterröcke, ein eng geschnürtes Mieder und Strümpfe selbst bei hochsommerlichen Temperaturen – *das* war ihrer Ansicht nach damenhaft. Für Wera, die es noch nie gemocht hatte, dass jemand an ihr herumzupfte oder ihr Haar kämmte, war dies nur ein Grund mehr, das tägliche Anziehen, so weit es ging, allein zu bewerkstelligen.

Wie hübsch Margitta war mit ihren wilden Locken, dem großen Mund und dem immer leicht verschleierten Blick, der so einnehmend wirkte, dass man ihr ständig ins Gesicht schauen musste. Margitta war attraktiv, ohne dass sie sich dafür anstrengen musste, wohingegen sie … Ach, bei ihr war einfach alles verloren, dachte sie in einem Anfall von Verzweiflung.

Ungelenk kratzte sie sich am Rücken, an dem kleine Schweißperlen hinabrannen. Von wegen, Damen schwitzten nicht! Seit Tagen hatte sich im Stuttgarter Talkessel eine sommerliche Schwüle niedergelassen, die selbst die dicken Schlossmauern durchdrang und die Räume aufheizte. Wera ging zum Fenster ihres Zimmers und öffnete es, doch außer einer müden Brise war nichts zu spüren.

Margitta stopfte sich das letzte Stück Kuchen in den Mund. »Tut mir leid, aber du stellst dich auch ungeschickt an! Ihr seid so reich, deine Tante würde dir jedes Kleid der Welt kaufen. Und Schmuck und schöne Hüte und passende Handschuhe noch dazu. Doch womit kommst du daher? Mit einem schmucklosen dunkelgrünen Etwas. Und dann dieser hochgeschlossene Kragen! Der hätte wunderbar zu deiner ehemaligen Gouvernante gepasst, aber doch nicht zu dir. Warum zeigst du nicht, was du hast? Ich dachte, du willst die Herren verzaubern ...« Noch während sie sprach, begann sie in einer von Weras Schrankschubladen zu kramen. »Wir haben keine Zeit, das Kleid ordentlich abzuändern, aber vielleicht kann ich dennoch etwas für dich tun.«

Schweigend schaute Wera ihrer Freundin zu. Das falsche Kleid ausgesucht – wieder einmal kam sie sich wie ein dummer Trampel vor. Was hätte sie darum gegeben, eine Figur wie Margitta zu haben. Schlank, hochgewachsen, mit langen Beinen wie ein junges Fohlen und mit einer schmalen Taille, die ein Mann bestimmt mit seinen Händen ganz umfassen konnte. Dabei trug Margitta nicht einmal ein Korsett. Wohingegen sie, Wera, so heftig eingeschnürt war, dass ihr kaum Luft zum Atmen blieb. Nicht, dass es bei ihrer mittelgroßen Statur wirklich half: Ihre Hüften wirkten immer noch ausladend. Ihre Beine waren robust, ihre Waden kräftig und alles andere als elegant. Dennoch, ihre Beine mochte Wera, denn jeden Zentimeter Wadenumfang hatte sie sich in den Weinbergen rund um Stuttgart, auf der Schwäbischen Alb und bei Ausflügen rund um den Bodensee mühselig erwandert. Auch ihre Oberweite war nicht gerade die eines jungen Mädchens, sondern eher fraulich. Wera gefielen ihre Brüste trotzdem, sie stellte sich vor, wie sie an je einer Brust ein Kind nähren würde. Sie und Zwillinge – warum nicht?

Der Gedanke munterte sie so auf, dass einen Moment lang die Sorge um ihre Garderobe vergessen war.

»Ich bin halt keine große Schönheit, und wahrscheinlich werde ich auch nie eine werden«, sagte sie. »Aber irgendwo auf dieser Welt wird es schon einen Herrn geben, der meine Kartoffelstampferbeine hübsch findet, oder was denkst du?«

»Warte nur ab – wenn ich mit dir fertig bin, findet dich jeder schön. Als Erstes brauchst du ein hübsches Dekolleté«, sagte Margitta, die endlich wieder aus den Tiefen von Weras Schrank auftauchte, ein Sammelsurium an Materialien im Arm: Spitzenbordüren, ein paar Schmuckstücke von Wera, ein Stück eines Hutschleiers. Mit flinker Hand, Stecknadeln und einem dünnen Fädchen heftete sie den Ausschnitt von Weras Kleid so um, dass er größer und wie ein Herz aussah. Dort, wo der Ausschnitt seinen tiefsten Punkt hatte, setzte sie eine herzförmige Brosche hin. Über Weras rechtes Handgelenk streifte sie drei Armreife auf einmal, um das linke schlang sie einen ganzen Strang Perlen, die bei der kleinsten Bewegung, die Wera machte, leise klimperten. Ein schönes Geräusch, dachte Wera bei sich.

»Ich komme mir vor wie ein geschmückter Weihnachtsbaum – überall funkelt es.«

»Und wenn schon«, antwortete Margitta gelassen. »Bei dem vielen Schmuck schaut wenigstens niemand mehr auf dein langweiliges Kleid! Man muss immer das Beste aus dem machen, was man hat.«

Das Beste aus etwas machen – diese Tugend sollte ich eigentlich auch längst beherrschen, ärgerte sich Wera. Sie wollte Margittas Werk im Spiegel betrachten, doch alles, was sie erkennen konnte, war ihr eigener verschwommener Schatten. Leider sah sie in die Ferne ziemlich schlecht. Aber sich deswegen durch eine Brille verschandeln lassen, wo sie sowieso nicht gerade die Hübscheste war? Nie und nimmer! Angestrengt blinzelnd trat sie näher an den Spiegel heran. Ihre etwas eng stehenden Augen und die schmalen Lippen mochten ja noch angehen, auch ihre Haut war klar und ohne jegliche Unreinheiten. Dafür waren ihre Haare eine einzige Zumutung! Wo andere junge Damen neckische Gesichtsfransen hatten oder sich reizende Ringellocken kringelten, krauste sich bei ihr ein wildes Durcheinander. Hundert Bürstenstriche? Schon zwei oder drei waren die reinste Tortur. Es war Margitta gewesen, die Wera eine Frisur vorschlug, mit der die Krause gebändigt werden konnte: aus der Stirn herausgekämmt, eng am Kopf anliegend, gehalten von einem breiten Haarband oder Reif. Erst am Hinterkopf erlaubte sie ihren Haaren die Freiheit, sich in wilden Locken zu kringeln.

Mit einer Grimasse strich Wera ihr Haarband glatt.

»Ich weiß nicht. Dieser große Ausschnitt … Wirkt er nicht billig? Wenn die Königin mich so sieht, schickt sie mich gleich wieder in mein Zimmer.«

»Dann trage halt ein Schultertuch, bis du an deinem Platz im Festsaal sitzt. Vor allen anderen wird die Königin dir schon keine Szene machen.« Margitta grinste. »Außerdem – ein bisschen ›billig‹ schadet bei euresgleichen nicht, glaube mir. Männer sind nun einmal so. Von unsresgleichen hingegen wünschen sie sich, dass wir damenhaft daherkommen, zum Beispiel so!« Mit kleinen Trippelschritten ahmte die Tochter der Waschfrau den Gang der Hofdamen in ihren hochhackigen, engen Stiefelchen nach.

»Und eine echte Dame soll wie eine Marktfrau wirken?«, fragte Wera kichernd, während sie den übertriebenen Augenaufschlag versuchte, mit dem manche Marktfrauen ihre Waren anboten.

»So ist es! Warte nur ab, deinen Soldaten werden die Augen überlaufen vor Wonne.«

Vielleicht war an Margittas Behauptung etwas dran, dachte Wera, während sie sich erneut im Spiegel betrachtete. Sie sah auf jeden Fall interessanter aus als vorher. Sogar eine Spur verwegen. Aber das war ja kein Fehler, oder? Ruckartig drehte sie sich wieder um und ergriff die Hände ihrer Freundin.

»Ach Margitta, warum wirst du nicht doch meine Zofe? Dein Rat ist mir wirklich lieb und teuer.« Schon mehr als einmal hatte sie ihr den Vorschlag unterbreitet. Warum Margitta immer wieder ablehnte, verstand sie nicht, ein solches Arrangement hätte doch für sie beide nur Vorteile gehabt.

Auch jetzt schüttelte die Freundin nur lachend den Kopf. »Ich dich von früh bis spät bedienen? Davon kannst du nachts träumen! Außerdem …« Ihr Lachen verflüchtigte sich, ihre Miene wurde ernst und gewichtig. »Ich habe sowieso nicht vor, noch lange zu arbeiten. Du bist nicht die Einzige, die es auf einen Ehemann abgesehen hat …«

»Was? Wer? Sag bloß, es gibt einen ernsthaften Verehrer?«

»Vielleicht«, sagte Margitta geheimnisvoll. Dann zog sie Wera an den Toilettentisch. »Aber für solche Reden haben wir jetzt keine Zeit. Wir müssen uns schließlich dringend um deine Haare kümmern!«

*

Karl war ein mürrischer Mann, der oft schlechte Laune hatte. Olly, der schlechte Laune eher fremd war, hatte sich im Laufe der Zeit angewöhnt, Karl mit allen erdenklichen Mitteln aufzuheitern: Sie schmückte seinen Schreibtisch eigenhändig mit Blumen. Sie schnitt ihm amüsante Zeitungsberichte aus. Oder sie sammelte kleine Anekdoten und Geschichten, die sie selbst erlebt hatte oder die ihr zugetragen worden waren, um ihn damit zu erfreuen. Wenn das alles nichts half, ignorierte sie seine Launen und tat so, als wäre alles in bester Ordnung.

Der preußische König und sein Kanzler als Hohlkörper aus Zucker – das würde Karl allerdings bestimmt erheitern, dachte Olly. Als sie den Gang in Richtung von Karls Amtszimmer entlanglief, nahm sie schmunzelnd das mädchenhafte Gekicher wahr, das durch die geschlossene Tür aus Weras Räumen drang. Bestimmt machte Wera sich für den Abend hübsch, und ihre Freundin Margitta half ihr dabei! Eigentlich sollte sie, Olly, auch längst vor ihrem Toilettentisch sitzen, wenn sie einigermaßen manierlich auf dem großen Fest erscheinen wollte. Olly beschleunigte ihren Gang. An Karls Zimmer angelangt, klopfte sie kurz, dann öffnete sie die Tür.

»Du Karl, stell dir vor –« Abrupt brach sie ab, als sie sah, dass Karl nicht allein war. Sein Adjutant Wilhelm von Spitzemberg befand sich bei ihm, beide Männer saßen auf dem großen ledernen Sofa, vor sich zwei Gläser und eine Karaffe mit einer honigfarbenen Flüssigkeit. Ihre Gesichter wirkten erhitzt, beide wirkten außerordentlich fröhlich und gelöst, fast wie ... ein Liebespaar!, schoss es Olly durch den Sinn. Es war nicht das erste Mal, dass sie diesen Gedanken hatte. Jedes Mal hatte sie ihn sich hastig verboten. Mit gerunzelter Stirn sah sie, wie das Lachen auf den Mienen der Männer bei ihrem Anblick erstarb.

»Olly ...«, sagte Karl als Begrüßung, während sein Adjutant fast unwillig von ihm wegrückte. »Was kann ich für dich tun?«

Wie geschäftsmäßig er klang! Fast ärgerlich. Als sei sie ein Botenjunge, der lästige Nachrichten brachte. Und wie feindselig Wilhelm von Spitzemberg sie über den Rand seines Cognacglases hinweg anschaute. Wie einen unerwünschten Eindringling.

Im Zimmer war es heiß und stickig. Es roch nach Zigaretten, Alkohol und etwas Verbotenem, Trunkenem, was Olly nicht deuten konnte. Ihre Hände begannen nervös zu kribbeln, wie immer, wenn sie sich unwohl fühlte.

»Ich ... wollte dir etwas erzählen. Aber es ist nicht so wichtig, bitte entschuldige die Störung«, sagte sie und lächelte angestrengt. Sie hatte die Tür schon wieder hinter sich geschlossen, als sie spürte, dass urplötzlich aus den dunkelsten Tälern ihrer Seele eine Wut emporstieg, wie sie lange keine mehr verspürt hatte.

Was ... bildeten ... sich ... diese ... beiden ... Männer ... eigentlich ... ein? Sie war Karls Ehefrau und Königin von Württemberg! Und nicht irgendein Störenfried oder ein überflüssiges fünftes Rad am Wagen!

Mit wehem Herzen und vor Entrüstung zitternder Hand stieß sie die Tür erneut auf.

Karl und sein Adjutant prosteten sich schon wieder lächelnd zu, als hätte es keine Störung gegeben.

»Herr von Spitzemberg, würden Sie uns bitte einen Augenblick allein lassen? Karl, ich muss mit dir reden!«, sagte sie, und ihr Blick ließ keinen Widerspruch zu.

»Was ist das zwischen dir und Wilhelm?«, fragte sie, kaum dass sie Karls Adjutant verlassen hatte. Anstatt sich zu setzen, durchquerte sie nervös den Raum wie ein eingesperrter Panther. Lauernd schaute sie ihren Mann an. Seit Jahren akzeptierte sie nun schon, dass sie sich nur noch wie zwei Geschäftspartner unterhielten. Die Belange Württembergs, die schwierigen Kriegszeiten – darüber konnten sie sich bestens verständigen! Aber dass sie außerdem Mann und Frau waren, zwei Menschen, die sich vor vielen Jahren, in einem anderen Leben, den Treueschwur gaben – das hatten sie inzwischen endgültig vergessen. Viel zu lange hatte sie nicht protestiert, wenn Karl seine Zeit lieber mit anderen verbrachte anstatt mit ihr.

»Was ist denn das für eine seltsame Frage? Er ist mein engster Vertrauter, das weißt du doch. In meiner Position ist es schwierig, Menschen zu finden, die es ehrlich mit einem meinen. Ohne Wilhelm würde ich mich noch verlorener fühlen, als ich es eh schon tue.«

Wie weinerlich er klang.

Hör auf, Karl anzugreifen. Du kennst ihn doch! Geh lieber, bevor Worte fallen, die du später bereust!, flüsterte eine Stimme Olly warnend ins Ohr. Sie schüttelte unwirsch den Kopf und sagte: »Du fühlst dich also verloren. Und wie, glaubst du, fühle ich mich, wenn ich in dein Zimmer komme und euch in so inniger Zweisamkeit vorfinde? Wenn man euch beide sieht, mutet es seltsam an ... Fast hatte ich den Eindruck –« Olly biss sich auf die Unterlippe.

Schweig! Noch ist es nicht zu spät.

»Herrgott noch mal, fängst du schon wieder mit deiner elendigen Eifersüchtelei an? Darf ich nicht an einem solchen Festtag wie dem heutigen mit meinem Adjutanten das Glas erheben?« Schwerfällig rappelte sich Karl von seinem Sofa auf. Ungelenk stieß er sich am Tischbein, die Cognac-Karaffe schrammte schrill auf der gläsernen Oberfläche entlang.

»Wenn es nach dir ginge, müsste ich jede freie Minute des Tages mit dir verbringen. Und wahrscheinlich wäre dir selbst das nicht genug. Immer willst du irgendetwas von mir! Merkst du denn nicht, wie du mir damit die Luft abschnürst? Dein ewiges Verlangen, deine Sehnsüchte, dein waidwunder Blick, wenn ich deinen Anforderungen wieder einmal nicht gerecht werde. Du hast den falschen Mann geheiratet, sieh das endlich ein, Olly! Dir und deinen Ansprüchen werde ich nie genügen.«

Taumelnd, als hätte sie einen Schlag gegen den Kopf erhalten, hielt sich Olly an der Kante von Karls Schreibtisch fest.

»Wie kannst du so etwas sagen?«, flüsterte sie rau. Jedes Wort kroch nur mühsam aus ihrer kratzigen Kehle. »Ich ... ich liebe dich doch. Und ich bin deine Frau ...«

»Als ob ich das nicht wüsste«, sagte er gequält. »Umso mehr müsste dir daran gelegen sein, dass es mir gutgeht. Dass ein Mann neben seiner Ehe auch Männerfreundschaften pflegt, daran ist nun weiß Gott nichts Besonderes. Du hingegen hast von Anfang an ein großes Theater deswegen gemacht. Wenn ich nur daran denke, wie du einst Hackländer vergrault hast! Mit ihm hat alles angefangen, seitdem stehst du jedem Mann, mit dem ich mich näher anfreunde, feindselig gegenüber. Du hattest in St. Petersburg doch auch deine Hofdame Anna. Jede Minute habt ihr miteinander verbracht, Tag für Tag, diese Frau hat dich angebetet, du warst ihr Ein und Alles. Und hier hast du Evelyn. Habe ich je einen Ton darüber verloren, wie viel Zeit ihr zwei miteinander verbringt? Mir jedoch gönnst du solch einen loyalen, lieben Vertrauten nicht. Warum siehst du nicht endlich ein, dass du keinen alleinigen Anspruch auf mich hast? Warum kannst du nicht akzeptieren, dass ich Bedürfnisse habe, die –« Nun war er es, der nach Worten rang. »Manchmal bin ich einfach lieber mit Wilhelm zusammen als mit dir. Er gibt mir etwas, was mir bisher noch kein Mensch in diesem Maß gegeben hat«, brach es dann aus ihm hervor. Er trat ans Fenster, schaute hinaus auf den Schlossplatz.

Olly hingegen hatte ihr unstetes Umherlaufen aufgegeben und sich auf einem Stuhl vor Karls Schreibtisch niedergelassen. Sie fühlte sich noch immer fremd und nicht willkommen hier in diesem Raum. Tausendundein Gedanken schossen ihr durch den Sinn, so vieles lag ihr auf der Zunge zu sagen, aber es gelang ihr nicht, Ordnung in das Wirrwarr in ihrem Kopf zu bringen. War sie wirklich so besitzergreifend?

Als sich Karl ihr schließlich zuwandte, lag etwas Demütiges, um Verzeihung Heischendes in seinem Blick.

»Olly, Liebes, unsere Ehe ist doch gar nicht so schlecht. Wenn ich mir anschaue, wie wir die schweren Kriegsjahre gemeistert haben ... Ich bewundere dich so sehr für alles, was du für unser Land getan hast! Du und ich – alles in allem sind wir doch ein gutes Paar. Deshalb flehe ich dich an: Lass mir meine kleinen Freiheiten! Verfolge mich nicht ständig mit deiner Eifersucht. Hast du mich je in den Armen einer anderen Frau gesehen? Habe ich dir jemals so viel Leid angetan, wie deine Brüder mit ihren unzähligen Mätressen es ihren Gattinnen bereiten?« In seine letzten Sätze hatte sich ein flehentlicher Unterton eingeschlichen.

Olly seufzte. Es gibt verschiedene Arten von Leid, wollte sie sagen. Doch auf einmal fühlte sie sich schlecht. Hatte dieses Gespräch wirklich sein müssen?

Ja!, zischte eine kleine Stimme in ihrem Ohr. *Und es ist noch nicht beendet, deine Zweifel sind nicht ausgeräumt, sondern unter beschwichtigenden Worten begraben!*

Nein!, flüsterte eine andere Stimme. *Du weißt doch, wie sensibel Karl ist. Warum also quälst du ihn mit deinen übersteigerten Ansprüchen?*

»Du hast recht, wir haben wirklich einiges Gutes erreicht«, sagte sie traurig.

»Siehst du«, erwiderte er fast triumphierend. »Dann höre bitte endlich damit auf, Wilhelm schlechtreden zu wollen. Er ist ein wichtiger Teil meines Lebens. Daran wird sich nichts ändern. Entweder du gewöhnst dich daran, oder …« Er zuckte in einer Art mit den Schultern, die man für beiläufig hätte halten können. Olly hingegen las eine solch gleichgültige Kühle aus der Geste heraus, dass es sie fröstelte.

19. KAPITEL

Im großen Saal des Schlosstheaters flirrten Staubkörner im hereinfallenden Sonnenlicht wie kleine Diamanten in der trockenen Luft. Während der Mann am Klavier, der die Übungsstunde der Balletttruppe begleitete, sich immer wieder mit einem Taschentuch den Schweiß aus der Stirn wischte, sprangen, hüpften und schwebten die zwanzig Tänzerinnen auf der Bühne umher wie Feen an einem frischen Frühlingsmorgen. Sie trugen blonde Perücken und riesigen Kopfschmuck, ihre Gesichter waren verborgen hinter Masken aus Federn, Perlen und Seidenstickerei. Ihre silberglänzenden Kostüme bauschten sich über ausladenden Reifröcken, unter denen bei gewagteren Sprüngen hie und da ein Stück Knöchel hervorlugte.

»Meine Etty … Ist sie nicht wunderbar?«, seufzte Herzog Eugen von Württemberg.

Leises Kichern ertönte, vergessen war die Schrittfolge, vergessen auch das Spiel des Pianisten, die maskierten Köpfe der Damen drehten sich erneut in Richtung des gutaussehenden Herrn und seines Begleiters. Beide trugen eine mit gelben Biesen und Ärmelaufschlägen auffällig verzierte dunkelblaue Uniform. Diese Uniform kannte im Land jedes Kind, denn nur das Regiment des Königs durfte sie tragen. Die Offiziere des Württembergischen Ulanenregiments hatten einen besonders ehrbaren Ruf.

Wütend warf der Ballettmeister einen Blick in die dritte Stuhlreihe. Am liebsten hätte er die beiden Störenfriede verjagt, aber der eine davon war Prinz Wilhelm, und ihn konnte er wohl schlecht des Hauses verweisen. Wer der zweite Herr mit den schwarzen Haaren und dem kräftigen Schnauzbart war, wusste er nicht. Er schien jedoch mindestens so hochwohlgeboren zu sein wie der Prinz.

»Für mich sehen die Tänzerinnen alle gleich aus«, raunte Prinz Wily Eugen zu. Unter den Masken konnte man ja nicht einmal die Gesichter erkennen! Da er jedoch den exquisiten Frauengeschmack seines besten Freundes kannte, war davon auszugehen, dass besagte Etelda das schönste Mädchen auf der Bühne war.

»Du Kunstbanause! Wie oft habe ich in der Hölle Frankreichs an Etty denken müssen. Kneif mich, damit ich endlich glauben kann, dass dies hier Wirklichkeit ist.« Ohne seinen Blick auch nur einen Moment von der Bühne abzuwenden, hielt Eugen seinem Vetter den linken Arm hin.

»Seltsam, von deinen Sehnsüchten habe ich gar nichts gemerkt«, raunte Wily ihm ironisch zu. »Vielmehr kommt mir, wenn ich an Meaux denke, eine ziemlich heftige Begegnung deinerseits mit einer jungen Dame namens Ivette in den Sinn. Und dann in Nancy – trafst du dort nicht diese reizende Krankenschwester? Chloé hieß sie, wenn ich mich richtig erinnere ... Aus Sorge um dein Wohlergehen konnte ich die ganze Nacht nicht schlafen, dabei war ich müde wie ein Hund!«

Der Vorfall, auf den Wily anspielte, hatte sich Anfang September des Jahres zuvor ereignet. Ihre Truppen hatten den Auftrag gehabt, einen Munitionstransport zu eskortieren. Zuvor war aus verschiedenen Kanälen durchgesickert, dass die Franzosen vorhatten, diese hochexplosive Ladung auf Teufel komm raus in ihre Gewalt zu bringen. Dementsprechend nervös waren die Mitglieder des Ulanenregiments. Alle außer Eugen. Denn der schlich sich, unerkannt und als Bauer getarnt, eine Nacht vor Abfahrt des Munitionszugs nach Nancy hinein. Das Flehen seines Vetters Wily, er möge diese Dummheit auf der Stelle vergessen, überhörte er. Er hatte Chloé doch versprochen, dass er sie besuchen kam! Froh gelaunt und mit breitem Grinsen war er kurz nach Morgengrauen wieder aufgetaucht.

Aus dem Halbdunkel der dritten Stuhlreihe heraus warf Eugen wie wild Kusshände auf die Bühne.

»Lappalien! Irgendwie musste ich mir die Zeit vertreiben. Ich konnte schließlich nicht jede Nacht Karten spielen, dieser Spaß hat mich eh schon ein Vermögen gekostet«, sagte er eine Spur verärgert. »Meiner Etty vermochten die französischen Damen jedenfalls nicht das Wasser zu reichen. Diese Ausstrahlung! Hast du gerade eben ihre schlanken Fesseln aufblitzen sehen?« Noch während er sprach, nestelte er ein lederndes Etui aus seiner Hosentasche.

»Vielleicht überzeugt dich das ja von meinen hehren Absichten?« Er öffnete das Etui mit einem leisen Klick.

Wily blinzelte, als er den großen Ring sah, der verdächtig wie ein Diamant funkelte.

»Wo hast du den denn her?«

Eugen grinste. »Glaubst du etwa, ich habe mich in der Schmuckschatulle meiner Mutter bedient? Von wegen! Beim besten Goldschmied der Stadt war ich, für Etty ist mir das Teuerste gerade gut genug. Ich bin mir sicher, wenn ich ihn ihr überreiche, wird sie mich vor Freude küssen.«

»Aber ... Der muss doch ein Vermögen gekostet haben.« Wie der Diamant funkelte ... Wily schüttelte den Kopf.

»Na und? Wir haben doch gestern unseren Sold bekommen.«

»Der sollte für die nächsten vier Wochen reichen. Du jedoch haust das Geld für einen Goldring auf den Kopf? Für eine Tänzerin noch dazu? Du bist verrückt!«

»Und du bist ein alter Langweiler, lieber Cousin«, sagte Eugen und applaudierte laut den Tänzerinnen, die sich gerade aufmachten, die Bühne zu verlassen.

»Ich muss los, sonst verpasse ich sie noch. Wir sehen uns später!«, rief er und verschwand durch eine schmale Tür neben der Bühne.

Kopfschüttelnd schaute Wily seinem Freund nach, während ihn eine Woge unterschwelligen Grolls überfiel.

Die Welt war wirklich ungerecht ... Eugen konnte tun und machen, was er wollte, er jedoch war spätestens seit dem achten Mai des letzten Jahres nicht mehr sein eigener Herr. Denn an diesem Tag war sein Vater verstorben, und er, Wilhelm II., war vom kinderlosen König inoffiziell zu dessen Thronfolger ernannt worden. Noch immer dachte Wily mit Schrecken an den Tag zurück: Mit vor Aufregung geröteten Wangen hatte sein Onkel darauf gewartet, dass er, der Neffe, einen Freudentanz aufführte. Vergeblich. Denn dass er fortan unter besonders kritischer Beobachtung des Hofes stand, bloß weil er in zwanzig, dreißig Jahren vielleicht einmal Karls Zepter übernehmen sollte, gefiel Wily gar nicht. *Freiheit adieu!* war sein erster Gedanke gewesen. Und er hatte richtig damit gelegen – fast hätten sie ihm, Prinz Wilhelm II., zukünftiger König von Württemberg, sogar verboten, am Krieg teilzunehmen. Da war es doch kein Wunder, dass er neben seinem attraktiven eineinhalb Jahre älteren Vetter wie ein langweiliger Schulmeister wirkte.

Missmutig zog Wily die Tür des Schlosstheaters hinter sich zu. Manchmal hatte er wirklich das Gefühl, vom Leben immer nur mindere Karten zu bekommen, wohingegen Eugen stets das Ass im Ärmel hatte. War der heutige Tag nicht ein wunderbares Beispiel dafür? Während Eugen einer schönen Tänzerin Avancen machte, war es für ihn schon am Morgen fad geworden:

In einem langwierigen Gespräch hatte ihm seine Mutter bei einem Krug Wasser und staubtrockenen Keksen dargelegt, wie überaus wichtig es wäre, dass er sich baldmöglichst nach der geeigneten Braut umsähe. Wobei sie das Wort »geeignet« unter streng hochgezogenen Brauen mehrmals betonte. Angesichts der Wankelmütigkeit ihres Bruders sei ihm der Thron nämlich längst nicht sicher. Wily müsse nur ein Verhalten an den Tag legen, welches Karl nicht gefiele, und schon könne dieser in der Thronfolgerfrage umdisponieren. Immerhin gäbe es da auch Herzog Eugen. Er stammte zwar nur aus einer Seitenlinie des württembergischen Königshauses, dennoch musste man ihn durchaus als Konkurrent für Wily betrachten.

Sollten sie doch Eugen als Thronfolger wählen, dachte Wily, während er schweren Schrittes durch die Stadt lief. Er würde liebend gern auf die Krone verzichten, wenn man ihn dafür endlich in Ruhe ließe.

Aber danach sah es leider nicht aus. Denn das Beste hatte sich seine Mutter bis zum Schluss aufgehoben.

»Ich denke, mit Wera würdest du eine sehr gute Wahl treffen«, hatte sie gesagt und dabei einen Keks in zwei Teile zerbrochen.

Wily hatte geglaubt, nicht richtig zu hören. Er und Wera? Das schlug dem Fass den Boden aus. Sicher, er mochte die ungestüme Russin. Wera war meistens bester Laune, schlagfertig und immer für eine Überraschung gut. Aber wenn es *eine* Frau auf Gottes Erdboden gab, die er sich *nicht* als die Seine vorstellen konnte, dann war es die Kameradin aus Kindertagen. Allein ihr Aussehen ... »Schau nicht so entsetzt«, hatte seine Mutter spröde gesagt. »Bei näherem Betrachten wirst du mir zustimmen, dass mein Vorschlag brillant ist: Ihr kennt euch seit Ewigkeiten, sie stammt aus gutem Haus und –«

»Aber du hasst Wera!«, hatte er seine Mutter heftig unterbrochen. »*Dieses Trampeltier* – so nennst du sie doch, oder etwa nicht?«

Katharina hatte abgewinkt.

»Seit Olly und Karl sie im letzten Jahr adoptiert haben, ist sie eine Königstochter. Solltest du dich mit ihr verbinden, wäre dir der Thron auf alle Fälle sicher.«

Wie wunderbar! Wütend kickte Wily einen Stein über den Gehsteig. Bestimmt würde seine Mutter beim Ball heute Abend von ihm erwarten, dass er das Trampeltier Wera über die Tanzfläche schob und höfliche Konversation mit ihr betrieb, während Eugen die hübschesten Mädchen führte.

Verflixt, die Welt war und blieb einfach ungerecht!

*

Trompeten schmetternd blasen
Fanfaren und Signal!
Das schallt herauf vom Wasen
So frisch durch Wald und Tal!
Da wallt unwiderstehlich
Mein alt Soldatenblut …

Lächelnd überflog Evelyn das Gedicht, welches Wera zu Ehren der heimkehrenden Soldaten verfasst hatte. Verziert mit einer umlaufenden Girlande aus Eichenblättern und Miniaturtrompeten, prangte es neben jedem Gedeck auf allen langen Tafeln, aber auch am Haupttisch, an dem das Königspaar und sie saßen.

»Wera und ihr *alt Soldatenblut* – in dieser Hinsicht ist sie wahrlich Nikolaus' Enkelin.« Kopfschüttelnd legte Karl das Blatt zur Seite.

Olly schmunzelte. »Ich befürchte, in den letzten Monaten hat sie nichts so sehr bereut wie die Tatsache, nicht als Mann geboren worden zu sein. Sonst wäre sie auf jedem Schlachtfeld vorangestürmt.«

Innerlich atmete Evelyn auf. Sie hatte den Streit der beiden am späten Nachmittag am Rande mitbekommen, nun aber schienen die Zeichen auf Frieden zu deuten, nicht nur, was die große Politik anging, sondern auch die Stimmung zwischen König und Königin.

»Dieser schreckliche Krieg! Er hat viel zu lange gedauert, ich danke Gott, dass er vorbei ist. Nun können wir endlich frohen Herzens in die Zukunft schauen«, sagte sie und hob ihr Glas wie zu einem Toast.

Karl warf einen Blick hinüber zum Nachbartisch, wo Ollys zweite Ehrendame, Gräfin Taube, zusammen mit ihrem Gatten saß. Beide starrten mit leerem Blick vor sich hin. Sofort bereute Evelyn ihre Worte.

»Und was ist mit den Abertausenden von Familien, die heute nicht die Heimkehrer feiern, sondern einen im Krieg verlorenen Sohn, Bruder oder Vater beweinen? Oder wie im Fall der Taubes gleich zwei Söhne? Und ob es den Kriegsversehrten mit ihren amputierten Gliedmaßen, ihren weggeschossenen Augen und ihren Hirnverletzungen leichtfallen wird, frohen Herzens in die Zukunft zu schauen, bezweifle ich ebenfalls. Fast fünfundvierzigtausend Tote haben die deutschen Truppen zu betrauern!«

Evelyn schlug betroffen den Blick nieder.

»Karl, bitte ...« Grimmig lächelte Olly ihren Mann an. »Dein Mitgefühl in allen Ehren, aber heute ist dennoch ein Tag der Freude und der Dankbarkeit. Es hätte alles noch viel schlimmer kommen können, wir müssen froh sein, dass der Krieg überhaupt schon zu Ende ist. Dieses Fest heute – damit feiern wir wahrlich das Leben. Die vielen Blumen, Lorbeerzweige und Gebinde aus Eichenlaub, die goldenen Girlanden, dazu Weras Gedicht – nach den Grauen des Krieges haben unsere Soldaten ein solch schönes Fest verdient!«

Wer Olga und Karl an diesem Abend sah, wäre nicht auf den Gedanken gekommen, dass auch nur der Hauch von Missstimmung zwischen ihnen herrschte. Sowohl der König in seiner hochdekorierten Uniform als auch die Königin in ihrer goldfarbenen Robe sahen bewundernswert aus. Während Karl sein Alter jedoch nicht abstreiten konnte, hätte Olly mit ihren neunundvierzig Jahren für eine gut zwanzig Jahre jüngere Frau durchgehen können: Ihre Haut war nach wie vor faltenfrei und voller Spannkraft, ihr Blick klar, ihre Haarpracht so voll und glänzend wie eh und je. Und anders als bei Evelyn, die im Laufe der Zeit etwas Gewicht zugelegt hatte, war Ollys Taille noch immer die eines jungen Mädchens.

»Was für ein würdiges Königspaar!« war der allgemeine Tenor, der an diesem Abend unter den Gästen herrschte. Selbst Evelyn konnte sich der allgemeinen Bewunderung an diesem Tag nur anschließen.

Im nächsten Moment sah sie Wera auf ihren Tisch zukommen. Ihr grüner Rock wehte wie eine Fahne über den Boden, ihr Perlentäschchen baumelte an einem Bügel nachlässig am rechten Handgelenk, ein paar Locken hatten sich unter dem samtenen Haarband gelöst. Wera, der Wirbelwind! Manche Dinge änderten sich wirklich nie, dachte Eve schmunzelnd. Seltsam war jedoch, wie viel

Schmuck sie angelegt hatte. Und hatte sie nicht auch eine Spur zu viel Lippenrot aufgetragen?

Auch Olly runzelte bei Weras Anblick skeptisch die Stirn. »Seltsam – dass das Kleid so weit ausgeschnitten ist, habe ich im Modesalon gar nicht bemerkt«, murmelte sie. Laut sagte sie: »Du kommst rechtzeitig zum Essen, setz dich. Es gibt herrliche Speisen wie –«

»Sprich bitte nicht weiter«, unterbrach Wera die Königin mit einer übertrieben flehentlichen Miene. »Mir ist vor lauter Hunger schon ganz blümerant zumute. Aber mein Kleid ist so eng, dass ich ans Essen nicht einmal *denken* darf«, sagte sie und zupfte ein paar Weintrauben ab, die eigentlich ein Teil der Tischdekoration sein sollten.

»Was soll's! Ich möchte sowieso hinaus auf die Terrasse zu Wily und Eugen, bevor sie mir wieder entwischen. Lutz von Basten habe ich auch noch nicht entdeckt. Dabei sollen die drei mir doch *alles* über den Krieg erzählen! Und davon abgesehen habe ich heute noch etwas anderes vor. Du weißt schon ...« Lässig winkend sprang sie davon.

»Was meinte sie denn damit?«, fragten Karl und Evelyn wie aus einem Mund. Kopfschüttelnd schaute Evelyn der jungen Frau nach. Täuschte sie sich oder prangten unter Weras Armen ... Schweißflecken? Sie hoffte inständig, dass ihre Augen im Licht der unzähligen Kronleuchter sie getäuscht hatten.

»Andere junge Frauen würden sich wünschen, dass die Kavaliere ihnen recht viele Komplimente machen, unsere Wera hingegen will Kriegsgeschichten hören«, murmelte Karl missmutig vor sich hin. »Das Mädchen ist und bleibt einfach unmöglich.«

Evelyn war froh, dass in diesem Augenblick die Suppe aufgetragen wurde. Sie konnte gut darauf verzichten, dass die Differenzen zwischen Wera und dem Königspaar erneut hochkochten. Vielmehr hoffte sie, dass sich das Verhältnis der Familienmitglieder endlich wieder bessern würde. Schlechter, als es seit Beginn der Auseinandersetzung zwischen Preußen und Frankreich war, konnte es jedenfalls nicht werden ...

»Alle anderen Landesherren haben Preußen längst ihren Beistand zugesagt!«, hatte Wera entsetzt gerufen, als Karl im Frühsommer des letzten Jahres davon sprach, im drohenden Krieg neutral bleiben zu wollen.

»Neutralität ist etwas für Feiglinge! Außerdem: König Wilhelm ist doch Ollys Onkel – heißt es nicht, Blut sei dicker als Wasser?«, hatte sie heftig hinzugefügt. Ollys Bemerkung, dass ihr Onkel nicht die treibende Kraft hinter dem Krieg mit Frankreich war, sondern dass Bismarck dahintersteckte, dessen politischen Motiven sie misstraute, wischte Wera beiseite.

»Als ob ein Kanzler mehr Macht hätte als der Preußenkönig selbst! Eure Antipathie gegen Bismarck ist mir unverständlich. Tatsache ist doch: Es waren die Franzosen mit ihrer selbstherrlichen Arroganz, die mit dem ganzen Streit angefangen haben, und nicht Bismarck«, erwiderte sie. »Die Demütigung des preußischen Königs ist eine Demütigung für alle Deutschen. Von daher wird es höchste Zeit, dass jemand die Franzosen in ihre Schranken weist.«

Karl und Olly waren entsetzt gewesen, zu hören, wie deutschpatriotisch Wera auf einmal klang. Nicht, dass ihre Ziehtochter damit eine Ausnahme gewesen wäre. »Nieder mit den Franzosen!«, hieß es auf allen Straßen, in allen Salons der Stadt.

Doch Karl, der sich Kaiser Napoleon freundschaftlich verbunden fühlte und im Grunde seines Herzens ein sehr friedliebender Mensch war, zögerte weiter, württembergische Männer in den Kampf zu schicken. Und er wurde darin von Olly bestärkt.

»Dir ist doch klar, was Bismarck vorhat?«, sagte sie während eines intimen Abendessens. »Indem er nun, im Kriegsfall, alle Länder an die Seite Preußens bringt, legt er den Grundstein zu einem späteren politischen Bündnis, ganz gleich welcher Art. Karl, wenn wir jetzt Seite an Seite mit Preußen schreiten, dann können wir unsere Selbständigkeit in naher Zukunft abschreiben! Dann wird bald mein Onkel Wilhelm in Stuttgart das Sagen haben, oder schlimmer noch, sein Kanzler Bismarck. Das haben wir doch nicht nötig, oder?«

Evelyn hatte Ollys Haltung ein wenig überzogen empfunden,

doch für Karl waren Ollys Worte wie Balsam gewesen. Nein, sie brauchten Preußen und seine Einmischung weiß Gott nicht. Ganz gleich, was zahlreiche Kritiker ihm vorwarfen – ging es seinem Land unter seiner Führung nicht prächtig? Das einstige Bauernland Württemberg war im Begriff, zu einem wohlhabenden Industriestaat zu werden, und das gänzlich ohne Bodenschätze. Sie waren auf dem richtigen Weg. Ein Krieg würde ihre wirtschaftliche Entwicklung nur unnötig verzögern.

Doch gedrängt von preußischen Diplomaten und nicht zuletzt auch vom russischen Kanzler Gortschakow, blieb Karl am Ende nichts anderes übrig, als Württembergs Kriegseintritt zuzustimmen. Dass ihr Bruder, Zar Alexander II., in dieser Angelegenheit nicht auf ihrer Seite stand, enttäuschte Olly bitter. In ganz Stuttgart hingegen brach lauter Jubel los.

»Treu zu Württemberg! Unverbrüchlich zu Deutschland!«, so brachte es einer der Gemeinderäte bei seiner Ansprache auf einen Nenner.

Wera jubelte am lautesten mit.

Als der Krieg schließlich auch Württemberg betraf, tat die Königin, was sie ihr Leben lang getan hatte, wenn irgendwo Not am Mann war: Sie half. Binnen kürzester Zeit gründete sie einen neuen Sanitätsverein, der zur Stelle war, wenn es darum ging, verwundete Soldaten nach Hause zu holen und zu betreuen. Oftmals stand die Königin höchstpersönlich mit am Bahnhof, um Heimkehrer zu begrüßen. Zu Evelyns Entsetzen bestand sie außerdem darauf, eigenhändig eitrige Wunden auszuwaschen, Verbände anzulegen und Sterbenden die Hand zu halten. Dabei hätte es eine großzügige Geldspende doch auch getan! Hatte Evelyn anfangs noch geglaubt, dass aufgrund dieses neuen Engagements alte vernachlässigt werden würden, so hatte sie sich auch darin getäuscht: Mit fast übermenschlicher Kraft schulterte Olly die neue Aufgabe zusätzlich zu ihren bisherigen.

Bei ihren ersten beiden Besuchen im Lazarett wurde sie von Wera begleitet, doch der Anblick der an Körper und Seele erkrankten Soldaten begleitete das junge Mädchen bis in den Schlaf. Alpträume und eine innere Unruhe, die man längst besiegt zu haben geglaubt hatte, waren die Folge. Olly beschloss, ihre Arbeit bei den Kriegsversehrten fortan allein auszuüben. Und Wera konnte ihrem glorifizierten Bild vom Krieg weiter nachhängen, ohne dass es durch Blut und schwärende Wunden getrübt wurde.

Als die alliierten Truppen als Sieger aus dem Krieg hervorgingen und sich der preußische König Wilhelm am 18. Januar 1871 im Spiegelsaal des Schlosses von Versailles zum deutschen Kaiser proklamieren ließ, ertönte abermals lautes Triumphgeschrei. Mit dieser großen, dieser einzigartigen Geste hatte man den Franzosen noch die letzte Abreibung verpasst!

Olly und Karls Jubel war verhaltener gewesen. Denn es war tatsächlich eingetreten, was Olly vorausgesehen hatte: Bismarck hatte nicht nur einen deutschen Kaiser erschaffen, sondern ein Deutsches Reich gleich mit dazu. Am 25. November 1870 unterschrieb Karl erneut als letzter Monarch seinen Beitritt zu diesem »Zwangsbündnis«, wie er es nannte. Damit einher ging der Verzicht auf einen Großteil der württembergischen Souveränitätsrechte. Zweiunddreißig Reichsgesetze traten mit Jahresbeginn 1871 in Kraft, Württemberg gehörte fortan zum Deutschen Reich.

Gedankenverloren strich Evelyn Weras Gedicht glatt, das ein paar Suppenspritzer abbekommen hatte. *Ein* Gutes hatte der Krieg auf alle Fälle gehabt: Die äußere Bedrohung hatte Karl und Olly einander wieder einmal nähergebracht. Ihr gleichermaßen empfundener Groll wegen der mangelnden Unterstützung durch den Zaren, ihr beider Unverständnis angesichts Weras Kriegsschwärmerei, ihr ebenfalls gemeinsames Bemühen in der Zurückholung der Kriegsversehrten, Ollys Engagement im Sanitätsverein – das Königspaar hatte so viel zu tun gehabt, dass für Streit und Hader kaum Zeit blieb. Evelyn dankte dem lieben Gott, dass auch von »Stuttgarter Verhältnissen« und Karls seltsamen Vorlieben schon lange keine Rede mehr gewesen war. Die Beziehung zu seinem Adjutanten war zwar nach wie vor ungewöhnlich eng und hatte ihrer Ansicht nach seltsame Züge. Doch außer ihr schien sich niemand daran zu stören. Oder machte sich die Königin dieselben Gedanken? War es darum bei dem nachmittäglichen Streit gegangen? Als Evelyn just zu dieser Zeit an Karls Amtszimmer vorbeigelaufen war, hatten die Gesprächsfetzen, die durch die geschlossene Tür drangen, Derartiges vermuten lassen.

Evelyn warf ihrer Königin einen schrägen Seitenblick zu. Nach wie vor war das, was hinter Ollys Stirn vorging, die meiste Zeit unergründlich – und glücklich sah die Zarentochter nicht aus.

Ganz gleich, wie es um die Ehe des Königspaares bestellt war – nun, nach Kriegsende, standen neue große Schwierigkeiten an: Württemberg musste seine Rolle innerhalb des Kaiserreiches finden, Karl würde dafür kämpfen müssen, nicht den letzten Rest Selbständigkeit zu verlieren. Und was die Familie anging: Hier würde es vorrangig darum gehen, Wera in den nächsten Jahren gut zu verheiraten. Evelyn konnte sich jedoch nicht vorstellen, wie dies funktionieren sollte: Wera war zwar eine aufgeweckte, gebildete junge Frau. Sie war auf ihre eigene Art liebenswert und verfügte über einen gewissen spitzbübischen Charme. Allerdings war sie von Olly und Karl auch schrecklich verwöhnt worden. Ging etwas nicht nach Weras Kopf, konnte sie noch heute wütend durch den Raum tanzen.

So viel war zu tun … Würde angesichts dieser großen Aufgaben Ruhe und Frieden einkehren? Oder würde es vielmehr zu neuem Zwist kommen?

*

Unauffällig versuchte Wera, die Arme ein wenig anzuwinkeln, um mehr Luft an den Körper zu lassen. Obwohl alle Türen des Ballsaales geöffnet waren, wehte kein Lüftchen herein. Eigentlich fand Wera Fächer ein wenig affektiert, doch nun zückte sie ihren, so wie es die anderen Damen, die mit ihr am Tisch von Wily und Herzog Eugen saßen, längst getan hatten. Missmutig registrierte sie, wie die junge Baronin Edith über ihren Fächer hinweg Wily kokette Blicke zuwarf, die dieser freudig erwiderte.

Fast ratlos schaute sie dann ihren Fächer an. Wie schmucklos auch dieses Stück war! Schwarze Seide und ein paar kleine Perlchen – mehr Zierrat wies er nicht auf. Gleich nächste Woche würde sie sich einen neuen kaufen, farbenfroh und mit Gold verziert. Margitta hatte völlig recht, sie war in der Vergangenheit viel zu bescheiden gewesen. Oder anders gesagt, hatte sie viel zu wenig Wert auf ihre äußere Erscheinung gelegt ... Aber nun war es mit der unscheinbaren grauen Maus endgültig vorbei!

Während sie sich mehr oder minder kokett Luft zufächelte, überlegte sie krampfhaft, wie sie sich endlich wieder ins Gespräch bringen konnte. Dabei hatte sie Wily und Eugen doch so viel fragen wollen. Zum Beispiel, warum es den Deutschen nicht gelungen war, die Zitadelle von Bitsch einzunehmen. Hatten sich die neuen Hinterlader-Geschütze von Krupp wirklich als so famos herausgestellt, wie es überall in den Zeitungen propagiert worden war? Und stimmte es wirklich, dass die französischen Freischärler Menschen bei lebendigem Leib die Kehle durchschnitten? Doch plötzlich fand sie solche Fragen unpassend für diesen Abend.

Verlegen nippte sie an ihrem Wein und schaute verstohlen Eugen an, so wie sie es schon den ganzen Abend lang getan hatte. Dabei wurde ihr Körper ständig wie von kleinen Stromschlägen getroffen. Es prickelte und flatterte in ihrem Bauch.

Als sie den Herzog 1863 zum ersten Mal gesehen hatte, nannte sie ihn »den schönen Eugen« und verlieh ihrer Puppe denselben Namen. Nun, nach über sechs Jahren, stellte sie fest, dass Herzog Eugen noch viel, viel besser aussah. Die schwarzen Haare, die feurig funkelnden Augen, das markante Kinn, das er in einer Art nach vorn reckte, als wollte er sagen: »Was kostet die Welt? Egal, sie gehört schon längst mir!«

So ein schöner Mann ...

Gedankenverloren fuhr Wera mit ihrem Finger den Rand ihres Weinglases entlang, bis ein schrilles Pfeifen ertönte. Erschrocken zog sie den Finger zurück. Oje, nun würden die beiden sie nicht nur für eine taube Nessel, sondern auch noch für kindisch halten. Umso erstaunter war sie, festzustellen, dass über Eugens bis dato eher grimmige Miene ein amüsiertes Lächeln zog. Rasch schaute Wera fort.

Eine Weile nach ihrer damaligen Ankunft in Stuttgart war Eugen zusammen mit Wily nach Tübingen gegangen, um zu studieren, und sie hatten sich aus den Augen verloren.

»Für solch ein Studium wärst du viel zu faul und dumm. Und das nicht nur, weil du ein Mädchen bist«, hatte Wily sie damals aufgezogen. Ausgerechnet seine Worte hatten geschafft, was ihre ehemalige Gouvernante Madame Trupow – die heutige Frau Titow – mit all ihren Drohungen und Zwängen nicht erreicht hatte: Sie, Wera, hatte in schulischen Dingen einen gewissen Ehrgeiz entwickelt. Sie und dumm? Von wegen! Dem Prinzen würde sie es schon zeigen.

Während sie sich mit griechischer Mythologie und Arithmetik herumquälte, hatte sie am Rande mitbekommen, dass Herzog Eugen sein Studium schon im Jahr 1866 wieder abbrach, um am Krieg des Deutschen Bundes mit dem Königreich Preußen teilzunehmen. Danach hatte er sich anscheinend vom Militärdienst beurlauben lassen, um eine ausgedehnte Reise nach Amerika zu unternehmen.

Amerika – Wera hatte keine Ahnung, was ein Mensch dort wollte. Als der Deutsch-Französische Krieg begann, wurde Herzog Eugen als Oberleutnant eingesetzt.

Die Reise nach Amerika. Seine Rolle als Oberleutnant. Es gab so viele spannende Dinge, über die sie nach all den Jahren mit ihm hätte reden können. Sie räusperte sich laut, brachte aber wieder kein Wort heraus.

»Eine trockene Kehle, und das bei diesem herrlichen Wein?« Prinz Wily prostete Wera zu, dann trank er sein Glas in einem Zug leer. »Es ist verrückt: Da waren wir im Land von Bordeaux- und Burgunderwein stationiert und bekamen nichts als Pferdepisse zu trinken!«

»Wily!«, tadelten Wera und Eugen wie aus einem Mund.

»Trink in diesem Tempo weiter, und du bekommst mächtig Ärger«, sagte Eugen. »Willst du, der Thronfolger, etwa durch den Saal torkeln?« Demonstrativ stellte er sein eigenes Weinglas beiseite und zündete sich stattdessen eine Zigarette an.

»Lass mich doch trinken! Du glaubst doch auch, dir alles erlauben zu können. Das Königspaar wird jedenfalls gewiss nicht erfreut sein, wenn du dich in Bälde aus dem Staub machst«, fuhr Wily den Freund an.

»Du willst schon gehen?«, rief Wera entsetzt. »Aber ... Es ist nicht einmal zehn Uhr!«

Eugen zog hektisch an seiner Zigarette. »Noch bin ich ja da, aber das kann sich schnell ändern, wenn mein lieber Cousin mich weiterhin ärgert.«

Wily! Wütend funkelte Wera den Prinzen an. Wehe, er trieb sein Spiel so weit, dass Eugen davonlief.

»Bestimmt sucht deine Mutter nach dir, willst du nicht mal zu ihr gehen?«, fragte sie mit Eis in der Stimme.

»Von wegen, meine Mutter wäre hocherfreut, wenn sie uns hier zusammen sähe«, erwiderte Wily in einem ironischen Ton, mit dem Wera nichts anfangen konnte. Dann wandte er sich wieder an Eugen.

»Und du brauchst nicht so zu tun, als ob ich es wäre, über den du dich ärgerst!«

Wera runzelte die Stirn. Was meinte Wily damit? War sie etwa der Stein des Anstoßes?

»Wo ist denn eigentlich Lutz von Basten?«, fragte sie und wedelte dezent Eugens Zigarettenrauch davon. »Ich kann es kaum erwarten, ihn zu sehen.«

»Lutz? Was, bitte schön, willst du ausgerechnet von dem?« Wily schaute stirnrunzelnd von Wera zu Eugen. »Sagt mal, ihr beiden – wann ist es eigentlich in Mode gekommen, sich unter seinem Stand zu vergnügen?«

Wera war mehr als irritiert. Wily benahm sich wie ein streitbarer Gassenjunge und nicht wie ein verdienter Soldat Württembergs! Wie konnte sie ihn bloß loswerden?

»Du bist nun also hochoffiziell Prinzessin von Württemberg?« Eugens Frage kam so überraschend, dass Wera erschrocken zusammenzuckte.

»Ich? Äh ... Karl und Olly haben mich im Januar adoptiert, ja.«

Sie spürte, wie ihr Leib unter dem grünen Samt des Kleides von einer Hitzewelle überflutet wurde.

»Das heißt jedoch nicht, dass Wera damit Anspruch auf den Thron hat, auch wenn ihr gewisse Ehren zustehen«, sagte Wily.

»Gratulation, nun bist du also Königstochter. Aber wie kam es nach all den Jahren zu dieser Adoption?«, wollte Eugen wissen, ohne Wilys Einwurf zu kommentieren.

Wera zuckte mit den Schultern. »Olga wollte schon immer eigene Kinder, da hat sie halt mich genommen.« Beim Gedanken an ihre Tante, die nun gleichzeitig ihre Adoptivmutter war, musste Wera lächeln. »Aber ausschlaggebend war gewiss die Tatsache, dass meine Eltern endgültig das Interesse an mir verloren hatten.« Sie sah das Stirnrunzeln der Männer und führte ihre Bemerkung weiter aus. »Erst gab es diese unrühmliche Geschichte mit meinem Bruder Nikolai. Und als hätte das nicht gereicht, hat mein Vater kurz darauf ein Verhältnis mit einer Ballerina begonnen. Sie soll inzwischen schwanger von ihm sein. Meine arme Maman! Vor lauter Kummer über ihr eigenes Unglück war es scheinbar ein Leichtes für sie, mich endgültig abzuschreiben.« Obwohl ihre Worte als amüsante Anekdote hätten daherkommen sollen, schwang mehr als leichte Bitternis in ihnen mit.

»Eine Affäre mit einer Ballerina! So etwas scheint also recht gewöhnlich zu sein, mein Lieber.« Wily schaute Eugen vielsagend an, dann wandte er sich diensteifrig an Wera.

»Du musst nämlich wissen, die schlechte Laune unseres Herzogs liegt darin begründet, dass er unglücklich verliebt ist. Und bei der Dame, die ihn nicht erhören möchte, handelt es sich auch um eine Ballerina.«

»Was für ein Zufall.« Wera lachte schrill auf. Gleichzeitig versuchte sie gegen den stechenden Schmerz anzukämpfen, der ihr von links nach rechts durch die Brust zog. Eugen war in eine Tänzerin verliebt? Das war ja schrecklich! Er sollte sich doch in sie verlieben, so wie sie sich gerade in ihn …

»In diesem Fall muss ich dich warnen, damit es dir am Ende nicht wie meinem Bruder Nikolai ergeht«, sagte sie. Es war das

Erstbeste, was ihr einfiel. »Er hat sich nämlich ebenfalls in eine Tänzerin verliebt. Vielleicht war es auch eine Schauspielerin, ich weiß es nicht genau. Jedenfalls schmiedeten er und diese Fanny Lear im letzten Jahr den Plan, Mutters Diamanten zu stehlen. Die eigene Mutter hintergehen – stellt euch das einmal vor! Aber ihr Plan flog auf, und Nikolai wurde nach Taschkent verbannt. Das kommt davon, wenn sich ein Herr von Welt mit einer Dame der … sagen wir *Halbwelt* einlässt.«

»Dein Bruder ist verbannt worden? Nach Taschkent in Turkestan? Das liegt doch Abertausende von Meilen von St. Petersburg entfernt!« Wily schien ehrlich entsetzt, wohingegen Eugen von ihrer Geschichte unberührt wirkte.

»Keine Sorge, meine Etty ist eine anständige Person«, sagte er und erzählte strahlend, dass er der Tänzerin am Nachmittag einen Ring überreicht hatte.

Jedes Wort war ein Stich in Weras Herz. Die Vorstellung, wie »Etty« mit kokettem Augenaufschlag einen Fingerring aus Eugens Hand nahm, machte sie wütend. »Etty«, das klang kindisch. Und blöde. Wie konnte man nur so heißen?!

»Ihr Männer seid einfach unmöglich«, sagte sie ruppig. »Ihr glaubt bloß ein paar Juwelen aufblitzen lassen zu müssen, und schon ist euch jede Frau zu Willen. Du bist genau wie mein Vater! Eines sage ich euch …« Aufgebracht funkelte sie Wily und Eugen an. »Bei mir zieht diese Masche nicht, mein Zukünftiger muss mehr zu bieten haben als ein paar glitzernde Steine.«

»Himmel noch mal, was regst du dich so auf? Das mit Etty und mir geht dich doch gar nichts an. Oder … bist du selbst unglücklich verliebt?« Eugen betrachtete sie mit neuem Interesse.

»Habe ich etwas verpasst?«, blökte Wily sogleich. »Wenn ich darüber nachdenke … Mir würde tatsächlich jemand einfallen. Ein Herr, nach dem du dich heute Abend schon ausgiebig erkundigt hast.«

»Du redest wieder einmal nichts als dummes Zeugs daher. Und überhaupt: Meine Gefühle gehen dich nichts an.« Es hätte nicht viel gefehlt, und Tränen der Wut und Enttäuschung wären über

Weras Gesicht geflossen. Alles ging schief. Wily war unmöglich! Und Eugen war in eine Tänzerin verliebt. Warum nicht in sie?

»Wera hat recht«, sagte Eugen. »Nur die großen Gefühle zählen. Und deswegen werde ich morgen nach Ludwigsburg fahren, um beim besten Goldschmied ein Collier für Etty in Auftrag zu geben. Der Stuttgarter Juwelier scheint nicht der Richtige zu sein für solch eine außergewöhnliche Frau.«

Zwei Augenpaare schauten ihn entsetzt an.

»Du willst noch mehr Geld ausgeben für –«

»Du fährst nach Ludwigsburg?«, fiel Wera Wily ins Wort. Ihre Gedanken schlugen Purzelbäume, krampfhaft suchte sie nach einem Vorwand, um Eugen begleiten zu können. Eine Fahrt mit ihm, Zeit zu zweit – vielleicht würde es ihr gelingen, ihn die Tänzerin vergessen zu lassen.

»Ist in der dortigen Marstallkaserne nicht eure Garnison ansässig? Dem Württembergischen Ulanenregiment gehört meine ganze Bewunderung!« Sie langte über den Tisch und nahm Eugens Hände in die ihren. »Bitte, du musst mich mit nach Ludwigsburg nehmen! Mir liegt so viel daran, euren tapferen Kameraden einen persönlichen Besuch abzustatten.« Vor lauter Erregung ging ihr die Luft aus, und ihre Stimme überschlug sich.

»Ich weiß nicht ...« Hilfesuchend schaute Eugen Wily an.

»Ein Besuch bei den tapferen Kameraden ...« Wily musterte sie von oben herab. »Für wie dumm hältst du uns eigentlich, Wera? Lutz von Basten willst du treffen, so sieht die Sache aus!«

»Aber ... ich –«

»Ehrlich gesagt, das gefällt mir nicht. Lutz ist zwar ein guter Kamerad, aber unter deinem Rang. Eine Liaison zwischen zwei so unterschiedlichen –«

»Jetzt beruhige dich«, unterbrach Eugen ihn.

»Weras wahre Gründe für die Fahrt nach Ludwigsburg gehen uns nichts an. Wage es bloß nicht, mit solchen Reden zur Königin zu gehen. Dann bekommst du es mit mir zu tun.«

»Wahre Gründe? Aber es ist ... alles ganz anders!«, rief Wera verzweifelt.

Eugen legte seinen Arm um sie. Sein Gesicht war nur wenige Handbreit von ihrem entfernt, als er mit einem verschwörerischen Lächeln sagte: »Natürlich kannst du mit nach Ludwigsburg kommen. Um Punkt acht Uhr fährt meine Kutsche ab, also sei bitte pünktlich.«

»Versprochen«, flüsterte Wera heiser. Der Boden unter ihren Füßen begann zu schwanken. Nach Luft schnappend, wollte sie sich an der Tischkante festhalten, doch ihr Griff ging ins Leere.

Die Hitze. Kein Essen. Der Zigarettenqualm. Eugens Arm um ihren Leib. Plötzlich war alles zu viel für Wera.

Sie, die höchste Berge ohne Erholungspausen erklomm, sie, die Gewaltmärsche von mehr als zehn Kilometern leicht überstand, fiel – erschöpft und ausgelaugt von den eigenen Gefühlen – in Ohnmacht.

20. KAPITEL

Das Fest hatte bis nach Mitternacht gedauert. Fast genauso lang waren Olly und Karl geblieben. Als er ihr endlich das Zeichen gab, sich zu erheben, hatte Erleichterung sie durchflutet. Die laute Musik, die vielen Menschen, die unendlich scheinende Folge von Speisen – alles zusammen hatte sie erschöpft, so dass sie sich nach nichts mehr sehnte als nach der Abgeschiedenheit ihrer Gemächer. Ein letztes Glas Wein mit Karl, den Abend in Ruhe noch einmal Revue passieren lassen …

Vor dem Portal des großen Festsaals war Karl stehen geblieben. »Mir ist nicht wohl, ich muss noch ein bisschen Luft schnappen gehen, du bist mir doch nicht böse, wenn ich dich Evelyn überlasse?« Schon hatte er die Hofdame herangewinkt. Von irgendwoher war gleichsam sein Adjutant Wilhelm erschienen, noch bevor Olly etwas hätte sagen können, waren die beiden Männer davongezogen.

Obwohl es sie nach einer unruhig verbrachten Nacht eigentlich aus dem Bett drängte, verharrte Olly mit geschlossenen Augen weiter in dem Dämmerzustand zwischen Schlaf und Erwachen.

Karl und Adjutant Wilhelm – handelte es sich wirklich nur um eine Vertrautheit, wie sie auch zwischen Eve und ihr existierte? Warum fiel es ihr so schwer, das zu glauben?

Die Aussicht, einen weiteren Tag mit all diesen quälenden Fragen verbringen zu müssen, erschien Olly auf einmal unerträglich. Würde sie erneut die Kraft aufbringen, sich so taub zu stellen, dass der Schmerz der Einsamkeit sie nicht weiter auffressen konnte? Leise stöhnend rutschte sie noch tiefer unter ihre Bettdecke, als direkt neben ihr das Klirren von Metall ertönte. Zu Tode erschrocken schoss Olly hoch und sah Wera, die einen Löffel vom Boden aufhob.

»Olly, ich muss mit dir reden, jetzt sofort!« Noch während sie sprach, reichte sie Olly eine Tasse Tee.

Eine schwache Erinnerung huschte als leises Lächeln getarnt über Ollys Gesicht. Die erste Tasse Tee am Morgen im Bett – eine der wenigen Gewohnheiten, die sie sich einst von Karl abgeschaut hatte. In früheren Jahren hatte er ihr den Tee sogar höchstpersönlich gebracht. Eng aneinandergeschmiegt hatten sie sich Pläne für den neuen Tag erdacht.

»Was weißt du über Herzog Eugen? Ich muss *alles* über ihn erfahren!« Mit fiebrig glänzenden Augen saß Wera auf der Bettkante und starrte sie erwartungsvoll an.

»Herzog Eugen?«, fragte Olly überrascht. »Wie kommst du morgens um sechs ausgerechnet auf ihn?«

Als Wily und Herzog Eugen am gestrigen Abend an ihren Tisch getreten waren, um sie zu begrüßen, hatte Olly für einen Moment geglaubt, eine Erscheinung zu haben. Die lockigen schwarzen Haare, das Lächeln, arrogant und einnehmend zugleich – genau wie Alexander von Hessen!, war es ihr durch den Kopf geschossen. Die Liebe ihres Lebens. Zumindest hatte sie das damals geglaubt.

»Warum schaust du so seltsam? Jetzt rede schon!« Ungeduldig rüttelte Wera an ihrem Arm, doch Olly rührte weiter schweigend in ihrer Teetasse. Für einen langen Augenblick war nichts als das Klacken der Zuckerstücke gegen das Porzellan zu hören.

Im nächsten Moment riss Wera ihr die Teetasse aus der Hand und stellte sie mit einem Scheppern neben dem Bett ab. »Tante Olly, bitte!«

»Gib mir die Tasse zurück, sonst werde ich ungehalten. Warum interessiert dich der Herr eigentlich so sehr?«

»Es ist passiert«, antwortete Wera mit zitternder Stimme. »Ich habe mich verliebt! Da ist es doch nur natürlich, dass ich über Herzog Eugen mehr wissen möchte, oder?«

Schlagartig war Olly hellwach. Ihr Kind und der schöne Offizier? Dieser Mann war nicht nur gutaussehend, sondern besaß eine enorme Ausstrahlung, dieses gewisse Etwas, das Menschen aufmerken ließ, sobald er einen Raum betrat. Unter all den schmucken Soldaten, die zum Salut an ihren Tisch gekommen waren, hatte Eugen herausgestochen wie ein farbenprächtiger Opal inmitten eines Haufens Kieselsteine. Sogar Katharina, Karls Schwester, hatte ihre mürrische Miene für einen Moment abgelegt, als Eugen ihre Hand küsste. Ein Mann, der die Damen verzauberte. Dies war Ollys erster Eindruck gewesen. Wie einst Alexander von Hessen. Ihm hatte damals nicht nur sie zu Füßen gelegen, sondern die ganze Damenwelt von St. Petersburg. Aber *das* hatte sie erst später herausgefunden. Und ausgerechnet an solch einem Herzensbrecher fand Wera Gefallen? Hätte es nicht ein redlicher Graf von durchschnittlichem Aussehen sein können?

»Willst du mich ewig schmoren lassen? Wer ist Herzog Eugen genau, wo kommt seine Familie her?«

Olly seufzte. »So einfach sind diese ganzen Familienstammbäume nicht, dass ich sie geschwind aus dem Ärmel schüttele. Lass mich nachdenken ... Der Mann, der dir gefällt, entstammt einer schlesischen Seitenlinie des württembergischen Königshauses. Der Begründer dieser Linie war der Bruder des ersten Königs, den Württemberg je hatte: Friedrich I., der Vater von Karls Vater Wilhelm. Wenn ich es richtig weiß, ist diese seitliche Linie jedoch weder besonders mächtig noch reich. Obwohl – in Bezug auf Wohlstand kann man sich schnell täuschen, hinter manch bescheidenem Auftreten steckt ein prall gefülltes Portemonnaie.«

Wera winkte ab. »Geld! Das interessiert mich nicht.«

Olly hob missbilligend die Brauen. »So redet nur jemand daher, der noch nie Geldsorgen hatte. Aber zurück zu Herzog Eugen: Was die Krone angeht, steht er in der Rangfolge im Grunde direkt hinter Wily, auch wenn das bisher noch niemand laut ausgesprochen hat.«

»Er ist von hohem Rang, wie wunderbar!« Wera klatschte in die Hände. Ihr Strahlen erhellte das Zimmer mehr, als es die Morgensonne tat, deren noch blasse Streifen durch die rosenfarbene Gardine schienen.

»Wenn ich mich nicht täusche, hat Eugens Großvater an der Seite meines Onkels, Zar Alexander I., gegen Napoleon gekämpft. Als General. Jahre später hat er meinem Vater geholfen, den Aufstand der Dekabristen niederzuschlagen.« Olly schüttelte verwundert den Kopf. »An diese Zeiten habe ich schon lange nicht mehr gedacht ... Aber jetzt erinnere ich mich wieder genau – Herzog Eugen II. war meiner Familie sehr treu ergeben, mein Vater hielt große Stücke auf ihn.«

»Ein großer Soldat«, hauchte Wera. »Kein Wunder, dass sich auch mein Eugen im Krieg so tapfer geschlagen hat.«

»Dein Eugen – du müsstest dich mal reden hören!« Olly lachte. Während sie Weras Schwärmereien lauschte, erschien ihr der Gedanke an eine Verbindung zwischen Wera und dem attraktiven Herzog gar nicht mehr so abwegig. Besaß nicht auch ihre Ziehtochter eine ganz besondere Ausstrahlung? So gesehen konnte sie Eugen allemal das Wasser reichen. Ihre Wera, verliebt ... Olly lächelte versonnen, dann nahm sie den Faden ihrer Erzählung erneut auf.

»Später trat auch Eugens Vater in den russischen Militärdienst ein, doch zu dieser Zeit war ich schon in Stuttgart. Haben Vater und Sohn nicht auch gemeinsam am gerade zu Ende gegangenen Krieg teilgenommen? Solche Dinge müsstest du eigentlich Eugen selbst fragen, oder Wily. Militärs wissen über ihresgleichen immer recht gut Bescheid.«

»Kein Ton zu Wily! Ich will nicht, dass er sich über meine Neigung lustig macht. Er hat sich gestern Abend unmöglich verhalten. Als ob er noch nie etwas von gutem Benehmen und Etikette gehört hätte.«

Olly schmunzelte. Das sagte ja gerade die Richtige!

»Und Eugens Mutter? Kennst du sie?« Noch während sie sprach, schlüpfte Wera zu Olly ins Bett.

»Nicht persönlich. Ich weiß nur, dass Herzogin Mathilde eine geborene Prinzessin zu Schaumburg-Lippe ist und dass sie wie ich während des Krieges ein Hilfskomitee geleitet hat. Ihr Name stand auf irgendeiner Liste.« Olly machte eine vage Handbewegung, dann rutschte sie zur Seite, um Wera mehr Platz zu machen.

»Der Großvater Soldat, der Vater Soldat, die Mutter eine brave Patriotin und Eugen selbst ein Anwärter auf den württembergischen Thron.« Triumphierend schaute Wera sie an. »Wenn das nicht der richtige Mann für mich ist ... Habe ich dir nicht gesagt, dass ich mich verlieben werde? Dass es so schnell gehen würde, hätte ich allerdings selbst nicht geglaubt.«

Einen Moment lang lagen sie schweigend nebeneinander und genossen die stumme Vertrautheit. Olly hätte vor Glück weinen können. Aus dem verstockten und zutiefst unglücklichen Mädchen, das vor vielen Jahren in Stuttgart angekommen war, war eine selbstbewusste junge Frau geworden. Ihre wunderbare wilde Wera! Wie so oft dankte sie Gott dafür, ihr dieses Kind geschenkt zu haben.

»Und Eugen – ist er auch schon ein bisschen in dich verliebt?«, fragte sie gedehnt. Und hielt unwillkürlich den Atem an.

Wera seufzte tief auf.

»So einfach ist die ganze Sache leider nicht. Es gibt wohl eine Tänzerin, die ihm mächtig den Kopf verdreht hat. Du weißt ja, wie es ist: Die Damen müssen nur die fesche Uniform des Ulanenregiments sehen, und schon werfen sie sich den Herren an den Hals. Dass eine solche Tanzmamsell völlig unter seiner Würde ist, wird Eugen gewiss bald von selbst erkennen«, sagte sie voller Überzeugung. »Stell dir vor, vor lauter Verliebtheit bin ich gestern sogar ohnmächtig geworden! Als ich wieder zu mir kam, hielt Eugen mich in seinen Armen. Das war so schön ... Ich fühlte mich wie die Prinzessin in einem Märchen.« Wera lächelte versonnen.

»Du bist in Ohnmacht gefallen? Wieso weiß ich nichts davon?«, fuhr Olly auf.

Wera winkte ab. »Mir geht es blendend. Übrigens ... nachher fahre ich mit Eugen nach Ludwigsburg. Wir wollen das Ulanenregiment besuchen. Du erlaubst es mir doch, oder?«

»Mit Eugen nach Ludwigsburg?«, echote Olly und kam sich vor

wie ein Papagei. »Ihr zwei allein unterwegs, ohne Anstandsdame – das geht nicht! Denk doch nur an das Gerede der Leute. Da siehst du wieder einmal, wie wichtig es ist, dass wir endlich eine Dame als Hofdame für dich aussuchen.«

»So etwas brauche ich nicht. Und was den heutigen Ausflug angeht – sagt Karl nicht immer, dass man einem Mitglied des Ulanenregiments bedenkenlos vertrauen könne? Also gibt es keinen Grund, mich nicht mit Eugen fahren zu lassen.« Mit trotzig vorgerecktem Kinn stand Wera auf. »Und nun muss ich in mein Zimmer, die Zeit drängt. Hättest du etwas dagegen, wenn Emilia oder eine deiner anderen Zofen mir die Haare macht?«

*

Die drückende Schwüle des Vortags hatte sich in einem nächtlichen Gewitter verloren, und um zehn am Vormittag schien die Sonne längst wieder von einem blankpolierten Himmel. Entlang des Neckars hing dennoch an tiefer liegenden Stellen Bodennebel, der die Auen einhüllte wie eine luftige Daunendecke. Im grünen Blätterdach der Bäume glitzerten feuchte Lichttropfen.

Wera atmete entzückt die Luft ein, die würzig nach Kräutern duftete. Was für ein herrlicher Tag! Und das Beste daran war, dass sie ihn gemeinsam mit Eugen verbrachte. Nach ihrer Heimkehr würde sie versuchen, all die überwältigenden Eindrücke und Gefühle in einem Gedicht festzuhalten.

Während sie ihn unter niedergeschlagenen Lidern musterte, griff sie sich vorsichtig mit der rechten Hand an den Kopf. Ollys Zofe hatte ihr eine Hochsteckfrisur gemacht, in die sie selbst am Ende noch etliche glitzernde Kämme gesteckt hatte. Alles saß noch da, wo es sitzen sollte – Gott sei Dank. Sie trug ein ultramarinblaues Kleid, ein seidener Schal flatterte um ihren Hals, und die goldenen Armreifen vom Vorabend hatte sie ebenfalls wieder angelegt. Um Eugen zu imponieren, würde sie alle Geschütze auffahren, über die sie verfügte! Denn ihre Konkurrenz, die Tänzerin, würde sich gewiss auch alle Mühe geben.

»Sei einfach du selbst«, hatte Olly gemeint, als Wera sie nach einem Rat für den heutigen Tag fragte.

»Das ist nun wirklich ausgesprochen hilfreich«, antwortete Wera stöhnend. »Wie hast *du* eigentlich deinen ersten Verehrer verzaubert?«, wollte sie dann von Olly wissen.

Zuerst hatte sich die Königin gesperrt und geantwortet, dass man die Zeit damals nicht mit der heutigen vergleichen könne. Doch dann war ihre Miene auf einmal ganz verträumt geworden, und sie hatte wie ein junges Mädchen ausgesehen.

»Die erste Liebe ... Das ist eine wunderschöne Zeit im Leben jeder jungen Frau. Ich war so romantisch gestimmt! Mein Herz gehörte der Poesie, und ich liebte es, wenn ein Herr mir Gedichte vorlas. Selbst brachte ich den Mund kaum auf, ich war nämlich leider schrecklich schüchtern. Aber ich habe bald festgestellt, dass Männer jene Frauen, die ständig reden, sowieso nicht mögen. Vielmehr schätzen sie es, wenn man ihnen zuhört. Also habe ich ab und an eine Frage gestellt und die Herren damit sehr glücklich gemacht.«

Unruhig rutschte Wera jetzt auf der ledernen Sitzbank hin und her. Still sein und zuhören – das war ja schön und gut, solange der Herr die Unterhaltung bestritt. Doch Eugen schwieg ausdauernd vor sich hin. Was man als Dame in solch einem Fall zu tun hatte, hatte Olly nicht gesagt ...

»Weißt du schon, welchen Posten du zukünftig in eurem Regiment bekleiden wirst?«, fragte Wera schließlich mit ungewohnt leiser Stimme. Olly hatte nämlich auch gesagt, dass es nicht schaden könne, Zurückhaltung an den Tag zu legen. »Männer mögen es, wenn Frauen ihre Contenance wahren. Das macht uns unergründlich und geheimnisvoll, weißt du.«

Sich an Ollys Worte erinnernd, zückte Wera ihren Fächer, um Eugen über den Rand hinweg einen Blick voller Contenance zuzuwerfen, kam sich dabei jedoch nicht geheimnisvoll, sondern komisch vor. Also packte sie den Fächer wieder fort.

Eugen zuckte mit den Schultern. »Ich habe läuten hören, dass ich Rittmeister werden soll.«

»Das entspricht dem Dienstgrad eines Hauptmannes, nicht wahr?«, sagte Wera. Wie gut, dass sie sich während des Krieges so eingehend mit Offiziersgraden beschäftigt hatte.

Eugen nickte desinteressiert.

»Eigentlich habe ich von der Kavallerie derzeit die Nase gestrichen voll. Wenn es Etty nicht gäbe, würde ich mich vom Militärdienst beurlauben lassen und eine lange Reise unternehmen. In den Orient zum Beispiel.«

»In den Orient, aha«, sagte Wera, der zu diesem Thema partout keine Frage einfallen wollte. Eugen wollte fort? Das war ja schrecklich!

Eine Zeitlang fuhren sie schweigend dahin. Eugen begann, mehr oder weniger auffällig ein Bündel Geldscheine zu zählen.

Wera schaute ihm stirnrunzelnd zu. Überlegte er, wie viel Geld er für die Tanzmamsell ausgeben wollte? Der Gedanke, dass er in Ludwigsburg ein Schmuckstück für »Etty« kaufen wollte, gefiel ihr ganz und gar nicht. Eine Möglichkeit, ihn davon abzuhalten, wollte ihr jedoch auch nicht einfallen. Überhaupt: Irgendwie war das Verliebtsein heute viel anstrengender als auf dem Ball. Oder stellte sie sich einfach nur ungeschickt an?

Sie hatten gerade die ersten Häuser des Dorfes Beihingen passiert, als Wera aus dem Augenwinkel heraus vor einem Backhaus eine tumultartige Szene ausmachte: Ein Mann mit wutverzerrtem Gesicht rannte schreiend hinter einem Jungen her, während eine Frau auf ein kleines Mädchen einschlug. Die Schreie des Kindes waren bis in die Kutsche zu hören. Ein weiteres Kind zerrte gellend am Arm der Frau. Auf dem Boden lagen Teile von Gebäck, um die sich zwei Straßenköter stritten. Bei immer mehr Häusern wurden die Fenster aufgerissen, Leute lehnten sich neugierig heraus, um dem Spektakel zu folgen.

Wera spürte, wie sich ihre Wangenmuskeln schmerzhaft anspannten. Statt zu helfen, glotzten die Leute blöd. Genau wie letzte Woche, als sich eines der Stallkätzchen aufs Stalldach verirrt und nicht mehr den Rückweg gewagt hatte. Anstatt das Tier zu retten, hatten zwei Stallburschen ihren Spaß daran gehabt, es mit Steinen zu bewerfen, und die Übrigen hatten belustigt zugeschaut. Panisch war die Katze auf dem Dach hin und her gerannt, wahrscheinlich hätte sie sich in den Tod gestürzt, wäre Wera nicht dazugekommen. Sie hatte sich die erstbeste Leiter geschnappt und war mit zitternden Knien aufs Dach geklettert. Als Dank für ihre Heldentat hatte die Katze ihr über den rechten Handrücken gekratzt. Und Cäsar von Beroldingen, der Oberstallmeister, verpasste ihr auch noch einen Rüffel, weil sie sich in Gefahr gebracht hatte.

Und wenn schon!, dachte sie nun. Sie klopfte so heftig mit ihrem Fächer an das Fenster zwischen Abteil und Kutschbock, dass ein Stück vom schwarzen Lack abblätterte. Und wenn schon.

»Anhalten, sofort!«

Die vier Räder waren noch nicht zum Stillstand gekommen, als sie den Verschlag aufstieß und hinaussprang. Mit in die Seite gestemmten Armen herrschte sie die fettleibige Frau in ihrer weißen Kittelschürze an:

»Aufhören, sofort! Sie tun dem Mädchen weh. Was geht hier eigentlich vor?«

»Ich soll die kleine Diebin laufen lassen? Nichts da! Bis mein Sohn mit dem Dorfbüttel kommt, halte ich die Göre fest«, antwortete die Frau, deren Gesicht mehlverschmiert und aufgedunsen war. Sie warf Wera einen abfälligen Blick zu, als wollte sie sagen: »Euresgleichen kenne ich. Und ich weiß, was ich von euch zu halten habe!« Um ihre Worte zu bekräftigen, krallte sich ihre fleischige Hand noch fester um den Arm des Mädchens, das vor Schmerz wimmerte.

Unbändige Wut erfasste Wera. Diese Grobheit!

»Ganz gleich, was das Kind angestellt hat – niemand hat das Recht, einen kleinen Menschen so zu quälen!«

Im nächsten Moment kam der Mann, den sie schon vom Wagen aus gesehen hatte, mit dem Jungen um die Ecke. Auch über seinem fetten Wanst spannte sich eine Bäckerschürze. Den Jungen hatte er grob am Ohr gepackt.

»Lassen Sie den Kleinen los, Sie Unhold!«, kreischte Wera. Im selben Moment erschien der Sohn der beiden mit dem Büttel.

Unsicher schaute der Ordnungshüter zwischen dem Bäckerpaar und Wera hin und her.

»Ich verstehe nicht ... Euer Sohn meinte, jemand hätte euch in der Backstube bestohlen. Gab es gleichzeitig auch einen Überfall auf die Kutsche?«

»Von wegen! Die Dame mischt sich nur unnötig in unsere Angelegenheiten ein. Fünf unserer Brezeln haben sich die Biester geschnappt, und das nicht zum ersten Mal. Der da ist der Anführer.« Schon versetzte die Bäckerin dem Jungen, den ihr Mann noch immer am Ohr festhielt, einen Schlag.

»Jetzt reicht's aber!« Mit erhobener Hand wollte Wera auf die Frau losgehen, als jemand sie zur Seite zog. Wütend drehte sie sich um – und sah Eugen. Vor lauter Aufregung hatte sie ihn ganz vergessen.

Herzog Eugen machte einen Schritt nach vorn und sagte mit hocherhobenem Kopf und tragender Stimme:

»Wissen Sie eigentlich, wen Sie vor sich haben? Ihre Königliche Hoheit Wera von Württemberg! Für die Art und Weise, wie Sie mit der Königstochter umgesprungen sind, könnte ich Sie jederzeit anzeigen.« Er warf dem Büttel einen gestrengen Blick zu, woraufhin der Mann erst kreidebleich, dann feuerrot im Gesicht wurde. Die Angelegenheit schien ihn deutlich zu überfordern.

Krampfhaft versuchte Wera, in Eugens Miene zu lesen. Meinte er dies ernst? Oder war das seine Art, den Kindern zu helfen? Falls ja, konnte es funktionieren, denn das feiste, selbstgerechte Gesicht der Bäckersfrau zeigte zum ersten Mal einen Anflug von Unsicherheit.

»Ich wäre vielleicht bereit, von einer Anzeige abzusehen, falls man die Kinder laufenlässt«, sagte Wera daraufhin.

Eugen runzelte die Stirn. »Du willst die kleinen Diebe einfach laufenlassen?«

»Woher wissen wir denn, ob sie wirklich Diebe sind?«, antwortete sie ärgerlich. »Womöglich haben die Bäckersleute das hier selbst fabriziert.« Sie deutete auf die noch auf dem Boden verbliebenen Gebäckbrösel.

»Ach so ist das heutzutage? Diebe werden von der Obrigkeit beschützt, und unsereins kann sehen, wo es bleibt?«, empörte sich der Bäcker.

»Es tut uns leid. Ich weiß, dass Stehlen verboten ist, aber wir hatten so schrecklichen Hunger«, kam es so leise von einem der Mädchen, dass die Erwachsenen es erst gar nicht hörten.

»Ihr hattet Hunger?« Wera ging vor den Kindern in die Hocke. Die Kleider der Kleinen waren so alt und löchrig, dass sie an manchen Nähten auseinanderklafften. Schuhe trug keins der drei Kinder, dafür hatten alle eine schorfige, schmutzige Haut. Mit einem Hauch Unwohlsein strich Wera dem Mädchen über den Kopf, das sich jedoch sofort wegduckte wie ein Hund, der Angst vor Prügel hat.

»Bekommt ihr zu Hause nicht genug zu essen?«

Von der Bäckersfrau kam ein erbostes Schnaufen. »Woher denn? Der Vater ist gefallen, schon im letzten Jahr. Und die Mutter … ein versoffenes Luder ist sie! Anstatt sich um ihre Brut zu kümmern, betrinkt sie sich. Aus Kummer, sagt sie, hah! Ins Arbeitshaus gehört sie, und die Kinder weggesperrt ins Heim, wo sie braven Bürgern wie uns nicht mehr schaden können.«

Auf einmal hatte Wera das Gefühl, als würde eine Saite in ihr reißen.

»Was sind Sie nur für eine schreckliche Frau! So wohlbeleibt, wie Sie und Ihr Herr Gemahl sind, könnten Sie sich ein bisschen Mildtätigkeit gewiss leisten. Für jedes Kind eine Scheibe Brot am Tag, und für die kummervolle Mutter noch ein Stück dazu. In der Not zu helfen, *das* wäre Ihre Christenpflicht gewesen und nicht ein solcher Aufstand hier.« Wera verzog den Mund, als wollte sie vor den Leuten ausspucken. Stattdessen zückte sie ihr Portemonnaie und warf der Frau eine Handvoll Münzen vor die Füße.

»Hier, das deckt Ihren Schaden mehr als reichlich.« Mit hocherhobenem Haupt ging sie an beiden vorbei ins Backhaus. Als sie wieder herauskam, hatte sie die Hände voller Brezeln.

»Für euch, Kinder. Und bringt eurer Mutter auch eine mit.«

Die Hochsteckfrisur hatte sich aufgelöst. Das ultramarinblaue Kleid wies dort, wo sich der Junge an sie geschmiegt hatte, einen bräunlichen Fleck auf. Ihr Seidenschal war verknittert, außerdem klebten grobe Salzkörner und Brezelbrösel an ihrer Brust und in ihrem Gesicht.

Grimmig lehnte sich Wera auf der Sitzbank der Kutsche zurück. Denen hatten sie es gezeigt! Wäre Eugen nicht gewesen, hätte sie das Weib glatt geohrfeigt. Im nächsten Moment gefror ihr Lächeln. Du lieber Himmel, in welche Bredouille hatte sie sich gebracht! So viel zum Thema Contenance und Zurückhaltung …

»Kannst du mir bitte verraten, was dieser Auftritt sollte?« Eugen schaute sie wie eine seltene Spezies an.

»Wie … meinst du das?«, gab sie kleinlaut zurück.

»Nun, ich frage mich, warum du dich so für diese Straßengören eingesetzt hast. Ich fand das Ganze sehr befremdlich.«

»Wie bitte? Das war doch das Mindeste, was ich für die Kinder tun konnte. Die armen Würmer hatten Hunger!«

»Arme Würmer, von wegen, denen gehört die Diebeslust schnellstens ausgetrieben. Stattdessen schenkst du ihnen auch noch Brezeln.«

Obwohl sie um eine ruhige Tonart bemüht war, spürte Wera, wie erneut Groll in ihr anwuchs.

»Du hast doch gehört, wie es bei ihnen zugeht.«

Er machte eine abschätzige Grimasse. »Umso besser wären sie im Heim aufgehoben. Und die Mutter müsste in eine Beschäftigungsanstalt. Allem Anschein nach ist sie ja nicht in der Lage, für ihre Brut zu sorgen.«

Fassungslos schaute Wera ihn an. »Mehr fällt dir dazu nicht ein? Da verliert die Frau zuerst ihren Mann im Krieg und nun willst du ihr auch noch die Kinder nehmen? Unter die Arme greifen muss man einer solch armen Seele! Schauen, dass sie wieder Boden unter den Füßen gewinnt und –«

Mit einer beschwichtigenden Geste sagte Eugen: »Jetzt reg dich nicht auf, das ist die Sache wirklich nicht wert.«

»Wann ich mich aufrege, entscheide immer noch ich selbst«, entgegnete Wera heftig. Zum Teufel mit der Contenance! Dass ausgerechnet Eugen, ihr Eugen, so daherredete, gefiel ihr gar nicht.

Ein kleines Lächeln umspielte seine Lippen, als er sagte:

»Eines muss man Wily lassen: Er hat nicht übertrieben, als er meinte, du wärest mit einem heißblütigen Temperament gesegnet. Dass sich eine Dame derart echauffieren kann, habe ich noch nie erlebt.« Grinsend strich er ihr ein paar Salzkörner von der Wange. »Fortan heißt du bei mir nur noch ›die Brezelprinzessin‹!«

21. KAPITEL

»Sag das noch mal – Wera ist in Ludwigsburg?« Über seinen riesigen Eichenschreibtisch hinweg schaute Karl Olly ungläubig an. Sein Adjutant Wilhelm saß auf einem Stuhl neben ihm und schwieg.

Olly seufzte. Konnte sie es Karl heute also auch nicht recht machen! Schon bei ihrem Eintreten hatte er an ihrem Kleid herumgemäkelt, dessen cremefarbener Ton sie seiner Ansicht nach blass erscheinen ließ. Dann hatte er sich an ihrem Parfüm gestört, das ihn an seine Mutter erinnerte, dabei war es eigens für sie vom großen Parfümeur Lodovico Borsari aus Parma kreiert worden.

»Und wenn schon, du verpestest damit meine gute Luft«, hatte er geknurrt.

Statt nach dieser Beleidigung einfach wieder zu gehen, hatte sie das Thema angeschnitten, das ihr so sehr unter den Nägeln brannte: Wera und Eugen.

»Wera will das Ulanenregiment besuchen – wenn ich das schon höre! Der Krieg ist vorbei, und ich hoffte, dasselbe gälte für Weras übertriebene Schwärmerei fürs Militär.«

»Übertriebene Schwärmerei? Nur weil –«

»Und dann noch mit Herzog Eugen«, unterbrach Karl sie heftig. »Mit diesem … Weiberheld!«

Unwillkürlich lachte Olly auf. »Ach Karl, du hörst dich an wie ein eifersüchtiger Vater. Dass Wera nicht ewig das kleine Mädchen bleiben wird, das Gedichte schreibt und Eidechsen malt, wussten wir doch von Anfang an. Nun ist sie eine junge Frau, und es liegt an uns, sie auch in dieser Lebensphase, so gut es geht, zu begleiten.«

»Das will ich doch auch«, murmelte Karl mürrisch.

Olly nickte. Trotz der Bärbeißigkeit, die er manchmal auch gegenüber Wera an den Tag legte – im Stillen liebte er dieses Kind mindestens so abgöttisch wie sie.

»Es wäre schlimm, wenn ich nicht wie ein Vater denken und fühlen würde«, sagte er nun heftig. »Immerhin bin ich der einzige Vater, den Wera je hatte. Oder willst du das gleichgültige Verhalten, das dein Bruder seinem Kind gegenüber zeigt, als Elternschaft bezeichnen?«

»Müssen wir diesen alten Sermon wieder anstimmen?«, seufzte Olly gequält.

»Wera und Herzog Eugen – das gefällt mir nicht. Weißt du denn nicht, dass dieser Mann als der größte Frauenheld weit und breit gilt?«

»Nichts als Gerüchte«, winkte sie verärgert ab.

Karl lachte. »Wilhelm, mein Lieber, warum berichtest du meiner verehrten Frau nicht, was man sich in den Salons der Stadt über Herzog Wilhelm Eugen erzählt? Vielleicht glaubt sie dir eher als mir.«

Eilfertig ließ der Angesprochene seine Feder sinken. »*Der charmante Herzog* wird er genannt. Und es wird über eine Affäre mit einer Tänzerin gemunkelt, jedenfalls wird Herzog Eugen verdächtig oft in der Nähe des Theaters gesichtet.«

»Das ist mir bekannt«, sagte Olly erleichtert. Wenn es weiter nichts war! »Welcher junge Mann schwärmt nicht einmal in seinem Leben für eine hübsche Tänzerin? Ich halte Eugen für einen Ehrenmann, in seiner Begleitung wird unsere Wera gewiss nicht zu Schaden kommen.« Gedankenverloren spielte sie mit einem der gläsernen Briefbeschwerer, die in einer dekorativen Reihung auf Karls Schreibtisch standen. Dass Karl so heftig reagieren würde, nur weil Wera mit Eugen nach Ludwigsburg gefahren war, hätte sie nicht gedacht. Was würde erst sein, wenn er erfuhr, dass sich Wera in den Mann verliebt hatte?

»Aber ist Ihnen auch bekannt, dass es heißt, es gäbe einen kleinen Buben, der Herzog Eugen verdächtig ähnlich sieht? Es handelt sich dabei um den Sohn eines Kammerfräuleins, wenn ich das anmerken darf.«

»Nichts als Gerüchte«, wiederholte Olly, doch ihre Stimme war nicht mehr so fest wie zuvor. Karls Adjutant wusste in der Regel recht gut über die Vorgänge am Hof Bescheid ...

»Fragen Sie Cäsar von Beroldingen. Er wird Ihnen dasselbe berichten. Man munkelt außerdem, dass der Kleine nicht das einzige Kind mit einer gewissen Ähnlichkeit zu Herzog Eugen ist, vielmehr –« Wilhelm brach ab, als es an der Tür klopfte. Es war Evelyn.

»Verzeihung, Hoheit, aber Prinzessin Katharina wünscht Sie zu sprechen ...«

»Katharina ist da? Wir haben uns doch erst gestern auf dem Ball gesehen. Hat sie gesagt, was sie möchte?«

»Was wird meine liebe Schwester schon wollen? Entweder irgendwelche Vergünstigungen oder sich über jemanden oder etwas beschweren.« Karl schnaubte.

»Sie sprach von einem Sondierungsgespräch, welches sie gern mit Ihnen beiden führen würde«, erwiderte Evelyn in neutralem Ton.

Olly schaute erst sie, dann Karl irritiert an. »Vielleicht bin ich ein wenig begriffsstutzig – *was* will sie sondieren?«

Karl lachte brüsk auf. »Das kann ich dir genau sagen: Ich wette mit dir, Katharina will sich in den Heiratsmarkt rund um unsere Tochter einmischen. Nachdem sie gestern auf dem Ball mit eigenen Augen gesehen hat, dass aus Wera eine *brauchbare* Heiratskandidatin geworden ist, will sie uns bestimmt ein paar ihrer Ansicht nach geeignete Kandidaten präsentieren und sich dabei wichtigmachen.«

Wie vom Donner gerührt schaute Olly ihn an.

»Möglich wäre das schon ... Gestern Abend bin ich von verschiedenen Damen auf Wera angesprochen worden. Alle haben sich sehr positiv über sie geäußert und mit einem wissenden Zwinkern angedeutet, dass gewiss bald die Bräutigamschau beginnen würde.«

»Du hast diese vorwitzigen Gänse, die ihre langen Hälse überall hineinstecken müssen, doch hoffentlich in ihre Schranken gewiesen?«

»Natürlich«, sagte Olly irritiert. Dass es Wera selbst nicht schnell genug mit einer Heirat gehen konnte, würde Karl noch früh genug erfahren …

Karl beugte sich über den Schreibtisch hinweg zu ihr.

»Eins sage ich dir: Ich werde nicht zulassen, dass man um Wera schachert wie um Ware auf einem orientalischen Bazar! Vielmehr werde ich alles daransetzen, dass unsere Tochter ihren zukünftigen Ehemann aus freien Stücken und gemäß ihren Neigungen wählen darf. Diese elenden Zwangsheiraten aufgrund irgendwelcher Übereinstimmungen im Familienstammbaum sind völlig unnatürlich und bringen nichts als Unglück über die Betroffenen. Schau dir doch an, was aus uns geworden ist! Willst du das Wera wirklich antun?«

*

»Wie kann er so gemein sein? Nach allem, was ich für ihn getan habe? Er …« Ollys weitere Worte gingen in einem erneuten Weinkrampf unter.

Hilflos strich Evelyn der Königin über den Rücken. Noch nie hatte sie die Zarentochter so aufgelöst erlebt, wie weggeblasen war jedes bisschen Contenance. Olly lag auf ihrem Bett und heulte wie ein Schlosshund.

Mit erstarrter Miene war Olly aus Karls Amtszimmer gerannt, Eve hatte Mühe gehabt, ihr nachzueilen. Wortlos hatte Olly die Hofdame Taube ignoriert, die ihnen mit einem Stapel Unterlagen in der Hand entgegenkam. Auch Evelyn hatte die Hofdame abgewiesen. Nicht jetzt! In der Sicherheit ihres Schlafzimmers war Ollys starre Miene in tausend Fragmente zerfallen. Weinend hatte sie sich aufs Bett geworfen und war seitdem für keine guten Worte mehr empfänglich.

Evelyns Blick fiel auf die Uhr neben Ollys Bett. Ob Prinzessin Katharina noch immer im Grünen Salon wartete? Eigentlich sollte sie zu ihr gehen und ihr mitteilen, dass sich die Königin unwohl fühlte und man das Gespräch verschieben müsse. Doch sie wollte Olly nicht einmal für diese kurze Zeit allein lassen. Wilys Mutter würde schon von selbst merken, dass auf ihre Anwesenheit heute niemand sonderlichen Wert legte.

Mit tränennassen Augen schaute Olly endlich auf.

»Das Schlimmste ist, dass ich bis zum heutigen Tag nicht weiß, was ich falsch gemacht habe!« Sie winkte ab, als Evelyn ihr ein spitzenumsäumtes Taschentuch reichen wollte. »Welche Fehler sind mir unterlaufen? Wo und wann habe ich aufgehört, eine gute Ehefrau zu sein? Tausendmal stelle ich mir diese Fragen und finde doch keine Antworten. Ich habe doch alles so gemacht, wie meine Mutter und Anna es mir beigebracht haben.« Mühsam, mit den Bewegungen einer alten Frau setzte Olly ihre Füße vors Bett. »Bin ich wirklich so dumm, dass ich nicht einmal meine Fehler erkenne?«

»Wer sagt denn, dass Sie überhaupt welche gemacht haben?«, entgegnete Evelyn heftig. Oh, sie konnte sich sehr gut vorstellen, wie man der jungen Zarentochter in St. Petersburg Benimmregeln und Verhaltensweisen für ihr zukünftiges Leben als Ehefrau eines gekrönten Hauptes eingetrichtert hatte! Warum nur hatte ihr niemand beigebracht, dass es Männer gab, bei denen die üblichen Spielregeln nicht galten?

»Darf ich fragen, was Sie vorhaben?«, sagte Eve, als sie sah, wie Olly wahllos Kleidungsstücke aus ihrem Schrank riss und aufs Bett warf. »Sie wollen verreisen?«

Olly ging zur großen Kommode, in der sie ihre Schals und Handschuhe aufbewahrte, und riss die oberste Schublade auf.

»Ich werde Karl verlassen. Zurückgehen nach Russland, damit er endlich Ruhe vor mir und unserer schrecklichen Ehe hat. Sascha stellt mir sicher mit Freuden einen Palast zur Verfügung, vielleicht werde ich den Rest des Sommers auch erst einmal in Zarskoje Selo verbringen. Oder in Peterhof. Hauptsache, ich bin fort aus Stuttgart. Eve, bitte klingle nach der Zofe, damit sie mir beim Packen hilft!«

»Aber …« Evelyn stellte sich vor den Berg aus Kleidungsstücken, als wollte sie Olly daran hindern, diese einzupacken. Hätte Olly weiterhin geschluchzt und gehadert, wäre ihr nicht so himmelangst gewesen wie angesichts der fast tödlichen Ruhe, mit der die Königin jetzt agierte.

»Ihre Entscheidung kommt sehr plötzlich …«

Olly holte tief Luft. »Dafür gibt es nun auch keine Zweifel mehr. Viel zu lange habe ich mir Karls Gemeinheiten gefallen lassen. Habe erlaubt, dass er auf meinen Gefühlen herumtrampelt wie auf einem zu Boden gefallenen Stück Papier. Mein Stolz hat es mir verboten, zuzugeben, wie sehr er mich damit verletzt hat. Dabei hätte mich mein Stolz viel eher daran erinnern müssen, dass ich eine Romanow bin! Nie hätte mein Vater es zugelassen, dass Karl oder irgendein anderer Mann so mit mir umspringt. Und wenn Sascha wüsste, wie es um Karl und mich bestellt ist, würde er sicher sofort irgendwelche … Maßnahmen in die Wege leiten.« Die Handbewegung, mit der Olly ihre Worte unterstrich, war äußerst vage – die Königin schien sich nicht richtig vorstellen zu können, wie diese »Maßnahmen« seitens des Zaren aussehen würden.

Evelyn biss sich auf die Unterlippe. Nichts, aber auch gar nichts würde der Zar unternehmen. In St. Petersburg wusste man schließlich nicht erst seit gestern über Karl Bescheid. Sascha, Konstantin, ja wahrscheinlich sogar die Zarenmutter – sie alle waren bei weitem nicht so ahnungslos, wie Olly glaubte. Vielmehr hatte Evelyn den Eindruck, dass Ollys Akzeptanz ihrer unglücklichen Ehe der russischen Herrscherfamilie ganz gut zupasskam. Sollte Olly tatsächlich ihre machtvolle Position als Königin von Württemberg aufgeben wollen, würde das dem Zaren gewiss nicht gefallen. Aber das waren Dinge, die Evelyn ihrer Herrin nicht sagen konnte. Krampfhaft suchte sie daher nach einem anderen Weg, die Königin von ihrem unüberlegten Handeln abzuhalten.

Olly lachte schrill auf. »Soll sich Karl doch mit seinem Adjutanten vergnügen! Oder mit irgendwelchen anderen Herren. Es ist mir gleich. Im Grunde ist es mir schon lange gleich, was mein lieber Mann treibt. Nur habe ich dies mir gegenüber nie zugegeben. Ich habe mich selbst belogen!« Einen Moment lang hielt sie inne in ihrem Redefluss, sie schien mit sich zu kämpfen, dann fuhr sie fort: »Vielleicht war es ein Fehler, dass ich den Kopf so lange in den Sand gesteckt habe. Vielleicht war es aber auch die einzige Möglichkeit, Karls Gefühlskälte zu überleben. Aber damit ist nun Schluss.«

*

Das vor kurzem aus dem Krieg heimgekehrte Ulanenregiment hatte sein Quartier in Ludwigsburg noch nicht vollständig bezogen, von einem geregelten Kasernenalltag konnte keine Rede sein. Vielmehr herrschte rund um die Garnison hektisches Treiben. Als Wera am Haupttor der Marstallkaserne nach Offizier von Basten fragte, musste sie mehrmals vollbepackten Wagen ausweichen, die ins Kaserneninnere fuhren. Viele Ausrüstungsgegenstände waren im Einsatz verloren-, kaputt- oder einfach nur ausgegangen. Die in der Garnisonsstadt ansässigen Händler und Handwerker rieben sich die Hände, als sie die dicken Aufträge über Stiefelsohlenwichse, Ersatzteile für Pferdesättel bis hin zu Reithosen entgegennehmen durften.

Offizier von Basten wäre auf dem Proviantamt beschäftigt, wisse aber um ihren Besuch, erfuhr Wera nach geraumer Wartezeit. Ob die gnädige Frau warten wolle?, fragte der aufgeregte Wachmann, der Damenbesuch an seinem Tor nicht gewohnt war. Wera nickte huldvoll.

Am Abend des Balls hatten sie und Lutz nur im Vorübergehen ein paar Worte gewechselt.

»Du meine Güte, aus dir ist ja eine richtige Dame geworden!«, hatte er ehrlich erstaunt gerufen. Und hinzugefügt, dass er sie fortan siezen werde.

Wera hatte nicht gewusst, ob dies sein Ernst war oder seine alte Art, sie auf den Arm zu nehmen.

Es dauerte eine Weile, bis ihr alter Wanderkamerad am Tor erschien. Mit seinem strohblonden Haar und dem freundlichen Blick sah er noch immer wie ein großer Junge aus und nicht wie ein Mann, der zwölf Jahre älter war als sie. Wera vermochte an seiner Miene nicht abzulesen, ob er erfreut war, sie zu sehen.

»In einer Stunde muss ich wieder auf dem Proviantamt sein, aber Zeit für einen kurzen Spaziergang habe ich schon«, sagte er.

»Ein strammer Marsch wie in alten Zeiten wäre mir lieber«, erwiderte sie grinsend. Während der ersten Minuten ihres Spaziergangs musste sie jedoch feststellen, dass sich die alten Zeiten nur schwerlich wiederholen ließen. Lutz von Basten bestand tatsächlich darauf, sie förmlich mit »Sie« anzusprechen. Auch hatte Wera das Gefühl, als legte er jedes Wort auf die Goldwaage, bevor er es aussprach.

»*Ich bin es, Wera, deine alte Wanderkameradin!*,« wollte sie ihm zurufen, stattdessen fragte sie nach Eugen, woraufhin der Ausdruck in Lutz' Augen noch wachsamer zu werden schien.

»Herzog Eugen ist ein guter Soldat. Warum fragen Sie?«

»Nur so ...« Wera riss am Wegesrand eine Margerite ab und begann die Blütenblätter abzurupfen.

Er liebt mich, er liebt mich nicht ...

»Er hat doch nicht –« Abrupt blieb Lutz von Basten stehen. »Ich habe gesehen, wie Sie, Prinz Wily und Herzog Eugen gestern Abend lange zusammenstanden. Haben Sie Grund, sich über des Herzogs Verhalten zu beschweren?« Verflogen war sein wachsamer Blick, vielmehr sah er alarmiert aus. »Sie können mir vertrauen. Es wäre nicht das erste Mal, dass Eugen, ich meine, dass Herzog Eugen sich der Damenwelt gegenüber nicht korrekt verhält. Es ist purer Übermut, der ihn manchmal über die Stränge schlagen lässt, er jedoch nennt es Charme ...«

Er liebt mich, er liebt mich nicht, er –

Es dauerte einen Moment, bis Wera verstand, was Lutz sagen wollte. Sie lachte auf.

»Du befürchtest, Eugen habe sich mir auf unziemliche Art genähert? Lieber Himmel, nein!« Wenn es nur so wäre, dachte sie im

Stillen. Frohlockend zupfte sie das letzte Blütenblatt der Margerite ab.

Er liebt mich!

»Was ist, warum schaust du mich so grimmig an? Ich habe mich lediglich höflich nach einem deiner Kameraden erkundigt.«

Lutz von Basten verzog den Mund, als habe er Zahnweh. »Eugen ist nicht mein Kamerad, sondern ein Vorgesetzter. Und selbst wenn unsere Ränge nicht so weit auseinanderlägen – einen wie ihn würde ich nie als meinen Kameraden bezeichnen.«

Wera schaute ihren alten Freund betroffen an. Lutz schien Eugen nicht gerade zugeneigt zu sein …

»Ich finde den Herzog nett«, sagte sie lahm. Dann bemühte sie sich krampfhaft, das Thema zu wechseln. Als das Tor der Kaserne wieder in Sichtweite kam, war sie fast erleichtert.

»Dann bis zum nächsten Mal«, sagte sie leichthin, doch Lutz hielt sie am Handgelenk fest. Um einem Tross Reiter auszuweichen, zog er sie ein Stück zur Seite. Im Schatten einer alten Eiche schaute er sie flehentlich an.

»Wera, pass auf dich auf! Glaub nicht jedes Wort, das dir ein Herr süß ins Ohr säuselt. In deinem Alter ist man noch arglos und vertrauensselig, vor allem eine so gute Seele wie du. Du hast die große Gabe, in den Menschen das Gute zu sehen. Aber diese Gabe birgt auch Gefahren in sich. Ich weiß ja nicht, wie weit die Sache mit Herzog Eugen und dir gediehen ist, welche Absichten du verfolgst oder –«

Wera wollte heftig protestieren, dass sie keinerlei Absichten verfolge, doch Lutz ließ sie nicht einmal zu Wort kommen.

»Herzog Eugen ist ein attraktiver Mann, und mir steht es nicht zu, etwas Schlechtes über einen angehenden Hauptmann des württembergischen Heeres zu sagen. Nur so viel: Es ist nicht alles Gold, was glänzt!«

*

»Es ist eine Unverschämtheit von Olly, mich so lange warten zu lassen!« Anklagend stand Katharina vor Wilhelms Schreibtisch.

»Wenn ich nicht massiv darauf bestanden hätte, zur Not auch dich allein zu sehen, säße ich noch immer in eurem Salon!«

»Hat dich jemand hergebeten?«, knurrte Karl, dem nach allem zumute war, nur nicht nach einem Gespräch mit seiner Halbschwester.

»Was gibt's?«, fragte er, ohne Katharina einen Stuhl anzubieten. »Sag mal, was fällt dir ein?«, fügte er hinzu, als Katharina wie selbstverständlich nach einem der oben liegenden Briefe auf seinem Schreibtisch griff und ihn neugierig überflog.

»Du willst einen neuen Vorleser einstellen? Einen Amerikaner noch dazu? Sind dir unsere deutschen Gelehrten nicht mehr gut genug?« Stirnrunzelnd ließ sie das Blatt sinken. »Es wird deinem Wilhelm sicher nicht gefallen, wenn er dich zukünftig mit noch einem ... Herrn teilen muss ...«

Wie sich Katharinas Mund runzelte, wenn sie so abfällig dreinschaute wie jetzt! Wie der Hintern eines Hundes.

»Was geht es dich an, wen ich einstelle, kümmere du dich um deine Angelegenheiten«, sagte Karl und merkte, wie sich dank seines frivolen Vergleichs seine Laune hob. Katharina, Olly und wie sie alle hießen – im Grunde konnten sie ihm alle gestohlen bleiben. *Er* war der König, *er* hatte das Sagen. Und wenn das, was er tat, den anderen nicht gefiel – wen kümmerte es?

»Deine Männerfreundschaften könnten dich in Teufels Küche bringen und uns alle mit dazu.« Angewidert warf Katharina den Brief aus Amerika auf den Schreibtisch zurück. »Aber so weit muss es nicht kommen, nicht wahr? Du weißt, ich bringe die Dinge gern ohne Umschweife auf den Punkt. Reden wir also vom gestrigen Ball ...«

Enerviert griff Karl nach seiner Schreibfeder und tat so, als begänne er mit seiner Korrespondenz. In seinen Augen war das Fest rundum gelungen gewesen, sollte seine Schwester im Nachhinein etwas zu mäkeln haben, so würde dies bei ihm in ein Ohr hinein- und zum anderen wieder hinausgehen. So hielt er es eigentlich mit allem, was aus Katharinas Mund kam.

»... Du musst zugeben, dass ihr zwei auf eine solch gute Idee nie gekommen wärt«, sagte Katharina gerade triumphierend und schaute ihn mit erwartungsvollem Blick an.

»Ich verstehe nicht ganz …«, erwiderte Karl ungeduldig. Warum ging die alte Xanthippe nicht einfach? Für den heutigen Tag hatte er von streitbaren Weibern wahrlich genug.

»Eure Wera und mein Wily als das zukünftige Königspaar – das ist doch wirklich nicht schwer zu verstehen«, sagte seine Schwester ungeduldig. »Die Vorstellung, dass du wie unser Vater bis ins Greisenalter den Thron besetzt, ist geradezu absurd. Junges Blut am württembergischen Hof, und in den nächsten Jahren ein paar kleine Prinzen – *das* ist es, was unser Land braucht.« Karls entgeisterten Blick ignorierend, sprach sie weiter: »Sicher müsste man sich Gedanken machen, wie man deine Abdankung in der Öffentlichkeit darstellt – Gerede und üble Spekulationen will schließlich niemand riskieren. Aber stell dir nur vor, welch schönes Leben euch blüht, wenn ihr die Verantwortung erst einmal los seid. Du könntest jedes Jahr monatelange Reisen unternehmen! Und ihr könntet schöne Häuser kaufen und einrichten. Und mit *wem* du deine Zeit verbringst, wird dann auch nicht mehr von allzu großem Interesse sein. Du wärst ein viel freierer Mensch als jetzt …«

Karl war auf einmal so schwindlig, dass er sich mit beiden Händen an seinem Schreibtisch festhalten musste. Er sollte sein Amt abgeben? Ein Leben führen wie jeder x-beliebige Adlige? Ohne Königswürde? Er sollte auf Macht und höchste Ehren verzichten? Und stattdessen in Wohlstand leben, ohne jedoch ständig im Fokus des öffentlichen Interesses zu sein – wenn Karl ehrlich war, beschrieb Katharina genau das Leben, von dem er immer geträumt hatte. Ein Leben abseits der großen Verantwortung für ein Land. Ein Leben, in dem er einfach … Mann sein konnte. Wie leicht wäre es, den verführerisch vor seiner Nase baumelnden Köder zu schlucken!

»Das ist die verrückteste Idee, die mir seit langem zu Ohren gekommen ist«, sagte er, und seine Stimme hörte sich dabei nicht so fest an, wie er es sich gewünscht hätte. »Ich möchte wetten, dass du weder mit Wera noch mit deinem Sohn über deine Pläne gesprochen hast. Hätten die beiden nicht zuallererst ein Wörtchen in der Sache mitzureden?«

Katharina winkte ab. »Was die Kinder wollen, ist doch völlig belanglos. Wurden wir einst nach unseren Wünschen gefragt? Uns wurden doch auch ein, zwei oder drei geeignete Kandidaten präsentiert und wehe, wir hätten gewagt, sie allesamt abzulehnen. Siehst du!« Sie langte mit ihrer knochigen rechten Hand über den Schreibtisch. Bevor Karl etwas dagegen machen konnte, hatte sie seine linke Hand ergriffen und drückte sie fest.

»Karl, mein Lieber, du musst doch zugeben, dass die Würde des Amtes sehr schwer auf deinen Schultern lastet. Je früher du abdankst, desto besser! Ach, ich sehe meinen Wily und Wera schon mit der Königskrone vor mir ...«

22. KAPITEL

Mit übersprudelndem Herzen traf Wera am frühen Abend wieder im Schloss ein und suchte als Erstes die Wäschekammer auf. Sie hatte Margitta so viel zu erzählen! Doch im Personaltrakt wurde sie von der säuerlich dreinschauenden Obersthofmeisterin darüber informiert, dass ihre Freundin der Arbeit erneut ferngeblieben war und dass man nicht bereit sei, solch ein ungehöriges Verhalten länger zu dulden. Nach ein paar gemurmelten Beschwichtigungsversuchen war Wera wieder gegangen. Darum würde sie sich morgen kümmern. Jetzt musste sie zuerst Olly suchen, um wenigstens ihr alles zu erzählen.

Sie traf fast der Schlag, als sie Olly inmitten halbgepackter Koffer vorfand. Auf dem Bett, dem Sofa und dem rosenfarbenen Aubussonteppich – überall türmte sich Wäsche. Es roch nach Parfüm und Mottenkugeln. Eine Zofe war jedoch nirgendwo zu sehen. Nur Evelyn saß abseits auf einem Stuhl und wirkte erleichtert, als sie Wera entdeckte.

»Was geht denn hier vor?«, fragte Wera halb lachend, halb angstvoll.

»Ich verlasse Karl. Und kehre heim nach Russland«, sagte Olly in einem so alltäglichen Ton, als teilte sie ihr mit, für zwei Wochen ins Schloss nach Friedrichshafen umsiedeln zu wollen.

»Das Königspaar hat sich gestritten, scheinbar sind ziemlich böse Worte gefallen …«, raunte Evelyn ihr zu.

»Aber ... das geht nicht!«, rief Wera entsetzt, als sie die Situation endlich verstand. »Du kannst mich doch nicht alleinlassen! Gerade jetzt!«

»Wer sagt denn, dass ich das will?«, antwortete Olly, die endlich nicht mehr hektisch durchs Zimmer rannte, sondern sich auf einen der kleinen Sessel setzte. »Du und Evelyn – ihr kommt natürlich mit.«

»Ich *will nicht* nach Russland!« Fassungslos starrte Wera ihre Adoptivmutter an. Wie konnte Olly nur auf solch eine abstruse Idee kommen? »Weißt du nicht mehr, worüber wir heute früh gesprochen haben? Da hast du noch gemeinsam mit mir Zukunftspläne geschmiedet. Und das soll plötzlich alles nicht mehr gelten?«

»Zukunftspläne schmieden nennst du das?« Olly lächelte gekünstelt. »Ich habe dir lediglich ein paar Informationen über Herzog Eugen geliefert, mehr nicht.«

»Aber du weißt doch, wie zugetan wir einander sind. Da kannst du doch nicht –« Weras Gedanken rasten. Olly *durfte* nicht nach Russland! Weder allein und erst recht nicht mit ihr und Evelyn. Wera warf der Hofdame, die genauso erschrocken zu sein schien wie sie, einen auffordernden Blick zu. Doch Eve zuckte lediglich hilflos mit den Schultern. Trotz ihrer Verwirrung konnte Wera den Blick sehr gut deuten, er besagte: Die Königin war nicht bekannt für Wankelmütigkeit. Wenn sich Olly etwas in den Kopf setzte, konnte man in der Regel davon ausgehen, dass es daran nichts mehr zu rütteln gab.

Nur über meine Leiche, dachte Wera bei sich. St. Petersburg konnte ihr gestohlen bleiben – nun, wo sie den Mann fürs Leben gefunden hatte, würde sie doch nicht fortgehen!

»Um deine Zukunft brauchst du dich nicht zu sorgen«, fuhr Olly indessen fort. »In St. Petersburg wird die Suche nach einem geeigneten Ehemann ein Kinderspiel. Wir werden dich mit viel Pomp in die höfische Gesellschaft einführen, und dann hast du bald die Qual der Wahl. Du bist schließlich eine Romanow und die Nichte des Zaren.«

Wera und Evelyn schauten sich gleichermaßen entsetzt an. Die Königin schien an alles gedacht zu haben.

»Was redest du denn da? Ich bin *hier* zu Hause, in Stuttgart. Hier habe ich Freunde, hier ...«

»Jaja, aber Russland ist noch immer deine Heimat. Du wirst all deine alten Freunde treffen, der Zarenhof wird uns mit offenen Armen empfangen, wir werden schöne Feste besuchen, und –«

»Hör auf, das sind doch haltlose Träume«, unterbrach Wera ihre Adoptivmutter und hätte vor Verzweiflung fast losgeheult. Was war nur in Olly gefahren? So weltfremd war sie doch sonst nicht.

»Wem willst du etwas vormachen? Die wenigen Freunde, die ich in meiner Kindheit hatte, haben mich längst vergessen. Und wenn du denkst, du selbst würdest mit offenen Armen empfangen, täuschst du dich mit Sicherheit. In St. Petersburg kümmern sich die Menschen zuallererst um sich selbst. Schau dir doch nur meine Eltern an: Sie haben so viel mit sich und ihrem Leben zu tun – glaubst du, die freuen sich, wenn sie sich fortan auch noch um *uns* kümmern müssen? Und dasselbe gilt für Onkel Sascha und Tante Cerise. Willst du der armen Cerise deine Not klagen, während sich im Zimmer nebenan Sascha mit seiner Geliebten vergnügt?«

»Wera! Wie kannst du so reden!«

»Ach, ziemt sich die Wahrheit etwa nicht?« Wera lachte bitter. »Dass der Zar seine Geliebte im Winterpalast wohnen lässt, weiß doch jeder. Das ist jetzt aber völlig gleichgültig. Was ich dir damit sagen will: In St. Petersburg wartet niemand auf uns, die sind alle viel zu sehr mit sich selbst beschäftigt.«

Mit zusammengekniffenen Lippen schaute Olly Wera an. Zum ersten Mal, seit Wera das Zimmer betreten hatte, zeigte sich in Ollys verbissener Miene so etwas wie Unsicherheit.

»Vielleicht wäre solch ein großer Umzug vor zehn, zwanzig Jahren einfacher zu bewerkstelligen gewesen«, sagte nun auch Evelyn, wenn auch äußerst zaghaft. »Aber bedenken Sie, liebe Königin, Sie sind nicht mehr die Jüngste ...«

Wera nickte. Ihr war zwar nicht klar, was das Alter in diesem Zusammenhang für eine Rolle spielte, aber solange man Olly damit von ihren Plänen abhalten konnte, war ihr jedes Argument recht. Zur Sicherheit setzte sie noch hinzu: »Und dann so kurz nach dem Krieg ... Im schlimmsten Falle würdest du mit deinem Umzug große politische Unsicherheiten auslösen, die Menschen würden sich fragen, ob neben deiner Ehe auch das Verhältnis zwischen Russland und Württemberg zerrüttet ist ...«

Einen endlosen Moment lang sagte keiner etwas, dann schluchzte Olly auf.

»Aber ... ich kann so nicht mehr weiterleben! Ich will es nicht, meine Kraft ist zu Ende, warum versteht ihr das denn nicht?«

Betreten schaute Wera die Königin an. Vor lauter Schreck hatte sie nur darüber nachgedacht, was Ollys Entscheidung für sie bedeuten würde, so dass sie darüber das Seelenleid der Königin aus den Augen verloren hatte. Was war sie nur für ein selbstsüchtiger Mensch!

»Warum habt ihr euch denn überhaupt gestritten?«, fragte sie mit belegter Stimme.

Olly winkte ab. »Das ist doch völlig egal. Ein Wort ergab das andere.« Ein tiefes Seufzen folgte, Ollys Blick schweifte in die Ferne. »Das, was heute gesagt wurde, hing schon sehr lange in der Luft. Nur wollte ich es nicht wahrhaben. Ich habe immer geglaubt, gehofft und gebetet, dass sich meine Ehe mit gutem Willen retten ließe. Solange ich mich anstrengte, alles richtig zu machen ... Stattdessen habe ich wohl alles falsch gemacht.«

Wera rutschte unangenehm berührt auf ihrem Stuhl hin und her. Dass Olly so offen über ihre Ehe sprach, erschreckte sie zutiefst, denn es zeigte, wie ernst es der Königin war. Dass die Ehe zwischen ihren Zieheltern nicht sonderlich glücklich verlief, war Wera natürlich nicht entgangen. Doch sie hatte es vorgezogen, sich nicht allzu viele Gedanken darüber zu machen.

»Ich mag nicht mehr reden, ich bin so müde, völlig ausgebrannt!« Sie stand auf, ging zum Bett, schob mit der rechten Hand einen Koffer zur Seite. Dann ließ sie sich auf ihrem Bett nieder und schloss die Augen.

»Warum erzählst du mir nicht lieber, wie der Ausflug mit Eugen war? Vielleicht bekomme ich am heutigen Tag doch noch etwas Nettes zu hören …«

Erneut war Wera fassungslos. Da tat Olly eine solche Entscheidung kund und schwenkte dann einfach auf ein anderes Thema um?

»Bevor du auch nur ein Wort von mir hörst, musst du mir versprechen, dass du deine Idee noch einmal überdenkst«, sagte sie und hielt unwillkürlich den Atem an.

»Ich finde auch, dass Ihre Hoheit wenigstens eine Nacht über all das schlafen sollte«, beeilte sich Evelyn zu sagen.

Olly nickte seufzend.

Ein wenig beruhigter begann Wera von ihrem Ausflug zu erzählen. Vergessen waren die halbgepackten Koffer. Vergessen auch der drohende Umzug nach Russland. Ihre Augen glänzten wie kleine Kohlestücke, während sie den Vorfall in Beihingen schilderte.

»Du hättest mal sehen sollen, wie Eugen aus der Kutsche gesprungen ist, um mir zu helfen. Und wie er sich dann vor dem Gendarm aufgebaut hat … Er ist solch ein vollendeter Kavalier! Und wenn er mich anschaut, mit seinen funkelnden Augen …«

»Dass du den Kindern geholfen hast, war wirklich lobenswert«, sagte Olly und gähnte verstohlen.

»Geholfen!« Wera winkte verächtlich ab. »Was ich getan habe, war doch nur der berühmte Tropfen auf den heißen Stein. Eugen nimmt übrigens in solchen Dingen deine Sichtweise ein, jedenfalls meinte er, verwahrloste Kinder sollten ihren Müttern fortgenommen werden. Ich mag das einfach nicht glauben. Wenn es schon unbedingt ein Heim sein muss, warum dann nicht eines, in dem arme Frauen *mit* ihren Kindern wohnen? Ein Heim, das den Frauen Arbeit bietet und Hilfe bei der Erziehung ihrer Kinder …«

Evelyn, die schweigend zugehört hatte, sagte nun:

»Wera, bitte, nun ist wirklich nicht der richtige Zeitpunkt, der Königin erneut mit deiner Idee von einem Mutter-Kind-Heim, oder wie du das Ganze nennst, zu kommen.«

»Falsch – es ist genau der richtige Zeitpunkt!«, rief Wera. Sie sprang auf und setzte sich neben Olly aufs Bett. Einer der Koffer rutschte dabei gefährlich nahe an den Rand. Wera versetzte ihm einen leichten Schubs, so dass er zu Boden fiel.

»Du willst nach Russland und all die armen Menschen in Württemberg im Stich lassen! Ich frage mich, wer sich zukünftig um die Nikolauspflege kümmern soll? Oder um das Olgäle? Und die vielen anderen Häuser, denen du vorstehst? Und was ist mit einer Mädchenschule? Seit Jahr und Tag versprichst du mir, dass du dieses Projekt als Nächstes angreifst. Willst du es nun endgültig ad acta legen? Sollen Mädchen wie Margitta weiterhin auf einem Dachboden das Lesen lernen müssen, nur weil es nicht genügend Lehrer gibt?«

Olly öffnete die Augen. Müde und traurig schaute sie Wera an.

»Glaubst du, all diese Dinge gehen mir nicht auch durch den Kopf? Hältst du mich für so kaltblütig und egoistisch?«

Wera schwieg.

»Ganz Württemberg würde trauern, wenn Sie gingen, niemand würde den Grund verstehen, vielmehr würden alle glauben, dass Sie sie im Stich lassen«, sagte Evelyn. »Die Menschen lieben und verehren Sie so sehr. Wenn ich nur an die Kinder in den Heimen denke …«

»Stimmt genau«, sagte Wera, die jenen Heimen mehr als kritisch gegenüberstand. »Du würdest nicht nur Karl verlassen, sondern alle Württemberger noch dazu.«

Olly sah aus, als sei sie erneut den Tränen nahe.

»Warum quält ihr mich so …«

»Niemand will dich quälen, wir wollen dich lediglich vor einer übereilten, unüberlegten Entscheidung bewahren«, sagte Wera und versetzte dem nächsten Koffer einen Tritt. »Eure Ehe ist gescheitert. Aber damit stehst du doch nicht allein, so ergeht es vielen Ehepaaren. Das heißt jedoch nicht, dass dein ganzes Leben schlecht ist, oder? Schau dir an, was du alles geleistet hast: Du und Karl – ihr habt Württemberg gut durch die Kriegsjahre gebracht. Das Land prosperiert, durch dein wohltätiges Engagement wurde die größte

Not gelindert. Und mich hast du auch ganz manierlich hinbekommen.«

Während Evelyn ob dieser letzten Bemerkung lächelte, schüttelte Olly, die inzwischen auf dem Boden saß und Handschuhe zusammenfaltete, nur den Kopf.

»Wie erwachsen du daherredest. Eine solche Nüchternheit würde ich vielleicht von Evelyn erwarten, aber nicht bei einer jungen Frau wie dir.«

Wera, die den leisen Hauch von Anerkennung, der in Ollys Worten mitschwang, bemerkte, lächelte traurig.

»Hast du mir nicht beigebracht, dass man das Leben immer so nehmen muss, wie es kommt? Jetzt nehme ich *dich* beim Wort!«

*

»Wie war dein Tag? War dein Beutezug in Bezug auf das Schmuckstück erfolgreich? Und hat Wera ihren *Liebsten* getroffen?«, fragte Wily, als er Eugen am Abend im Schlossgarten über den Weg lief.

»Jetzt, wo du's ansprichst – kein Wort hat sie darüber verloren«, antwortete Eugen.

Mit ausholenden Schritten marschierten beide die Kieswege entlang. Kleine weiße Steinchen stoben unter ihren blankpolierten Lederstiefeln empor. Aufgrund ihres Ranges bestand in diesen Tagen für sie noch keine Anwesenheitspflicht bei ihrem Regiment, so konnten sie tun und machen, was ihnen beliebte.

»Viel Zeit zum Unterhalten habe ich nicht, ich bin auf dem Weg ins Theater«, sagte Eugen.

Wohin sonst?, dachte Wily. Während er mit seinem Onkel Karl und dessen Adjutant zu einer Partie Schafkopf verabredet war, erhoffte sich Eugen amouröse Abenteuer!

»Von mir aus kann Wera jederzeit wieder mitfahren. Die Fahrt war keine Minute langweilig. Nicht, dass ich Geschwätzigkeit bei einem Weibsbild besonders schätzen würde, aber Wera ist wirklich unterhaltsam. Stell dir vor ...« Grinsend schilderte Eugen den Vorfall in Beihingen.

»Das ist wieder einmal typisch«, sagte Wily. »Mit ihr hat man nichts als Ärger, schon in Kinderjahren hat sie mich mit ihren Ideen in Teufels Küche gebracht.« Gleichzeitig spürte er eine Art Neid in sich aufsteigen. Besser, von Wera in Teufels Küche gebracht zu werden, als vor Langeweile zu sterben. Ein Schicksal, von dem er manchmal glaubte, dass es ihm unmittelbar bevorstand.

»Ich fand sie ziemlich amüsant. Und Mut hat sie auch, du hättest mal sehen sollen, wie sie sich vor dem Bäcker aufgebaut hat.« Eugen lächelte.

»Wenn man dich reden hört, könnte man fast den Eindruck bekommen, Wera hätte es dir angetan«, sagte Wily mürrisch. »Dann schenk doch gleich ihr dein Collier!« Er zeigte auf das großformatige Lederetui in Eugens rechter Hand.

»Bist du verrückt? Ein halbes Vermögen hat es mich gekostet, der Ludwigsburger Goldschmied ist nämlich noch teurer als sein Stuttgarter Kollege.« Er schüttelte halb betrübt, halb verärgert den Kopf. »Und weißt du was? Dass ich mich in derartige Unkosten stürze, scheint Etty gar nicht zu beeindrucken! Jedenfalls ist sie nach wie vor sehr zugeknöpft. Deshalb habe ich mir gedacht ... also ... könntest du es einrichten, dass man Schloss Solitude für mich öffnet, ohne dass jemand davon erfährt? Etty fände es sicherlich grandios, einmal in einem Schloss königlich zu speisen. So etwas kann ihr schließlich nicht jeder bieten. Und wer weiß? Vielleicht stimmt die Atmosphäre eines Lustschlosses auch sie lustvoll ...«

*

Obwohl sie todmüde von den Aufregungen des Tages war, konnte Wera an diesem Abend lange nicht einschlafen. Unruhig warf sie sich immer wieder in ihrem Bett hin und her.

St. Petersburg. Und das, wo sie doch so verliebt in Eugen war. Obwohl sie erst wenige Stunden von ihm getrennt war, hatte sie schon wieder schreckliche Sehnsucht nach ihm. Wann würde sie ihn wohl wiedersehen? Wenn Olly ihre Pläne wahr machte, gar nicht! Was würde dann aus ihrer großen Liebe werden?

Einerseits war sie wütend auf Olly, andererseits tat ihr die Königin schrecklich leid: Weinte sie jetzt in ihr Kopfkissen? War sie vor lauter Erschöpfung eingeschlafen? Oder schmiedete sie ihre Umzugspläne weiter?

Bevor sie gegangen waren, hatten Evelyn und sie das größte Chaos in Ollys Zimmer beseitigt. Die Kleider der Königin hingen wieder einigermaßen ordentlich, wenn auch verknittert im Schrank, die Hüte waren im dafür vorgesehenen Regal untergebracht und die Handschuhe sicher in der Kommode verstaut. Wenn nur das Durcheinander in eines Menschen Herz auch so leicht zu beseitigen wäre, hatte Wera gedacht. Schließlich sprang sie auf, nahm die Kerze von ihrem Nachttisch und ging damit zum Sekretär. Wenn sie schon nicht schlafen konnte, wollte sie die Zeit mit etwas Sinnvollem verbringen.

Kaum hatte sie eine weiße Seite ihres Tagebuchs aufgeschlagen, kaum hatte sie die Feder ins Tintenfass getunkt, spürte sie, wie die innere Unruhe von ihr abfiel. Die Feder machte kreisende Bewegungen in der Luft, als wolle sie Schmetterlinge mit einem Kescher einfangen. Worte, die in den Tiefen von Weras Herz und in ihrer Seele darauf warteten, von ihr befreit zu werden. Wera liebte dieses Ritual des Worte-Erspürens. War das Schreiben von Gedichten in früheren Zeiten lediglich bloßer Zeitvertreib gewesen, eine Tätigkeit, die von anderen wohlwollend betrachtet wurde, weil sie sich dabei endlich einmal still verhielt, so bedeutete es heute viel mehr für sie. Das Spiel mit Worten half ihr nicht nur, ihre Gedanken zu ordnen, sondern auch ihre vielen, teilweise widersprüchlichen Gefühle.

Heute kämpften wieder zwei Seelen in ihrer Brust: Sollte sie Ollys Leid verarbeiten oder sich ihren eigenen, glücklichen Gefühlen hingeben? Tief Luft holend, setzte sie die weiche Feder auf das weiße Papier und schrieb:

Vor dem Geliebten

Mein Reim kann's wieder geben,
Was tief mein Herz empfand,
Als ich zum erstenmale
Vor dem Geliebten stand.

Wie bebten meine Pulse,
Wie pochte mir das Herz …
In dieser süßen Stunde
Vergaß ich Leid und Schmerz!

Ich sah nur seine Augen –
Ich sah nur seinen Mund,
Der seine treue Liebe
Mir lispelnd machte kund!

Gedankenverloren kaute Wera auf dem Ende ihres Federkiels. Bisher hatte Eugen ihr gegenüber noch nicht die geringste Andeutung von Liebe gemacht. Wenn bloß diese Etty nicht wäre, dachte Wera nicht zum ersten Mal. Nicht genug, dass Olly ihr das Leben schwermachte, sie hatte außerdem mit einer Konkurrentin zu kämpfen!

Mit einer festen Drehung verschloss Wera das Tintenfass wieder. Ihr Blick wanderte aus dem Fenster in die mattschwarze Nacht, die erfüllt wurde von den Geräuschen des Sommers.

Die nächste Zeit würde die wichtigste in ihrem Leben werden, so viel stand fest. Weitreichende Entscheidungen standen an. Am allerwichtigsten war, dass Olly sich für Stuttgart entschied. Selbst dann würde sie, Wera, zu kämpfen haben, um alles unter einen Hut zu bringen: die Widersacherin ausschalten, Eugens Herz gewinnen und die zerstrittenen Eltern davon überzeugen, dass er der richtige Schwiegersohn war. Aber mit Gottvertrauen und Margittas modischem Beistand würde ihr am Ende schon alles gelingen.

23. KAPITEL

Obwohl Olly die halbe Nacht kein Auge zugetan hatte, fühlte sie sich am nächsten Morgen so gut wie schon lange nicht mehr. Nun, da sie sich das Scheitern ihrer Ehe endlich eingestanden hatte, war sie von einer Riesenlast befreit, selbst das Atmen fiel ihr leichter. Sich selbst zu belügen war wahrscheinlich die größte Lüge von allen, dachte sie bei sich, während sie vor ihrem Kleiderschrank stand. Schlimmer noch, als andere zu belügen. Sie wählte eines ihrer schönsten Kleider, steckte sich die Haare mit goldenen Kämmen hoch und schlang sich zur Feier des Tages mehrere Stränge ihrer geliebten Perlenketten um den Hals. »Vom Scheitel bis zur Zehenspitze eine Zarentochter«, ging es ihr durch den Kopf, als sie sich im Spiegel betrachtete. Und sie war zufrieden damit.

Ohne das geringste Zögern in ihrer Haltung suchte sie anschließend Karl in seinem Amtszimmer auf. Als sie die Türklinke in der Hand hatte, musste sie kurz gegen ein Déjà-vu ankämpfen – genau so hatte sie gestern hier gestanden. Gestern, als sie noch dachte, ihre Welt wäre in Ordnung.

»Raus!«, sagte sie zu Wilhelm von Spitzemberg, der wie üblich neben Karl saß und ihm eine Aktenmappe hinhielt. Sie beachtete seine indignierte Miene nicht, sondern unterstrich ihre Forderung noch mit einem resoluten Nicken in Richtung Tür.

»Hiermit erkläre ich unsere Ehe für gescheitert«, sagte sie zu

Karl, kaum dass sie allein waren. »Ich gebe zu, was uns zwei angeht, war ich äußerst schwer von Begriff, aber spätestens nach deinen Worten gestern ist mir klargeworden, wie wenig dir noch an mir liegt. Meine Gefühle für dich haben sich jedoch auch sehr abgekühlt.« Voller Genugtuung betrachtete sie Karls verdutzte Miene. Offensichtlich hatte ihr lieber Mann Mühe, ihr zu folgen. Sie schnaubte leise. Was hatte er erwartet? Dass sie seine gestrigen Gemeinheiten schluckte so wie alles Bisherige? Wahrscheinlich hielt er sie für eine dumme, demütige Gans.

Ihren hochmütigsten Blick aufsetzend, fuhr sie fort: »Falls du jedoch darauf spekulierst, dass ich mich von dir trenne, dann hast du dich getäuscht. Dieser Weg mag für deine Schwester Sophie der richtige gewesen sein, aber ich lege keinen Wert auf einen europaweiten Skandal. Vielmehr werde ich fortan ausgedehnte Reisen machen, und dabei möchte ich an allen Höfen mit äußerstem Wohlwollen begrüßt werden. Zu den Zeiten, in denen ich Stuttgart mit meiner Anwesenheit beglücke, erwarte ich, dass du mir in jeder Minute mit dem *äußersten* Respekt begegnest. Ich bin die Königin von Württemberg, daran kommst selbst du nicht vorbei. Wenn du mich schon nicht als Ehefrau achtest, dann wenigstens als Trägerin der Königskrone.«

»Sag mal, wie sprichst du denn mit mir?« Karl schaute sie entgeistert an. »Dein Ton … so kenne ich dich gar nicht. Vielleicht waren meine gestrigen Worte ein wenig harsch, ehrlich gesagt ist mir das meiste davon schon entfallen. So viel ist geschehen seit gestern früh! Stell dir vor, Katharina war bei mir und –«

Mit einer herrischen Geste brachte Olly ihn zum Schweigen. So kannte er sie nicht? Dann war es höchste Zeit, dass er sie kennenlernte.

»Deine bösartige alte Schwester interessiert mich nicht, und was du mir zu sagen hast, erst recht nicht. Ich wünsche, dass du mir zuhörst!« Die Fingerspitzen auf der Platte seines Schreibtisches aufgestützt, beugte sie sich zu ihm hinab in der Art eines Lehrers, der einen ungehorsamen Schüler beäugt.

»Außerhalb dieses Zimmers braucht niemand zu wissen, wie es

um unsere Ehe bestellt ist. In der Öffentlichkeit werden wir weiterhin als *liebendes* Königspaar auftreten.« Die Ironie, die aus ihren Worten triefte, ließ sie innerlich aufheulen. Doch sie fuhr unbeirrt fort: »Du wirst mich auf Händen tragen, dir meine Vorschläge zu jedem Thema anhören, so ich welche zu machen gedenke. Wenn es um Wera geht, werden wir sowieso jede Entscheidung gemeinsam treffen, das sind wir dem Kind schuldig. Wera soll nicht unter unserem Versagen als Ehepaar leiden, ich denke, das siehst du genau wie ich.«

Sie wartete Karls Nicken kaum ab, sondern sprach weiter: »Außerdem wirst du meine Wohltätigkeiten zukünftig in einem wesentlich höheren Maße unterstützen als bisher – die Zeiten, in denen ich ständig privates Geld ausgebe, sind vorbei.«

»Aber –«

»Kein Aber! Das sind meine Bedingungen dafür, dass ich dich zukünftig in Ruhe lassen werde. Du brauchst nicht mehr zu versuchen, ›meinen Ansprüchen zu genügen‹, du brauchst nicht einmal mehr meine Gegenwart zu ertragen, es sei denn, es ist aufgrund unseres Amtes unumgänglich. Mit wem du jedoch privat zu Abend isst, ob du halbe Nächte lang mit irgendwelchen Herrenfreunden oder Damen deine widerlichen Zigaretten rauchst, wann und mit wem du dir deine Zeit vertreibst – all das interessiert mich nicht mehr. Genauso wenig hat allerdings *mein* Leben dich zu interessieren.«

Karl raufte sich die lichten Haare. »Das alles kommt sehr plötzlich. Deine Forderungen ...«

Olly winkte erneut ab. Wie sehr hatte sie diesen Mann satt! Warum war ihr das nicht früher aufgefallen? Allein der weinerliche Ton in seiner Stimme brachte ihre Nackenhaare dazu, sich zu sträuben.

»Nichts davon ist verhandelbar. Bedenke, die Frau, die du seit Jahren verschmähst, ist eine Romanow. Mein Bruder ist Zar von Russland, mein Onkel ist der deutsche Kaiser – es bedürfte nicht vieler Worte meinerseits, dich in der Welt der großen Politik in einem schlechten Lichte dastehen zu lassen. Nichts liegt mir ferner,

Gott behüte!« Noch während sie sprach, wurde sie von einem schlechten Gewissen geschüttelt. Wie konnte sie sich auf eine solch niedere Ebene hinablassen und derartige Drohungen ausstoßen? Im selben Moment fand sie jedoch Gefallen an der fast verängstigten Miene, die Karl aufsetzte.

»Genug der Worte. Ich denke, du hast verstanden, was ich dir sagen will: Solange du dich diskret verhältst, kannst du zukünftig tun und lassen, was du willst, mein Lieber«, sagte sie und wandte sich zum Gehen um. Die Klinke schon in der Hand, warf sie einen letzten Blick auf ihren Mann.

»Nur wage es nicht, mir noch ein einziges Mal die Ohren vollzujammern mit deiner Wehleidigkeit, deinen Komplexen und deinen zahlreichen tatsächlichen und eingebildeten Leiden. Und falls dich einer deiner regelmäßigen Anfälle überkommt, bei denen du glaubst, die ganze Welt habe sich gegen dich, Karl von Württemberg, verschworen, dann wird fortan dein Adjutant oder sonst einer deiner Herrenfreunde Trost für dich finden. Zu mir brauchst du mit deinem Gejammer jedenfalls nicht mehr zu kommen.«

Ein wenig vor Aufregung zitternd, aber nicht unzufrieden mit ihrem Auftritt, machte sich Olly auf den Weg in ihre Räume. Sie war gerade an der Haupttreppe angekommen, als ihr Evelyn entgegenkam. Die Hofdame sah müde und ängstlich aus.

»Und – wie hat sich Eure Hoheit bezüglich St. Petersburg entschieden?«

Olly schaute ihre langjährige Freundin liebevoll an.

»Wir bleiben hier.«

»Wirklich?« Eves Miene zeigte Erleichterung und Ungläubigkeit zugleich. »Heißt das, ich darf die restlichen gepackten Koffer wieder auspacken?«

Lächelnd nahm Olly Eves Hand.

»Um die Koffer sollen sich die Zofen kümmern. Du, meine Liebe, tust heute einfach das, wonach dir der Sinn steht. Dasselbe werde ich auch tun. Heute und für den Rest meines Lebens!«

In den nächsten Monaten trafen Wera, Eugen und Wily immer wieder aufeinander. Hofbälle, Gartenfeste in der Villa Berg oder der Wilhelma – wann immer eine Festlichkeit anstand, nötigte Wera Olly, die beiden jungen Offiziere einzuladen und natürlich die Sitzordnung so zu gestalten, dass sie mit Eugen und Wily am selben Tisch saß.

Katharina, die glaubte, diese Sitzordnung sei ihrem Vorschlag einer Verheiratung zwischen ihrem Sohn und Wera geschuldet, frohlockte jedes Mal. Dass sich Wily in der Zwischenzeit auch verliebt hatte – allerdings nicht in Wera, sondern in eine nicht standesgemäße Dame, es wurde etwas von einer Professorentochter gemunkelt –, wusste sie nicht.

Olly hingegen hatte sich bei ihrem Vertrauten, Cäsar Graf von Beroldingen, nach Herzog Eugen erkundigt und herausgefunden, dass dessen Tändelei mit der Tänzerin anhielt.

»Es sieht leider ganz danach aus, dass Eugen anderweitig engagiert ist … Von daher solltest du dich nicht weiter in diese Schwärmerei hineinsteigern«, versuchte sie ihre Ziehtochter folglich zu bremsen.

Wera war so überglücklich darüber, dass Ollys St.-Petersburg-Pläne gestorben waren, dass sie zu fast allem ja und amen sagte, was Olly in diesen Tagen von sich gab. Also nickte sie auch in diesem Fall zustimmend und sagte:

»Vielleicht hast du recht. Am besten, du lädst Eugen, so oft es geht, ein, dann kann ich ihn in aller Ruhe kennenlernen. Und du bist jedes Mal in meiner Nähe, falls ich doch über die Stränge schlagen sollte.«

Eine Tänzerin, pah! Als ob sie sich deswegen Gedanken machen würde, dachte sie derweil. So etwas ging vorüber, das wusste doch jedes Kind. Es brauchte einfach noch ein bisschen Zeit, bis Eugen ihre Vorzüge erkannte. Aber Vorsicht würde sie deswegen nicht walten lassen, ganz im Gegenteil …

Sowohl Karl als auch Olly hielten sich an die getroffene Abmachung, dem anderen mit Respekt und Achtung zu begegnen, öffentliche Termine weiter gemeinsam wahrzunehmen und sich ansonsten in Ruhe zu lassen. Zu beider Erstaunen funktionierte diese Regel gut. Harmonie herrschte zwischen ihnen, und sie verstanden sich besser als in vielen Jahren davor. Wenn sie sich im Schloss auf einem der Gänge über den Weg liefen, sprachen sie ein paar Worte miteinander. Manchmal setzten sie diese Unterredung sogar bei einem Glas Sherry fort. Abends lag Olly nun nicht mehr wach und grübelte verbissen darüber nach, mit wem Karl unterwegs war und ob er sie dabei betrog. Stattdessen ging sie mit Evelyn oder einer anderen Hofdame aus ihrem Gefolge in die Oper, ins Theater oder verbrachte vergnügliche Stunden mit einem Buch. Der innere Frieden ihres Herzens strahlte auf ihren Geist aus, sie konnte sich besser und länger konzentrieren und nutzte dies für ausgiebige Korrespondenzen. Auch ihre auf Eis liegenden Pläne für eine reine Mädchenschule nahm sie wieder auf.

Der Krieg war vorüber, in der Tat.

Schon Monate vor ihrer »Aussprache« hatte Karl vorgeschlagen, die anstehende Silberhochzeit am 13. Juli 1871 in Friedrichshafen zu begehen und außer den üblichen Stuttgarter Hofkreisen auch die Zarenfamilie einzuladen. Ursprünglich hatte Olly vor dem großen Fest gegraut. Davor, die Fassade einer »glücklichen Ehefrau« aufrechterhalten zu müssen. Davor, gute Miene zu Karls schlechter Laune machen zu müssen. So zu tun, als wäre alles in bester Ordnung. Inzwischen *war* alles in bester Ordnung. Und sie freute sich auf das große Fest, das ihr nicht nur das Wiedersehen mit ihrer Familie bescheren würde, sondern auch eines mit Iwan Bariatinski, dem sie einen langen Brief geschrieben und darin eine persönliche Einladung ausgesprochen hatte. Der ehemalige russische Statthalter im Kaukasus, der nach einer schweren Krankheit nun in Moskau mit der Bildung einer Kommission zur Reorganisation der russischen Armee beschäftigt war, hatte sofort zugesagt. Am Hochzeitstag selbst würde er zwar noch nicht anwesend sein können, doch am nächsten Tag könne Olly mit seinem Kommen rechnen.

Dass sie ausgerechnet anlässlich ihrer Silberhochzeit ihren alten Liebhaber wiedersehen würde, empfand Olly als wunderbar ironische Fügung, sie konnte es kaum erwarten.

Ihre Freude wurde einzig durch die Tatsache getrübt, dass ihr Bruder Sascha seine langjährige Geliebte, die Gräfin Katharina Dolguruki, mitbrachte. Es war ausgerechnet die Zarin selbst, die Olly mit rotgeweinten Augen darum bat, die Contenance zu bewahren und sie nicht durch zur Schau gestelltes Mitleid weiter zu brüskieren.

Lachen, um nicht zu weinen – galt das inzwischen für alle Romanow-Frauen?, fragte sich Olly wütend, als sie in der festlich geschmückten Kutsche neben Karl saß und den üblichen Festumzug durch Friedrichshafen absolvierte. Und wieder einmal war sie froh, sich innerlich von Karl und der Illusion einer »perfekten Ehe« verabschiedet zu haben. Das Leben hatte so viel mehr zu bieten als einen launenhaften, dicklichen Ehemann!

Auch Wera war bestens gestimmt. Denn natürlich war auch Eugen zu dem großen Fest eingeladen worden, und besser noch, sie waren sogar gemeinsam nach Friedrichshafen angereist. Mit einiger Überredungskunst hatte Wera es so einrichten können, dass Eugen und sie in einer Kutsche direkt hinter dem Königspaar in die Stadt und weiter zum Schloss fuhren. Eugen und sie in einer Kutsche gemeinsam dem Volk huldvoll zuwinkend – diese schöne Vorstellung hatte Wera nächtelang nicht schlafen lassen.

Dass die Realität noch schöner war als ihre Tagträume, damit hatte sie allerdings nicht gerechnet. Die Straßen waren gesäumt von Abertausenden von Menschen, die ihnen zuwinkten, Fahnen oder Blumensträuße schwenkten. An fast jeder Straßenkreuzung hatte sich ein Musikerzug aufgestellt, Fanfarenklänge ertönten ebenso wie Marschmusik, einmal musizierte sogar ein Streichquartett zu ihren Ehren. Die Sonne schien von einem enzianblauen Himmel, enthusiastisch winkten die seit Stunden geduldig wartenden Menschen der königlichen Karawane zu. Immer wieder ertönten »Olga!«- und »Karl«-Rufe, doch auch vereinzelte »Wera«-Rufe waren zu hören, viele der Umstehenden zeigten sogar mehr oder weniger unverhohlen auf Eugen und sie. Was sie dabei sprachen, konnte Wera nicht wissen, aber es war offensichtlich, dass die Leute sie sehr mochten.

»Du kommst gut beim Volk an«, sagte Eugen, als sie an einer Gruppe junger Mädchen in Tracht vorbeifuhren, die allesamt und besonders laut »Wera!« riefen. In seinem Blick auf Wera lag eine Art von Bewunderung, die er ihr gegenüber so noch nie an den Tag gelegt hatte.

»Du aber auch«, konterte Wera frohlockend.

Eugen nickte selbstbewusst. »Wahrscheinlich halten sie mich für deinen Verlobten. Ehrlich gesagt, so etwas habe ich noch nie erlebt!« Seine rechte Hand machte eine weit ausholende Bewegung, mit der er die fröhliche Menge, die geschmückten Häuser, die Musiker und alles andere einschloss. »Wenn unser Ulanenregiment eine Stadt durchschreitet, dann jubeln die Leute uns auch zu. Sie zeigen auf unsere prächtigen Uniformen und bewundern unsere Pferde. Aber dies hier ist ganz anders, es ist einfach königlich ...« Er setzte sich noch aufrechter hin und reckte sein Kinn ein Stück höher.

Wera grinste zufrieden in sich hinein. War dies etwa doch besser, als in staubigen Künstlergarderoben im Theater die Zeit totzuschlagen?

Abend für Abend fanden rauschende Bälle statt. Wera, eine exzellente – und robuste – Tänzerin, die es auch nicht übelnahm, wenn ihr jeweiliger Partner einen ungeschickten Schritt machte, war bei den jungen Herren sehr gefragt. Sie verließ die Tanzfläche nur, um kurz Luft zu schnappen oder eine Kleinigkeit zu essen. Nach ihrer ersten und bisher einzigen Ohnmacht hatte sie sich vorgenommen, das Essen nicht mehr auszulassen.

Auch Eugen und Wily waren unermüdliche Tänzer, und so ergab es sich ganz selbstverständlich, dass beide Wera des Öfteren aufforderten. Während sie die Tänze mit Wily als Pflicht absolvierte, waren die Minuten in Eugens Armen jedes Mal wie ein Traum für sie.

»Die Schönste ist sie nicht, aber dafür ist sie fast immer gut gelaunt. Schau nur, wie sie lacht«, sagte Wily eines Abends zu seinem Freund, als Wera in einem weiß-rot gestreiften, weit schwingenden Kleid an ihnen vorbeiwirbelte. Beide Männer standen zigarettenrauchend am Rand der Tanzfläche.

»Und dann die Art, wie sie sich immer mit Schmuck behängt ...« Wily schüttelte wohlwollend den Kopf. »Ich bezweifle, dass dies *en mode* ist, aber Wera hat unbestritten ihren eigenen Stil.«

Eugen schaute seinen Freund amüsiert an. »Wirst du jetzt etwa zum Modekritiker?«

»Altes Lästermaul!« Wily versetzte Eugen einen Rippenstoß. »Ich kann einfach die unglaubliche Verwandlung, die Wera durchschritten hat, immer noch nicht glauben. Was war sie für ein schreckliches Kind! Dass aus ihr einmal eine ganz besondere Dame wird, hätte ich nie für möglich gehalten.«

»Weißt du, dass es im Französischen einen Ausdruck für Damen wie Wera gibt?«, bemerkte Eugen, der Wera ebenfalls mit seinen Augen verfolgte. »Man nennt sie *une belle laide*, also eine schöne Hässliche.«

Wily zog gedankenverloren an seiner Zigarette. »Ein seltsamer Begriff, und sehr typisch für die Franzosen. Aber auch sehr passend. Und jetzt lass uns etwas essen gehen, ich bin schon halb verhungert!«

Arm in Arm machten sich die Freunde in Richtung Speisesaal auf.

24. KAPITEL

Das Jahr wurde älter, der Krieg rückte in den Hintergrund, der Alltag nahm die Menschen wieder gefangen, und niemand war böse darum.

Olly widmete sich neben ihren bisherigen Wohltätigkeiten nun auch der Karl-Olga-Stiftung, die sie anlässlich ihrer Silberhochzeit mit eigenem Geld ins Leben gerufen hatte und die sich um verwaiste Töchter von verstorbenen Staatsdienern oder Militärpersonen kümmern sollte – ihr persönliches Dankeschön ans württembergische Volk. Dass Karl ihre neue Stiftung weder unterstützte noch eine ähnliche Geste seinerseits machte, betrübte sie. Die große Traurigkeit früherer Zeiten angesichts Karls mangelnder Mildtätigkeit blieb jedoch aus.

Frohen Herzens schmiedete sie Pläne für ein weiteres Wiedersehen mit Iwan. Bad Kissingen im Herbst war gewiss sehr stimmungsvoll.

Gleichzeitig hielt sie Ausschau nach einer Hofdame für Wera. Dass ihre Ziehtochter nach dem Weggang der Gouvernante, Madame Titow, kein einziges weibliches Wesen mehr im Dienst hatte, gefiel Olly ganz und gar nicht. Ihre Freundin Margitta hätte Wera sofort eingestellt, aber das kam für Olly nicht in Frage. Ihr schwebte eine Dame von feinem Gemüt und edelster Gesinnung vor, treu und ehrlich sollte sie sein, ausgestattet mit guten Verbindungen und besten Manieren, kurz gesagt: eine zweite Evelyn. Und nicht die unzuverlässige Tochter einer Dienstmagd, die keinerlei Respekt zeigte oder sich dankbar für ihre Einstellung erwies.

Im März 1873 starb nach langer Krankheit Karls Mutter Pauline. Karl überraschte sein Umfeld mit der Heftigkeit seiner Trauer, die gepaart war mit Selbstvorwürfen, der Mutter zu Lebzeiten nicht gut genug zur Seite gestanden zu haben. Umso pompöser fiel die Beisetzungsfeier aus, die er für Pauline organisierte und zu der Bekannte, Familie und gekrönte Häupter aus nah und fern anreisten. Wie bei allen wichtigen Feierlichkeiten des Königshauses war auch Herzog Eugen eingeladen. Im Gegensatz zu Wily, der heftig um seine Großmutter trauerte, schien Eugen jedoch völlig unberührt. Er sprach dem Leichenschmaus zu, als hätte er seit Tagen nichts mehr zu essen bekommen, er trank reichlich vom Trollinger, den auch Pauline so gemocht hatte, und während er es sich gutgehen ließ, schaute er ständig auf die Uhr.

»Das wird langsam unerträglich«, murmelte Wera, während sie wütend und verzweifelt zugleich zum Tisch der beiden Männer hinüberschaute. Außer einer kurzen Begrüßung hatten sie noch keine weiteren Worte gewechselt. So wie es aussah, würde es heute auch nicht mehr dazu kommen.

Olly, die sich mit einer befreundeten Gräfin zu ihrer Rechten unterhalten hatte, drehte sich daraufhin zu ihr um.

»Sei nicht traurig, meine Liebe. Der Tod ist nicht unerträglich, sondern eine Erlösung. Schließlich holt Gott die Seinen zu sich. Und bedenke, dass Pauline nach Wilhelms Tod noch etliche schöne Jahre hat verleben dürfen.«

Einen Moment lang wusste Wera gar nicht, wovon Olly sprach, so sehr war sie in ihre düsteren Gedanken über Eugen vertieft gewesen. Verständnislos runzelte sie die Stirn.

Olly ergriff lächelnd Weras rechte Hand und drückte sie aufmunternd.

»Bedenke, Pauline hat den Bodensee über alles geliebt. Dass sie in den letzten Jahren von Frühjahrsbeginn bis in den Spätherbst ausgerechnet an diesem Ort ein zufriedenes und glückliches Leben führte, war ein großes Geschenk für sie. In ihrer Villa Seefeld konnte sie vielleicht zum ersten Mal in ihrem Leben tun und lassen, was sie wollte. Und das hat sie in vollen Zügen genossen!«

Ruckartig entzog Wera Olly ihre Hand. Manchmal ging ihr Ollys Art, alles in ein rosarotes Licht zu tauchen, wirklich gegen den Strich.

»Meinst du etwa das Haus, das sich Pauline aus eigenen Mitteln auf der Schweizer Seite des Bodensees hat kaufen müssen, weil sie in Wilhelms Testament kaum berücksichtigt worden war? Und rührten Paulines ›glückliche Jahre‹ nicht einfach daher, dass es endlich niemanden mehr in ihrem Leben gab, der sie beleidigte, gängelte und vor anderen herabsetzte?« Mit übertriebener Geziertheit legte Wera ihre Serviette neben den Teller, dann stand sie auf. Von oben herab schaute sie ihre Adoptivmutter an und sagte schon im Gehen:

»Findest du es wirklich erstrebenswert, dass eine Frau am württembergischen Königshof Jahre voller Qualen erleiden muss, bis ihr am Ende das kleinste Glück vergönnt ist?«

»Er hat mich wieder keines Blickes gewürdigt«, heulte Wera und schlug mit ihrer rechten Hand zornig und verzweifelt zugleich auf ihr Kopfkissen. »Da sitzt er herum, als wäre nichts gewesen, isst eine Maultasche nach der anderen und glotzt dabei ständig auf seine Uhr. Wahrscheinlich konnte er es kaum erwarten, seine *geliebte Etty* aufzusuchen!« Weras Worte trieften nur so vor bitterer Ironie.

Margitta, die sie aus der Wäscherei hatte rufen lassen, saß reglos auf dem Bettrand und schwieg.

Im nächsten Moment brach Wera erneut in Tränen aus.

»Was mache ich nur falsch? Warum verliebt sich Eugen nicht endlich in mich? Ich richte mich doch, so hübsch es geht, für ihn her! Ich höre ihm zu, wenn er von seinem Regiment erzählt, ich lache an den richtigen Stellen oder versuche es zumindest. Ich halte mich mit meiner Meinung zurück, wenn ich weiß, dass sie ihm nicht gefallen wird. Was soll ich denn noch tun, ich befolge doch schon alle Ratschläge, die Olly und du mir gegeben habt! Allmählich gebe ich die Hoffnung wirklich auf …«

Margitta, die während Weras Tirade aufgestanden und an den kleinen Salontisch getreten war, kam mit zwei Gläsern Blaubeerlikör zurück.

»Dass sich jemand in dich verliebt, kannst du nicht erzwingen, sieh das doch endlich ein. Und solange es diese Tänzerin gibt, stehen deine Karten nun einmal schlecht. Sie hat Eugen den Kopf verdreht, und zwar gewaltig! Diese Etty de Boer ist ein hartgesottenes Weib, die lässt deinen Herzog nicht so schnell aus ihren Klauen. Dumm wäre sie, wenn sie's täte. Im Gegenteil, so wie ich sie einschätze, hat sie es sogar auf eine Hochzeit abgesehen. Dann wäre sie eine Frau Herzogin.« Margitta lachte.

»Eine Hochzeit? Wie kannst du so etwas sagen!« Wera stöhnte entsetzt auf. Eugen würde doch nicht tatsächlich in Erwägung ziehen, solchermaßen unter seinem Stand zu heiraten?

»Du wolltest doch die Wahrheit erfahren, also jammere nicht«, entgegnete Margitta und reichte Wera schulterzuckend eines der Gläser.

Wera nickte betrübt. Die süße dickliche Flüssigkeit rann warm und beruhigend ihre Kehle hinab. Sie stellte das Glas ab und starrte aus dem Fenster, wo eine dünne Schneeschicht die Dächer der Stadt wie mit einem Feenschleier bedeckte.

Märzwinter. Dabei sehnte sie sich so sehr danach, endlich einen Frühling erleben zu dürfen …

Nachdem das ganze Jahr 1872 verstrichen war, ohne dass Eugen ihr gegenüber aufgetaut wäre, hatte sie Margitta zum Theater geschickt.

»Wenn ich schon gegen eine so hartnäckige Widersacherin ankämpfen muss, dann will ich wenigstens alles über sie wissen«, hatte sie kämpferisch gesagt. »Wie sieht diese Etty aus? Ist sie alt oder jung? Wo lebt sie und mit wem? Wo kommt sie her?« Vielleicht würde es ihr gelingen, die Tänzerin dorthin zurückzuschicken, und wenn es sein musste, das ganze Ensemble mit dazu!

In ihrer wachsenden Ungeduld erschien Wera bald jedes Mittel recht.

Margitta, mit der man normalerweise Pferde stehlen konnte, hatte sich ungewöhnlich geziert.

»Warum soll ausgerechnet *ich* die Schnüfflerin für dich spielen? Schicke doch einen von euren höfischen Lakaien zum Spionieren, euren attraktiven alten Rittmeister zum Beispiel. In dem bisschen freier Zeit, das mir zusteht, habe ich weiß Gott Besseres zu tun.« Während sie sprach, hatte sie sich spielerisch Weras Broschen an die Kittelschürze gesteckt.

»Niemand stellt sich in solchen Dingen so geschickt an wie du«, hatte Wera der Freundin geschmeichelt. »Am besten fragst du beim Theater nach, ob sie Arbeit für dich haben. Oder du sagst, du hättest Blumen für Etty. So bekommst du Zugang zum Gebäude. Bist du erst einmal drinnen, schaust du dich um, wo die Garderoben der Tänzerinnen liegen. Gib dich recht interessiert und tue den Damen ein wenig schön, dann werden sie dir schon das eine oder andere erzählen.«

»Du hast ja alles bestens geplant. Warum machst du's nicht einfach selbst« war Margittas kratzbürstige Erwiderung gewesen. Erst, als Wera ihr einen stattlichen Geldbetrag für ihre Dienste versprach und ihr eine ihrer Lieblingsbroschen schenkte, machte sie sich auf den Weg. Tatsächlich brachte es Margitta fertig – einen Blumenstrauß in der Hand –, ins Theater zu kommen, doch wurde sie weder zu Etty noch zu den anderen Tänzerinnen vorgelassen. Dafür gelang es ihr jedoch, eine Putzfrau, die lustlos die langen Theatergänge wischte, auszuhorchen: Etelda – Etty – war allem Anschein nach die schönste der Tänzerinnen und sich dessen durchaus bewusst. Auch prahlte sie regelmäßig vor ihren Kolleginnen ungeniert mit ihrer Freundschaft zum Herzog von Württemberg. Wehe, jemand bewunderte die kleinen und größeren Geschenke, die sie von ihm bekam, nicht zur Genüge! Dann konnte Etty schnell ungehalten werden, wie sie es auch immer dann wurde, wenn ihr nicht genügend Aufmerksamkeit entgegengebracht wurde. Kurz gesagt: Eugens Herzensdame war eine Primadonna, wie sie im Buche stand. Und – das war das Schlimmste von allem – sie rechnete sich in Bälde eine Hochzeit mit dem Herzog aus.

Dies alles war nicht gerade das, was Wera hatte hören wollen.

»Diese verflixten Mannsbilder!«, sagte Margitta nun und schenkte in beide Gläser Likör nach. »Bei mir war es doch keinen Deut anders. Hätte ich dem Weib, das es auf meinen Josef abgesehen hatte, nicht Bescheid gesagt, hätte der mich längst abgeschrieben. So aber …« Sie grinste Wera über den Rand ihres Likörglases an. »Er will nächsten Sonntag mit mir am Neckar spazieren gehen.«

»Das gibt's doch nicht!«, sagte Wera ehrlich überrascht. Einen Moment lang war das eigene Unglück vergessen.

»Wie hast du dieses Kunststück hinbekommen?«

Dass Margitta ein ähnliches Schicksal wie sie erleiden musste, hatte ihre Freundschaft nur noch weiter vertieft. Im Fall der Näherin war die Widersacherin allerdings keine Tänzerin, sondern die pausbackige Tochter vom Schlachter Huber. Und Josef war kein Herzog, sondern der Schlachtergeselle, der regelmäßig die Fleischlieferungen ins Schloss brachte. Margitta hatte ihn kennengelernt, als sie sich wieder einmal aus der Wäschekammer fortgeschlichen und in der Nähe des Dienstboteneingangs herumgelungert hatte. Der junge Mann war recht schnell von ihren Reizen entzückt gewesen, umgekehrt galt das Gleiche. Ein paar heimliche Treffen, über die Margitta sich nicht weiter auslassen wollte, waren gefolgt. Doch dann hatte sich der junge Geselle zurückgezogen. Als Margitta den Grund dafür herausfand, war sie kreuzunglücklich gewesen.

»Was soll ich gegen die Schlachtertochter ausrichten? Wenn er sie heiratet, bekommt er den Schlachthof gleich mit dazu«, hatte sie sich bei Wera ausgeweint. Beide hatten sie festgestellt, dass ihre Schicksale sich sehr ähnlich waren und dann doch wieder ganz anders.

Eines sah Margitta jedoch genau wie ihre Freundin: So schnell wollte sie nicht aufgeben, vielmehr wollte sie wie Wera um ihr Glück kämpfen.

Margitta lächelte grimmig und triumphierend zugleich. »Ich habe dem Luder ordentlich die Meinung gesagt! Nur weil ihrem Alten die Schlachterei gehört, brauche sie sich nichts einbilden, hab ich zu ihr gesagt.«

»Und das hat gereicht?« Wera schaute ihre Freundin mehr als skeptisch an. Sie fand das Argument absolut nicht überzeugend.

Margitta zuckte mit den Schultern. »Na ja, ich hab ihr dann noch gesagt, dass ich eine enge Freundin des Hofes sei und dafür sorgen könne, dass aus ihrer Schlachterei kein Fitzelchen Fleisch mehr bestellt werden würde.«

»Aber ... das stimmt doch nicht, wie kannst du –«

»Und als das auch nichts half ...« Bedächtig rollte Margitta die Ärmel ihrer Bluse hoch und entblößte ein paar blaue Blutergüsse. »Das Weib ist einen guten Kopf größer als ich und hat Arme, so fett wie Würste, aber das hat mich nicht abgeschreckt. Der habe ich's ordentlich gegeben! Am Ende hat sie geheult wie eine Memme.«

»Du hast dich mit der Frau geprügelt?« Inzwischen wusste Wera nicht mehr, was sie denken sollte. Dass Margitta mit allen Mitteln kämpfte, fand sie einerseits bewundernswert, gleichzeitig jedoch auch erschreckend.

»Na und?« Margitta grinste. »Es hat geholfen, das ist doch die Hauptsache!«

Am nächsten Tag machte Wera sich auf den Weg ins Theater.

»*Was* wollen Sie von mir?« Belustigt schaute die Tänzerin, die an einer Ballettstange Übungen machte, Wera an. »Ich soll Herzog Eugen in Ruhe lassen?«

Wera, die ihre Handtasche wie einen Schutzschild vor sich hielt, nickte trotzig. Ihr Nicken wurde von der mit schmalen Spiegelstreifen verkleideten Wand des Übungssaals wie in einem Kuriositätenkabinett hundertfach wiedergegeben.

Etelda de Boer hob ihr rechtes Bein auf die Stange, dann lehnte sie ihren Oberkörper so weit nach vorn, bis ihr Kinn ihr Knie berührte. Weras Blick im Spiegel suchend, sagte sie: »Das ist das Lustigste, was ich seit langem gehört habe.« Mit einer Geste, die Wera anzüglich empfand, strich die Tänzerin ihr gedehntes Bein aus.

»Ich weiß nicht, was daran lustig sein soll«, erwiderte Wera mit weniger fester Stimme, als ihr lieb war. Das ganze Auftreten der Tänzerin, ihre Geschmeidigkeit, ihr schlanker, schöner Körper, die Art, wie sie sich beiläufig und gar nicht ehrerbietig mit ihr, der Königlichen Hoheit Wera von Württemberg, unterhielt, brachte sie aus dem Gleichgewicht. Eigentlich hatte sie geglaubt, die Widersacherin allein durch ihre Anwesenheit einschüchtern zu können. Stattdessen trainierte Etty weiter, als hätte es keine Unterbrechung gegeben.

Wera räusperte sich, dann setzte sie ihre arroganteste Miene auf.

»Sie und Herzog Eugen – das ist einfach unpassend. Das müssen Sie doch einsehen. Er wird Sie nie heiraten, eine morganatische Ehe wäre völlig unter seiner Würde.«

»Morga- was?« Ettys schallendes Lachen zerriss die Luft des Übungssaals. Geschmeidig ließ die Tänzerin ihr rechtes Bein zu Boden sinken.

»Aber Sie, Sie soll er heiraten, ja? Gleich und Gleich gesellt sich gern, ist es das, was Sie mir sagen wollen? Kindchen, haben Sie keine Augen im Kopf?« Bevor Wera wusste, wie ihr geschah, fasste die Tänzerin sie am Arm und zog sie so vor den Spiegel, dass sie beide hineinschauten.

»Herzog Eugen ist ein überaus attraktiver Mann, der Schönheit über alles schätzt«, hauchte sie Wera über die Schulter zu.

Der Duft von schwerem Parfüm und Schweiß stieg Wera in die Nase. Abrupt riss sie sich aus der Umklammerung der Tänzerin los. Noch nie in ihrem Leben hatte sie sich so gedemütigt gefühlt. So hässlich und plump.

Wie hatte sie nur auf diese dumme, dumme Idee kommen können? Es hätte nicht viel gefehlt, und sie hätte losgeheult. Doch die Wut und die Verzweiflung entfalteten auch neue Kraft in ihr.

»Wenn Sie glauben, dass Schönheit allein zählt, sind Sie noch dümmer, als ich dachte. Gesellschaftliches Ansehen, ein guter Ruf, eine militärische Karriere – nichts davon können Sie Eugen bieten, nichts! Sollte er Sie heiraten, wäre seine Laufbahn beim Militär ein für alle Mal ruiniert.«

»Ach ja? Seltsam, über das Militär und seine Karriere spricht Eugen fast nie. Wir haben meist so viel Besseres zu tun, wissen Sie …« Etty hob ihr linkes Bein so beiläufig zu einer weiteren Dehnübung, als plauderten sie über das Wetter.

Bevor Wera wusste, was sie tat, schubste sie Ettys Bein von der Ballettstange.

»Schluss jetzt mit diesen Turnübungen. Ich rede mit Ihnen!« Zitternd vor Wut ballte sie beide Hände zu Fäusten. Dass Margitta die Fleischertochter verprügelt hatte, konnte sie inzwischen gut verstehen. Viel fehlte nicht mehr, dann würde auch sie –

Etelda hob die Augenbrauen. »Fünf Minuten«, sagte sie hoheitsvoll, als gewähre sie eine Audienz.

»Was wollen Sie? Geld? Ich kann Ihnen welches geben. Wenn Sie Eugen in Ruhe lassen, soll das Ihr Schaden nicht sein.« Schon nestelte Wera am Verschluss ihrer Handtasche. Nein, sie würde sich von diesem Biest nicht einschüchtern lassen!

Erneut ertönte Ettys glockenhelles Lachen.

»*Sie* wollen *mir* Geld geben? Da müssten Sie aber sehr tief in die Tasche greifen. So viel Geld haben Sie gar nicht, um mir das zu ersetzen, was Eugen mir gibt. Wenn ich an die vielen Schmuckstücke denke, die ich ständig von ihm bekomme … Meine Rechnungen bei der Schneiderin zahlt er auch, im Café Schreiber darf ich auf seinen Namen anschreiben, die Miete für meine Kammer hat er schon vor Jahren übernommen. Wobei – damit ist bald Schluss.« Grinsend wandte sich Etty wieder ihrem Spiegelbild zu, feuchtete ihren rechten Zeigefinger an und fuhr damit die Konturen ihrer Augenbrauen nach.

»Eugen will mir nämlich eine Wohnung schenken. Sehr exklusiv, gleich hier um die Ecke, wir haben sie vor ein paar Tagen begutachtet. Mein Liebster konnte es nämlich nicht mehr ertragen, mich in meiner alten Dachkammer leiden zu sehen, wo die Sommer unerträglich heiß und die Winter entsprechend kalt sind.«

»Aber …« Wera wich vor der Tänzerin zurück, als habe diese ihr eine Ohrfeige verpasst. Eugen wollte eine Wohnung für sich und Etty kaufen?

»Da schauen Sie, was? Tja, Herzog Eugen ist mir wirklich sehr zugetan …« Etty zog aus ihrer Strickjackentasche ein kleines Döschen und hielt es Wera hin.

»Pures Silber, verziert mit Edelsteinen. Raten Sie mal, von wem ich das habe.« Mit einem Klick öffnete sie die Dose, dann tupfte sie Lippenrot auf ihren vollen Mund. Als sie zufrieden war mit ihrem Werk, drehte sie sich erneut zu Wera um.

Ihr Blick war kühl und äußerst bestimmt, als sie sagte: »Ob Herzog Eugen mich heiratet oder nicht, ist mir völlig gleich. Die derzeitige Situation gefällt mir nämlich ausnehmend gut. Habe ich nicht das Beste aus zwei Welten? Bei meinen Auftritten bekomme ich die Bewunderung des gesamten Publikums. Und hinter der Bühne ist mir Eugens Bewunderung sicher. Ja, man könnte sagen: Er frisst mir aus der Hand, von ihm erhalte ich alles, was ich möchte. Ich wäre also schön dumm, würde ich auf Ihr kindisches Angebot eingehen.«

»Es war so schrecklich!«, sagte Wera schluchzend, als sie eine halbe Stunde später bei Margitta in der Wäschekammer saß. »Diese Etty ist dermaßen arrogant, das kannst du dir gar nicht vorstellen. Mit keinem meiner Worte konnte ich sie beeindrucken, stattdessen hat sie mich ausgelacht. Ich könnte im Erdboden versinken vor lauter Scham!«

Stumm reichte die Freundin ihr ein mit feiner Spitze besticktes Taschentuch.

»Was, wenn sie zu Eugen rennt und ihm erzählt, dass ich bei ihr war? Ich bin blamiert bis auf die Knochen. Wie soll ich ihm je wieder unter die Augen treten?« Margittas Taschentuch ignorierend, warf sich Wera auf einen Berg Bügelwäsche und schluchzte erneut los.

»Dass das Weib so abgebrüht ist, hätte ich ehrlich gesagt auch nicht gedacht«, murmelte Margitta ratlos, während ihr Blick immer wieder in Richtung Tür ging. Doch auf dem Gang war alles ruhig, die Obersthofmeisterin schien anderswo im Schloss beschäftigt zu sein.

»Etty hat völlig recht: Eugen ist so schön und ich bin so hässlich, wie konnte ich mir nur einbilden, dass er –«

»Jetzt hör aber auf«, unterbrach Margitta ihre Freundin. »Wie wäre es, wenn du Ettys hübsches Gesicht für einen Moment vergisst und stattdessen deinen Verstand einschaltest?«

Deprimiert schaute Wera sie an. »Du müsstest dich mal hören, richtig gemein bist du. Hast du denn gar kein Mitgefühl?«

»Mitgefühl!« Margitta verzog den Mund. »Das bringt einen in den seltensten Fällen weiter. Nein, mir geht vielmehr eine ganz andere Sache nicht aus dem Kopf: Hat deine Tante dir gegenüber nicht mehrmals wiederholt, dass die Familie deines Eugen kein Geld hat? Und als Soldat wird er auch keine Reichtümer verdienen, oder?«

Wera zuckte mit den Schultern. »Stimmt. Aber was hat das mit mir zu tun? Oder mit Etty?«

Margitta verdrehte die Augen, wie immer, wenn sie Wera für schwer von Begriff hielt.

»Wie kann es sein, dass Eugen diese Frau ständig mit so viel Geld bewirft? An der Sache ist doch etwas faul, darauf würde ich alles verwetten!«

25. KAPITEL

»All Romanovs must die! The time of the almighty dictatorship and tyranny must come to an end! …«

Mit verstörten Mienen hörte die versammelte Familie zu, wie Karl den anonymen Brief vorlas, der ein paar Tage zuvor im Stuttgarter Schloss eingetroffen war. Allem Anschein nach kam er aus Paris, auch wenn er in englischer Sprache abgefasst worden war.

Auf einmal hatte Olly das Gefühl, die bedrückte Stimmung keinen Moment länger ertragen zu können. Fast beschwörend schaute sie aus dem Fenster, als erwarte sie von irgendwoher die erlösende Nachricht, dass alles nur ein dummer Scherz war. Metallisches Licht färbte den Schlossplatz bronzefarben. Ein Dutzend Gärtner war dabei, Laub zusammenzukehren und die unzähligen Rosenbüsche mit Sackleinen für die kalte Jahreszeit zu rüsten. Passanten hielten ihre Hüte und Mützen fest, damit diese nicht wie die Blätter durch die Luft gewirbelt wurden. Es war ungewöhnlich, dass durch den Stuttgarter Talkessel ein solch starker Wind fegte, er zerrte nicht nur an den Fensterläden, sondern auch an Ollys Nerven.

Tausendmal hatte sie den Brief gelesen, sie kannte jedes seiner gemeinen Worte. Niemand brauchte den englischen Text für sie ins Deutsche zu übersetzen, sie verstand auch so den grenzenlosen Hass, der ihr und ihrer Familie von dem anonymen, feigen Schreiberling entgegenschlug.

»Das ist ja schrecklich! Was sollen wir nur tun?«

Weras Aufschrei riss Olly aus ihren Gedanken. Es war Karls Idee gewesen, alle zu versammeln und zu warnen. Ein Fehler, dachte Olly, als sie das verängstigte Gesicht ihrer Ziehtochter sah. Auch Prinz Wily und seine Mutter sahen sorgenvoll aus, Herzog Eugen hingegen, der ebenfalls geladen worden war, saß mit unbeweglicher Miene da. Interessierte er sich denn gar nicht für das, was ihrer Familie drohte?, fragte sich Olly ärgerlich.

»Die Frage lautet viel eher – was *können* wir tun?«, sagte Karl. »Natürlich werden wir die Sicherheitsmaßnahmen verstärken, Olly und du, ihr werdet keinen Schritt mehr ohne Leibwächter machen, schließlich seid ihr die einzigen Romanows hier am Hof …«

Olly winkte gereizt ab. »Als ob es den Attentätern um Wera und mich geht. Sie haben vielmehr Sascha im Visier, *er* ist es, um den ich mich sorge. Wie viele Attentate hat es auf ihn schon gegeben? Bisher ist es seiner Leibgarde stets gelungen, ihn aus dem Schussfeld zu bringen, aber es ist doch nur noch eine Frage der Zeit, bis die Mörder ihn kriegen.« Ollys Schultern versteiften sich schmerzhaft, wie so oft seit der Ankunft des Briefes.

Das hatte Sascha weiß Gott nicht verdient. War er nicht der beste Zar, den Russland je erleben durfte? Hatte er nicht schon vor Jahren den Abermillionen von Leibeigenen ihre Freiheit geschenkt? Bemühte er sich nicht in jedem Bereich um Reformen, die mehr Gerechtigkeit und Frieden bringen sollten?

»Ich finde auch, dass wir uns nicht verrückt machen sollten«, sagte Wera tapfer, doch ihre Worte standen in Kontrast zu dem Unbehagen, das in ihrer Stimme zu hören war. »Aber was ist mit meinen Eltern? Und mit meiner Schwester? Und ihren Kindern, um Himmels willen! Ob sie in Griechenland auch gefährdet sind? Wer hat überhaupt noch einen Schmähbrief bekommen?«

»Meines Wissens ging ein solcher Brief an jedes Mitglied der Zarenfamilie«, sagte Karl bedrückt.

Olly schwieg, während die anderen heftig über mögliche Schutz- und Verhaltensweisen debattierten. Und wenn sie noch so tief in sich hineinhörte, Angst hatte sie nicht. Vor dem Tod nicht und vor keinem noch so gemeinen Attentäter. Es war weder ein besonderes

Maß an Mut noch an Tapferkeit, welches Olly zu dieser inneren Einstellung verhalf. Vielmehr dachte sie: Wenn es an der Zeit war, würde sie sterben. Gott würde sie zu sich holen, wenn Er es für richtig hielt. Da gab es kein Vertun. Was ihr dagegen wirklich Sorgen bereitete, waren ihre Liebsten in Russland, die der Gefahr eines Attentats viel unmittelbarer ausgesetzt waren als sie im beschaulichen Stuttgart. Wobei sie die eventuelle Gefahr auch hier nicht ganz außer Acht lassen durfte. Der Gedanke, dass Wera etwas geschehen konnte, weil sie den Brief nicht ernst genommen hatten, war unerträglich. Wenn es überhaupt jemanden zu schützen galt, dann ihre Tochter.

Erneut glitt Ollys Blick hinüber zu Herzog Eugen, der sich im Gegensatz zu Wily, Cäsar von Beroldingen und den anderen anwesenden Männern immer noch nicht am Gespräch beteiligte. Bestimmt war er in Gedanken wieder einmal bei seiner Tänzerin. Olly fand die andauernde Affäre des Herzogs unmöglich. Der Mann war arrogant und dumm zugleich, anders konnte man sich sein Verhalten nicht erklären. Dennoch tat es ihr auf eine unerklärliche Art leid, dass aus Wera und ihm nichts geworden war. Olly, die den Großteil des Sommers am Bodensee verbracht hatte, konnte nicht einmal sagen, wann genau Weras Verliebtheit nachgelassen hatte und ob es einen speziellen Grund dafür gab. Hatten die beiden sich ausgesprochen? Oder hatte Wera den Herzog und sein Liebchen in der Stadt gesehen? So etwas tat weh, das wusste Olly nur zu gut. Irgendwann hatte Wera jedenfalls aufgehört, von Eugen zu schwärmen. Und Bitten, Olly möge den Herzog zu diesem oder jenem Fest einladen und an Weras Tisch platzieren, hatte es schon lange nicht mehr gegeben. Von einem anderen Mann, der Wera gefallen könnte, war jedoch auch nicht die Rede. Und wenn man von Katharinas Bemühungen, Wily und Wera zusammenzubringen, absah, hatte es bisher keine Verkupplungsversuche gegeben, von ernsthaften Heiratsanträgen oder aufdringlichen Verehrern ganz zu schweigen.

Der Gedanke, dass Wera das Schicksal einer alten Jungfer drohen könnte, sorgte Olly fast genauso sehr wie der gemeine Drohbrief. Falls es dazu kam, trug daran einzig Herzog Eugen die Schuld. Hätte er Wera nicht verschmäht …

Eugen, der Ollys Blick auf sich ruhen spürte, lächelte ihr dünn zu. Nach kurzem Räuspern sagte er:

»Keiner von uns kann letztlich die Gefahr einschätzen, in der sich unsere Königin und Wera befinden. Ich plädiere daher für den bestmöglichen Personenschutz, den unsere Garde zu bieten hat. Wenn es sein muss, biete ich sogar selbst meine Dienste an.« Er schaute Wera eindringlich an. »Eines steht fest: Solange ich in deiner Nähe bin, wird dir nichts passieren.«

*

Herzog Eugen von Württemberg, Rittmeister im 1. Württembergischen Ulanenregiment König Karl Nr. 19, war ein Mann, der Frauen gefiel. Auch unter seinen Kameraden genoss er ein gewisses Ansehen, wobei es genügend Soldaten gab, die Abstand zu ihm wahrten. Alle wussten: Mit Eugen konnte man seinen Spaß haben. Doch genauso schnell konnte man durch ihn in irgendeine Bredouille geraten.

Herzog Eugen trank gern und vertrug Schnaps und Bier stets gut. Im Gegensatz zu so manchem Kameraden, der nach den wilden Trinkspielen, zu denen Eugen sie aufforderte, ohnmächtig wurde und nicht mehr Herr seiner Sinne war. Am Spieltisch war Eugen ebenfalls immer ganz vorn dabei, ganz gleich, ob es um Karten oder die Würfel ging. Auch bei den heimlichen Pferderennen, welche die Offiziere abhielten, war Herzog Eugen großzügig mit seinen Einsätzen. Wer nicht ebenso rasch seinen Geldsack öffnete, wurde von ihm als Memme verspottet. Dank seiner Beziehung zum Prinzen Wilhelm genoss er diverse Vergünstigungen und war durchaus gewillt, diese zu teilen, allerdings nur mit den Kameraden, die ihm in der Kaserne nützliche Dienste erweisen konnten. Die anderen, zu denen beispielsweise auch Lutz von Basten gehörte, ließ er links liegen.

Dass nun ausgerechnet dieser ebenso gutaussehende wie von sich eingenommene Offizier Leibwächter der Königstochter Wera wurde, verstand im Ludwigsburger Regiment niemand. Eugen, das Kindermädchen? Eugen, der Aufpasser beim Kaffeekränzchen? Wie ging das zusammen? Wollte er darauf achten, dass die Damen ihren Portwein nicht verschütteten?, fragten die Kameraden spöttelnd, als er in der Kaserne seine Sachen zusammenpackte, um für unbestimmte Zeit nach Stuttgart zu ziehen. Oder würde er Weras Rocksäume heben, damit diese nur ja nicht die staubigen Straßen der Hauptstadt berührten?

Es gäbe Attentatsdrohungen. Jemand habe es auf Leib und Leben der Königin und ihrer Tochter abgesehen, und da man ihm vertraue, sei er auserkoren, eine solche Schandtat zu verhindern, erklärte Eugen mit dem ihm eigenen Selbstbewusstsein. Außerdem sei er ganz froh, eine Zeitlang der Enge der Kaserne, die der in den Köpfen der Lästermäuler glich, entfliehen zu können.

Ein Attentat auf ein Mädchen mit verstrubbelten Haaren, das meist daherkam wie ein Wanderbursche? Anstatt beeindruckt zu sein, waren die Soldaten bei dieser seltsamen Vorstellung eher erheitert. Da könne Eugen seine Waffe ja gleich zwischen Butterbrot und Wasserflasche im Wanderrucksack verstecken!

Eugen nahm den Spott seiner Kameraden zähneknirschend hin. An ihrer Stelle hätte er auch gefrotzelt. Doch er hatte seine Gründe, sich als Weras Leibwache anzubieten. Und diese Gründe wogen weitaus schwerer als die kameradschaftlichen Lästereien.

Von wegen Portweintrinken, dachte Eugen, als er wenige Tage später mit Wera den Württemberg bei Bad Cannstatt erklomm. Es war ein kalter Herbsttag, an dem ein leichter Regen das wenige Licht auffraß, so dass der Himmel hauptsächlich aus Schatten bestand. Auf dem schmalen Weg, der zwischen den Weinbergen zur Grabkapelle, der letzten Ruhestätte von Königin Katharina und König Wilhelm, hinaufführte, stand in den tieferen Rinnen das Regenwasser der Nacht. Bei jedem Schritt hinterließen ihre Schuhe schmatzende Geräusche, an manchen Stellen waren die Pfützen so groß, dass man einen beherzten Sprung darüber wagen musste.

Bei diesem Herbstwetter wäre eine Kaffeetafel weiß Gott keine schlechte Idee gewesen. Eugen schnaubte und zog seinen Filzhut tiefer in die Stirn. Aber nein, Wera wollte unbedingt hinauf zur Grabkapelle, um am Sarg ihrer russischen Urahnin Katharina Pawlowna Romanow für die Sicherheit ihrer Familie in Russland und Griechenland zu beten.

Ein Ausflug von vielen, das hatte Eugen schnell mitbekommen. Wera war ständig unterwegs. Besonders gern ging sie in den Weinbergen rund um Degerloch und Rotenberg wandern, aber auch die Pferdezucht in Hohenheim gehörte zu ihren Ausflugszielen. Wohin sie kam, überall kannte man sie, überall wurde sie, die russische Großfürstin, freudig begrüßt. Der Degerlocher Winzer, an dessen Hof sie vor ein paar Tagen vorbeigekommen waren, hatte sogar eilfertig eine Flasche mit neuem Wein gebracht. Eugen hatte den Eindruck, als habe der Mann auf Weras Kommen gewartet. Genau wie der Stallmeister des Gestüts Hohenheim, der Wera ohne große Vorreden voller Stolz seinen neuen Wurf Jagdhunde zeigte. Die Frau des Stallmeisters schenkte ihr ein Paar selbstgestrickte Socken, für die sich Wera überschwänglich bedankte.

Das war eine Seite, die er bisher an ihr nicht kannte. Diese bodenständige junge Frau, der Eitelkeiten völlig fremd schienen, hatte nichts gemein mit der Königstochter, die er auf Festen und Bällen getroffen hatte, behängt mit Schmuck, gekleidet in die aufwendigsten Roben, die man sich vorstellen konnte. Eugen war verwirrt und besorgt zugleich. In seiner jetzigen Situation wäre es ihm lieber gewesen, Wera hätte das langweilige, ereignislose Leben einer Adelsdame geführt, das sich vor allem innerhalb der Schlossmauern abspielte.

»Am besten bleibst du die nächste Zeit im Schloss. Sollte es wirklich jemand auf dich abgesehen haben, sind Kutschfahrten über abgelegene Straßen und Spaziergänge auf einsamen Wanderwegen nicht gerade ratsam«, hatte er Wera gleich zu Beginn empfohlen.

»Ich kann doch nicht wochenlang eingesperrt vor mich hin siechen! Ich muss mich bewegen, frische Luft bekommen, sonst werde ich verrückt. Außerdem – hast du nicht gesagt, mir könne in deiner Gegenwart nichts geschehen?« Lachend hatte sie sich ihren grünen Jägermantel übergeworfen. Ihm und den Hofdamen, die sie begleiten sollten, war nichts anderes übriggeblieben, als es ihr gleichzutun. Wera wusste genau, was sie wollte – auch das hatte Eugen inzwischen gelernt. So wie heute.

Der Württemberg. Die Grabkapelle. Und das bei dem Wetter, bei dem sich nicht einmal die Winzer und Bauern blicken ließen. Sehr viel einsamer ging es nun wirklich nicht.

Eugen blinzelte, um die Regentropfen, die ihm trotz breiter Hutkrempe in die Augen tropften, abzuschütteln. Wenn ihm dasselbe nur auch mit dem galligen Gefühl in seiner Magengegend gelingen würde.

Zum wiederholten Male schaute er sich um und sah direkt hinter sich Evelyn von Massenbach und Freifrau Clothilde von Roeder, die vor kurzem zu Weras Hofdame ernannt worden war. Unglaublich! Beiden Damen schien weder der steile Aufstieg noch das Wetter viel auszumachen, jedenfalls lachten und redeten sie unentwegt.

Eugen brach einen Zweig ab und begann ihn zu zerrupfen. Unter Hofdamen hatte er sich auch etwas anderes vorgestellt. Zimperlicher, verweichlicht und keinesfalls so draufgängerisch – im wahrsten Sinne des Wortes!

Kurz vor der nächsten Wegbiegung blieb er abrupt stehen. Hatte er nicht gerade ein Rascheln gehört? Und da! Waren das nicht näher kommende Huftritte? Krampfhaft und mit angehaltenem Atem lauschte Eugen.

»Was ist? Ist dir etwa die Puste ausgegangen? Das kommt davon, wenn man seine ganze Zeit in der staubigen Atmosphäre eines Theaters verbringt.« Spöttisch versetzte Wera ihm einen kleinen Schubs in die Seite.

Er gab nur ein unwirsches Brummen von sich.

Bevor sie die Kutsche in Cannstatt verlassen hatten, hatte er sich eingehend umgeschaut. Er glaubte, dass ihnen niemand von Stuttgart aus gefolgt war. Auch am Kurbad, wo sie die Kutsche zurückgelassen hatten, lungerten keine düsteren Gestalten herum. Dennoch konnte sich Eugen des Gefühls nicht erwehren, beobachtet zu werden. Er kannte dieses Gefühl gut, dieses Prickeln zwischen den Schulterblättern, das begleitet wurde von einem leisen Unbehagen in der Magengegend. In Frankreich, in den Schützengräben und bei der Bewachung des Munitionszuges hatte ihm dieses Gefühl mehr als einmal das Leben gerettet.

Unstet raste sein Blick hin und her. Diese verflixten Weinberge! Inmitten der bunt belaubten Reben war es für Verfolger ein Leichtes, sich zu verstecken.

Er war so in seine düsteren Gedanken verstrickt, dass er nicht mitbekam, wie Wera plötzlich vor ihm stehen blieb.

»Verzeihung«, murmelte er verlegen, als er in sie hineingerannt war.

Sie rieb sich die Schulter und lächelte.

»Schau, ist das nicht wunderschön?« Fast andächtig strich sie über den knorrigen Ast einer Rebe. »Was für eine skurrile Verschnörkelung. Und dann die vielen Schnecken! Karl behauptet, Weinbergschnecken seien eine Delikatesse, aber ich finde sie ehrlich gesagt ein bisschen eklig. Da, nimm!« Lachend nahm sie eines der unzähligen Tiere in die Hand und warf es spielerisch nach ihm.

Eugen fing das Schneckenhaus, von dessen Bewohner gerade mal die zwei Fühler zu sehen waren, mit der rechten Hand auf. Es wog erstaunlich schwer in seiner Hand und roch nach Erde und nassen Blättern.

»Du bist wirklich verrückt«, sagte er und musste plötzlich lachen. Wie fröhlich Wera war, wie glücklich sie strahlte! Verflixt, warum konnte nicht auch er den Marsch an der frischen Luft einfach genießen, statt seinen Verfolgungsängsten nachzuhängen?

Die drei Damen hatten sich gerade zum Gebet in die Grabkapelle zurückgezogen, als die Burschen auftauchten. Es waren zwei. Bevor Eugen wusste, wie ihm geschah, bauten sie sich links und rechts von ihm auf. Einer nahm ihm die Zigarette, die er sich gerade angezündet hatte, aus der Hand und warf sie auf den Boden. Dann trat er aufdringlich nahe an Eugen heran.

»Du weißt, was wir von dir wollen …«

Der Mann hatte einen brutalen Zug um den Mund. Als er sprach, schlug Eugen eine Welle faulen Atems entgegen.

»Unser Herr will sein Geld, und zwar schleunigst!«

»Spielschulden sind Ehrenschulden, so etwas müsste einer wie du doch wissen«, sagte der andere und baute sich nun ebenfalls in einer bedrängenden Art neben Eugen auf. »Und die Wohnung für dein Liebchen hast du auch noch nicht bezahlt.«

»Euer Herr bekommt sein Geld! Sagt ihm, ich –«

»Gar nichts sagen wir ihm«, schnitt einer der Männer Eugen sogleich das Wort ab. »Entweder du zahlst bis morgen Abend, oder …« Er machte eine Handbewegung an seiner Kehle entlang.

»Du willst doch bestimmt nicht, dass wir der hübschen Tänzerin einen Besuch abstatten …«

Eugen stöhnte. Das konnte doch alles nicht wahr sein! Er war doch kein Straßenjunge, der sich hin und her schubsen ließ. Oder dem gegenüber man solche infamen Drohungen ausstieß. Er straffte die Schultern.

»Was fällt euch ein, so mit mir zu reden? Ich bin der Herzog von Württemberg, wisst ihr das nicht? Ich habe beste Verbindungen zum König …«

Anstatt beeindruckt zu sein, lachten die Männer.

»Wie schön für dich. Dann bitte doch den König um das Geld, das du unserem Herr schuldest. Oder sollen wir selbst zu ihm gehen? Bestimmt interessiert sich der König sehr für das, was wir ihm erzählen könnten …«

»Das wagt ihr nicht.« Eugen schluckte hart. Sein guter Ruf war alles, was er noch besaß. Wenn am Hof bekannt wurde, dass er, der Herzog von Württemberg, sich in Spielerspelunken herumtrieb und Schulden machte für eine Tänzerin … Daran hättest du früher denken müssen, schoss es ihm ungnädig durch den Kopf.

»Das Geld ist weg! Ich brauche Zeit, um Neues zu beschaffen. Nur ein, zwei gute Nächte mit den Karten, mehr benötige ich nicht. Ich bin einer der besten Spieler weit und breit, die Karten sind mir meistens hold, und in nächster Zeit sollen ein paar hochkarätige Spiele stattfinden.« Woher er das Geld nehmen würde, um an diesen teilzuhaben, war ihm zwar schleierhaft, aber diesem Problem wollte er sich später widmen.

»Das Geld ist weg, hast du das gehört?«, sagte einer der Männer in übertrieben fassungslosem Ton. Bevor Eugen wusste, wie ihm geschah, traf ihn ein Schlag in die Magengrube.

»Der beste Spieler weit und breit? Du bist vielleicht der größte Aufschneider, aber mehr auch nicht.« Ein Kinnhaken folgte.

Keiner der drei Männer merkte, wie sich das Portal der Grabkapelle öffnete. Evelyn von Massenbach war die Erste, die der Rangelei gewahr wurde. Sie schrie leise auf, dann drängte sie Wera und die andere Hofdame zurück in die Kapelle. Durch die eilig geschlossene Tür war dumpfes Protestgeschrei von Wera zu hören.

Eugen atmete auf, als die Männer von ihm abließen. Schon halb abgewandt, packte einer der beiden ihn noch einmal beim Schlafittchen.

»Wir warten morgen Abend am Tor des Schlossgartens auf dich. Und wehe, du bringst das Geld nicht mit! Die nächste Abreibung verläuft nicht mehr so glimpflich.« Er spuckte vor Eugen aus, dann machten sich die beiden davon.

»Haut bloß ab, ihr elenden Ganoven!«, schrie Eugen ihnen nach. Wütend und verzagt zugleich rieb er sich seinen schmerzenden Bauch, der wie Feuer brannte.

*

»Mit zweien auf einmal hat Eugen es aufgenommen, ohne Rücksicht auf Verluste. Ach Olly, wenn du das gesehen hättest!« Weras Augen glühten vor Erregung. »Diese Manneskraft, dieser Mut …«

Die Königin sah zu Tode erschrocken aus. Ihr Gesicht war bleich wie Bein, auch aus ihren Lippen schien jegliche Farbe gewichen zu sein. Dass aus einer irrealen Gefahr so schnell brutale Wirklichkeit werden würde, hätte sie nie, niemals geglaubt.

»Attentäter in Württemberg, dass es eines Tages dazu kommt …«

Auch Karl schien erschüttert. Unwillkürlich fuhr seine rechte Hand an seinen Hals, als schnürte der Gedanke ihm die Luft ab.

»Ab heute verlasst ihr das Schloss so lange nicht mehr, bis die Verbrecher gefunden sind«, sagte er an Olly und Wera gewandt.

Evelyn, die wie gelähmt dasaß und vor sich hin starrte, flüsterte rau: »Wenn ich mir vorstelle, die Männer hätten die Kapelle gestürmt ...«

»Das hätte schrecklich für uns alle ausgehen können«, schluchzte Freifrau von Roeder. »Gott sei Dank hat Herzog Eugen uns in Schutz genommen.«

Olly kämpfte so sehr mit ihren Tränen, dass sie zu keinen Worten fähig war. Wenn Wera etwas passiert wäre, hätte sie sich das nie verziehen.

»Herzog Eugen hat durch sein mutiges Eingreifen das Schlimmste verhindert, aber darauf verlasse ich mich kein zweites Mal«, sagte Karl. »Gendarmerie, die Landjäger, unsere Hofwache – ich lasse sofort eine schlagkräftige Truppe zusammenstellen. Und Eugen muss eine detaillierte Beschreibung abgeben, damit wir die Attentäter schnell fassen.« Er biss sich auf die Unterlippe. »Wer hat sie geschickt? Welcher wirre Kopf steckt hinter dieser ganzen Sache? Die Hintermänner müssen wir kriegen, das ist die wahre Aufgabe!«

»Eine sehr schwere Aufgabe. Menschen, die einen unergründlichen Hass auf uns Romanows haben, hat es schon immer gegeben«, sagte Olly traurig.

Nachdem sich Karl entschuldigt hatte, schickte sie auch die Hofdamen davon. Als sie schließlich mit Wera alleine war, nahm sie ihre Tochter in den Arm.

»Wehe, es wagt jemand, dir etwas anzutun. Eigenhändig würde ich die Waffe erheben!«

»Ach liebste Olly, du und eine Waffe.« Wera lachte. »Ehrlich gesagt hatte ich gar keine richtige Angst. Erst als sich Evelyn und die Freifrau so ängstigten, wurde auch mir ein wenig mulmig.«

Olly nickte. »Eine tapfere Romanow!« Ihr Blick verlor sich im Raum, als sie sagte:

»Eigenartig, wie sich die Geschichte wiederholt. Heute stand dir Eugen zur Seite, so wie einst vor vielen Jahren sein Großvater meinem Vater zur Seite stand, damals, als die Dekabristen den Aufstand probten. Es scheint tatsächlich so, als hätten wir Romanows Eugen und seiner Familie einiges zu verdanken …«

*

»Und du hast wirklich geglaubt, du würdest so einfach davonkommen? Dass mit solchen Männern nicht zu spaßen ist, weiß doch jedes Kind«, zischte Wily kopfschüttelnd. Gott sei Dank war die Weinstube am späten Nachmittag nur spärlich besucht. Mithörer waren das Letzte, was er brauchte.

Eugen saß in sich zusammengesunken da, vor sich ein unberührtes Glas Wein und einen Teller Suppe. Dass es seinem Freund nicht nur den Appetit, sondern auch gleich den Durst verschlagen hatte, wunderte Wily nicht. Was Eugen erlebt hatte, war wirklich unglaublich.

Endlich schaute sein Gegenüber auf. In seinen Augen stand pure Verzweiflung.

»Nie hätte ich gedacht, dass die Burschen es wagen würden, so massiv gegen mich anzugehen. Immerhin bin ich der Herzog von Württemberg! Außerdem wollte ich das Geld zurückzahlen, wirklich. Aber die Würfel lieben mich nicht mehr. Und die Karten ebenfalls nicht. So eine Pechsträhne kenne ich gar nicht.«

»Pechsträhne! An dieser bist du allein schuld, sonst niemand.«

»Als ob ich das nicht wüsste!«, entgegnete Eugen kleinlaut. »Aber heißt es nicht: Pech im Spiel, Glück in der Liebe?« Sein Grinsen wirkte in dem kreidebleichen Gesicht wie eine Fratze.

»Glück in der Liebe …« Wily winkte ab. »Diese verflixte Tänzerin zieht dir das letzte Hemd aus, und du Trottel merkst es nicht einmal.« Als Eugen ihm gebeichtet hatte, welche Unsummen er für Schmuck und Kleidung für die Tänzerin in den letzten Monaten ausgegeben hatte, war Wily fast schlecht geworden. So viel Geld für eine Frau? Er glaubte kaum, dass seine Mutter – und sie war immerhin eine hochwohlgeborene Prinzessin – mehr Geld zur Verfügung hatte als die Beträge, die Eugen genannt hatte. Und nun hatte er seinem Liebchen auch noch eine Wohnung gekauft!

»Etty hat noch nie etwas von mir gefordert, aber die paar Groschen, die sie und ihre Kolleginnen am Theater verdienen, reichen doch vorne und hinten nicht für ein gutes Leben. Und vom Applaus allein wird auch niemand satt. Verstehst du denn nicht, ich wollte ihr etwas bieten. Sie verwöhnen mit ein bisschen Luxus und –«

»Luxus! Wenn du ein luxuriöses Leben führen willst, dann such dir eine Frau, die das entsprechende Geld dafür hat. Und nicht so ein armes Würmchen vom Theater«, sagte Wily heftig. »Verstehst du denn nicht – du hast einfach nicht die Mittel, dir eine solch teure Geliebte leisten zu können!«

Eugen presste die Lippen zusammen und sagte nichts.

»Und nun? Was willst du tun, damit der größte Halsabschneider Stuttgarts dir von der Pelle rückt?«

»Was soll ich denn tun? Sag's du mir, du Schlaumeier«, fuhr Eugen auf. »Soll ich Etty etwa aus der Wohnung werfen? Du müsstest mal sehen, wie glücklich sie ist. ›Mein Puppenstübchen‹ nennt sie ihr Heim. Oder soll ich zu ihr gehen und den Schmuck zurückfordern? Das wäre mir viel zu peinlich, lieber lasse ich mich grün und blau prügeln. Etty würde mir den Schmuck sicher gern überlassen, wenn sie wüsste, wie die Dinge stehen. Aber wer in der Not verkauft – ganz gleich was –, bekommt nur einen Bruchteil des Wertes ausgezahlt, das ist altbekannt.«

Wily nahm einen Schluck vom tiefroten Wein. Dass Eugen diese Möglichkeit überhaupt in Erwägung zog, zeigte den Grad seiner Verzweiflung an.

»Ich kann dir etwas leihen«, sagte er. »Vielleicht vermagst du bei den Männern damit ein wenig Zeit zu schinden. Aber wegen des großen Rests musst du dich an jemand anderen wenden. Können deine Eltern dir nicht helfen?«

»Die haben doch auch nichts. Wenn mein Vater wüsste, was ich getan habe, würde er mich ohrfeigen für meine Dummheit. Aber

Geld bekäme ich von ihm gewiss nicht«, war Eugens mürrische Antwort. »Ach verflixt, wo bin ich da bloß hineingeraten! Als die zwei Burschen heute Mittag auftauchten, ist mir fast das Herz stehengeblieben. Dabei hätte der Tag so schön sein können. Wann warst du das letzte Mal auf dem Württemberg? Ein ganz besonderer Ort, Wera meinte –«

»Jetzt lenk nicht ab«, unterbrach Wily ihn. »Soll ich meinen Onkel fragen, ob er dir das Geld leiht?«

Eugen schüttelte heftig mit dem Kopf. »Bloß nicht. Ich will nicht in der Schuld des Königs stehen. Eigentlich will ich in niemandes Schuld stehen. Das ist es ja, was mir so zuwider ist. Außerdem wäre es mir peinlich, wenn Wera oder die Königin davon erführen. Am Hof halten mich doch seit heute alle für einen Helden, der *gemeingefährliche Attentäter* in die Flucht schlägt! Gemeingefährlich – immerhin das stimmt«, sagte er bitter.

»Wera ...«, sagte Wily gedehnt.

»Ich soll sie um Geld fragen? Nie und nimmer!« Eugen lachte fast hysterisch auf.

»Du magst sie sehr, nicht wahr?«

»Was soll das jetzt? Natürlich mag ich Wera. Jeder mag sie, sie ist schließlich ›eine schöne Seele‹, wie du es nennst«, murmelte Eugen. Er kippte sein Glas in einem Zug hinunter. »Ich hau ab. Nach Amerika oder nach Italien! Auf jeden Fall weit weg, wo mich niemand findet. Und ich komme erst zurück, wenn ich mein Glück gemacht habe und ein reicher Mann bin. Als Soldat finde ich überall eine Anstellung.« Vielleicht war es der Wein, vielleicht waren es seine Worte, mit denen er sich selbst Mut zusprach, jedenfalls wies Eugens bleiche Miene wieder ein wenig Farbe auf. Theatralisch klopfte er Wily auf die Schulter.

»Danke, mein Freund, dass du mir zugehört hast.«

Er war schon halb aufgestanden, als Wily ihn am Handgelenk packte.

»Den Schwanz einziehen und sich wie ein geprügelter Hund davonschleichen, das könnte dir so passen«, sagte er. »Hör dir lieber meinen Vorschlag an, denn mit ihm könntest du viele Fliegen mit nur einer Klappe schlagen. Deine Geldsorgen wärst du mit einem Schlag los. Du würdest deine Mutter glücklich machen. Mich übrigens auch, aber das steht auf einem ganz anderen Blatt. Alles wäre äußerst ehrenhaft, was man von deinen Fluchtplänen nicht behaupten kann. Und an den Kragen könnte dir auch niemand mehr gehen, du wärst vielmehr ›unantastbar‹ ...«

Widerwillig setzte sich Eugen wieder.

»Das wäre ja die reinste Hexerei! Wie soll das bitte schön gehen?«

Wily grinste nur.

26. KAPITEL

Etwas unbeholfen steckte Karl den Schlüssel ins Schloss des Tores, des Haupteingangs zur Wilhelma. Es kam selten vor, dass er den botanischen Garten, den sein Vater vor vielen Jahren am Fuße des Rosensteinparks hatte anlegen lassen, besuchte. Meist wurde die Gartenanlage mit ihren vielen Pavillons und Gewächshäusern für Sommerfeste genutzt, die Olly organisierte. Dann wurde bei der Maurischen Villa musiziert, Sekt getrunken, getanzt und gefeiert. Wenn Abertausende von Kerzen glühten und sich die Töne eines Streichquartetts mit dem sanften Murmeln der Wasserfontänen vereinten, wenn die Wege mit duftenden Blüten bestreut und die goldenen arabischen Lettern, die »Wilhelma« bedeuteten, auf Hochglanz poliert waren, dann fühlte sich jeder Gast aus nah und fern verzaubert.

Aber auch bei Tag ging von der im orientalischen Stil gehaltenen Anlage ein gewisser Zauber aus. Und dennoch wusste Karl nicht, warum er ausgerechnet diesen Ort, der wie kein anderer für die Schöpfungskraft seines Vaters stand, für sein Gespräch mit Wera ausgesucht hatte. Lag es daran, dass er selbst keinen »eigenen« Ort hatte? Oder war seine Wahl schlicht der Tatsache geschuldet, dass sie hier, in diesem abgesperrten Park, sicher vor irgendwelchen Attentätern waren? Bisher war die großangelegte Suche erfolglos gewesen, was nicht zuletzt an Eugens äußerst unpräzisen Angaben zum Aussehen der beiden Angreifer lag. Karl konnte dies dem jungen Mann nicht verdenken – wer merkte sich im Angesicht des Todes Nebensächlichkeiten wie Haarfarbe und Nasengröße?

Er musste den Schlüssel ein wenig im Schloss hin und her rütteln, dann endlich gelang es ihm, das Tor mit einem Knarzen zu öffnen.

»Ich kann mich nicht daran erinnern, wann wir zwei den letzten gemeinsamen Ausflug unternommen haben«, sagte er beim Eintreten und verspürte einen feinen Stich in der Herzgegend. Was außer Ausflügen hatte er noch versäumt? Wie viel väterliche Liebe hatte er Wera versagt? War er auch dem Kind nicht gerecht geworden? So, wie er Olly gegenüber immer dürftig geblieben war?

»Ich weiß doch, dass der Herr König sehr beschäftigt ist. Umso mehr freue ich mich, dass du dir heute Zeit für mich genommen hast.« Lächelnd hakte sich Wera bei ihm ein. »Du willst etwas mit mir besprechen?«

Karl nickte. »Lass uns erst ein Stück spazieren gehen. Vielleicht zum Seerosenteich?«

Es war einer jener goldenen Oktobertage, an denen das Licht so warm und intensiv ist wie das ganze Jahr über nicht. Die Luft war erfüllt von einer fast schwülen Sinnlichkeit, es roch nach Kümmel und Kastanien, nach Astern, Dahlien und mattem Gras, nach Erde und dem Wind, der vom Osten kam und von der nahenden kalten Jahreszeit erzählte.

»Es ist wirklich verrückt«, sagte Wera, nachdem sie ein gutes Stück Weg einträchtig nebeneinanderher geschlendert waren. »Da draußen liegt unsere schwäbische Heimat mit ihren schwäbischen Häusern, ihren schwäbischen Weinbergen und ihren schwäbischen Hügeln. Und kaum tritt man hier durchs Tor, hat man das Gefühl, in den Gärten der Alhambra zu sein. Ein Märchen aus Tausendundeiner Nacht.« Sie machte eine weit ausholende Handbewegung, mit der sie die Maurische Villa, die pavillonartigen, verschnörkelten Gewächshäuser mit ihren exotischen Pflanzen, das Badhaus und den orientalisch anmutenden Garten einschloss. »Dass es ausgerechnet dein Vater war, der sich diese zauberhafte Welt ausgedacht hat …«

Karl schmunzelte. Auch er hatte Mühe, die einzigartige Mischung aus botanischem Garten und exotischen Gebäuden mit seinem kaltherzigen Vater in Verbindung zu bringen. Er zeigte auf eine der Bänke, die rings um den Seerosenteich standen. Wie groß die Blätter der Seerosen seit seinem letzten Besuch geworden waren! Und wie viele Rosen noch so spät im Jahr in voller Blüte standen. Libellen tanzten übers Wasser und machten die Illusion eines immerwährenden Sommers perfekt.

»Ein berühmter Wiener Orientalist hat einst gemeint, dass in ganz Deutschland keine Stadt mehr den Namen Bagdscheserai, also Gartenstadt, verdiene als Cannstatt mit seiner Wilhelma«, sagte er und fragte sich, warum ihm das gerade jetzt einfiel.

»Bagdscheserai – das ist doch eine Stadt auf der Krim? Mit Harem und einem riesigen Palast«, sagte Wera, die inzwischen am Rand des Teiches kniete und ihre Hand spielerisch durchs Wasser gleiten ließ.

»Wilhelm hat seine Träume zur Wirklichkeit werden lassen.« Karl räusperte sich. Bot das nicht eine geradezu brillante Gesprächseröffnung?

»Welche Träume hast eigentlich du, mein Kind?«

Wera lachte auf. »Träume – ich? Tut mir leid, wenn ich dich enttäusche, aber ich habe keine hochtrabenden Pläne oder gar Träume. Ich bin nicht wie Olly, die ständig etwas verändern und besser machen will.«

Karl bemerkte sehr wohl, dass Wera Olly als Beispiel für einen Menschen mit hochtrabenden Träumen heranzog und nicht ihn, sagte aber nichts dazu.

»Aber du musst doch irgendwelche Vorstellungen von deinem zukünftigen Leben haben.«

»Und warum interessiert dich das auf einmal?«

»Warum sollte es mich nicht interessieren?«, konterte Karl. »Mir liegt sogar viel daran, deine Wünsche zu erfahren. Ich möchte, dass du einmal ein Leben führst, in dem du dich wohl fühlst. Ein Leben, das zu dir passt. Nicht so eins wie wir anderen alle.«

Sie schaute ihn mit einem Blick an, der Karl fragend und wissend zugleich vorkam.

»Meine Wünsche sind nichts Besonderes«, sagte sie gedehnt. »Ich wünsche mir einen lieben Mann, der mich nicht nach seinen Wünschen umformen will, sondern dem ich so, wie ich bin, gut genug bin.«

Karl runzelte die Stirn. »Und du hast das Gefühl, uns wärst du nicht gut genug? Durftest du dich nicht frei bei uns entfalten? Haben wir dich nicht gefördert, wo und wann es ging?«

»Ja ... Nein ... Ich habe einfach das Gefühl, dass ihr schrecklich viel von mir erwartet. Olly erwartet, dass ich in ihre Fußstapfen trete und eine große Wohltäterin werde. Natürlich möchte ich den armen Menschen helfen, das ist gar keine Frage, aber ich will das auf *meine* Art tun. Meine Familie in Russland erwartet, dass ich eine gute Partie mache, der ganze Stuttgarter Hof erwartet dies auch. Eine gute Partie ist *mir* jedoch nicht wichtig. Liebe, Vertrauen, Zuneigung – darum geht es mir.«

»Nun bist du wirklich ungerecht, Wera! Natürlich gibt es am Hof gewisse Erwartungen hinsichtlich deiner zukünftigen Eheschließung. Immerhin bist du eine russische Großfürstin, eine Romanow. Da schauen die Leute nun einmal besonders genau hin«, wehrte sich Karl. »Aber habe ich dir in den letzten Jahren auch nur einen einzigen Heiratskandidaten ans Herz gelegt? Haben Olly und ich dich auch nur im Geringsten zu irgendetwas oder jemandem gedrängt? Nein, vielmehr haben wir versucht, das Heiratskarussell von dir fernzuhalten.«

Wera kniff die Lippen zusammen. »Was euch bei den Horden von Verehrern, die ich habe, sicher sehr schwergefallen ist.«

»Sarkasmus steht dir nicht«, sagte Karl und ergriff ihre Hand. »Was hättest du von einer Horde heuchlerischer Verehrer, die sich durch dich nur einen hohen Rang samt Titel erschleichen wollen? Hast du eben nicht selbst gesagt, dir ginge es um etwas anderes?«

»Ja, schon«, murmelte Wera. »Aber gegen ein paar Verehrer hätte ich auch nichts einzuwenden ...«

»Wenn hier und jetzt eine Fee stünde und dir drei Wünsche erfüllen wollte – wie würden diese lauten?«

»Drei Wünsche, die sind schnell genannt!« Wera lachte. »Erstens wünsche ich mir einen Mann, der mich liebt, wie ich bin. Zweitens wünsche ich mir Kinder, viele kleine pausbäckige Kinder! Und ein schönes Haus möchte ich haben, kein Schloss, höchstens zwei Etagen, am besten mitten in der Stadt, damit die Bediensteten es nicht allzu weit bei ihren Besorgungen haben. Und sonst?« Sie zuckte mit den Schultern. »Natürlich wünsche ich mir, dass wir alle gesund bleiben. Und dass es den Armen ein bisschen bessergeht. Habe ich noch einen Wunsch frei?«

»Das waren doch schon vier oder fünf Wünsche, wenn auch recht bescheidene.« Karl lachte.

Wera stimmte in sein Lachen ein. »Tut mir leid, wenn ich dir nichts Glamouröseres anbieten kann. Aber es schlummern nun einmal keine unerkannten Talente in mir. Ich bin keine großartige Musikerin oder Malerin, meine Gedichte über Sterne, Blumen und den Wolkenhimmel können nicht zur großen Dichtkunst gezählt werden. Und ein mächtiger König hat bisher auch nicht um meine Hand angehalten. Ruhm, Ehre, eine große Heirat – scheinbar ist das alles nichts für mich.« Sie drückte Karl einen Kuss auf die Wange. »Am besten gewöhnst du dich an den Gedanken, dass ich eine alltägliche junge Frau bin, wie sie zu Tausenden auf Stuttgarts Straßen unterwegs sind. So, und jetzt bist du an der Reihe. Was könnte die gute Fee für dich tun?«

»Ich? Ich bin wunschlos glücklich«, sagte Karl und lachte etwas gequält auf. Seine Wünsche – würde er die auch nur ein einziges Mal offenlegen, wäre die Katastrophe perfekt.

»Das gilt nicht! Da breite ich meine Seele vor dir aus und du kneifst?«, rief Wera mit gespieltem Entsetzen.

»Das hat nichts mit Kneifen zu tun, für große Wünsche und Träume bin ich einfach zu alt. Inzwischen bin ich ganz zufrieden mit den kleinen Freiheiten, die mein Alltag und Olly mir lassen«, entgegnete er müde. »Früher, in jungen Jahren, da hatte auch ich einiges vor: Das Theater lag mir am Herzen. Und die Architektur! Und daneben ...« Lieben hatte er wollen. Inbrünstig lieben. Sich mit Haut und Haaren verschenken. Stattdessen ... Er winkte ab. »Ich war meinem Vater nie gut genug.« Er schüttelte traurig den

Kopf. »Wenn jemand weiß, wie es sich anfühlt, an den Ansprüchen anderer zu scheitern, dann bin ich es. Deshalb sage ich dir ja: Mach dich frei von der Meinung anderer! Lebe *dein* Leben. Und höre nicht auf die, die glauben, alles besser zu wissen. Es geht um *dich* und *dein* Glück.«

Wera runzelte die Stirn. »Du meinst es wirklich ernst, nicht wahr?«

Er nickte. »Am besten fängst du gleich heute damit an, dein Leben so zu gestalten, wie es dir gefällt. Denn ehe man sichs versieht, haben die Konventionen einen im Würgegriff, und anstatt zu sein, wie einen der liebe Gott erschaffen hat, ist man ein völlig anderer.«

»Wie bitter du dich anhörst. Gerade so, als wärst du in einem schrecklichen Gefängnis eingesperrt. Lieber Onkel-Papa, wenn man etwas im Leben verändern möchte, ist es dazu nie zu spät!«

Er lachte auf. »So kann nur die Jugend reden. Aber genug von mir, kommen wir zum eigentlichen Grund dieses Gesprächs. Gestern war Herzog Eugen bei mir, er hat –«

»Eugen war bei dir?« Als habe jemand ein Streichholz an eine Kerze gehalten, erstrahlte Weras Miene. »Was wollte er von dir? Sind ihm noch weitere Details zu den Attentätern eingefallen? Dass es euch immer noch nicht gelungen ist, diese Männer zu finden …«

Karl winkte ab. »Eine Frage der Zeit, mehr nicht. Aber gestern, da ging es vor allem um dich.«

»Um mich?«, echote Wera ungläubig.

Karl nickte. »Um ehrlich zu sein, war auch ich erstaunt, als Eugen mich um ein Gespräch bat. Ich wusste gar nicht, dass ihr zwei noch so viel miteinander zu tun habt. Aber Eugen hatte viele Anekdoten zu erzählen, über Ausflüge, die ihr gemacht habt. Über die vielen Tanzbälle, die ihr zusammen besucht habt. Gemeinsame Freunde besitzt ihr anscheinend auch. Eugen hält sehr große Stücke auf dich, die halbe Zeit schwärmte er mir von dir vor. Tja …« Ratlos hob Karl beide Hände. »Um eine lange Geschichte kurz zu machen: Eugen hat um deine Hand angehalten.« Er hielt den Atem an und wartete auf eine Reaktion. Auf ein Jauchzen. Auf Fragen oder pure Überraschung. Vielleicht sogar auf einen entsetzten Aufschrei – bei Frauen wusste man schließlich nie, woran man war. Auf eines jedoch war Karl nicht gefasst: dass seine Ziehtochter rein gar nichts sagen würde. Sie starrte mit weit aufgerissenen Augen auf die Seerosen und schwieg. Ihr Blick war entrückt und verzückt zugleich. Einen Moment lang befürchtete Karl, Wera habe den Verstand verloren. War er zu brüsk gewesen? Hätte er seine Neuigkeiten schonender vorbringen sollen?

»Hast du gehört, was ich gesagt habe? Und hast du mich auch verstanden?« Zu seiner großen Erleichterung nickte Wera fast unmerklich.

Den Blick noch immer auf den See gerichtet, sagte sie schließlich mit spröder Stimme: »Eugen und ich ... Jahre habe ich auf diesen Moment gewartet. Habe gehofft, gebetet, die Hoffnung verloren und wieder neue geschöpft. Dass Eugen und ich zusammengehören, ja, dass wir füreinander bestimmt sind – daran hatte *ich* nie die geringsten Zweifel. Und nun hat auch Eugen endlich die Wahrheit erkannt ...«

»Ihr seid füreinander bestimmt? Und welche Wahrheit? Kind, was redest du denn da?« Karl lachte verwirrt auf.

»*All Romanovs must die ...* – das war der Wendepunkt!« Triumph und ein verwegenes Glitzern ließen Weras graue Augen erstrahlen. »Auf dem Württemberg, als die Attentäter mir nach dem Leben trachteten und Eugen sich so heldenhaft vor uns stellte – ganz bestimmt ist es dort geschehen. Im Angesicht des Todes hat Eugen endlich die Wahrheit erkannt, nämlich, dass wir zwei zusammengehören, für immer, in guten wie in schlechten Zeiten. Endlich! Ach, ich bin so glücklich, die glücklichste Frau der Welt!« Wera umarmte Karl voller übermütiger Freude, sie lachte und drückte ihm Küsse aufs ganze Gesicht.

»Lieber Papa, stell dir vor, ich werde Herzogin von Württemberg!«

»Dass sie überglücklich sein würde, von seinem Antrag zu hören, war mir klar«, trumpfte Olly strahlend auf, als Karl ihr am Abend vom Verlauf des Gesprächs berichtete. »Du hättest den Tag wirklich besser nutzen können, als Wera sinnlose Fragen zu stellen. Ach Karl …« Sie schaute ihn selig an. »Jetzt wird die Verbindung zwischen Russland und Württemberg aufs Neue gestärkt. Und dann noch ein Mann von so hohem Rang! Eine bessere Partie könnte unsere Wera wirklich nicht machen …«

Er schaute sie mit einer Mischung aus Abscheu und Verwunderung an.

»Die Beziehung zwischen Russland und Württemberg. Ein hoher Rang, eine gute Partie? Mehr fällt dir dazu nicht ein? Was ist mit Weras Glück? Hast du darüber auch nur eine Minute lang nachgedacht?« Angewidert wandte er sich zum Gehen. Über die Schulter rief er ihr noch zu:

»Du hast wirklich überhaupt nichts verstanden, Olly!«

*

Wenige Tage später stattete Eugen seinem alten Bekannten, dem Stuttgarter Juwelier, einen neuerlichen Besuch ab. Die Augen des Mannes leuchteten auf, als er seinen guten Kunden sah. Rasch legte er Eugen eine Vielfalt an aufwendigem Geschmeide, klimpernden Armreifen und baumelnden Ohrgehängen vor. Schmuckstücke, die optisch einiges hermachten, bei denen er jedoch nur mindere Steine verwendet hatte. Der Gewinn war bei solchen »Blendern«, wie er diese Stücke nannte, immer besonders hoch.

Eugen schüttelte den Kopf. »Die Zeiten, in denen ich verspielten Tand gekauft habe, sind vorbei. Heute schwebt mir ein feiner Goldring mit einem Solitärstein vor. Beste Qualität, Sie wissen schon, was ich meine …« Noch etwas unsicher in seiner neuen Rolle, zündete er sich eine Zigarette an.

Natürlich hatte er Wilys Idee zuerst vehement von sich gewiesen. Er und die wilde Wera? Das konnte er sich nicht vorstellen. Doch seine Vorstellungskraft war dank Wilys Überzeugungskunst und seiner eigenen Verzweiflung rasch gewachsen.

Seine Geldsorgen wäre er mit einem Schlag los. Etty wäre sicher vor irgendwelchen Überfällen in ihrer Wohnung – dass er ihr diese überlassen würde, daran gab es für ihn nichts zu rütteln. Ein Abschiedsgeschenk sozusagen.

Und für ihn eine Vernunftehe. Vielleicht war das in seiner aussichtslosen Situation nicht das Schlechteste, redete er sich tapfer ein. Immerhin würde er nicht *irgendjemanden* heiraten. Außerdem: *Irgendwann* würde er Etty bestimmt wiedersehen ...

»Darf ich fragen ... Will sich der gnädige Herr etwa mit dem hübschen Fräulein aus dem Theater verloben?« Der Juwelier legte ein Tablett mit unzähligen Ringen auf den Tisch. Bunte Steine aller Art glitzerten Eugen entgegen. Er versetzte dem Tablett einen unwirschen Stoß.

»Was soll ich mit diesem billigen Zeug? Sehe ich so aus, als ob ich, der Herzog von Württemberg, eine Theatermamsell ehelichen wollte? Wenn Sie es genau wissen wollen, mein Lieber, eine echte Großfürstin werde ich heiraten. Sie haben den zukünftigen Schwiegersohn des Königs vor sich.«

Die Augen des Juweliers weiteten sich in ungläubiger Bewunderung. »Ein Verlobungsring für die Königstochter, du lieber Himmel, warum sagen Sie das nicht gleich?« Noch während er sprach, tauschte er das Tablett mit Ringen durch ein neues aus. Die Ringe auf dem zweiten Tablett wiesen nur hochkarätige Diamanten auf.

»Darf ich dem gnädigen Herrn etwas zu trinken anbieten, während er seine Wahl trifft?« Eilig winkte er seine Tochter heran, ein blasses Ding mit feindseligem Blick, das Eugen bisher immer nur abschätzig angeschaut hatte.

»Ein Glas Champagner für den Herrn?«, sagte die junge Frau und machte dabei einen Knicks.

Das waren ja völlig neue Töne! Eugen grinste in sich hinein. Dann zeigte er auf die Diamantringe.

»Was meinen Sie, welcher ist der Richtige für meine Braut?«

Kerzenschein, üppige Kronleuchter, ein Strauß Rosen, Klaviermusik im Hintergrund, dazu ein feines Essen und Champagner – in dieser Atmosphäre wollte Eugen Wera seinen Antrag machen und das Verlobungsgeschenk übergeben.

»Eine Katastrophe!«, rief Wily entsetzt, als er ihm seine Pläne kundtat. »Ich sehe im Geist schon ein versehentlich umgeworfenes Glas vor mir. Und Wera, die aufspringt, um dem Klavierspieler zu erklären, dass man ihrer Ansicht nach Beethovens Sonaten viel lebhafter interpretieren sollte. Deine Zukünftige hat doch kein Sitzfleisch, am Ende rennt sie noch vor dem Dessert und deinem Antrag auf und davon! Nein, unsere wilde Wera musst du anders betören …«

*

»Was für eine gute Idee von dir, in den Schönbuch zu fahren! Ich liebe den Wald über alles, keine andere Landschaft liegt mir so sehr am Herzen. Allein die Luft hier! So würzig und rein.« Während die Kutsche in den Hof von Schloss Bebenhausen einfuhr, strahlte Wera Eugen an.

»Als ob ich dich zu einem langweiligen Diner einladen würde«, erwiderte Eugen und tätschelte ihre Hand. »Ich weiß doch, wie sehr du die Natur liebst. Mir geht es ja nicht anders, ich fühle mich draußen auch sehr wohl.«

Wera lächelte glücklich.

Als sie am Vorabend seine Nachricht erhalten hatte, in der er höflich anfragte, ob sie ihm wohl die Ehre erweisen würde, mit ihm einen Landausflug zum Schloss von Bebenhausen zu machen, war sie wieder einmal in Tränen ausgebrochen. Endlich! Es war so weit. Hatte sie es nicht immer gewusst?

Hektisch hatte sie sich zusammen mit Olly, Evelyn und Freifrau von Roeder durch ihre Garderobe gewühlt. Noch viel lieber hätte sie sich auf Margittas Rat verlassen, doch diese war seit Tagen unauffindbar. Dass die Freundin aus Kindertagen nicht an ihrer Seite war, bedeutete für Wera den einzigen Wermutstropfen im Kelch der Glückseligkeit.

Bestimmt hätte Margitta treffsicher ein Kleid ausgesucht, das gleichermaßen zu einem Landausflug wie auch zu einem Heiratsantrag passte. Knitterfrei musste Weras Kleid sein, schließlich sollte es die mehrstündige Kutschfahrt in das südlich von Stuttgart gelegene waldreiche Gebiet gut überstehen. Taft und empfindliche Spitze schieden somit von vornherein aus. »Was für ein Jammer!«, seufzte Wera, die in den letzten Jahren ein Faible für aufwendige Garderoben entwickelt hatte. Da stand ihr ein solch erinnerungswürdiger Moment bevor und sie sollte ihn in karierter Hemdbluse und Leinenrock erleben?

»Die wildreichen Wälder rund um Bebenhausen sind in Jägerkreisen sehr beliebt, womöglich will auch Eugen mit dir auf die Jagd gehen? Dann wäre ein schlichtes Gewand genau richtig«, sagte Olly.

»Ich glaube nicht, dass Eugen ein ebenso leidenschaftlicher Jäger wie Wily ist«, sagte Wera. Eigentlich weiß ich ziemlich wenig über meinen zukünftigen Ehemann, schoss es ihr durch den Kopf. Aber das würde sich ja bald ändern!

Am Ende entschied sie sich für ein hellbraunes Kleid im Trachtenstil. Statt die Accessoires ebenfalls im ländlichen Stil zu halten, wählte sie elegante rote Handschuhe und eine aufwendige rote Brosche. Um gegen den Fahrtwind gerüstet zu sein, ergänzte sie ihr Gewand durch ein goldenes Häkeltuch. Schließlich handelte es sich bei Bebenhausen nicht um eine ärmliche Hütte, sondern um den Landsitz des Königs!

Nach mehrstündiger Fahrt und einer eher gequälten Konversation waren beide froh, als die Kutsche endlich vorfuhr.

»Wenn ich bitten darf?« Mit einem galanten Lächeln öffnete Eugen den Verschlag.

Wera reichte ihm zitternd ihre rot behandschuhte Hand. Vor dem ehemaligen Zisterzienserkloster, das König Wilhelm vor langer Zeit zu Wohnräumen für seine Gäste hatte umbauen lassen, fegten einige Stallburschen den Hof.

Sie warfen den Besuchern neugierige Blicke zu. Schon kam auch der Verwalter der Schlossanlage – ein kleiner Mann von gedrungener Statur, den Wera von früheren Besuchen kannte – eilig auf sie zugerannt. Doch statt sie zu begrüßen, machte er lediglich aus der

Ferne ein paar seltsame Handbewegungen, die Wera nicht deuten konnte. Eugen anscheinend sehr wohl, denn er nickte dem Mann grinsend zu.

»Das Wetter ist viel zu schön, um die Zeit hinter dicken Schlossmauern zu verbringen. Wie wär's stattdessen mit einem kleinen Spaziergang?« Ohne ihre Antwort abzuwarten, zog er Wera auf den gekiesten Weg, der am Stallgebäude entlang in Richtung Wald führte. Sie passierten einen Brunnen und ein paar quadratische Blumenbeete, die zum sogenannten »Blumengärtlein« gehörten, das Karls Großvater, König Friedrich I., einst hatte anlegen lassen. Jetzt im Herbst blühten hier vor allem Astern in verschiedenen Lilatönen, auch ein paar schwach duftende Rosen waren noch zu bewundern. Von der Hofküche wehte der Duft nach Braten und Gewürzen zu ihnen herüber. Hatte Eugen ein feines Essen für sie vorbereiten lassen? Sofort begann Weras Magen lautstark zu knurren. Für eine gute Mahlzeit war sie immer zu haben, andererseits hätte ihr auch eine Woche Fastenzeit nichts ausgemacht, solange sie diese mit Eugen verbringen durfte.

»Du siehst sehr hübsch aus! Wie eine Waldfee ...«, sagte Eugen. Mit einem geschickten Kniff brach er einen kleinen Zweig mit zwei Rosenblüten ab. »Darf ich?« Genauso geschickt befestigte er das Rosenzweiglein am Revers ihres Kleides. »Eine ungezähmte, natürliche Schönheit – genau wie du.«

Wera schluckte. Es war noch nie vorgekommen, dass Eugen ihr ein Kompliment machte. Meist waren es mehr oder minder freche Neckereien, die Wily, Eugen und sie sich gegenseitig an den Kopf geworfen hatten. Seine Worte fühlten sich fremd und fast ein wenig bedrohlich an.

Ich bin's, Wera, die Brezelprinzessin, wollte sie sagen. Aber das hätte den Moment gewiss zerstört.

Stell dich nicht dumm an! Genieße den Augenblick, du hast so lange auf ihn gewartet!, schimpfte sie sich im Stillen aus.

»Meinst du, du kannst hier entlanglaufen?« Eugen zeigte skeptisch auf ihre goldenen Schuhe, dann auf den erdigen Waldpfad, der in den Kiesweg, auf dem sie bisher unterwegs gewesen waren, überging. »Eigentlich wären Wanderstiefel für diesen Weg die bessere Wahl gewesen ...«

»Wenn es sein muss, laufe ich mit dir ans Ende der Welt«, sagte sie forsch, während ihre Absätze im weichen Waldboden einsanken. Tannen, Fichten und Eichen, die an manchen Stellen schon verfärbt waren, hüllten sie wie in einen Kokon ein. Durch das noch dichte Blätterkleid fiel das Sonnenlicht in goldenen Sprenkeln auf den Boden, leuchtete hier eine bizarre Wurzel aus, strahlte da eine Insel aus Moos an. Wera blinzelte, als das Sonnenlicht auch sie erfasste. Je weiter sie in den Wald hineinliefen, desto gedämpfter wurden die Geräusche, die bisher vom Schloss zu ihnen herüberdrangen. Der Bratenduft wurde abgelöst von erdigeren Tönen. Hier roch es nach Pilzen, Baumrinde, nach dunklen Beeren und Kiefernharz.

Wo gehen wir hin, was hast du vor?, wollte Wera fragen, doch inzwischen war ihr Mund so trocken, dass sie keinen Ton mehr herausbekam. So bezaubernd dieser Waldspaziergang auch war, er machte ihr gleichzeitig ein wenig Angst. Hierher ging man doch nicht, um einer Dame einen Antrag zu machen, oder? Argwöhnisch lugte sie zu Eugen hinüber, der jedoch mit konzentriertem, nach vorne gerichtetem Blick ausschritt, geradeso, als wäre er auf der Suche nach etwas. Seltsam ...

Während der Kutschfahrt hatten sie über dieses und jenes gesprochen. Über das andauernd schöne Herbstwetter. Über Karl, der schon wieder eine Reise in den Süden plante.

»Der König von Württemberg hält sich bald mehr in Frankreich als in seinem eigenen Land auf«, hatte Wera moniert.

»Olly geht doch auch ihre eigenen Wege, wieso sollte der König ihr darin nachstehen?«, hatte Eugen lachend erwidert. Dann hatte er von seiner Kindheit im schlesischen Bad Carlsruhe erzählt und davon, dass er seine Heimat bald wieder einmal besuchen wolle. Mit keinem Wort hatte er angedeutet, dass Wera ihn dabei begleiten könne.

Ihr goldener Absatz verfing sich an einer Wurzel, sie stolperte. Was, wenn das alles ein fürchterlicher Irrtum war? Womöglich wollte Eugen gar nicht um ihre Hand anhalten? Es wäre nicht das erste Mal, dass Karl etwas falsch verstanden hätte. Je länger Wera über diese Möglichkeit nachdachte, desto plausibler erschien sie ihr. Mit aufsteigenden Tränen kämpfend, stakste sie in ihren goldenen Schuhen schweigend hinter Eugen her.

Sie waren ein gutes Stück gegangen, als inmitten des sattgrünen Waldes plötzlich etwas Silbernes aufblitzte.

»Da wären wir«, sagte Eugen und hörte sich ziemlich erleichtert an.

Wera kniff die Augen zusammen, um besser sehen zu können. War das wirklich ein Sektkühler? Nicht zum ersten Mal wünschte sie sich eine Brille. Doch in diesem Fall trogen ihre Augen sie nicht. Und da – tatsächlich! Auf einem umgefallenen Baumstamm standen wie Objekte aus einer anderen Welt zwei geschliffene Kristallgläser.

»Nach dem langen Weg steht mir der Sinn nach einem Glas Champagner, dir nicht auch?«

Sprachlos sah Wera zu, wie Eugen gekonnt den Korken der Champagnerflasche löste. Die Flüssigkeit perlte weißgolden im Sonnenlicht, als er die Gläser zur Hälfte füllte.

»Auf dich, liebe Wera!« Mit einem kristallenen Klirren stießen sie an. Aus dem Geäst einer Tanne drang der kurzweilige Gesang eines Vogels zu ihnen. Er hörte sich an, als habe seine Frühlingsliebe gehalten, was sie versprochen hatte.

»Wollen wir uns setzen?« Eugen zeigte auf eine bestickte Decke in Grüntönen, die malerisch über einem zweiten Baumstamm ausgebreitet war. Ein Korb mit Brezeln, der gerade von Ameisen heimgesucht wurde, stand ebenfalls parat. Leise fluchend, schüttelte Eugen die Viecher ab, dann hielt er Wera eine Brezel hin.

»Die isst meine Brezelprinzessin doch besonders gern, oder?«

Verwirrt ließ sich Wera nieder. Sie nahm einen Schluck Champagner. Die kalte Flüssigkeit rann frisch ihre Kehle hinab und breitete sich als Hochgefühl in ihrem Magen aus.

»Sag mal, kannst du zaubern? Wie kommt all das hierher?«

Eugen zuckte nur mit den Schultern.

»Für den heutigen Tag wäre mir kein Aufwand zu groß gewesen, glaube mir. Ich bin bloß froh, dass mir meine kleine Überraschung gelungen ist. Falls du dich traust, können wir auch auf den Jägersitz steigen und uns dort weiter unterhalten. Der Ausblick von dort oben ist einfach phantastisch!«

»Wenn man dabei auch ein wenig in die Zukunft sehen kann, gern.« Wera lächelte spitzbübisch. Schon reichte sie Eugen ihr Glas und zog die goldenen Schuhe aus. Mit sicherem Tritt stieg sie die verwitterte Leiter hoch. Geschickt die Flasche und die Gläser in einer Hand haltend und sich mit der anderen festklammernd, folgte Eugen ihr nach oben.

Wera wollte sich gerade hinsetzen, als sie ein kleines Beutelchen sah, das wie ein Ei in einem Nest aus Moos lag. Es bestand aus weichem, handgenähtem Hirschleder und hatte die Form eines Herzens. Wera stieß einen leisen Begeisterungsschrei aus.

»Hast du das so malerisch hier oben drapiert?« Doch als sie das lederne Etui in die Hand nehmen wollte, hielt Eugen sie davon ab.

»Warte, bitte. Ich möchte zuerst mit dir reden.«

Weras Herz vollführte wilde Sprünge, während sie sich an das hölzerne Geländer lehnte. Jetzt war es also so weit.

»Wir kennen uns nun schon sehr lange«, hob er an. »Bereits kurz nach deiner Ankunft sind wir uns das erste Mal begegnet. Du bist mir um den Hals gefallen, erinnerst du dich noch? Ich habe mir nichts dabei gedacht, aber es gab Leute, die schon damals sagten, wir zwei seien füreinander bestimmt. Dabei warst du gerade mal neun Jahre alt.« Er verzog das Gesicht. »Nicht, dass ich auf das Gerede anderer Leute viel geben würde! Aber dass wir uns gut verstehen, ist zweifelsfrei richtig. Du und ich …« Er holte tief Luft. Und sagte nichts.

»Ja?«, fragte Wera, während ganz in ihrer Nähe ein Specht zu einem hektischen Stakkato ansetzte. Oder war es ihr Herz, welches so hektisch schlug?

»Ich bin nur ein einfacher Soldat. Meine Familie ist zwar ein sehr ehrenhaftes Geschlecht, aber große Reichtümer können wir nicht vorweisen. Du jedoch bist die Nichte des russischen Zaren, eine Großfürstin – hochwohlgeborener kann eine Dame kaum sein.« Wieder atmete er tief durch.

»Ja?«

Eugen raufte sich die Haare. »Also, was ich dir sagen will ... Vielleicht bin ich nicht so fein und edel wie du. Und eine so gute Seele wie du habe ich bestimmt nicht, das weiß ich sehr wohl. Ich habe meine Fehler und deren habe ich in der Vergangenheit auch genügend gemacht. Aber ich habe daraus gelernt. Zukünftig wird vieles besser!«

Wera nickte. Hieß das, dass er der Tänzerin nun endgültig abgeschworen hatte?

»Aber nicht alles liegt in meiner Hand: Als Soldat weiß ich nie, wohin mich mein Weg als Nächstes führen wird. Schon morgen kann irgendwo ein Krieg ausbrechen, und der König kann mein Regiment in der Schlacht einsetzen. Eine Versetzung in ein anderes Regiment, in eine andere Stadt ist auch nicht ausgeschlossen. Was ich damit sagen will: Das Soldatenleben ist unstet.«

»Dafür ist es aber ein sehr ehrenhaftes Leben«, erwiderte Wera und schaute ihn aus glühenden Augen an. Nie hätte sie gedacht, dass ein Heiratsantrag so schön war! Nun, da sie sich an die glanzvolle Rede gewöhnt hatte, genoss sie jedes Wort, das Eugen sich für sie ausgedacht hatte. Wäre es nach ihr gegangen, hätte er ewig weitersprechen können. Glücklich hob sie ihr Glas erneut an.

»Du wärst eine gute Soldatenbraut, ich weiß, immerhin fließt in deinen Adern das Blut deines Großvaters Nikolaus.« Er schaute sie mit einem seltsamen Blick an – voller Achtung, aber auch voller Fragen. »Zu bieten hätte ich dir nicht viel. Aber ich würde dir trotzdem ein guter Ehemann sein. Ich würde dich lieben und ehren, es soll dir an meiner Seite an nichts mangeln. Ich würde dich und unsere Kinder beschützen, so dass es im ganzen Land heißen würde: Herzogin Wera hat es gut getroffen.«

»Herzogin Wera, das hört sich schön an ...«

»Heißt das – du würdest mich zum Mann nehmen?«, fragte er unsicher.

Wera grinste. »Vielleicht? Bisher hast du mich ja noch nicht gefragt.«

Er kratzte sich am Ohr. »Die Frage aller Fragen, ja.«

Bevor Wera wusste, wie ihr geschah, beugte sich Eugen stürmisch über sie. Seine Lippen trafen die ihren, sein Kuss war weich und fest zugleich. Sein Mund schmeckte nach Sekt und Wald. In Weras Ohren begann es zu summen, ihr wurde so schwindlig, dass sie Angst hatte, vom Hochsitz zu fallen. Blind tastete sie nach dem hölzernen Geländer, um sich daran festzuhalten.

Zärtlich strich er ihr über die Wange, dann lösten sich seine Lippen von den ihren. Er nahm den kleinen Herzlederbeutel in die Hand und knöpfte ihn auf.

Der Diamantring, der zum Vorschein kam, funkelte facettenreich und verheißungsvoll.

»Wera, willst du meine Frau werden? Willst du, dass ich dich bis ans Ende unserer Tage küsse und liebe und ehre?«

Und Wera, die nur langsam aus ihrer Schreckstarre erwachte, hauchte leise, aber umso bestimmter: »Ja!«

TEIL III

Ich habe einst geliebt –
Zum ersten und letzten Mal –
Stets bleibt's in meinem Herzen
Ein wonniger Sonnenstrahl!

Ein Stern, der sanft und milde
Aus der Nacht hernieder blinkt,
Auf ewig von mir scheidend
In die Flut der Zeit versinkt.

Mir ist's, als wär' das Alles
Ein wunderschöner Traum,
Der, an mir vorüberschwebend,
Entschwand in des Himmels Raum.

Aus: »Liederblüthen«, Gedichte von
Wera, Herzogin von Württemberg

27. KAPITEL

Stuttgart, September 1875

Sonnenstrahlen fielen streifenförmig durchs Fenster und warfen wechselnde Muster auf die weiße Leinenbettwäsche. Noch drangen die Geräusche der Stadt nur gedämpft in das Schlafzimmer des riesigen Appartements. Dabei lag es mitten in der Stadt in der sogenannten »Akademie«, neben dem Neuen Schloss. Genau wie Weras und Eugens großer Haushalt mit all seinen Angestellten schlief auch Stuttgart noch. Aber es würde nicht mehr lange dauern, dann führen Fuhrwerke durch die Straßen und in der Wohnung würde Klein-Egi nach seiner Milch brüllen. Die Amme und die Köchin würden sich über den Platz am Herd streiten. Aus dem Esszimmer würde das Geklapper von Geschirr ertönen und der Duft von frisch gebrühtem Kaffee würde durch den Flur ziehen. Der Hofmarschall würde mit einem Armvoll Tageszeitungen von draußen zurückkehren. Aber noch stand die Zeit für eine kleine Weile still …

Wera schlug die Augen auf und schaute ihren Mann an. Als hätten sie es abgesprochen, erwachte auch Eugen just in diesem Moment. Mit einem schläfrigen Lächeln breitete er seine Arme aus, und Wera schmiegte sich an ihn.

Wie immer, wenn sie sich am Morgen liebten, fehlte ihrem Liebesakt die fiebrige Hast nächtlicher Zärtlichkeiten. Ihre Bewegungen waren langsamer, ihre Empfindungen umso intensiver. Mit einem leisen Aufstöhnen erreichten sie beide gleichzeitig den Gipfel der Lust. Kurz darauf schlief Eugen nochmals ein.

Lächelnd deckte Wera ihren Mann zu, dann kuschelte sie sich selbst auch wieder unter die Daunendecke.

Schon immer hatte sie den frühen Morgen geliebt – dass manche Menschen gern bis zum Mittag schlafen würden, konnte sie nicht verstehen. Sie wurde fröhlich wach, begrüßte den neuen Tag am liebsten vor allen anderen. Oder hing wie jetzt – ungestört von den vielen Alltagspflichten – ihren Gedanken nach.

Seit sie mit Eugen verheiratet war, waren diese Stunden noch kostbarer für sie. Nur in dieser Zeit hatte sie ihren Mann ganz für sich allein.

Wie so oft wanderte ihr Blick zu dem großen Hochzeitsbild, das an der Wand links von ihrem Ehebett hing.

Der 8. Mai 1874, der schönste Tag ihres Lebens ... Damals war sie Eugens Frau geworden. Sie, die füreinander bestimmt waren, hatten »Ja« zueinander gesagt.

Das Stuttgarter Schloss war fast aus den Nähten geplatzt, so viele Gäste waren von überall angereist, um die Vermählung zwischen ihr und dem Herzog von Württemberg zu feiern. Ihre Eltern waren aus St. Petersburg gekommen, ihre Brüder, Eugens Eltern ... Die Damen in Galakleidung, die Herren in Galauniform. Sie selbst hatte ein cremefarbenes, mit Hunderten Metern Spitze verziertes Kleid mit langer Schleppe getragen, drei Zofen hatten ihr beim Ankleiden geholfen. Gleich zwei Frisierdamen hatten sich um ihre Haare gekümmert. Der Aufwand hatte sich gelohnt: »Eine schöne Braut!«, bemerkten viele der Gäste. Bei so manchem schwang Erstaunen in der Stimme mit, anscheinend hatte man ihr so viel Attraktivität nicht zugetraut.

»Das und vieles andere ebenfalls nicht«, murmelte Wera in die Daunendecke hinein. Dass ausgerechnet sie, das hässliche Entlein aus St. Petersburg, sich den attraktiven Herzog Eugen von Württemberg als Ehemann angelte, hatte für großes Aufsehen nicht nur am Stuttgarter Hof gesorgt. Sie mochte sich gar nicht vorstellen, was alles hinter ihrem Rücken getratscht worden war und –

»Liegst du wieder wach und sinnierst?«, murmelte Eugen plötzlich und riss Wera damit aus ihren Gedanken.

»So laut, wie du schnarchst, bleibt mir nichts anderes übrig«, erwiderte sie schmunzelnd.

Eugen streckte sich ausgiebig. »Ab nächster Nacht hast du ja deine Ruhe und kannst selig schlafen.«

Wera stöhnte auf. »Musst du mich daran erinnern, dass du mich schon wieder verlässt? Wenn es danach ginge, würde ich freiwillig für immer und ewig wach bleiben! Ach Eugen, musst du wirklich zurück in die Kaserne nach Ditzingen? Das Wochenende steht doch vor der Tür. Wir könnten einen schönen Ausflug machen, das Wetter lädt geradezu dazu ein! Und in der Oper findet heute eine Premiere statt, das Programm liest sich sehr interessant. Bitte, sag ja!« Sie wollte sich an ihn schmiegen, doch Eugen rutschte mit einem Seufzen von ihr fort.

»Ach Wera, diese Diskussion haben wir schon oft genug geführt. Es gibt immer tausend schöne Dinge, die man unternehmen kann, aber ich kann doch nicht ständig freinehmen! Ich habe in Bezug auf meine Karriere noch einiges vor. Da werde ich bestimmt nicht verlangen, dass man mir Extrawürste brät. Und Wochenenddienste gehören bei meiner Position nun einmal dazu.«

»Das behauptest *du*«, erwiderte Wera trotzig. »Aber immerhin bist du der Schwiegersohn des Königs! Und als solcher könntest du sehr wohl eine Sonderbehandlung verlangen.« Dass sie ihren Mann nach der Hochzeit so selten sehen würde, damit hatte Wera nicht gerechnet. Vielmehr hatte sie geglaubt, dass er sein Regiment nur tagsüber besuchen und zu Hause übernachten würde. Und dass sie die Wochenenden, an denen in der Stadt immer besonders viel geboten wurde, gemeinsam verbringen würden, hatte für sie auch ohne Zweifel festgestanden.

Eugen schwang beide Beine über den Bettrand und sagte:

»Eine Sonderbehandlung – damit wäre ich bei meinen Männern schnell erledigt. Wie kommst du nur zu solch seltsamen Vorstellungen? Dein Onkel Sascha, dein Vater Konstantin, dein Großvater Nikolaus – sie alle waren Männer des Militärs, du hast also von Kindesbeinen an mitbekommen, wie es da zugeht. Ich kann mir kaum vorstellen, dass je ein Romanow mit seiner Ehefrau ein solches kleinbürgerliches Idyll lebte, wie es dir vorschwebt. Und sage nicht, ich hätte dich nicht vor einem Leben als Soldatenbraut gewarnt. Ich weiß noch ganz genau, wie ich dir während meines Heiratsantrags erklärte, dass ein Leben als Soldat immer auch große Opfer mit sich bringt. Für mich ebenso wie für dich.«

Beleidigt und ein wenig schuldbewusst schaute Wera zu, wie sich Eugen anzog. Und wenn Eugen tausendmal recht hatte – niemand hatte sie darauf vorbereitet, wie sehr sie ihn vermissen würde. Genau das sagte sie ihm auch und fügte hinzu:

»Außerdem ist mir so schrecklich langweilig, wenn ich tagelang allein in der Wohnung sitze. Und an den Wochenenden ist das noch schlimmer.« Noch während sie sprach, ärgerte sie sich über den quengelnden Ton in ihrer Stimme. Eugen mochte es nicht, wenn sie jammerte. Und im Grunde mochte sie es auch nicht, denn es entsprach nicht ihrem Wesen. Warum sie es dennoch tat, konnte sie sich nicht erklären. Sie wusste nur, dass ihr allein beim Gedanken an den Abschied das Herz weh tat.

»Wer verlangt denn von dir, dass du zu Hause sitzt? Früher warst du doch auch ständig unterwegs! Besuch die Königin, wenn dir langweilig ist«, sagte Eugen.

»Das würde ich zu gern«, erwiderte Wera. »Aber Olly ist an den Bodensee gereist. Sie will dort Iwan Bariatinski treffen, einen alten Bekannten aus Russland, und danach möchte sie noch den bayerischen König besuchen. Sie erhofft sich *erquickende Gespräche*«, sagte sie ironisch. »Als ob wir sie nur langweilen würden.«

Eugen hob missbilligend die Brauen. »Ist die Königin nicht gerade eben erst aus Bad Ems zurückgekommen?«

»Na und? Karl und Wilhelm sind doch auch seit Wochen in Nizza, warum also sollte Olly zu Hause sitzen?«, erwiderte Wera, obwohl sie sich insgeheim über die Reiselust ihrer Mutter ärgerte. Iwan Bariatinski – dieser Mann schien es Olly wirklich sehr angetan zu haben, denn wegen ihm war sie nach Bad Ems gereist. Und nun hatte sie anscheinend vor, ihn auch in Friedrichshafen zu treffen. Wahrscheinlich sprachen sie ständig über »die guten alten Zeiten«.

»In den Kinderheimen, der Nikolauspflege und den anderen Institutionen läuft alles bestens, dank Gott und der fleißigen Damen und Herren, die Olly dafür verpflichtet hat. Und ich werde nächste Woche ihren Termin beim Württembergischen Sanitätsverein übernehmen.«

Eugen nickte. »Das ist gut. Es schadet dem Ansehen der Herzogin von Württemberg nicht, wenn sie sich ab und an bei ein paar Wohltätigkeitsorganisationen zeigt. Warum lässt du dir zuvor nicht ein paar neue hübsche Kleider machen? Seit Klein-Egis Geburt trägst du immer nur dieselben Sachen, am Ende heißt es noch, als meine Frau könntest du dir keine anständige Garderobe leisten. Und um deine Haare und deinen Teint solltest du dich auch kümmern, du siehst ein wenig blass aus, meine Liebe. Und dann die dunklen Schatten unter deinen Augen ...« Er schüttelte tadelnd den Kopf.

Wera schnaubte. »So sieht man nun einmal aus, wenn man drei Mal nachts aufsteht, weil im Zimmer nebenan ein Säugling herzzerreißend schreit! Ich frage mich wirklich, wie du Klein-Egis Weinen einfach ignorieren kannst.«

»Aber Wera, Liebes – für die Nachtwache ist doch das Kindermädchen da. Ich schätze es nicht, wenn du Aufgaben übernimmst, für die sie bezahlt wird.«

Wera schwieg. Sobald sie ihren Sohn weinen hörte, *musste* sie einfach nach ihm sehen, Kindermädchen hin oder her.

»Ich bleibe dabei, du solltest dich wirklich ein bisschen besser pflegen. Nimm dir ein Beispiel an deiner Adoptivmutter«, fuhr Eugen fort, während er mit seiner Rasur begann. »Trotz ihrer dreiundfünfzig Jahre ist Ollys Gesicht noch immer fast faltenfrei, ihre Haare glänzen so sehr, dass es sogar mir auffällt! Und immer trägt sie die neueste Pariser Mode. Königlich vom Scheitel bis zum Zeh – das ist unsere Olly.«

Ein wenig schuldbewusst schaute Wera an sich selbst hinab. Ihr Nachtkleid hatte weder Pariser noch sonstigen Chic, dafür aber einen milchigen Fleck auf der Schulter, der davon rührte, dass sie Klein-Egi in der Nacht aus seinem Bettchen gehoben hatte.

»Eine neue Garderobe – das lohnt in meinem Zustand doch gar nicht«, murmelte sie.

Eugen zog mit einem Kamm einen exakten Scheitel in sein dunkles Haar. Als er mit seinem Werk zufrieden war, wandte er sich vom Kommodenspiegel ab und zu Wera.

»Dass du unseren nächsten Sohn unterm Herzen trägst, verpflichtet dich noch viel mehr dazu, so hübsch wie möglich auszusehen. Wenn ich euch das nächste Mal besuchen komme, möchte ich mit meiner hübschen, charmanten und anmutigen russischen Großfürstin richtig angeben können.« Nach Rasierwasser duftend kam er zu ihr ans Bett, beugte sich zu ihr hinab und gab ihr einen langen Abschiedskuss.

Nachdem Eugen gegangen war, verbrachte Wera die nächste Stunde damit, die Zeitungen durchzublättern, die ihr Hausdiener wie jeden Morgen besorgt hatte. Für Politik interessierte sie sich wenig, und auch die Beiträge über den neuesten Opernimport, die Kritiken über Theateraufführungen und Ballettvorführungen überflog sie nur oberflächlich und lustlos. Das meiste würde sie wohl nie mit eigenen Augen sehen. Dann spielte sie eine halbe Stunde lang mit Klein-Egi. Doch während sie vor der Nase ihres Sohnes hölzerne Bauklötzchen hin und her kullerte, wuchs ihre innere Unruhe. Draußen herrschte herrlichstes Spätsommerwetter! Wetter, das zum Wandern einlud. Und dazu, Ausflüge zu machen, in einem Straßencafé ein Eis zu genießen oder die Schwäne im See des Schlossgartens zu füttern. Sie jedoch saß wie eine Gefangene in ihren eigenen vier Wänden. Und wer war schuld daran? Niemand anderes als sie selbst!

Resolut raffte Wera ihren Rock zusammen und rappelte sich aus ihrer hockenden Haltung auf. Während sie mit der einen Hand Klein-Egi eine Rassel hinhielt, klingelte sie mit der anderen nach ihrer Hofdame.

»Eure Hoheit, kann ich etwas für Sie tun?«, fragte Clothilde von Roeder, kaum dass sie erschienen war.

Wera schüttelte den Kopf. »Nein, nur *ich* selbst kann etwas für mich tun. Ach Clothilde, die letzten Wochen über habe ich mich so dämlich benommen! Anstatt stolz darauf zu sein, dass mein Mann mehr sein möchte als ein nichtsnutziger Salonlöwe, habe ich mich ständig bei ihm beschwert. Statt ihn für seinen Ehrgeiz und seinen Fleiß zu loben, habe ich mich sehnsüchtig nach ihm verzehrt. Vor lauter Selbstmitleid habe ich sogar zugelassen, dass das Leben an mir vorbeizieht. Nichts davon ist meiner würdig, ich schäme mich so sehr! Deshalb werde ich von nun an mein Leben wieder selbst in die Hand nehmen, so wie es sich für die Frau eines Offiziers gehört. Ich werde meinem Mann nicht mehr nachjammern, sondern selbst dafür sorgen, dass es mir gutgeht. So wie es Generationen von Romanow-Frauen vor mir auch getan haben. Clothilde, sagen Sie dem Kindermädchen Bescheid, dass wir in einer Stunde alle zusammen einen Ausflug in die Wilhelma machen. Wir werden spazieren gehen und ein Eis essen.«

Die Hofdame schaute Wera skeptisch an. »Sind Sie sich sicher? Ich weiß gar nicht, was ich sagen soll ... Wenn ich ehrlich bin, habe ich Ihre alte Lebenslust in letzter Zeit tatsächlich ein wenig vermisst. Allerdings nahm ich an, dass die Geburt Sie geschwächt hat. Und dass Sie sich aufgrund Ihres neuen ... Zustandes schonen wollen.«

Wera lachte auf. »Klein-Egis Geburt liegt doch schon ein halbes Jahr zurück. Und von meinem ›Zustand‹, wie Sie es nennen, merke ich auch noch nichts. Ich bin schwanger, aber nicht krank. Und deshalb gehen wir heute Abend außerdem noch in die Oper! Die Kritiker überschlagen sich mit ihrem Lob für ›Die Sichel‹ von Alfredo Catalani, da liegt es doch nahe, dass wir uns selbst ein Bild davon machen, nicht wahr?«

Clothilde von Roeders Augen leuchteten. »Die Oper, wie schön. Was meinen Sie – ob es Ihrer Mutter wohl recht wäre, wenn wir in der Königsloge Platz nähmen? Dort ist es immer besonders angenehm.«

Wera lachte. »Wo denn sonst? Fragen Sie bitte außerdem Evelyn von Massenbach, ob sie mitkommen möchte. Als ich sie letzte Woche sah, war sie von ihrer schweren Erkältung genesen. Und nun muss sie sich die Zeit, in der die Königin verreist ist, auch irgendwie vertreiben. Champagner werden wir drei Damen trinken. Und sollte ein fliegender Händler mit Blumen vorbeischauen, werde ich zur Feier des Tages Rosen für uns kaufen. Von nun an werden wir es uns richtig schön machen.«

Die nächsten Wochen vergingen in heiterer Betriebsamkeit. Stuttgart hatte im Herbst viel zu bieten: Außer etlichen Theater- und Ballettpremieren gab es zahlreiche private Soireen, Diners und Empfänge, dazu kamen die regionalen Wein- und Straßenfeste. So gern sich Wera in Hofkreisen bewegte, so gern mischte sie sich auch unter die einfachen Leute, trank mit ihnen ein Viertel Wein, genoss die Gesänge des Stuttgarter Männerchors und die Tanzaufführungen der Trachtengruppen, die eine erfolgreiche Weinlese feierten. Natürlich hätten all diese Feierlichkeiten zusammen mit Eugen noch viel mehr Spaß gemacht, aber an der Tatsache, dass er Soldat war, war nun einmal nicht zu rütteln.

Allabendlich schrieb Wera ihrem Mann Briefe, in denen sie von ihren Erlebnissen erzählte, damit er auf diese Art daran teilhaben konnte. Oftmals fügte sie kleine Zeichnungen hinzu und immer sandte sie ihm tausend Küsse. Er antwortete ebenso fleißig, wenn auch nicht in derselben Ausführlichkeit.

Geliebte Wera,
leider wird es mir nicht möglich sein, zu meinem Geburtstag nach Stuttgart zu kommen. Nicht, dass mir das etwas ausmachen würde. »Ein Tag wie jeder andere«, sage ich immer. Unser General hat sehr kurzfristig ein Feldmanöver angesagt, welches …

Stirnrunzelnd las Wera Eugens Depesche. Ganze drei Wochen hatte sie ihren Mann schon nicht mehr gesehen, und nun sollte sie auch noch bis Mitte Oktober auf ihn warten? Und sein Geburtstag würde unter den Tisch fallen? Das ging nun selbst für eine tapfere Soldatenfrau zu weit!

»Wie heißt es so schön? Wenn der Prophet nicht zum Berg

kommt, muss der Berg eben zum Propheten gehen«, murmelte sie vor sich hin. Die nächsten Stunden verbrachte sie damit, einen Plan zu schmieden.

Mit raschem Schritt ging Wera in die Küche ihres Appartements und betrachtete zufrieden den Picknickkorb, der zum Abtransport bereitstand. Er war gefüllt mit den allerfeinsten Köstlichkeiten, stundenlang hatte Wera mit ihrem Koch die Details besprochen. Eine Flasche besten Champagners würde das Festmahl krönen. Nachdem sie sich davon überzeugt hatte, dass weder Gläser noch Servietten fehlten, eilte sie in ihr Ankleidezimmer, wo sie sich im großen Standspiegel einer letzten kritischen Begutachtung unterzog.

In einer halben Stunde würde ihr Kutscher kommen, um sie nach Ditzingen zu fahren. Zur Feier von Eugens Geburtstag wollte sie ihn mit einem Picknick überraschen. Klein-Egi kam ebenfalls mit, ihm hatte sie speziell zu diesem Anlass eine Ulanenuniform in Miniaturformat schneidern lassen. Ganz entzückend sah der Kleine darin aus! Und auch mit ihrem eigenen Aussehen war Wera ausnahmsweise einmal vollends zufrieden, denn vor ein paar Tagen war Margitta bei ihr gewesen und hatte ihr bei der Auswahl ihrer Garderobe geholfen.

Mindestens einmal pro Woche kam die Freundin aus Kindertagen sie besuchen. Die Näherin schien die heimelige Atmosphäre, die Wera mit warmen Farben, wertvollen Materialien und schönen Möbeln geschaffen hatte, sehr zu genießen. Wera machte es Spaß, die Freundin mit Kaffee und Kuchen zu bewirten und voller Stolz ihr neu geschaffenes Heim zu zeigen. Und nach wie vor war ihr Margittas gutes Händchen in Bezug auf Kleidung eine große Hilfe.

Das rote Samtkleid stand ihr ausgezeichnet, ihre Haare glänzten und wurden von einer goldenen Spange in der Form eines Säbels geschmückt. Als Abrundung hatte Margitta ein seidenes Trachtentuch ausgesucht, dessen lange Fransen bei jeder Bewegung spielerisch flatterten.

Für Eugen wollte sie so hübsch wie möglich aussehen! Und gut duften wollte sie ebenfalls. Lächelnd tupfte Wera sich großzügig ein Parfüm auf, das nach Lilien, Orangen und Aufregung roch.

Als Wera bei der Kaserne in Ditzingen ankam, war es drei Uhr nachmittags. Es war ein milder Tag, die Sonne tauchte die hügelige Landschaft in honigfarbenes Licht. Genau richtig für ein Picknick, befand Wera mit frohem Herzen. Sie bat den Fahrer, auf sie und ihren Mann zu warten. Bestimmt kannte Eugen von seinen Ausritten her ein paar lauschige Plätzchen in der Gegend, wo sie ihr Picknick abhalten konnten.

Sie stellte sich beim wachhabenden Soldaten am Tor vor und überredete ihn, sie und Klein-Egi, den sie auf dem Arm trug, passieren zu lassen. Schließlich wollte sie Eugen mit ihrem plötzlichen Erscheinen überraschen!

»Dein Papa wird Augen machen«, flüsterte sie ihrem Sohn ins Ohr, dann zupfte sie seine Uniform zurecht. Klein-Egi sah entzückend aus, dachte sie stolz, während sie den Weg nahm, der laut dem Wachposten zu den Offiziersunterkünften führte. Mit jedem Schritt wuchs ihre Vorfreude.

Doch die Offiziersunterkünfte waren wie ausgestorben, und auch Eugen war nirgendwo zu sehen. Stirnrunzelnd schaute Wera auf die verschlossene Tür. Wo war er dann? Überhaupt schien ihr die Kaserne sehr ruhig zu sein. Ein frühes Herbstmanöver in den umliegenden Wäldern? So etwas käme sehr ungelegen, in diesem Fall würde sie samt Picknickkorb wieder heimfahren müssen. Aber noch gab sie die Hoffnung nicht auf.

»Wir werden den Papa schon finden«, sagte sie, und Klein-Egi lachte fröhlich dazu. Und wenn nicht, konnte sie immer noch die Wache am Tor bitten, ihn suchen zu lassen.

Am Rand des großen Innenhofs angekommen, schaute sie sich suchend um. Das langgezogene Gebäude mit den vielen Fenstern, war das nicht das Kasino? Von dort waren Männerstimmen zu hören, Gelächter und ... Musik?

Wera kniff die Augen zusammen, als könne sie dadurch besser hören. Doch eine Geburtstagsfeier? Seltsam.

»Ein Tag wie jeder andere«, hatte Eugen zu ihr gesagt, als sie ihn vor längerer Zeit auf seinen nahenden Geburtstag angesprochen hatte. »Komm bloß nicht auf die Idee, dir irgendwelche Umstände zu machen!«

Auf einmal war sich Wera ihrer Sache gar nicht mehr sicher. Was, wenn Eugen ihre Überraschung nicht gefiel? Weniger aus innerer Überzeugung denn aus Neugier lief sie in Richtung Kasino. Je näher sie kam, desto lauter und rauer wurden die Männerstimmen, desto ausgelassener das Lachen, das bis auf den Innenhof drang.

Mit zittriger Hand und einem unguten Gefühl im Bauch stieß sie die Tür auf. Sogleich schwoll ihr eine dumpfe Mischung aus Essensgerüchen, Schnaps und Tabakrauch entgegen. Unwillkürlich wich Wera einen Schritt zurück.

Niemand bemerkte sie, zu ausschweifend war die Feier, die hier stattfand: In tabakgeschwängerter Luft saßen um die dreißig Offiziere an einer U-förmigen Tafel zusammen, lachten, alberten herum oder unterhielten sich. In dem Lärm ging das Gefiedel einer schlecht gestimmten Geige fast unter – Wera konnte den Musiker von der Tür aus nicht sehen. Dickwandige Weingläser klirrten dumpf, wann immer sich die Offiziere zuprosteten, bevor sie den Inhalt ihrer Gläser in einem Zug leerten. Die jungen Kadetten, die als Mundschenke verpflichtet worden waren, kamen kaum nach, die Gläser erneut zu füllen. Direkt vor Weras Augen bekam ein junger Bursche von einem der Offiziere einen harten Knuff in die Seite, weil er nicht schnell genug agierte. Normalerweise hätte sich Wera darüber aufgeregt, doch ihr Blick war auf das Spektakel gerichtet, das in der Mitte der Tische stattfand: Drei Tänzerinnen in weißen Spitzenkleidern führten eine Parodie von Peter Tschaikowskys »Schwanensee«-Ballett auf, indem sie in übertriebener Art von einer Zehenspitze auf die andere hüpften. Auf der Rückseite ihrer Kostüme, auf Höhe der Schulterblätter, waren weiße, mit echten Federn beklebte Flügel angebracht. Die Flügel wippten bei jeder Bewegung ebenso mit wie die Brüste der Tänzerinnen, deren Ansätze dank großzügiger Dekolletés mehr als zu ahnen waren.

Wera, die wie angewurzelt im Türrahmen stand, glaubte durch den Tabakrauch hindurch zu erkennen, dass hie und da Geldscheine durch die Luft flogen, die von den Tänzerinnen mit mehr oder weniger eleganten Bewegungen aufgefangen wurden.

Gleich darauf lockten die Tänzerinnen mit gekrümmten Zeigefingern die Herren spielerisch zu sich auf die Tanzfläche. Die meisten Herren winkten lachend ab, manch einer warf den Tänzerinnen eine Kusshand zu. Nur ein Mann sprang auf. Er war mit wenigen Schritten in der Mitte des großen U, wild wirbelte er eine der Tänzerinnen im Kreis herum, dann nahm er einen der auf ihrem Rücken angebrachten Schwanenflügel zwischen die Zähne und tat so, als würde er davon abbeißen. Der Mann war Eugen. Die Menge johlte.

Wera drückte ihren Sohn noch enger an die Brust. Ein leises Wimmern entfloh ihren Lippen. Ein Alptraum! Sie war mitten in einem Alptraum gelandet. Nur – warum kniff sie niemand, so dass sie aufwachte?

Klein-Egi, der bisher alles gespannt mit großen Augen verfolgte, schien die ausgelassene Stimmung nun auch Angst zu machen. Bevor Wera etwas dagegen tun konnte, brüllte er los. Sein Schrei war so markerschütternd, dass er selbst das Gejohle der Männer übertönte. Von einem Moment auf den anderen erstarb jedes Geräusch im Raum. Eugen ließ den Schwanenflügel samt Tänzerin los, das breite Grinsen auf seinem Gesicht gefror.

»Wera?«

28. KAPITEL

Du Sternglanz meiner Augen!
Du meines Lebens Licht!
Ersticke nicht die Liebe,
Die mir das Herz noch bricht!

Ja freu' Dich, dass es leidet,
Das Herz, das treu Dir blieb,
Trotz allen seinen Qualen
Dich hat so innig lieb!

Fröstelnd schaute Wera von ihrem Schreibtisch auf. Sollte sie Eugen das Gedicht schicken? Wie würde er darauf reagieren? Wollte sie ihre tiefsten Gefühle überhaupt derart entblößen? Zweiflerisch steckte sie das Gedicht samt allen anderen, die sie in den letzten Nächten geschrieben hatte, in die kleine Schublade des Schreibtisches.

Wie benebelt ging sie dann durch ihr riesiges Appartement. Während sie sich nach einer zweiten Strickjacke sehnte, kam es ihr vor, als sehe sie eine fremde Wohnung: Die Tapeten hatten die Farbe reifer Mirabellen und waren durchzogen von feinen Streifen, deren Jägergrün sich im Stoff der großen Sitzgruppe, bestehend aus mehreren Fauteuils sowie einem bequemen Sofa, wiederholte.

Die Vorhänge jedoch wiesen ein kräftiges Rostrot auf. Sie hatte beim Einrichten ihres Wohnzimmers einen sonnigen Herbsttag vor Augen gehabt, so, wie der heutige einer war. Die warmen, erdigen Töne eines Erntedankkranzes, gereifte Farben, umweht von einem Hauch von Gold. Ein Zuhause hatte sie erschaffen wollen, für Eugen und ihre Familie.

Traurig wandte Wera ihren Blick von einem besonders wertvollen Früchtestillleben ab, als das melodiöse Klingeln der Türglocke sie aus ihren Gedanken riss. Margitta – endlich!

»Es war so schrecklich! Als ich mit Klein-Egi auf dem Arm in der Tür des Kasinos stand und Eugen und seine Kameraden fröhlich feiern sah … Alle starrten mich an, als wäre ich ein Hund mit zwei Schwänzen – ich kam mir so dämlich vor! Und dann dieses Weib …«

Der Gedanke daran, *wen* sie inmitten von Eugens Kameraden entdeckt hatte, brachte die letzten Dämme in Wera zum Einstürzen. Sie weinte hemmungslos. Wie lächerlich sich Eugen benommen hatte. Ihr Eugen, ihr Held! Nie würde sie einem Menschen von seinem Auftritt erzählen können, dazu schämte sie sich viel zu sehr.

»Und was hat Eugen gesagt?«

Heulend schüttelte Wera den Kopf. Es dauerte einen langen Moment, bis sie sich so weit gesammelt hatte, dass sie weitersprechen konnte.

»Auf irgendwelche Erklärungen konnte ich in diesem Moment gut verzichten, also bin ich wortlos davongerannt«, sagte sie mit bitterem Unterton.

Margitta nickte verständnisvoll.

Wera schauderte, als sie daran dachte, wie der Picknickkorb sie von der Sitzbank der Kutsche aus hämisch angegrinst hatte. Die feinen Leckereien – jede für sich ein Beleg ihres Versagens. Sie war sich so lächerlich vorgekommen! So dumm, so gedemütigt wie noch nie in ihrem Leben.

»Nie zuvor ist mir eine Kutschfahrt so lang erschienen wie die

Heimfahrt. Vor Klein-Egi wollte ich nicht weinen, weißt du? Als wir endlich daheim angekommen waren, habe ich ihn seinem Kindermädchen übergeben. Ich hab mich ins Schlafzimmer eingesperrt, wollte niemanden sehen. Die ganze Nacht habe ich darauf gewartet, dass er auftaucht. Aber er kam nicht, stattdessen hat er mir am nächsten Morgen das hier geschickt!« Wütend knallte Wera Eugens Depesche auf den Tisch.

Margitta hob den Bogen Papier auf und las ihn mit zusammengekniffenen Lippen.

»Er bittet dich um Verzeihung, aha. Und er schreibt, du hättest die Situation völlig falsch gedeutet. Und am Ende sendet er dir und Klein-Egi tausend Küsse. Davon kannst du dir was kaufen!«

Wera zuckte mit den Schultern. Eigentlich war sie nach Eugens Depesche wieder ein wenig versöhnlicher gestimmt gewesen. Doch nun, im Gespräch mit Margitta, stiegen erneut Wut und Verzweiflung in ihr hoch.

»Männer sind Schweine«, sagte Margitta voller Inbrunst. »Und je früher du das kapierst, desto besser ist es. Dein Eugen ist keinen Deut besser als die anderen!«

»Das stimmt nicht«, sagte Wera reflexartig und schenkte ihnen Kaffee ein.

Für einen langen Moment war außer dem Geklapper von Margittas Kuchengabel nichts zu hören. Nach nur wenigen Bissen war das erste Stück Käsesahnetorte verschwunden. Ohne zu fragen, nahm sich Margitta ein zweites Stück.

Wera, die selbst keinen Appetit hatte, beobachtete die Freundin stumm. Wie schmal und erschöpft sie aussah mit ihren dunklen Augenringen. Ihr nachlässig aufgesteckter Dutt erschien strähnig und matt. Ihr spitzer Bauch drückte fordernd durch den Schürzenstoff des Kleides, das aussah, als trüge sie es nicht erst seit gestern.

Nach dem zweiten Tortenstück schob Margitta ihren Teller von sich.

»Vielleicht hast du dich ja in der ganzen Aufregung getäuscht und das Schwanenweib war gar nicht diese blöde Etty?«

»Natürlich war sie es! Diese Frau hatte es doch schon immer auf meinen Eugen abgesehen!«, stieß Wera hervor. »Wahrscheinlich verfolgt sie ihn, wo es nur geht. Oder hat er sie selbst zu seiner Feier eingeladen? Das … wäre ja noch schlimmer. Das Liebchen von früher darf mit ihm feiern, seine dumme Ehefrau hingegen wollte er nicht dabeihaben.« Sie weinte erneut los, dann ergriff sie Margittas Hände, drückte sie voller Verzweiflung.

»Was, wenn sich die beiden regelmäßig treffen? Womöglich hat das Miststück ihn schon wieder verhext und er steht in ihrem Bann, so wie früher?«

Margitta runzelte die Stirn. »Ich weiß nicht … Ein Tanz im Kasino, das hört sich eigentlich ziemlich harmlos an. Außerdem – sein Dienst lässt ihm doch nicht mal die Zeit, am Wochenende zu dir nach Hause zu kommen. Wie sollte er sich da eine Geliebte halten?«

»Meinst du?«, fragte Wera hoffnungsvoll.

»Na ja, wenn man die Angelegenheit nüchtern betrachtet«, sagte Margitta. »Aber eins weiß ich trotzdem: Einem Mann darfst du nie über den Weg trauen.«

Bedrückt schaute Wera zu, wie ihre Freundin ein weiteres Stück Kuchen verschlang. Margittas harsche Worte schmerzten sie. Verwundert war sie darüber jedoch nicht. Margittas Ehemann Josef war ein Tunichtgut: Seine Anstellung beim königlichen Fleischlieferanten hatte er schon vor der Eheschließung verloren. Wera hatte sich auf Margittas Drängen hin beim König dafür eingesetzt, dass Josef eine Stellung bei Hofe angeboten wurde. Kurz darauf hatte er als Stallbursche im königlichen Marstall angefangen. Doch scheinbar besaß Josef ein großes Maul und war faul obendrein – jedenfalls hatte der Stallmeister ihn nach weniger als einem Monat wieder vor die Tür gesetzt. Seitdem schlug sich Margittas Ehemann mit Gelegenheitsarbeiten durch. Näheres wusste Wera nicht. Margitta selbst arbeitete wie eh und je in der Wäschekammer des Schlosses. Ihre Tochter wurde in dieser Zeit von einer Nachbarin beaufsichtigt.

»Mein Mann ist kein Lump«, erwiderte Wera bestimmt. »Es war einfach eine dumme Idee von mir, ihn zu überraschen.« Sie nestelte einen zweiten Bogen Papier aus ihrer Rocktasche. »Die Depesche hatte noch ein Postskriptum. Eugen schlägt mir darin eine Reise nach Schlesien vor, das würde er doch nicht tun, wenn er ein gemeiner Kerl wäre, oder?«

»Schlesien? Liegt dort nicht das Landgut seiner Familie?«

»In Bad Carlsruhe, ja. Eugen schreibt, dass es auch ein halbes Jahr nach dem Tod seines Vaters für ihn noch einiges zu regeln gäbe. Er bittet mich, ihn auf der Reise zu begleiten.« Wera verzog den Mund.

»Und was gefällt dir daran nicht? Ich könnte mir Schlimmeres vorstellen, als eine Reise zu unternehmen! Zum Beispiel, von früh bis spät in der königlichen Wäschekammer Leintücher und Tischdecken flicken.«

Sofort bekam Wera ein schlechtes Gewissen. Margitta und sie waren sich nach all den Jahren so vertraut – trotzdem vergaß sie immer wieder, welch anderes, wesentlich härteres Leben die Freundin führte.

»Du hättest deinen Mann endlich einmal ganz für dich. Außerdem – hast du nicht erzählt, dass deine Schwiegermutter eine nette Frau ist, die du sehr magst?«

»Ja, sicher. Herzogin Mathilde würde ich gern wiedersehen«, antwortete Wera gequält. »Aber weißt du, wie weit es nach Bad Carlsruhe ist? Über tausend Kilometer! Ich habe mir die Strecke auf dem Globus angeschaut, wir müssen über Heilbronn, Nürnberg und Dresden bis nach Görlitz fahren und von dort nach Bad Carlsruhe.« Wera schaute betrübt drein. »Das kann ich Klein-Egi nicht zumuten, niemals.«

»Wer sagt denn, dass du das Kind mitnehmen sollst?«

Wera zuckte zusammen, als habe ihr jemand eine Ohrfeige versetzt. »Ich soll meinen Buben allein hierlassen? Wochenlang in der Obhut fremder Menschen? Das würde ich nicht überleben. Nie und nimmer!«

Nachdem Margitta gegangen war, verfrachtete Wera ihren inzwischen wieder erwachten Sohn in seinen Kinderwagen. Zu Hause hätte sie es keine Minute länger ausgehalten, sie wollte Menschen um sich haben. Und die würde sie an einem schönen Sonntagnachmittag im Schlossgarten finden, der seit jeher auch für die Bevölkerung offen stand. Außerdem brauchte sie frische Luft, wollte sich bewegen und hoffte, dass sich dabei der Nebel in ihrem Kopf lichtete. Ihre Hofdame Clothilde ließ sie zu Hause. Allmählich wurde ihr immer bewusster, dass andere Leute ihr nicht helfen konnten: Margitta sah Männer inzwischen grundsätzlich in einem schlechten Licht. Olly war nicht da. Und selbst wenn sie in Stuttgart gewesen wäre, hätte Wera sie nicht mit ihren Sorgen belasten wollen. Clothilde wiederum mochte zwar ahnen, dass zwischen ihrer Herrin und deren Gatten nicht immer nur eitel Sonnenschein herrschte, aber ins Vertrauen ziehen wollte Wera sie deshalb noch lange nicht.

Die Sonne schien tief und gleißend zwischen den Häusern der Stadt hindurch, ein föhniger Wind trug süße, milde Luft heran. Wie erhofft waren überall sonntäglich gekleidete Spaziergänger unterwegs, Kinder planschten lachend mit ihren Händen im Schlossbrunnen, Hunde bellten, ab und an wehte der Wind den Geruch eines Sonntagsbratens heran. Wera grüßte, wechselte mit einigen ein paar Worte und zeigte jedem, der auch nur ansatzweise in den Kinderwagen lugte, stolz ihren Sohn.

Der achte April war ein besonders glücklicher Tag in ihrem Leben gewesen. Der Tag, an dem sie morgens um sieben Uhr dem nächsten Herzog von Württemberg, Karl Eugen, den alle nur Klein-Egi nannten, das Leben schenken durfte. Vom ersten Augenblick an war Wera in ihr Kind verliebt gewesen, und ihre Liebe wuchs mit jedem Tag, den der Junge älter wurde.

»Ein strammer Bursche! Und ganz der Vater«, sagte Antonie, die Ehefrau von Weras Vermögensverwalter Carl Schumacher jetzt, als sie sich in den Unteren Königlichen Anlagen begegneten.

»Finden Sie nicht, dass alles an dem kleinen Mann besonders ist? Die hübschen Finger, die goldigen Füße, der feingezeichnete Mund ... Und dann die Augen – selten hat ein Säugling schon solch strahlende Augen, nicht wahr?« Einem heftigen Impuls folgend, nahm Wera Eugen hoch und drückte ihn an ihre Brust. Ein Dutzend schmetterlingszarte Küsse landeten auf dem braunen Haarschopf des Kindes. Und plötzlich wog Eugens »Verrat« nicht mehr so schwer, weggeflogen waren ihr Groll, ihre Enttäuschung, das Gefühl, abgewiesen worden zu sein. Er war doch Klein-Egis Vater.

Antonie Schumacher lächelte.

»Grüßen Sie den König und sagen Sie ihm, so gut wie unter seinen Fittichen ist es uns noch nie gegangen«, sagte Hofrat Carl Schumacher, als sie sich wieder verabschiedeten.

Ein großes Lob aus dem Mund eines Mannes wie dem Hofrat, der mit Zahlen bestens umgehen konnte, dachte Wera. Nicht ohne Grund vertrauten Eugen und sie ihre Vermögensverwaltung ausgerechnet diesem geschickten Geschäftsmann an.

Während sie weiterschlenderte und den Sonntagsfrohsinn auf sich wirken ließ, schweiften ihre Gedanken ab zu Karl und Olly. Ihre Adoptivmutter war stets schnell dabei, vor allem Karls Schwächen zu sehen, und gewiss konnte man ihm einiges nachsagen. Aber Tatsache war auch: Unter Karls Regentschaft prosperierte Württemberg Jahr für Jahr. Das bis vor wenigen Jahren klägliche Eisenbahnnetz wurde immer mehr ausgebaut. Statt sich mit Pferdefuhrwerken mühevoll über schwer geläufige Wege zu quälen, konnten die Württemberger inzwischen schnell, günstig und bequem mit dem Zug von einem Ort zum anderen gelangen. Die Versorgung der Bevölkerung mit frischem, sauberem Trinkwasser hatte durch ein Großprojekt auf der Schwäbischen Alb, welches kilometerlange Wasserleitungen und starke Pumpwerke beinhaltete, einen Riesenfortschritt gemacht. Überall im Land schossen kleine Fabriken aus dem Boden und stellten die Waren her, die in den vielen kleinen Geschäften und Kaufhäusern der Städte verkauft wurden. Es gab Arbeit für Hunderttausende!

Und nicht nur die Stadtbevölkerung, sondern auch die auf dem Land profitierte vom allgemeinen Vorwärtsdrang: In von der Regierung eingerichteten sogenannten »Winterschulen« lernten die Jungbauern den richtigen Einsatz von Kunstdüngern, auch erhielten sie Unterricht in Pflanzen- und Tierkunde. Ihre Betriebe konnten sie gegen Hagelschäden versichern lassen, ein dringend benötigtes Flurbereinigungsgesetz war in Vorbereitung. Die Kühe lieferten mehr Milch, die Felder mehr Getreide, die Reben in den Weinbergen eine bessere Qualität. Stolz präsentierten die Bauern auf dem jährlich im September stattfindenden Landwirtschaftlichen Hauptfest auf dem Cannstatter Wasen ihre Produkte.

Kurz gesagt, dem kleinen Land Württemberg ging es ausgesprochen gut, und das, obwohl es außer ein paar Steinsalzbergwerken keine anderen Bodenschätze oder sonstige Reichtümer besaß. Vom Börsenkrach, der im Kaiserreich ganze Finanzmärkte zum Einstürzen gebracht hatte, war in Württemberg fast nichts zu spüren, und Gerede von einer Depression, wie man es anderswo hören konnte, gab es auch nicht.

Wie schade, dass Olly ausgerechnet jetzt hatte verreisen müssen, dachte Wera. Zu gern hätte sie mit ihr und Klein-Egi das Volksfest auf dem Wasen besucht. Die hübschen Verkaufsbuden, das laute Treiben rund um den »Hau den Lukas!«, die prächtig geschmückten Pferde der Stuttgarter Brauereien – das Volksfest der Bauern strahlte jedes Mal eine ganz besondere Mischung aus Lebensfreude, Bodenständigkeit und Wohlstand aus.

Nachdem sie den Schlossgarten einmal ganz durchschritten hatte, setzte sich Wera schließlich auf eine Bank und genoss mit geschlossenen Augen die letzten Sonnenstrahlen. Ihr Gespräch mit Margitta, Eugens Brief, die Frage, ob sie mit ihm nach Bad Carlsruhe reisen sollte – kaum dass sie saß, herrschte wieder ein wildes Durcheinander in ihrem Kopf. So viele Entscheidungen gab es zu treffen. So vieles abzuwägen. Was war falsch? Was richtig? Unwirsch öffnete sie die Augen wieder und versuchte, sich zu konzentrieren.

Hatte Eugen das Fest mit den Tänzerinnen organisiert, hinter ihrem Rücken? Oder ging das Gelage auf das Konto der anderen Offiziere? In diesem Fall war Eugen nichts anderes übriggeblieben, als mitzufeiern, sonst hätte man ihn einen Spielverderber genannt. Dass ausgerechnet Etty mit von der Partie gewesen war – nun ja, solche Zufälle gab es. Dass sie ein Luder war, das für Geld alles machte, hatte Wera schließlich schon vor Jahren erfahren müssen.

So muss es gewesen sein, beschloss Wera. Eugen war überaus beliebt bei seinem Regiment, da war es doch nur natürlich, dass die Männer ihm eine Freude hatten bereiten wollen. Außerdem war die Vorstellung, dass er sie belogen hatte, einfach zu abstrus.

Wenn sie heimkam, würde sie ihm schreiben, dass sie ihm glaubte und verzieh. Aber welche Antwort sollte sie ihm wegen der Reise geben?

Eugen und sie unterwegs – Wera fand die Vorstellung überaus verlockend. Lange Stunden in der Kutsche, in denen sie sich endlich einmal in Ruhe unterhalten konnten. Abende in schönen Herbergen oder auf Landsitzen von befreundeten Adelsfamilien. Tagsüber zünftige Brotzeiten an den Poststationen, abends feine Diners am Kaminfeuer. Sie hätte ihren Mann ständig bei sich. Nachts würde er neben ihr schlafen und sie würde sich nicht fragen müssen, was er gerade tat, wie es ihm ging und ob all das in Ordnung war, was in Ordnung sein sollte.

»Ein kleinbürgerliches Idyll«, so hatte Eugen ihre Vorstellung vom Eheleben vor Wochen einmal genannt. Nun schlug er selbst etwas Ähnliches vor. Weil er ihr einen Gefallen tun wollte? Weil er sie eben doch liebte?

Klein-Egi wedelte so heftig mit seiner silbernen Rassel, dass sie ihm aus der Hand fiel. Mit einem Lächeln hob Wera sie auf, wischte mit ihrem Taschentuch ein wenig Sand ab, dann reichte sie das Spielzeug wieder ihrem Sohn.

Ihre Schwiegermutter Mathilde würde bestimmt einen Luftsprung vor Freude machen, wenn sie den Enkel leibhaftig und nicht nur auf einer düsteren Fotografie zu Gesicht bekäme.

Vielleicht war die Reise nach Schlesien doch eine gute Idee?

29. KAPITEL

Die Fahrt verlief ohne größere Probleme. Die ersten paar hundert Kilometer legten sie komfortabel mit der Eisenbahn zurück. Wera, die in ihrem Leben nur sehr wenig gereist war, genoss es, die unterschiedlichen Landschaften an sich vorbeiziehen zu sehen: Das Neckartal mit seinen Weinbergen, in denen die Weinbauern nun zur Erntezeit wie Ameisen in ihren Hügeln wuselten. Die sanft geschwungene Landschaft der Sächsischen Schweiz mit ihren vielen pittoresken Burgen, die Dresdner Heide, die gar keine Heidelandschaft war, sondern ein riesiges Waldgebiet. Sooft es ging, stieg Wera an den Bahnhöfen aus und begutachtete neugierig die Waren der fliegenden Händler. Statt den Einkauf des Proviants für die nächste Wegstrecke ihrer mitgereisten Köchin und dem Laufjungen zu überlassen, zückte sie selbst den Geldbeutel und kaufte ein: erntefrische Äpfel, dunkel gebackenes Brot, kräftig riechender Käse und Schinken, frisch aus der Räucherkammer.

Eugen betrachtete ihr Treiben kopfschüttelnd, er fand Weras Volksnähe übertrieben und war nicht bereit, diese zu teilen. »Du kommst schon selbst bald wie eine Bäuerin daher«, tadelte er sie. Statt Kontakt zur Bevölkerung zu suchen, hielt er selbst viel lieber ausgedehnte Nickerchen – sehr zu Weras Verdruss, die sich mit ihm unterhalten wollte. Aber Eugen war tagsüber meist müde von den nächtlichen Feiern, zu denen sie von ihren wechselnden Gastleuten eingeladen wurden. Obwohl Wera ihre neue Schwangerschaft nur wenig zu schaffen machte, war sie abends ausgelaugt. Von daher lag sie meist schon vor Mitternacht im Bett – nicht, ohne zuvor bei Klein-Egi vorbeigeschaut zu haben, der mit dem Kindermädchen in einem Nebenzimmer untergebracht wurde. Während sie ermattet schlief, feierte Eugen oftmals bis in die Morgenstunden. Um die ausgedehnten Zechgelage zu umgehen, schlug Wera Eugen vor, in Gasthöfen statt bei befreundeten Adelsfamilien zu übernachten. So kämen sie wenigstens alle zu einer geregelten Nachtruhe. Doch er lachte sie ob ihres abwegigen Vorschlags nur aus.

In Görlitz wechselte die herzogliche Entourage von der Eisenbahn auf Pferdekutschen um. Wera und Eugen teilten sich einen Wagen, Clothilde, das Kindermädchen und Klein-Egi einen weiteren, ein dritter Wagen kutschierte die Köchin, ihren Helfer und das Gepäck. Von nun an bestimmten karge, fast eintönige Landschaften das Bild. Die hügelige Landschaft wurde immer ebener, aus Tälern wurden kahle Moorlandschaften mit schwarzer Erde.

Klein-Egi, der die Reise in der Eisenbahn problemlos überstanden hatte, wurde im unsteten Geruckel der Kutsche quengelig. Nachdem sie die Grenze zu Schlesien passiert hatten, weinte er zwei Tage ohne Unterlass. Wera wiegte ihren Sohn, sie sang ihm vor und wurde fast wahnsinnig vor Sorge.

»Was hat er nur? Ist er krank? Oder schwächt ihn die lange Fahrt zu sehr?«

Das Kindermädchen und Madame von Roeder zuckten hilflos die Schultern.

»Vielleicht hat er Hunger?«, schlug die Köchin vor, die den Säugling wie alle anderen ratlos anstarrte.

Wera ließ die ganze Reisegesellschaft pausieren, damit die Köchin ihrem Sohn einen warmen Haferbrei zubereiten konnte.

»Wenn du weiter solch ein Theater aufführst, kommen wir nie an«, sagte Eugen, der dem Treiben ungeduldig zuschaute. »Lass den Buben doch heulen, das kräftigt nur seine Lungen und sein Sprechorgan! Wahrscheinlich ist es eh bloß ein Furz, der nicht herauswill und Klein-Egi quält.«

»Blähungen?« Weras Miene hellte sich auf. Sogleich bestand sie darauf, höchstpersönlich das Anlegen frischer Windeln zu übernehmen.

Als ihr Sohn nackt vor ihr lag, traf sie fast der Schlag: Der kleine Körper war übersät mit einem guten Dutzend Mückenstichen!

»Was ... ist das?«, fragte sie mit bebender Stimme das Kindermädchen und erfuhr daraufhin, dass das junge Ding vor ein paar Tagen des Nachts ein Fenster hatte offen stehen lassen. Auch sie selbst sei am nächsten Morgen völlig zerstochen gewesen.

Bevor Wera wusste, was sie tat, versetzte sie dem Kindermädchen eine Ohrfeige, welche dieses stoisch hinnahm. Noch immer wütend, aber auch eine Spur erleichtert, die Ursache für Klein-Egis Weinerlichkeit gefunden zu haben, befahl Wera der jungen Frau dann, sich auf die Suche nach einer Heilsalbe für die Haut ihres Sohnes zu machen. Das Kindermädchen tat wie ihm geheißen. Kurze Zeit später war Klein-Egi dick mit einer weißen Salbe beschmiert, und der Reisetross konnte die Fahrt fortsetzen.

Wie das badische Karlsruhe, so war einst auch das schlesische Bad Carlsruhe strahlenförmig angelegt worden. Im Mittelpunkt befand sich das Schloss der Herzöge von Württemberg, es lag in einem prachtvollen Landschaftsgarten englischer Art, der von breiten Lindenalleen durchzogen wurde. Jetzt im Frühherbst standen die Bäume wie in flüssiges Gold getaucht da, und die Wiesen leuchteten dank eines regenreichen Sommers noch immer sattgrün. Innerhalb des Parks erhoben sich kleine Hügel, es gab mehrere große, fischreiche Teiche und sogar ein paar Weinberge – alles zusammen mutete in der ansonsten eher eintönigen Ebene des Umlandes sowohl pittoresk als auch fremdartig an. Der Ort selbst konnte mit hübschen Geschäften, einer Leihbibliothek und einem kleinen Theater aufwarten und auch ein Kurbad gab es in Bad Carlsruhe. In diesem ging es zwar nicht ganz so weltmännisch zu wie in Bad Ems oder in Baden-Baden, dennoch gab es genügend Stammgäste, die Jahr für Jahr – vor allem während der Jagdsaison – hierherkamen. Dass Herzog Wilhelm Eugen von Württemberg samt Gattin ebenfalls im Kurort weilte, sprach sich in dem kleinen Ort schnell herum. Unter den angereisten Adligen war die Freude groß, denn wie sein Vorgänger war auch der junge Herzog als Lebemann bekannt, so dass man mit einer Saison fröhlicher Festivitäten statt gepflegter Langeweile rechnen konnte.

»Weißt du eigentlich, dass mein lieber Eugen auch Gedichte geschrieben hat? Genau wie du konnte er ganz wunderbar mit Worten umgehen«, sagte Mathilde, die Witwe des Herzogs, unvermittelt zu Wera.

»Ach wirklich?«, antwortete diese ohne größeres Interesse.

Es war elf Uhr am Vormittag, und wie so oft saßen die junge und die alte Herzogin im Salon zusammen. Der Duft von Sauerbraten durchzog das gesamte Erdgeschoss des Schlosses und sorgte dafür, dass Wera schon wieder Hunger bekam. Dabei hatte sie vor nicht einmal drei Stunden ihr Morgenmahl eingenommen!

Liebevoll streichelte die Witwe das Miniaturporträt ihres Mannes, das sie auf dem Schoß hielt.

»Ein paar Gedichte habe ich sogar mit kleinen Tuschezeichnungen illustriert.«

Während Wera versuchte, ein aufmerksames Gesicht zu machen, lauschte sie mit einem Ohr in Richtung Kinderzimmer. Erklang da nicht schon wieder Egis Weinen? Am Morgen, als sie ihn aufgesucht hatte, fand sie ihren Sohn mit geröteten Wangen und warmer Stirn vor. Wäre es nach ihr gegangen, hätte sie sofort einen Arzt rufen lassen, doch sowohl ihre Schwiegermutter als auch ihre Hofdame Clothilde rieten zum Abwarten. Ein bisschen erhöhte Temperatur sei bei Säuglingen nichts Ungewöhnliches. Solange Klein-Egi so gierig seine Flasche leer nuckelte, bräuchte man sich wegen des Fiebers keine Sorgen zu machen. Die Gelassenheit der älteren Frauen hatte Wera ein wenig beruhigt. Dennoch, gleich nach dem Mittagessen würde sie wieder bei ihm vorbeischauen, beschloss Wera und sagte:

»Es ist so schade, dass ich deinen Mann nur so kurz kennenlernen durfte.«

Der viel zu frühe Tod von Eugens Vater im Frühjahr war für sie alle ein Schock gewesen. Im kommenden Dezember wäre er gerade einmal fünfundfünfzig Jahre alt geworden. Laut Eugen war sein Vater äußerst vital gewesen, bevor Gevatter Tod ihn so plötzlich zu sich holte.

»Gedichte sagen viel über den Menschen aus, der sie verfasst hat. Vielleicht ist es mir ja vergönnt, unseren lieben Verstorbenen durch die Lyrik besser kennenzulernen?«

Mathilde strahlte. »Was für eine gute Idee! Es gibt eine Kladde, in der mein lieber Mann seine Werke aufbewahrt hat, ich werde sofort –« Sie brach ab, als die Tür aufging und Eugen jungenhaft charmant ins Zimmer stürmte.

»Eugen …« Ihr schöner Mann! Sofort war Wera bei ihm, küsste ihn zärtlich auf beide Wangen.

Er schob sie sacht von sich und sagte: »Täusche ich mich oder trägst du schon wieder dasselbe Kleid wie gestern und vorgestern? Fast könnte man meinen, du hast kein anderes.«

Wera lachte verlegen auf. »Tatsächlich … Ich sollte mir wirklich mehr Mühe mit meiner Garderobe geben.« Wozu?, fragte sie sich im selben Moment stumm. Um mit Eugens Mutter Tag für Tag im Salon zu hocken, war das geblümte Baumwollkleid gut genug.

»Ich dachte, du wolltest mit Vaters Advokaten die Pachtverträge unserer Bauern überprüfen?«, wandte sich nun Mathilde stirnrunzelnd an ihren Sohn. »Unsere Pächter müssen schließlich wissen, woran sie sind.«

Eugen winkte ab. »Der lästige Schreibkram kann bis morgen warten, an solch einem herrlichen Herbsttag habe ich weiß Gott Besseres zu tun.« Mit einem Lächeln nahm er Wera an die Hand und wollte sie zurückführen zu dem kleinen runden Tisch am Fenster, an dem sie mit seiner Mutter gesessen hatte.

Doch Wera blieb mitten im Raum stehen. »Du hast recht, das Wetter ist so schön, dass man zwei draus machen könnte! Wie wäre es, wenn wir zusammen spazieren gehen? Oder steht dir der Sinn eher nach einer Kutschfahrt? Wir könnten Klein-Egi mitnehmen und –«

»Hast du etwa vergessen, dass heute Nachmittag die Ruderregatta stattfindet?«, unterbrach Eugen sie.

»Eine Ruderregatta! Das hätte deinem Vater auch gefallen«, rief Mathilde mit glänzenden Augen.

Wera spürte, wie Unmut in ihr emporstieg. Heute war es die Ruderregatta, am gestrigen Tag ein Weinfest bei einem befreundeten Landgrafen. In der Woche davor waren es zwei Jagden gewesen. Und ein Pferderennen. Und ständig war Eugen allein unterwegs, während sie den lieben langen Tag damit verbringen musste, Mathildes Erinnerungen an ihren geliebten Mann zu lauschen. Sie hatte Eugens Mutter wirklich gern, aber ihren Aufenthalt in Bad Carlsruhe hatte sie sich anders vorgestellt.

»Jetzt schau nicht so griesgrämig«, sagte Eugen. »Ich möchte, dass du den Startschuss gibst. Schließlich bist du die Gattin des offiziellen Besitzers von Schloss Carlsruhe, wem sonst sollte eine solche Ehre gebühren? Also, zieh dir etwas Hübsches an und sei Punkt zwei Uhr am Ufer des Sees. Aber behäng dich bloß nicht mit deinen unzähligen Perlenketten, wir sind hier nicht in Stuttgart!«, sagte Eugen und ging gutgelaunt davon, ohne Weras Antwort abzuwarten.

Konsterniert schaute Wera ihm nach. Für wie dumm hielt Eugen sie eigentlich? Glaubte er wirklich, sie würde bei einem Ausflug zum See ihre teuersten Geschmeide tragen?

»Er hätte mich wenigstens fragen können, ob ich Lust auf dieses Spektakel habe«, sagte sie dann zu ihrer Schwiegermutter.

Mathilde lachte. »Natürlich hast du Lust, das weiß er doch! Seit Tagen beklagst du dich schließlich darüber, dass er so wenig mit dir unternimmt. Nun, scheinbar hat er sich deine Worte zu Herzen genommen. Dein Mann möchte dich an seiner Seite haben, darüber solltest du dich freuen.«

»Das tue ich ja auch«, antwortete Wera gequält. »Aber dass Eugen über mich verfügt, als wäre ich sein Lakai, gefällt mir nun einmal nicht. Und wie es Klein-Egi geht, interessiert ihn scheinbar auch nicht.« Frustriert biss sich Wera auf die Oberlippe. Im nächsten Moment spürte sie Mathildes tröstende Hand auf ihrem Arm.

»So weit denkt Eugen einfach nicht, aber du darfst ihm deswegen nicht böse sein. Eugen ist wie sein seliger Vater ... Ein bunter Schmetterling, der voller Lebensfreude von einer Blüte zur anderen fliegt. Er nippt hier, er kostet da und lässt sich vom Wind erst hierhin tragen und gleich darauf wieder woandershin. Ach, diese Lebensart! Wie oft habe ich meinen Mann dafür und für die Leichtigkeit, mit der er alles nahm, beneidet ...« Mathilde zuckte in einer Art, die gleichermaßen Verzeihen wie Resignation ausdrückte, die Schultern. »Kann man einem Schmetterling böse sein?«

Wenn Eugen ein Schmetterling war, was war dann sie?, fragte sich Wera stumm. Ein dicker Engerling? Eine Raupe, die es nicht bis zur Entpuppung schaffte? Ihre düsteren Gedanken verflogen, als sie Klein-Egis Kindermädchen im Türrahmen stehen sah. Unruhig trat es von einem Bein aufs andere.

»Gnädige Frau, ich störe nur ungern, aber ... Der junge Herzog Eugen, ich glaube, sein Fieber ist gestiegen ...«

»Die Symptome deuten auf Marschfieber hin«, sagte der blutjunge Arzt. »Das plötzliche hohe Fieber, die Unruhe, die leichte Gelbfärbung der Skleren ...«

»Skleren?«, hauchte Wera, die vor Sorge kaum mehr einen Atemzug machen konnte.

»Die Augen«, sagte der Arzt und hielt seinen kleinen Finger an Klein-Egis rechtes Auge. »Sie sind gelb verfärbt. Dazu diese entzündeten Kratzwunden, meiner Ansicht nach rühren sie von irgendwelchen alten Insektenstichen her.« Über den Rand seiner schmutzigen Brille hinweg schaute er Wera fragend an. »Wann und wo genau ist der Säugling in Kontakt mit Stechmücken getreten?«

Wera und das Kindermädchen tauschten einen Blick.

»Auf der Reise hierher, kurz nachdem wir die schlesische Grenze passiert hatten. In einer schwülen Nacht sind wohl ein paar der Blutsauger in unsere Räume gekommen ...«, sagte Wera mit belegter Stimme. »Sind die Mückenstiche etwa schuld an Eugens Fieber?«

Das Kindermädchen stieß ein leises Wehklagen aus, als der Säugling erneut zu weinen begann.

Der Arzt zuckte mit den Schultern. »Möglich wäre es. Ich selbst habe noch nie einen solchen Fall zu Gesicht bekommen. Aber die Beschreibung in den Lehrbüchern deckt sich mit den Symptomen des Kindes. Dagegen spricht jedoch, dass meinem Wissen nach in Schlesien schon seit Jahren kein Fall von Marschfieber mehr aufgetreten ist. In früheren Jahren, als die Moore noch nicht trockengelegt waren, gab es ganze Epidemien! Vor allem während der Erntezeit waren die Viecher aktiv. Erntefieber – so nannte man die Krankheit im Volksmund. Drei Tage Dauer sind die Regel«, dozierte der Arzt mit laut erhobener Stimme, um das Weinen des Kindes zu übertönen. »Dann ist das Fieber überstanden und die Gesundung beginnt.«

»Heißt das, wir sollen drei Tage seelenruhig zuschauen, wie sich Egi quält?«, rief Wera hysterisch. »Tun Sie etwas, sofort! Oder sagen Sie uns, was wir tun können. Es muss doch eine Medizin gegen diese Art von Fieber geben?«

»Kalte Wickel, stärkende Mahlzeiten, Ruhe – die klassischen Heilmittel bei jeder Art von Fieber.« Mit einem Klick schloss der Arzt seine Tasche. »Sollte sich der Zustand des Kindes verschlechtern – ich bin ganz in der Nähe. Schließlich findet heute Nachmittag doch die große Ruderregatta statt, zu der mich Ihr Gatte freundlicherweise eingeladen hat.«

Es war ein schönes Bild, das sich den Ruderern und den Zuschauern gleichermaßen bot: Umrahmt von herbstlich eingefärbten Eichen und Linden, lag der größte der vom verstorbenen Herzog künstlich angelegten Seen inmitten der ebenfalls künstlich angelegten sanft gewellten Wiesen wie ein blauer Saphir auf einem Samtkissen. Ein halbes Dutzend Ruderboote hatten sich am unteren Ende des Sees versammelt. Die Aufregung der Insassen war für die Zuschauer, die in kleinen und größeren Grüppchen am Ufer standen und ihren Favoriten letzte aufmunternde Worte zuriefen, fast greifbar. Das Boot von Herzog Eugen, Gastgeber und Initiator der Regatta, war außer mit einigen Lampions zusätzlich noch mit einer blauen Schleife geschmückt worden.

Normalerweise wäre eine solche Veranstaltung ganz nach Weras Geschmack gewesen. Die hübsch geschmückten Boote. Der Kampf von Mann gegen Mann, oder besser gesagt, von Mannschaft gegen Mannschaft. Die kristallklare Luft. Die Gäste, die ihr unverfälscht und sehr sympathisch erschienen. Mitglieder des Regierungspräsidiums von Oppeln waren genauso gekommen wie der Landrat des Kreises und viele Landadlige. Die meisten hatten ihre Frauen, manche auch ihre Kinder mitgebracht. Einige Damen standen hinter improvisierten Ständen und wachten über die Kuchen und die Bowle, die es im Anschluss an die Regatta geben sollte.

Alle schauten nun wie gebannt zu Wera, die den Startschuss geben sollte.

Wera hingegen blickte wütend zu dem jungen Arzt hinüber, der ein paar Meter von ihr entfernt stand und sich mit einem Glas Sekt in der Hand mit anderen Herren unterhielt. Als ob keine Sorge der Welt ihn belastete! Vor allem nicht die Sorge um Klein-Egi, der fiebergeplagt nur wenige Hundert Meter weiter im Schloss lag.

Der Gedanke an ihren Sohn ließ Wera aufstöhnen. Das ungute Gefühl in ihrem Bauch wurde von Minute zu Minute heftiger. Was tat sie hier inmitten dieses Frohsinns? Warum nur hatte sie auf Mathilde und Eugen gehört und war gegangen, anstatt bei ihrem Sohn zu bleiben?

Ein Räuspern riss sie aus ihren düsteren Gedanken.

»Verehrte Herzogin? Alle wären bereit …« Der Verwalter des Schlosses trat auf sie zu und reichte ihr vorsichtig eine Pistole.

Wera, die sich seit ihrer ersten jugendlichen Schwärmerei für Eugen für alles Militärische interessierte, erkannte die kleine, aus Suhler Waffenschmieden stammende Kavallerie-Pistole sofort: Mit ihrem flachen, bündig in das Schaftholz eingelassenen Schlossblech und den silbernen Beschlägen war die Waffe zwar elegant, konnte aber laut Eugen, Lutz von Basten und anderen Mitgliedern des Ulanenregiments in puncto Reichweite und Treffsicherheit mit dem Vorgängermodell nicht mithalten.

Ein unwilliges Lächeln zog über Weras Gesicht. Für sie als Frau und zum Signalgeben war die Waffe scheinbar gut genug.

Ohne viel Federlesens hob sie die Pistole mit beiden Händen in die Höhe, zählte bis drei und feuerte einen Schuss ab, der nicht nur in ihren, sondern sicher auch in den Ohren der Umstehenden betäubend laut widerhallte.

Unter den lauten Anfeuerungsrufen der umstehenden Gäste legten die Ruderer los. Wasser spritzte, als die Paddel ins Wasser tauchten, einige umstehende Damen bekamen ein paar Tropfen ab und kreischten künstlich und zu laut.

Die Männer in ihren Booten hatten das gegenüberliegende Ufer noch nicht ganz erreicht, als Weras Blick von einem weißen Schatten abgelenkt wurde, der sich über die Wiese fliegend auf sie zubewegte: Klein-Egis Kindermädchen, das mit wehenden Röcken in Richtung See rannte.

*

Die Bewegungen der Männer waren wie eine, als sie ihre Paddel gleichmäßig durchs Wasser zogen. Die Arme nach vorn, Oberkörper nach vorn, Paddel ins Wasser, durchziehen, jede Bewegung fließend, kein Rucken, kein Stocken.

Seine Mannschaft lag um eineinhalb Bootslängen vorn, frohlockte Eugen. Das herrschaftliche Boot an erster Stelle, wie es sich gehörte. Schweiß rann ihm zwischen den Schulterblättern hinab, seine Muskeln begannen zu brennen. Er fühlte sich prächtig! Grinsend warf er den Kopf nach hinten, um die Schweißtropfen abzuschütteln, die ihm durch die Brauen in die Augen liefen, als er aus dem Augenwinkel heraus am Ufer eine aufkommende Hektik wahrnahm. Er spürte, wie sich seine rechte Schulter versteifte, als er erkannte, dass es Wera war, die zusammen mit dem Kindermädchen und einem Mann unter den Trauerweiden davonrannte. Der Bad Carlsruher Arzt. Seinem Sohn ging es doch hoffentlich nicht schlecht? Für einen kurzen Moment lief Eugen Gefahr, seinen Rhythmus zu verlieren, doch dann fing er sich wieder. Konzentration! Die Arme nach vorn, Oberkörper nach vorn, Paddel ins Wasser, durchziehen, jede Bewegung fließend, kein Rucken, kein Stocken.

Wera … Er wollte gar nicht wissen, welchen Aufruhr sie dieses Mal verursachte. Bestimmt war es nur wieder eine Mücke, aus der sie einen Elefanten machte.

*

Wera spürte einen Kloß im Hals und aufsteigende Tränen, durch den Mund atmend, kämpfte sie gegen die Panik an. Nicht weinen! Nur wenn es ihr gelang, keine Schwäche zu zeigen, nur wenn es ihr gelang, stark zu bleiben für Klein-Egi, konnte sie ihm helfen. Er brauchte jedes bisschen Hilfe, sein Körper, er war so zart, seine Haut so durchscheinend … Ihre linke Hand, mit der sie sein Köpfchen hielt, wirkte dagegen wie eine unsensible Pranke. Ihr lieber, süßer Sohn. *Wach auf, mein Kind! Du darfst nicht schlafen.*

»… recht ungewöhnlich, solch ein heftiger Verlauf … bin untröstlich, gnädige Frau, dass …«

»Aber warum? Ein so kleines Kind! … Fieber …«

»… Gedanken machen … Überführung …«

»Zuerst … Totenschein ausstellen … wichtig … Konsequenzen für die württembergische Thronfolge …«

Wera schloss die Augen, um die vielen Stimmen ringsum auszublenden. Warum verließen nicht alle das Zimmer? Sie wollte allein sein mit ihrem Sohn.

»Eure Hoheit …« Eine Stimme, dumpf und angestrengt. Der Arzt? War er nicht vor Stunden gegangen? In einem anderen Leben.

»Eure Hoheit, Sie sind durcheinander, das ist verständlich, aber ich muss Sie wirklich bitten, mir nun das Kind zu übergeben.«

Die Haut unter Weras rechtem Auge begann zu zucken. Warum redete er derart unsinniges Zeug? Sie war die Mutter, sie wusste am besten, was ihrem Sohn guttat.

Drei Tage würde das Fieber dauern, hatte der Arzt gesagt. Danach würde alles wieder gut werden. Drei Tage und drei Nächte …

Leise begann sie zu singen, eine Weise, die sie nicht kannte, die es nicht einmal gab, die ihr aber für diesen Moment passend erschien. Wenn ihr bloß nicht so schwindlig wäre. Warum war ihr bisher nie aufgefallen, wie sehr Schloss Carlsruhe schwankte? Ob das mit den Sümpfen zu tun hatte, von denen der Arzt erzählt hatte?

Sie sang leise weiter, den Schwindel ignorierend. Drei Tage. Dann war das Fieber vorüber. Sie würde aushalten. Für Klein-Egi.

Eine Hand legte sich auf ihre rechte Schulter, rüttelte sie sacht.

»Du lieber Himmel, Wera ... Du kannst doch nicht mit Klein-Egi im Arm hier sitzen bleiben ...«

Eugen. Warum schluchzte er so seltsam? Es war doch nichts geschehen. Sollte er nicht beim Rudern sein? Das Wetter war viel zu schön, um den Tag in geschlossenen Räumen zu verbringen. Ein Mann wie er gehörte nach draußen. Ohne mit ihrem Singsang aufzuhören, schüttelte Wera die Hand ab. Sie war doch da. Sie würde bei Eugen wachen. Drei Tage und drei Nächte. Dann würde alles gut werden.

Wera sang weiter.

30. KAPITEL

Stuttgart, im November 1875

Auf dem Fußboden kauernd, atmete Wera tief den Geruch von Klein-Egis Schlafanzug ein. Wie gut er roch.

Trauer durchströmte sie wie ein Gift, es drang in jede Körperzelle ein und lähmte ihre Glieder. Das Gift spülte das letzte bisschen Kraft in ihr davon. Jeden Tag mehr, wie ein Flussufer, das von anhaltenden Regenfluten so lange aufgeweicht wurde, bis es den Halt verlor und fortschwemmte. Die Vorstellung, jemals wieder vom Boden des Kinderzimmers aufstehen zu müssen, war unmöglich.

Von draußen fielen blasse Sonnenstrahlen ins Zimmer und zeichneten unterschiedliche Muster auf den Fußboden.

Ein neuer Tag.

Und danach eine weitere Nacht, in der dunkle Schatten von Träumen sie hin und her werfen würden. Stunden, in denen sie sich schwarz fühlte vor lauter Einsamkeit.

»Hol mich auch!« Immer wieder flehte, betete, schrie sie den Gott an, an dessen Existenz sie nicht mehr glaubte. Er erhörte sie nicht. Stattdessen ließ er die Sonne scheinen. Allmorgendlich schien sie ihr ins Gesicht, höhnisch, gemein, bis Wera eines Tages die Vorhänge mit einem Stuhl so vor dem Fenster fixierte, dass nirgendwo mehr ein Lichtstrahl eindringen konnte. So war es gut, so sollte es bleiben.

Doch jeden Morgen kam Clothilde von Roeder, zog den Stuhl zur Seite, zog die Vorhänge zur Seite.

»Sie können sich nicht ewig verkriechen, das Leben geht weiter«, sagte sie dann und strich Wera mitleidvoll über den Kopf.

»Du trägst neues Leben in dir, dafür musst du stark sein«, sagten auch die andern: Olly, Evelyn, Karl und Eugen. Sie wollten, dass sie sich zusammennahm, dass sie regelmäßig aß und so tat, als wäre alles wieder gut. Sie wollten, dass sie Besucher empfing und höfliche Konversation mit ihrem Ehemann pflegte. Manchmal, wenn ihre wenige Kraft es zuließ, tat sie ihnen den Gefallen. Geradeso, als sei nichts gewesen.

»Habe ich es Ihnen nicht gesagt, das Leben geht weiter«, sagte ihre Hofdame dann und Erleichterung schwang in ihrer Stimme mit.

Eugen bemühte sich in solchen Momenten immer, besonders fröhlich zu wirken. Er wollte mit ihr reiten gehen. Und durch die Weinberge wandern. Das Gestüt in Hohenheim besuchen – Ausflüge, die sie in ihrem früheren Leben zu gern mit ihm gemacht hatte. Aber sie sah in seinen Augen den eigenen Kummer widergespiegelt. Und irgendwann fing sie an, ihm nicht mehr in die Augen zu sehen, noch mehr Schmerz hätte sie nicht ertragen.

Ihr Sohn war tot. In ihr *war* kein Leben mehr, auch wenn die Wölbung unter ihrem Kleid die Menschen das glauben machte.

Klein-Egi war gestorben. Und sie war schuld daran. Dass sie weiterhin auf dieser Erde ausharren musste, war die gerechte Strafe dafür. Buße tun schon in dieser Welt. Alles andere wäre Frevel gewesen, das spürte Wera mit jeder von Trauer vergifteter Pore.

Lieber Gott, so hole mich doch zu dir! Bitte. Ich flehe dich an, warum holst du mich nicht?

*

24. Dezember 1875

Ach wozu?

Ach wozu? Ach wozu
Hat das Menschenherz
Niemals Ruh' – niemals Ruh'
Und nur immer Schmerz?

Wozu lieb'? – wozu lieb'
Ich so inniglich?
Wozu trieb? – wozu trieb
Ach! Die Liebe mich? –

Ganz allein – ganz allein
Steh' auf Erden ich!
Und ich wein' … und ich wein' …
Gar so bitterlich …

Ach verblüht! – ach verblüht
Ist mein' Lieb' gar schnell
Und verglüht! – und verglüht
Dieser Stern so hell!

Ach wie schwer! – ach wie schwer
Ist mein Erdenlos!
Nimm mich Herr – nimm mich Herr
Auf – in deinen Schoß!

Seufzend legte Evelyn das Blatt Papier zurück auf Weras Schreibtisch. Die tiefschwarze Tinte war an mehreren Stellen verwischt – Tränen waren auf die einzelnen Worte gefallen.

»Solch düstere Gedichte schreibt sie die ganze Zeit«, flüsterte Clothilde von Roeder ihr zu. »Hier, schauen Sie!« Unauffällig hob Weras Hofdame einen Stapel lose Blätter in die Höhe. Alle trugen

Weras Handschrift, alle sahen gleichermaßen lädiert aus wie das erste Gedicht.

»Und immer nachts. Sie kann nicht schlafen, wandert stundenlang wie ein Gespenst durch die Räume. Und das in ihrem Zustand! Was dieser Schlafmangel für das Ungeborene zu bedeuten hat, mag ich mir nicht vorstellen.«

Unwillkürlich schaute Evelyn auf Weras Bauch. Es war schon eine stattliche Wölbung zu sehen. »Kann man ihr denn keinen Schlaftrunk geben? Heiße Milch mit Honig, ein Cognac oder ein paar Tropfen Laudanum?«, fragte sie, während sie den Korb mit kleinen Weihnachtsgeschenken, die sie für Weras Personal besorgt hatte, auf der Anrichte abstellte.

Auch nach Weras Auszug aus dem Schloss war der freundschaftliche Kontakt zwischen Eve und ihr nicht abgebrochen. Wenn Evelyn es einrichten konnte, schaute sie mindestens einmal pro Woche nach ihren Besorgungen in der Stadt auf eine Tasse Kaffee bei Wera vorbei. So war es kein Wunder, dass sie mit dem kleinen Haushalt fast so gut vertraut war wie mit dem des Stuttgarter Hofes. Und wie am Stuttgarter Hof, so war sie auch hier Ansprechpartnerin für die Sorgen und Nöte der anderen.

Clothilde von Roeder lachte traurig auf. »Ich habe wirklich alles versucht, aber inzwischen weiß ich mir nicht mehr zu helfen. Wissen Sie, was ich glaube?«

Eve nickte.

»Solange sich die Herzogin die Schuld am Tod des Jungen gibt, kann ihr nichts und niemand helfen.«

Traurig schauten die beiden Frauen zu Wera hinüber, die vor sich hinstarrend auf dem Sofa saß. Margitta, die ihr wie so oft Gesellschaft leistete, ignorierte sie.

Arme Wera …

Seit Klein-Egis Tod waren zehn Wochen vergangen. Evelyn bezweifelte inzwischen, ob zehn *Jahre* ausreichen würden, um Wera ihren Verlust verkraften zu lassen. Ihre Trauer war allumfassend. Sie hatte nicht mehr den kleinsten Rest Lebensmut in sich, wie eine leblose, schlaffe Hülle erfüllte sie ihre wenigen täglichen Pflichten.

Die meiste Zeit saß sie nur am Fenster und starrte in die Weite, so wie jetzt. Nichts und niemand konnte zu ihr durchdringen.

Sie alle hatte die Nachricht vom Tod des kleinen Eugen wie ein Schlag getroffen. Olly und Karl waren untröstlich gewesen, Olly hatte nächtelang geweint. Doch als die Königin sah, wie Wera von ihrem Schmerz regelrecht aufgefressen wurde, stellte sie ihre eigene Trauer hintan. Karl tat es ihr gleich, für Wera wollten sie beide stark sein.

»Und Herzog Eugen?«, fragte Eve stirnrunzelnd. Wäre es nicht die Aufgabe des Ehemannes, seiner Frau weiterhin beizustehen, so, wie er es anfangs getan hatte?

»Er ist in der Kaserne. Ein dringender Dienst. Ausgerechnet am Heiligen Abend.« Clothilde zuckte mit den Schultern. »Wahrscheinlich kann auch er den Gedanken nicht ertragen, dass dies Klein-Egis erstes Weihnachtsfest gewesen wäre.« Ein Taschentuch zückend, lief die Hofdame schluchzend aus dem Raum.

Mit schwerem Herzen ging Evelyn hinüber zum Sofa. Margitta machte eilig Platz für sie. Dass die junge Frau so regelmäßig vorbeischaute, rechnete Eve ihr hoch an. Nach einem Zehnstundentag in der Näherei musste Margitta schließlich auch noch ihren Haushalt und ihre kleine Tochter versorgen. Und seit vier Wochen zudem ihren Sohn Manuel, der gerade selig auf ihrem Arm schlief. Ob dieser Josef bei all den Pflichten eine große Hilfe war, bezweifelte Evelyn nach allem, was sie über ihn gehört hatte. Umso liebenswerter war es, dass Margitta es sich auch heute, am Heiligen Abend, nicht hatte nehmen lassen, der Freundin beizustehen.

»Schau mal, es schneit«, sagte die Näherin und tippte Wera vorsichtig an. »Du hast den Schnee doch immer geliebt. Wollen wir vor dem Essen einen Spaziergang machen?«

Anstatt zu antworten, wurde Wera von einem heftigen Weinkrampf geschüttelt.

Bedrückt schaute Margitta zu Evelyn hinüber. Was habe ich nun schon wieder falsch gemacht?, fragten ihre müden Augen.

Evelyn zuckte mit den Schultern. Alles war falsch, was man in Weras Gegenwart sagte.

»Riecht ihr es? Der Gänsebraten duftet schon herrlich. Soll ich das Essen auftragen lassen oder wollen wir noch ein bisschen warten? Ich habe auch Geschenke für deine Angestellten mitgebracht, magst du sie verteilen?«, fragte sie, unwillkürlich die Rolle der Gastgeberin übernehmend. Gänsebraten und Geschenke. Die einzigen Zugeständnisse an den vierundzwanzigsten Dezember.

Als Olly sie darum gebeten hatte, den deutschen Heiligen Abend bei Wera zu verbringen, hatte Evelyn Weras Köchin den Vorschlag mit dem Gänsebraten gemacht. Inzwischen bereute sie ihre eigenmächtige Entscheidung. Ein Butterbrot hätte es auch getan. Wahrscheinlich würde sowieso niemand einen Bissen hinunterbekommen.

»Etwas zu essen wäre nicht schlecht«, sagte Margitta leise, als Wera nicht reagierte. Sie zeigte auf ihre Tochter, die sich auf dem Fußboden still mit einem Bilderbuch vergnügte. »Die Kleine hat bestimmt Hunger. Und der hier auch.« Noch während sie sprach, knöpfte sie ihre Bluse auf und begann den Säugling zu stillen.

Peinlich berührt wandte sich Evelyn ab und klingelte nach Weras Dienstmädchen. Ihr Blick streifte die goldene Kaminuhr. Noch nicht einmal fünf Uhr am Nachmittag. Es würde noch Stunden dauern, bis sie guten Gewissens aufbrechen konnte.

Wäre Wera katholischen oder evangelischen Glaubens, hätte man wenigstens zusammen die Messe besuchen können. Da die russisch-orthodoxe Kirche jedoch erst am sechsten Januar Weihnachten feierte, fiel auch diese Möglichkeit fort. Für die Russen war heute ein Tag wie jeder andere. Für Evelyn war jedoch nach wie vor Weihnachten. Ein Fest voller schöner Kindheitserinnerungen an festlich geschmückte Räume, die nach Tannengrün dufteten. An das gemeinsame Singen von Weihnachtliedern, so schön, dass man fast weinen musste. Und dann der Besuch der Kirche, wo das Jesuskind wie ein Engel in der Krippe lag …

Wäre das Fest bloß schon vorbei, dachte Evelyn nervös.

Wie jedes Jahr besuchte die Königin auch heute Waisenheime in der ganzen Stadt, um dort »Armenweihnacht« abzuhalten. Ein bisschen Normalität trotz aller Trauer – Evelyn bewunderte Olly dafür. Die armen Seelen würden es ihrer Königin bestimmt danken. Gleichzeitig jedoch fühlte sich Eve von ihrer Herrin im Stich gelassen. Olly wollte armen Seelen helfen? Das hätte sie auch hier tun können! Hier bei Wera, Margitta und ihr auf dem Sofa.

Margitta hatte inzwischen ihren Sohn zu Ende gestillt. Sie hob ihn über die Schulter, wo er ein genussvolles Bäuerchen machte. Die junge Mutter schaute ihn verträumt an, dann schien ein Ruck durch sie zu gehen. Sie holte tief Luft, dann legte sie Wera den Jungen in den Arm.

»Wenn du magst, kannst du ihn haben. Für ein paar Wochen. Oder für immer. Ich weiß, er ist nicht Klein-Egi, aber vielleicht hilft es dir …«

Heftig fuhr Wera auf und drückte Margitta den Säugling wieder in den Arm.

»Wie kannst du es wagen! Mein Sohn ist durch nichts und niemanden zu ersetzen. Was bist du nur für eine Mutter, dein eigenes Fleisch und Blut so einfach fortgeben zu wollen! Nimm deine Kinder und geh! Ich kann dich nicht mehr sehen, sonst wird mir übel.«

»Du hättest Margitta und die Kinder nicht hinauswerfen dürfen, ausgerechnet am Heiligen Abend«, sagte Evelyn, kaum dass sie allein waren. »Bestimmt wartet zu Hause nur ein leerer Speiseschrank und ein angetrunkener Ehemann auf sie.«

»Du verteidigst eine Mutter, die ihr Kind so mir nichts, dir nichts hergeben will?« Wera schaute sie aus glühenden Augen an. »Von mir aus soll sie den Abend mit ihrem Tunichtgut von Ehemann verbringen, mir kann so jemand gestohlen bleiben.«

»Wie hart du bist. Und ungerecht. Woher willst du wissen, wie leicht oder schwer es deiner Freundin gefallen ist, dir ihren Sohn anzubieten? Margitta hat es gut gemeint, auf ihre etwas ungeschickte Art wollte sie dir das größte Geschenk machen, zu dem sie imstande ist. Und du stößt sie so vor den Kopf!«

Wera winkte ab.

Aus der Küche war das Klappern von Geschirr zu hören. Einmal fiel etwas Metallenes, wahrscheinlich ein Besteckteil, scheppernd zu Boden. Wassereimer wurden mit einem Schwapp ins Spülbecken geschüttet, jemand lachte. In Evelyns Ohren dröhnten diese Alltagsgeräusche fast unerträglich laut. Sie versuchte tief durchzuatmen. Es gelang ihr nicht. Die Luft in Weras Appartement war so sehr von Unglück und Gänsebraten geschwängert, dass es ihr die Kehle zuschnürte. Noch eine Minute länger und sie würde ersticken!

Abrupt sprang Evelyn auf und zog auch Wera vom Sofa hoch.

»Los, wirf dir einen Mantel über. Wir brauchen beide dringend frische Luft!«

Kurze Zeit später spazierten sie durch den Rosensteinpark. Das spärliche Licht der Laternen wurde vom jungfräulich weißen Schnee reflektiert, so dass sie keine Mühe hatten, ihren Weg zu finden. Kristallene weiße Flocken tanzten durch die Luft und verliehen dem Abend etwas wahrlich Heiliges, das Evelyn tief berührte. Stille Nacht, heilige Nacht. Die Natur – vielleicht die größte Kathedrale von allen.

Fragend schaute sie zu Wera hinüber, die stumm neben ihr herstapfte. Ihre Gesichtszüge schienen sich ein wenig entspannt zu haben. Wenigstens etwas.

Plötzlich blieb die junge Herzogin stehen.

»Der See. Erinnerst du dich? Hierher bist du mit mir als Kind einmal gegangen.« Ein müdes Lächeln huschte über Weras Gesicht.

»Und ob ich mich erinnere«, antwortete Evelyn. »Du bist im Anschluss an unseren Ausflug noch einmal hergekommen, um heimlich Schlittschuh zu laufen. Und dann bist du im dünnen Eis eingebrochen und hast eine Lungenentzündung bekommen. Wir alle waren in größter Sorge um dich.«

»Ich war so unglücklich damals«, murmelte Wera. »Mir hätte es nichts ausgemacht zu sterben. Manchmal ist der Tod eine Erlösung …« Schon begannen Weras Augen wieder verdächtig zu glänzen.

»Und?«, fragte Evelyn brüsk.

»Was und?«

»Hat sich das Weiterleben damals gelohnt?«

»Als ob sich der Mensch das aussuchen könnte«, erwiderte Wera bitter, während sie sich mit dem Handrücken über die Augen wischte.

»Damit ist meine Frage nicht beantwortet. Hat sich das Weiterleben damals gelohnt?«

»Was soll das?«, fragte Wera verwirrt. »Ja ... Natürlich hat sich das Weiterleben gelohnt. Sonst hätte ich Eugen nicht kennengelernt. Wir hätten nie geheiratet. Wir –« Sie wandte sich kopfschüttelnd ab.

»Ihr hättet euren Sohn nicht bekommen.« Sanft beendete Evelyn Weras Satz. »Nicht weinen, bitte«, sagte sie, als Weras Schultern heftig zu zucken begannen. Sie nahm die junge Herzogin in den Arm, zeigte in den heiligen Winterhimmel. »Schau mal, siehst du den funkelnden Stern direkt über dem See? Dieser Stern ist nun Klein-Egis Zuhause. Und er ist ein kleiner Engel, der schönste und liebste von allen.«

Die Augen auf den blinkenden Stern gerichtet, atmete Wera zaghaft durch.

Voller Hoffnung, die richtigen Worte des Trostes gefunden zu haben, fuhr Evelyn fort: »*Die Besten holt der liebe Gott zuerst,* so lautet eine alte Redensart der Württemberger. Wir Menschen mögen dies nicht immer verstehen, aber Eugens Tod war Gottes Wille.«

»Gottes Wille?«, sagte Wera scharf. »Hätte *ich* nicht darauf bestanden, Klein-Egi mitzunehmen ... Oder wäre ich mit ihm daheim geblieben – in Stuttgart wäre ihm gewiss nichts zugestoßen!«

»Woher willst du das wissen? Frag Olly, wie viele unschuldige Kinder diesen Herbst in Stuttgart am Keuchhusten gestorben sind. Eine schreckliche Epidemie ist durchs Land gefegt, die Krankenhäuser waren völlig überfüllt, die Ärzte und Krankenschwestern mussten hilflos zusehen, wie eine kleine Seele nach der anderen dahingerafft wurde. Womöglich wäre auch Eugen daran erkrankt, wenn ihr hiergeblieben wärt. Glaub mir, Gottes Wille kann überall geschehen, in Stuttgart ebenso wie in Schlesien.«

»Das Unglück anderer Menschen soll mir ein Trost sein? Ach Evelyn ...« Wera bedachte sie mit einem traurigen Blick.

Verzweifelt schaute Evelyn die junge Herzogin an. »Entschuldige, dass es mir so schwerfällt, die richtigen Worte zu finden. Aber was erwartest du von mir? Dass das alles spurlos an mir vorübergeht? Olly und du, Karl, Eugen und Klein-Egi – ihr seid meine Familie, die einzige, die ich habe. Da ist es doch normal, dass ich mit euch leide, dass auch ich verzweifelt bin und mir die Worte fehlen. Klein-Egi war für mich der Enkel, den ich nie bekommen werde. Wie du könnte ich endlos heulen und toben.« Bevor Evelyn etwas dagegen tun konnte, füllten sich ihre Augen mit Tränen. Dabei hatte sie doch eigentlich Wera trösten wollen! Mit zitternden Händen kramte sie in ihrer Jackentasche nach einem Taschentuch. Im nächsten Moment reichte Wera ihr ein nicht mehr ganz weißes verknittertes Tüchlein.

»Nicht weinen, bitte.«

Die beiden Frauen tauschten einen Blick und lächelten sich traurig an.

Evelyn schnäuzte sich, dann spazierten sie in einträchtigem Schweigen weiter durch den Park. Als Schloss Rosenstein in Sichtweite kam, sagte Evelyn: »Auch wenn du es jetzt nicht glauben magst: Der liebe Gott hat noch viele schöne Dinge für dich vorgesehen. Denk doch nur, wie gut er es schon jetzt mit dir meint: Du hast einen lieben Ehemann. Du hast eine Familie, die dich innig liebt und die dir in der Trauer beisteht. Und – du trägst neues Leben in dir. Ein Kind, das größte Geschenk von allen.«

Mit dem ureigenen Instinkt einer Mutter, die ihr Ungeborenes schützen möchte, legte Wera die rechte Hand auf ihren Bauch.

»Das größte Geschenk von allen«, wiederholte Evelyn inständig. »Gott beschenkt dich reich ...«

Wera seufzte tief auf, und in diesem Aufseufzen lag nicht nur Schwermut, sondern auch eine Art Erlösung. Ihr Gesicht, so lange angespannt, dass es schon verhärmte Züge trug, entkrampfte sich. Es war kein Lächeln, das sich auf ihren Lippen zeigte, aber eine Annäherung daran.

»Ein Engel im Himmel. Und einer auf Erden. Wenn es Gottes Wille ist …«

*

Während Stuttgart und sein Umland von einem der schlimmsten Stürme aller Zeiten geschüttelt wurden, gellten durchs Stuttgarter Schloss verzweifelte Schmerzensschreie. Es war der 1. März 1876, und im für die Niederkunft hergerichteten Schlafgemach der Königin lag deren Adoptivtochter seit mehr als zwölf Stunden in den Wehen. Der Geruch nach nasser Wäsche, Schweiß und Blut stand in krassem Kontrast zu den eleganten Nussbaummöbeln und den schweren Seidenvorhängen, die sich durch den wütenden Orkanwind trotz geschlossener Fenster hin und her bewegten. Der Sturm zerrte an den Fensterläden, knickte Äste von Bäumen ab, schleuderte Dachschindeln durch die Luft und wirbelte alles fort, was nicht niet- und nagelfest war.

Verzweifelt schaute Olly immer wieder zu den zwei Hebammen, von denen es hieß, sie seien die besten im ganzen Land. Warum taten sie nichts, um Wera die Schmerzen zu erleichtern? Und warum ließ sich das Kind so viel Zeit? Weras Bauch, er war so schrecklich aufgetrieben. Wie ein riesiger Fremdkörper ragte er unter den weißen Leinentüchern in die Höhe.

»Es muss doch Mittel und Wege geben, um die Geburt endlich voranzubringen!«, zischte Olly der älteren Hebamme zu, als vor dem Fenster erneut ein lautes Scheppern ertönte. Wahrscheinlich hatte der Sturm die nächsten Schindeln vom Dach gerissen, inzwischen war der ganze Schlosshof übersät mit Ziegelsteinen und Dachpfannen.

»Das ist doch alles nicht normal!«

Die Hebamme nickte. »Gleich haben wir es geschafft«, sagte sie aufmunternd zu Wera und strich ihr dabei ein paar nasse Haare aus der Stirn.

Ein unwirsches Stöhnen war die einzige Antwort.

»Willst du einen Schluck Wasser?«, fragte Olly, die mit Sorge Weras rot angelaufenes Gesicht betrachtete.

Statt zu antworten, stieß Wera einen neuen Schrei aus, noch lauter und schriller als zuvor.

Händeringend und ohne ein weiteres Wort rannte Olly aus dem Raum. Und wenn sie es Wera tausendmal versprochen hatte, bei ihr zu bleiben – das war alles zu viel für sie.

Vor der Tür wurde sie sofort von Eugen und Evelyn bestürmt, die wissen wollten, was im Zimmer vor sich ging. Auch Karl und Wilhelm von Spitzemberg waren anwesend und sprangen bei ihrem Anblick vom Sofa auf, genau wie der eigens vom Ministerium der Familienangelegenheiten des Königlichen Hauses für diesen Tag abgestellte Herr, welcher die herzogliche Entbindung auf die Minute genau dokumentarisch festhalten sollte. Mit gezücktem Stift und Notizbuch schaute er Olly erwartungsvoll an.

Sie schüttelte nur den Kopf. Während sie sich von Evelyn eine Tasse Tee einschenken ließ, suchte sie nach Worten, um die quälende Situation im Entbindungszimmer zu beschreiben.

Noch während sie sprach, verdunkelte sich der Raum. Erschrockene Blicke gingen in Richtung der Fenster, hinter denen sich gigantische Wolkenberge auftürmten. Dumpfes Donnergrollen ertönte, als würde direkt neben ihnen jemand die Pauke schlagen. Karl rannte ans Fenster und riss es auf, um besser sehen zu können, welche Schäden die letzte Sturmattacke angerichtet hatte. Im selben Moment wurde die Tür zu Weras Zimmer geöffnet. Durch den entstandenen Luftzug fiel das Fenster zu und zersprang klirrend in tausend Teile. Doch niemand achtete darauf, denn alle Augen waren auf die jüngere der Hebammen gerichtet, die mit ernstem Gesicht und einem rosafarbenen schreienden Bündel im Arm im Türrahmen stand.

Olly presste beide Hände auf ihr Herz.

»Ein … Mädchen?«

Die Hebamme schüttelte den Kopf und schaute gleichzeitig über ihre Schulter, wo ihre Kollegin mit einem zweiten Bündel erschien.

»Nein, es sind zwei.«

*

Erschöpft und blass lag Wera im Bett, in jedem Arm eine ihrer Töchter.

Danke, lieber Gott, danke.

Eugen kauerte neben ihr auf der Bettkante, Olly und die anderen saßen auf Stühlen rings um das Wochenbett. Lediglich der Mann vom Ministerium hatte sich verabschiedet, um die unglaubliche Nachricht der herzoglichen Zwillingsgeburt in den offiziellen Unterlagen festzuhalten. Draußen hatte sich der Sturm gelegt oder zumindest vorübergehend an Heftigkeit abgenommen. Wera kam es so vor, als wäre die Natur ein Spiegelbild dessen, was sie in den letzten Stunden erlebt hatte. Ein Orkan, der sie zu zerreißen drohte.

Niemand hatte etwas von dem zweiten Kind geahnt. Sie nicht und die schlauen Hebammen, die ihr ständig sagten, was sie alles falsch machte, auch nicht. Am Ende hatte sie es allein geschafft. Hatte geatmet, gepresst und gebetet.

Voller Liebe schaute Wera ihren Mann an.

»Sind wir nicht die glücklichsten Eltern der Welt?«

Eugen nickte stumm. Einen Moment lang war nur das Atmen der Kinder zu hören – und dann Ollys Aufschluchzen.

»Zwillinge! Ich kann mich nicht daran erinnern, dass es die bei den Romanows jemals gegeben hätte. Ein Gottesgeschenk gewiss, aber auch ein Gotteswunder. Wenn das deine Eltern erfahren …« Freudentränen rannen über ihre Wangen.

Wera lächelte. Kurz nachdem die beiden Mädchen ihren ersten Schrei getan hatten, hatte sich der königliche Bote mit einer Depesche auf den Weg gen Russland gemacht, um die frohe Botschaft ins Zarenreich zu bringen. Zwillinge – das hatte bisher nicht einmal ihre Schwester Olgata geschafft.

»Hast du schon eine Idee, wie du die beiden nennen möchtest?«, sagte Karl.

Wera ignorierte die erwartungsvollen Blicke. Statt zu antworten, hauchte sie ihren Töchtern Küsse auf Stirn und Wangen.

Schon bei der Geburt ihres Sohnes hatte es wegen des Namens heftige Diskussionen gegeben, scheinbar sahen es alle Älteren als naturgegebenes Recht an, im Namen eines Neugeborenen weiterexistieren zu dürfen. Von Nikolaus über Karl, von Konstantin bis Eugen war alles an Vorschlägen dabei gewesen. Eugen hatte dem Ganzen ein Ende bereitet, indem er Wera und das Königspaar darüber aufklärte, dass alle männlichen Stammhalter seines Adelshauses Eugen hießen und nicht anders. Am Ende hatten ihn alle Klein-Egi genannt.

Das Mädchen in Weras linkem Arm öffnete kurz die Augen, schaute sich orientierungslos um. Dann blinzelte es und schloss die Augen mit einem leisen Seufzen wieder.

Warum konnte man sie und ihre Kinder nicht einfach in Ruhe lassen?, dachte Wera in einem Anflug von Ärger. Namen waren nicht mehr als Schall und Rauch. Viel lieber wollte sie ihre hübschen Töchter eingehend betrachten. Wie konnten die anderen behaupten, dass die beiden gleich aussahen? Das Mädchen in ihrem rechten Arm hatte einen herzförmigen Haaransatz und einen kleinen Herzmund. Seine Schwester hatte zwar nur einen normal hübschen Mund, dafür aber Augen, so blau wie der Stuttgarter Himmel an schönen Sommertagen. Wera wusste sehr wohl, dass es hieß, alle Säuglinge hätten blaue Augen. Aber dieses Paar hier war blauer als blau, so viel stand fest.

»Deine Maman würde sich bestimmt sehr freuen, wenn du ein Mädchen nach ihr benennst«, sagte Olly nun. »Du könntest ihren deutschen Namen Charlotte wählen oder ihren russischen, Alexandra.«

»Schön und gut, aber dass ein Mädchen den Namen *meiner* Mutter Mathilde tragen wird, steht für mich fest«, sagte Eugen eilig.

Wera schaute erst Olly, dann ihren Mann entrüstet an.

»Gar nichts steht fest, nicht das Geringste! Vor wenigen Stunden wussten wir weder, welches Geschlecht unser Kind haben wird, noch, dass der liebe Gott uns gleich mit zweien beschenkt. Aber da ihr es nun einmal so eilig mit den Namen habt, will ich euch meine Ansichten dazu kundtun, falls die überhaupt jemanden interessieren. Immerhin bin ich ja nur die Mutter dieser beiden Schönheiten.« Sie warf ihren Kindern einen liebevollen Blick zu. *Keine Sorge, ihr werdet schon die richtigen Namen bekommen. Ich passe schließlich gut auf euch auf. Heute und für alle Tage.*

Wera schaute in die Runde. »Nie gab es für mich den geringsten Zweifel, dass meine Tochter einmal den Namen meiner Mutter tragen soll. Eine Hommage an die Frau, der ich alles, mein ganzes Leben und Sein verdanke. Deshalb soll dieses Mädchen hier« – sie zeigte auf das Kind mit dem herzförmigen Mund – »Olga heißen.«

Olly schluchzte vor Rührung auf.

Eugen nickte. Gegen diese Namenswahl konnte er nur schwer etwas einwenden.

»Und hast du auch schon eine Idee für unsere zweite Tochter?«, sagte er spröde.

Wera nickte. »Dieses kleine Wesen hier« – sie zeigte auf die Kleine mit den himmelblauen Augen – »soll einen Namen bekommen, der unbelastet ist von jeglichen Bürden. Einen fröhlichen Namen, der schwäbisch klingt.« Fast triumphierend schaute Wera in die Runde. »Olgas Schwester soll … Elsa heißen.«

31. KAPITEL

Stuttgart, am 20. Januar 1877

Geliebter Eugen,
ich hoffe, mein Brief erreicht Dich bei bester Gesundheit und Laune? Es ist noch keine drei Wochen her, dass Du uns verlassen hast, doch mir kommt die Zeit unserer Trennung vor wie drei Jahre. Der Gedanke, dass Du die nächsten zwei Jahre in Düsseldorf leben sollst, schmerzt so sehr, dass es mich fast zerreißt. Noch immer verstehe ich nicht, wie Du mir und unseren reizenden Töchtern dies antun konntest. Doch Dein Wille steht über allem …

Seufzend ließ Eugen den Brief sinken. Allem Anschein nach hatte Wera ihm seine Entscheidung, zukünftig im 2. Westfälischen Husarenregiment Nr. 11 in Düsseldorf zu dienen, noch immer nicht verziehen.

Er zog die Kerze, die auf dem Tisch in seinem kleinen Appartement stand, näher heran, um besser lesen zu können. Es war sechs Uhr morgens, draußen war es noch stockfinster, die Kerze war die einzige Lichtquelle im Raum. In der Kaserne, in der auch die Unterkünfte für die Offiziere lagen, herrschte Stille. Lediglich von den Stallungen war ab und an ein ausgeschlafenes Wiehern zu hören. Doch bis zum ersten Tageslicht dauerte es noch gut eineinhalb Stunden.

Das Morgengrauen … Der Gedanke löste ein Rumoren in Eugens Magengegend aus. War es freudige Erregung? Oder auch eine Spur Angst? Eugen war es nicht gewohnt, allzu tief in sich hineinzuhören, und beschloss, seine innere Unruhe zu ignorieren und sich stattdessen abzulenken. Er nahm Weras Brief wieder auf.

Bist Du denn wenigstens glücklich, mein geliebter Mann? Hat sich Deine Entscheidung, uns zu verlassen, als richtig herausgestellt? Ich hoffe es, denn nur dann kann ich das Opfer, Dich nicht hier in Stuttgart zu wissen, überhaupt ertragen. Ohne Dich sind meine Tage so leer, ohne Dich sind alle Freuden des Alltags nur halb so schön. Ohne Dich – ach Eugen, ich vermisse Dich so schrecklich!

Wera und ihn vermissen? Eugen schnaubte. Ihr Leben war doch mit Olga und Elsa mehr als ausgefüllt: Sie badete die Kinder selbst, statt dies den Kindermädchen zu überlassen, sie sang ihnen vor, wiegte sie in den Schlaf. Eugens Ansicht nach verhätschelte Wera die Kleinen unnötig, trotzdem ließ er sie schalten und walten, wie es ihr gefiel. Er war froh, Wera nach Klein-Egis Tod wieder glücklich zu sehen. Dass sie jedoch vor lauter mütterlichem Engagement *ihn* während ihrer gemeinsamen Wochenenden vernachlässigte, gefiel ihm gar nicht. Als er sie im Juli bat, ihn nach Schlesien zu begleiten, wo er auf seinem Landgut nach dem Rechten sehen musste, hatte sie abgelehnt: Die Kinder bräuchten sie dringender als er. Im Herbst – die Zwillinge waren immerhin schon ein halbes Jahr alt – schlug er einen Jagdausflug vor, die Einladungen des Fürsten Hugo zu Hohenlohe waren legendär. Doch ausgerechnet zu jener Zeit beschlossen Olga und Elsa, dass sie fortan nicht mehr von der Amme gestillt werden wollten. Hektisch versuchte Wera erst, eine neue Amme zu organisieren, und als die Zwillinge auch diese ablehnten, fütterte sie die Kinder mit einer Breimischung selbst. Mehr als einmal war es sogar vorgekommen, dass Wera mitten in einer zärtlichen Situation zwischen ihnen beiden mit wehendem Morgenrock davongelaufen war, um nach den Kindern zu sehen.

Im Laufe der Monate waren seine Unruhe und Unzufriedenheit gewachsen, und das nicht nur im privaten Zusammenhang, sondern auch in Bezug auf seine Karriere: Die Tage in der Ditzinger Kaserne nahe Stuttgart zogen sich in die Länge, außer einem größeren Herbstmanöver gab es keine weitere Abwechslung, und von einer Beförderung war auch keine Rede, Schwiegersohn des Königs hin oder her. Sollte er den Höhepunkt seiner Laufbahn schon erreicht haben? Eugen weigerte sich, dies zu glauben. Er wollte noch viel erreichen! Und ein Dienst bei der preußischen Kavallerie würde genau der Schub sein, den seine militärische Laufbahn benötigte. Also bewarb er sich bei den Düsseldorfern.

Wozu so viel Ehrgeiz?, hatte Wera von ihm wissen wollen, als er seine Pläne kundtat. Hatten sie in Stuttgart nicht das schönste aller Leben? Als Tochter und Schwiegersohn des Königs waren sie überall beliebt und geschätzt, alle möglichen Einladungen trudelten dutzendweise ins Haus. Sie konnten sich aussuchen, wen sie mit ihrer Anwesenheit beglückten und wen nicht. Sogar zum Präsidenten des Stuttgarter Schützenfestes war Eugen gewählt worden, eine große Ehre, um die ihn viele Herren der Gesellschaft beneideten. Und dann die Mädchen ... Olga und Elsa waren so entzückende Kinder – wie konnte Eugen auch nur mit dem Gedanken spielen, sie zu verlassen?

»Ich verlasse euch doch nicht, mein Posten in Düsseldorf ist auf zwei Jahre begrenzt«, hatte er geantwortet. »Ich werde den Rang eines etatmäßigen Stabsoffiziers innehaben. Weißt du, was für ein großer Karriereschritt das für mich ist? Und dazu noch in einem preußischen Regiment!«

Wera hatte ihn verständnislos angeschaut. Als sie merkte, dass es ihm ernst war, hatte sie weinend gesagt: »So lange von dir getrennt zu sein – das halte ich nicht aus. Mein Herz wird brechen vor lauter Schmerz.«

Doch Eugen war hart geblieben. Unter den anklagenden Blicken seiner Frau hatte er die Koffer gepackt und am zweiten Januar frohen Mutes seine neue Stelle angetreten. Sie könne ihn jederzeit besuchen, und falls sie es ohne ihn gar nicht aushalten sollte, wäre ein Umzug nach Düsseldorf ihrerseits ebenfalls möglich, hatte er zum Abschied halbherzig gemurmelt.

Die Kinder und ich trotzen den Schneemassen und machen viele Ausflüge in den Schlosspark. Wenn wir nach Hause kommen, sehen ihre geröteten Wangen wie kleine Äpfelchen aus. Dann trinken wir mit der Königin und Evelyn zusammen heiße Schokolade und freuen uns des Lebens. Natürlich planen wir schon jetzt den ersten Geburtstag der Zwillinge, es sind ja nur noch wenige Wochen bis dorthin. Ach Eugen, wärst Du nur bei uns …

Ausflüge in den Schlosspark. Und heiße Schokolade trinken mit der Königin. Wenigstens war von einem Umzug Weras nach Düsseldorf nicht die Rede. Ein solcher Schritt wäre für ihn nur mit unnötigen Komplikationen verbunden: Er würde aus seinem kleinen Appartement, das zwar schlicht war, in dem er sich aber sehr wohl fühlte, aus- und in eine größere gemeinsame Wohnung mit Wera und den Kindern ziehen müssen. So wie er Wera kannte, wäre sie in kürzester Zeit mit Gott und der Welt befreundet – mit dem Bürgermeister und seiner Gattin, womöglich auch mit der Metzgersfrau und dem Gärtnerehepaar. Eugen wunderte sich immer wieder, welch seltsame Freundschaften seine Frau pflegte. »Standesgemäß sollen meine Freunde sein? Mir ist viel wichtiger, dass sie das Herz am rechten Fleck haben«, hatte sie ihm erwidert, als er sich wieder einmal über ihren Umgang beschwerte.

Wera in Düsseldorf … Wie in Stuttgart würden sie sich auch hier bald nicht mehr vor Einladungen retten können, und wie in Stuttgart wäre es wieder Wera, die bestimmte, wohin sie gingen und wen sie trafen. Mit seinen Männerabenden wäre es aus und vorbei. Kein Kartenspiel mehr, keine fröhlichen Trinkgelage. Für jede Stunde, die er zusätzlich mit seinen Männern in der Kaserne verbrachte, würde er sich rechtfertigen müssen, und das, wo er ihrer Eifersucht und ihrer übertriebenen Anhänglichkeit gerade eben erst entronnen war!

Nein, alles sollte bleiben, wie es war. Hatte er nicht das beste aller Leben? Eine hochwohlgeborene Ehefrau zu Hause in Stuttgart, dazu zwei reizende Töchter … Und hier in Düsseldorf die raue, aber herzliche Welt des Militärs, in der er sich seit jeher am wohlsten gefühlt hatte. Tief ausatmend legte Eugen den Brief zur Seite. Er würde heute Abend darauf antworten. Oder morgen.

Sein Blick fiel erneut aus dem Fenster. Kein Schnee. Ein Tag wie jeder andere, nebelverhangen und erträglich kalt. Er wusste nicht, ob er dies als gutes oder als schlechtes Zeichen deuten sollte.

Nachdem er sich sorgfältig rasiert hatte, ging er zum Schrank, wo seine Uniformen und Ausgehröcke hingen. Welcher Aufzug war dem heutigen Anlass entsprechend?

»Und du bist dir wirklich sicher, dass du diese Angelegenheit wie geplant zu Ende bringen willst? Noch ist es nicht zu spät, nein zu sagen.«

»*Nein* soll ich sagen?« Eugen schaute den Mann, der ihn von seinem Appartement abgeholt hatte, entrüstet an.

Wie er war auch Herbert von Lauenfels Offizier im 2. Westfälischen Husarenregiment, sie hatten ihren Dienst sogar am selben Tag angetreten. Graf Herbert war zwei Jahre jünger als Eugen, seine Familie stammte aus Hessen. Bei der Willkommensfeier, die für sie im Offizierskasino ausgerichtet worden war, hatten sie schnell festgestellt, dass sie aus demselben Holz geschnitzt waren – der Anfang einer Männerfreundschaft, der sie beide voller Freude entgegensahen.

»Ich soll mich meiner Verpflichtung entziehen und mir den Ruf eines Feiglings einhandeln, so wie Fuzzi einer anhängt? Jedermann würde mich ehrlos nennen, ich wäre ein für alle Mal erledigt. Fuzzi will Satisfaktion, also soll er sie bekommen!« Entrüstet zog er seinen Uniformrock glatt. Den beiden Soldaten, die im Wärterhäuschen der Kaserne Dienst schoben, nickte er knapp zu. Gott sei Dank waren die beiden in ein Kartenspiel vertieft und fragten sich nicht, was zwei Offiziere in Ausgehuniform so früh am Morgen außerhalb der Kaserne zu schaffen hatten. Würde jemand von ihrem Vorhaben Wind bekommen, bedeutete das nur Ärger für sie. Das Duellieren unter Offizieren war nämlich seit knapp sechs Jahren offiziell im ganzen Kaiserreich verboten und wurde mit Festungshaft bestraft. Nicht, dass Eugen dies kümmerte. Wo kein

Kläger, da kein Richter. Wenn alle Beteiligten des heutigen Morgens den Mund hielten, konnte ihnen nichts passieren.

Ein Duell. Und er, Herzog Eugen von Württemberg, war einer der beiden Duellanten. Wer hätte das gedacht. Eine solche Aufregung hätte es im heimeligen Stuttgart jedenfalls nie gegeben.

Dass Fuzzi, der mit richtigem Namen Friedrich von Feigenstein hieß und ebenfalls den Offiziersrang innehatte, ihn herausfordern würde, damit hatte er nicht im Traum gerechnet. Denn der Mann mit dem weibischen Lockenkopf und dem despektierlichen Spitznamen war nicht nur ein miserabler Schütze, sondern jemand, dem es an Tapferkeit fehlte – jedenfalls erzählte man sich das im Regiment. Eugen wusste nichts Genaues, war sich aber sicher, dass an den Gerüchten über Fuzzis mangelnden Mut etwas dran war. Warum sonst hatten die Soldaten wie auch die anderen Offiziere so wenig Respekt vor dem Mann? Die Herren von Feigenstein seien ein verarmtes sächsisches Geschlecht, ohne Rang und Namen, hieß es. Dass *er* mit dem Sachsen nicht warm werden würde, hatte Eugen bei seiner Willkommensfeier sofort erkannt. Dafür hatte er Fuzzis Frau, die schöne Selma, umso sympathischer gefunden ...

Der zu sühnende Vorfall fand vor zwei Tagen statt, auf einem Fest, das ein ausscheidender Offizier ausgerichtet hatte und zu dem auch die Gattinnen der Herren eingeladen gewesen waren, so sie in der Nähe der Kaserne wohnten. Es war ein feuchtfröhliches Fest gewesen, der Rheinwein war in Strömen geflossen, und die Stimmung wurde von Stunde zu Stunde erhitzter. Eugen wusste schon gar nicht mehr genau, worüber er sich mit Fuzzis Frau unterhalten hatte. Selma, ein hübsches Ding mit braunen Locken und einem einnehmenden Lachen. Irgendwie hatte sie ihn an Etty, die schöne Tänzerin, erinnert. Das hatte er ihr gesagt und ihr ein paar harmlose Komplimente gemacht. Vielleicht hatte das eine oder andere ein wenig anzüglich geklungen, aber Eugen wusste aus Erfahrung, dass etliche Damen solche Zwischentöne durchaus gern hörten. Auch Selma schien sich bestens zu amüsieren, bei fast jeder seiner Bemerkungen warf sie den Kopf in den Nacken und lachte ihr einnehmendes Lachen – wenn sie nicht gerade ihrerseits eine mehrdeutige Bemerkung über die Lippen brachte. Ja, es hatte zwischen ihnen geknistert. Vielleicht hatte es auch ein, zwei Küsschen gegeben, Eugen konnte sich daran nicht mehr genau erinnern.

Fuzzi von Feigenstein hatte sich schrecklich aufgeführt, als er Eugen auf der Terrasse mit seiner Frau in einer Umarmung erwischte. Eugens Beteuerung, dass dies nur eine harmlose freundschaftliche Geste gewesen sei, hatte er weggewischt, Eugens Entschuldigung nicht hören wollen. Am nächsten Morgen stand ein Offizier vor Eugens Tür – Fuzzis Sekundant – und überbrachte ihm die Herausforderung. Nachdem er den ersten Schrecken überwunden hatte, war Eugen zu Herbert gegangen und hatte seinen neuen Freund gefragt, ob er auf seine Anwesenheit zählen könne. Er konnte.

Eine Zeitlang marschierten die beiden Männer schweigend weiter. Inzwischen dämmerte es bereits, bis sie das Rheinufer erreicht haben würden, hatte sich hoffentlich auch noch der Nebel gelichtet.

Sie hatten die Kasernenmauern schon ein gutes Stück hinter sich gelassen, als Herbert von Lauenfels sagte: »Ein Duell ist kein Kinderspiel, Eugen. Eine kleine Tändelei, mehr war doch nicht zwischen dir und Fuzzis Frau. Er hätte deine Entschuldigung wirklich annehmen sollen, statt derart übertrieben zu reagieren. Ihr riskiert schließlich den eigenen Tod!«

Eugen lachte. »Glaubst du allen Ernstes, Fuzzis Pistole könnte mir gefährlich werden?«

Herbert von Lauenfels seufzte, doch dann stimmte er in Eugens Lachen ein. Obwohl sie beide noch nicht lange beim Regiment waren, hatten sie schon mitbekommen, dass Fuzzi ein miserabler Schütze war. Eugen hingegen war der Schützenkönig von Stuttgart! Er legte einen Arm um seinen Freund.

»Glaube mir, der Gedanke, dass ich den dummen Kerl unnötig verletzen muss, gefällt mir auch nicht. Aber es geht nun einmal um die Ehre, und die Spielregeln habe nicht ich festgelegt, ich muss sie allerdings respektieren. Umso dankbarer bin ich, dass du mein Sekundant bist.«

Herbert von Lauenfels nickte. »Bringen wir die Sache also standesgemäß hinter uns. Aber danach bist du mir ein reichliches Morgenmahl schuldig, mein Lieber!«

Die Wiese am Rheinufer war feucht. Jeder der dreißig Schritte, die die beiden Duellanten in entgegengesetzte Richtungen machten, blieb im feuchten Gras als deutlicher Abdruck sichtbar.

Sechzig Schritte zwischen den Duellanten.

Drei Schusswechsel.

Als Waffe: die Pistole.

Das waren die Bedingungen, die Fuzzis Sekundant überbracht hatte.

Achtundzwanzig, neunundzwanzig, dreißig. Mit geschlossenen Augen blieb Eugen für einen kurzen Moment reglos stehen. Vor seinem inneren Auge erschien plötzlich sein Vater. Auch er war in seiner Jugend Offizier gewesen, und zwar im 1. Westfälischen Husarenregiment Nr. 8, welches ebenfalls hier in Düsseldorf stationiert gewesen war. Aber ob »Eugen der Gute«, wie er von seinen Untertanen genannt worden war, ein solches Duell gutgeheißen hätte? Eugen bezweifelte es.

Vater im Himmel, steh mir bei, dachte er, während er ein letztes Mal über Hahn und Abzug seiner Pistole strich. Die Waffe lag gut und sicher in seiner Hand. Wie immer.

»Friedrich, Eugen – seid ihr bereit?«

Herberts Stimme kam nur gedämpft bei Eugen an. Er holte tief Luft, drehte sich um und nickte.

»Feuer frei!«

*

»Ich habe einen seltsamen Brief von Eugen erhalten«, sagte Wera, kaum dass sie am Mittagstisch bei Olly und Karl Platz genommen hatte.

»Er schreibt, er habe Schmerzen in der Brust und könne kaum durchatmen. Und dass er mich unendlich liebe, schreibt er auch.« Sie schüttelte nachdenklich den Kopf.

Olly lächelte. »Eugen hat solche Sehnsucht nach dir, dass ihm das Herz weh tut, wie romantisch! Hat Wera nicht einen ganz besonders lieben Mann?«, fragte sie in die Tischrunde, zu der außer dem Königspaar auch Evelyn, zwei weitere Ehrendamen und Wilhelm von Spitzemberg gehörten.

Die Damen lächelten höflich.

»Für mich hört es sich eher so an, als fühle sich Eugen nicht wohl. Was, wenn er ernsthaft erkrankt ist?«, erwiderte Wera stirnrunzelnd.

»Aber das hätte er dir doch geschrieben. Eugen ist niemand, der sich kompliziert ausdrückt, oder?«, erwiderte Karl. »Ich glaube, du machst dir unnötige Gedanken.« Aufmunternd tätschelte er Weras Hand, dann gab er dem Dienstmädchen ein Zeichen, seiner Adoptivtochter noch einmal Suppe nachzuschenken.

Doch Wera winkte ab, ihr war der Appetit vergangen. Seit Eugens Brief verspürte sie vielmehr ein angstvolles Ziehen im Bauch. Zu gern hätte sie geglaubt, dass ihr Mann sich aus lauter Sehnsucht nach ihr verzehrte. Aber ihr Gefühl sagte ihr, dass etwas ganz und gar nicht stimmte. Abrupt schob sie den Stuhl nach hinten und stand auf.

»Evelyn, könntest du mir rasch ein bisschen Wäsche zum Wechseln und andere Reiseutensilien einpacken? Karl, sagst du bitte einem eurer Kutscher, dass er vorfahren soll? Und Olly, wärst du so lieb und hast ein Auge auf die Kinder samt den Kindermädchen? Wenn ich mich beeile, erwische ich noch den Mittagszug nach Düsseldorf. Vielleicht haltet ihr mich für hysterisch, aber ich muss mich mit eigenen Augen davon überzeugen, dass es Eugen gutgeht, vorher habe ich keine Ruhe. Sobald ich mehr weiß, werde ich euch dies in einem Telegramm mitteilen.«

Olly und Karl saßen gerade beim Abendessen, als ein Bote erschien und atemlos darum bat, dem König von Württemberg ein Telegramm aushändigen zu dürfen. Es kam aus Düsseldorf und war am selben Tag, dem 27. Januar 1877, abgesandt worden.

»Wera muss ja regelrecht geflogen sein! Früher dauerte eine Reise mit dem Zug immer eine halbe Ewigkeit, aber diese Zeiten sind scheinbar vorbei. Was schreibt sie denn?«, rief Olly. Frohgemut beugte sie sich über den Tisch zu Karl hinüber, um einen Blick auf die wenigen Zeilen erhaschen zu können.

Doch Karl hielt den Bogen Papier fest an seine Brust gedrückt. Seine Miene drückte Bestürzung aus, hilflos irrte sein Blick von einem zum anderen.

»Das … Telegramm ist nicht von Wera. Es ist vom Kommandeur des 2. Westfälischen Husarenregiments Nr. 11.« Karl blinzelte verwirrt. »Olly – Eugen ist tot. Gestorben an einer Brustfellentzündung.«

*

Als Wera in Düsseldorf ankam, war es bereits später Abend. Sie winkte eine der bereitstehenden Droschken heran. Nur noch wenige Minuten, dann würde sie Eugen wiedersehen! Nun, so kurz vor dem großen Moment, überfielen sie plötzlich Zweifel an ihrer spontanen Reise. Hatte sie zu viel in seinen Brief hineininterpretiert? Was, wenn ihr Mann gar nicht da war, sondern bei einem auswärtigen Manöver? Oder er war da, aber von ihrem Erscheinen alles andere als angetan? So etwas kannte sie ja …

Nervös fuhr sie sich mit der Zunge über die vor Aufregung trockenen Lippen. Dann klemmte sie ihren kleinen Handspiegel so zwischen das Rückenpolster und die Frontwand der Kutsche, dass sie sich zumindest ausschnittweise darin betrachten konnte. Während der langen Zugfahrt war das breite Haarband verrutscht, welches ihre krause Lockenpracht bändigen sollte. Ihr Wangen- und Lippenrot hatte sich ebenfalls in nichts aufgelöst, sie sah blass aus. Außerdem musste sie dringend Wasser lassen. Hunger hatte sie auch, hatte sie doch seit dem Frühstück nichts mehr gegessen. »Trocken Brot macht Wangen rot« – kein Wunder, dass ihr ausgerechnet jetzt dieser Spruch durch den Sinn ging! Eilig zückte sie das kleine Döschen mit Rouge und begann, frische Farbe auf Wangen und Lippen aufzutragen. Ein Zurück gab es nun nicht mehr. Aber wenigstens konnte sie sich für Eugen so hübsch wie möglich machen.

Nach knapp zwanzig Minuten hielt die Droschke vor dem Haupteingang der Kaserne. Wera packte Kamm, Bürste und Wangenrot in ihre Tasche und bezahlte den Fahrer. Mit zusammengekniffenen Augen schaute sie sich Eugens Quartier an. Aus dem Bodennebel, der so dick wie eine Daunendecke war, ragten ein paar Baracken heraus. Auch konnte Wera mehrere kleinere Gebäude erkennen und dazu Stallungen – an die große Garnisonsstadt Ludwigsburg kam diese preußische Kaserne jedoch nicht heran. Sie musste Eugen wirklich fragen, was er hier so attraktiv fand. Bei den Ulanen in Württemberg wäre er so viel besser aufgehoben.

»Herzogin Wera von Württemberg«, stellte sie sich vor, als sie am Wächterhäuschen angekommen war. »Ich wünsche meinen Mann zu sehen. Er ist Stabsoffizier –«

»Ich weiß Bescheid, gnädige Frau, Sie müssen nicht weitersprechen«, wurde sie von einem der zwei Wärter, einem jungen Soldaten mit hohläugigem Blick und schütterem Haar, unterbrochen. Sein Kamerad riss währenddessen das schwere Eisentor auf und deutete auf die Tür des Wärterhäuschens.

»Wenn Sie bitte einen Augenblick hier Platz nehmen mögen. Wir haben Weisung, unseren Kommandeur von Ihrer Ankunft in Kenntnis zu setzen, er möchte dabei sein, wenn Sie …« Der Mann biss sich auf die Unterlippe und starrte auf den Boden.

Wera trat von einem Bein aufs andere. Allmählich wurde der Druck auf ihre Blase unangenehm. Und nun sollte sie auch noch unnötig warten? Was glaubte der Bursche eigentlich, wen er vor sich hatte? Überhaupt – was waren das für Sitten in diesem preußischen Regiment?

»Also wirklich, ich habe die lange Fahrt doch nicht auf mich genommen, um hier auf Ihren Kommandeur zu warten! Ich möchte meinen Mann sehen, und das auf der Stelle.«

Die beiden Wärter tauschten einen Blick, der eine raunte seinem Kameraden etwas zu, woraufhin dieser nickte. Er räusperte sich und wandte sich erneut an Wera: »Folgen Sie mir bitte!«

Wera nickte gnädig.

Sie überquerten einen quadratischen und penibel sauberen Innenhof. Mehrere Soldaten kamen ihnen entgegen, alle schauten Wera mit einer Mischung aus Verwunderung und Neugier an. Wahrscheinlich kam es nicht alle Tage vor, dass eine Dame hier auftauchte!

Aus der Nähe betrachtet machte die Kaserne doch keinen ganz schlechten Eindruck, befand Wera, die Mühe hatte, mit dem jungen Soldaten Schritt zu halten. Nachdem sie jedoch mit solchem Nachdruck verlangt hatte, zu Eugen vorgelassen zu werden, wollte sie nun nicht um ein gemäßigteres Tempo bitten. Als sie schließlich vor einem kleinen Gebäude am Rande des Geländes innehielten, war sie völlig außer Atem.

Der junge Soldat schaute sie fast angstvoll an, dann öffnete er mit einer tiefen Verbeugung die Tür für sie.

»Ich warte hier draußen.«

Wera nickte ihm knapp zu und trat ein.

Mit steifen Schritten, wie eine Marionette, die an zu straffen Fäden geführt wurde, ging sie auf ihren Mann zu.

Eugen …

Ihre Gedärme krampften sich zusammen, vergessen waren Hunger, Müdigkeit und alle anderen Befindlichkeiten.

Eugen …

Was war das für eine hübsche Decke, unter der er lag. Rot, mit einem prachtvollen Wappen bestickt. Eine solche Handarbeit würde sie mit ihren ungeschickten Händen nie zustande bekommen. Sein Haarschopf wirkte durch das Rot noch dunkler als sonst. Aber er war so blass.

Eugen …

Wera schrie leise auf. Das konnte nicht sein! Sie wurde verrückt – hier und jetzt, in diesem einsamsten aller Momente. Ihr Blick irrte in der weihrauchgeschwängerten Kapelle umher, suchte nach Schlupfwinkeln. Sie wollte sich verstecken. Oder wieder durch die Tür gehen. So tun, als wäre nichts geschehen. Aber die Welt stand still. Nichts veränderte sich. Außer dass sich der Dolch in ihrem

Herz schmerzhaft herumdrehte. Tränen sammelten sich in ihren Mundwinkeln, sie wischte sie mit dem Ärmel fort. Ihr Atem klang unerträglich laut in ihren Ohren, und dann ihr Rock – warum war ihr bisher nicht aufgefallen, wie unangenehm die aufgebauschten Stoffbahnen bei jedem Schritt raschelten?

»Eugen ... bitte. Ich bin's. Wera. Wach auf! Sag, dass du dich freust, mich zu sehen.« Sie beugte sich zu ihm, wollte ihn streicheln. Doch ihre rechte Hand gehorchte nicht, und die linke ebenfalls nicht. Jemand hatte der Marionette die Schnüre abgeschnitten, ihre Glieder wurden schlaff.

Sie merkte nicht, wie sie den Boden berührte.

*

»Wir bedauern Herzog Eugens Hinscheiden außerordentlich. Worte reichen nicht aus, um Ihnen und seiner Witwe unser aller Beileid kundzutun«, sagte der Kommandeur des 2. Westfälischen Husarenregiments am nächsten Morgen.

Olly, von ihrer Nachtfahrt mit dem Zug völlig zerschlagen, nickte traurig. Von Wera, die neben ihr saß und deren Hand sie festhielt, kam keine Reaktion. War Eugens Tod überhaupt schon zu ihr durchgedrungen?, fragte sich Olly nicht zum ersten Mal.

Als der Kommandeur am Vorabend in der Kapelle angekommen war, hatte er Wera neben Eugen liegend angetroffen. Weder mit guten Worten noch mit eindringlichem Flehen war es ihm gelungen, sie dazu zu bringen, die Kapelle zu verlassen. Es hatte drei Männer gebraucht, um sie fortzubringen. Der eilig hinzugerufene Regimentsarzt Dr. Schwarz hatte Wera ins Besucherappartement der Kaserne gebracht, eine klosterähnliche Zelle mit nur einem Bett und einem kleinen Schrank. Nachdem der Regimentsarzt Wera ein starkes Schlafmittel verabreicht hatte, verbrachte sie die Nacht in einem ohnmachtsähnlichen Zustand.

Als Olly am frühen Morgen in Düsseldorf eingetroffen war, hatte man sie sofort zu Wera gebracht. Mit leerem Blick saß ihre Tochter im Bett, unfähig, auch nur die geringste Bewegung zu machen. Mühevoll zog Olly Wera an, kämmte ihr die Haare und wusch ihr das Gesicht. Wera sagte kein Wort. Hin- und hergerissen zwischen dem Wunsch, allein mit den Obersten des Regiments sprechen zu können, um Einzelheiten zu erfahren, und dem Bedürfnis, Wera nicht allein zu lassen, hatte sich Olly schließlich dazu entschieden, die gramgebeugte Tochter zum Kommandeur mitzunehmen.

Olly beugte sich dem Mann entgegen und sagte mit gesenkter Stimme: »Wir wären Ihnen dankbar, wenn Sie uns bei der Organisation der Überführung des … Leichnams helfen könnten.«

Der Kommandeur räusperte sich. »Eure Hoheit, es gibt da ein kleines Problem …« Er warf einen kurzen Blick auf Wera, dann winkte er Olly mit einer kleinen Geste noch näher zu sich heran.

»Der Standesbeamte weigert sich, die Sterbeurkunde auszustellen. Ohne Todesursache könne er das nicht.«

Olly runzelte die Stirn. Wenn ihr nach einem nicht der Sinn stand, dann nach bürokratischem Theater.

»Warum haben Sie dem Mann nicht schon längst mitgeteilt, dass mein Schwiegersohn an einer Pleuritis gestorben ist? Ich ersuche Sie dringendst, in dieser Angelegenheit keine unnötige Zeit verstreichen zu lassen. Meine Tochter und ich wollen so schnell wie möglich abreisen, denn auch in Stuttgart gibt es viel zu regeln. Außerdem möchte ich meine Tochter dringend dem königlichen Leibarzt vorstellen, Sie sehen doch selbst, in welchem Zustand sie sich befindet.«

Der Kommandeur, ein stattlicher, honoriger Mann, rutschte nervös auf seinem Stuhl hin und her. »So einfach ist das nicht …«

»Was heißt das nun wieder?«, fuhr Olly den Mann an. »Wagen Sie es nicht, Einzelheiten des tödlichen Krankheitsverlaufs vor meiner Tochter auszubreiten«, flüsterte sie ihm dann zu.

»Das habe ich nicht vor«, gab der Kommandeur ebenfalls flüsternd zurück. »Es ist nur so … Die ›Krankheit‹ ist in Wahrheit ein Duell gewesen. Sollten wir diese Todesursache benennen, könnte das unangenehme Folgen für das württembergische Königshaus nach sich ziehen. Andererseits tun wir uns mit einer falschen Angabe auch schwer. Sie verstehen … unser Dilemma?«

»Ein Duell?« Olly glaubte nicht richtig zu hören. Ihr wurde mit einem Mal so schwindlig, dass sie sich an der Schreibtischkante festhalten musste. »Eugen hat ... Aber warum? Wieso? Ist das nicht verboten?«

Der Kommandeur nickte unglücklich, dann fuhr er im Flüsterton fort: »Natürlich ist es das! Aber die Herren Offiziere folgen ihrem eigenen Ehrenkodex. Es ging um die Ehefrau des –«

»Wie bitte?«, unterbrach Olly ihn entsetzt. Eugen hatte eine Liaison gehabt? Hoffentlich hatte Wera das nicht gehört.

»Heute ist der Jahrestag unserer Verlobung«, ertönte es in diesem Moment.

Fast erschrocken starrten Olly und der Kommandeur Wera an. Sie lächelte.

»Olly, weißt du noch? Heute vor drei Jahren haben Eugen und ich uns offiziell verlobt. Es war ein eisiger Tag, Stuttgart war mit Raureif überzogen. Trotzdem haben Eugen und ich es uns nicht nehmen lassen, in einer offenen Kutsche durch die ganze Stadt zu fahren. Wir wollten alle teilhaben lassen an unserem Glück!«

Olly spürte, wie sich ihre Kehle zuschnürte. Nicht weinen, nicht jetzt!, befahl sie sich. Während sie nach tröstenden Worten rang, stand Wera mit den müden Bewegungen einer alten Frau auf. Als sie sprach, klang ihre Stimme jedoch sehr bestimmt.

»Ich möchte, dass die Sterbeurkunde meines Mannes bis heute Mittag ausgestellt ist. Welche Todesursache Sie darin nennen, ist mir gleichgültig. Herzog Eugen von Württemberg war ein ehrenhafter Mann, genau wie seine Vorfahren. Ein wahrhaft großer Soldat. Ich kann an der Tatsache, dass er sich duelliert hat, nichts Unehrenhaftes erkennen. Dass es dabei um mich ging, verleiht der ganzen Angelegenheit allerdings große Tragik, genau wie der Zeitpunkt: Drei Jahre nach unserer Verlobung setzte er sich erneut mit seinem Leben für mich ein, mehr noch, er gab sein Leben für mich hin.«

»Aber ...« Dass es um dich ging, wissen wir doch gar nicht! Wie kommst du bloß auf so etwas?, wollte Olly erwidern. »Wäre es nicht angeraten, weitere Erkundigungen einzuziehen und –«

»Kein Aber«, unterbrach Wera sie. »Ich bin es Eugen schuldig, der Wahrheit tapfer in die Augen zu sehen. Du weißt doch, wie die Menschen sind, Olly. Ich kann mir gut vorstellen, wie bei einem Offiziersessen ein Wort das andere ergab. Vielleicht wurde Eugen um die Heirat mit mir, einer russischen Großfürstin, beneidet? Oder es ging um die schlichte Tatsache, dass ich eine Romanow bin. Seit jeher werden wir Romanows beneidet und angefeindet. Olly, erinnerst du dich noch an den Brief mit den Morddrohungen im Herbst achtzehnhundertdreiundsiebzig? Auch damals war es Eugen, der mich auf dem Württemberg auf Leben und Tod verteidigt hat. Erst nach diesem Attentatsversuch ist uns beiden das Ausmaß unserer Liebe klargeworden. Eugen und ich – wir waren von Gott füreinander bestimmt.« Sie nickte in einer seltsam entrückten Weise.

Weras Tapferkeit war für Olly zu viel. Bevor sie etwas dagegen tun konnte, rannen Tränen ihre Wangen hinab. Ihr armes, armes Kind! Mit dreiundzwanzig Jahren war ihre liebe, herzensgute Wera Witwe ... Und Eugen, ihr geliebter Eugen war tot.

»Nicht weinen, Olly. Tapfer müssen wir sein, das hätte Eugen so gewollt.«

Olly spürte Weras Umarmung und erwiderte sie. Für einen langen Moment hielten sie sich nur fest. Erst das Räuspern des Kommandeurs ließ sie auseinanderfahren.

»Ich werde dafür sorgen, dass sämtliche Dokumente schnellstmöglich ausgestellt werden. Auch was die Überführung angeht, werde ich alles in die Wege leiten.«

Wera schaute den Kommandeur dankbar an. »Tun Sie das. Ich möchte meinen Mann so bald wie möglich mit nach Hause nehmen. Er soll ein so großes und würdevolles Begräbnis bekommen, wie Stuttgart noch keines gesehen hat. Ein Denkmal werde ich dem wundervollsten aller Männer setzen!«

32. KAPITEL

Vor seinem Grabe

Vor deinem stillen Grabe
Steh ich gedankenschwer
Und dich – den treu ich liebte –
Seh ich jetzt nimmermehr.

Hier unter dieser Schichte
Von Erde liegst du nun
Und sollst im engen Sarge
Bis zum Erwachen ruh'n!

Die vielgeliebten Züge
Des Theuren seh ich nicht,
doch strahlt die heiße Liebe
im ewig reinen Licht, –

das mir entgegen leuchtet
aus blauem Himmelszelt
und zeigt den Weg nach oben,
den Liebe mir erhellt!

Aus: »Liederblüthen«, Gedichte von
Wera, Herzogin von Württemberg

In sich versunken rückte Wera den Bilderrahmen mit dem Gedicht zurecht, der neben einem großen Strauß roter Rosen auf dem Sarkophag prangte. Daneben stand eine Replik ihres Hochzeitsbildes, das Original hing noch immer in ihrer Stadtwohnung.

... strahlt die heiße Liebe im ewig reinen Licht ...

Mit einem traurigen Lächeln wandte sie sich zu Olly um, die ein paar Schritte hinter ihr stand.

»Das Dichten ist mir leichtgefallen, die Worte sind mir nur so zugeflogen – dafür habe ich Tage damit verbracht, jeden einzelnen Buchstaben kunstvoll mit schwarzer Tusche auf diesen wertvollen Bogen Büttenpapier aufzubringen. Was meinst du? Hätte Eugen mein Werk gefallen?«

Olly trat nach vorn und legte eine einzelne Rose neben dem Gedicht ab. Das lange Stehen in der kalten Gruft hatte ihre Beine müde und schwer gemacht, sie sehnte sich danach, ins Warme zu kommen und sich für eine Weile hinzusetzen.

»Eugen wäre überglücklich, er hat deine Gedichte sehr geschätzt.« Ihre Worte wurden dumpf von den cremefarbenen Steinwänden zurückgeworfen. Während draußen auf den Straßen der Stadt das kratzende Geräusch vieler Schaufeln und Schippen davon zeugte, dass die Bürger wieder einmal damit beschäftigt waren, den über Nacht gefallenen Schnee von den Trottoiren zu kratzen, herrschte in der Gruft, die unter der königlichen Schlosskirche lag, Totenstille.

Wera runzelte kurz die Stirn, dann nickte sie.

»Ja, Eugen mochte es, wenn ich mich mit künstlerischen Dingen beschäftigte.« Innig streichelte sie mit ihrer rechten Hand über den Sarg, dann kniete sie sich zum wiederholten Male nieder, um zu beten.

Lange schaute Olly ihr zu, dann ging sie auf Zehenspitzen hinüber zu Klein-Egis Sarkophag. Ein Kranz mit roten Rosen lag darauf, ein paar Blütenköpfe waren schon welk. Egis silberne Rassel lag poliert daneben. An seinem Grab hatte Wera zuerst gebetet.

Lieber Gott, wie konntest du? Erst der Sohn, nun der Ehemann.

Auf einmal verspürte Olly eine Traurigkeit, die sie hoffnungslos machte und wie gelähmt.

Eines Tages würde auch sie hier liegen. Neben Klein-Egi. Und Eugen. Und neben Karl. Wer von ihnen würde wohl als Erster gehen müssen – Karl oder sie? Was würde dann von ihnen übrig bleiben? Hatte sie ihr Leben gottgefällig genug gelebt?

Ein Schauer fuhr über Ollys Rücken, es gelang ihr nicht, die düsteren Gedanken abzuschütteln. Vielleicht sollte sie verfügen, dass man ihren Leichnam nach St. Petersburg brachte?

Wera starrte immer noch versonnen auf ihr Gedicht, die Hände wie zum Gebet gefaltet.

Auf einmal hatte Olly das Gefühl, es keine Minute länger hier unten auszuhalten. Noch lebten sie, alle beide! Mit leisen Schritten ging sie zu der jungen Witwe, tippte ihr vorsichtig auf den Arm.

»Wera, Liebes, lass uns gehen. Willst du nicht mal wieder Margitta besuchen? Nein, ich habe eine bessere Idee: Sollen wir zusammen Wily und Marie einen Besuch abstatten? Du hast die beiden seit ihrer Hochzeit nicht mehr gesehen. Wilys Gattin ist so eine reizende Person …« Dass Wera nach Eugens Tod jeglichen Kontakt zu ihren Bekannten und Freunden abgebrochen hatte, gefiel Olly nicht. Alle hätten der jungen Witwe in der schweren Zeit gern zur Seite gestanden, aber Wera verkroch sich meistens hier unten in der Gruft.

»Marie von Waldeck-Pyrmont, die zukünftige Königin von Württemberg! Soll ich ihr dazu gratulieren?«, erwiderte Wera heftig. »Im letzten November haben die zwei sich verlobt, keine drei Monate später waren sie verheiratet. Findest du nicht, dass das etwas schnell ging? Ehrlich gesagt fand ich diesen Schritt so kurz nach Eugens Tod ziemlich pietätlos. Aber nun, da mein Eugen als zweiter potentieller Thronfolger nicht mehr am Leben ist, scheint Wily es sehr eilig zu haben, seine Anwartschaft auf den Thron mit einer Frau und eigenen Nachkömmlingen zu sichern.«

Olly glaubte nicht richtig zu hören. »Du bist ungerecht, solche Gedanken liegen Wily ferner als jedem anderen. Die zwei lieben sich, warum hätten sie mit ihrer Heirat noch länger warten sollen? Dass das Fest im Residenzschloss Arolsen stattfand, geschah allein aus Rücksichtnahme auf deine besondere … Situation.

Oder glaubst du, Wily fand es besonders reizvoll, Hunderte Kilometer entfernt von Stuttgart in Maries Heimat zu feiern und nicht hier?«

Gequält starrte Wera auf Eugens Sarg. »Vielleicht waren meine Worte zu harsch, verzeih.«

Schweigend verließen sie die Gruft und stiegen nach oben.

»Wollen wir ins Kinderzimmer gehen? Ich habe die Kleinen seit einer Woche nicht gesehen und vermisse sie«, sagte Olly, als sie Weras Appartement erreicht hatten.

Abwinkend hängte Wera ihren Mantel an die Garderobe. »Elsa und Olga schlafen um diese Zeit meistens, und wenn sie aufwachen, ist Madame von Roeder bei ihnen. Komm, ich muss dir etwas zeigen!«

Olly wollte Wera gerade in den Salon folgen, als Weras Hofmarschall, ein feiner älterer Herr, erschien. Er kniff die Augen zusammen, kam einen Schritt näher, um gleich darauf wieder ein Stück nach hinten zu treten.

»Ihre Hoheit? Verzeihen Sie, ich wusste nicht ...«

Hatte er sie also trotz seiner schlechten Augen noch erkannt. Olly lächelte den Freiherrn von Linden, den sie sehr schätzte, an.

»Wollen Sie meine Tochter sprechen?«

Der Mann, der den herzoglichen Hof organisierte, schien kurz zu überlegen.

»In der Tat wollte ich die Herzogin gerade aufsuchen, um ein paar Dinge mit ihr zu besprechen. Ich würde gern einen zweiten Hausdiener einstellen, unsere Weißzeugverwalterin ist krank und wir benötigen Ersatz, der Koch klagt über einen defekten Herd ...« Er machte eine Handbewegung, die andeuten sollte, dass es noch mehr derlei Probleme gab. »Vor dem Tod des Herzogs war es für Ihre Tochter und mich Usus, dass wir alles gemeinsam entscheiden, aber seither ...« Er winkte ab und empfahl sich mit einer tiefen Verbeugung. »Ich komme später noch einmal wieder.«

Gedankenverloren schaute Olly dem Mann nach. Dass Wera ihren Haushalt derart schleifen ließ und wichtige Entscheidungen vor sich herschob, war ihr nicht bewusst gewesen. Ob sich dieses Verhalten auch auf die Kinder bezog? Ein Gefühl von Unruhe überfiel Olly. Sie ging in den Salon, wo Wera schon ungeduldig auf sie wartete.

»Magst du nicht Kaffee auftragen lassen? Eine Stärkung käme uns ganz gelegen«, sagte sie und versuchte, ein Gähnen zu unterdrücken. Warum war sie in letzter Zeit um die Mittagszeit herum oft so müde? Früher konnte sie den ganzen Tag ohne Pause hindurch auf den Beinen sein. Unentwegt war sie von einer Besprechung zur anderen gefahren, oftmals, wenn die einzelnen Termine nicht zu eng beieinanderlagen, hatte sie sogar auf die Kutsche verzichtet und war zu Fuß gegangen. Es gab so viel zu tun! So viele Entscheidungen zu treffen, um das Wohlergehen der vielen Kranken, Alten, Kinder und Blinden in allen Anstalten, denen sie vorstand, sicherzustellen. Doch in letzter Zeit ertappte sie sich immer öfter dabei, dass sie nach dem Mittagsmahl ein kleines Schläfchen vorzog und ihre Schreibarbeiten erst später wiederaufnahm. Heute war sie seit dem frühen Vormittag mit Wera unterwegs, nun war sie hungrig und erschöpft zugleich.

Doch Wera ging nicht auf ihren Vorschlag ein. Stattdessen zeigte sie wild fuchtelnd auf den großen runden Esstisch, auf dem eine Vielzahl von Zeitungen fächerartig ausgebreitet lag. Die Blätter sahen lädiert aus, so, als wären sie durch etliche unsanfte Hände gegangen.

»Du glaubst ja nicht, welchen Blödsinn die Zeitungen noch jetzt, Monate nach Eugens Tod, schreiben. Hier, die *Schwäbische Kronik – Ein Mysterium: Warum musste ein guter Reiter wie Herzog Eugen durch einen Sturz vom Pferd aus dem Leben scheiden? Der Beobachter* bläst ins gleiche Horn: *Eine Brustfellentzündung oder doch ein Sturz vom Pferd – woran starb Herzog Eugen wirklich?*« Wütend funkelte Wera ihre Mutter an. »Was fällt den Zeitungsleuten ein, in dieser Art über Eugens Tod zu spekulieren? Eine Lobrede hätten sie auf ihn schreiben sollen. Stattdessen stellen sie wüste Vermutungen an.« Sie tippte auf eine andere Zeitschrift. »Hier: *Das tragische Schicksal des Herzogs Eugen von Württem-*

berg – fast könnte man glauben, es handele sich um eine Romanfigur! Und meine Lieblingszeitschrift *Über Land und Meer* hat noch keine einzige Zeile über Eugens Tod geschrieben, eine Unverschämtheit ist das!«

Olly schaute Wera kopfschüttelnd an. »Dass du diese Blätter überhaupt liest … Die Menschen sind nun einmal sensationslustig, und die Zeitungsmacher befriedigen diese Gier, dagegen kannst du nichts tun.«

»Und ob ich dagegen etwas tun kann«, fuhr Wera auf. »Hier!« Triumphierend zog sie einen Stapel Briefe aus der kleinen Schublade, die sich unter der Tischplatte verbarg. »Ich habe einen Nachruf verfasst und werde ihn an alle Redakteure des Landes versenden. Wenn sie nicht in der Lage sind, einen anständigen Nachruf für einen der ehrenvollsten Männer, die das Land Württemberg je gesehen hat, zu verfassen, muss ich das eben tun. Noch heute gehen die Schreiben in die Post.«

Olly ersparte sich eine Antwort und schaute sich stattdessen in Weras Salon um. Von Woche zu Woche war er mehr zu einer Art Heiligenschrein geworden: Eugens Offiziersmütze hing, flankiert von zwei Kerzenleuchtern, über dem großen Büfett. Urkunden über seine Soldatenzeit prangten goldgerahmt daneben, die Orden, die Eugen für seine Teilnahme am Deutsch-Französischen Krieg erhalten hatte, lagen wie wertvolle Schätze auf einem mit grünem Samt ausgeschlagenen Tablett, das von einer Kerze beleuchtet wurde.

An der Schmalseite des Tisches, dort, wo einst der Stuhl des Hausherrn gestanden hatte, hing, überlebensgroß, Eugens Porträt. Olly wusste nicht, von welchem Maler Wera es hatte anfertigen lassen. Der Künstler hatte jedoch gute Arbeit geleistet, denn Eugen wirkte darauf so lebensecht, dass es Olly bei jedem Betrachten einen Schrecken einjagte.

»So geht das nicht weiter«, murmelte sie vor sich hin.

»Was sagst du?«, erwiderte Wera. »Du hast völlig recht, so geht es wirklich nicht weiter. Ich werde nicht zulassen, dass Eugens Andenken beschmutzt wird. Und das gilt auch für meine liebe Schwiegermutter.« Erneut kramte sie in der Tischschublade. Anklagend hielt sie dann einen Brief in die Höhe.

»Wenn jemand größtes Verständnis für die Trauer einer Mutter hat, dann bin ich es. Aber was Mathilde hier schreibt, geht zu weit. Die Trauer hat ihr den Verstand vernebelt, sie bildet sich Dinge ein, die es gar nicht gibt, nicht geben kann!«

Olly hörte schweigend zu, wie Wera Passagen aus dem Brief vorlas. Es ging um eine junge Frau, die anscheinend im Carlsruher Schloss aufgetaucht war, um Mathilde eine Brosche zurückzugeben, die sie einst von Eugen bekommen hatte. Da diese Brosche aus altem Familienbesitz stammte, wollte die junge Frau sie nach Eugens Tod nicht länger behalten.

»Bella – so heißen Pferde, aber doch keine Dame. Daran siehst du, wie verwirrt die arme Mathilde ist.«

»Vielleicht handelte es sich um eine alte Bekannte von Eugen, aus der Zeit vor eurer Verlobung«, sagte Olly, die Herzogin Mathilde bei der Beerdigung bei klarem Verstand und einigermaßen gefasst erlebt hatte. Noch eine Geliebte? War es gar die Dame, wegen der das Duell stattgefunden hatte? Der Gedanke, dass Eugen Wera nicht treu gewesen war, machte Olly wütend. Aber dass Eugens Mutter diese Angelegenheit gegenüber Wera überhaupt erwähnte, fand sie dennoch unmöglich.

»Jetzt fängst du auch so an. Ach, ich habe das Gerede so satt!«, rief Wera. »Schon zu Lebzeiten wollten die Leute meinem Eugen ständig eine Geliebte andichten. Ein attraktiver Mann wie er kann doch gar nicht treu sein – scheinbar war das die feste Überzeugung aller, und sie reicht über seinen Tod hinaus. Ich aber weiß es besser. Eugen mochte die Frauen, aber wirklich geliebt hat er nur mich. Und wer etwas anderes behauptet, wird mich, eine wahre Soldatenbraut, kennenlernen.«

»Eine wahre Soldatenbraut – das hört sich an, als würdest du mit Säbel bewaffnet in die feindliche Welt ziehen wollen. Übertreibst du nicht ein bisschen? Mathilde hat gewiss nicht im Sinn, Eugens Andenken zu schaden. Und was die Zeitungen angeht – vergiss sie einfach. Die Menschen Württembergs trauern mit dir, das sollte dir ein Trost sein. Eugens Beerdigung war ein so großartiges Ereignis, dass am Hof noch heute darüber gesprochen wird. König Wilhelms Trauerfeier war jedenfalls keinen Deut aufwendiger.«

Olly nahm Weras Hände in die ihren und schaute sie eindringlich an. »Eugen hätte nicht gewollt, dass du einen solchen ... Heiligenkult um ihn veranstaltest.« Sie machte eine ausladende Handbewegung. »Du solltest dich allmählich wieder um die Lebenden kümmern, sie haben deine Aufmerksamkeit mindestens so sehr verdient wie dein verstorbener Mann.«

»Du wirfst mir vor, dass ich Eugens Andenken hochhalte? Dass ich mich nicht genügend um die Kinder kümmere? Keine Sorge, den Kleinen geht es bestens. Es steht dir frei, dich mit eigenen Augen davon zu überzeugen.« Wera wies in Richtung Tür, als wollte sie Olly hinauskomplimentieren. Doch so leicht gab diese nicht nach.

»Die Kinder brauchen mehr als Essen und Trinken und frische Wäsche. Sie brauchen dich, ihre Mutter! Dasselbe gilt für deine Angestellten. Freiherr von Linden bemüht sich, deine Angelegenheiten nach bestem Wissen und Gewissen zu regeln, aber er ist ein alter Mann und du solltest ihn nicht überfordern. Darüber hinaus hast du Verpflichtungen, die über deinen Haushalt hinausgehen. Du bist die Herzogin von Württemberg! Die Menschen erwarten, dich zu sehen und das nicht nur an Eugens Grab.«

Mit verschränkten Armen schaute Wera sie feindselig an.

»Ich weiß, ich weiß, es gilt, in jeder Lebenslage die Contenance zu wahren, nichts anderes wird von uns Romanows erwartet«, äffte sie Ollys Tonfall nach. »Aber ich bin nun einmal nicht so kühl und abgeklärt wie du.«

»Das erwartet auch niemand, ich möchte nur nicht, dass du dich in deiner Trauer vergräbst«, antwortete Olly gequält. Nachdenklich schaute sie ihre Tochter an. Schon seit längerem wollte sie mit Wera über ihre Arbeit sprechen, darüber, dass ihr alles nicht mehr so leichtfiel wie noch vor Jahren. Ihr wäre schon geholfen, wenn Wera ihr den einen oder anderen Vorsitz in einem Komitee abnehmen würde. Oder an ihrer Stelle hin und wieder einen Kontrollbesuch übernehmen würde. Aber war jetzt der richtige Zeitpunkt für solch ein Anliegen? Wera war derart in ihr Leid verstrickt, dass sie nichts und niemand anderen wahrnahm.

»Glaube mir, ich weiß, wie du dich fühlst. Als meine Schwester Adini so jung gestorben ist, sah ich im Leben auch keinen Sinn mehr. Es hat lange gedauert, bis ich erkannte, welche Aufgaben der liebe Gott mir zugedacht hat. Und –«

»Wie kommst du darauf, dass ich keinen Sinn mehr im Leben sehe?«, unterbrach Wera sie. »In mir brennt das Feuer einer großen Liebe, und nichts und niemand wird es jemals löschen. Dieses Feuer am Brennen zu halten – das ist meine Aufgabe im Leben!«

*

Olly war noch keine zehn Minuten fort, als es erneut an der Tür klingelte.

Was wollte ihre Mutter nun schon wieder? Neue Vorhaltungen darüber machen, dass das Leben weiterging? Was erwartete Olly eigentlich? Dass sie als trauernde Witwe keine drei Monate nach Eugens Tod durch die Ballsäle tanzte? Oder sich gar nach einem neuen Ehemann umschaute? Und was die Kinder anging – sie hatten alles, was sie brauchten. Sie würde sich hüten, bei den Mädchen denselben Fehler zu machen wie bei Klein-Egi und Eugen! Ein Zuviel an Liebe war tödlich, das hatte das Leben sie auf brutalste Weise gelehrt.

Wera hatte eine bissige Bemerkung auf den Lippen, als sie die Tür öffnete. Doch es war nicht die Königin, die sie besuchte.

»Verehrte Herzogin …« Lutz von Basten machte eine tiefe Verbeugung.

»Lutz!« Mit allem hatte Wera gerechnet, nur nicht mit dem Besuch ihres alten Jugendfreundes.

»Ich hoffe, ich komme nicht ungelegen?«

»Du bist zum Offizier befördert worden?« Sie zeigte auf die dunkelblaue zweireihige Ulanka, die Offiziersuniform des Württembergischen Ulanenregiments Nr. 19. Eine solche Jacke mit weißem Futter, gelb abgesetztem Kragen und eingesticktem württembergischem Wappen hatte auch ihr Eugen getragen. Er hatte so schön darin ausgesehen. Die Erinnerung an ihren Mann traf sie wieder einmal wie ein Schlag in den Bauch. Er fehlte ihr so sehr! Wera blinzelte.

Lutz von Basten räusperte sich.

»Ich möchte nicht lange stören, aber ... Unser Kommandeur schickt mich. Es wäre eine große Ehre für das Regiment, wenn Ihre Hoheit, die Herzogin, unserem Frühjahrsmanöver beiwohnen würde. Im Anschluss soll eine kleine Trauerfeier für den verstorbenen Herzog stattfinden.« Er hielt kurz inne. »Ich weiß, es ist viel verlangt, und ich persönlich –«

»Oh, keinesfalls«, unterbrach Wera den Offizier hastig. »Es ist mir eine Ehre, dem Manöver beizuwohnen. Wann und wo soll es stattfinden?«

Das Frühlingsmanöver des Ulanenregiments fand bei strahlendem Wetter in einem leicht hügeligen Gebiet nordwestlich von Ludwigsburg statt. Die gut gefütterten Württemberger Pferde glänzten in der Frühlingssonne, ihr lautes Wiehern erfüllte die taugetränkten Wiesen – wie ihre Reiter schienen auch sie das Spektakel zu genießen. Fasziniert ließ sich Wera von einem Offizier die verschiedenen Angriffstaktiken, die geübt wurden, erklären. Als der Kommandeur sie im Anschluss daran einlud, mit den Soldaten in der Feldküche einen kräftigen Eintopf zu genießen, sagte sie erfreut zu.

Die Monate vergingen. Wera besuchte nun regelmäßig kleinere Manöver der Ulanen. Die Reitkünste der Männer entfachten ihren eigenen Ehrgeiz – immer samstags nahm sie zusammen mit anderen Ehefrauen der Ulanenoffiziere Reitstunden in der königlichen Reithalle. Oftmals schauten die Männer zu, gaben hilfreiche Hinweise, korrigierten einen Haltungsfehler – Wera fühlte sich in der Gesellschaft der adligen sportlichen Männer und Frauen gut aufgehoben. Ihre Kinder brachte sie immer öfter zu Olly. Und so waren es Karl und sie, die miterlebten, wie die Zwillinge laufen lernten, und die ihnen zwei fast identische Schaukelpferde kauften, während Wera selbst das Reiten erlernte. Das Königspaar genoss seine Rolle als liebende Großeltern sehr, Weras Flucht in eine Welt, in der sie ihren verstorbenen Mann zu Hause glaubte, schauten sie hingegen hilflos und besorgt zu.

Im Spätherbst übernahm Oberst Prinz Wilhelm II. sowohl das Kommando der Reiter-Brigade und der Reiter-Division als auch der 27. Kavallerie-Brigade in Ludwigsburg. Wera saß bei der Zeremonie in der ersten Reihe und schwenkte für Wily enthusiastisch eine Fahne. Statt wie die anderen Offiziersfrauen bei der ersten Gelegenheit ins geheizte Kasino zu gehen, wo Sekt ausgeschenkt wurde, blieb sie so lange in der Eiseskälte stehen, bis ihr Gesicht von tausend Nadelstichen gepikt wurde. Genauestens ließ sie sich erklären, welche Teile des Regiments umbenannt worden waren und warum. Auch für die anstehende Bildung neuer Brigadestäbe interessierte sie sich sehr.

Als am 19. Dezember Wilys erste Tochter Pauline geboren wurde, schickte sie eine Karte.

Dass Margitta, ihre Freundin aus Jugendtagen, ein drittes Kind bekommen hatte, erfuhr sie von ihrer Hofdame Clothilde, die es von der herzoglichen Weißzeugverwalterin wusste, welche wiederum mit der Oberaufseherin aus der königlichen Wäschekammer befreundet war. Das Mädchen hieß Marianne. Wera schickte auch hier eine Karte und legte einen Geldschein bei.

Sie wusste sehr wohl, dass man mehr von ihr erwartete, nämlich Anteilnahme und Interesse. Ihr war auch klar, dass es Olly und den anderen ihr nahestehenden Menschen nicht gefiel, wenn sie mehrmals wöchentlich Eugen in der Gruft besuchte. Aus dieser Verpflichtung heraus machte sie mehr als einen Versuch, wieder in der Welt der Salons und Damenkränzchen heimisch zu werden. Doch während sich die anderen Frauen angeregt unterhielten, wurde Wera jedes Mal von einem Gefühl der Sinnlosigkeit überfallen, das sich wie eine zähe Masse über sie ergoss, sie lähmte und ihre Sinne benebelte.

Nur wenn sie in Eugens Nähe war oder in der Nähe seiner alten Kameraden, fühlte sie sich lebendig.

33. KAPITEL

Villa Berg, im Mai 1878

Im Wonnemonat

Es nicken die bunten Blumen
Mit ihren Köpfchen mir zu,
Es singen die Nachtigallen
Die schönsten Lieder dazu.

Die Flügel der Schmetterlinge,
sie leuchten im Sonnenschein
Und funkeln in allen Farben
Gleich einem Edelstein.

Sie alle fühlen die Wonne
Des lieblichen Monats Mai,
Der hold und herrlich nahet
Der Winter ist vorbei …

Als Wera erwachte, war es noch dunkel. Trotzdem war der Park der Villa Berg schon jetzt erfüllt vom Gesang der Vögel. Eine Weile lang begnügte sie sich damit, dem einzigartigen Konzert zuzuhören. Seltsam – je heller der Tag wurde, desto ruhiger wurden die Vögel. Dass ihr dies bisher nicht aufgefallen war …

Wie im echten Leben.

Fünfzehn Monate und drei Tage waren seit Eugens Tod vergangen. Der große Lobgesang auf die Liebe und das Leben war vorbei, doch das Leben selbst ging weiter.

Der Mai war immer ihr Lieblingsmonat gewesen. Wie hatte sie einst gedichtet? »Sie alle fühlen die Wonne des lieblichen Monats Mai / der Winter ist vorbei.«

Traf das auch heute noch auf sie zu? Wera wackelte mit der rechten großen Zehe, dann mit der linken, als wollte sie sich davon überzeugen, dass sie wach war. Irgendetwas war an diesem Morgen anders. War der Umzug in die Villa Berg schuld an der stillen Zuversicht, die sie in sich aufkeimen fühlte? Seit einer Woche wohnte sie nun mit ihren Kindern hier, Tür an Tür mit Olly und Karl. Auch ein Teil ihres kleinen Hofstaats war mit umgezogen, Zimmer gab es dafür genug. Es war Ollys Idee gewesen, dass sie alle gemeinsam den Sommer in der Villa verbringen sollten. Wera hatte kurz gezögert und dann zugestimmt. Schon immer hatte sie sich in Ollys »Feensitz« ein bisschen freier und glücklicher gefühlt als anderswo.

Lächelnd lauschte Wera dem Zwiegespräch eines Vogelpärchens, das im Weingeflecht direkt vor ihrem Fenster zu sitzen schien. Die Villa. Sie hatte wahrlich eine besondere Ausstrahlung. Oder lag es einfach nur am Wonnemonat Mai, dass sie sich so frohgemut fühlte?

Wera hatte sich gerade an ihren Schreibtisch gesetzt, um sich an einem neuen Gedicht zu versuchen, als ein Dienstmädchen einen Besucher meldete: Lutz von Basten.

Erfreut, den alten Freund zu sehen, lud Wera ihn ein, eine Tasse Kaffee mit ihr zu trinken.

»Heute ruft die Pflicht, aber ab morgen habe ich eine regimentsfreie Woche. Und da das Wetter so schön ist, dachte ich, wir zwei könnten wieder einmal eine Wanderung zusammen unternehmen. So wie früher!«

»Wandern gehen?« Wera runzelte konsterniert die Stirn. Eigentlich hatte sie angenommen, Lutz würde eine Einladung des Ulanenregiments überbringen.

»Ja, wandern. Das ist die Fortbewegungsart, bei der man in großen Schritten vorankommt, indem man einen Fuß vor den andern setzt.« Er lächelte sie an.

»Ich weiß nicht recht ... Ich war schon lange nicht mehr wandern, ob meine Konstitution das zulässt? Außerdem – wenn uns dabei jemand sieht! Am Ende kommen die Leute noch auf dumme Gedanken.«

»Früher haben Sie nicht so viel Wert auf die Gedanken der Leute gegeben«, sagte Lutz mit hochgezogenen Brauen. »Ich hole Sie und Ihre Hofdame morgen Vormittag um elf Uhr ab.«

Bevor Wera etwas erwidern konnte, setzte der Offizier seine Mütze auf und verabschiedete sich.

Sicher ist sicher, dachte sich Wera und verpflichtete nicht nur ihre eigene Hofdame Clothilde, sondern zusätzlich noch eine von Ollys Hofdamen, sie bei der Wanderung mit Lutz zu begleiten. Niemand sollte glauben, sie wären auf dem Weg zu einem Tête-à-Tête. Immerhin war sie die Witwe von Herzog Eugen und musste auf ihren Ruf achten.

Kaum hatten sie die Stadt verlassen, setzten sich die beiden Damen auf eine Bank und ließen Wera und Lutz allein weitermarschieren.

»Ist es nicht unglaublich?« Wera zeigte auf einen in voller Blüte stehenden Apfelbaum. »Die Natur scheint geradezu explodieren zu wollen. Alles wirkt so kraftvoll, energiegeladen! Und ich fühle mich auch so lebendig wie lange nicht mehr.« Tief atmete sie die Luft ein, die erfüllt war vom Duft der blühenden Obstbäume und vom gelblichen Blütenstaub, der sich wie feinste Gaze auf ihre Kleider legte und in ihrem Haar verfing.

»Wollen wir uns setzen?«, fragte Lutz und zeigte auf eine Bank. »Erinnern Sie sich noch? Hier haben wir einst unsere allererste Brotzeit verspeist.«

Wera verzog das Gesicht. »Sag doch nicht immer Sie zu mir, ich komme mir dabei schrecklich alt und matronenhaft vor.« Mit bloßen Händen wischte sie die Wasserpfützen fort, die der Regen der letzten Nacht auf der Sitzbank hinterlassen hatte. Sie hatte vergessen, welch herrliche Aussicht ins Stuttgarter Tal man von hier aus genoss. Dankend nahm sie das Wurstbrot entgegen, das Lutz aus seinem Rucksack geholt hatte, und biss herzhaft hinein.

»Es schmeckt so gut wie damals«, sagte sie kauend und kam sich einen Moment lang wie das freche Mädchen vor, das sie einst gewesen war.

»Ich habe auch Äpfel dabei, sie sind köstlich süß.«

Sinnend betrachte Wera den runzligen Apfel, der am Ende des wiederkehrenden Zyklus stand, der mit den blühenden Obstbäumen begann. Ein Gottesgeschenk.

Auf einmal hatte sie das Gefühl, als sei sie nach einem viel zu langen Winterschlaf endlich aufgewacht. Sie lebte noch! Während ihr armer Eugen –

»Dafür, dass Sie nach eigener Aussage selten wandern, sind Sie noch immer gut zu Fuß, liebe Herzogin«, sagte Lutz und unterbrach ihre Grübeleien.

Täuschte sie sich oder klang er ein wenig erstaunt?

»Es ist ja nicht so, als würde ich die ganze Zeit nur in meinem Salon bei Kaffee und Kuchen sitzen«, sagte Wera, die plötzlich das Gefühl hatte, sich verteidigen zu müssen. »Die vielen Reitstunden tragen auch zur körperlichen Ertüchtigung bei.« Unwillkürlich schaute sie an sich hinab. Sie war längst nicht mehr so drahtig wie einst. Kein Wunder, dass Lutz an ihrer Kondition zweifelte. Sie würde dringend weniger essen müssen! Abnehmen, so wie Wily. Wenn er das schaffte, musste sie es auch hinbekommen, oder? Vielleicht, indem sie auf die legendären Mehlspeisen ihres Kochs verzichtete? Ein Kompott oder ein Fruchtgelee würde ihr stattdessen bestimmt auch gut schmecken. Und neue Kleider brauchte sie ebenfalls, alles, was sie besaß, wirkte abgetragen und verbraucht. Neue Wanderstiefel würde sie sich zudem anfertigen lassen! Die alten drückten am rechten Fuß. Im Geiste legte Wera eine Liste mit Aufgaben an, die sie in den nächsten Tagen bewältigen wollte.

»… kennen Sie schon das neue Buch des portugiesischen Rittmeisters Nunós de Váldemossa über die klassische Reitkunst?«

Irritiert schaute Wera Lutz an. Sie war so in Gedanken gewesen, dass sie seine Anfangsworte nicht mitbekommen hatte.

»Ein neues Buch?«, wiederholte sie.

Lutz nickte heftig. »Meiner Ansicht nach hat es selbst das Zeug zum Klassiker, denn es vereint …«

Lächelnd hörte Wera ihrem alten Freund bei dessen Schwärmereien über weitere Bücher zu, von denen sie noch nie gehört hatte: das Wanderbuch von Franz Freiherr von Dingelstedt. Die neueste Ausgabe von *Meyers Konversationslexikon*, die seiner Ansicht nach qualitativ schlechter war als die vorherigen. Er sprach auch über den Roman einer Französin, den er langweilig fand, den die Damenwelt jedoch zu lieben schien.

»Täusche ich mich oder ist deine Liebe zu Büchern im Laufe der Jahre eher noch größer geworden?«, fragte sie, als er einmal kurz Luft holte.

»Und wie sieht es bei dir aus?«, antwortete er mit einer Gegenfrage.

Erleichtert registrierte Wera, dass Lutz zum Du übergegangen war.

»Ehrlich gesagt habe ich schon lange kein Buch mehr in der Hand gehabt.« Sie zuckte mit den Schultern. Da war ihre innere Unruhe gewesen. Die Unlust, sich auf etwas einzulassen, sich zu konzentrieren. Ob sie inzwischen den Kopf dafür wieder frei hatte? Auf der Terrasse der Villa oder in einem der vielen Pavillons würde sie sicher gemütlich schmökern können.

Sie reckte ihr Kinn nach vorn und sagte: »Du schaffst es immer wieder, mir das Lesen schmackhaft zu machen. Wie damals, erinnerst du dich? Deiner Schwärmerei ist es zu verdanken, dass ich mein erstes Buch gelesen habe. Ein Band von Gustav Schwab, in dem er eine Reise über die Schwäbische Alb schilderte, ich erinnere mich genau. Margitta war zwar auch ein Bücherwurm, doch von ihrem Eifer ließ ich mich nicht anstecken«, fügte sie lachend hinzu.

»Wie geht es eigentlich deiner alten Freundin Margitta?«

Wera zuckte erneut mit der Schulter, diesmal sehr schuldbewusst.

»Ich weiß es nicht.«

Am nächsten Morgen war Wera schon kurz nach Sonnenaufgang auf den Beinen. Leise, um die anderen Bewohner der Villa nicht zu stören, machte sie sich ausgehfertig. Punkt neun Uhr saß sie am Frühstückstisch und studierte ihre Aufgabenliste: neue Kleider, neue Stiefel, und wie hieß noch mal das Buch von der französischen Autorin? Doch bevor sie sich an die Bewältigung ihrer Liste machte, hatte sie etwas anderes vor. Etwas, wofür sie keine schriftliche Erinnerung brauchte.

Es war nicht einfach, die Adresse zu finden. Weras Kutscher musste im engen, winkligen Straßengeflecht des Stuttgarter Westens mehrmals nach dem Weg fragen. Doch schließlich stand Wera vor einem schmalen Haus. Über dessen großem Schaufenster im Erdgeschoss prangte ein Schild mit der Aufschrift »Chemische Reinigung – königlicher Hoflieferant«. Das Haus war eingebettet in eine lange Reihe anderer schmaler mehrstöckiger Häuser, die allesamt Handwerksbetriebe beherbergten – Schneider, Schlosser, Uhrmacher und mehr. Trotzdem war die Straße eng und an etlichen Stellen unbefestigt, Müll türmte sich hier und da auf, so dass ein Durchkommen mit der Pferdekutsche unmöglich war. Dafür waren unzählige hoch beladene Handkarren unterwegs, die von Männern gezogen wurden. Wie Tiere hatten sie sich Lederriemen um die Leiber geschlungen und stemmten sich mit ihrer Körperkraft nach vorn, um die schwerbeladenen Fahrzeuge zu bewegen. Wera schaute dem Treiben beklommen zu.

Hier arbeitete und lebte Margitta. Anscheinend bewohnte ihre Freundin eine Wohnung im ersten Stockwerk über der Reinigung – zumindest war dies die Auskunft gewesen, die Wera von der Vorsteherin der königlichen Wäschekammer bekommen hatte.

Während sie unschlüssig vor der Tür stand, fuhr ein Karren vor, hoch beladen mit dunkelblauen Vorhängen, die Wera als die aus Ollys Blauem Salon wiedererkannte.

Zweimal jährlich wurden sie von Lakaien abgenommen, dann wirkten die hohen Fenster für ein paar Tage kahl und nackt. Wera hatte sich nie Gedanken darüber gemacht, wer für die Reinigung der Vorhänge zuständig war. Nun wusste sie es.

Zwei junge Burschen hievten die riesigen schweren Stoffballen auf ihre Schultern, dann verschwanden sie damit im Haus. Sogleich stach Wera ein scharfer Geruch in die Nase, der bis hinter ihre Stirn kroch.

Mit angehaltenem Atem öffnete sie die Tür. Drinnen war der Gestank noch schlimmer, er rührte von den riesigen Bottichen her, in denen Wäsche in schleimig aussehenden Laugen schwamm.

Margitta stand an einem der hinteren Bottiche. Mit bloßen Händen zog sie feine Gazevorhänge durch die Lauge. Als sie Wera erblickte, riss sie ihre Augen auf, als habe sie einen Geist vor sich.

»Ich bin's wirklich«, sagte Wera mit tränenerstickter Stimme.

Margitta ...

Margitta und sie hatten in Kindertagen nie viele Zärtlichkeiten ausgetauscht. Hand in Hand laufen, Küsse auf die Wange geben, die Haare der anderen bürsten – ihnen beiden waren solche Vertrautheiten eher fremd gewesen. Doch nun wurde Wera vom Drang, die Freundin in den Arm zu nehmen und nie mehr loszulassen, fast überwältigt.

Margitta bestand nur noch aus Haut und Knochen. Und ihre Hände und Arme – Wera konnte kaum hinschauen, so schwielig und rau sah die Haut aus, an manchen Stellen schien sie sogar entzündet zu sein. Wie schmerzhaft musste es sein, mit solch offenen Wunden in die Wanne mit den aggressiven Chemikalien zu greifen.

»Schau nicht so mitleidig!«, sagte Margitta und verzog das Gesicht zu einer Grimasse, die humorvoll sein sollte, in Weras Augen jedoch nur tragisch wirkte.

»Warum arbeitest du nicht mehr im Schloss?«

Margitta zuckte mit den Schultern. »Es ging nicht mehr. Und du, was führt dich hierher? Ich dachte schon, du wärst mit deinem Herzog gestorben. Tut mir leid mit deinem Mann, wirklich. Von mir aus hätt's den meinen erwischen können, um den wär's wenigstens nicht schade gewesen.«

Wera schüttelte den Kopf. Die alten groben Sprüche. Immerhin das hatte sich nicht geändert.

Sie lächelten sich vorsichtig an und einen Moment lang waren Raum und Zeit vergessen. Sie waren wieder die beiden kleinen Mädchen, die sich heimlich auf dem Dachboden trafen.

Wera griff nach Margittas Hand und sagte: »Wo können wir uns ein bisschen unterhalten?«

»Bist du verrückt? Der da reißt mir den Kopf ab, wenn ich einfach verschwinde!« Margitta nickte in Richtung des Geschäftsinhabers, der sie bereits mit düsteren Blicken beobachtete.

»Keine Sorge, ich kläre das«, sagte Wera, bevor Margitta etwas sagen konnte.

Es kostete Wera einige Überredungskunst, bis Margitta sie schließlich in ihre Wohnung ließ. Hätte man sie vorher gefragt, wie sie sich Margittas Domizil vorstellte, so hätte sie nur eine vage Antwort geben können: eine kleine Wohnung eben. Einfach, schlicht, aber sauber. Auf das, was sie tatsächlich erwartete, war sie jedoch nicht vorbereitet.

Die »Wohnung« bestand aus einem einzigen Raum, der unter einer Dunstglocke von schlechten Gerüchen lag. Der Gestank verdorbener Lebensmittel mischte sich mit altem Schweiß, schmutziger Wäsche und dem sauren Geruch von schimmelnden, feuchten Hauswänden. Entlang der fleckigen Rückwand standen zwei Betten, die Laken waren zerwühlt und dreckig. Vergebens schaute sich Wera nach einem Kinderwagen oder einem -bettchen um. Dann entdeckte sie zwischen den zerwühlten Laken des schmaleren Bettes ein kleines Köpfchen.

»Ist das deine Tochter Marianne?«, fragte sie mit zittriger Stimme.

Margitta nickte und hob den winzigen Säugling hoch. Wie seine

Mutter schien auch er nur aus Haut und Knochen zu bestehen. Er hatte große Augen und so wenig Haare auf dem Kopf, dass die nackte Kopfhaut durchschimmerte.

Hektisch rechnete Wera nach. Margittas Kind war zur selben Zeit wie Wilys Tochter auf die Welt gekommen. Also musste das Mädchen, das aussah wie ein Neugeborenes, ein halbes Jahr alt sein ...

Unbeholfen stakste Wera auf den Tisch am Fenster zu, an dem nur zwei Stühle standen. Und wo saßen die Kinder?, fragte sie sich, während sie sich niederließ. Der Tisch war übersät mit schmutzigem Geschirr und einem Kanten Brot. Ein kleines Töpfchen mit Schmalz oder etwas Ähnlichem stand auch da – mehr war an Lebensmitteln nicht zu sehen. Eine Spüle oder einen Herd suchte Wera ebenfalls vergebens, dafür huschte eine Maus an der Wand entlang. Gab es eine Gemeinschaftsküche hier im Haus, für alle Mieter?

»Was ist hier los?«, fragte sie tonlos, während sich Margitta auf den zweiten Stuhl setzte und eine magere Brust entblößte, um Marianne zu stillen.

»Was soll schon los sein? Das ist mein Leben. Ich habe nun einmal keine Dienstmädchen, die hinter mir herräumen und alles hübsch sauber halten. Und mein Kindermädchen hat heute auch Ausgang«, fügte sie angriffslustig hinzu.

»Aber ...« Wera biss sich auf die Oberlippe. *Woher kommt diese unglaubliche Armut? Fehlt es an Geld*?, wollte sie fragen. Stattdessen sagte sie stockend: »Wo ist dein Mann? Und wo sind deine beiden Großen?«

Margitta lachte rau. »Frag mich was Einfacheres. Keine Ahnung, wo sich die Kinder herumtreiben. Wo Josef ist, kann ich dir hingegen sagen.« Sie schaute auf die Wand und tat so, als lese sie an einer imaginären Uhr die Zeit ab. »Am späten Vormittag ist er immer im ›Fuchsen‹, nachmittags dann in der ›Traube‹. Mein Mann hat viele *Termine*, musst du wissen.« Ihre Worte trieften nur so vor Ironie.

»Aber –«, wiederholte Wera, wurde jedoch sogleich von Margitta unterbrochen.

»Bist du gekommen, um mir Vorwürfe zu machen? Was bildest du dir eigentlich ein, Herzogin Wera von Württemberg? Nichts weißt du von meinem Leben, seit Ewigkeiten hast du keine Zeit mehr für mich gehabt. Sonst wüsstest du, dass ich meine Arbeit im Schloss verloren habe, weil die da in den ersten Wochen ständig krank war.« Sie nickte in einer wenig liebevollen Art in Richtung des Säuglings auf ihrem Arm. »Wer hätte sich um das Kind kümmern sollen? Mein lieber Mann etwa? Er hätte die Möglichkeit dazu gehabt, denn zum Arbeiten ist er sich ja die meiste Zeit zu fein. Nur zum Saufen – dafür ist er sich nicht zu gut!« Margitta schaute Wera herausfordernd an. »Was willst du noch wissen? Ob er mir im Haushalt hilft oder die Kinder hütet, während ich mir ein Stockwerk tiefer meine Hände von der Seifenlauge zerfressen lasse? Schau dich um, dann kennst du die Antwort. Keinen Handstrich tut er, nach mehr als zehn Stunden an den Seifenbottichen muss ich schauen, dass die Kinder etwas zu essen kriegen und nicht völlig verlottern. Meine eigene Wäsche? Zu der komme ich höchstens alle zwei Wochen. Ich sehne den Tag herbei, an dem Maria groß genug ist, um mir zu helfen, aber bis dahin dauert es noch ein paar Jährchen.« Margitta schloss die Augen, als könne sie so vor dem eigenen Elend flüchten.

»Du machst die ganze Arbeit und bringst das Geld nach Hause und Josef verjubelt es? Warum lässt du dir das gefallen?« Wera war fassungslos. Dem Tunichtgut hätte sie längst den Marsch geblasen!

Margitta lachte bitter. »Blöd bin ich, daran liegt es. Ich habe den Kerl schon öfter rausgeworfen – jedes Mal kam er heulend angekrochen und versprach mir, dass alles besser wird. Und ich verliebte dumme Kuh hab's ihm immer geglaubt, auch wenn sich nie was änderte.« Abrupt wurde ihr magerer Leib von einem Heulkrampf geschüttelt, achtlos ließ sie den Säugling auf ihren Schoß hinabgleiten.

Eilig nahm Wera der Freundin das Kind ab, das verwundert zwischen den Frauen hin und her schaute.

»Ich tue mein Bestes, glaube mir«, schluchzte Margitta. »Ich rackere mich ab, bis ich fast daran verrecke. Aber es ist nicht genug. Ist es nie gewesen ...«

Als Wera im Wintergarten der Villa eintraf, wurde sie von ohrenbetäubendem Lärm empfangen.

»Elsa hat ein Tamburin bekommen und Olga eine kleine Trommel. Karl ist der Ansicht, mit der musischen Erziehung von Kindern könne man nicht früh genug beginnen.« Olly lachte. »Grundsätzlich stimme ich ihm ja zu, aber dass es dabei so laut zugeht, hätte ich nicht für möglich gehalten.«

Der Anblick ihrer beiden Töchter, die ihre Musikinstrumente voller Inbrunst bearbeiteten, ließ Weras Herz überlaufen vor Glück. Ihre Zwillinge! Ihre wunderschönen, lieben, einzigartigen Kinder.

»Mama?« Es war Elsa, die mit ihren blauen Augen Wera zuerst erspähte. Auf strammen Beinchen kam sie angerannt. Statt wie sonst die Kinder auf Armeslänge von sich zu halten, ging Wera nun in die Hocke. Mit ausgebreiteten Armen empfing sie erst Elsa, dann Olga. Fest drückte sie beide Mädchen an sich, genoss den Kontakt zu den warmen, robusten Körpern. Feuchte Schmatzer landeten auf ihren Wangen, die Kinder lachten, und Wera lachte mit ihnen.

Ein Zuviel an Liebe war gefährlich? Und was war mit zu wenig Liebe? Welche Auswirkungen *das* mit sich brachte, hatte sie gerade erst gesehen.

»Meine kleinen Engel, meine Lieben ...« War sie auch nur einen Deut besser als die arme Freundin? Auch sie hatte ihre Kinder abgeschoben. Eine Rabenmutter – das war sie. Wenn Eugen das wüsste. Er hatte ihr zwar immer vorgeworfen, sie würde die Kleinen zu sehr verwöhnen, aber dass sie lieber reiten ging und stundenlang seinen Sarkophag mit Bienenwachs polierte, statt mit den Mädchen Musik zu machen oder im Garten der Villa mit ihnen Verstecken zu spielen – das hätte ihm gewiss nicht gefallen.

Ohne die Kleinen loszulassen, suchte Wera über deren Köpfe hinweg Blickkontakt zu Olly.

»Ab jetzt wird alles anders. Ich versprech's«, sagte sie. Und Olly nickte.

»Diese Tristesse! Diese offensichtliche Armut! Dabei ist Margitta solch eine begnadete Schneiderin. Aber scheinbar reicht diese Gabe allein für ein menschenwürdiges Leben nicht aus. Ach Olly, ich musste so sehr mit den Tränen kämpfen«, endete Wera ihren Bericht über den Besuch bei Margitta.

Während Karl mit den Zwillingen und deren Kindermädchen zum kleinen Teich im Park gegangen war, um Enten zu füttern, saßen sie und Olly bei einer Tasse Kaffee.

»Margitta und ich, wir hatten so viele Träume. Was ist nur daraus geworden ...«

»Träume! Damit gibt man sich am besten nicht allzu lange ab.« Ollys Lachen klang ungewohnt harsch, so dass Wera erstaunt aufschaute.

Als Olly jedoch schwieg, sagte sie: »Dabei wollte Margitta nie wie ihre eigene Mutter werden. Dass die sich so wenig um die Kinder kümmerte, hat sie regelrecht verabscheut. Und nun wiederholt sich die Geschichte auf traurige Weise.«

»Das alte Lied: überforderte Mütter, Ehemänner, die sich vor ihrer Verantwortung drücken. Und die Kinder sind die Leidtragenden«, sagte Olly bitter.

»Wie du das sagst! Als ob schon alles verloren sei«, erwiderte Wera ärgerlich. Noch während sie sprach, schaute sie sich im Wintergarten um. Auf der kleinen Anrichte neben der Tür entdeckte sie, was sie suchte. Mit einem Schreibblock und Bleistift kam sie an den Tisch zurück.

»Ich muss Margittas Familie dringend helfen. Dort fehlt es wirklich an allem, ich weiß gar nicht, womit ich meine Liste beginnen soll. Du hast doch Erfahrung in solchen Dingen, hilfst du mir?« Fragend schaute sie ihre Mutter an. »Was ist, warum zögerst du?«

»Ach Wera«, erwiderte Olly seufzend. »Es ist wirklich lieb von dir, dass du Margitta helfen willst. Und ich bin überglücklich, dich endlich wieder voller Elan zu erleben. Das Letzte, was ich möchte, ist, dir diesen Elan wieder zu nehmen. Aber mit ein paar Körben Lebensmittel und einem Stapel neuer Kleidungsstücke ist es in Fällen wie diesem leider nicht getan.«

Wera runzelte die Stirn. »Was willst du mir damit sagen? Soll ich etwa dabei zusehen, wie meine Freundin vor die Hunde geht?« Genau das habe ich monatelang getan, dachte sie schuldbewusst. Schlimmer noch, sie hatte *weg*gesehen. Nun würde sie sich gewiss nicht davon abhalten lassen, endlich zu helfen.

»Ich weiß, du willst es nicht hören, aber im Grunde müsste man dafür sorgen, dass Margittas Kinder in ein Heim kommen, in dem sie versorgt werden. Und Margitta selbst wäre in einer Beschäftigungsanstalt gut aufgehoben. Dort könnte sie endlich lernen, sich an Arbeitszeiten zu halten und sich einem geregelten Tagesrhythmus unterzuordnen. Dass sie ihren Posten in unserer Wäschekammer verloren hat, kam ja nicht von ungefähr, sie war schon seit jeher unzuverlässig. Und diesen Tunichtgut von Ehemann –«

»Du willst Margitta die Kinder wegnehmen? Das ist doch nicht dein Ernst! Mehr fällt dir nicht ein?«, unterbrach Wera ihre Mutter fassungslos.

»Dir etwa? Denk doch nur einen Moment lang darüber nach, was passieren wird: Das Essen, das du Margitta zukommen lässt, wird bald gegessen sein, die neuen Kleider verkommen, weil niemand Zeit hat, sie zu waschen und zu flicken, und nach kürzester Zeit ist alles wieder beim Alten. Ist das die Art von effektiver Hilfe, die du dir für deine beste Freundin vorstellst?«

Wera schluckte. So gesehen, hatte Olly recht, aber sie würde sich hüten, das laut zu sagen.

»Dann muss es einen anderen Weg geben«, sagte sie resolut. »Olly, du stehst doch so vielen wohltätigen Organisationen vor – welcher Verein kümmert sich um arme Kinder *und* ihre Mütter?« In Weras Hinterkopf regte sich eine Erinnerung. Es war vor vielen Jahren gewesen. Sie war erst kurz zuvor in Stuttgart angekommen. Olly war auf dem Weg in ein Kinderheim, sie hatte sich aufgedrängt und war mitgekommen. Richtig! Ihrer neuen Gouvernante hatte sie an diesem Tag entfliehen wollen. Der Besuch im Kinderheim hatte sie erschreckt, die ganze Atmosphäre dort war furchtbar beklemmend. Die Kinder von den Müttern zu trennen wäre der einzig gangbare Weg, hatte Olly damals behauptet. Hatte sich in all den Jahren wirklich nichts geändert?, fragte sich Wera dumpf.

Nach einem langen Moment des Schweigens sagte Olly: »Ob du es glaubst oder nicht, ich habe wirklich vor einigen Jahren deinen Gedanken eines Mutter-Kind-Heimes aufgegriffen. Aber ganz gleich, wo ich dafür warb – überall bin ich auf taube Ohren gestoßen. Die feinen Damen der Gesellschaft sind zwar sehr aufgeschlossen, wenn es darum geht, armen Kinderseelen zu helfen. Aber dasselbe für deren Mütter zu tun, widerstrebt ihnen aufs äußerste. Irgendwann fing ich an, nicht mehr von einem Mutter-Kind-Heim zu sprechen, sondern von einem Hilfsverein für hilfsbedürftige Familien. Aber auch davon mochten sie nichts hören.«

Wera wollte etwas erwidern, doch Olly legte ihr eine Hand auf den Arm.

»Lass mich wenigstens versuchen, dir das zu erklären. Glaube mir, auch ich war wütend ob dieses Widerstands. Aber irgendwann wurde mir klar, dass es den wohltätigen Spenderinnen in dieser Hinsicht schlichtweg an Weitsicht fehlt.«

»Tut mir leid, aber das verstehe ich immer noch nicht«, erwiderte Wera kopfschüttelnd.

»All die reichen Gräfinnen, die Freiherren von und zu irgendwas, die Prinzessinnen und landadligen Fürsten, all die wohlhabenden Fabrikanten und Doktoren – sie können sich einfach nicht vorstellen, wie das Leben einer Frau wie Margitta aussieht. Dass es nicht deren Schuld ist, wenn alles aus den Fugen gerät, sondern dass es die Umstände sind, die zu immer schlimmeren Umständen führen. In den Augen meiner edlen Spender sind Mütter, die sich nicht ordentlich um ihre Kinder kümmern, schlecht und verabscheuungswürdig. Und wenn der Mann davonläuft oder seinen Lohn im Wirtshaus liegenlässt, statt Essen für die Kinder zu kaufen, dann kann das nur daran liegen, dass die Frau keine gute Ehefrau war. Keine einzige Mark würden sie für solche … Weibsbilder hergeben.« Olly imitierte den angewiderten Tonfall ihrer Gesprächspartner allzu perfekt. Seufzend fügte sie hinzu: »Wir müssen uns für Margitta etwas anderes einfallen lassen.«

Wera nickte. Dennoch ... Herausfordernd schaute sie ihre Mutter an.

»Brauchen wir all die Herren Landadligen und Frau Doktoren überhaupt? Du bist die Königin von Württemberg. Und reich! Ich habe bei meiner Hochzeit auch eine ordentliche Mitgift bekommen. Wenn du mir hilfst, solch ein Heim aufzubauen, zahle ich dafür, versprochen.« Ehrlich gesagt, hatte sie nur eine schwache Ahnung, wie es um ihre Finanzen bestellt war, doch sie nahm an, dass Hofrat Carl Schumacher, der mit der Verwaltung ihrer Gelder betraut war, seine Aufgabe bestens erfüllte.

Olly lachte auf. »Weißt du, von welchen Geldern wir hier reden? Solch ein Unterfangen verschlingt Unsummen! Angefangen beim Gebäude und seinen Einrichtungen bis hin zu den Kosten für den Unterhalt. Dazu kommen die Gehälter der Betreuer, und essen müssen die Menschen auch alle. Kleider brauchen sie, Tisch- und Bettwäsche, dann noch die Arztkosten und – ach, die Liste der Kosten ist ellenlang. Ich habe mich noch nie gescheut, eigene Gelder zuzuschießen. Wenn es sein musste, habe ich sogar die eine oder andere wertvolle Brosche und Perlenkette verkauft, aber –«

»Du hast was?«, unterbrach Wera ihre Mutter fassungslos.

Olly grinste. »Inkognito, damit mich niemand erkennt. Ich bin immer zu einem Juwelier nach Karlsruhe gereist. Im Nachhinein glaube ich zwar, dass der Mann genau wusste, wen er vor sich hatte, aber er hat mir stets versichert, dass ihm Diskretion über alles ginge. Und er hat gut gezahlt für die Schätze aus dem Zarenreich! Ich wiederum war froh, Geld für meine Waisenkinder und die Blinden loseisen zu können.«

Wera schüttelte beschämt den Kopf. Immer hatte Olly das Wohl der anderen im Sinn und viel zu selten ihr eigenes, im Gegensatz zu ihr.

»Wehe, du sagst auch nur ein Wort zu Karl«, sagte Olly und drohte mit dem Zeigefinger. »Doch zurück zu deinem Traum von einem Mutter-Kind-Heim – ich sage dir, ohne finanzielle Unterstützung kann solch ein Unternehmen einfach nicht gelingen.«

»Und wenn wir eine große Aktion starten, um Gelder aufzutreiben? Ich könnte den Leuten genauestens erklären, warum solch ein Heim dringend benötigt wird.«

Noch während sie sprach, wurde Wera bewusst, wie wenig sie von der wohltätigen Arbeit im Grunde wusste. Sie hatte Olga zwar von Kindesbeinen an immer wieder begleitet, wenn diese ihre wohltätigen Einrichtungen besuchte, aber wie man an all die benötigten Gelder kam – davon hatte sie nicht die geringste Ahnung.

Olly streichelte ihr liebevoll über die Wange. »Um viele Spenden zu sammeln, benötigst du nicht nur gute Argumente, sondern viel Fingerspitzengefühl und eine gute Menschenkenntnis. Wenn du magst, weise ich dich gern in diese hohe Kunst ein. Derzeit bin ich dabei, Gelder für eine neue Mädchenschule zu sammeln – was Stuttgart in dieser Hinsicht zu bieten hat, ist nach wie vor sehr dürftig. Wer weiß, vielleicht werden Margittas Töchter einmal zu den ersten Schülerinnen gehören? Nächste Woche gebe ich ein großes Diner für weitere potentielle Spender, dabei könnte ich deine Unterstützung gut gebrauchen.«

»Abgemacht!« Wera reichte ihrer Mutter die Hand, als besiegelten sie einen geschlossenen Handel. Es konnte nicht schaden, in Sachen Spendensammeln Olly erst ein Weilchen über die Schulter zu schauen, aber ihre Idee von einem Heim für arme Kinder und ihre Mütter – die wollte sie trotzdem nicht mehr aus den Augen verlieren. In der Zwischenzeit würde sie dafür sorgen, dass Margitta wieder eine Arbeit im Schloss bekam. Und einen Korb mit Obst, Gemüse, einem Schinkenbraten und dicken Würsten würde sie ihr schicken. Gleich heute Abend wollte sie Entsprechendes in die Wege leiten.

Aber zuerst musste sie zu ihren Kindern in den Villapark, Enten füttern.

Wera war erstaunt, wie viele potentielle Spender sie in ihrer Umgebung entdeckte: Da waren die Ehefrauen, mit denen sie gemeinsam am Reitunterricht teilnahm, sowie deren Männer. Da gab es die

Landadligen, die Eugen und sie im Herbst zur Jagd eingeladen hatten. Und die Bürgersfrauen und Handwerkergattinnen, die sie im Laufe der Jahre bei ihren Spaziergängen und Wanderungen kennengelernt hatte. Ihr Freundes- und Bekanntenkreis war ziemlich groß, stellte Wera erstaunt fest, als sie die Namen auf eine Liste schrieb. Doch beim Listenschreiben allein blieb es nicht lange, nun, da sie sich entschlossen hatte, Olly zu helfen.

Um ihre Spender in eine wohlwollende Stimmung zu versetzen, richtete Wera rustikale Picknicks aus, die sich direkt an die Reitstunden anschlossen. Andere lud sie ins Schloss ein, wieder andere in die Villa.

Einmal organisierte sie zusammen mit Marie, Wilys Frau, sogar ein großes Sommerfest in der Wilhelma, zu dem Olly, Marie und sie insgesamt über zweihundert Gäste luden, darunter zahlungskräftige Fabrikanten, eine reiche Fürstin und viele wohlhabende Bürger.

Einen ganzen Tag lang durchforstete sie mit Evelyn und Olly die Dachkammern der Villa und kramte allerlei hübsche, aber überflüssige Dinge hervor, die sie bei einem Wohltätigkeitsbazar eine Woche nach Ollys Geburtstag im Sommer versteigerten. Die Kerzenleuchter, Tischdeckchen, silbernen Etuis und Porzellanfiguren aus dem königlichen Haushalt gingen weg wie warme Semmeln, am Ende des Tages war die Finanzierung eines Vordachs für das Stuttgarter Waisenhaus gesichert. Wera strahlte. Dank ihres Engagements konnten die Kinder nun auch bei Regenwetter unbeschadet und trockenen Hauptes im Freien spielen.

Olly war im Umgang mit möglichen Spendern stets freundlich. Sie schmeichelte, lobte und rühmte. Immer versuchte sie, das Gute in ihrem Gegenüber anzusprechen. Weras Methoden, ans Geld der Leute zu kommen, waren etwas anderer Art. Anstatt die Leute zu loben – wofür?, fragte sie sich nicht ganz zu Unrecht, denn noch hatten die Damen und Herren nichts für sie getan –, packte sie ihr Gegenüber gern bei der Ehre. Oftmals reichte das aus, und wenn nicht, dann schreckte Wera auch nicht davor zurück, sachten Druck auszuüben.

»Ein Mann wie Sie kann sich solch eine Spende doch immer leisten. Falls nicht, müssen die Stadtoberen womöglich annehmen, dass Ihre Finanzen doch nicht ganz auf soliden Füßen stehen ...«, sagte sie beispielsweise zu einem Bauunternehmer, der im Stuttgarter Westen ein riesiges Areal mit günstigen Arbeiterwohnungen erstellte.

»Sie halten den Bau einer weiteren Mädchenschule für unnötig? In diesem Fall verzichten wir gern auf Ihre Spende, wir wollen niemanden zu etwas nötigen«, erwiderte sie einem Fabrikanten von hölzernen Sitzmöbeln. »Sie werden jedoch verstehen, dass wir die Ausstattung der Schule dann einem Ihrer ... Kollegen überlassen werden.«

Wenn Wera am Ende einer Veranstaltung Olly eine Liste mit zugesagten Spendengeldern überreichte, war diese stets entzückt ob Weras Erfolgen.

»Dass du die Menschen so mit deinem Charme bezaubern kannst, hätte ich dir gar nicht zugetraut«, sagte sie und klopfte Wera lobend auf die Schulter.

Wera grinste nur. Es tat gut, sich für andere starkzumachen. Und es war ein geradezu erhebendes Gefühl, zu erleben, was daraus erwachsen konnte. Noch im Sommer sammelten Olly und sie Gelder für eine kleine Musikschule, um mittelosen, aber begabten Kindern Musikunterricht zu ermöglichen. Unter den ersten Schülern befand sich ein dreizehnjähriger Junge, der Geige spielte. Im Herbst wandte sich der Leiter der Musikschule in einem persönlichen Schreiben an Wera und bat sie erneut um Hilfe: Der Junge habe sich als Ausnahmetalent herausgestellt, man würde ihn gern einem berühmten Maestro in Berlin vorstellen. Ob die gnädige Herzogin eventuell die Fahrtkosten mit der Eisenbahn übernehmen könnte? Wera tat dies mit dem größten Vergnügen.

Der Sommer ging ins Land, dann der Herbst. Wera und die Kinder zogen zurück in ihre Stadtwohnung, doch wann immer es ihr möglich war, ging sie mit den Kleinen im Schlossgarten oder im Rosensteinpark spazieren. Der Winter kam und mit ihm heftige

Schneefälle schon Anfang Dezember. Wera und die Zwillinge bauten einen großen Schneemann. Wenn Elsa und Olga erst einmal größer waren, würde sie mit ihnen Schlittschuh fahren, so wie in ihrer Jugend. Eugen, dem sie davon bei einem Besuch in der Gruft erzählte, hielt dies für eine gute Sache, das spürte Wera tief in ihrem Innern.

Am 24. Dezember 1878 begleitete Wera Olly zum ersten Mal auf ihrer Fahrt durch die Stadt. Ollys legendäre »Armenweihnacht« stand bevor und damit der Besuch vieler Kinderheime und Armenhäuser sowie der Olgaheilanstalt. Wera verteilte kleine Geschenke, sang und tanzte fröhlich mit den Kindern um den Tannenbaum und fragte sich danach, warum sie Olly nicht schon viel früher bei diesen Fahrten begleitet hatte.

»Du warst immer zu sehr mit dir selbst beschäftigt«, antwortete Olly lächelnd und mit einem Schulterzucken, woraufhin Wera beschämt schwieg.

Noch waren es hauptsächlich Ollys karitative Einrichtungen, für die sich Wera einsetzte. Doch ihren Traum von einem Mutter-Kind-Heim verlor sie nicht aus den Augen. Wann immer sie eine besonders große Sensibilität bei ihrem Gegenüber spürte, brachte sie die Rede auf eine Zufluchtsstätte für Mütter und ihre Kinder in Not. Jedes Mal konnte sie zusehen, wie die bis dahin aufgeschlossene Miene ihres Gesprächspartners zuklappte wie eine Auster, die man zu unbedacht angefasst hatte. Vielleicht war die Zeit noch nicht reif für solch neue Gedanken. Wera beschloss, deswegen nicht gleich zu resignieren. Voller Elan widmete sie sich der Organisation eines Konzerts für arme Kinder, welches im kommenden Frühjahr stattfinden sollte.

Der große Lobgesang auf die Liebe und das Leben mochte vielleicht tatsächlich vorbei sein. Aber das Leben selbst war es nicht, erkannte Wera mit frohem Herzen. Fortan würde sie das Beste aus dem machen, was der liebe Gott ihr zur Verfügung stellte. Und das war ziemlich viel. Es war lästerlich von ihr gewesen, ständig nur das zu beweinen, was nicht mehr war. Sie würde vielmehr dankbar sein für das, was war. *Das, was war* … Ein schöner, tröstlicher Gedanke.

Als der Bote 1879 die Osterpost aus St. Petersburg brachte, öffnete sie die Umschläge mit einem Lächeln auf den Lippen. Beim dritten Brief angekommen, wurde ihre Miene jedoch sehr nachdenklich.

34. KAPITEL

»Geh!«, sagte Olly zum wiederholten Male. »St. Petersburg ist deine Heimat, auch wenn du Ewigkeiten nicht dort gewesen bist. Ein solches Familientreffen ist eine gute Gelegenheit, alte Bande neu zu knüpfen. Deine Eltern würden sich bestimmt sehr freuen, dich und die Kinder zu sehen. Und –« Sie brach ab, als ein lautes Kreischen aus dem Villapark zu ihnen in den Wintergarten drang. Als gleich darauf die beruhigende Stimme des Kindermädchens ertönte, entspannte sie sich wieder. Die Zwillinge waren erkältet und seit ein paar Tagen recht unleidig.

Stirnrunzelnd schaute Wera wieder zu Olly.

»Ich soll Elsa und Olga mitnehmen? Auf solch eine lange Reise? Nie und nimmer!«, sagte sie schroff. »Was sollen die beiden dort? Sie sind Württemberger und keine Russen. Und ob ich gehe, steht auch noch nicht fest. Was du gesagt hast, ist nämlich nicht richtig: Stuttgart ist meine Heimat, nicht Russland.« Obwohl sie um eine feste Stimme bemüht war, klang doch eine Spur Unsicherheit, ja Verletzlichkeit in ihren Worten mit. Ihre rechte Hand zitterte leicht, als sie den Brief aufhob. »Eine Familienzusammenführung – es ist reichlich spät, dass meine leiblichen Eltern auf solch eine Idee kommen, findest du nicht?«

Olly schwieg. Der Brief hatte nicht nur in Wera eine innere Unruhe ausgelöst, sondern auch in ihr. Heimweh gepaart mit anderen, nicht so leicht identifizierbaren Gefühlen. Erinnerungen an ihre Jugend in St. Petersburg, süß und bitter zugleich, wallten in ihr auf. War es nicht besser, manches einfach ruhen zu lassen? Heimweh – war das nicht nur ein anderes Wort für Sehnsucht?

»Mir hat es in St. Petersburg immer sehr gut gefallen«, sagte Evelyn plötzlich. »Liebste Olly, was haben wir zusammen für schöne Reisen erlebt: Ihre Mutter, die Zarin Alexandra, war stets eine wundervolle Gastgeberin! Ganz gleich, wo wir auftauchten, ob in den Salons der Stadt oder in den Landgütern von Zarskoje Selo – ich fühlte mich immer in einen Kokon aus Zuneigung und Herzlichkeit eingesponnen. Ja, an St. Petersburg habe ich nur gute Erinnerungen ...«

Sowohl Olly als auch Wera drehten sich überrascht zu Evelyn um. In ihrem Streit über das Pro und Kontra einer Reise hatten sie fast vergessen, dass auch ihre Hofdamen mit am Tisch saßen.

»Sie schwärmen ja regelrecht«, sagte Clothilde von Roeder lächelnd. »Ich hingegen war noch nie in St. Petersburg, in der Stadt der goldenen Kuppeln, des Winterpalastes und der vielen Kanäle. Es heißt ja, die Zarenstadt sei eine der schönsten Städte der ganzen Welt ...« Sie seufzte sehnsuchtsvoll.

Olly machte ein nachdenkliches Gesicht. Ihr Blick fiel auf die gläserne Vitrine, in der eine Sammlung russischer Kunstgegenstände ausgestellt war: kleine diamantbesetzte Dosen, eine Schale in der aufwendigen Niellotechnik, handbemalte Porzellanfiguren aus der kaiserlichen Manufaktur, eine Schnecke aus purem Gold, die über einen Teppich aus Smaragdsplittern kroch. Oftmals, in unbeobachteten Momenten, nahm Olly eines der Teile in die Hand. Während sie es streichelte, dachte sie daran, wann und wo sie es erstanden oder geschenkt bekommen hatte. Ein solcher Moment der Einkehr reichte meist aus, um ihr Heimweh zu stillen. Doch nun wurde sie von einem unerwartet heftigen Begehren überwältigt, das nicht durch künstliche Pretiosen gestillt werden konnte, sondern mit einem viel urtümlicheren Russland zu tun hatte: ein frisch zubereitetes Gericht mit Pilzen aus russischen Wäldern. Barfuß am Ostseeufer entlangspazieren und Steine sammeln. Mit ihren Brüdern am Kaminfeuer sitzen und schwarzen Tee trinken, der mit *Kissel*, einer Art dickem süßem Kompott, gesüßt wurde. Das Grab ihrer verehrten Mutter besuchen. Und das von Mary und Adini, ihren geliebten Schwestern …

Olly nahm Weras und Evelyns Hand, Clothilde von Roeder lächelte sie einladend an.

»Was würdet ihr davon halten, wenn wir alle zusammen nach Russland reisen?«

In den nächsten Wochen wurden Reisetermine, die Routen und Transportmittel organisiert, Geschenke gekauft und neue Garderoben geschneidert. Die Kinder ließ man in der Obhut ihrer Kindermädchen, die von Wera und Olly tausendfach instruiert wurden. Karl musste außerdem hoch und heilig versprechen, jeden Tag persönlich nach dem Rechten zu sehen.

Im Spätherbst 1878 trafen Wera, Olly und ihr Gefolge bei herrlichstem Wetter in St. Petersburg ein.

Olly fiel ihrem Bruder Sascha schluchzend in die Arme. Sie hatte ihn so sehr vermisst! Ihn und seine Frau Cerise und all die anderen.

Auch Wera fand sich heulend in den Armen ihrer Mutter wieder, dabei hatte sie eigentlich vorgehabt, sich bei der Begrüßung reserviert zu geben. Ihre Tränen hatten jedoch weniger mit Rührung, sondern mehr mit Erschrecken zu tun: Fast hätte sie ihre Mutter nicht wiedererkannt, so verhärmt und alt sah Alexandra, die von allen nur Sanny genannt wurde, inzwischen aus. Und woher rührte der traurige Ausdruck in ihren Augen?

Evelyn, die solche nicht enden wollenden Begrüßungszeremonien von früheren Besuchen kannte, kümmerte sich währenddessen um das Gepäck, während Clothilde von Roeder ehrfürchtig zuschaute, wie Zar Alexander II. von Russland tränenreich seine Schwester küsste.

Die Stuttgarter Gäste wurden im Winterpalast einquartiert, wo auch schon Weras Schwester Olgata und ihr Ehemann, der griechische König Georg, Zimmer bezogen hatten. Auch Weras Eltern und Brüder wohnten übergangsmäßig im Zarenpalast, so konnten sie so viel Zeit wie möglich mit den Angereisten verbringen, erklärte Weras Vater ihr. Langen gemeinsamen Abenden am Kamin, gefolgt von ausgedehnten Morgenmahlen im Kreis der ganzen Familie, stand nun nichts mehr im Weg.

Neben fröhlichen Feiern in großer Runde fanden sich die Familienmitglieder auch immer wieder in verschiedenen Konstellationen zusammen. Olly zog sich stundenlang mit Sascha zurück, um über alte – und neue – Zeiten zu reden. Oftmals war Iwan Bariatinski mit von der Partie. Auch mit Cerise, ihrer Schwägerin, war sie viel zusammen. Dass ihr Bruder in dieser Zeit seine Geliebte aufsuchte, erfüllte Olly mit Wut und Trauer zugleich. Cerise hingegen tat so, als stehe sie über den Dingen.

»Wage es nicht«, sagte sie zu Olly, als diese anbot, den Bruder anzuflehen, endlich die unselige Liebschaft zu beenden. »Er liebt sie. Und gegen die Liebe ist auch der Zar von Russland machtlos. Übrigens ... Fürst Iwan Bariatinski hat dich vorhin im Blauen Salon gesucht. Ihr seid verabredet?«

Olly nickte vage, ging aber nicht weiter auf das Thema ein, obwohl ihr bewusst war, dass die Schwägerin längst ahnte, wie viel mehr Olly und Iwan verband als eine langjährige Freundschaft. Doch ihre Liebe zu Iwan war das Einzige auf der Welt, das sie nicht teilen wollte.

»Dass wir uns hier wiedersehen würden, damit habe ich nicht mehr gerechnet. Erinnerst du dich? Hier in diesem Ballsaal haben wir zusammen getanzt. Mir kommt es wie eine Ewigkeit vor!« Olly ließ Iwans Hand los und tanzte leichtfüßig in einer langsamen Pirouette über das Parkett des großen Ballsaals. Dank ihrer Überredungskunst hatte sie von einem der Hofmarschalls einen Schlüssel dafür bekommen. Da kein Ball geplant war, verirrte sich von den Bediensteten niemand hierher, und auch die Familie hatte keinen Grund, den Ballsaal zu betreten. Somit waren Olly und Iwan inmitten der goldenen Pracht aus Lüstern, Spiegeln und geschliffenen Fenstern für sich allein.

»Wenn ich dich anschaue, meine Liebe, habe ich viel eher das Gefühl, es wäre gestern gewesen. Du bist noch immer wunderschön …« Iwan schloss zu ihr auf, gemeinsam drehten sie sich im Takt zu einer Weise, die nur sie hören konnten.

Wie sehr ich diesen Mann liebe!, schoss es Olly mit schmerzhafter Heftigkeit durch den Sinn. So viele Jahre schon, und mit jedem Jahr wurde ihre Vertrautheit noch stärker und intensiver.

Mitten auf der Tanzfläche blieb Iwan plötzlich stehen. Abrupt schlang er seine Arme um Olly und flüsterte rau in ihr Haar: »Ach Olly, so viele Jahre haben wir vergeudet! Was hätte aus uns werden können, wenn wir –«

»Pssst!« Olly unterbrach ihren Geliebten, indem sie ihm zärtlich den rechten Zeigefinger auf die Lippen legte. »Sprich nicht weiter. Niemandem ist mit solchen Reden geholfen«, sagte sie voller Inbrunst. »Wir sind beide unseren Pflichten nachgegangen, so wie man es von uns erwartete. Keinen Moment davon bereue ich, denn ich konnte vielen Menschen Gutes tun. Und wenn du in dich hineinhörst, dann weißt du, dass auch du das Richtige getan hast.«

Iwan lächelte sie traurig an. »Ist das so, Geliebte? Das Richtige – wer weiß schon, wie sich das anfühlt? Vielleicht hätte ich viel mehr um dich kämpfen sollen, statt dich so einfach deinem … Ehemann zu überlassen.« Das Wort Ehemann sprach er voller Abscheu aus.

»Um die Liebe kann man nicht kämpfen. Wenn mich das Leben eines gelehrt hat, dann das«, sagte Olly leise. »Liebe bekommt man geschenkt.« Sie stellte sich auf die Zehenspitzen, küsste Iwan lange und innig auf den Mund. »Und ich liebe dich.«

»Deine Liebe ist das größte Geschenk, das ich mir vorstellen kann«, erwiderte er zwischen zwei Küssen. »Verzeih meine dummen Worte. Du hast völlig recht, ma chére, für uns gibt es keinen Grund, wehmütig zu sein. Ganz gleich, wo und in wessen Gesellschaft wir uns auch befinden, unsere Liebe kann uns niemand nehmen. Sie wird uns begleiten über den Tod hinaus …«

»Und du hast wirklich nicht mitbekommen, dass unser Vater eine Geliebte hat? Es ist doch sogar bekannt, dass es sich um eine Ballerina mit dem Namen Anna handelt. Sogar Kinder gibt es aus dieser Liaison«, sagte Olgata.

Entsetzt schüttelte Wera den Kopf. Nichts davon hatte sie in Stuttgart mitbekommen!

»Nun wundert es mich nicht, dass unsere Mutter nur noch ein Schatten ihres früheren Ichs ist«, sagte sie traurig. »Gott sei Dank ist mir selbst ein solches Elend erspart geblieben, mein lieber Eugen war mir treu ergeben.«

Olgata lächelte. »Er war bestimmt der beste aller Ehemänner!«

Die Schwestern umarmten sich in ungewohnter Innigkeit.

Angesichts der zerrütteten Ehe ihrer Eltern fand Wera es umso erfreulicher, wie eng die Bande zwischen ihr und ihren Geschwistern waren: Mit Olgata hatte sie sich mehr zu sagen als in ihrer Kindheit. Der siebzehnjährige Dimitri und sein zwei Jahre jüngerer Bruder Wiatscheslaw hörten gebannt ihren Schilderungen über das Württembergische Ulanenregiment zu. Sie selbst konnte nicht genug bekommen von den Erzählungen ihres Bruders Konstantin, der im Vorjahr am Russisch-Türkischen Krieg teilgenommen und dafür sogar eine Auszeichnung erhalten hatte. In all ihren Adern floss wahrlich das »Soldatenblut« ihres Großvaters Nikolaus, stellten sie fest und fühlten sich umso enger verbunden.

Dass Weras älterer Bruder Nikolai nicht anwesend war, empfand niemand als großen Verlust. Von frühester Kindheit an war er derjenige gewesen, dessen Ideen, Spiele und Ansichten den Geschwistern den meisten Ärger einbrachten. Am Ende hatte er sich jedoch selbst den größten Ärger eingehandelt, indem er seine eigene Mutter hatte bestehlen wollen. Seine Verbannung vor sieben Jahren nach Taschkent, wo er keinen Schritt ohne Bewacher tun konnte, war für die Familie zwar einerseits ein peinlicher Sachverhalt. Gleichzeitig wurde Nikolais Verschwinden mit großer Erleichterung aufgenommen – endlich hatten sie ihren Frieden vor dem Unruhestifter.

So erfüllend die Gespräche auch waren, so sehr machte Wera das ewige Sitzen in den überheizten und mit Möbeln überfüllten Räumen des Palastes zu schaffen. Eine längst vergessene Unruhe überfiel sie, sie begann mit den Füßen unter dem Tisch zu wippen, wurde fahrig und nervös. Draußen schien eine herrliche Herbstsonne vom Himmel, und Wera hatte große Lust auf ausgedehnte Spaziergänge durch die Stadt und ihre Parkanlagen. Sie brauchte dringend Bewegung!

»Werden bei euch eigentlich keine militärischen Paraden abgehalten?«, fragt sie eines Tages ihre Brüder. »So etwas würde mich sehr interessieren.«

»Unsere Truppen sind alle zum Herbstmanöver auf dem Land«, bekam sie zur Antwort.

»Dann besuchen wir sie dort, aber nicht in einer Kutsche, sondern hoch zu Ross!« Voller Elan sprang Wera auf. »Ich kann es kaum erwarten, mir eure Pferde anzuschauen. Wer weiß, vielleicht nehme ich sogar eins mit nach Hause?«

»Das ist keine gute Idee«, sagte Dimitri gedehnt, ohne dies weiter auszuführen.

»Wieso, taugen eure Schlachtrösser etwa nichts?«

»Doch, des Zaren Zucht ist weltweit berühmt, aber ...« Dimitri schüttelte unglücklich den Kopf. »Die Stallungen liegen am Rande der Stadt. Und bis zum Herbstmanöver müssten wir fünf Stunden reiten. Durch offenes Gelände.«

»Das ist doch herrlich! Worauf warten wir noch?«

Doch Dimitri blieb sitzen und schlug demonstrativ eine Zeitung auf. »Für eine Frau ist das viel zu anstrengend.«

Wera schaute ihren Bruder entgeistert an. »Woher willst du das wissen? Ich als Offiziersgattin bin eine ausdauernde Reiterin und auch sonst einiges gewohnt.«

»Dimitri hat recht«, mischte sich nun auch Olgata ein, die gerade ins Zimmer gekommen war. »Eine solche Nähe zum Militär ziemt sich einfach nicht für eine Dame. Schau, ich habe ein neues Stickkissen begonnen, wollen wir gemeinsam dafür die Farben aussuchen?«

Wera streifte ihre Schwester nur mit einem Seitenblick. Dann starrte sie verächtlich auf Dimitri nieder. »Und ihr wollt wahre Soldaten sein? Stubenhocker seid ihr!« Mit gerafften Röcken stolzierte Wera aus dem Zimmer. Auf der großen Treppe traf sie auf Evelyn und Clothilde, die zu einer neuerlichen Stadtrundfahrt aufbrechen wollten, begleitet von zwei Lakaien.

»Ich komme mit«, sagte Wera und rannte in ihr Zimmer, um Schal und Hut zu holen. Hauptsache, raus!

Als sie zur Treppe zurückkam, war nur Cerise zu sehen.

»Wo …?« Fragend schaute sich Wera um.

»Eine Stadtrundfahrt, wie langweilig. Hier hat sich nicht viel verändert, seit du fort bist. Von daher habe ich eure Hofdamen allein losgeschickt. Warum spazierst du nicht durch die Eremitage? Wir haben in den letzten Jahren viele Neuerwerbungen machen können, dort gibt es wirklich viel Neues«, schlug die Zarin vor.

Es kostete Wera große Mühe, sich auf die Zunge zu beißen. Zarin hin oder her – wie konnte sie es wagen, derart über sie zu verfügen? Aus lauter Wut ging Wera in ihr Zimmer und blieb den ganzen Nachmittag dort.

»So viel Schönheit vereint an einem Ort!«, rief Wera ehrfürchtig, als sie, Olly und ihre Hofdamen an einem der nächsten Tage doch noch durch die Eremitage schlenderten. »Warum habe ich früher nicht bemerkt, wie schön es hier ist?« Ein Museumsbummel war auf alle Fälle besser als nichts, befand sie. Aber morgen – da würde sie sich von einem echten Spaziergang nicht mehr abhalten lassen!

Olly lachte. »Als Kind warst du solch ein unberechenbarer Wirbelwind. Wo du dich aufhieltest, ging etwas zu Bruch. Ich bezweifle daher, dass deine Eltern dich auch nur ein einziges Mal in die Eremitage mitgenommen haben.«

Am späten Nachmittag traf sich die Familie wie an jedem Tag zum Teetrinken im Salon. Auch Iwan Bariatinski und weitere Freunde des Hauses waren anwesend.

Nun, da Wera wenigstens etwas Bewegung bekommen hatte, war ihr wieder wohler zumute. Die Bilder und Skulpturen hatten sie irgendwann nicht mehr interessiert, dennoch hätte sie noch stundenlang durch die langen Gänge des Museums laufen können.

Hungrig nahm sie sich von den kandierten Früchten ebenso wie von den Nüssen. Sie ließ sich die kleinen süßen Teigtaschen schmecken und lutschte die braunen Zuckerstücke, während der dickflüssige schwarze Tee heiß ihre Kehle hinabrann. Der Samowar zischte und blubberte dazu.

»Unsere schwäbische Kaffeerunde in allen Ehren, aber eine solche Teezeremonie werde ich in Stuttgart auch einführen, meine Gäste werden begeistert sein«, verkündete sie. »Ich muss mir dringend einen Samowar zulegen. Hatten wir solche gemütlichen Teezeremonien eigentlich auch schon, als ich ein kleines Kind war? Ich kann mich gar nicht daran erinnern«, wandte sie sich dann an ihre Mutter.

Sanny nickte gequält. »Leider war es uns nicht möglich, dich daran teilhaben zu lassen. Es gab gewisse Probleme mit deiner … Koordination. Deine Arme und Beine waren so unruhig, dass du ständig eine Karaffe mit dem Ellenbogen vom Tisch fegtest oder andere Katastrophen verursachtest. Glaub mir, wir haben wirklich alles versucht, um deine … Wildheit zu zähmen. Aber selbst die Ärzte waren ratlos.«

Wera hielt den Atem an. Kam nun die Entschuldigung, auf die sie seit so vielen Jahren wartete? *»Wir haben einen Fehler gemacht, als wir dich weggaben, kannst du uns verzeihen?«* – wie oft hatte sie sich vorgestellt, dass ihre Eltern in Stuttgart auftauchten und reuevoll diesen Satz sagten!

Doch Sanny winkte dem Dienstmädchen und ließ Tee nachschenken. »Ich habe unsere beste Hofschneiderin für heute Nachmittag hergebeten. Wie wäre es, wenn wir uns alle neue Roben schneidern lassen?«, sagte sie und lächelte spröde.

Traurig schaute Wera ihre Mutter an. War das wirklich alles, was man ihr schuldete? Durfte sie nicht mehr als diese Oberflächlichkeit erwarten? Noch während Enttäuschung über das Verhalten ihrer Mutter sie durchflutete, spürte sie eine andere Empfindung: große Dankbarkeit gegenüber ihrem Schicksal, das sie nach Stuttgart zu Olly und Karl geführt hatte. Mit welch unendlicher Geduld hatte ihre Adoptivmutter versucht, ihr die Welt zu erklären. Hingebungsvoll und beharrlich zugleich hatten sie, Karl und Evelyn darum gekämpft, Wera unter der Dunstglocke aus Kümmernis, Geistesabwesenheit und Angst hervorzulocken, unter der sie ihre frühe Kindheit verbracht hatte.

Wera lächelte Olly an. »Kommst du mit, wenn ich einen Samowar kaufen gehe? Im Anschluss daran können wir durch den Michaelspark spazieren. Wenn ich nicht bald ein bisschen frische Luft schnappe, werde ich verrückt.«

Sascha, der sich bisher aus dem Gespräch herausgehalten und stattdessen schläfrig am Kamin gesessen hatte, setzte sich auf.

»Vielleicht solltet ihr noch eine Weile mit diesen Einkäufen warten. Und mit anderen Ausflügen in die Stadt ebenso. Es ist derzeit nicht gut, sich länger als nötig auf den Straßen aufzuhalten.«

Seine Frau Cerise nickte. »Ich lasse ein paar Hoflieferanten kommen, damit sie euch eine Auswahl an schönen Samowaren zeigen. Dafür braucht ihr weiß Gott keine unnötigen Risiken auf euch zu nehmen.«

Irritiert schaute Olly ihren Bruder an. »Risiken? Ich verstehe nicht …«

»Was soll denn gefährlich daran sein, ein paar Geschäfte aufzusuchen?«, fragte Wera lachend. »Unsere Hofdamen sind doch auch ständig unterwegs, erst gestern kam Clothilde mit herrlichen Wolltüchern aus einer Weberei zurück.«

Sascha seufzte. »Um euer Gefolge braucht ihr euch keine Sorgen zu machen, normale Bürger und einfache Adlige können nach wie vor ihrer Wege gehen. Aber für uns Romanows haben sich die Zeiten geändert. Immer mehr Menschen rütteln an den Grundfesten unserer Herrschaft. Wenn du mir nicht glaubst, dann frag Iwan, der wird dir bestätigen, dass sich die Zeiten sehr zum Schlechten geändert haben.« Der Zar schaute seinen alten Freund an. Dieser erwiderte den Blick mit einem Nicken. Sascha lächelte, doch sogleich wurde seine Miene wieder hart.

»*Nieder mit dem Zaren!* – selbst durch die geschlossenen Fenster dringen ihre Rufe manchmal zu mir«, sagte er bitter. »Immer wieder gibt es Scharmützel zwischen meinen Männern und irgendwelchen Aufrührern, hie und da geht auch einmal eine Bombe in die Luft. Erst gestern –« Der Zar winkte genervt ab. »Lassen wir das Thema, ich will euch nicht unnötig beunruhigen.«

»Aber …« Olly runzelte die Stirn. »Die vielen Reformen, die du durchgeführt hast! Die Menschen müssten dir unendlich dankbar sein für alles, was du für Russland leistest.«

»So naiv kannst doch nicht einmal du sein, Schwesterherz«, antwortete Sascha mit einem bitteren Lachen. »*Gib einem Menschen den kleinen Finger und er will die ganze Hand* – kennt man dieses Sprichwort bei euch in Württemberg etwa nicht? Die Reformen im Bereich der Justiz und Selbstverwaltung sind den Leuten nicht genug, jetzt schreien sie nach mehr Demokratie und Selbstbestimmung. Sie wollen ein Parlament, das muss man sich einmal vorstellen!«

»Und was ist daran verkehrt?«, sagte Wera. »Bei uns in Württemberg regiert das Parlament auch in allen wichtigen Fragen mit. Karl hat seine Minister sorgfältig ausgesucht, er sagt immer, dass er ohne deren Expertise verloren wäre. Zu Tumult und Chaos ist es deswegen noch nicht gekommen, nicht wahr, Olly? Und Bomben gehen bei uns in Stuttgart auch nicht hoch.«

»Du kannst Württemberg nicht mit Russland vergleichen«, murmelte Olly. Gleich darauf wandte sie sich wieder ihrem Bruder zu. »Gibt es akute Attentatsdrohungen? Verschweigt ihr uns etwas? Kosty, ist das etwa der Grund, dass ihr hierher in den Winterpalast gezogen seid?«, fügte sie an ihren Bruder gerichtet hinzu.

Weras Vater zuckte vage mit den Schultern. »Vorsicht ist besser als Nachsicht. Der Winterpalast lässt sich jedenfalls nicht so schnell einnehmen wie unser Domizil am Ufer der Fontanka.«

Unwillkürlich griff sich Wera an den Hals. Die Zeit, in der auch in Stuttgart eine solche Bedrohung bestand, hatte sie nicht vergessen. Auf einmal empfand sie den Salon nicht mehr als gemütlich und heimelig, sondern bedrückend. Ein goldener Käfig, in dem sie allesamt gefangen waren. Allerdings gab es keinen Eugen mehr, der sie mit seinem Leben beschützte.

Sascha schnaubte. »Wenn es nach Kosty ginge, dürfte ich keinen Schritt mehr vor die Tür setzen. Stattdessen müsste ich all die Reformer und Aufrührer zu Tee und Plätzchen einladen, um mit ihnen über ihre ›Ideen‹ zu diskutieren.« Er schaute Olly an. »Unser lieber Bruder ist nämlich der Ansicht, mein Regierungsstil sei nicht *liberal* genug. Liberal, wenn ich das schon höre! Soll ich mir etwa von der volkssozialistischen Bewegung vorschreiben lassen, wie ich mein Land zu regieren habe?« Er schnaubte. »Ich gebe es zu: Eine Zeitlang habe ich auch gedacht, mit Gesprächen und guten Argumenten der Unruhen Herr werden zu können, aber inzwischen glaube ich, dass die sogenannte junge Intelligenz auch nur eine Sprache kennt: die der Polizeiknüppel.«

»Aber –«, hob Wera an, wurde jedoch durch eine leichte Handbewegung Ollys von einer Bemerkung abgehalten. Resigniert und ärgerlich zugleich biss sie sich auf die Unterlippe, dabei hätte sie zu gern noch ein wenig mit ihrem Onkel diskutiert.

Sascha lächelte wohlwollend. »Hier im Palast seid ihr sicher. Und wenn wir nächste Woche nach Zarskoje Selo fahren, auch. In der Zwischenzeit werde ich einen Teil meiner Leibgarde zu eurem Schutz abstellen. Auf diese Männer ist Verlass, sie werden jeden eurer Schritte bewachen.«

Die Wochen zogen ins Land, auf den warmen Herbst folgte ein heftiger Wintereinbruch mit viel Schnee. Der kalte Ostwind, der die Flocken über die Straßen wehte, so dass diese kaum mehr sichtbar waren, tat Olly nicht gut. Ihr schmerzten die Knochen und es gab Tage, an denen sie bis mittags im Bett blieb. Hoffentlich würde die Rückreise nicht zu beschwerlich für sie werden, sorgten sich Wera und die mitgereisten Hofdamen. Die meisten Gäste, darunter auch Iwan Bariatinski, waren längst in wärmere Gefilde aufgebrochen, um dort den Winter zu verbringen. Nur der Tross rund um Olly und Wera verweilte noch im Palast. Die Gespräche innerhalb der Familie kreisten oftmals um dieselben Themen wie ein paar Wochen zuvor. Immer öfter kam es zu kleinen Auseinandersetzungen. Je besser man sich kennenlernte, desto klarer traten die unterschiedlichen Auffassungen von vielen Dingen an den Tag.

Wera wurde unruhig. Das ewige Parlieren und Nichtstun, die gekünstelt wirkende Sorglosigkeit, die ihre Familie dabei an den Tag legte, während sie in Wahrheit wie gelähmt vor Angst war – Angst vor dem eigenen Volk! –, mit alldem konnte sie nicht umgehen. Es entsprach ihr einfach nicht.

Sie vermisste zudem ihre Kinder. Sie vermisste die Besuche an Eugens und Klein-Egis Grab. Sie vermisste ihre Arbeit des Spendensammelns. Ja, sie vermisste sogar die rotwangige Milchfrau, mit der sie allmorgendlich ein paar Worte wechselte. Und das, ohne Angst davor haben zu müssen, dass in der Milchkanne eine Bombe versteckt war! Sie vermisste Stuttgart. Die Stadt, in der sie sich frei bewegen konnte, wie ein ganz normaler Mensch. Wo sie sich in ein Café setzen konnte, ein Stück Torte essen und Bekannten, die vor dem Fenster vorbeiliefen, zuwinken konnte. Ohne Angst haben zu müssen, dass einer von ihnen die Absicht hatte, ihr bei nächster Gelegenheit einen Dolch zwischen die Rippen zu jagen. Wie ihre Mutter und Tante mit dieser Bedrohung ruhig leben konnten, war Wera schleierhaft. Nur eingesperrt zu sein in den eigenen vier Wänden, während sich die Bösewichte frei in der Stadt bewegten?

Dass die Zarenfamilie so wenig – um nicht zu sagen: gar keinen – Kontakt zum Volk hatte, entsetzte Wera zusätzlich. Vielleicht war nicht jeder Monarch so volksnah wie Karl, der mit seinem Adjutanten auch gern einmal einen Krug Bier in einer Stuttgarter Gaststätte trank und Beifall klatschte, wenn die anderen Gäste ihm ein Trinklied vorsangen. Und ganz bestimmt war nicht jede Monarchin so wohltätig wie Olga. Aber hier und da einmal ein paar Worte mit dem einfachen Volk zu wechseln war von einem Regenten doch nicht zu viel verlangt, oder? Schließlich drehte sich alles ums Wohl der Menschen, und dieses konnte man nur erzielen, wenn man deren Bedürfnisse kannte. »Man muss mit den Leuten schwätzen«, betonte Karl immer wieder. Wera bezweifelte, dass diese Einstellung auch in Russland galt.

Als am zwanzigsten Dezember ein Telegramm aus Stuttgart eintraf, in dem Karl ihnen vorwurfsvoll mitteilte, dass er sich angesichts ihres sich hinziehenden Aufenthalts entschlossen habe, die Durchführung der Armenweihnacht zu übernehmen, damit die Kinder nicht auf ihre Geschenke verzichten mussten, glitzerten sowohl in Ollys als auch in Weras Augen Tränen.

»Es ist Zeit heimzukehren, findest du nicht?«, sagte Olly und legte einen Arm um Weras Schulter.

35. KAPITEL

Stuttgart, 31. Dezember 1883

Warum wurde sie an Silvester eigentlich immer ein wenig melancholisch? War der letzte Tag im Jahr nicht viel eher ein Anlass für ausgelassene Feiern?, fragte sich Evelyn, während sie mit einem wehmütigen Lächeln ihren Blick über die üppig gedeckte Festtafel gleiten ließ. Alles war wunderschön wie immer: Eine bodenlange weiße Damasttischdecke lag über dem Tisch, rote Damastservietten prangten neben jedem Teller, silberne Kerzenleuchter, in denen elegante schneeweiße Kerzen steckten, tauchten alles in ein warmes Licht. Der ausladende Tischaufsatz stammte aus der Königlichen Ludwigsburger Porzellanmanufaktur: ein verzweigter, reich belaubter Ast, auf dem drei Papageien saßen. Ein Kakadu, ein grüner Ara, ein Graupapagei. Bei allen Vögeln war das Gefieder so detailgetreu, die Augen so lebensecht, die Körperhaltung so naturgetreu, dass sich Evelyn nicht gewundert hätte, ein Kreischen zu vernehmen. Papageien seien ein Symbol für Glück, erklärte Olly jedes Jahr, wenn sie für diese Nacht den Tisch decken ließ. Von diesem speziellen Glückssymbol hatte Eve noch nie etwas gehört, sie war aber gern bereit, daran zu glauben.

Glück … Niemand konnte behaupten, dass das vergangene Jahr für sie alle ein besonders glückliches gewesen war, genau wie die letzten drei Jahre zuvor. Manchmal kam es Evelyn vor, als läge eine Art Fluch über den Romanows und dem württembergischen Königshaus. Ob 1884 mehr Fortune bereithielt?

Ihr Blick wanderte hinüber zu Olly, die damit beschäftigt war, Elsa und Olga zu erklären, dass es sich nicht schickte, sich einfach vom Brotkorb zu bedienen, solange das Essen nicht begonnen hatte. Auch im Alter war die Königin noch eine sehr attraktive Frau mit dichtem Haar, glatter Haut und einer Figur, um die Evelyn sie beneidete.

Die beiden Mädchen hörten ihrer Großmutter unaufmerksam zu, in Elsas Augen blitzte schon wieder der Schalk, so dass sich Eve fragte, was die Zwillinge als Nächstes anstellen würden. Es sah nicht danach aus, als würde sich die Mutter der Mädchen einmischen. Vielmehr linste Wera ebenfalls so hungrig auf den Brotkorb, dass Eve befürchtete, sie würde es ihren Töchtern gleichtun und damit Ollys Erziehungsversuch zunichtemachen.

»Wie die Zeit vergeht«, sagte Wilhelm von Spitzemberg, der neben ihr saß. »Es ist noch gar nicht so lange her, dass Herzogin Wera selbst wie ein Wildfang um den Tisch herumtanzte.«

»Noch nicht lange her? Ich werde im nächsten Jahr dreißig, lieber Wilhelm!« Wera lachte. »Aber bitte, wenn ihr unbedingt die alte Leier spielen wollt – wer von euch möchte die Geschichte wiedergeben, wie ich kurz nach meiner Ankunft zum ersten Mal Maultaschen aß und dabei ein mittelgroßes Chaos verursachte? Sie, lieber Wilhelm, oder doch lieber du, Evelyn? Und vergesst nicht die vielen Glaskaraffen, die in meiner Anwesenheit stets zu Bruch gingen!«

Plötzlich waren die Zwillinge ganz Ohr, wie immer, wenn es um die Untaten anderer ging und nicht um ihre eigenen.

»Sagen wir mal so … Sie waren das quicklebendigste Kind, das mir je unter die Augen kam, liebe Herzogin.« Wilhelm schmunzelte. »Vielleicht ist das der Grund dafür, dass uns Ihre Kinderjahre so sehr im Gedächtnis geblieben sind.«

Alle lachten, auch Evelyn. Auf einmal spürte sie eine Leichtigkeit in sich, die sie für den Tag angemessener empfand als die vorangegangene Melancholie.

Das hier war ihre Familie. Seit über dreißig Jahren liebte, fühlte und litt sie mit den Königskindern und wurde dafür von ihnen geliebt und geschätzt.

Sie erinnerte sich noch so genau daran, wie sie der bildschönen Prinzessin Olga im Jahr 1851 vorgestellt worden war! Blutjung waren sie beide gewesen, und nun waren sie gemeinsam alt geworden: die Königin einundsechzig, sie selbst auch schon dreiundfünfzig Jahre alt.

Ihre eigenen Bedürfnisse hatte sie stets hintangestellt. Es war ihr nicht schwergefallen, denn das war die ihr von Gott erteilte Aufgabe. Olly brauchte sie, heute genauso wie gestern.

Und Wera war immer auch ein bisschen ihr Kind gewesen, genauso wie die Zwillinge auch ein wenig ihre Enkelkinder waren. Sieben Jahre waren die beiden inzwischen. Elsa hatte himmelblaue Augen und das einnehmende Wesen ihres Vaters, während Olga zurückhaltender war, aber nicht minder geneigt, bei Streichen jeglicher Art mitzumachen.

»Wenn ihr beim Essen brav seid, dürft ihr nachher beim Bleigießen das erste Lot ins Wasser werfen. Wer weiß – womöglich taucht aus den Fluten ein kleines Pferdchen auf?« Wera lächelte ihre Töchter geheimnisvoll an.

»Ein Pony, ein Pony!«, riefen beide Mädchen und klatschten in die Hände.

Evelyn schmunzelte. Zum russisch-orthodoxen Weihnachtsfest am siebten Januar sollten die beiden Mädchen ihr erstes eigenes Pferd bekommen. Ob es der Herzogin allerdings gelang, das Geheimnis bis dahin zu wahren, bezweifelte Eve immer mehr. Wera selbst war völlig vernarrt in die rassigen Ponys, die Cäsar Graf von Beroldingen schon vor Wochen für die Kinder ausgesucht hatte und die nun ungeduldig im Stall auf ihre neuen jungen Besitzer warteten.

»Und was, wenn der Bleiklumpen wie ein Ziegenbock aussieht?«, sagte Eve belustigt zu den Zwillingen, deren Gesichter sich daraufhin zu einer Grimasse verzogen.

»Dann setzen wir ihm einen Sattel auf und reiten eben ihn. Das wird ein Spaß, nicht wahr, Kinder?«, antwortete Wera lachend. Und schon strahlten auch die Mädchen wieder.

Wera hatte wirklich unerschütterlich gute Laune. Evelyn konnte sich nicht daran erinnern, wann sie die junge Herzogin das letzte Mal mürrisch erlebt hatte, immer war sie zufrieden und frohen Mutes. Bewundernswert.

»Das neue Jahr wird ein gutes«, sagte Wera nun voller Inbrunst, als wollte sie Evelyns Gedankengänge noch verstärken. »Ich spüre es ganz tief in mir drinnen. Schließlich feiern Eugen und ich unseren zehnjährigen Hochzeitstag, allein das ist ein Grund, frohgestimmt zu sein!« Trotzig schaute sie in die Runde, als erwarte sie kritischen Widerspruch.

Doch niemand sagte etwas, alle lächelten vage.

Was hätten sie auch sagen sollen?, fragte sich Evelyn stumm. Wera war Eugen über den Tod hinaus treu, mehr noch, mit jedem Jahr war ihre Verklärung des verstorbenen Ehemanns gewachsen. Sie machte zu Ollys Verdruss keine Anstalten, Ausschau nach einem neuen Mann zu halten. Statt sich hübsch herzurichten und sich unter potentiellen Kandidaten umzuschauen, hatte Wera vor ein paar Monaten sogar ihre Haare abgeschnitten!

»Es ist praktischer so«, hatte sie schulterzuckend gesagt.

Olly, die insgeheim so sehr auf einen neuen Schwiegersohn und einen männlichen Nachfolger hoffte, war entsetzt gewesen und hatte zwei Tage lang kein Wort mit der Tochter gesprochen.

Evelyn fand, dass die neue Frisur der jungen Herzogin besser stand als jede andere zuvor. Wera musste man eben nehmen, wie sie war, das war schon immer so gewesen.

»Wenn ich an die großen Tafelrunden vergangener Tage denke, dreißig, vierzig fröhliche Menschen an einem Tisch – das waren noch Zeiten!«, seufzte Wilhelm leise. »Aber ich möchte nicht klagen. Vielmehr bin ich Ihnen sehr dankbar, dass ich heute Abend hier sein darf«, fügte er an Olly gewandt hinzu.

Eve lächelte den alten Wegbegleiter an. Es kam öfter bei ihnen vor, dass der eine aussprach, was der andere dachte. Wie in einer Familie, in der jeder die Eigenheiten des anderen wie seine eigenen kannte.

Während Olly dem Dienstmädchen das Zeichen gab, den ersten Gang aufzutragen, verlor sich Eve erneut in ihren Reminiszenzen.

Begonnen hatte die Unglückssträhne im Jahr 1880, als Wilys kleiner Sohn Ulrich im Alter von sechs Monaten starb. Wera, die den Eltern während der Krankheit ihres Sohnes täglich zur Seite gestanden hatte, war untröstlich gewesen. »Wie Klein-Egi!« Die Erinnerung an den Tod ihres eigenen Sohnes war aufgewallt wie ein schlecht gelöschtes Feuer, in das frisches Öl gegossen wurde. Bei der Leichenfeier war sie ohnmächtig zusammengebrochen. Pauline, die kleine Tochter von Wily und Marie, hatte panisch geschrien aus lauter Angst, noch jemanden sterben zu sehen.

Zeit, sich von dem Unglück zu erholen, war der Familie nicht vergönnt gewesen, denn die nächste Katastrophe folgte nur ein Jahr später, dieses Mal allerdings in St. Petersburg: Eine Bombe vor der Auferstehungskirche riss dem Zaren beide Beine ab, er starb unter jämmerlichen Umständen. Alle reagierten erschüttert auf die Todesnachricht, am tiefsten getroffen war jedoch Olly.

»Warum dieser Hass auf uns Romanows?«, hatte sie wieder und wieder gefragt. Mit Sascha starb auch ein Teil von ihr. Noch immer bemühte sie sich um eine aufrechte Haltung, noch immer ging sie ihren Pflichten nach, aber jeder, der Augen im Kopf hatte, konnte sehen, wie viel Kraft die Königin diese Zurschaustellung von Contenance und Pflichterfüllung kostete. Immer öfter wurde sie von schweren Krankheiten heimgesucht: eine Lungenentzündung, von der sie sich monatelang nur schwer erholte. Beklemmungen in der Herzgegend. Das Essen fiel ihr auch schwer, nichts erweckte ihren Appetit, nicht einmal ihre russischen Lieblingsspeisen. Manchmal kam es Evelyn so vor, als sehnte Olly den Tod herbei.

Das Jahr 1882 war vielleicht das schlimmste von allen. Im April gebar Wilys Frau Marie ein totes Kind, kurz darauf starb sie selbst im Wochenbett. Wily war danach ein gebrochener Mann, der von niemandem Trost annahm. Nicht von seiner Mutter, nicht von Olly oder Karl, und auch von Wera nicht, die dazu auch nicht fähig gewesen wäre.

Evelyn schloss für einen Moment die Augen, um für den zukünftigen König von Württemberg und seine kleine Tochter zu beten. Mit wem verbrachte Wily wohl den Abend? Olly und Wera hatten ihn und die kleine Pauline eingeladen, doch er hatte nicht einmal geantwortet.

»Täusche ich mich oder ertönt von irgendwoher Klavierspiel?«, sagte Olly und riss Eve damit aus ihren Gedanken. »Was ist das nur für eine Melodie? Sie kommt mir so bekannt vor ...«

»Einige der Hofdamen haben um Erlaubnis gebeten, im Roten Salon feiern zu dürfen«, antwortete Evelyn. »Erinnern Sie sich, Hoheit? Ich habe Ihnen schon vor zwei Wochen davon erzählt.«

»Oh«, sagte die Königin und wirkte unschlüssig. »Warum haben wir die Damen nicht an unsere Tafel geladen? Dann könnten wir nun auch der Musik lauschen.«

Evelyn verkniff sich ein Seufzen. Genau das hatte sie ihrer Herrin vorgeschlagen, war dabei jedoch auf Ablehnung gestoßen.

»Als feststand, dass wir ohne Karl den Jahreswechsel begehen, hast du einfach beschlossen, auf Musik zu verzichten«, antwortete Wera weniger feinfühlig. »Er als großer Musikliebhaber hätte dir sagen können, um welche Sonate es sich handelt. Gegen ihn und seine Kenntnisse sind wir zwar nur Banausen, aber ein bisschen Musik wäre dennoch schön gewesen.« Wera schaute ihre Mutter herausfordernd an. »Es ist wirklich eine Schande, dass sich Vater ausgerechnet an Silvester auf so unelegante Weise aus dem Staub macht!«, brach es dann aus ihr heraus. »Nicht genug, dass ihr zwei das Jahr über fast nur noch getrennte Wege geht, aber muss es heute auch noch sein? Sind wir ihm alle so unwichtig?« Wera schüttelte verärgert den Kopf. »Ich verstehe wirklich nicht, wie du das alles zulassen kannst!«

Erstarrt ließ Olly ihr Besteck sinken.

»Wo ist der Opapa?«, riefen die Zwillinge gleichzeitig. Evelyn legte hastig ihren rechten Zeigefinger auf den Mund. »Nicht jetzt«, flüsterte sie ihnen zu und schaute dabei streng drein.

»Es ist doch wahr«, sagte Wera, als von Olly immer noch keine Reaktion kam. »Dass Karl es vorzieht, mit seinem neuen Vorleser Charles Woodcock zu feiern statt mit uns, ist verletzend und ein Skandal.« Angewidert schaute sie in die Runde. »Ich habe diese schwüle Atmosphäre hier am Hof so satt! Warum kann Vater nicht sein wie andere Männer? Manchmal denke ich, es wäre um der Kinder willen das Beste, wenn ich mich gar nicht mehr blicken ließe. In Bebenhausen sind sicher ein paar Zimmer für uns frei. Oder in Friedrichshafen.«

»Wera!« Ollys Stimme klang wie erstickt.

Evelyn suchte unter dem Tisch mit ihrem Zeh nach Weras Schienbein. Musste dieser Diskurs ausgerechnet heute sein?

»Der König steht unter einem schlechten Einfluss, er ist wie verhext«, sagte Wilhelm von Spitzemberg. »Dieser Charles Woodcock mit seinem hübschen Gesicht ist der Teufel persönlich! Er hat aus dem König eine Marionette gemacht, die willig tanzt, wann immer er an den Fäden zieht. Woodcocks Worte sind heilig, guten Ratschlägen anderer gegenüber ist Karl hingegen längst immun. Wann immer ich ihn mahne, einem Wildfremden nicht so viel Vertrauen zu schenken, heißt es, ich sei missgünstig und kleinmütig. Dabei will ich doch nur das Beste für unseren König. Dieser Charles Woodcock jedoch ist pures Gift!« Karls einstiger Vertrauter sackte in sich zusammen. Wera nickte heftig.

»Ein Lebemann! Wie er sich immer mit seinen homöopathischen Kenntnissen wichtigtut. Und dann die affektierte Art, in der er spricht. Ein Literat soll er sein, pah! Warum haben wir dann alle noch keine Zeile von ihm gelesen? Ich möchte wirklich zu gern wissen, aus welchem Stall der Bursche tatsächlich kommt. Dass Karl ausgerechnet solch einem dahergelaufenen Menschen sein Vertrauen schenkt! Ganz Stuttgart spricht schon von dieser … *Freundschaft.*«

Mit steifen Bewegungen nahm Olly Messer und Gabel wieder auf und tat so, als würde sie sich der geräucherten Forelle auf ihrem Teller widmen.

»Eine kleine Affäre, mehr nicht«, sagte sie blechern. »Ich verstehe wirklich nicht, warum ihr euch alle so kleinlich gebt. Wie anmaßend ihr euch äußert. Glaubt ihr, mit einer solchen Einstellung hätte ich all die Jahre – Jahrzehnte! – überstanden?« Sie warf Wilhelm von Spitzemberg einen bedeutungsvollen Blick zu. »Karl ist Karl, ihn ändern zu wollen, habe ich schon vor Ewigkeiten aufgegeben. Heute steht dieser in seiner Gunst, morgen jener. Dass ausgerechnet du dich über das Gerede der Leute echauffierst, enttäuscht mich sehr«, sagte sie dann zu Wera. »Ich dachte, dir beigebracht zu haben, über solchen Dingen zu stehen. Und hat nicht jeder Mensch das Recht, sein zu dürfen, wie der liebe Gott ihn geschaffen hat? Du nimmst dir dieses Recht Tag für Tag, aber Karl willst du es nicht zugestehen?«

»Doch«, antwortete Wera verlegen. »Aber macht es dir wirklich gar nichts aus, dass Karl ...« Hilflos brach sie ab.

Auf Ollys Gesicht lag ein Ausdruck, der von so viel Leid und Trauer sprach, dass es Evelyn fast das Herz brach.

»Ich bin es leid«, sagte die Königin. »Lasst uns von etwas anderem sprechen.«

Das Essen nahm seinen Gang, danach fand das obligatorische Bleigießen statt. Während sich alle redlich bemühten, in den Bleiklumpen gute Symbole zu entdecken, schaute Olly dem Spiel nur schweigend zu. Es war kurz vor Mitternacht, als sie plötzlich aufstand.

Sofort war auch Evelyn auf den Beinen. »Ist Ihnen nicht gut, Hoheit? Kann ich etwas für Sie tun?«

Olly schüttelte den Kopf. »Seid mir bitte nicht böse, aber ich möchte mich gern zurückziehen.«

»Aber ... Es ist nur noch eine halbe Stunde bis zum Jahreswechsel!«, rief Wera. »Willst du nicht noch so lange aushalten und mit uns aufs neue Jahr anstoßen?«

»Das holen wir nach, morgen«, sagte Olly.

»Ist es eine gute Idee, diese letzten Minuten im Jahr allein zu verbringen?«, fragte Evelyn und legte ihre Hand auf Ollys Arm.

Die Königin tätschelte sie lächelnd. »Ich werde nicht allein sein, ich habe doch meine Erinnerungen.«

Im Hinausgehen wandte sich Olly noch einmal um. Die Kristallsteine auf ihrer Robe funkelten, doch ihre Augen waren glanzlos und müde, als sie zu Wilhelm von Spitzemberg sagte: »Jetzt wissen Sie, wie es sich anfühlt, verlassen zu werden.«

*

Karl hatte genau ein Dutzend Gäste geladen, um mit ihnen im königlichen Jagdschlösschen Favorite in Ludwigsburg den Jahreswechsel zu feiern. Ein Dutzend, zwölf – die überirdische Zahl. Seine Freunde. Außergewöhnliche Menschen, allesamt! Und einer davon noch außergewöhnlicher als alle anderen ... In stummer Freude drückte Karl Charles Woodcocks Hand.

Dann ließ er seinen Blick über die Tafel wandern. Ein Maler des Barocks hätte seine helle Freude an diesem Stillleben gehabt: Eine riesige Terrine mit Schildkrötensuppe stand neben der Fleischplatte und den Schüsseln mit Gemüse, Fischragout und Kartoffeln. Karl hatte außerdem einen ganzen Schinken auftragen lassen, von dem sich jeder nach Belieben eine Scheibe Fleisch absäbeln konnte. Die Damen zierten sich ein wenig, vor allem Madame Honault, die Wahrsagerin, aber was machte es schon? Sollte sie eben Kuchen essen! Oder Pasteten. Oder etwas von den unzähligen anderen Speisen, unter deren Last der Tisch fast zusammenzubrechen drohte. Wein, Kaffee, Cognac, Champagner und sogar ein paar Krüge Bier standen ebenfalls parat. Warum alles nacheinander auftragen, wenn man sämtliche Genüsse auf einmal haben konnte?

Ein zehngängiges Menü? Schrecklich altmodisch! So etwas mochte zu Zeiten seines Vaters en mode gewesen sein, aber jetzt galt es, offen zu sein für neue Ideen. Charles hatte so recht, genau das immer wieder zu betonen.

Sein Charles ... Der beste Freund, den er jemals hatte.

Karls Gesicht strahlte, als er mit hochroten Wangen sein Glas zu einem weiteren Salut erhob.

»Auf uns, mein lieber Charles!«, sagte er zu seinem Vorleser. Mit dem rechten Zeigefinger winkte er ihn näher zu sich heran und flüsterte ihm ins Ohr: »Deine homöopathischen Pülverchen wirken ganz ausgezeichnet, ich könnte die Welt aus den Angeln heben!« Um seine Aussage zu unterstreichen, riss er die Augen weit auf und gab ein wildes Knurren von sich.

Die Tischrunde brach in heiteres Gelächter aus, der Amerikaner Charles Woodcock lachte am lautesten.

»Kennt die Homöopathie auch ein Mittel, um vorauszusagen, was das neue Jahr für uns bereithält?«, fragte eine stark geschminkte und gänzlich in Schwarz gekleidete Dame. Fächerartig hielt sie sich dabei ein Blatt Karten vors Gesicht. »Oder wollen wir doch lieber das Orakel befragen?« Sie ließ die Karten auf den Tisch rieseln. Eine davon landete in Charles' Weinglas, eine andere auf der Porzellanplatte, auf der außer gebratenen Hühnerschenkeln auch kleine Fleischklöße lagen.

Karl, der gerade von einem Hühnerschenkel abbiss, zeigte mit demselben auf die Platte.

»Wie es aussieht, prophezeien uns deine Karten ein Jahr der fleischlichen Genüsse«, sagte er mit vollem Mund, was die Tischrunde in erneutes Gelächter ausbrechen ließ.

*

Hier enden meine Jugenderinnerungen. Nach der Heirat beginnt ein so andersartiges Leben, ein Leben, dem viele bittere Erinnerungen beigemengt sind, trotz vielen häuslichen Glückes, so dass es mir besser erscheint, es nicht wieder heraufzubeschwören! Die guten wie die schlechten Tage tragen zur Entwicklung unseres Wesens bei. Nicht sich verbittern lassen, jene ehren, die wir nicht lieben können, Böses mit Gutem erwidern, vermeiden, sich auf sich selbst zurückzuziehen, und doch einen unantastbaren Grund der Unabhängigkeit, der Ruhe und des Wohlwollens in sich bewahren – das war es, was ich stets zu verwirklichen trachtete. Man ist im Unrecht in dem Augenblick, da man glaubt, geistreicher oder edelmütiger zu sein als die, in deren Kreis man zu leben berufen ist.

Von einem gewissen Alter ab ist es notwendig, sich mit Dingen zu beschäftigen, denen wir uns mit Geist und Herz hingeben können. Der Meereshorizont hebt sich in dem Maß, da wir selbst höher steigen. So möchte ich mich mit allen, die um mich sind, zu einem Punkt erheben, der weit über allem Ehrgeiz und Streben nach irdischen Dingen liegt.

Die Niederschrift dieser Erinnerungen an meine Jugendzeit war eine wohltuende Zerstreuung für mich; sie half mir zwei Jahre zu durchleben, die die schmerzlichsten meines Lebens waren, erfüllt von Leid der Seele wie des Körpers, da mich Schlag auf Schlag getroffen hat. So viele Seiten ich schrieb, so viel schmerzfreie Stunden ich empfing. Ich durchlebte von neuem die Jahre meiner Jugend, wo ich in der Fülle des Seins stand, wo alles mir gut schien und wie durchleuchtet von den Farben des Himmels. Ich wünsche, dass meine kleinen Herzensnichten Olga und Elsa nicht weniger Glück in ihrer Kindheit und Jugend erfahren möchten, wie es mir geschenkt war, damit sie wie ich einst aus solchem Erinnerungsschatz Trost und Freude für ihr späteres Leben gewinnen möchten.

Königin Olga von Württemberg, Großfürstin von Russland

Zögerlich legte Olly ihre Schreibfeder weg. Sie hatte den Tag, an dem sie diese letzten Zeilen schrieb, herbeigesehnt. Gleichzeitig hatte sie Angst davor gehabt. Ohne ihre süßen Erinnerungen würde sich das alte schwarze Loch auftun und sie erneut verschlucken. Das Leben hatte sie wieder.

Eigentlich hatte sie nie Memoiren schreiben wollen und auch heute noch zierte sie sich, ihre Aufzeichnungen so zu nennen. Es waren ihre »Jugenderinnerungen«, denen sie sich gewidmet hatte. Die Jahre vom Tag ihrer Geburt an bis zu dem Tag, an dem sie als junge Braut Russland verlassen hatte. Ihre besten Jahre.

Olly strich liebevoll über den dicken Stapel loser Blätter, dann holte sie ein seidenes Bändchen aus der Schublade. Nachdem sie die Blätter verschnürt hatte, legte sie alles in den Schrank. Sie würde es binden lassen zu einem Buch für Olga und Elsa. Irgendwann. Oder auch nicht.

Sie war so müde.

Eine Hand in den schmerzenden Rücken gestemmt, trat Olly ans Fenster.

Es war kein schlechtes Leben gewesen. Alles in allem hatte der liebe Gott ihr viele schöne Momente geschenkt. Und die Kraft, die weniger schönen hinzunehmen.

Aber nun war sie alt, ihre Kraft war verbraucht.

Von der Straße her ertönten fröhliche Rufe, Gelächter, das Schnarren von hölzernen Rätschen, wie man sie bei volkstümlichen Umzügen oder Tanzeinlagen hörte. In der letzten Nacht des Jahres setzten sich die Stuttgarter über die Sperrstunde hinweg, und die Polizei drückte ein Auge zu, solange sich alle zu benehmen wussten.

Olly schob die Spitzengardine zur Seite.

Wo Karl wohl die Nacht verbrachte? Und mit wem? Nur mit Charles oder waren noch weitere »Freunde« mit von der Partie?

Sie wollte es in Wahrheit gar nicht wissen.

Olly wandte ihren Blick vom fröhlichen Treiben auf den Straßen ab und schaute sehnsüchtig in den Himmel. So viele Sterne am schwarzen Firmament. Und so viele Engel, die auf sie herabschauten …

Ihre lieben Schwestern Adini und Mary.

Ihr geliebter Vater, Zar Nikolaus, der im März 1855 hatte gehen müssen.

Ihre Mutter, die ihm nur wenige Jahre später gefolgt war.

Sascha, der ihr von allen Brüdern der liebste war.

Sein Tod war wie ein Dolchstoß für sie gewesen. Seitdem verstand sie die Welt nicht mehr. Wie konnte so etwas geschehen? Sascha war der beste Zar gewesen, den Russland je erlebt hatte. Im Gegensatz zu seinem Sohn Alexander, der ganz andere Töne anschlug: Kaum war er zum Zar erhoben gewesen, begann er die Reformen seines Vaters in Frage zu stellen. Wahrscheinlich hätte er am liebsten sogar die Leibeigenschaft wieder eingeführt! Olly hatte an einen bösen Scherz geglaubt, als sie die Nachricht aus St. Petersburg bekam, dass der junge Alexander Kosty aus all seinen Ämtern geworfen hatte, weil der ihm zu liberal war. Sofort hatte sie ihrem Neffen einen Brief geschrieben und ihm die Meinung gesagt. Dass er ihr nicht geantwortet hatte, war für Olly Antwort genug. Sie gehörte zum alten Eisen. Ihre Zeit war abgelaufen. Niemand interessierte sich mehr für ihre Ansichten. Sie war die alte Tante aus dem kleinen Land Württemberg, deren Ehemann sich lieber mit Männern vergnügte, statt sich ein paar hübsche Geliebte zu halten, wie es sich gehörte.

Olly lachte bitter. Zum Teufel mit dir, Alexander III.!

Warum war die letzte Nacht im Jahr eigentlich immer entweder sternenklar oder nebelverhangen? Sie konnte sich kaum an eine trübe oder regnerische Silvesternacht erinnern. Was wollte der liebe Gott damit erreichen? Vielleicht wollte er ihnen sagen: »Macht euch keine Sorgen, die Zukunft liegt doch glasklar vor euch.« Oder: »Ganz gleich, wie sehr ihr euch anstrengt – ihr werdet immer im Trüben fischen.«

Die Frage wäre so recht nach Iwans Geschmack gewesen. Er mochte philosophisch angehauchte Gespräche genau wie sie, zusammen konnten sie stundenlang über den Sinn oder Unsinn einer Sache rätseln.

Iwan ... Sie vermisste ihn so sehr, dass es weh tat. Am zehnten März würde sich sein Todestag zum fünften Mal jähren. Falls sie dann selbst noch am Leben war, würde sie sein Grab in Genf aufsuchen und so viele rote Rosen niederlegen, wie sie bekommen konnte.

Im nächsten Moment huschte eine Sternschnuppe an dem Fenster vorbei.

Du wartest auf mich, mein Lieber?

Oh, wie gern würde sie gehen! Lieber heute als morgen.

Aber ihre Zeit war noch nicht gekommen. Der liebe Gott hatte gewiss seine Gründe dafür, auch wenn sie diese nicht nachvollziehen konnte. Sie war nicht so vermessen, anzunehmen, dass er sie auf dieser Erde noch dringend benötigte. Die Olgaheilanstalt, die Nikolauspflege und all die anderen von ihr ins Leben gerufenen Institutionen standen gut da. In ihrem Testament hatte sie verfügt, dass Wera ihre Posten einnehmen sollte. Wera war eine starke Frau, stärker, als sie es selbst je gewesen war. Ihre Tochter, ihr ganzer Stolz. Sie würde zurechtkommen. Und was ihre Töchter anging, war Wera wie eine Löwin. Um Olga und Elsa brauchte man sich daher auch keine Sorgen zu machen.

Lieber Gott, für alles ist gesorgt, das musst du doch einsehen. Habe ich dir nicht ein Leben lang treu gedient? Ich verspreche dir, es bis zum letzten Tag nicht anders zu halten. Aber warum, lieber Gott, lässt du mich nicht gehen?

Zu meinen Lieben Adini, Maman, Sascha …

Zu meiner Liebe …

Zu Iwan.

*

Es war kurz nach zwei Uhr, als sich Wera leicht beschwipst aus ihrem Abendkleid schälte. Nachdem die Kinder im Bett und die anderen gegangen waren, hatten Evelyn und sie noch eine Flasche Champagner geöffnet und sich am Kaminfeuer verplaudert. Keine schlechte Art, das neue Jahr zu beginnen!

Eigentlich ging die Abendtoilette rasch vonstatten, dafür brauchte sie keine Hilfe. Ich sollte meiner Kammerfrau öfter einmal den Abend freigeben, dachte sie, während sie liebevoll über die rosenfarbene Seide strich, die mit kleinen silbernen Steinen sternenförmig bestickt war. Ein schönes Kleid, bestimmt würde sich im neuen Jahr wieder einmal ein Anlass finden, es zu tragen. Sie wollte Olly überreden, wieder mehr Hofbälle zu veranstalten. »Zum Zwecke des Sammelns von wohltätigen Spenden« – das würde bestimmt Ollys Zustimmung finden. In Wahrheit hatte sie jedoch einfach unbändige Lust, sich wieder einmal wie früher unzählige Perlenketten um den Hals zu schlingen und dann die Nacht durchzutanzen. Viele Gedanken um eine aufwendige Ballfrisur würde sie sich nicht mehr machen müssen, sie würde einfach oberhalb der Ohren ein paar verzierte Spangen in die Haare stecken und das war's.

Im Februar fand außerdem der Ball des Ulanenregiments statt, auch dafür war das Kleid geeignet.

Der Soldatenball … Wera schmunzelte vor sich hin. Beim letzten Mal hatte sie so ausdauernd mit dem Kommandierenden General getanzt, dass ihr noch Tage später die Füße weh taten! Ausgerechnet da war sie mit Lutz von Basten zu einer ausgiebigen Wanderung verabredet gewesen.

»Wer die Nacht durchtanzen kann und mir dabei gerade einmal zwei läppische Tänze schenkt, kommt auch ohne meine Hilfe einen Berg hinauf«, hatte er unerbittlich geantwortet, als sie es wagte, ein wenig zu jammern. Der Schalk hatte dabei so sehr in seinen Augen geblitzt, dass Wera ihn wütend mit kleinen Steinchen bewarf.

Lutz von Basten … Ein guter Freund.

Eigentlich müsste sie sich einmal an einem Gedicht über wahre Freundschaft versuchen.

»Frohes neues Jahr!« Wera warf ihrem Spiegelbild eine Kusshand zu. Noch immer machte die Kurzhaarfrisur sie überglücklich. Endlich kein stundenlanges Ziepen mehr beim Auskämmen ihrer Krause! Sie fühlte sich so viel freier.

Eugen hätte ihre neue Frisur nicht gefallen. Er wollte sie immer damenhaft und elegant sehen.

Aber ihr geliebter Mann war tot. Sie würde nicht den Versuch unternehmen, eine solche Liebe noch einmal zu erfahren. Die großen Gefühle? Die hatte sie hinter sich.

Nun war sie allein verantwortlich für ihr Leben. Sie allein entschied, welchen Weg sie ging. Und in welchem Tempo.

Zufrieden legte sie ihre Bürste weg, dann griff sie nach dem Cremetiegel und begann mit kreisenden Bewegungen ihr Gesicht einzucremen. Die Creme roch nach Blüten und nach Frühling.

Warum glaubte eigentlich jeder, dass eine Frau nur in der Heirat das einzig wahre Glück fand? Man musste sich doch nur umschauen, um zu sehen, dass dies nicht stimmte! War Olly etwa glücklich? Ihre Tante Cerise? Ihre Mutter? Oder Margitta?

Am Nachmittag hatte sie ihre Freundin besucht und das übliche Chaos vorgefunden: Margitta, die vor Erschöpfung glasige Augen hatte, wild herumtobende Kinder in schmutzigen Kleidchen, eine Wohnung, die diesen Namen kaum verdiente, so sehr starrte alles vor Dreck. Und mittendrin Josef, der betrunken im Bett lag und wüste Beschimpfungen grölte. Am liebsten hätte Wera dem Mann eine Ohrfeige verpasst, stattdessen hatte sie nur ihren Korb mit frischen Eiern, Wurst und einem Laib Käse auf den Tisch gestellt.

Hier war Hopfen und Malz verloren, das hatte sie im Laufe der Jahre erkannt.

»Ich warte unten auf dich«, hatte sie der Freundin zugezischt. Kurze Zeit später war Margitta mit allen Kindern erschienen, sie waren ein wenig spazieren gegangen. Ihr Gespräch blieb oberflächlich, Margitta spürte Weras stumme Vorwürfe und befand sich in ständiger Abwehrhaltung. Über ihren dicken Bauch ließen sie beide kein Wort verlauten. Noch ein armes Würmchen mehr, hatte Wera gedacht.

Auf dem Schlossplatz angekommen, verabschiedeten sie sich. Erleichtert war Wera in ihre Wohnung gegangen. Doch der Gedanke an Margitta verfolgte sie.

Wenn nicht bald etwas geschah, würde die Freundin vor die Hunde gehen! Spätestens, wenn das nächste Kind zur Welt kam, brauchte Margitta Ruhe und Erholung. Jemand, der gute warme Mahlzeiten für sie kochte. Und der sich darum kümmerte, dass sie und die Kinder saubere Wäsche hatten. Ein Ort des Friedens, an dem Frauen wie Margitta genesen konnten.

Das Problem war nur: Diesen Ort gab es nicht! Noch nicht.

Wera zog sich dicke Socken an, dann krabbelte sie in ihr Bett, wo schon eine Wärmflasche auf sie wartete. Sie seufzte wohlig.

Immerhin – es gab erste Fortschritte, sie stieß mit ihrem Plan vom Mutter-Kind-Heim nicht mehr überall auf taube Ohren.

»Eine Mutter ist durch nichts zu ersetzen. Wenn wir den armen Kindern helfen wollen, müssen wir auch ihren Müttern helfen«, hatte sie zu den Damen der Gesellschaft gesagt, mit denen sie Ende November gemeinsam das Stuttgarter Säuglingsheim besuchte.

Wera war völlig erstaunt gewesen, als ihr plötzlich eine Unternehmergattin aus Fellbach beipflichtete:

»Wenn man den Frauen ihre Kinder wegnimmt, verlieren sie ihr letztes bisschen Halt im Leben. Die Butzele sind doch unsere Hoffnung, oder etwa nicht?«

Die anderen Damen hatten sich auf diese Diskussion nicht eingelassen. Wera nahm die Fellbacherin am Ende zur Seite und erzählte ihr von ihrem Vorhaben.

»Ein Mutter-Kind-Heim? Was für eine tolle Idee! Ich bin zwar keine Expertin, schätze aber, dass Sie dafür Gelder in sechsstelliger Höhe benötigen. Verehrte Herzogin, Sie haben wirklich ein Lebenswerk vor sich. Wenn es Ihnen hilft, werde ich mit meinem Mann reden. Wir hatten geschäftlich ein gutes Jahr und sind gern bereit, bedürftige Menschen an unserem Wohlstand teilhaben zu lassen. Ich denke, zehntausend Mark wären schon einmal eine große Hilfe für Sie?«

Wera hatte geglaubt, nicht richtig zu hören. Das erste Spendengeld für ihr Projekt. Und dann gleich so viel!

Im kommenden Jahr würde sie sich der Angelegenheit noch intensiver als zuvor widmen, so viel stand fest.

Und Margitta und die Kinder würde sie für ein paar Wochen in eine kleine Pension am Bodensee einquartieren. Irgendwo, wo sie es schön hatte, wo die Kinder im Obstgarten spielen konnten und Margitta auf einer Bank danebensaß, den Blick auf den See gerichtet. Die Kosten würde sie aus eigener Tasche zahlen, sie war ja schließlich keine arme Frau. Der Gedanke munterte Wera so auf, dass sie nochmals aufstand und in Socken zum Schreibtisch ging, wo sie ihre Unterlagen durchwühlte. Irgendwo hatte sie die Adresse einer hübschen Pension in Friedrichshafen …

Rechnungen, Postkarten, kleine Notizen – während sie alles durchkramte, fiel Weras Blick auf das Gedicht, das sie am frühen Abend spontan verfasst hatte. Elsa hatte es mit einer Bordüre aus Sternen verziert, Olga eine lachende Sonne dazugemalt.

Das neue Jahr

Mitternacht! Die Uhr hat ausgeschlagen,
Es bricht heran ein neues junges Jahr.
Wie Morgenroth am fernen Horizonte
Steigt es empor, so zaub'risch wunderbar!

Wera lächelte.

Epilog

Remshalden bei Stuttgart,
1. Oktober 1909

»Liebe Gäste, willkommen im Weraheim! Ich freue mich, heute mit Ihnen die Eröffnung dieser wunderbaren Zufluchtsstätte feiern zu dürfen.« Herzogin Wera von Württemberg machte eine weit ausholende Handbewegung, mit der sie die großzügigen, renovierten Räumlichkeiten einschloss.

Den Geruch von frischer Farbe und Seifenlauge in der Nase, lächelte sie in die Runde, die sich auf ihre Einladung hin in dem jahrhundertealten Fachwerkhaus eingefunden hatte: der Bürgermeister samt Frau, der Leiter der Lateinschule und weitere Honoratioren des kleinen Ortes.

Es waren allerdings nicht nur freundliche Gesichter, die ihr entgegenstarrten. Die aus Stuttgart angereisten Damen des Adels wirkten ein wenig irritiert. Wo sind wir hier gelandet?, schienen ihre Mienen auszudrücken. Die Diakonissinnen, denen die Leitung des Hauses übertragen war, standen ganz hinten, Wera sah gerade noch ihre weiß gefältelten Hauben. Sie würden sich von den Blicken bestimmt nicht einschüchtern lassen.

»Bevor ich heute hierherkam, war ich an einem anderen Ort. Einem sehr unfreundlichen und kalten Ort. Ich habe eine Kindsmörderin besucht. Sie hat ihren Säugling in der Toilette des Stuttgarter Bahnhofes getötet. Nun verbüßt sie ihre Strafe im Frauengefängnis in Bad Cannstatt.«

Ein entsetztes Raunen ging durch den Raum. Elsa und Olga, die neben Wera standen, seufzten gleichzeitig leise auf.

»*Ach Mutter, muss das sein?*«, hörte Wera im Geist ihre Töchter enerviert fragen. »*Hättest du nicht einfach von Mildtätigkeit und Nächstenliebe sprechen können?*«

Wera schnaubte. Sie hatte ihre Eröffnungsrede mit Bedacht gewählt. Schöne Worte säuseln? Nach allem, was geschehen war?

Nach der Lektüre des Zeitungsberichts, der sensationsheischend von dem Drama berichtete, hatte Wera die ganze Nacht nicht schlafen können. Wie verzweifelt musste ein Mensch sein, um solch eine Tat zu begehen? Und wenn es nötig war, Haus und Hof zu verkaufen – es *musste* ihr gelingen, eine Zufluchtsstätte für solch verzweifelte Frauen zu schaffen! Damit so etwas niemals wieder geschah.

Mit rotgeränderten Augen hatte sich Wera am nächsten Morgen aufgemacht, um mehr über die Hintergründe des Unglücks herauszufinden. Was sie erfuhr, war schlimmer, als sie es sich hätte vorstellen können: Die Frau, die ihr Kind getötet hatte, war Margittas Enkelin Ruth.

Wie viel Elend sollte den tapferen Frauen dieser Familie eigentlich noch zustoßen?, hatte Wera sich weinend gefragt.

Zuerst war da Margittas Mutter, die Wäscherin, gewesen. Dann Margitta selbst. Wera hatte ihre geliebte Freundin vor sieben Jahren zu Grabe tragen müssen. Keuchhusten und Unterernährung, hatte der Arzt nüchtern konstatiert. Mit leerem Blick standen Margittas Kinder am Grab, auch Marianne, die selbst schon dreifache Mutter war. Ihre Älteste war die sechzehnjährige Ruth, die Kindsmörderin. Das Elend pflanzte sich von Generation zu Generation fort – die Frauen waren und blieben Opfer von Männern, die sich nicht kümmerten. Und von einer Gesellschaft, die wegschaute: Niemand hatte Ruth eine Chance gegeben, stattdessen –

»Mutter«, raunte die dreiunddreißigjährige Elsa mahnend. »Die Leute werden unruhig, sprich zu ihnen!«

Wera funkelte erst ihre Tochter, dann die versammelten Gäste an. Mit fester Stimme fuhr sie fort:

»Die junge Frau hat ihr Kind nicht aus Bosheit getötet. Oder weil es ihr lästig war, ganz im Gegenteil. Ruth – so hieß die junge Mutter – hat ihren Buben innig geliebt. Sie war Magd im Haus eines hochgestellten Herrn, dessen Namen ich Ihnen zu gern verraten würde. Ob sie das Kind von ihm empfing? Wir wissen es nicht. Sie wäre jedenfalls nicht die erste junge Hausangestellte, die von ihrem Arbeitgeber geschwängert wurde.« Wera ignorierte die aufgeregten Zischlaute, die ihr aus den ersten Reihen entgegentönten, und sprach hastig weiter:

»Als Ruths Bauch dicker wurde, warf ihr Arbeitgeber sie hinaus. Wohin sie danach auch ging, an welcher Tür sie auch klopfte – immer trug sie den Säugling in einem zerschlissenen Tuch nahe an ihrem Herzen.« Eindringlich wanderte Weras Blick von Frau zu Frau, von Mann zu Mann. Hatte sie die Herzen der Menschen erreicht?

»Sie hatte den Säugling dabei, als sie ihren ehemaligen Arbeitgeber anflehte, wieder als Magd bei ihm arbeiten zu dürfen. Er schlug ihr die Tür vor der Nase zu. Das Kind war dabei, als die Frau ihre eigene, bitterarme Familie um Obdach bat. Doch ihre Großmutter lag im Sterben, die Familie hatte daher andere Sorgen. Das Kind weinte leise, als seine Mutter beim Pfarrer anklopfte, um im Namen der Barmherzigkeit Asyl für sie beide zu erbitten. Würde ich all die Türen aufzählen, an denen die verzweifelte Frau auf der Suche nach Hilfe pochte, stünden wir lange hier. *Niemand* war bereit, der ledigen Mutter zu helfen. Am Ende stand die Schreckenstat.« Wera schluckte. Noch immer konnte sie nicht an die arme Ruth denken, ohne dass ihr Tränen der Wut und Trauer in die Augen stiegen.

Ihre Gäste waren ebenfalls bestürzt, wenn auch aus anderen Gründen.

»Die Umstände mochten tragisch sein, aber die Frau ist und bleibt dennoch eine Kindsmörderin!«, rief ein Mann aus der dritten Reihe.

Einen Moment lang wurde Wera von einem Gefühl tiefer Resignation übermannt. Würde es nie leichter werden? Würden die Menschen nie dazulernen?

Das erste »Frauenhaus« im deutschen Kaiserreich. Ein Heim für gefallene Mädchen. Eine Zufluchtsstätte für ledige Mütter. Damit wollte die feine Gesellschaft nichts zu tun haben. Dass ausgerechnet sie, Herzogin Wera von Württemberg, die Gelder für dieses Unterfangen aus eigener Kraft aufbrachte, damit hatte niemand gerechnet. Sie selbst auch nicht. Jahrzehnte hatte sie dafür benötigt. Sie hatte sich von einem Großteil ihres Schmuckes getrennt. Inkognito. Wie einst Olly, die auch verzweifelt Gelder für die Armen auftreiben wollte. Aber das alles brauchte heute niemanden zu interessieren.

Denn hier standen sie vor dem vollendeten Werk.

Der Gedanke schenkte Wera neue Kraft und Zuversicht.

Mit noch mehr Inbrunst in der Stimme setzte sie ihre Rede fort. »Solche Verzweiflungstaten, wie ich sie gerade beschrieben habe, sollen fortan der Vergangenheit angehören. Hier im Weraheim werden all jene Mütter mit ihren Kindern eine Zuflucht finden, die anderswo nicht erwünscht sind. Wir fragen nicht danach, warum jemand auf die schiefe Bahn geraten ist. Uns interessiert auch nicht, ob am Finger einer Mutter ein Ring prangt oder nicht. Wir stellen keine Fragen, wenn eine Frau *mit* Ehering und blauem Auge hier auftaucht. Wir holen die Frauen von der Straße, wir sorgen dafür, dass sie in einem warmen Bett schlafen und nicht in zugigen Hausfluren. Und während ihre Kinder draußen im Garten spielen, lehren wir die jungen Frauen Verantwortung und einen regelmäßigen Tagesablauf. Sie sollen kochen lernen und nähen, sticken und –« Mit irritiertem Lächeln brach Wera ab, als eine Dame mittleren Alters dazwischenrief:

»Und wenn wir solche Frauen hier nicht haben wollen? Von wegen Zufluchtsstätte – sollen die Weibsbilder doch anderswo mit ihrer Brut unterkommen! Warum muss so was ausgerechnet in unserem schönen Remshalden stattfinden?«

»Ja, genau! Mit Mörderinnen und Hurenkindern wollen wir

nichts zu tun haben. Die sind im Gefängnis gut aufgehoben!«, rief eine andere Frau.

Niemand hat die Weiber gezwungen, einen unzüchtigen Lebenswandel zu führen. Nun sollen sie für ihr Lotterleben auch noch mit freier Kost und Logis belohnt werden?« Der Leiter der Lateinschule ereiferte sich so, dass ihm ein Spuckefaden aus dem Mund rann.

Wera warf dem Mann einen angewiderten Blick zu. Bevor sie zu einer Antwort ansetzen konnte, ertönte rechts von ihr eine Stimme: »So können nur Menschen daherreden, denen das Leben bisher immer wohlgesinnt war. Wer sich einmal selbst in einer schlimmen Notlage befand, fühlt anders!«

Wera schaute sich um. Die Stimme gehörte einer kräftigen Frau mit roten Wangen und spröden Lippen. Sie sah aus wie jemand, der die meiste Zeit des Tages an der freien Luft arbeitete. Obwohl sie höchstwahrscheinlich viel Mühe auf ihre Frisur verwendet hatte, glich ihr graubraunes Haar dennoch eher einem Krähennest als einer eleganten Hochsteckfrisur. Wera schätzte, dass die Frau ungefähr so alt war wie sie, also Anfang fünfzig. Eine ausgesprochene Schönheit war sie nicht. Noch eine Gemeinsamkeit.

Wera lächelte. Die Dame war ihr sehr sympathisch.

»Ich weiß nicht genau, was in solch einem Heim benötigt wird. Aber meine Hühner legen fleißig, ein paar Eier könnte ich gut entbehren. Und eine Kanne Milch ebenfalls. Die jungen Frauen dürfen gern zu mir auf den Hof kommen. Und ihre Kinder können sie auch mitbringen, vielleicht mögen sie mit den Kätzchen spielen.« Herausfordernd schaute die Bäuerin in die Runde, als wollte sie sagen: Traut euch nur, dagegen etwas zu sagen!

Wera bedachte sie mit einem freundlichen Lächeln.

»Ich danke Ihnen von Herzen. Ihre Spende kommt sehr gelegen. Aber natürlich sehe ich ein, dass nicht jeder die Mittel hat, sich so großzügig zu zeigen.« Sie lächelte den Lateinlehrer und die Frau, die mit Hurenkindern nichts zu tun haben wollte, an.

»Aus diesem Grund werde ich auch in den Nachbargemeinden um Hilfe bitten, bestimmt sind deren brave Bürger gern bereit, den Bürgern von Remshalden unter die Arme zu greifen.«

Erneut kam Unruhe auf, verdrießliche Blicke wurden getauscht. Ausgerechnet die Nachbargemeinde, mit der man seit jeher im Zwist lag, sollte ihnen unter die Arme greifen?!

Danach ging alles wie von selbst: Der Bürgermeister bot als Erster seine Unterstützung an, zögerlich folgten ihm ein paar der Winzer und Bürgersfrauen.

Als der Sekt ausgeschenkt wurde, waren für den zukünftigen Unterhalt des Heims etliche mehr oder minder großzügige Spender gefunden worden. Natürlich hatte Wera ein finanzielles Polster für das Heim angelegt, aber je weniger sie darauf zurückgreifen musste, desto besser war es. Mit Gläsern in der Hand mischten sich Wera, Elsa und Olga unter die Gäste und unterhielten sich höflich. Nach einer Stunde löste sich die Gesellschaft in froher Stimmung und der Einsicht auf, dass ein solches Heim nicht den Untergang ihrer Gemeinde bedeutete.

Zufrieden mit sich und dem Lauf der Dinge, knöpfte Wera ihre Jacke zu. Sie war schon im Hausflur, als ihr die Bäuerin begegnete, die so mutig den Anfang gemacht hatte. Als sich Wera nochmals bei ihr dafür bedankte, winkte die Frau ab.

»Darf ich mich vorstellen? Mein Name ist Olga Laibsle und ich würde gern noch viel mehr geben. Auch ich war mal ein Menschenkind in Not. Aber ich hatte das große Glück, von unserer geliebten Königin Olga gerettet zu werden. Erinnern Sie sich zufällig an meinen Vater Otto Pfisterer?«

»Otto Pfisterer – und ob ich mich an ihn erinnere! Er war einer der Leibköche meiner Adoptivmutter, sie wollte zu keiner Zeit auf seine Süßspeisen verzichten, daher begleitete er uns überallhin. Mir haben die Pfannkuchen und süßen Aufläufe Ihres Herrn Papa in jungen Jahren so manches überflüssige Pfund auf den Hüften beschert«, fügte Wera lachend hinzu. »Aber ich wusste gar nicht, dass Otto Pfisterer eine Tochter hat. Warum sind wir uns nie über den Weg gelaufen?«

»Als Sie ins Haus kamen, war ich schon in einem Internat am Bodensee. Leider! Ich habe mir immer eine Schwester gewünscht, und als ich dann hörte, dass die Königin ein Mädchen meines Alters zu sich nehmen würde, habe ich mir vorgestellt, dass Sie und ich ... wie Schwestern sein könnten. Was Kinder sich so zusammenphantasieren!« Die Frau zuckte verlegen mit den Schultern.

»Vielleicht war es besser, dass Sie mich damals nicht kennenlernten«, sagte Wera leichthin. »Ich habe nämlich alles getan, um die Spielkameraden, die meine Adoptivmutter für mich herzitierte, zu vergraulen.« Sie zeigte mit ihrer rechten Hand auf die hölzerne Sitzbank, die vor dem Weraheim im Schatten eines alten Nussbaums stand. »Wollen wir uns setzen und Sie erzählen weiter?«

»Gern«, sagte Olga Laibsle. »Wenn ich Sie nicht langweile? Meine Mutter starb während meiner Geburt, das war im Jahr 1854. Mein Vater war untröstlich. Was sollte nun aus mir werden? Schließlich konnte er nicht einfach seine Arbeit niederlegen, um meine Pflege zu übernehmen. Als Königin Olga von seinem Schicksalsschlag erfuhr, hat sie sofort eine Amme engagiert und dafür gesorgt, dass ich in der Obhut meines Vaters bleiben konnte. Ja, Königin Olga war meine Patin«, sagte die Bäuerin stolz.

»Daher der Name Olga!« Wera lächelte. 1854 geboren – also war die Frau tatsächlich genauso alt wie sie. »Und dann? Wie ging es weiter?«

»Als ich neun Jahre alt war, beschlossen mein Vater und die Königin, dass es für mich das Beste wäre, wenn ich in ein Internat käme. Unsere verehrte Hoheit gab mir die Möglichkeit, so viel wie möglich zu lernen. Am Ende ist zwar doch nur eine Bäuerin aus mir geworden, aber die Güte Ihrer Adoptivmutter werde ich nie im Leben vergessen.«

Weras Hals war auf einmal wie zugeschnürt. Es war nicht das erste Mal, dass sie einem von Ollys zahlreichen Patenkindern gegenüberstand, aber jedes Mal war sie von deren Schicksalen aufs Neue gerührt.

Die Frau ergriff ihre Hand.

»Was Sie hier geschaffen haben, ist einzigartig.« Sie nickte in Richtung Weraheim. »Es gibt nichts Wertvolleres, als Menschenkindern in Not zu helfen. Ihre Adoptivmutter wäre stolz auf Sie.«

Wera lächelte. »Nein, Olga wäre stolz auf uns beide!«

Anmerkungen

Beim historischen Roman darf ich mir als Autorin Freiheiten nehmen, die beim Schreiben einer Biographie oder eines Fachbuchs nicht möglich wären. Hier ein paar Beispiele, welcher Art diese Freiheiten sind:

- Weras Schwester hieß Olga, genau wie ihre Tante, die Königin Olga von Württemberg. Um meinen Lesern das Auseinanderhalten der Namen und Personen zu erleichtern, nannte ich Weras Schwester »Olgata«.
- Die beiden Schwestern haben sich erst im Jahr 1883 wiedergesehen, bei mir fand das Treffen schon 1878 statt.
- Für Eveline von Massenbachs Vornamen habe ich die Schreibweise »Evelyn« gewählt.
- Es ist nicht bekannt, ob Wera und ihr Unteroffizier bei ihrer ersten Wanderung das Gymnasium von Gustav Schwab im Stuttgarter Talkessel sehen konnten. Ich wollte jedoch den Heimatdichter an dieser Stelle erwähnen, also schuf ich diese Blickachse.
- Dass Wera in Wilhelms Sterbenacht anwesend war, entspricht nicht der historischen Realität. Tatsächlich war der König allein mit seinem Kammerdiener und Leibarzt Elsässer. Seine Töchter Marie und Auguste trafen kurz vor des Königs Tod noch ein.
- Friedrich Hackländer bekam seine Entlassungspapiere per Post zugestellt, er weilte zu dieser Zeit in einer Augenklinik in Berlin.

- Weras Gouvernante taucht im Tagebuch der Baronin Eveline von Massenbach unter dem Namen Helene Trupow auf, manche Historiker sprechen von Helene Tomilow. Ich halte mich an Evelines Version, denn sie war schließlich dabei.
- Den Brief mit dem angedrohten Attentat auf die Romanows hat Olga im Jahr 1879 erhalten.
- Klein-Egi, Weras Sohn, starb am 9. November 1875 in Stuttgart, nicht Anfang Oktober in Schlesien. Eveline von Massenbach erwähnt in ihrem Tagebuch eine Ehefrau von Fürst Iwan Alexander Bariatinski. Es gelang mir nicht, weitere Informationen über diese (vermeintliche) Ehe zu erlangen.
- Der von mir erwähnte Jahrhundertsturm fand um den 13.03. 1876 statt, er verwüstete große Teile Europas, doch schon in den Tagen davor baute sich das Orkantief auf.
- Ein Duell als Todesursache für Herzog Eugens Ableben ist nicht eindeutig belegt. Während der Historiker Hansmartin Decker-Hauff von selbigem ausgeht, sprechen andere Quellen lediglich von »dunklen Umständen«, die offizielle Sprachregelung lautete »Lungen- und Rippfellentzündung«.
- Wera wurde im Jahr 1888 von König Karl zum zweiten Chef des Ulanenregiments ernannt. Ihre Faszination für alles Militärische begann jedoch viele Jahre vorher.
- Zarin Alexandra starb bereits 1860. Der Briefwechsel zwischen Evelyn und ihr sowie ihre Anwesenheit in Kissingen während der »Kaiser-Kur« sind fiktiv.

Weitere Informationen:
Olga begann ihre Memoiren im Januar 1881. Genau zwei Jahre später, im Januar 1883, schloss sie damit ab. Olgas Aufzeichnungen wurden von Sophie Dorothee Gräfin Podewils nach Ablauf eines halben Jahrhunderts aus dem Französischen ins Deutsche übersetzt. Als Buch erschienen Olgas Memoiren 1955 beim Verlag Günter Neske in Pfullingen unter dem Titel »Traum der Jugend gold'ner Stern«. Nur noch wenige Exemplare davon sind antiquarisch erhältlich.

Lust auf mehr Hintergrundinformationen? Auf Petra Durst-Bennings Homepage www.die-russische-herzogin.de bekommen Sie exklusives Bonusmaterial: Weras Gedichte, Informationen zu den Schauplätzen, Tipps, damit Sie auf Weras und Olgas Spuren wandeln können, und vieles mehr.

Band I verpasst? In »Die Zarentochter« schildert Petra Durst-Benning die Jugendjahre von Königin Olga im prächtigen St. Petersburg. Weitere Infos bekommen Sie unter: www.die-zarentochter.de sowie unter www.durst-benning.de

Und in »Die Zuckerbäckerin« erfahren Sie mehr über die württembergische Königin Katharina, Großfürstin von Russland und Weras Tante.